SOUS UN CIEL DE MARBRE

JOHN SHORS

SOUS UN CIEL DE MARBRE

roman traduit de l'américain
par Virginie Buhl

BUCHET • CHASTEL

Titre original : Beneath a Marble Sky

7, rue des Canettes, 75006 Paris
ISBN 978-2-283-02275-7

Pour Allison

Note de l'auteur

Selon de nombreux témoignages, l'empereur moghol Shah Jahan a fait bâtir le Taj Mahal à la mémoire de sa femme bien-aimée Mumtaz Mahal, et, peu après l'achèvement du mausolée, une lutte pour le pouvoir a divisé ses fils. Cependant, les avis des érudits divergent sur de nombreux points, notamment sur les méthodes de construction mises en œuvre, l'identité du principal architecte et même la durée de l'édification du mausolée. Les réponses à ces questions sont faussées par des rumeurs, des considérations politiques et par le temps. Aussi, dans la mesure du possible, ai-je respecté le contexte historique dans lequel se déroule *Sous un ciel de marbre*, même si, pour relater ces événements épiques, j'ai nécessairement dû prendre des libertés avec les événements, les coutumes et les faits et gestes des personnages historiques. Ce livre est, par conséquent, une œuvre de fiction.

Première partie

Dès l'instant où j'ai entendu ma première histoire d'amour,
Je suis parti à ta recherche, sans comprendre à quel point j'étais aveugle.
Les vrais amants ne finissent pas par se rencontrer quelque part,
Chacun abritait l'autre dans son cœur depuis le début.

RUMI

Il y a bien longtemps, quand je n'étais encore qu'une petite fille innocente, mon père croyait à la perfection.

Autrefois, en songeant à son empire, alors qu'il contemplait la splendeur qu'il avait créée, il a écrit un poème. Sur la coupole au-dessus de son trône du Paon, il a fait inscrire en lettres d'or par un artiste : « S'il est un paradis sur cette terre, il est ici, il est ici, il est ici. » Des mots simples pour un homme simple. Mais ils sonnent si juste !

Le soleil levant sur le fleuve Yamuna m'a souvent fait penser au paradis. Sur les larges berges de ce cours d'eau, j'ai admiré les différentes perspectives comme je pourrais admirer les traits de celui que j'aime. Les paysages de ce matin sont plus envoûtants que jamais, surtout quand on est resté si longtemps loin d'ici, et dans la clandestinité. À ma droite s'étend le superbe Fort Rouge. En face, baigné dans les lueurs sanglantes du soleil, se dresse le Taj Mahal, qui ne s'élance pas comme le ferait un faucon ni ne s'étale comme la mer. Au lieu de cela, le mausolée déploie son dôme noble et impérieux comme une grille s'ouvrant sur le paradis. Savoir que le Taj Mahal a été construit pour ma mère est une de mes plus grandes joies, et une de mes blessures les plus profondes.

Aujourd'hui, je ne suis pas seule. Nizam, mon gardien, rame patiemment pour faire traverser le Yamuna à notre embarcation. À l'avant sont assises mes deux petites-filles, Gulbadan et Rurayya. Depuis qu'elles ont quitté l'enfance, chacune est une merveilleuse incarnation de ma fille. En les regardant, je me dis que le temps est passé trop vite, qu'hier encore je caressais la plante si tendre de leurs pieds minuscules. L'amour que je porte à mes petites-filles est encore plus fort aujourd'hui. En les voyant, j'ai l'impression d'entrer dans un domaine où les regrets sont bannis, où aucun souvenir ne vient me rappeler mes blessures, ces terribles stigmates qui marquent mon esprit aussi bien que mon corps.

Gulbadan et Rurayya pouffent de rire et chuchotent comme le font les jeunes filles : elles rient des hommes qui se pavanent sous leurs yeux, des rêves qui s'offrent à elles. Quand j'avais leur âge, mes émotions étaient plus étroitement surveillées. À la surface, je me comportais presque comme elles, mais, derrière l'épais bouclier qui me protégeait, j'abritais des pensées plus torturées, des pensées souvent dominées par un intense désir de reconnaissance, un besoin de me sentir digne d'être aimée.

Une des rares personnes à avoir jamais deviné mes incertitudes était Nizam qui nous propulse à présent vers l'autre rive, loin des oreilles indiscrètes, plus près du Taj Mahal. Un figuier banian est perché sur la rive, ses filaments caressent amoureusement l'eau du fleuve. À mes yeux, les figuiers banians ressemblent à des araignées géantes avec leurs branches qui retombent comme des pattes. Nizam amarre notre bateau à une ramure qui plonge dans l'eau ondoyante, puis il me fait signe. Cela confirme mon intuition : nous sommes seuls et en sécurité ici, assez pour que Gulbadan et Rurayya puissent entendre le récit de leur naissance.

Cette histoire qui n'a jamais été révélée à quiconque.

« Mes chéries, commencé-je en desserrant la ceinture de tissu qui me comprime cruellement le ventre, vos parents vous ont conduites à Agra et m'ont demandé de vous accompagner jusqu'ici car ils pensent que vous êtes en âge d'entendre cette histoire. » Je m'interromps, en cherchant leur regard. À cet instant, ma volonté l'emporte sur mes émotions et je me force à prendre un ton plus ferme. « Se trompent-ils ? »

Gulbadan, la plus âgée, joue avec un anneau d'argent aussi terni que les planches de cette barque décrépite. « Que veux-tu dire, Jaha ?

– Je vous demande si vous êtes capables de garder un secret. Ou êtes-vous comme les pies sur le dos d'un buffle, qui jacassent tant et plus quand les faucons rôdent alentour ?

– Pourquoi devons-nous être si prudentes ?

– Parce que, comme toute femme qui a défié les hommes, j'ai des ennemis, mes enfants. Et de tels ennemis paieraient cher pour connaître ce secret. Grâce à lui, ils pourraient œuvrer à votre perte, eux et l'empereur.

– L'empereur ? demande Gulbadan en oubliant son anneau. Il n'a certainement que faire de nous !

– L'empereur Alamgir, dis-je, qu'Allah lui pardonne ses crimes, démentirait ces paroles s'il les entendait.

– Mais il ne sait même pas qui nous sommes ! Il…

– Il sait beaucoup de choses, plus que tu n'imagines, Gulbadan. Et ce n'est pas parce qu'il ne t'a encore jamais vue qu'il est incapable de vous nuire.

– De nous nuire ? Mais pourquoi ? »

Mon soupir se prolonge, chargé de regrets. « Vous devez

comprendre que nous… nous vous avons caché certaines choses. Ces secrets, je vais vous les livrer aujourd'hui, mais il aurait été trop dangereux de vous les confier à un trop jeune âge. »

Aucune de mes petites-filles ne bouge, elles semblent retenir leur souffle tandis qu'une légère brise taquine leur tunique brune. Des vêtements tout aussi simples habillent ma vieille carcasse, bien que je sois déguisée en femme perse, tout enveloppée de toile noire et informe, avec un voile sur le visage. Quand nous nous sommes retrouvées ce matin, Gulbadan et Rurayya m'ont demandé pourquoi j'étais camouflée ainsi. Le mensonge que j'ai proféré en parlant d'un usurier avide m'est venu tout naturellement, comme tous les autres, et mes petites-filles m'ont crue tout aussi facilement. Mais je ne veux pas les tromper un jour de plus. Pas après aujourd'hui.

« Que savez-vous de l'empereur ? » leur demandé-je.

Gulbadan lance un bref regard au Fort Rouge. « Les gens ont l'air de… , eh bien, soit ils le vénèrent, soit ils le haïssent. Mais, pour la plupart, ils le haïssent. »

Rurayya intervient avant que j'aie pu reprendre la parole : « Pourquoi est-il si cruel, Jaha ? »

Combien de fois me suis-je posé cette question ? Cent ? Mille ? « L'empereur, commencé-je, en doutant toujours un peu de ma réponse, s'est toujours senti mal aimé. Il se trompait, mais peu importe. On vit dans un monde bien froid quand on ne se sent pas aimé. D'abord vient la jalousie, puis l'amertume, puis la haine. Et la haine a empoisonné le cœur d'Alamgir.

– Mais comment peux-tu savoir ce qu'il y a dans son cœur ? » s'étonne Gulbadan.

J'hésite, car Gulbadan et Rurayya ont vécu toute leur vie dans le mensonge. Comment réagirais-je, me demandé-je, si j'étais à leur place ? Une jeune femme peut-elle affronter l'idée qu'elle n'est pas une femme du commun, quand on l'a élevée comme telle, alors qu'en fait, c'est une descendante de l'empereur ? Mes précieuses petites-filles comprendront-elles la nécessité de garder ce secret ? « Autrefois, Alamgir s'appelait Aurangzeb, leur confié-je enfin, en les regardant dans les yeux. Et, autrefois, j'étais sa sœur. »

Nizam acquiesce à ces mots et l'ombre que projette son turban oscille sur les genoux de Rurayya. « Sa sœur ? » répète Gulbadan, incrédule.

Je me penche vers mes petites-filles. « Il fallait vous protéger. Si nous n'avions pas…

– Mais comment peux-tu être sa sœur ?

– C'est que mon sang, ton sang, Gulbadan, est aussi royal que le sien.

– Royal ? Ton père était pêcheur comme le mien ! Il est mort dans une tempête.

– Mon père était l'empereur. L'empereur Shah Jahan.

– Impossible !

– Mais vrai. »

Gulbadan en reste bouche bée et muette pendant un moment. Son front se plisse. Ses mains retombent. « Alors, pourquoi vis-tu si loin d'Agra ? Et pourquoi… pourquoi nous avoir menti ? Pourquoi avons-nous tout ignoré de cela ?

– Quand vous aurez entendu mon histoire, vous le comprendrez.

– Mais pourquoi nous la raconter aujourd'hui ?

– À cause de votre petit frère.

– À cause de Mirza ? Je n'y comprends rien ! »

J'ai rarement vu Gulbadan aussi bouleversée. Rurayya semble s'être réveillée sous un ciel où brillent deux soleils. « Je t'en prie, je t'en prie, écoute-moi, Gulbadan. Si tu veux bien m'écouter, je vais t'expliquer. »

Ma petite-fille étouffe une réplique acrimonieuse. Je ferme les yeux un instant. Le silence retombe et je me demande si nous avons fait le choix le plus judicieux. Elles sont certainement assez mûres et avisées pour garder mes terribles secrets. Mais surviendront-ils, ces événements qui justifieraient que je leur ouvre les yeux ?

« Il faut que je vous raconte l'histoire de votre famille, ainsi que les convictions de gens morts depuis fort longtemps, dis-je. Je ne peux pas prédire l'avenir, mais, par ces temps troublés, il peut advenir que le trône soit un jour vacant. Si cela arrive, et si Mirza le souhaite, il pourra essayer de le revendiquer. Il est bien trop jeune pour l'apprendre aujourd'hui, mais pas vous. Mirza aura besoin de vos conseils éclairés s'il souhaite emprunter la voie si sagement ouverte par son arrière-grand-père, la voie de la paix et de la compassion, pas celle de la guerre et de la méfiance qui règnent aujourd'hui autour de nous.

– Mirza n'est qu'un enfant ! objecte Rurayya.

– Oui, mais un jour il sera un homme, comme votre père. Un homme de sang royal. Ce sang pourrait réunifier l'empire. Il pourrait sauver des milliers de vies. Voilà pourquoi je vous demande de m'écouter attentivement. Vous raconterez cette histoire à votre frère quand il sera prêt. Il faudra que vous la connaissiez tous trois si Mirza cherche un jour à accéder au trône. »

Gulbadan jette un regard du côté de sa maison, si éloignée. « Et en attendant qu'il soit prêt, nous devrons le tromper comme mère nous a trompées ?

– Mes enfants, elle ne vous a trompées que parce qu'elle vous aimait.

– Mais mère ne ment jamais, rétorque Rurayya.

– Tu mentirais aussi, Rurayya, s'il s'agissait de protéger tes enfants. Et toi aussi Gulbadan. Vous mentiriez mille fois, à chacun de vos enfants, tous les jours et aussi longtemps qu'il le faudrait. Et ensuite, un beau matin, tout à fait comme celui-ci, vous leur diriez la vérité.

– Quelle est cette vérité ? » interroge Gulbadan.

Je leur montre le Taj Mahal, de l'autre côté du fleuve. « Savez-vous pourquoi il a été construit ? »

Les têtes se tournent vers le dôme en marbre. « C'est l'empereur Shah Jahan, répond la plus jeune de mes petites-filles, qui l'a érigé à la mémoire de sa femme.

– À la mémoire de notre arrière-grand-mère ? hasarde Gulbadan.

– Vos arrière-grands-parents ont connu un destin extraordinaire, dis-je en réponse. Nizam connaît leur histoire. Vos parents la connaissent. Mais nous sommes vieux, et cette histoire ne doit pas s'effacer avec nous. »

Rurayya regarde Nizam qui confirme mes paroles en hochant à nouveau la tête. Mon ami est aussi honnête qu'un miroir. Rurayya en reste bouche bée.

« Comment cela a-t-il commencé ? »

Bien que je ne sois pas une bonne conteuse, les mots viennent aisément, car j'espère que mon histoire atténuera leurs appréhensions. Je leur explique qu'avant de poser les genoux sur le trône du Paon, mon père s'appelait Khurram, et qu'en tant que fils préféré de l'empereur, il était destiné à régir un jour l'empire.

« À l'âge de quinze ans, continué-je, il s'est rendu dans un magasin de perles et de soieries. Dans la boutique, assise sur un coussin, se trouvait Arjumand, ma mère. Sa beauté, disaient les poètes, aurait fait pleurer les arcs-en-ciel d'envie. Aussi Khurram fut-il irrésistiblement attiré vers elle. Il demanda le prix d'une perle, et elle lui répondit sèchement qu'il ne s'agissait pas d'une perle mais d'un diamant. Quand elle lui annonça que la pierre coûtait dix mille roupies, une somme qu'elle estimait au-dessus de ses moyens, mon père produisit promptement la somme requise.

« Le lendemain, Khurram alla trouver son père pour l'implorer de lui permettre d'épouser Arjumand. L'empereur, qui avait fait l'expérience de l'amour fou, ne pouvait guère refuser ce bonheur à son fils. Pourtant, il décréta qu'il fallait attendre cinq années avant que Khurram ne puisse épouser Arjumand. Dans l'intervalle, mon père fut marié à Quandari Begum, une princesse perse ; il s'agissait d'une noce arrangée à des fins purement politiques.

– Pourquoi n'entendons-nous jamais parler d'elle ? demande Gulbadan, dont la colère reflue.

– Parce que les autres épouses de mon père lui importaient autant que des chameaux, lui dis-je en réponse, en réprimant un sourire, ravie que père ait toujours placé mère au-dessus de ses femmes précédentes. Il assurait leur train de vie dans le harem mais ne leur rendait que rarement visite.

– Et au bout de cinq ans, demande Rurayya, que s'est-il passé ?

– Khurram et Arjumand se marièrent par une nuit de pleine lune, dans un cercle de torches dorées. Ensuite, le ciel fut illuminé de tant de feux d'artifice qu'il fit jour en pleine nuit. »

Gulbadan lève les yeux vers le ciel puis me regarde. « Mais, Jaha, quel danger y a-t-il à savoir tout cela ?

– Les germes du danger furent semés peu après, quand mes frères et moi naquîmes. Nos existences plongèrent l'empire dans la guerre, une guerre qui opposa le frère à la sœur, et le père au fils.

– Toi ?

– J'ai joué mon rôle dans le conflit, avoué-je lentement. J'ai essayé d'agir au mieux, mais on ne peut pas remporter toutes les batailles.

– Quelles batailles ? Qu'as-tu fait ?

– Écoute mon histoire jusqu'au bout, Gulbadan, et, bientôt, tu sauras tout. »

1

Ma seconde naissance

En essuyant le yaourt de mes lèvres, je promenai mes regards autour de moi dans le harem impérial. Les quartiers du Fort Rouge réservés aux épouses de l'empereur se composaient de jardins, d'allées, de retraites, d'amphithéâtres et de recoins caverneux. Aucun homme – excepté l'empereur, ses fils, ses hôtes et les eunuques – n'était autorisé à y pénétrer.

Le Fort Rouge lui-même ressemblait à un coffret laqué qui renfermerait un nombre infini de compartiments. Dans le périmètre de la citadelle se trouvaient les lieux publics, essentiellement des bazars, des mosquées, des temples et des cours. Derrière une solide enceinte en grès, le palais impérial se composait d'espaces plus privés, appartements, couloirs et écuries. Et au cœur de ce dédale affolant s'étendait le harem impérial.

Des milliers de femmes y vivaient aux frais de l'empereur. Ses épouses, les résidentes les plus puissantes du sérail, possédaient leurs propres appartements dans son enceinte. Mon grand-père, l'empereur Jahangir, avait eu dix-sept femmes – un petit nombre par rapport à ses ancêtres. Même s'il était mort, ces dernières, beaucoup plus jeunes que lui, continuaient à y vivre avec leur nombreuse suite de domestiques. La plupart des femmes du harem étaient des concubines, elles excellaient dans les arts de la danse, de la musique et devaient se tenir prêtes à satisfaire l'empereur.

Les enfants de la famille royale vivaient également dans cet espace clos. Je ne l'aimais guère, car il était régi par des règles strictes. Si mes frères pouvaient en général agir à leur guise, les filles y jouissaient de peu de liberté. Sous le règne de grand-père, des amazones étaient chargées de faire observer le règlement. Père les avait renvoyées depuis longtemps, mais une légion d'autres gardes n'avait de cesse de surveiller mes faits et gestes.

Les chambres du harem étaient aussi somptueuses que confortables. Les parquets étaient couverts de tapis en cachemire et de coussins de soie, et les murs de tableaux et de miroirs ; les allées, bordées d'arbustes taillés avec soin et assez épais pour décourager les regards des curieux, même s'ils laissaient passer une légère brise. De tous côtés, des fontaines jaillissaient au milieu de bassins carrés foisonnant de carpes koï qui y évoluaient paisiblement.

J'étais assise dans une immense salle, entourée de domestiques et de concubines, ainsi que de mes frères et sœurs, tous drapés d'étoffes rares et de pierres précieuses. Deux nourrices allaitaient mes petites sœurs jumelles, âgées de quelques mois à peine. Derrière elles se tenait ma mère, Arjumand. Comme la plupart des femmes de sang noble, elle était vêtue d'une chemise à manches courtes aussi ajustée qu'une seconde peau et d'une jupe longue et ample qui lui descendait jusqu'aux chevilles. Autour de ses épaules était drapé un châle en cachemire.

Toutes les personnes présentes, à l'exception des eunuques, des domestiques et des concubines de rang inférieur, étaient parées de bijoux. Chacune portait des rangées de perles autour du cou et des pierres précieuses aux oreilles. Nos doigts et nos orteils étaient ornés des plus prisés des trésors : des anneaux en or ou en argent sertis de saphirs et d'émeraudes. Les ongles de ces dames brillaient d'un éclat coloré, généralement pourpre.

La beauté était une valeur suprême dans le harem, aussi la plupart des femmes y rivalisaient-elles d'inventivité dans leurs tendances vestimentaires. Les élégantes portaient des plumes de paons dans les cheveux. D'autres préféraient épingler des voiles multicolores au sommet de leur tête et les laisser flotter librement sur leurs épaules. Ces voilages étaient généralement en soie, même si, pendant les mois moins cléments de l'année, les femmes pouvaient opter pour des écharpes tissées dans le pashmina le plus pur et le plus fin.

Les eunuques et les serviteurs portaient de simples tuniques et des peignoirs. À côté de mère se tenait Nizam, son esclave. Bien qu'il eût été à son service depuis près d'une centaine de lunaisons, je ne connaissais son histoire que depuis peu, une histoire qui contrastait avec la douceur de son tempérament. En effet, à cinq ans à peine, Nizam avait vu ses parents assassinés par un guerrier perse qui l'avait enlevé. D'ordinaire, les petits garçons capturés comme esclaves étaient castrés, mais ce guerrier souhaitait faire combattre les siens, aussi répugnait-il à ralentir leur croissance en les émasculant. Néanmoins, il s'assura que Nizam ne poursuivrait jamais les femmes de ses assiduités en le privant d'une partie de sa virilité que mère s'était refusée à me décrire.

Ensuite, pendant plusieurs années, Nizam avait vécu dans une tente basse, au service des femmes du seigneur de guerre. Quand il leur donnait satisfaction, il était nourri. Quand il ne parvenait pas à accéder à leurs demandes, il était battu. Il aurait pu continuer à endurer un tel destin mais, Allah en soit loué, nos soldats eurent raison des Perses. À cause de son visage meurtri, père avait remarqué Nizam parmi les esclaves captifs. Et même s'il devint l'esclave de mère, par égard pour ses blessures elle le traita avec douceur.

Nizam avait quinze printemps. De deux ans sa cadette, je n'avais guère que la sagesse de reconnaître que j'ignorais presque tout du monde. Certaines choses m'apparaissaient clairement, comme mon amour pour mes parents et l'adoration mutuelle qu'ils se vouaient. Cette passion se devinait aisément, car mère était souvent au côté de père, qu'il fût occupé à faire la guerre hors des frontières de l'Hindoustan ou à siéger à la cour pour veiller aux affaires de l'empire. Chaque fois que c'était possible, mes frères et moi accompagnions mère qui souhaitait nous familiariser avec le règne de notre père.

De mes quatre frères, Dara s'était toujours montré le plus gentil avec moi. Il n'était mon aîné que d'un an et nous étions si proches que beaucoup des femmes du sérail jugeaient cela inconvenant. Repoussant mon yaourt, je me rapprochai de lui. « Peux-tu m'aider ? » lui demandai-je en lui tendant une cage de bambou pas plus grande que la main de père.

S'interrompant dans sa calligraphie, il leva les yeux. « Tu me distrais trop souvent, Jahanara, protesta-t-il. Père ne sera pas content de mon travail.

– Lui, mécontent de toi ? Je n'ai jamais vu ça. »

Dara accueillit ces paroles par un haussement d'épaules et prit la cage. À l'intérieur se trouvaient trois grillons qui me berçaient souvent de leur chant pendant la nuit. Certaines des tiges de bambou s'étaient brisées sur le toit de la cage, si bien que je craignais de les voir s'échapper.

« Comment s'est-elle cassée ? demanda mon frère.

– Elle est vieille. »

Il me fit un clin d'œil sans effort apparent, talent que je lui enviais. « Tu as intérêt à mieux veiller sur tes petites bêtes. Je n'ai pas envie de leur marcher dessus. » J'allais répondre, mais Dara poursuivit : « Après tout, les hindous pensent que nous pouvons nous réincarner en insectes. »

Je ne voyais pas comment je pourrais devenir un grillon, mais je me tus. Dara en savait bien plus long que moi sur ces sujets. Fascinée par la dextérité de ses mains, je le regardai enrouler un fil de soie entre les fragments de bambou entrelacés. En moins de temps qu'il ne m'en aurait fallu pour rédiger une courte missive, il avait fini.

« Tu aimerais être un grillon ? » demanda-t-il.

Dara ne prenait pas ce genre de considérations à la légère, aussi je m'abstins de tout commentaire sur l'ennui de l'existence d'un grillon. « Peut-être, si je vivais dans un figuier banian que je pourrais explorer…

– Mais dans ta cage ? Le paysage y serait moins attrayant, non ?

– Tu penses que je devrais les remettre en liberté ?

– Fais comme tu veux, répondit-il, puis il me tira les cheveux d'un geste affectueux. Je sais que tu n'y manqueras pas. »

J'avais beau raffoler du chant de mes grillons, la justesse des propos de Dara me parut évidente. Je vivais, moi aussi, dans une cage dorée, et bien peu de perspectives s'offraient à moi. « Ils préféreraient les arbres ou l'herbe ? demandai-je.

– L'herbe, je pense », dit-il en retournant à son étude.

Je vais les déposer sur une haute branche, me dis-je, où aucun chat ni aucun lézard n'ira les embêter. Tandis que je me demandais quel arbre du harem constituerait le meilleur abri, je m'aperçus qu'Aurangzeb nous observait. Le troisième de mes quatre frères était souvent d'humeur sombre et taciturne. Quand nos regards se croisèrent, il détourna les yeux. Après avoir accroché ma cage à un poteau en teck, j'allai m'agenouiller sur le tapis à côté de lui. « Et si nous faisions un jeu ? » lui demandai-je, lasse de lire.

Aurangzeb se mit à ricaner. « Les jeux, c'est bon pour les filles.

– Tu n'as qu'à m'apprendre à jouer au polo. »

Son rire monta dans les aigus et me fit penser à un cri de cochon. « Au polo ? répéta-t-il d'un ton méprisant, les traits délicats de son visage soudain crispés.

– J'aimerais bien apprendre…

– Seuls les hommes jouent au polo. »

Bien qu'Aurangzeb n'eût que onze ans, je tins ma langue. Pendant un moment, du moins. « Dans ce cas, pourquoi tu y joues ? » demandai-je innocemment.

Les lèvres pincées, il se jeta sur moi et enfonça ses genoux dans ma poitrine. Je savais qu'il voulait m'entendre gémir et le supplier, aussi m'efforçai-je de garder le silence tout en lui griffant les jambes. Moi qui étais à peine plus forte que lui, je parvins à le repousser. Mais il revint à l'assaut.

« Dara ! » appelai-je, soudain effrayée par le tempérament fougueux d'Aurangzeb.

Mon frère aîné s'empressa d'intervenir, mais, avant même qu'il n'arrive jusqu'à nous, Nizam, qui, malgré son jeune âge, semblait infiniment plus fort, nous attrapa l'un et l'autre par le cou.

« Cessez vos idioties ! » ordonna ma mère d'un ton sec. Les bras croisés, elle se tenait derrière Nizam. « Le harem est un lieu d'étude et de détente, les bagarres y sont tout à fait déplacées. Si vous ne pouvez pas vous en empêcher, allez trouver un tas de boue dehors.

– Mais, c'est elle qui… »

D'un regard courroucé, mère intima le silence à Aurangzeb.

« Manifestement, vous avez tous deux besoin d'un peu de soleil. Et si nous allions faire une surprise à votre père ? »

Sans nous laisser le temps de répondre, elle fit signe à Nizam de nous lâcher. Pendant ce temps, elle échangea son châle contre une robe chasuble couleur cuivre qu'elle noua autour de sa chemise et de sa jupe à l'aide d'une large ceinture en soie pourpre. Ayant salué ses amies, mère nous fit sortir de la pièce et longer une allée adjacente. Sa colère contre moi n'était qu'apparente, même si Aurangzeb avait réussi à me faire sortir de mes gonds et enfreindre l'étiquette. À vrai dire, mère méprisait ces règles encore plus que moi, mais, en me battant avec Aurangzeb, je les avais ouvertement bafouées, sans réfléchir aux conséquences de mes actes. Mère, quant à elle, ne transgressait les règles que pour des motifs bien plus nobles.

Deux gardiens ouvrirent les grilles du harem à notre approche. Mes deux autres frères, Shah et Murad, suivaient mère et Nizam ; Dara, Aurangzeb et moi fermions la marche chacun de notre côté. Hors de l'enceinte du harem, le Fort Rouge n'était que tumulte et agitation. Le long du trottoir, nous côtoyions des hordes de marchands, d'administrateurs, de guerriers et de prêtres. Presque tous semblaient pressés de s'engouffrer dans des magasins, des mosquées, des écuries et des baraquements. Bien au-dessus de nous, à l'étage supérieur du fort, dans les pavillons, se pressaient les nobles et leurs domestiques.

Le Fort Rouge dominait le fleuve Yamuna. Entourée de fortifications en grès hautes de cinquante pieds et épaisses de six pieds, la forteresse constituait le siège de l'empire de mon père. Nobles et esclaves se pressaient sur ses dalles. Des formations de soldats se rassemblaient souvent dans ses vastes cours pour l'exercice et des centaines de guerriers montaient la garde sur les parapets de la citadelle. Des canons saillaient des murs crénelés.

Les hindous et les musulmans s'y coudoyaient, car, sous le règne de père, le Fort Rouge accueillait aussi bien les uns que les autres. Notre famille régnait sur les hindous alors que nous appartenions à la minorité musulmane de la population. Comme le rappelait souvent notre père, ce n'est qu'en réservant un bon traitement aux hindous que nous pouvions conserver le pouvoir.

Comme nous nous hâtions dans la ruelle, j'observai les passants de l'autre confession. Les femmes portaient des saris – ces longs pans de coton ou de soie enroulés autour du corps et dont seuls les mains et le visage dépassaient. Les robes des musulmanes étaient cousues et nos tenues composées de plusieurs vêtements.

Nous étions tous chaussés de sandales, et les miennes heurtaient inlassablement mes talons tandis que je suivais mère. Des tas de crottin d'éléphant et de chameau jonchaient la chaussée, aussi devais-je concentrer ma vigilance sur les pavés. En temps normal, Nizam marchait à mon côté, mais aujourd'hui, sans doute en raison de ma bagarre, il restait au côté de mère. Bien qu'il fût souvent victime des méchants tours d'Aurangzeb et partageât peut-être en secret mon opinion sur les talents de ce dernier au polo, il avait la sagesse de garder ses sentiments pour lui.

La traversée du Fort Rouge ressemblait aux tribulations d'une souris sur un navire. Il y avait sans cesse de nouveaux recoins à explorer au bout d'allées sinueuses et d'escaliers très raides. Les murs de grès coiffés de tuiles vernies étaient souvent si hauts qu'il m'était impossible de voir de l'autre côté. De temps à autre, j'apercevais des tours et des remparts sur lesquels on distinguait des soldats et des bannières flottant au vent.

J'aurais très bien pu m'égarer si je n'avais pas marché dans les pas de ma mère. Malgré son allure décidée, elle échangeait des salutations avec de nombreux passants. Les gens avaient souvent l'air surpris d'entendre l'impératrice leur rendre leurs compliments. Ils n'auraient pas dû : mère était connue dans tout le royaume pour avoir jeté des perles dans les écuelles des mendiants estropiés ou trouvé un toit à des orphelins. Il me semblait que l'essentiel de son bonheur provenait de cette aide qu'elle apportait à ceux que les plus humbles dédaignaient. Moi-même, dans le sérail, j'avais parfois goûté à cette joie quand j'avais pu venir en aide à d'autres. Le sourire de ceux à qui j'avais rendu service me réchauffait le cœur.

Saluant deux gardes impériaux d'un signe de la tête, mère attendit qu'ils ouvrent la porte en teck donnant accès à une salle imposante, tout en longueur, que l'on appelait Diwan-i Am, la salle des audiences. Cette pièce n'avait rien à envier à notre harem ni pour le confort ni pour la richesse de ses décorations. Le plafond en était couvert de feuilles d'argent et ses murs, chargés d'ornements, abritaient une assemblée de nobles bien mis et de militaires.

Au centre du Diwan-i Am, assis sur le trône du Paon, siégeait mon père. Le trône consistait en une estrade recouverte d'un tapis en cachemire, au sommet de laquelle était posé un énorme coussin pourpre brodé d'étoiles dorées. Père avait l'habitude de s'agenouiller sur le coussin. Autour de lui, douze piliers soutenaient le dais. Ces piliers étaient sertis de perles d'une beauté parfaite et sur le baldaquin se dressait un paon doré. La queue de l'oiseau était couverte de saphirs.

Au pied de l'estrade, juste devant le trône du Paon, étaient réunis les nobles de haut rang. Ces messieurs moustachus ou barbus portaient des tuniques de soie et des colliers de perles. Plusieurs d'entre eux avaient des mousquets tandis que d'autres arboraient fièrement des sabres rangés dans des fourreaux ornés de pierres précieuses. De part et d'autre de cette assemblée, des serviteurs munis de longues perches terminées par des éventails ronds rafraîchissaient père et son auditoire.

À une distance respectable du trône du Paon, derrière la balustrade à dorures qui les séparait des nobles, se tenaient les officiers de l'armée. Une autre balustrade, argentée celle-là, séparait ces derniers de plusieurs dizaines de soldats de l'infanterie et de domestiques, relégués encore plus loin de père. Les nobles, les officiers et les soldats étaient vêtus de tuniques qui leur tombaient au-dessous du genou et recouvraient leurs pantalons amples. Ces *jamas* et ces *pyjamas* étaient souvent taillés dans du coton ou de la soie aux couleurs vives et retenus à la taille par une large ceinture en étoffe.

Quand nous entrâmes dans la salle, toutes les têtes se tournèrent vers mère et tous redressèrent les épaules à sa vue. Cette réaction me fit sourire. Le trône de père avait beau être couvert d'émeraudes, de rubis et de diamants, la présence de ma mère éclipsait ces incroyables richesses aux yeux des hommes.

Elle était l'orchidée au milieu d'un bouquet de coquelicots. Sa robe était assez ajustée pour flatter les lignes de son corps mince dont les courbes n'avaient pourtant rien à envier à celles d'une femme plus plantureuse. Des rubis étaient épinglés dans ses cheveux d'un noir de jais ; un rang de perles dessinait le contour de ses oreilles dont les lobes étaient ornés de pendentifs en argent sertis d'émeraudes. Un anneau en or était fixé à sa narine. Enfin, un délicat collier de diamants lui descendait presque jusqu'au nombril et elle portait des bracelets de saphirs aux poignets. Comme pour beaucoup de dames nobles, un miroir miniature sur le pouce l'aidait à corriger son apparence.

Le visage de mère, bien que connu de tous, ne manquait jamais d'attirer tous les regards. Elle avait la peau douce et cuivrée, le teint uni et des lèvres bien dessinées. Ses yeux noisette étaient plus larges que la plupart et son nez semblait inexplicablement plus fin. Comparée à elle, je savais que je ne serais jamais belle. Mes dents étaient moins bien rangées, mes yeux plus rapprochés. Cependant, nous avions hérité de la même peau et de la même ossature. Mes frères possédaient à la fois ses caractéristiques physiques et celles, plus communes, de notre père. Les garçons étaient un peu petits pour leur âge, dotés d'une épaisse chevelure et d'une musculature noueuse.

« Votre présence nous honore », annonça mon père en se levant. Les épaules larges et la taille épaisse, il descendit de l'estrade, l'air extrêmement content de nous voir. Il portait une tunique jaune, une large ceinture en étoffe noire et un turban pourpre. Ses bijoux étaient aussi nombreux que ceux de mère, mais, à l'exception d'un collier de perles et de quelques bagues, ils étaient épinglés à ses vêtements.

Père ne fit aucune remarque sur l'arrivée de ses enfants mais il adressa un sourire à chacun de nous. Je trouvais son visage barbu, qu'il avait large et rond, très rassurant. Son nez était cassé depuis longtemps et son menton plutôt saillant. « Vous me rappelez, Arjumand, que les affaires de la matinée doivent prendre fin, car même les léopards doivent parfois se reposer, n'est-ce pas ? »

Sur notre gauche, une voix grave se fit entendre : « Pardonnez mon impertinence, Votre Majesté, mais il y a une question qui ne peut rester en suspens.

– Et quelle est-elle, lord Babur ?

– Une question grave, aux conséquences non moins graves. »

J'avais entendu parler de lord Babur par mère et je me rappelais que c'était un noble très puissant mais que mes parents ne le tenaient pas en très haute estime. Petit et trapu, Babur était vêtu d'une tunique en soie à rayures vert clair et ivoire. Il portait un sabre au côté. Comme le voulait la coutume lorsqu'on sollicitait l'attention de l'empereur, Babur posa la main droite par terre. Puis il sortit un cadeau dont la valeur correspondait à son rang, conformément au protocole. J'étais assez près de Babur pour le voir tendre aux domestiques de père une grande plume décorative destinée à un turban. Du jade et des lapis-lazuli en rehaussaient les couleurs. Ce rituel accompli, Babur adressa un signe de tête à ses serviteurs, qui hissèrent un vieillard sur ses pieds. Il était enchaîné et son visage maculé de sang séché.

« Qu'a-t-on fait à cet homme ? interrogea père.

– La question n'est pas ce qu'on lui a fait, Votre Majesté, mais ce qu'on m'a fait à moi. » Comme père gardait le silence, Babur poursuivit : « Ce criminel possède une pauvre parcelle de terre adjacente à mon domaine. Aussi insignifiante qu'une mouche sur un mur. Comme sa récolte ne vaut rien, il a eu recours à l'expédient qui lui était le plus naturel, c'est-à-dire le vol. Mes gardes l'ont surpris en train de piller notre grange, un crime capital. »

Je jetai un regard furtif vers le coin de la salle où deux bourreaux aux muscles hypertrophiés attendaient, immobiles. Deux billots en bois, qui leur arrivaient à la taille, étaient placés entre eux sur une colossale dalle de granit. Des sillons avaient été creusés dans la pierre pour que le sang s'écoule jusqu'aux égouts. Les billots étaient tachés et rougis par de nombreux coups de sabre. Bien que père montrât toujours de la réticence à ordonner la mort d'un homme, il n'avait parfois aucun autre recours. Ce jour-là, la chance avait sans doute joué en sa faveur : les lames des bourreaux luisaient, propres et nettes.

Père s'approcha de l'accusé qu'il examina un moment avant de lui demander : « Quel est ton nom ? »

Le vieil homme, qui devait avoir vu maintes et maintes saisons dans ses champs, baissa la tête. « Ismail, Votre Majesté.

– Un nom persan, n'est-ce pas ?

– Oui, Votre Majesté.

– Eh bien, Ismail, qu'as-tu à dire pour ta défense, si tu as bien commis un crime ? »

L'homme chancela et se passa la langue sur les lèvres. « Votre Majesté, mes fils ont eu l'honneur de combattre pour vous. Ils étaient fiers de se battre sous votre étendard. Ils vous ont bien servi et ils… Votre Majesté, on m'a dit qu'ils étaient morts comme des braves.

– Dans ce cas, ce sont eux qui m'ont fait honneur.

– Merci, Votre Majesté, merci.

– Mais à présent, Ismail, tu dois répondre de cette accusation.

– Votre Majesté, ils étaient les seuls fils que j'avais. » Le fermier chassa une mouche de son nez ensanglanté. Des gouttes de sueur, ou peut-être des larmes, luirent sur ses joues. « Sans eux, je n'ai pas pu moissonner. Mon riz a pourri sur pied. Il est toujours dans mes champs.

– La paresse ne justifie pas le vol.

– Patience, lord Babur, intervint père. Nos lois l'autorisent à s'exprimer. »

Quand l'empereur le montra du doigt, le vieillard s'éclaircit la voix. « Ma femme et moi, nous mourions de faim, Votre Majesté. Nuit et jour. J'ai demandé à manger à lord Babur, mais, comme il a refusé, j'ai volé un sac de riz.

– Donc il dit vrai ?

– Oui, Votre Majesté. »

Père retourna au trône du Paon. Ses pensées semblaient vagabonder tandis qu'il étudiait l'intérieur de son dais serti de pierreries disposées en motifs d'orchidées. « La loi impose votre mise à mort, finit-il par dire. Mais je n'ai aucune envie de faire exécuter un homme qui a donné de braves fils à l'empire. Comment tuer un tel homme pour un simple sac de riz ?

– Il a enfreint…

– Lord Babur, je préférerais poser cette question à ma femme plutôt qu'à la personne directement concernée par cette affaire. »

Tout autour de la pièce des chuchotements excités s'élevèrent parmi les nobles. Même s'ils estimaient tous que les femmes n'avaient aucun jugement en la matière, nul n'ignorait que l'empereur demandait souvent conseil à son épouse. Bien que peu versée en politique, je compris que mère se trouvait dans une position délicate. Jamais elle n'exigerait l'exécution du fermier, mais elle ne pouvait risquer d'offenser un noble tel que Babur.

Elle s'approcha du fermier en me faisant signe de la suivre, ce qui ne laissa pas de me surprendre. Il s'inclina très bas devant nous. « Prends ses mains, Jahanara, dit ma mère. Comment sont-elles ? »

Les murmures des représentants de la noblesse s'intensifièrent à cette question. Ce n'est cependant pas notre public que je regardai, mais le vieil homme. Quand il leva les mains vers moi, je les saisis et passai le bout de mes doigts couverts de diamants sur ses paumes. « Elles sont dures, mère, répondis-je, et mon cœur se mit à battre un peu plus vite. Dures comme le teck.

– Est-ce que ce sont les mains d'un voleur ou d'un fermier ?

– D'un fermier, assurément. »

À ces mots, Babur se hérissa mais n'osa pas intervenir. Mère me sourit puis se tourna vers son mari. « Ce que je recommande est simple, Votre Majesté. Ismail devra renoncer à ses terres mais pas à sa vie. Il signera un acte de cession à lord Babur. » L'accusé s'affaissa sur lui-même : abandonner sa ferme le condamnait à une vie de rejet et de mendicité. Cependant, mère n'en avait pas fini. « Mais mes jardins dépérissent ces temps-ci, et je cherche une personne d'expérience en matière de jardinage pour les sauver. Seriez-vous cette personne, Ismail ? »

Le fermier tomba à genoux. « En vérité, Votre Majesté, c'est moi. C'est bien moi.

– Dans ce cas j'ai trouvé mon jardinier.

– Et… ma femme ? »

Mère se mit à rire sans réserve comme si j'avais été seule présente. « Elle pourra vous rejoindre au Fort Rouge, bien sûr, car quel homme peut penser clairement sans l'avis de sa femme ? » Quand elle lança un clin d'œil à l'empereur, quelques-uns parmi les nobles sourirent malgré eux.

Père rit et, l'espace d'un instant, ressembla plus à un mari ordinaire qu'à l'empereur de l'Hindoustan. « Cette décision est-elle acceptable pour toutes les parties en présence ? » demanda-t-il en écartant les mains.

Babur, sans doute ravi à l'idée d'acquérir de nouvelles terres, acquiesça. « Tout à fait, Votre Majesté. Comme toujours, l'impératrice a trouvé la meilleure solution.

– Voici donc l'affaire close, comme le reste de ces ennuyeuses questions. »

À ces mots, la salle se vida, désertée par les nobles, les serviteurs et les soldats. Ismail fut relâché par les hommes de Babur et s'empressa de venir se prosterner aux pieds de mère. Rayonnante, elle saisit les mains qu'il levait vers elle, puis demanda à Nizam de lui trouver un endroit où le loger, à proximité de ses jardins. Quand ils furent partis, elle chuchota à père : « Babur n'est qu'un vil rampant, mais je ne voyais pas d'autre moyen de calmer sa fureur. »

Père enfila ses sandales serties de diamants. « Merci, ma bien-aimée. Vous m'avez sauvé la mise, une fois de plus. » Son regard se posa sur moi. « Et tu as été parfaite, ma petite fleur ! Parfaite ! Tu devais être nerveuse, non ? Comme un cheval devant un cobra !

– Oui, père. Même si je ne suis qu'une souris. »

Il éclata de rire et se tourna vers ses fils. « Dommage que votre mère ne soit pas née garçon. Elle ferait un empereur extraordinaire. Bien meilleur que moi, et de beaucoup. »

Trois de mes quatre frères sourirent. Aurangzeb, quant à lui, tira sur la tunique de père. « Mais la loi impose l'exécution des criminels. Maintenant, il va pouvoir nous voler. » Comme à son habitude, Aurangzeb parlait haut et fort. J'avais l'impression qu'il avait peur de ne pas être entendu de tous.

Le sourire de père s'effaça, comme souvent lorsque Aurangzeb disait quelque chose qu'il désapprouvait. « C'est possible, mais il a mérité le droit de prouver sa valeur.

– Comment ça ?

– Il a sacrifié ses fils à l'empire. Si j'avais fait de même, je m'attendrais à ce que mon empereur m'en témoigne quelque gratitude au lieu de recourir au sabre du bourreau.

– Mais il a enfreint la loi.

– Un sac de riz a-t-il autant de valeur que la vie d'un homme ? s'enquit Dara, qui ne manquait presque jamais de défendre le point de vue opposé à celui d'Aurangzeb.

– La loi, c'est la loi.

– Et la loi a tranché, intervint père, en tapotant l'épaule de Dara avec tendresse. Ismail a perdu sa ferme, qui est revenue à son accusateur, grâce à mes brillantes dames. » Père prit mère par la main et s'éloigna du trône. « Venez, assez parlé de cette affaire. Pendant que nous discutions, mon estomac n'a fait que grogner comme un lion blessé. »

En me tournant pour les suivre, je surpris le regard furieux d'Aurangzeb. Mal à l'aise, je me demandai ce que j'avais fait de mal.

Plus tard dans la soirée, allongée sur une peau de tigre, je contemplais le Yamuna. Au-dessus de ma tête bruissaient les lourds pans de toile du pavillon que nos domestiques avaient érigé au bord du fleuve. La structure écarlate n'était pas fermée sur les côtés, et de solides perches de bambou en supportaient le faîte. Un tapis d'une largeur et d'une épaisseur incroyables, représentant des arrangements de roses, garantissait le plus grand confort à ceux qui venaient s'allonger sous le pavillon. Fourrures, coussins et couvertures en soie très fine étaient disposés çà et là sur le tapis.

En caressant la fourrure emmêlée du tigre, je me demandai comment un animal pouvait être à la fois si beau et si effrayant. À côté de moi étaient assis père et mère, tous deux vêtus de tenues sombres. Mes petites sœurs dormaient près d'eux sous des couvertures en pashmina. Malgré toute l'affection que j'avais pour mes sœurs, je ne profitais que rarement de leur présence, car leurs nourrices pourvoyaient à tous leurs besoins. Ces femmes veillaient jalousement sur leurs petites protégées et refusaient invariablement mon aide.

À l'autre extrémité du pavillon, une troupe de danseurs et de musiciens nous divertissait. Versés dans l'art du conte kathak, ces artistes évoquaient les hauts faits de Humayun, mon arrière-arrière-grand-père, qui avait réussi à échapper à des hordes de guerriers afghans. C'était un récit bouleversant car, après avoir vaincu nos forces armées, les Afghans avaient entrepris de massacrer notre peuple tout entier : hommes, femmes et enfants. La légende disait qu'au moment où l'ennemi était venu à bout de nos gardes impériaux, un aide de camp avait donné une outre à l'empereur. Gonflée, la vessie lui avait permis de traverser le Gange sans encombre. Ainsi, mon arrière-arrière-grand-père avait pu revenir en Hindoustan des années plus tard pour chasser l'envahisseur.

Cinq hommes – torse nu, le visage éclaboussé de sang – incarnaient les Afghans. Un autre comédien affublé d'un collier de perles se cramponnait à un énorme estomac de cheval cousu de cuir. Au son des cithares et des tambours que faisaient résonner les musiciens, les Afghans pourchassaient l'empereur qui se réfugia sur une large étendue de velours bleu.

Tandis que la musique accélérait sa cadence, les danseurs, emportés par les remous du fleuve, se mirent à tourbillonner frénétiquement, les bras tendus, alors que Humayun gagnait l'autre rive à la nage. Quand il finit par retrouver la terre ferme, ses poursuivants tombèrent sur le velours en se tordant, le rabattirent sur eux, disparaissant ainsi sous les vagues bleues du fleuve.

Nous applaudîmes vigoureusement la conclusion de cette scène. Bien que le kathak fût un art populaire, et que nous assistions à ce genre de spectacle chaque semaine, ces comédiens comptaient parmi les meilleurs artistes d'Agra. Père leur fit l'insigne honneur de se lever pour donner à l'acteur principal, qui avait incarné l'empereur, plusieurs pièces d'or. Ils échangèrent des compliments puis les artistes en sueur replièrent leur rouleau de velours et quittèrent discrètement le pavillon.

Même si j'avais apprécié le spectacle, je jetai un coup d'œil un peu envieux du côté des silhouettes lointaines de mes frères en regrettant de ne pas pouvoir, moi aussi, me déplacer seule. Dara était étendu près du fleuve, adossé à un magnifique cyprès. Il avait ouvert le Coran. Le soir venu, il lisait souvent, même s'il étudiait les divinités hindoues aussi bien que les Saintes Écritures de l'islam ou que toute autre religion. Père, qui préconisait la fréquentation des livres, tirait une grande fierté des centres d'intérêt de Dara. À vrai dire, ils se régalaient souvent de confiseries en s'absorbant dans l'étude de l'architecture, de la poésie ou de la musique.

Des cris joyeux me firent lever les yeux. Shah et Murad, qui semblaient trouver ensemble toute la joie du monde, pêchaient les carpes au bord de l'eau à l'aide d'arcs et de flèches. Plus loin, presque hors de portée de voix, Aurangzeb faisait tourner en rond son étalon gris. Même si je m'étais moquée de ses dons pour le polo, Aurangzeb surpassait tous les enfants de son âge en équitation. Sa monture était bien dressée, comme il se devait, car, trois lunaisons plus tôt, j'avais vu Aurangzeb la fouetter sans pitié avec une canne de bambou.

Derrière Aurangzeb, qui faisait maintenant décrire des huit à sa monture, se trouvait une multitude de nos sujets. Sur le fleuve, des pêcheurs ramenaient des eaux boueuses des barques pleines de poissons à l'agonie. Sur la berge, des femmes étaient occupées à raccommoder des filets ou teignaient des étoffes avec des couleurs vives. Certaines familles, presque semblables à la nôtre, se reposaient tout simplement dans la fraîcheur et le calme de cette soirée d'automne.

« Tu t'es montrée très courageuse aujourd'hui, me dit mon père d'une voix douce.

– Mais je n'ai fait que dire la vérité, rétorquai-je. Ses mains étaient calleuses et il a été obligé de voler. » Il y avait des années que je ne m'étais plus assise sur ses genoux, mais j'en eus soudain envie. Cependant, mon corps ne s'y prêtait plus sans gaucherie, aussi me laissai-je retomber sur le tapis à son côté. Tout autour du pavillon, des domestiques allumaient des torches pour faire reculer l'obscurité qui gagnait.

Mère se rapprocha de nous et vint s'accouder au long coussin circulaire auquel nous étions adossés. Elle tendit la main pour remettre en place une tortue de mer en émeraude épinglée au sommet de mon voile. « Ta beauté est le reflet de ton âme, Jahanara, dit-elle. Mais le plus important, c'est que ton esprit aussi en soit le miroir. »

Les poètes ne vanteraient certes jamais les charmes de mon visage comme ils le faisaient pour mère, mais j'espérais hériter ne fût-ce que d'une infime partie de sa sagesse. « C'est vrai ?

– Je ne le dirais pas si ça ne l'était pas. »

Père se pencha vers mère pour remplir de vin son gobelet qui était vide. Je l'avais vu faire ces gestes mille fois, alors que même des nobles de moindre rang confiaient ce genre de tâches à des domestiques. Père, quant à lui, préférait choyer sa femme lui-même. Et, tandis que la plupart des nobles s'entouraient de jeunes concubines, père avait choisi de n'avoir que ma mère. Il se montrait bon avec ses autres épouses mais leur rendait rarement visite. En dépit de mon jeune âge, j'avais une conscience aiguë du caractère unique de l'amour que se portaient mes parents et je me demandais souvent si le destin voudrait que je fasse l'expérience d'un tel bonheur. Il me semblait impossible de connaître un jour pareille félicité, impossible de devenir digne d'un homme tel que mon père.

Lasse, je fermai les yeux. Lovée contre mon père, je trouvais apaisants les mouvements de sa poitrine qui se soulevait et retombait. Il me caressa le front jusqu'à ce que le chant des grillons se transforme en une longue note ininterrompue et assourdissante. Alors, il me déposa doucement à ses pieds sous une couverture et plaça un coussin sous ma tête. À l'instant où il posa un baiser sur mon front, je soupirai et feignis le sommeil.

« Allah nous a bénis en nous donnant des enfants, dit père à voix basse. On trouve autant de délices à les faire que de joies à les regarder grandir. »

En entendant parler de ces délices, par le passé, j'avais résisté à la tentation de la rêverie. Le silence se prolongea, suivi par le bruit d'un baiser. J'ouvris les yeux une fraction de seconde, j'aperçus leurs visages, séparés, mais à seulement un doigt l'un de l'autre.

« Comment se peut-il, demanda père, que mon amour pour toi ne faiblisse pas ? Mon corps s'engourdit avec le temps, mes mains me font souffrir pendant la mousson. Mais à cet instant, quand je te contemple, seule la joie m'étreint.

– Tu t'es judicieusement marié, fit remarquer mère non sans espièglerie. Si tu ne m'avais pas rencontrée, tu serais encore plus vieux que tu ne l'es aujourd'hui. Et je vendrais peut-être toujours des perles aux nobles, à ces êtres avides qui ne pensent qu'à satisfaire leurs maîtresses. Des hommes qui ne pensent pas avec leur tête. »

Père rit de son rire grave et rassurant. « Ces imbéciles se plaisent à raconter que je les envie, que j'aspire à posséder leur troupeau de femelles, dit-il en buvant son vin à petites gorgées. Penses-tu qu'ils puissent imaginer que je donnerais mon empire pour toi ? Que sans toi à mes côtés je serais comme un faucon à qui on aurait coupé les ailes ?

– Tu aurais dû être poète, répondit-elle avec un sourire malicieux en plaisantant du goût que père avait pour les mots. Nous serions en train de mourir de faim, assurément !

– Mais, Arjumand, la plupart des poètes ne parlent que de souffrances, de misère et de besoin. Je ne pourrais écrire que sur l'amour, et la plupart des lecteurs trouvent ce sujet fort ennuyeux. Comment pourrais-je décrire la haine, alors que je n'en abrite point ? Et la jalousie ? Et le chagrin ? Non, il vaut mieux que les poètes et les philosophes débattent de telles abstractions. Elles ne font pas partie de mon univers.

– Ni du mien.

– Laissons-les écrire, mon amour, pendant que nous vivons. »

Dans le silence qui s'ensuivit, mon cœur battit à coups redoublés. Et quand ils s'embrassèrent à nouveau, j'ouvris les yeux tout grands.

2

Première trahison

Si mon père ne comprenait pas tout à fait ce qu'étaient la haine ou la jalousie, l'un de ses fils connaissait bien ces sentiments. Ce n'est pourtant que quatre mois plus tard, quelque temps avant le solstice de printemps, que je compris pleinement les rancunes qu'abritait le cœur d'Aurangzeb et à quel point il était capable de trahison. Jusqu'alors, j'avais senti monter son hostilité contre nous tous : Aurangzeb affichait sa rancœur aussi ouvertement que le sabre qu'il avait pris l'habitude d'arborer. Dara et moi étions tour à tour les victimes de son courroux. Nous méritions rarement son mépris, mais ses colères intervenaient sans crier gare.

Je ne savais pas très bien comment apprécier ses changements d'humeur et je confiai un jour à Dara qu'Aurangzeb me faisait penser à une abeille. Combien de fois n'avais-je pas été piquée sans raison particulière ? Ces agaçants insectes estimaient peut-être que je représentais une menace, mais je préférais de loin les regarder s'abreuver du nectar des fleurs plutôt que d'encourir leurs attaques. À bien des égards, Aurangzeb possédait un tempérament similaire. La plupart du temps, il évoluait dans son propre univers, mais se sentait-il bafoué que la première personne venue pouvait se faire piquer.

C'est par un après-midi torride que j'eus à souffrir ma première vraie blessure.

Mes frères et moi avions étudié d'arrache-pied dans le harem. Mère parcourait les notes qu'avait prises père lors d'une récente audience au tribunal, tandis que les mains de Nizam s'agitaient en rythme sur une tablette en bois de rose recouverte de peau de daim. Les autres femmes présentes bavardaient à voix basse, buvaient du vin ou goûtaient des fruits disposés sur des plateaux d'argent. Des linottes et des verdiers chantaient dans des cages dorées. Un parfum d'opium flottait dans la pièce.

J'étais censée beaucoup lire, aussi un épais volume était-il posé sur mes genoux. Le texte était écrit en perse, la langue officielle à la cour. Même si les Perses étaient désormais nos ennemis, ils avaient profondément influencé l'Hindoustan. Cet ascendant avait commencé lorsque mon grand-père avait épousé Nur Jahan, une princesse perse des plus remarquables qui avait fait fleurir la culture perse à la cour d'Agra. En fait, à plus d'un titre, c'est Nur Jahan qui avait officieusement régi l'empire.

Bien sûr, je parlais également l'hindi. J'aimais cette langue sans prétention que je me plaisais à utiliser pour m'adresser aux domestiques et à la population locale. Peu de gens du commun parlaient le persan et la plupart de ceux qui le connaissaient préféraient l'hindi.

Le persan est indéniablement agréable à lire car il s'écrit dans une calligraphie gracieuse dont la maîtrise demande toute une vie de travail. Le texte que je lisais était un de ces chefs-d'œuvre et portait sur l'histoire de notre empire : il vantait les hauts faits des empereurs qui avaient précédé mon père. Je devais retenir les grandes actions de chacun et les difficultés auxquelles il s'était retrouvé confronté. Mère me poserait des questions plus tard dans la soirée, comme elle ne manquait jamais de le faire.

Je lisais l'histoire de mon grand-père quand j'entendis les modulations lointaines d'un muezzin. Je l'imaginai au sommet de la tour d'une mosquée, en train de faire résonner son appel à la prière. À l'instant où je posai mon livre, de nombreuses résidentes du harem déployèrent de magnifiques tapis de prière. Nous priions debout, tournées vers La Mecque, les paumes levées vers le ciel. À certains moments de la prière, nous nous inclinions respectueusement et posions le front sur le tapis. Une fois les prières terminées, nous roulions nos tapis et reprenions nos activités.

Je retournai donc à mon histoire et ne fermai pas le livre avant de connaître les passages que l'on m'avait assignés aussi parfaitement que les motifs de mes tuniques préférées. Je me tournai ensuite vers mère, l'air interrogatif, pour savoir si elle viendrait faire une promenade dehors avec moi. Elle acquiesça et, Nizam lui emboîtant le pas, franchit la porte sur mes talons.

« Qui a écrit l'*Akbarnama* ? » demanda-t-elle d'un ton abrupt.

L'*Akbarnama* était une chronique de la vie de mon arrière-grand-père Akbar, le plus révéré des anciens empereurs. « Un écrivain, je suppose.

– Jahanara !

– Un écrivain du nom d'Abu'l Fazl. »

Mère rajusta mon voile. « Une réponse directe aurait suffi.

– As-tu déjà fait une telle réponse ? »

Ses mains retombèrent et son visage s'adoucit. Elle sourit et me taquina affectueusement. « Seulement pour donner satisfaction à ton père. »

Notre promenade nous conduisit bientôt dans un bazar. Sous

ses tentes et ses auvents se trouvaient des dizaines de vendeurs, l'air las, assis derrière des balances en fer et des tables couvertes de poisson séché, de rouleaux de soieries, de statuettes en bois de santal, d'encens et, surtout, de paniers en roseau pleins d'épices. Les Hindous ont toujours raffolé des épices. Si le fromage de chèvre ou les épinards ne sont pas saupoudrés de curry ou de safran, ils les estiment à peine dignes d'être mangés.

Ces arômes se mêlaient aux effluves que dégageait chacun des étals. Les fragrances les plus délicieuses abondaient : naan fraîchement sorti du four, mouton rôti, fleurs, cuir bien huilé, parfums. Des odeurs moins plaisantes couvraient parfois celles de ces marchandises car, derrière les hauts murs du fort, aucune brise ne venait chasser les relents de sueur, de fumier, de poudre à canon, d'urine et d'animaux en cage.

Mère eut la politesse de s'intéresser à toutes sortes d'objets, mais elle se contenta d'acheter une paire de sandales à Nizam. Quand nous quittâmes le bazar, elle me dit : « Tu as l'air agitée, Jahanara. Au lieu de te troubler ainsi, tu devrais tout simplement poser ta question. »

La facilité avec laquelle elle voyait clair dans mon cœur était déconcertante. « Oui, mère, répondis-je d'une voix saccadée. C'est juste que… eh bien, nous avons passé presque tout notre temps à étudier, ces derniers jours.

– Et que suggères-tu ?

– Mon amie Ladli…

– La petite fille qui aide aux cuisines ?

– Elle ira au fleuve tout à l'heure et elle m'a demandé si je pouvais y aller avec elle.

– Aujourd'hui ? » En me voyant acquiescer, elle s'arrêta, le temps de secouer la poussière de ses pieds. « À condition que tes frères t'accompagnent. Vous devez vous amuser ensemble.

– Mais Aurangzeb se montre cruel avec elle !

– Tu ne seras pas obligée de nager avec tes frères, répondit mère. Après tout, il serait inconvenant que filles et garçons se baignent ensemble. » Le sarcasme était à peine voilé dans la voix de ma mère. J'étais habituée à de telles remarques, car elle méprisait les coutumes asservissantes de notre société. Tandis que les hommes étaient libres de s'adonner à n'importe quel jeu, les femmes étaient obligées d'agir secrètement, en se cachant, et de marcher dans l'ombre de leur mari.

Et ma mère avait l'ombre en horreur !

L'impératrice était une des rares femmes en Hindoustan qui fût presque entièrement libre d'agir à sa guise. Elle ne s'habillait pas comme un homme, bien sûr, mais en adoptait le langage et ne craignait pas d'exprimer ses pensées. Père fermait les yeux sur son comportement, aussi ne souffrait-il aucune restriction. Je m'efforçais d'être pareillement audacieuse mais redoutais plus qu'elle d'offenser mes aînés.

« Nous autres femmes devons nous montrer prudentes », me conseilla-t-elle en s'arrêtant devant un stand de citrons. Elle en tâta quelques-uns. « Manipuler les hommes est aussi délicat que jongler avec des charbons ardents. Ils sont relativement inoffensifs, tant que l'on fait attention, mais, Allah m'en est témoin, ils peuvent nous brûler les doigts si on n'y prend pas garde.

– As-tu déjà jonglé avec des charbons ardents ?

– Non, mais avec des hommes, tous les jours. Et je suis certaine que des braises seraient bien moins redoutables ! »

Nous rîmes de concert en retournant au harem. Nizam, comme à son habitude, marchait dans les pas de ma mère. Il avait les cheveux épais, noirs et bouclés, mais son visage comme son nez étaient aplatis. Étrangement, son œil droit était plus grand que le gauche. Bien qu'il fût encore adolescent, Nizam était déjà plus grand que la plupart des soldats de père.

Dès que je le regardais, l'esclave détournait les yeux. Pourtant, je sentais souvent son regard dans mon dos. À bien des égards, il était une sorte de grand frère qui me protégeait contre des dangers que j'étais trop jeune pour imaginer. Même s'il était à son service, mère le traitait parfois comme un membre de notre fratrie. Elle trouvait horrible la mutilation qu'il avait subie et ne cachait à personne son opinion sur la pratique encore plus répandue de la castration. C'était une coutume très ancienne, cependant, car les seigneurs redoutaient de voir des serviteurs mâles côtoyer leurs épouses.

Mère n'était pas femme à revenir sur ses pas, aussi décida-t-elle de retourner au harem en passant par les ateliers impériaux que l'on appelait les Karkhanas. Autour d'une immense cour s'alignaient des centaines d'échoppes où travaillaient des ouvriers et des artisans. L'endroit ressemblait à un village où s'entassaient pêle-mêle des petites maisonnettes en grès séparées par d'étroites ruelles. Si les artisans fabriquaient tout ce qu'on pouvait imaginer – du parfum aux canons en passant par les vêtements –, les échoppes les plus prestigieuses étaient dédiées aux livres. Elles abritaient des traducteurs, des peintres, des calligraphes, des scribes et des enlumineurs. Ils produisaient des milliers de volumes chaque année, dont certains étaient même écrits en grec et en latin.

Mère se glissait avec une égale aisance entre les artisans, les chameaux et les prêtres hindous qui allaient torse nu. Quand nous eûmes enfin dépassé les Karkhanas, la ruelle s'élargit et nous pûmes déambuler l'une au bras de l'autre. « Nous ne faisons plus très souvent de telles promenades, dit soudain ma mère. Elles me manquent beaucoup.

– À moi aussi.

– Bientôt ton père te trouvera un mari et, ensuite, je suppose qu'elles prendront fin pour de bon. »

Une note de tristesse s'insinua dans sa voix. Elle était contagieuse, aussi répondis-je d'un ton maussade : « Mais comment pourrai-je rencontrer l'amour, comme toi, si père me marie à un inconnu ? »

Elle rajusta une broche en diamant dans mes cheveux. « N'oublie pas que bien des mariages d'amour commencent par une union arrangée. Il en ira peut-être ainsi pour la tienne.

– Ou peut-être pas. »

D'un mouvement à peine perceptible, elle inclina la tête, sa façon à elle d'acquiescer. « Parfois, Jahanara, j'aimerais que "devoir" ne soit pas un terme sacré, admit-elle en ralentissant le pas. Mais peu de mots le sont autant. Même s'il recouvre un sentiment moins fort que l'amour d'une mère pour sa fille, des hommes sont prêts à mourir pour lui, et les femmes… nous autres femmes l'endurons de mille façons bien plus insidieuses. Notre devoir, au même titre que celui des hommes qui dirigent l'empire, est d'emprunter la meilleure voie, quelle qu'elle soit, pour le bien des nôtres. Et si épouser un orfèvre peut faire ton bonheur, ce n'est pas la voie à emprunter pour le bien de l'Hindoustan. Comment pourrais-tu venir en aide à tes sujets si tu n'avais aucune influence ?

– Je pourrais vivre au milieu d'eux, suggérai-je en essayant de l'impressionner par ma perspicacité, et devenir leur amie.

– C'est ce que tu devrais faire. Mais être leur amie reviendrait à te sacrifier. Et, en tant que femme de haut rang, le moyen que tu as d'aider les autres – le meilleur moyen, en fait – est un mariage politique. Par ce biais, tu renforceras l'autorité de ton père. Tu augmenteras la puissance attachée à son nom et aux lois qu'il édicte. Et ses lois, comme tu le sais, sont bonnes pour notre peuple.

– Mais n'avons-nous aucun devoir vis-à-vis de nous-mêmes ?

– Si. Et je prie, tout autant que ton père, pour que tu rencontres l'amour. Nous qui l'avons trouvé nous refuserions de te priver d'une telle joie.

– Mais tout de même…

– Crois-moi, Jahanara, ton époux sera choisi avec le plus grand soin. Ce ne sera pas un rustre, mais ce sera un homme important pour les destinées de l'empire. En tant qu'épouse, tu auras du pouvoir. Beaucoup de pouvoir. Et, je l'espère, entre tous ces devoirs et tout ce pouvoir, vous trouverez la voie de l'amour.

– Mais comment peut-on aimer un étranger ? »

À ma surprise, elle sourit. « Que dis-tu de moi ?

– Toi ?

– Bien sûr. Ton père a peut-être bien eu le coup de foudre, mais crois-tu donc que je me souciais de lui ? Ce n'était qu'un prince gâté, un inconnu qui m'était aussi étranger que les cheveux blancs sur ma tête. Pourquoi aurais-je voulu l'épouser, moi qui ne rêvais que d'embrasser Ranjit ?

– Ranjit ? Mais je n'ai jamais entendu parler de lui !

– Chut ! fit-elle à voix basse avec des airs de conspirateur. Cette histoire viendra en son temps. Mais as-tu compris le message, Jahanara ? Puisque ton père et moi, après une telle rencontre, sommes aujourd'hui inséparables, pourquoi ton destin devrait-il être différent ? »

Je ne trouvai aucune réponse et je le lui dis. Mon humeur s'améliora. Je reléguai mes pensées matrimoniales dans un coin de mon esprit, derrière une porte bien close. Puis j'interrogeai mère sur Ranjit et l'écoutai de toutes mes oreilles me chuchoter toute l'histoire, ravie qu'elle me fît une telle confidence. Quand nous arrivâmes enfin à la maison, mère déposa un baiser sur ma joue. « Va, maintenant. Va jouer au bord du fleuve ! »

Je me hâtai d'aller chercher mes frères dans le harem. Quand je leur annonçai que nous pouvions échapper à notre étude, ils se mirent à bavarder avec enthousiasme. Je rejoignis mes quartiers tout proches en marchant aussi vite que je l'osais pour y ôter mes luxueux vêtements – car je savais depuis longtemps que mes amis semblaient plus heureux quand j'étais habillée comme eux. J'enfilai d'ordinaires habits en coton et remplaçai mes bijoux par de simples bagues.

En pénétrant dans ma chambre, Ladli fut prise d'un fou rire à la vue de mon accoutrement. D'un an mon aînée, elle était ma meilleure amie. Bien qu'elle fût une domestique, et hindoue de surcroît, je lui confiais tous mes secrets. Tout comme Nizam, elle avait le teint sombre. Mais si sa figure à lui était aplatie, les traits de Ladli étaient fins. De par sa grande beauté, si elle avait été fille d'impératrice plutôt que de couturière, elle aurait fait une princesse extraordinaire.

Nous retrouvâmes mes frères devant le harem. Tous étaient vêtus simplement, à l'exception d'Aurangzeb, affublé de la tunique jaune d'un des cavaliers de l'armée de père. Shah et Murad, habituellement calmes, bavassaient comme deux vieilles commères. Dara, qui prenait nécessairement la tête de ces petites expéditions pourtant fort rares, descendit le premier vers le fleuve. Son pas était sûr et régulier et nous laissâmes bientôt le Fort Rouge derrière nous.

Les gens ne nous reconnaissaient pas et ne s'inclinaient que lorsqu'ils apercevaient Aurangzeb. Il ne leur rendait pas leur salut, mais adressa un signe de tête à plusieurs soldats. L'un d'eux se moqua de sa tenue, bien trop grande, tout comme son sabre qui touchait presque terre. Mon frère plissa le front et allongea le pas.

Alors que nous nous mêlions à la foule, je remarquai que Nizam nous suivait en se faufilant entre les commerçants pour ensuite disparaître derrière des chameaux attachés les uns aux autres. Comment un esclave pouvait-il se montrer si loyal, alors qu'il n'avait ni parents ni avenir ? Voilà qui demeurait un mystère à mes yeux. À n'en pas douter, la bonté de ma mère avait dû favoriser ces dispositions, mais j'avais peine à concevoir une tragédie telle que la mort de mes parents.

Je pensais toujours à Nizam quand nous traversâmes un bazar de fruits et de légumes où des femmes attendaient les acheteurs, un plateau en bois sur la tête. Sur ces plateaux s'entassaient des melons, du raisin, des piments et des amandes. On marchandait à tout va tandis que les clients se pressaient et que des marchands plus jeunes insistaient auprès des visiteurs les moins enthousiastes.

Nous quittâmes le bazar et descendîmes un escalier en colimaçon. Nous empruntâmes ensuite une ruelle pavée que longeait un prêtre jésuite ; nous nous hâtâmes de le dépasser parce que sa robe de velours empestait la viande de mouton avariée. Je donnai quelques pièces à un mendiant aveugle tout en faisant un large détour pour éviter le corps d'un hindou qui, vêtu d'une tenue de cérémonie bigarrée, attendait l'incinération.

Nous foulions déjà la large allée en grès qui sortait du Fort Rouge. En contrebas, de grosses carpes nageaient dans l'eau des douves. Ces fossés étaient plus larges qu'une rue et très profonds. À l'extérieur du Fort Rouge, Agra devenait encore plus chaotique. Nous n'avions plus très loin à marcher pour atteindre le fleuve, mais nous devions encore nous frayer un chemin dans des ruelles encombrées où se mêlaient toutes les races, et où les couleurs de peau étaient aussi nombreuses que les pièces dans la bourse d'un marchand. Sur les visages que je voyais, les combinaisons infinies d'yeux, de nez, de lèvres et de teints me rappelaient l'histoire faite d'invasions et de conquêtes qui était celle de notre pays : on y retrouvait le Grec, l'Aryen, le Hun, l'Afghan, le Mongol, le Perse et le Turc.

Autant d'animaux que de gens fréquentaient les rues surpeuplées d'Agra. Les vaches étant sacrées pour les hindous, elles déambulaient librement dans la ville. Des cloches en cuivre autour du cou, elles restaient plantées ou dormaient là où elles gênaient le plus. Des rats et des corbeaux à l'affût de déchets filaient également dans les rues. Les domestiques écartaient ces animaux nuisibles de leurs maîtres qui tenaient souvent des paons, des singes ou des guépards en laisse.

Dans les rues étroites de la ville s'observait aussi une plus grande diversité vestimentaire. Selon leur position sociale, les hommes portaient de simples pagnes, des armures ou des tuniques. Les seigneurs arboraient les couleurs les plus vives, les tissus les plus fins ; les fermiers et les ouvriers sortaient souvent torse nu. Si les femmes s'adressaient rarement aux hommes en public, elles s'attroupaient autour des étals et des vendeurs. Comme pour les hommes, moins elles étaient riches moins leur sari ou leur robe miroitait.

Une digue très raide retenait le fleuve Yamuna et nous la descendîmes comme la face d'une des pyramides égyptiennes dont j'avais lu une description. Des troupeaux de bétail et des bateaux échoués – leur proue ornée de têtes sculptées de serpents, d'éléphants, de tigres ou de singes – peuplaient le rivage. Une petite bande de terre, cependant, restait dégagée, dont les eaux plus calmes étaient fréquentées par des femmes qui battaient leur linge sur des rochers. Des hordes d'enfants entouraient ces dernières, certains les aidaient à la lessive, d'autres jouaient dans l'eau. La plupart étaient plus jeunes que nous ; ceux qui avaient notre âge travaillaient aux champs ou mettaient le pain à cuire dans le Fort Rouge.

Ladli, toujours vêtue de son sari, fut la première à aller se baigner dans une petite crique au bord du fleuve. Son corps n'était déjà plus celui d'une fillette et c'est avec envie que je regardai sa poitrine frémissante. Honteuse de mon propre buste plat, je pénétrai dans le fleuve tout habillée. Je suivis Ladli jusqu'à ce que l'eau m'arrive à la poitrine.

Soudain des griffes acérées se refermèrent sur ma jambe et je me mis à hurler, persuadée qu'un crocodile m'attaquait. Mes cris diminuèrent à peine quand Dara apparut à la surface. Tout sourire, il demanda innocemment : « Qu'est-ce qui ne va pas, petite sœur ? Tu as marché sur quelque chose ? »

Faisant fi de la réprimande que je pouvais recevoir pour avoir joué avec lui, je plongeai avec une rapidité qui le surprit. Il était encore bouche bée quand nous nous enfonçâmes dans l'eau, enlacés comme deux serpents. Je le tenais d'une poigne de fer et nous nous roulâmes dans la boue d'un haut-fond où l'on avait de l'eau jusqu'aux chevilles ; puis il parvint à se dégager. J'écarquillai les yeux juste à temps pour le voir me cracher une giclée d'eau brune en plein visage. Ladli nous rejoignit à la nage et me prit par la main. Le regard de Dara, comme je le remarquai, s'attardait sur mon amie.

« Je crois que mon frère est épris de toi, Ladli, fis-je d'une voix doucereuse. Il faudra que tu viennes à sa rescousse la prochaine fois. »

Dara, qui avait presque toujours le sens de la repartie, eut l'air horrifié. « Je… »

Nos éclats de rire semblèrent ricocher sur les digues du fleuve. Dara nous lança une poignée de boue qui nous éclaboussa le dos. Puis il replongea et gagna la rive à la nage.

« Il fera un excellent empereur, décréta Ladli qui se mit à parler hindi. Tout à fait comme ton père.

– Il te trouve toujours agréable à regarder, Ladli. »

Ce fut au tour de mon amie de rester sans voix, chose extrêmement rare, car elle avait la langue assez bien pendue pour en remontrer au premier soldat venu. « Non, bafouilla-t-elle, il ne me voit pas comme ça. Je suis une domestique. Rien de plus. »

J'essuyai son dos maculé de boue. « Dara voit les gens pour ce qu'ils sont, non comme des domestiques ou des nobles. »

Elle fit la moue comme si elle venait de croquer un citron vert. « Tu vis dans un palais des glaces, ma petite amie. Il peut bien briller de tous ses feux, quand il volera en éclats, il ne restera plus que des champs de purin.

– Ladli !

– Dara a beau porter sur nous un regard différent, ce n'est pas ça qui nous rend égaux.

– Mais vous l'êtes à ses yeux », répondis-je, un peu sur la défensive. En me tournant vers le rivage, j'aperçus Dara qui avait escaladé un gros rocher. Il nous regardait peut-être, à moins que ce ne fût un troupeau d'éléphants de l'autre côté du fleuve. Ces gros pachydermes avaient l'air heureux dans l'eau où ils s'éclaboussaient les uns les autres. « Va le rejoindre », dis-je en jetant un coup d'œil autour de nous pour m'assurer que nous étions bien seules. Après tout, des inconnus n'auraient pas vu d'un bon œil notre intrusion parmi eux. « Il a envie de ta compagnie. » Ses lèvres esquissèrent une protestation, mais je l'embrassai sur la joue. « Il t'aime beaucoup, Ladli. Depuis toujours.

– Mais pourquoi, pourquoi un étalon voudrait-il d'un chameau ?

– Tu n'es pas un chameau, mais un... (Je m'interrompis en me demandant comment il se la représentait), mais un léopard des neiges.

– Un léopard des neiges ! Vraiment, Jahanara !

– Tu es exotique à ses yeux. Tu es hindoue. Tu ne vois pas les choses comme nous. Et aucune fille n'est aussi intelligente ni aussi belle.

– Tu n'aurais pas bu du vin de ton père ?

– Va le rejoindre. »

Elle hésita, puis me serra dans ses bras. « Et s'il dédaigne ma compagnie ?

– Il serait bien bête. Mais il ne le fera pas. »

Ladli se détourna et, essuyant la boue de ses bras, traversa le fleuve pour retrouver Dara. Elle passa devant Aurangzeb qui essayait d'écraser des poissons dans les hauts-fonds. Quand il lui adressa la parole, elle évita son regard. À son approche, Dara se leva. Je souris de sa réaction chevaleresque, fière de l'avoir pour frère. Ils s'assirent à une distance respectable l'un de l'autre et se mirent à bavarder.

Allongée sur le dos, les pieds dans la boue, je fermai les yeux et réfléchis. J'aurais eu envie de parler à un garçon, d'avoir un compagnon qui me fasse sourire. Si un tel garçon existait, je me demandais à quoi il était occupé en ce moment même. Peut-être était-il le fils d'un noble vivant non loin d'ici dans l'enceinte du Fort Rouge ? Ou peut-être était-il charpentier, voire soldat ? Il pouvait aussi venir d'un pays lointain et arriver un jour à Agra. Le rencontrerais-je ici ? Ou vieillirions-nous seuls, chacun de notre côté ? Je soupçonnais que mon cœur avait une âme sœur quelque part dans le monde, mais je craignais de ne jamais la découvrir.

Père m'avait dit un jour que les amants qui ne s'étaient pas encore rencontrés ressemblaient à des montagnes. Deux pics merveilleusement semblables et compatibles en tout point : ils pouvaient très bien s'élever jusqu'aux cieux sans jamais s'apercevoir de la majestueuse présence de l'autre, car ils étaient trop éloignés. Comme un homme et une femme de deux villes différentes, ils ne se rencontreraient jamais. Mais si les deux pics étaient bénis comme l'avaient été mes parents, ils appartenaient à la même chaîne de montagnes et pouvaient vivre pour toujours dans l'éclatante gloire l'un de l'autre.

Je vous en prie, Allah, priai-je, faites que j'aie cette chance ! Que ma destinée soit aussi grandiose ! Et je vous en prie, faites que cela se produise sans tarder ! Je redoutais ce qu'il adviendrait dès que je serais en âge d'être mariée et que père me promettrait à un inconnu. Je ne connaîtrais peut-être jamais l'amour, ne ressentirais peut-être jamais ce que mère éprouvait quand père l'enlaçait.

Je rêvais encore d'amour quand une ombre se dressa au-dessus de moi et m'enfonça brutalement dans l'eau. Une force prodigieuse me comprimait la poitrine, m'enlisait dans la boue. Éperdue, je me débattis frénétiquement. En ouvrant les yeux, je n'y vis pas plus clair que si l'on m'avait jeté une couverture brune sur la tête et le corps. Je tentai de toutes mes forces de me dégager, à coups de pied, de griffes et de dents, en réprimant mon envie de hurler.

Quand le poids qui pesait sur ma poitrine diminua soudain, je m'élançai à la surface. Le nez brûlant, les poumons palpitants, je recrachai une eau limoneuse. Quand je recouvrai mes esprits, je m'aperçus qu'Aurangzeb était assis à côté de moi. Un rictus mauvais sur le visage, il riait. « Oh, les affreux insectes ! » fit-il en désignant ma poitrine. Avec horreur, je m'aperçus que ma tunique s'était ouverte sur le côté et que seule ma fine chemise en coton me couvrait la poitrine. Mes tétons sombres et durs étaient visibles sous le tissu. « J'ai envie de les écraser », ajouta-t-il.

Avec un cri de rage, je lançai mon poing comme je l'avais vu faire à des lutteurs. Je visai son nez, mais il esquiva rapidement le coup et je n'atteignis que le bord de sa joue. Quand il vit une goutte de sang lui couler sur le visage avant de tomber dans l'eau, il me gifla. La claque résonna et quelques femmes nous regardèrent depuis le rivage.

Aurangzeb retroussa ses lèvres et montra les dents. « Tu le regretteras, promit-il en citant un verset du Coran qui parlait de vengeance.

– Je te hais ! dis-je d'un ton cinglant, même si cela n'était pas vrai. Je te hais, toi et tes versets stupides !

– Ça ne m'étonne pas », rétorqua-t-il avant de s'en retourner vers les eaux peu profondes. Une fois arrivé près des berges, il s'assit et s'appliqua de la boue sur la joue. J'avais envie de pleurer, mais une telle manifestation de tristesse aurait été sa victoire, aussi réajustai-je ma tenue en me mordant la lèvre. Puis je me laissai aller dans l'eau jusqu'au cou. Je ne quittais cependant pas Aurangzeb du regard, sachant que sa vengeance serait cruelle. Il me lança un regard noir, assez mauvais pour me faire regretter que Dara fût si loin.

J'avais décidé de retourner au harem quand j'entendis un cri étouffé. Pensant qu'il devait s'agir d'une ruse d'Aurangzeb, je me tournai prudemment et scrutai les eaux boueuses du fleuve. D'abord, je ne vis que des éléphants et des débris flottant à la surface. Mais ensuite, plus loin sur le Yamuna, j'aperçus un petit bras qui s'agitait frénétiquement. J'entendis un autre cri. C'était une voix enfantine, et mon cœur se serra brusquement lorsque je distinguai un bambin que de forts courants entraînaient vers moi. Du regard, je cherchai un adulte à appeler, mais aucun n'était assez près.

Après une hésitation, j'ôtai ma tunique et m'éloignai de la rive à la nage pour essayer de rejoindre l'enfant. Je me propulsais par de vigoureux coups de pied et de larges brasses. Le petit semblait s'accrocher à quelque chose. En approchant, j'aperçus le tronc d'arbre immergé mais j'eus à peine le temps de l'esquiver et il me heurta le flanc. Le souffle coupé, je trouvai tout de même la force de m'agripper à une branche et de prendre le petit garçon sous l'autre bras. Il ne devait pas avoir plus de six ou sept ans.

J'essayai d'appeler à l'aide car nous étions entraînés par le courant, mais j'avais les poumons endoloris et mes cris ne portaient pas loin. Aurangzeb, le plus proche de nous, leva les yeux. Je pensais qu'il allait se précipiter à notre aide, mais, au lieu de cela, il nous observa sans rien dire. Il se peut même qu'il ait souri. Bientôt, nous aurions dérivé trop loin pour que quiconque puisse nous secourir, aussi me remis-je à hurler, terrifiée. Allah en soit loué, deux pêcheurs entendirent mon appel et me montrèrent du doigt. Leur bateau était échoué et ils le poussèrent à l'eau en toute hâte.

Au détour d'un coude, le courant s'intensifia. Je m'agrippai fermement au tronc et, de l'autre main, aux vêtements de l'enfant. Il avait une horrible entaille à un bras et la blessure saignait beaucoup ; son visage était blême. Il commençait à s'enfoncer un peu plus dans le fleuve, m'entraînant avec lui. L'eau semblait terriblement froide.

J'étais au désespoir quand je vis enfin la barque arriver

derrière nous. Les deux pêcheurs ramaient avec vigueur et deux autres silhouettes étaient assises à l'avant. J'aperçus Nizam, puis Aurangzeb muni d'une corde. L'enfant coulait et j'employai les dernières forces qui me restaient à le remonter à la surface. Mes bras étaient devenus de plomb.

Juste au moment où je crus sombrer, la corde claqua sur l'eau près de moi. Je l'attrapai d'une main et Aurangzeb nous ramena jusqu'à la barque. Nous en heurtâmes les planches, Nizam hissa le petit garçon hors de l'eau, puis m'en sortit à mon tour. Je me laissai aller sur sa poitrine en sanglotant tout à la fois de soulagement et de tristesse. Je savais en effet qu'Aurangzeb avait ignoré mes appels et qu'il ne s'était porté à notre secours que lorsque les pêcheurs nous avaient vus.

J'allais parler quand tout devint flou autour de moi : je m'effondrai, inconsciente. C'est à peine si j'entendis les rames qui nous portaient vers les berges du fleuve. Puis, on me transporta quelque part et des ombres se dressèrent au-dessus de moi. J'aperçus des images fugaces, en rêve peut-être. Enfin, on m'enveloppa dans une couverture, et ma mère m'enlaça. Elle me parlait, mais ses paroles étaient autant d'énigmes. Je sombrais, puis, lentement, avec une lenteur intolérable, je revins à la surface. Quand le monde sembla enfin s'éclaircir, j'ouvris les yeux. Mes parents, mes frères et mes sœurs étaient là, attroupés autour du tapis, des couvertures et des coussins qui constituaient mon lit. « Maman ? » marmonnai-je.

Quand elle m'entendit parler, mère couvrit mon visage et mes lèvres de baisers. « Oh, Jahanara, nous nous sommes fait tant de souci ! »

Père se pencha sur moi. « Tu as mal, mon enfant ?

– Non… non, père. »

En voyant couler ses larmes, je me mis à pleurer à mon tour.

Mes parents m'étreignaient comme si j'étais encore en perdition, mère ne me lâchait pas les mains. Père, le plus émotif de tous les hommes que je connaissais, déclara : « Je préférerais perdre mon empire plutôt que toi, Jahanara. Comment le ciel vivrait-il sans ses étoiles ?

– Il se sentirait bien seul », dis-je. Malgré leurs caresses, je n'éprouvais rien d'autre que de la solitude.

« Tu t'es montrée très courageuse aujourd'hui, répondit-il en me caressant la joue.

– En effet, renchérit ma mère, et je décelai chez elle une fierté encore plus grande que chez père, car, en tant que femmes, nous n'étions pas censées faire preuve de courage. Tu as sauvé cet enfant.

– C'est vrai ?

– Oui, bénie sois-tu pour cela, ajouta-t-elle. Et ton frère t'a sauvée.

– Mais il… »

Aurangzeb s'avança vers moi. « Tu me revaudras ça plus tard », interrompit-il, sa blessure à la joue suintant, à vif.

Je me frottai les tempes comme pour chasser les souvenirs de cette journée. « Je suis… je suis si fatiguée. » Je ne pouvais pas regarder Aurangzeb.

Père partit et la pièce se vida peu à peu. Quand Dara se détourna pour s'en aller, je lui fis signe de rester. Il referma la porte derrière lui et revint à mon chevet. « Pourquoi pleures-tu ? demanda-t-il.

– Parce qu'il… parce que Aurangzeb m'a vue. » Mes chuchotements se firent gémissements éplorés. « Il voulait me laisser mourir. »

Dara se raidit, puis se gratta le front sous son turban. « Il voulait te laisser mourir ?

– Oui !

– C'est absurde, Jahanara.

– Mais non ! Non ! Il m'a laissée me noyer.

– Il t'a sauvée, il a réquisitionné la barque. Il a dit…

– Il ment ! »

Dara recula. « Je l'ai vu te secourir. Il t'a sortie de l'eau et il s'est même coupé en le faisant.

– C'est moi qui l'ai coupé !

– Tu as besoin de repos, dit-il en se tournant vers la porte. Tu ne te rappelles plus pour l'instant, plus du tout. Quand tu auras dormi, ces cauchemars se dissiperont. »

Mais le repos ne soulagerait pas mes craintes.

Et je me sentis si seule que la chambre sembla rétrécir, je suffoquais.

Je me noyais.

3

Enfance perdue

On dit que le temps guérit toutes les blessures. J'ai beau ne pas ajouter foi à cette idée, je dois bien avouer que, les mois passant, j'eus de moins en moins de cauchemars peuplés par Aurangzeb. Le jour arriva où je pus le regarder en face sans frissonner, sans me demander pourquoi il avait voulu me laisser périr. Même si je le haïssais de m'avoir volé mon enfance, d'avoir transformé en une nuit la petite fille en jeune femme, c'était une évolution inévitable. J'étais une princesse, après tout, et on m'avait appris dès l'enfance que la vie est tout sauf simple. Les fils et les filles d'empereurs étaient censés devenir adultes avant les autres, et, à vrai dire, j'avais fui mes responsabilités. Mais, après la trahison d'Aurangzeb, je dis adieu à mes enfantillages, car je savais que, dans ce monde d'adultes, nous portions des chaînes.

Dans les mois qui suivirent, ma routine changea du tout au tout. Au lieu de rechercher les divertissements, je m'employai à étudier. Plutôt que de me soustraire à mes devoirs, je m'attelai aux tâches qui m'attendaient. Chaque jour, je passais de longues heures au harem, à m'absorber dans l'architecture aussi bien que dans la danse ou la politique. Tandis que la plupart des filles se coiffaient les unes les autres et apprenaient à préparer des plats exotiques, je pratiquais la calligraphie et apprenais la géographie. Il n'y avait aucune limite aux montagnes de livres que mère me prêtait, aucun domaine que je jugeais insignifiant ou futile. Suivant ses conseils, je devins plus active en société à la cour d'Agra. « Le succès, m'expliqua-t-elle, est presque autant lié à tes amis qu'à ta propre personne. »

L'année suivante, je cherchai à nouer de nouvelles connaissances. Que ce fût aux matchs de polo ou à l'occasion de parties de chasse, je bavardai avec des nobles de moindre rang et des marchands qui travaillaient pour le compte de père. Bien que les seigneurs fussent souvent réticents à engager de telles conversations, de temps à autre je sentais leurs regards concupiscents se poser sur mon corps. D'abord, ces œillades me mirent mal à l'aise, mais, le temps passant, j'appris que le désir est une des plus grandes faiblesses de l'homme. Suite à mes demandes insistantes, mère m'enseigna ces choses en secret. Elle m'expliqua comment fonctionnait le corps mâle. Elle m'en exposa les besoins et, surtout, les désirs.

Mère me plongea dans le plus grand embarras quand elle m'imposa d'exercer mes talents de société avec Nizam. Par exemple, elle le déguisait en lord et me demandait de lui servir du vin. J'essayais ensuite de lui soutirer des informations tout en ayant l'air de bavarder innocemment. Bien que Nizam fît de son mieux pour jouer son rôle, il souriait souvent de mes maladresses et de mes propos décousus. Mais, après un certain temps et beaucoup d'entraînement, ses sourires se firent moins fréquents. Je l'amenai sournoisement à me faire des confidences. Je posais des questions auxquelles tout homme un peu infatué de lui-même répondait forcément, malgré toutes ses résolutions.

Forte de cette nouvelle assurance, je fus en mesure de converser avec les nobles dont mère prétendait qu'ils me trouvaient attirante. La plupart des hommes pensaient que ma jeunesse et mon sexe me rendaient aussi dangereuse qu'un cobra édenté. Ils s'enhardissaient quand je feignais la timidité, allaient jusqu'à me confier des secrets quand je faisais mine de me retirer. En tant qu'empereur, père aurait pu dominer ces hommes comme il lui aurait plu, mais, apparemment, il préférait les amadouer avec du miel que les soumettre à la force du poignet. Je les courtisai donc.

Père suivait mes progrès d'un œil vigilant. L'Hindoustan avait certes prospéré sous son règne, mais cette richesse reflétait également l'engagement de mère. Elle méprisait la guerre et, en raison de son influence sur père, nous ne dépensions plus l'or et les vies si précieuses à essayer de nous étendre au nord, en faisant des avancées dans les terres de nos ennemis les Perses. Au lieu de cela, nous fortifiions nos frontières. Nous construisions des routes et des ponts. Nous nous enrichissions grâce au commerce. Naturellement, nombreux étaient ceux qui souhaitaient encore guerroyer contre nos adversaires, mais c'étaient ceux-là que je devais amadouer. Je me retrouvais souvent à bavarder avec eux et, avec une innocence apparente, à flatter leur ego, à moins qu'il ne s'agît de celui de leur épouse délaissée.

Je n'aurais jamais pu acquérir ces talents sans l'aide de mère. Elle me conseillait dans plus d'un domaine : sur nos lois, par exemple, sur les nobles qu'il fallait considérer comme nos amis ou comme nos ennemis. Elle était capable de m'énoncer les qualités de toutes les personnes importantes : toléraient-ils les hindous, préféraient-ils les faveurs sexuelles des jeunes garçons ou des jeunes filles ? J'apprenais tout de leurs craintes et de leurs désirs avec la même avidité. Les uns et les autres, m'avait-on appris, étaient d'égale importance.

Mes frères étudiaient également ces choses, mais différemment. À ma surprise, seul Aurangzeb prenait ces leçons au sérieux. Tandis que Shah et Murad couraient après les filles et que Dara dévorait les œuvres des philosophes, Aurangzeb se montrait régulièrement à la cour et s'y liait d'amitié avec de nombreux dirigeants, en particulier des officiers de l'armée. Ils l'aimaient bien, car, en grandissant, il discourait inlassablement des mérites de la guerre et de la force qu'elle donnait à notre empire.

Aurangzeb se plaisait à défaire une grande partie de mon travail. Si je m'attirais l'amitié d'un personnage important, dont je faisais un pilier sur lequel appuyer notre action, Aurangzeb exerçait une influence aussi subtile que le vent, poussait le pilier et creusait le sol à sa base. Je m'apercevais généralement des semaines plus tard que ce soutien s'était effondré.

À mon grand désarroi, Dara se souciait peu de ces stratagèmes. Il avait beau être le fils préféré de père, et par conséquent son héritier putatif, ce qu'il aimait par-dessus tout, c'étaient les lettres. Pour sa part, père adorait les poètes, les peintres, les architectes et les érudits, mais il était conscient qu'ils ne faisaient qu'embellir nos vies et ne constituaient pas le socle sur lequel était bâti notre empire.

La toute première fois que je mentionnai ses manquements à Dara, il y prêta autant d'attention qu'à la terre sous ses pieds. Il était tard et, ayant terminé d'étudier et de faire nos prières, nous nous étions retirés dans l'un des plus vastes jardins du harem.

Le plus beau de nos parcs était destiné à nous rappeler ce qui nous attendait si nous menions une existence vertueuse, car le jardin du paradis était éternellement vert et infiniment enchanteur. Le sanctuaire dans lequel nous étions assis portait le nom de Shalimar Bagh, le havre de l'amour. L'eau ruisselait dans d'étroites rigoles entre les manguiers, les dattiers et les grenadiers pour s'amonceler dans des bassins carrés où elle jaillissait en petites fontaines. Tout dans le parc était organisé de façon délibérément géométrique. Les plantations et les cours d'eau dessinaient des octogones, des cubes, voire des triangles.

Au fond du jardin, occupé à tailler des rosiers, se trouvait Ismail, le vieux fermier auquel ma mère avait porté secours. L'endroit, déjà très beau, s'épanouissait en teintes encore plus éclatantes depuis l'arrivée de ce dernier. Il y travaillait de l'aube à la fin du jour et chaque plante, chaque arbre, portait sa signature.

Dara et moi étions assis sur un monticule herbeux, entre plusieurs des nombreux ruisselets du jardin. Il y faisait bon, on n'y manquait pas d'ombre et les parfums ainsi que les nectars les plus délicieux y abondaient. Dara était vêtu d'une tunique pourpre et coiffé d'un turban blanc. Comme il essayait de se laisser pousser la barbe, quelques poils noirs lui ornaient le menton. Je portais une jupe et une chemise jaunes sous une très longue robe en soie bleue presque transparente. Un voile turquoise peint d'un motif exquis de grues blanches était épinglé au sommet de mon crâne. Nous ne portions pas nos voiles à la mode persane, aussi le mien retombait-il sur ma nuque, couvrant mes cheveux mais pas mon visage.

Entre nous était posée une assiette de raisin. Je détachai un grain de la tige, avant de demander : « Tu ne m'as jamais vraiment raconté ce qui s'est passé avec Ladli.

– Quoi ?

– Quand elle t'a rejoint.

– Quand elle m'a rejoint ?

– Sur les berges du fleuve. » Malgré toute son érudition, mon frère mettait parfois ma patience à rude épreuve.

« Tu économises encore plus tes paroles que mère. Pourquoi te montres-tu toujours si directe ? »

Je haussai les épaules puis mangeai un autre grain de raisin. « Je peux emprunter des voies aussi détournées qu'un chat.

– Mais elle t'a sans doute déjà tout raconté.

– Pas tout.

– Eh bien, qu'a-t-elle dit ?

– Que tu l'avais questionnée sur ses croyances, sur le système des castes. »

Dara esquissa un large mouvement, puis, avec un soupir, laissa ses mains retomber. À mes yeux, il semblait bien sérieux pour son âge. Mais après tout, c'est l'effet que je faisais à mes amis. « Même si mon opinion est peu répandue parmi les musulmans, dit-il, je trouve que l'hindouisme est une belle religion. J'aime ses dieux, son karma. Mais je ne suis pas d'accord avec son système des castes. Pourquoi une personne à la peau claire devrait-elle être placée au-dessus des autres, un marchand avoir plus de valeur qu'un ouvrier ?

– Je suppose que ça leur permet d'organiser leur société.

– Des lois impartiales, Jahanara, voilà ce qui favorise l'ordre. Pas la discrimination.

– Mais sommes-nous si différents ? Toi et un garçon qui travaille aux champs, êtes-vous considérés comme égaux ?

– Je sais, admit-il en hochant lentement la tête. De même, je sais que, quelle que soit mon affection pour Ladli, je ne pourrai jamais l'épouser.

– Tu pourrais demander son autorisation à père. Après tout, il a bien demandé au sien s'il pouvait se marier avec mère.

– C'est vrai, mais je ne peux pas agir comme lui, objecta-t-il tristement. Rappelle-toi que père a d'abord dû épouser d'autres femmes. Mais mère, parce que c'était elle, ne voyait aucun inconvénient à entrer en concurrence avec d'autres. Ladli s'y refuserait très certainement. »

Nous nous tûmes et le pépiement des oiseaux nous enveloppa, noyant les bruits que faisait Ismail en récurant une allée en marbre. Je jouais avec un rubis qui ornait mon pouce, observant la vie que donnait le soleil à l'étoile qui se trouvait à l'intérieur. « Tu l'aimes, Dara ?

– Les philosophes disent que l'amour…

– Est-ce que tu l'aimes ?

– L'amour n'a rien à voir avec cela. En effet, que je l'aime ou non, je me marierai pour des raisons politiques, tout comme toi. Et, crois-moi, cela ne va pas tarder. J'ai déjà entendu père parler de ses projets pour nous. »

J'imaginai l'homme trapu que père pourrait me choisir et chassai son image de mon esprit comme j'aurais pu jeter une pomme pourrie. Je me concentrai à nouveau sur mon frère, car je souhaitais lui parler d'une chose qui m'avait souvent préoccupée ces derniers temps. « Aurangzeb est très populaire en ce moment. Il ne passe son temps ni à lire ni à écrire mais pratique l'art de manier le sabre et s'attire les amitiés des généraux.

– Et ?

– Eh bien, ne t'est-il jamais venu à l'esprit, chuchotai-je, qu'à la mort de père, Aurangzeb pourrait revendiquer le trône du Paon ? »

Dara lâcha un grain de raisin. « Vraiment, Jahanara, depuis quand abrites-tu de telles pensées ?

– Mère veut que je…

– Que tu dises n'importe quoi ?

– Tu trouves cela idiot, demandai-je, qu'il puisse convoiter le trône ? Parfois, quand père dit qu'il te reviendra, je vois la colère que cela suscite chez Aurangzeb. Il s'efforce de la cacher, mais en vain. Il sait depuis toujours que tu es le fils préféré de père et qu'il a beau exceller dans bien des domaines, c'est toi qui monteras sur le trône. Quels sentiments crois-tu que cela éveille en lui ? Qu'éprouverais-tu si père t'aimait moins qu'Aurangzeb et si tout le monde le savait ?

– Mais je ne peux pas…

– Cela te ferait beaucoup de peine, Dara. Et je pense qu'Aurangzeb en souffre tant qu'il a pu me regarder mourir sans ciller. Et qu'il pourrait te disputer le trône, armes à la main. »

Mon frère chassa une mouche importune sans grande conviction. « Je n'ai jamais cherché à le blesser. Et je ne le ferai jamais. » Il se tut et suivit du regard la mouche qui alla se poser sur le tronc d'un grenadier tout proche. « J'ai autant envie d'être son ami que toi. Mais il sait que l'empereur a le droit de choisir son successeur. Et il en ira toujours ainsi.

– C'est vrai. Mais ce n'est pas parce que père veut te laisser sa place que tu l'auras forcément.

– Aurangzeb ne me fera pas la guerre. »

Quand il tendit la main pour prendre du raisin, je me penchai vers lui. « Nous ne sommes plus des enfants, Dara. Nous devrions peut-être cesser d'agir comme tels.

– Tu n'es pas si mûre que tu le prétends.

– Peut-être pas, répondis-je, soudain agacée par son obstination. Mais notre arrière-grand-père n'avait que treize ans quand il a hérité du trône. Prétendait-il être mûr pour son âge à l'époque ? Tout comme toi, si père venait à mourir ? » Une partie de mon irritation provenait de ma conscience que Dara avait raison. J'étais trop jeune pour parler ainsi. Pourtant, mère voulait que j'essaie de saisir ce genre de subtilités. Après tout, elle avait passé l'année précédente à m'instruire des affaires de la cour. Et jamais je n'aurais voulu la décevoir. Pas plus que je ne voulais voir Dara ignorer la menace que constituait Aurangzeb. « Comment peux-tu être si versé dans la philosophie et la théologie, lui demandai-je, et tout ignorer de ta propre famille ? Tu ne sais donc pas combien de guerres ont éclaté pour le trône ? Combien de frères ont tué leur frère ?

– Plusieurs guerres. Près d'une douzaine de frères.

– Et pourquoi donc serait-il inimaginable qu'Aurangzeb cherche à te nuire pour prendre la place de père ? »

Dara se tut pendant tout le temps qu'il fallut à Ismail pour récurer le reste de l'allée. Je devinai qu'il était perplexe, car il leva plusieurs fois les yeux vers le ciel, comme pour solliciter l'avis d'un dieu. « Je ne crois toujours pas à ta version de ce qui s'est passé au bord du fleuve, finit-il par répondre. Mais si tu dis vrai, si Aurangzeb convoite le trône, que dois-je faire ? »

J'essayai de m'imaginer en conseillère avisée. Que dirait mère à père si le frère de ce dernier était son rival ? « Fais comme lui. Commence à nouer des amitiés, à conclure des alliances. Passe moins de temps à lire la théologie et plus auprès de père. Que les nobles te voient à son côté et non plus seulement en compagnie de mère et de moi-même. »

Dara ôta son turban, puis passa la main dans ses boucles de jais. « Même s'il ne m'aimait guère, jamais je ne pourrais lui livrer combat. Je ne veux même pas y penser. »

Son visage exprimait le chagrin, un chagrin qui ne manqua pas de m'émouvoir. Je savais qu'il avait essayé de faire la paix avec Aurangzeb mais qu'il s'était heurté au même mur d'hostilité que moi. Comment est-il possible, avais-je demandé à Allah, que nous puissions aimer notre frère et être incapables de l'empêcher de partir à la dérive ? En quoi ai-je échoué ?

À nouveau, plus comme une sœur que comme apprentie conseillère, je pris la main de Dara. « Crois-moi, je préférerais rester dans le harem à papoter avec mes amies plutôt que de t'entretenir de cela. Mais nous ne sommes pas comme nos amis. Tu dois devenir empereur et je… » Je m'interrompis, encore hésitante sur le rôle que je devais jouer. « Et je suis ta sœur. J'aime Aurangzeb et je ne cherche pas la guerre, moi non plus. Mais il m'effraie, Dara. Et je crois bien qu'il t'effraie aussi. »

Dara hocha faiblement la tête, mais ne dit rien. Je m'aperçus qu'il était au-dessus de telles pensées et que j'allais devoir le protéger. Mais comment pouvais-je protéger mon frère, moi, une fille, et âgée d'à peine quinze printemps ? Comment pouvais-je me protéger moi-même ?

4

Ténèbres

Le destin ne tarda pas à me montrer à quel point il est difficile de veiller sur quelqu'un, en particulier sur soi-même, car je fus mariée durant le *Nauroz*, juste avant la saison sèche de ma seizième année. Mariée à un homme que j'en viendrais à mépriser.

À Agra, la saison sèche est une époque où la terre semble mourir. L'herbe s'étiole et jaunit à cause de la chaleur et du manque de pluie. Des troupeaux de bétail restent prostrés sous le soleil pendant d'interminables journées. Allah en soit loué, avant notre été si redouté, Agra jouit d'une brève période printanière. Nous célébrons le *Nauroz*, le nouvel an perse, pendant ce sursis.

En temps normal, mon humeur eût été exubérante : le *Nauroz* dure deux semaines marquées par d'éblouissantes fêtes, des feux d'artifice et des cadeaux à n'en plus finir. Cependant, éprouver une telle joie m'était impossible alors que mes noces approchaient rapidement. En fait, je regardais les feux d'artifice et grignotais des sucreries sans vraiment voir ni sentir le goût de quoi que ce fût, si ce n'est l'amertume de mes pensées.

Le jour de mon mariage, je me levai tôt, mais à contrecœur.

Après avoir déjeuné de melon, je pris un bain chargé d'huiles essentielles d'eucalyptus et de lavande. Puis, des domestiques frottèrent ma peau avec du parfum de lotus tandis qu'on me séchait les cheveux au-dessus d'un feu de bois de santal. On me tendit des clous de girofle que je suçai jusqu'à ce que mon haleine embaume la cannelle. Puis, des artistes passés maîtres en maquillage, s'occupèrent de moi : ils me passèrent des feuilles de bétel sur les lèvres, à la fois pour les insensibiliser et leur donner une teinte pourpre. Une pâte de henné rousse, du jus de citron et de l'huile furent utilisés pour décorer mes mains et mes pieds de motifs complexes. Enfin, des assistantes me cousirent des fleurs dans les cheveux : de coûteuses orchidées aux couleurs extrêmement rares.

La cérémonie de mon mariage se déroula dans la cour la plus majestueuse du Fort Rouge, une place dont chaque côté comptait plus de trois cents pieds. Chacun de ses murs de grès abritait quarante passages voûtés par lesquels on accédait à des jardins contigus, à des bazars et à des résidences proches. Au sommet de ces murs, des bannières rouges n'en finissaient pas de flotter au vent.

Des centaines d'invités étaient rassemblés dans la cour, essentiellement des nobles arrivés très tôt pour monopoliser les meilleures places. En marge de la cérémonie se tenaient des éléphants de guerre, certains drapés de velours anglais et d'autres de soieries chinoises ou d'étoffe lamée or, à la turque. Leurs défenses étaient enveloppées d'un tissu noir qui rehaussait encore la blancheur ivoire de leur extrémité. Aux quatre coins de la cour se trouvaient des guépards dans des cages dorées. Ces animaux si souples étaient cependant affublés de colliers en argent et de vestes en lin brodées.

Père m'avait offert de nombreux bijoux pour l'occasion et

j'étincelais, parée de rubis et d'émeraudes. Mes vêtements n'avaient encore jamais été portés. Une couche superficielle de soieries serait restée presque invisible sans les motifs d'iris qui y avaient été peints à la main. Sous cette tunique je portais une robe turquoise. Son tissu, collé à mon buste, épousait mes formes d'assez près pour que le rythme auquel mon abdomen se soulevait quand je respirais fût visible. La robe devenait beaucoup plus ample autour de mes jambes.

Si somptueuse que fût mon apparence extérieure, intérieurement j'étais à l'agonie. Dara et moi nous entretenions souvent du devoir, mais ce même devoir semblait aujourd'hui sur le point de m'étouffer. Tous les rêves que j'avais abrités dans mon enfance me semblaient si loin ! Ils appartenaient à une autre vie, à une personne que j'aurais presque oubliée. Une personne qui aspirait à rencontrer l'âme sœur, un homme dont la présence suffirait à faire battre son cœur.

Quel qu'il fût, l'homme que je désirais demeura inaccessible ce jour-là. À sa place, exultant à côté de moi, se tenait Khondamir. Trapu, il était à peine aussi grand que moi mais deux fois plus vieux. Mais c'était un puissant marchand de métaux précieux qui s'était longtemps opposé à de nombreuses politiques de père. Mon mariage, espérait ce dernier, l'aiderait à changer d'avis. Père voulait utiliser les contrats commerciaux que Khondamir avait en Perse pour nouer des amitiés au nord de nos frontières. Bien qu'il semblât manifester peu d'intérêt à mon égard, Khondamir se montrait très désireux de m'épouser, car ce mariage arrangé mettait le trône du Paon à sa portée.

Pendant la cérémonie, les yeux de Khondamir se posèrent souvent sur ma poitrine qui avait pris du volume ces derniers mois. Douloureusement consciente de ses regards, je m'efforçais de ne pas penser au sort qui m'attendait le soir même. Au lieu de cela, je contemplais d'un air absent mes parents, mes frères et mes sœurs qui se tenaient plus bas sur l'estrade dorée. Mes deux toutes petites sœurs, que j'avais vues pour la dernière fois une lunaison plus tôt, étaient emmaillotées dans une soie des plus légères, et deux domestiques les portaient dans leurs bras. Père avait revêtu son habit militaire et le fourreau serti d'émeraudes d'un sabre ancien pendait à son côté. Mère était aussi belle qu'une rose. Drapée dans une fine tunique verte et une robe pourpre, elle irradiait une beauté qui semblait s'étendre à mes frères ; un peu à l'étroit dans leurs tuniques indigo, ils se tenaient côte à côte entre nos parents. Dara paraissait attristé par les événements de la journée, alors qu'Aurangzeb affichait un sourire mauvais. On eût dit que Shah et Murad dormaient debout.

Comme toutes les parades de ce genre, la cérémonie de notre mariage fut longue et ennuyeuse. Des prières furent adressées à Allah et des compliments échangés. Moi qui avais pleuré la veille au soir, pendant les festivités, je n'avais plus de larmes à verser aujourd'hui. Je m'inclinais en souriant. Je restais debout au côté de mon mari.

Au terme de la cérémonie, les domestiques apportèrent un énorme festin. Une douzaine d'agneaux furent rôtis au feu de bois. Sur des plats en or et en argent s'amoncelaient brochettes de bœuf et légumes fumants. De tous côtés se dressaient des pyramides de riz, de noix et de fruits, tandis que des *kulfi* – un dessert composé de sucre, de mangue, de jus de citron, de crème et de pistaches grillées – étaient présentés dans des bols en marbre. Pour passer à table, nous nous rassemblâmes à nouveau à l'ombre d'auvents pourpres dressés à la hâte. Quand les domestiques eurent étalé des nappes sur les tapis de Perse, nous

nous assîmes pour manger pendant des heures. Pendant tout le repas, des serviteurs éventèrent ma famille, produisant une brise qui séchait la sueur et chassait les mouches.

Des danseuses impériales nous divertissaient pendant que nous nous régalions. Leur poitrine, couverte d'une étoffe extrêmement fine, laissait peu de choses à imaginer. Elles se déplaçaient comme des roseaux sous le vent au son des trompettes, des tambours et des instruments à cordes. À l'extérieur du dais, des jongleurs et des acrobates rivalisaient eux aussi d'adresse pour nous distraire.

Quand le banquet prit fin, nous quittâmes la cour pour sortir du Fort Rouge. Père avait eu l'idée d'organiser un match de polo pour amuser les nobles et l'ensemble de la population. Ce jeu avait été inventé par les cavaliers des tribus des plaines qui s'étendaient à l'est d'Agra ; il constituait un de nos spectacles favoris. En l'honneur de mes noces, une vaste bande de terre avait été désherbée au bord du fleuve et des buts érigés aux deux extrémités du terrain. Tout autour se dressaient les tentes des nobles qui abritaient toutes sortes de mets, ainsi que leurs épouses et concubines. La plus grande était destinée à protéger ma famille du soleil. Nous nous assîmes sur des tapis de laine pour regarder les joueurs préparer leur monture.

Mes frères se joignirent aux joueurs. Dara et Shah avaient revêtu des tuniques et des turbans noirs ; Aurangzeb et Murad étaient en blanc. Père porta une corne de buffle d'eau à ses lèvres pour donner le coup d'envoi. Une plainte gutturale s'échappa de l'instrument et les équipes se déployèrent chacune dans leur camp. Crinières peignées, queue tressée, les chevaux se mirent à caracoler en hennissant. Les clochettes en or et en argent dont leur encolure était ceinte tintèrent vigoureusement quand les joueurs s'entraînèrent à manier leurs longs maillets. Ces derniers, bien droits et plus hauts qu'un homme, étaient incurvés à la base.

Quand la balle en bois de rose eut été lancée sur le terrain, la partie commença. Khondamir, ayant soudain oublié sa femme, rugit avec la foule. Mère essaya d'attirer mon attention, mais, pour la première fois de mon existence, je l'ignorai. Même si mes parents pensaient que Khondamir serait un bon mari, même si je croyais faire mon devoir, je ne m'en sentais pas moins trahie.

Je priai Allah pour que Khondamir fût un homme d'honneur, aussi suivis-je le match avec distraction. Cependant, je ne pus manquer de remarquer qu'Aurangzeb était de beaucoup le meilleur cavalier de tous mes frères. La balle ne semblait jamais quitter le bout de son maillet. À un moment, quand seul Dara se dressa entre le but et lui, Aurangzeb lança sa monture à toute allure vers l'étalon de ce dernier. Dara fut éjecté de sa selle et Aurangzeb marqua son point sans difficulté. Quand il leva le bras en signe de victoire, nombreux furent ceux qui l'acclamèrent dans la foule. Dara salua Aurangzeb d'un signe de tête avant de rejoindre sa monture en boitant.

Bien que l'islam interdît l'alcool, et même si de nombreux musulmans pieux s'abstenaient de céder à ce vice, le jour de mes noces, le vin coula à flots. C'est assise à côté de mon époux que je goûtai pour la première fois la douce saveur de ce breuvage, seul moment de plaisir que je connus cet après-midi-là. Nous buvions dans des gobelets sertis de pierres précieuses et quantité d'alcool fut consommée. Des hommes et des femmes ordinairement assujettis aux règles fort strictes de notre société se détendirent. Khondamir alla jusqu'à me sourire, rictus qui découvrit des dents jaunies et des gencives gonflées. Je commençais à me sentir un peu maladroite. Ma tête me donnait l'impression d'être anormalement lourde et mon esprit, si vif d'habitude, embrumé. Pourtant je continuai à boire, car j'avais entendu parler d'hommes qui s'évadaient dans la boisson et c'étaient bien des rêves d'évasion que j'entretenais. Si le vin pouvait me sauver d'une manière ou d'une autre, j'en engloutirais jusqu'à ce qu'il ne reste plus un seul grain de raisin dans tout l'Hindoustan !

Je ne m'aperçus même pas que la partie de polo était terminée, mais la nuit tombait et des bras musclés me hissèrent sur un *palki*, un petit divan monté sur deux piquets jumeaux. Quatre hommes me portèrent jusqu'à la demeure de Khondamir. Cette vaste bâtisse aux nombreuses dépendances, qui se voulait un palais, se dressait à bonne distance du fleuve. Je ne l'avais jamais vue que de loin et me rappelai vaguement qu'il s'agissait d'un édifice en grès entouré de palmiers.

Les domestiques de Khondamir allumèrent des torches sur leur passage et se déployèrent tout autour de mon divan. Mon mari était à côté de moi, qui chevauchait un étalon pie, gris et noir. Quand il surprit mon regard, il me sourit de toutes ses dents puis tira quelque chose de sous sa selle et se mit à manger. Mes pensées allaient aussi lentement qu'une limace et je gémis à voix basse en ôtant les fleurs de mes cheveux et en rangeant les bijoux les plus inconfortables dans ma poche. Le monde semblait tourbillonner avec une frénésie qui menaçait de me donner mal au cœur.

Je me risquai à fermer les yeux. Quand je finis par les rouvrir, on m'emmenait au fond d'un couloir éclairé par des bougies. Une porte s'ouvrit et on me posa sur une couche faite d'un tapis. Je murmurai des formules de remerciement à l'attention de mes porteurs, les yeux rivés au plafond tourbillonnant. Des bois d'animaux hérissaient tous les murs et, dans l'état de confusion qui était le mien, je parvins à en déduire que Khondamir devait être un grand chasseur.

Quand je le vis entrer du pas chancelant de l'ivrogne, je feignis le sommeil. Je crus d'abord qu'il viendrait dormir à côté de moi, mais c'est alors que je sentis ses mains sur mes vêtements. Ses doigts déchiraient avidement ma précieuse tunique. Il me l'enleva avec une telle vigueur qu'il me fit rouler sur le côté. Terrifiée, je restai inanimée en me raccrochant à l'espoir insensé qu'il finirait par se désintéresser de moi.

Mais quand je sentis son souffle sur ma poitrine nue, je compris qu'il n'en irait pas ainsi. Soudain, ses lèvres se refermèrent sur un de mes tétons et je dus réprimer un haut-le-cœur. En marmonnant pour lui-même, il s'attaqua à mon sein comme un porcelet aurait pu téter une génisse. Malgré mon dégoût, je sentis mon sein durcir, ce qui fit redoubler la passion de Khondamir. Mon cœur se mit à battre la chamade quand il entreprit de lécher et de mordiller ma peau. Je tremblai au contact de ses dents, qui étaient tout sauf douces. Tout comme ses doigts qui griffaient et sondaient mon intimité.

Je l'entendis cracher avant de sentir l'humidité entre mes jambes. Puis j'endurai le poids insupportable de son corps qui m'écrasait, son haleine fétide qui envahissait mes poumons, son ventre qui battait le mien. Une douleur aiguë me transperça quand il s'enfonça en moi. Puis il se mit à bouger, à aller et venir et, tout à coup, incapable de faire semblant de dormir plus longtemps, je poussai un cri. Je pensais que ma douleur le pousserait à s'interrompre, mais au contraire son ardeur redoubla. Ses assauts devinrent plus frénétiques. Ses mains plaquèrent mes bras sur le tapis, fermement, pour m'immobiliser.

Mon corps sembla écartelé. Mère m'avait parlé de la douleur, mais pas d'une brûlure pareille. Je grinçai des dents tandis que mon mari me léchait le cou, je criai en essayant de me dégager. J'avais beau tout ignorer des choses de l'amour, je me doutais que cela n'aurait pas dû impliquer tant de souffrances. J'avais entendu d'autres femmes en parler avec tendresse et croyais même deviner que ma mère y prenait du plaisir. Mais j'étais allongée par terre à me mordre la lèvre jusqu'au sang pendant que mon époux m'assaillait de coups de boutoir.

Au moment où je crus mourir pour de bon, il poussa soudain un grognement de bête sauvage. Je le sentis grossir encore, s'enfoncer encore plus profondément. Il fut pris de mouvements convulsifs, puis s'effondra brusquement sur moi. Je respirai son odeur âcre pendant qu'il restait prostré là. Le silence régnait à présent. Tout tourbillonnait autour de moi, mais je remerciai Allah de m'avoir permis de boire de l'alcool : je devinais que, sans cela, mes souffrances auraient été encore plus atroces.

Bientôt, Khondamir se mit à ronfler. Les avant-bras sur sa poitrine, je le fis rouler sur le côté. En versant des larmes silencieuses, je gagnai péniblement un coin de la pièce où je m'assis, dos au mur. Quand je vis le sang suinter entre mes jambes et une entaille à mon sein, mes larmes redoublèrent. J'eus l'impression de pleurer sans fin en pensant à tout ce qui était allé de travers, à l'amour que j'étais sûre de ne jamais trouver.

La nuit et moi vieillîmes ensemble.

Les premiers jours de ma vie avec Khondamir furent horribles. En pensant à mon devoir, je m'efforçai d'oublier ma nuit de noces. Le vin avait dû émousser son jugement, me raisonnai-je. Assurément, il n'avait pas voulu me faire mal !

Voilà les pensées qui m'occupaient tandis que je m'employais à rendre Khondamir heureux, que je cherchais à gagner son affection. Hélas, je ne tardai pas à m'apercevoir qu'il se souciait peu de mes sentiments. Je ne semblais pas exister à ses yeux : j'aurais aussi bien pu être un moucheron voletant dans un coin de la pièce, si j'en jugeais par l'attention qu'il m'accordait ! J'avais beau me montrer prévenante, dans le meilleur des cas, il ne portait aucun intérêt à mes efforts. Moi qui avais l'habitude que l'on me prenne au sérieux, je trouvais son indifférence mortifiante. Même mon père, l'homme le plus important de l'empire, observait souvent un silence quand j'essayais de prodiguer un conseil. Mais Khondamir, tout imbécile qu'il fût, pensait avoir épousé un chameau à cervelle de pois chiche !

Il devint évident qu'il avait convolé avec moi dans l'espoir que je lui donne un fils. Malgré sa réputation de frelon papillonnant de fleur en fleur, il n'avait jamais engendré aucun enfant. Pourquoi pensait-il que j'allais réussir là où tant d'autres avaient échoué ? je l'ignore. Et franchement, même si j'espérais avoir des enfants, je n'imaginais pas que Khondamir pût en être le père. Je me refusais à imaginer que sa semence pût prendre racine en moi, surtout depuis que j'avais fait l'expérience d'autres nuits pareilles à la première, des nuits où il rentrait ivre et usait de mon corps jusqu'à ce qu'il sombre, inconscient.

Un soir, il alla jusqu'à me frapper, une gifle du revers de la main, qui me fendit la lèvre. Apparemment, je ne m'étais pas montrée assez réceptive à ses grossières caresses. Nue et tremblante sur une peau de tigre, j'entendis Khondamir hurler à un serviteur de prendre une monture et d'aller au Fort Rouge chercher une courtisane expérimentée. Mon mari me força à assister à leurs ébats et exigea que je surpasse les pauvres manifestations de plaisir de cette femme.

Puis il en finit avec moi et c'est alors que je saisis pour la première fois le concept de haine. Bien d'autres émotions n'avaient plus de mystère pour moi. Je craignais Aurangzeb. J'aimais père et adorais mère. Il y avait la pitié que m'inspiraient les mendiants et la jalousie que suscitaient certains enfants. Mais la haine m'était inconnue et je ne souhaitais pas l'abriter dans mon cœur. Néanmoins, cette nuit-là, saignant et pleurant, habitée par la haine, j'envisageai de fuir cet homme ou, encore mieux, de mettre du poison dans son riz. Le monde ne déplorerait sans doute guère une telle perte !

Ma famille me manquait cruellement à cette époque. Mes parents m'envoyaient des lettres et des cadeaux mais ils menaient une campagne militaire au sud de l'empire avec mes frères. Dara m'écrivit pour me rapporter les hauts faits d'Aurangzeb sur les champs de bataille : il s'était risqué hors de la tente de père et avait rejoint nos soldats en première ligne. C'est là qu'il avait tué pour la première fois.

En dépit de mon manque d'intérêt pour la guerre, j'aurais beaucoup aimé être à leurs côtés, explorer de nouvelles contrées et écouter les discussions des officiers. Un tel sort eût été infiniment plus désirable qu'errer dans la maison de Khondamir, où les livres étaient rares et les domestiques maussades.

À mesure que les jours et les semaines passaient, je craignis que mon destin fût scellé pour le restant de mes jours. J'exerçai un contrôle d'airain sur mes émotions et ne laissai mon chagrin apparaître qu'à la faveur de la nuit. Mère n'avait jamais permis à aucun homme de dominer ses sentiments et je savais qu'elle me voulait aussi forte qu'elle. Aussi retenais-je mes larmes. J'endurai cette existence jusqu'à ce qu'Allah décide de m'en libérer.

Je goûtai à la liberté pour la première fois par une matinée ordinaire. Khondamir attendit que je le rejoigne pour déjeuner et nous restâmes sur sa terrasse, à déguster des yaourts et à éplucher de pauvres oranges rabougries. Le tapis de laine sur lequel nous étions agenouillés était fort délavé et taché par de nombreux incidents.

Je m'enhardis ce jour-là à lui demander si je pouvais monter un de ses chevaux.

« Toi ? railla-t-il d'une voix bien aiguë pour un homme de sa corpulence. Monter à cheval ?

– J'ai toujours…

– Monterais-tu nue ? » Cette idée dut l'amuser car il esquissa un petit sourire en coin et des débris d'orange tombèrent de ses lèvres charnues.

Je m'étais habituée à ses grossières tentatives de montrer de l'esprit et l'ignorai. « Monseigneur, voilà des semaines que je n'ai pas vu mes amis.

– Et alors ? Des semaines. Des mois. Qu'importe ! Qu'ai-je à faire de tes amis ?

– Je suis votre femme. »

Khondamir rota, ce qui fit frémir les replis de son visage enrobé. « Une petite pleurnicheuse, voilà ce que tu es ! Rien de plus. Et rien de moins. Bien, et si tu allais voir si tu ne peux pas te rendre utile ?

– Et si vous… » Je m'interrompis, redoutant soudain sa réaction s'il m'entendait lui demander d'aller voir au bord d'une falaise s'il ne serait pas plus utile. « Et si vous me trouviez une occupation ?

– Très bien. Prépare-moi à dîner. »

Je ravalai une réponse acariâtre. Était-ce là tout le cas que les maris faisaient de leur femme ? Ne les estimaient-ils donc pas capables de faire autre chose que cuire du riz ? Finissant mon yaourt, je soupirai et laissai mon regard errer sur son domaine. Khondamir s'était peut-être enrichi grâce aux mines d'argent qu'il possédait mais, s'agissant des domestiques, il regardait à la dépense. Le toit de sa demeure avait besoin d'être réparé, les mauvaises herbes étouffaient son jardin, ses chevaux étaient efflanqués et l'enceinte en grès de son domaine présentait de nombreuses taches et fissures. Je me demandais où il pouvait bien entasser son or et ses roupies.

« Au diable ces oranges ! dit mon mari dont les yeux de fouine se rétrécirent. Pourquoi faut-il qu'elles soient si petites ? » Il me lança un regard noir et ajouta : « Pourquoi faut-il que tous les fruits de mon jardin soient si fades ? »

Je savais que c'était une allusion à ma froideur au lit mais je fis comme si je n'avais pas compris. « Peut-être, répondis-je, vos fruits ont-ils besoin de plus de soins ?

– Femme, serais-tu experte en la matière ? Ton expérience est-elle si vaste ?

– En quelle matière, Monseigneur ? Tout ce que je sais, c'est que vos arbres se meurent. »

Il se tourna sur sa chaise pour contempler son verger. De nombreux arbres – essentiellement des pommiers, des orangers, des poiriers et des cerisiers – parsemaient ses terres. Bien que nous fussions au cœur de l'été, où chacun de ces arbres aurait dû crouler sous les fruits, tous portaient des fruits malingres et des feuilles jaunissantes.

« Avez-vous un jardinier ? demandai-je en le soupçonnant d'être trop près de ses sous pour en employer un.

– À quoi servent les jardiniers ? Est-ce si difficile d'arroser et de cueillir des fruits ? » Il rota encore. « Trop difficile pour toi, j'imagine. »

Je me levai, le cœur battant. J'avais passé un nombre incalculable d'après-midi dans les jardins du harem et je croyais savoir quel mal frappait ces arbres. « Si je vous dis ce qui les tue, Monseigneur, cela aurait-il quelque valeur à vos yeux ?

– Comment oses-tu…

– Cela vaudrait-il une simple promenade à cheval ? »

Il écrasa une guêpe. « Sur un vieux canasson.

– Alors, appelez vos serviteurs. »

Contrairement aux serviteurs que l'on rencontrait ailleurs, ceux que héla mon mari ne portaient pas de tuniques agréables à l'œil mais des vêtements raccommodés et mangés par les mites. Quand ils se rassemblèrent autour de notre table, je leur montrai l'arbre le plus rabougri et le plus mal en point. « Veuillez déraciner cet arbre, s'il vous plaît. » Ils interrogèrent leur maître du regard et, avec force jurons, ce dernier leur fit signe d'obtempérer. Les serviteurs s'approchèrent de l'arbre, qui n'était pas plus grand qu'eux, et le sortirent de terre non sans précautions. « Venez par ici, Monseigneur », dis-je en m'approchant de l'arbrisseau. Je m'agenouillai et enfonçai le doigt dans la terre humide. En le humant, je sentis une odeur évoquant une charogne. « Sentez-vous cela ? » demandai-je en agitant la main sous son nez bulbeux et congestionné.

Khondamir recula en grimaçant. « Qu'est-ce que ça veut dire ?

– Cela veut dire, Monseigneur, que vous arrosez trop les arbres et que leurs racines pourrissent.

– Eh bien, femme, faut-il donc te poser la question ? Que peut-on faire ? »

N'est-ce pas évident, imbécile ? pensai-je en savourant son ignorance. « Cessez de les arroser. Cessez pendant au moins dix jours. Ensuite, si Allah vous sourit, ils devraient guérir. »

Khondamir grogna puis s'en prit violemment à ses serviteurs

pour leur ignorance. Il enjoignit à l'un d'eux de préparer le plus vieux cheval de l'écurie. « Va ! » me dit-il.

Tout excitée à l'idée d'être débarrassée de lui, je me hâtai de regagner ma chambre pour me changer, en choisissant une simple tunique brune. J'ôtai également mes bijoux. Méfiante à l'égard de Khondamir, je soulevai une brique, creusai une petite cavité dans la terre et y déposai ma parure. Je remis la brique en place et versai la terre dans le pot d'une plante.

Sans même prendre la peine de dire au revoir à mon mari, je m'approchai de ma monture, un cheval efflanqué d'un âge avancé. Bien que mal nourrie, cette grande jument avait toujours fière allure. Après lui avoir caressé le haut du chanfrein, je remarquai que le domestique lui avait posé une selle coûteuse sur le dos.

« Il a dit une vieille carne, Madame, pas une vieille selle », me chuchota-t-il.

Je souris et enfourchai ma monture. « Merci. Mille fois merci. » Je lui tendis une pièce qui disparut dans les replis de sa tunique toute déchirée. « Asséchez bien les arbres, ajoutai-je, sinon je crains que nous n'ayons tous les deux des ennuis. »

Il détacha ma monture et me tendit les rênes. « Monseigneur nous a toujours ordonné de les arroser deux fois par jour », répondit-il, sans le moindre effort pour cacher sa gaieté.

Avec un large sourire, je le saluai avant d'éperonner ma jument. Apparemment à l'aise sous son fardeau, elle longea tranquillement un sentier battu et poussiéreux qui menait au Fort Rouge. Malgré l'absence de ma famille, je me réjouissais à l'idée de revoir Ladli. Je lui avais parlé pour la dernière fois le jour de mon mariage et j'avais hâte d'apprendre ce qu'il lui était arrivé et quelles étaient les nouvelles de l'empire.

En chemin, je passai devant de nombreuses maisons. Les plus

sophistiquées faites de briques en grès. Les abris plus élémentaires étaient un assemblage de bois et de chaume enduit de boue séchée. Le sentier lui-même était bordé de palmiers et, ici et là, des mendiants attendaient. Je laissai une pièce à plusieurs d'entre eux, mais, quand ils devinrent trop nombreux à me suivre, tous en haillons, je leur dis au revoir et fis accélérer le pas à ma monture.

Le chemin se transforma en route et bientôt j'y côtoyai marchands, prêtres et soldats. Une colonne de soldats se dirigeait vers le sud et je supposai qu'ils allaient rejoindre les forces de père. Ils portaient des armures de cuir bardées de petites piques en fer. Quelques-uns étaient armés de mousquets, mais la plupart n'avaient qu'un arc et un carquois de flèches. Des éléphants les suivaient d'un pas lourd en tirant de pleines charretées de boucliers, de casques et autre matériel. Des canons en fonte, aussi longs et larges qu'un homme, étaient tractés par plusieurs pachydermes à la fois.

Les soldats me lançaient des regards perplexes au passage, car on voyait rarement une femme à cheval, surtout sans escorte. Bien qu'ils fussent des hommes rudes, aux visages barbus et zébrés de cicatrices, je n'entendis que de rares propos grivois. En apercevant le chef de bataillon, un jeune capitaine que j'avais déjà rencontré, je le hélai. Il m'appela par mon nom et guida sa monture dans ma direction. Après avoir échangé d'aimables salutations avec lui, je lui demandai où en étaient les batailles sur le front sud. Apparemment, les hostilités avaient débuté après un raid particulièrement brutal des guerriers du Deccan qui avaient fait une incursion au sud de notre territoire. Ils réclamaient leur indépendance depuis des années. Cette fois-ci, les pillards armés avaient brûlé les maisons de nos sujets, volé du riz et capturé des enfants pour les mettre dans les fers. De tels incidents étaient si fréquents que le capitaine les mentionna très rapidement. Toujours est-il que les combats étaient sanglants et que père avait appelé des renforts.

Après lui avoir souhaité bonne chance, je me mis à sillonner les ruelles encombrées d'Agra. Plus j'approchais du Fort Rouge, plus les gens qui m'environnaient se montraient distants. En temps ordinaire, les marchands se pressaient pour me vendre toutes sortes d'articles, mais ce jour-là, dans mon accoutrement si simple, je n'attirais guère les propositions. Cependant, un boucher édenté me désigna son étal de viandes suspendues. Ses pièces de bœuf étaient couvertes de mouches, aussi détournai-je les yeux.

Mon enthousiasme déclinait à mesure que je m'approchais de la citadelle. Une ribambelle d'esclaves était occupée à ôter le purin de la rampe d'accès et à la récurer. Des hindous pour la plupart : en effet, j'étais à mi-chemin sur la rampe quand l'appel lancinant du muezzin résonna, mais seule une poignée d'ouvriers se tourna comme moi vers La Mecque. Je priai pour nos soldats et pour la sauvegarde de ma famille. Je fus tentée de demander à Allah de m'aider à affronter mon mari mais je décidai qu'Il avait de plus nobles desseins.

Je laissai ma monture fatiguée à un garçon d'écurie puis me dirigeai vers les appartements royaux. Je n'eus guère d'efforts à faire pour trouver Ladli. Elle était occupée à éplucher des carottes dans les cuisines impériales où elle travaillait si souvent. En me voyant, elle poussa un cri aigu et lâcha son couteau. Une servante plus âgée était sur le point de l'admonester quand j'élevai la voix pour demander qu'on l'autorise à s'absenter.

Mon amie s'approcha vivement de moi. Nous nous hâtâmes de nous retirer hors de portée de voix et, avant longtemps, nous nous tenions sur les imposants remparts du fort ; conçus pour abriter des soldats lors de combats, ils offraient une vue magnifique sur Agra. Des milliers de maisons, de mosquées et de bazars s'étendaient à perte de vue et se fondaient au loin avec le fleuve ou les collines. Les minarets des mosquées pointaient vers le ciel leurs immenses aiguilles brunes, assez haut pour que les muezzins puissent se faire entendre très loin sans pouvoir regarder par les fenêtres des maisons voisines où la vue des femmes aurait pu les distraire.

Construite le long du fleuve, Agra s'incurve comme un croissant de lune. Le long des rives du Yamuna se dressaient surtout les palais de pierre et de brique, entourés de somptueux jardins. Plus loin, se trouvaient les maisons des gens du commun : aussi nombreuses que les gouttes de pluie pendant la mousson, elles s'entassaient plus étroitement chaque année. Notre ville abritait désormais plus de cinq cent mille âmes.

Très loin du fleuve et de ses brises s'étendaient les bas quartiers d'Agra. De notre perchoir en haut du Fort Rouge, ils me faisaient penser à un tapis sale. Un nombre apparemment infini de taudis si serrés qu'on avait peine à discerner les étroites ruelles qui les séparaient. Mère nous y avait emmenés à plusieurs reprises, afin de nous montrer comment vivaient les moins chanceux d'entre nous. Pendant qu'elle interrogeait les pauvres sur leurs besoins, mes yeux erraient sur cet environnement peu familier.

Les rats, les odeurs, la saleté et la maladie infestaient les taudis d'Agra. Des enfants en haillons donnaient la chasse aux rats. Les plus miséreux parmi les pauvres mangeaient ces animaux qu'ils faisaient rôtir dans des ruelles miteuses au-dessus de feux de tourbe. Il m'avait été presque insupportable de voir les sans-abri aux bras et au visage couverts d'abcès à vif où grouillaient des mouches. On m'avait raconté que des milliers de pauvres gens comme ceux-là couchaient dehors sur des paillasses en décomposition. Les plus chanceux parmi les habitants de ces quartiers dormaient dans des bouges décrépits faits de briques et de boue séchée.

« Shiva a été très actif », fit remarquer Ladli en me tirant de mes pensées.

Shiva était le dieu hindou de la création et de la destruction, qui, en effet, avait été à l’œuvre car, dans les quartiers miséreux, le toit de chaume d’un taudis était en feu. Je me tournai vers La Mecque pour prononcer une courte prière. Je priai Allah d’infliger une mortification à mon mari et d’aider les victimes de cet incendie. Je lui promis d’envoyer un domestique dans les bas quartiers avec quelques pièces pour les blessés. J’y enverrais également un médecin. Bien que Ladli fût également habituée à ce genre de scènes, je vis ses lèvres trembler alors qu’elle s’adressait à ses propres dieux. Je lui serrai la main. « Tu m’as manqué.

– Mais pourquoi ? demanda-t-elle, et son visage cuivré se tendit tandis qu’elle me serrait dans ses bras. Un gaillard pareil ne te rend-il donc pas heureuse ?

– Moi, heureuse ? » Je me juchai sur un bloc de grès. « Je ne suis qu’un morceau de viande parmi d’autres à ses yeux.

– Vraiment ? »

Je regardai la fumée s’élever et se fondre dans le ciel indien. « Il y a quelques années à peine, je suis venue ici avec mes parents. Nous avons pique-niqué. Ils se donnaient des cerises à manger et recrachaient les noyaux dans le vide. » Je ramassai un caillou et le lançai par-dessus le rempart. « Ils s’aiment tant, Ladli. J’ai toujours prié pour connaître un tel amour.

– Et tu ne l’as pas rencontré », dit-elle d’une voix soudain noyée dans le barrissement lointain des éléphants. Sur une large bande de terre au bord du fleuve, un cercle d'hommes se formait. Même à cette distance, je devinais aux couleurs vives et variées de leurs tuniques qu'ils étaient nobles. Tous avaient de longues lances à la main. Devant eux, au milieu du cercle, se tenaient deux éléphants.

Sachant qu'ils allaient aiguillonner ces pachydermes jusqu'à ce qu'ils finissent par charger, ensanglantant leurs défenses, je reportai mon regard sur le minuscule miroir que je portais au doigt. Je me surpris à souhaiter rencontrer un homme qui chérirait jusqu'aux défauts de mon visage. Bien que mère ne possédât pas de telles imperfections, je ne doutais pas que père aurait adoré un grain de beauté égaré ou une dent mal rangée, s'ils avaient été d'elle. « Il m'a frappée l'autre soir, lui avouai-je. Et ensuite il m'a forcée à…

– Il t'a forcée à quoi ? »

J'hésitai, ce souvenir était trop écœurant. « Rien. Mais peux-tu imaginer mon père en train de frapper ma mère ? Il préférerait souffrir mille morts.

– Quel chien, ce Khondamir ! bafouilla-t-elle. Ce sale fils de putain grouillant de vers ! »

Sa langue acérée m'avait toujours fait sourire et ce jour-là ne fit pas exception à la règle.

« Vraiment, Ladli, tu dis de ces choses !

– Peut-être que si tu n'avais pas grandi dans un harem…

– Je peux jurer si tu veux.

– Vas-y !

– Quoi ?

– Rappelle-moi qui tu as épousé ? »

Je souris, d'humeur soudain fougueuse et déchaînée. « Un asticot syphilitique avec une brique à la place du cerveau et un tas de purin pour tout logis ! »

Ladli se retint de rire. « Pas mal pour une fille si bien née. Mais je suis sûre que tu peux être plus inventive. Entraîne-toi parfois en sa présence, quand il te rappelle certains animaux.

– Un verrat, par exemple ?

– Un verrat, c'est bien trop intelligent ! Il ressemble plutôt à un crapaud, on ne peut pas trouver d'animal plus laid ni plus écervelé. » Elle tira sur son sari, dont elle desserra l'emprise sur son ample poitrine. Bien qu'elle fût magnifique dans ce vêtement, il semblait être une éternelle source de tourments pour elle. « J'aimerais fouetter ceux qui ont inventé cette tenue, lâcha-t-elle. Ou, mieux, forcer les hommes à la porter pendant toute une journée.

– Tu imagines Khondamir dans un sari ? »

Elle en resta littéralement bouche bée. « Je vais essayer d'éviter ça, ma petite amie musulmane. »

Pendant que nous gloussions, je continuai à lancer des galets par-dessus les remparts. Et Ladli continua à tirailler sur son sari. En bas, l'incendie s'était propagé et avait ravagé plusieurs taudis. Je dis une deuxième prière pour leurs habitants avant de me retourner vers mon amie. « Je peux te poser une question ?

– Seulement si tu as une langue !

– Dara et toi… vous vous êtes déjà embrassés ? »

Un sourire hésitant flotta sur ses lèvres puis disparut. « J'aurais bien aimé, mais, comme il a épousé cet objet décoratif, cela n'arrivera jamais. Pas maintenant qu'il est marié et que je suis son inférieure. »

Je me rappelai le mariage de mon frère, dont la cérémonie s'était tenue à peine deux mois avant mes propres noces. Sa femme semblait gentille et une partie de moi enviait Dara. « Il y a eu quelqu'un d'autre ?

– Un autre.

– Je le connais ? demandai-je, surprise par son aveu.

– Est-ce que je sais qui tu connais ? » Avant que j'aie pu répondre, elle poursuivit : « Mais probablement pas. C'est un fils de pêcheur. Il m'emmène sur son bateau.

– Ça dure ?

– Pourquoi pas ?

– Mais si quelqu'un découvre la vérité ? Plus personne ne voudra t'épouser. »

Ladli allait répondre quand elle aperçut une coccinelle à mes pieds. Elle la ramassa délicatement puis ouvrit sa main pour que l'insecte puisse s'envoler sans danger. Le vent l'emporta. « C'est peut-être ma grand-mère, dit-elle pour plaisanter, bien qu'en réalité elle prît ces questions très au sérieux.

– Et lui ?

– Personne n'en saura rien. Et je ne vois pas pourquoi je devrais rester vierge pour qu'un vieux rustaud puisse me tripoter. »

Je pensai à ma propre expérience. La douleur, pourtant considérablement diminuée, restait associée aux relations sexuelles. « Comment est-ce ?

– Parfois, on a l'impression d'un tremblement de terre. Et parfois, c'est aussi paisible que le cours du Yamuna.

– Ça fait mal ?

– Seulement dans le bon sens du terme, comme les sorbets qui vous font plisser les yeux quand ils sont trop sucrés. »

En me rappelant les étreintes suantes et répugnantes de mon mari, je fus bien incapable de les associer à de telles images. Avec lui, faire l'amour revenait plutôt à subir les assauts d'un pot de chambre ! « Je t'en prie, sois prudente, finis-je par lui dire.

– Ne t'inquiète pas, Jahanara. Et ne crains pas pour ton

avenir. Un jour prochain, tu rencontreras celui qui fera trembler la terre pour toi.

– J'en doute », répondis-je tristement.

Ladli se leva pour se porter au secours d'une énorme chenille. « Une proie pour ton mari le crapaud ! dit-elle en la posant sur le bord de notre chemin.

– Il ne manquerait pas de la manger, il est toujours en train de se fourrer quelque chose dans la bouche.

– Ramène-la chez lui. Mélange-la à du curry : il n'y verra que du feu. »

Je souris à cette idée. Quelle que fût mon envie de rester avec mon amie et de continuer à plaisanter ainsi, je devais rentrer à la maison. Nous nous étreignîmes une fois encore avant de retourner aux cuisines du harem.

Je ne me doutais guère ce jour-là que Ladli avait dit vrai : j'allais en effet rencontrer un homme. Car le visage que j'allais chérir, l'esprit qui allait captiver le mien appartenaient à quelqu'un qui travaillait dans l'enceinte du Fort Rouge.

5

Une promesse à tenir

Ce ne fut que l'été suivant que je revis enfin ma famille. Nos forces avaient remporté une victoire majeure au sud et des colonnes d'hommes et de montures revinrent à Agra en fanfare. Tandis qu'une foule d'hindous applaudissait de part et d'autre d'une route poussiéreuse qui menait à notre ville, des tirs de canons tonnaient au sommet du Fort Rouge. Des centaines de soldats ennemis avaient été capturés et ces malheureux marchaient en tête de la procession, enchaînés les uns aux autres, d'un pas chancelant. Les habitants du Deccan, dépouillés de leurs armures, ne portaient que des pagnes. Pour la plupart, c'étaient des hommes musclés qui se vendraient très cher comme esclaves.

De l'endroit où nous nous tenions, à l'écart de la route, Khondamir regarda passer les prisonniers avec intérêt. Il avait besoin de nouveaux travailleurs pour ses mines d'argent et se présenterait à la prison militaire, tôt le lendemain matin, avant le début des enchères. J'avais entendu un domestique chuchoter que mon mari s'était mis d'accord avec un officier de l'armée pour pouvoir toujours acheter les hommes les plus costauds.

« Quelles misérables créatures, hein ? » lâcha-t-il en dévorant des pistaches par poignées entières. Sa silhouette replète était juchée sur un étalon alors que je montais ma vieille jument. Il n'empêche, j'étais contente d'être là, même si mon mari ne faisait rien d'autre que m'afficher pour la galerie des badauds assemblés au bord de la route. Il avait insisté pour que je porte ma plus belle robe et des bijoux en l'honneur du retour de nos vainqueurs.

« Les prisonniers ont l'air exténués », fis-je remarquer.

Dans la chaleur oppressante de midi, les soldats du Deccan, ensanglantés et avachis, ruisselaient de sueur.

« Attends qu'ils aient passé un mois dans mes mines. Ces lâches auraient dû mourir au combat. »

Bien qu'il n'eût jamais vu un champ de bataille, je tins ma langue. « Ils ont peut-être été pris par surprise, suggérai-je.

– Il n'y a pas de surprise, femme, en temps de guerre. On fait face à l'ennemi. On l'éventre. On le tue. Mais tu ne peux rien y comprendre. Tu ne t'y connais qu'en arbres. »

Je ne gaspillai plus ma salive avec lui. Au lieu de cela, je scrutai cette immense procession pour y retrouver ma famille. Distinguer des visages dans la foule des guerriers n'était pas chose facile car la plupart portaient des casques sur des visages sales. Un flot interminable de soldats à pied avançait lentement derrière les prisonniers. Puis venaient les éléphants de guerre ainsi que de pleines charretées de butin, de soldats blessés et de sacs de grain. Un homme frêle, appelé *mahout*, était juché sur l'encolure de chaque éléphant ; il guidait le pachyderme en aiguillonnant le cuir épais de ses oreilles à l'aide d'une pique incurvée.

Pendant un moment, je redoutai d'avoir manqué ma famille, puis j'aperçus les bannières royales qui annonçaient la présence de l'empereur. En pianotant sur ma selle, j'attendis avec impatience tandis que père approchait. Comme d'habitude, au retour des champs de bataille, il trônait sur le plus gros de tous les éléphants de combat. Ainsi que la plupart de nos gros éléphants, celui-ci ne portait pas seulement un *mahout*, mais aussi une petite estrade sur le dos. Père était assis sur un coussin, apparemment à son aise à l'ombre d'un parasol richement décoré. Un mousquet recouvert d'or était appuyé contre sa cuisse.

Devant et derrière l'éléphant de père se trouvaient plusieurs étalons blancs, montés par mes frères et parés de caparaçons de cuir et d'acier, à la fois décoratifs et destinés à les protéger. Le harnais en cuir ressemblait à une couverture drapée sur le dos de chaque cheval. Ces cuirasses étaient de couleurs vives et serties de piques en cuivre, en or et en argent. La tête des étalons était couverte de masques en fer peint.

J'adressai un signe de la main à mes frères. Dara rompit les rangs puis, éperonnant sa monture, s'avança vers moi. La foule, essentiellement composée de paysans à la défroque sale, reflua devant son imposant étalon. Dara tendit des pièces à quelques mendiants, ôta son casque doré et essuya son front luisant de sueur. Il avait l'air emprunté dans sa cotte de mailles, une épaisseur d'écailles en acier fixées sur un maillage en fer capable d'arrêter les coups les plus violents. Des piques en argent hérissaient cette tunique, étincelantes et bien acérées.

Comme le voulaient les usages, Dara échangea des salutations avec mon mari. Ils s'entretinrent brièvement de la guerre. Mon frère devait avoir envie de me témoigner son affection car il se pencha vers moi. Pourtant, sous le regard de Khondamir, il se contenta de me sourire. « Mon cœur se réjouit de te revoir, Jahanara. »

Moi qui avais envie de le toucher, je restai immobile : une

telle manifestation de tendresse aurait sans doute mis Khondamir en rage. « Tu m'as manqué, lui répondis-je, sans cesser de pianoter sur ma selle, frustrée de ne pouvoir tendre la main vers lui. Où est mère ?

– Quelque part en queue de cortège. Elle voulait monter à cheval mais elle est assez avancée dans sa grossesse pour que père ait exigé qu'elle reste allongée. » Dara me lança un clin d'œil furtif : nous savions l'un comme l'autre que père n'aurait jamais vraiment pu imposer quoi que ce soit à son épouse.

« Puis-je la voir, et toi ? »

Dara m'adressa un large sourire et, après l'éclat jauni de celui de Khondamir, ses dents me parurent d'une blancheur éclatante. « Demain, en l'honneur de sa victoire, père organisera un *qamargah*. Retrouve-nous à la procession, en milieu de matinée ; nous passerons la journée sous la tente en amont du fleuve.

– Vous ne vous joindrez pas à la partie de chasse ? » demanda Khondamir, incrédule. Le *qamargah* était la forme de chasse la plus populaire.

Dara haussa les épaules. « Piquer un animal terrifié est une activité dont je m'abstiendrai avec plaisir.

– De nombreux soldats, objecta Khondamir, prendront plaisir à sa mise à mort. Et moi aussi.

– Mais faites donc ! Et pendant que vous chasserez, je discuterai avec votre charmante femme. »

Cette remarque fit grogner Khondamir, comme si j'étais tout sauf charmante. Dara se raidit mais sembla douter d'avoir entendu pareille insulte. J'espérai qu'il me défendrait, mais, au lieu de cela, il prit congé de nous et se hâta d'aller reprendre sa place au côté de père. L'armée entrait dans Agra et, remarquant que la plupart des nobles regagnaient leurs boutiques ou leurs maisons, Khondamir fit rebrousser chemin à sa monture. Je le suivis, enthousiaste à l'idée de revoir ceux que j'aimais.

À dîner, je tins à peine en place et, cette nuit-là, quand mon mari m'emplit de son immonde substance, je parvins à l'éloigner de mes pensées. Ensuite, je dormis peu, toute à la joie du lendemain. Il me tardait de poser les mains sur le ventre de mère et d'entendre le récit de la fortune de l'empire. Tout cela m'avait tant manqué !

Au point du jour, je préparai un repas à Khondamir. Il se leva tôt pour le *qamargah*, mangea mon plat à contrecœur puis alla retrouver sa monture. Ses domestiques iraient à pied et je me vis octroyer un étalon correct. Des couvertures et des provisions furent entassées dans des sacoches et nous nous mîmes en route à bonne allure. Khondamir brandissait un gros arc de guerre et un sabre mais pas de mousquet. On utilisait rarement des armes à feu pour ce type de chasse, parce qu'elles ôtaient de l'habileté au chasseur en rendant la mise à mort trop facile.

Nous remontâmes le fleuve sans incident. Tout en chevauchant, mon mari mangeait du canard rôti et buvait de l'arak dans une gourde en peau de chèvre. L'arak est un breuvage fort, concocté à base de riz fermenté, de mélasse et de sève de palmier. J'en avais goûté un jour et j'en aurais déduit qu'il s'agissait de feu liquide si l'on n'avait pas éclairé ma lanterne. Khondamir, quant à lui, trouvait grand plaisir à en consommer. De temps à autre, il en buvait tout le jour, ou du moins jusqu'à ce qu'il finisse par m'invectiver, se souiller puis sombrer, inconscient.

Mon mari n'engagea pas la conversation pendant que nous cheminions et je ne fis, moi non plus, aucun effort pour lui parler. À un moment, il se tourna tout de même vers moi pour me lancer sur un ton irrité : « Une épouse qui se respecte demanderait comment se porte son mari.

– Et comment allez-vous, Monseigneur, par cette belle journée ? » demandai-je d'une voix doucereuse.

Il jeta un os à moitié rongé dans ma direction avant d'éperonner sa monture pour accélérer le pas. Je caressai mon étalon et me mis à fredonner. Je connaissais de nombreuses chansons que je chantai à voix basse pendant que le paysage défilait sous mes yeux. Le soleil indifférent montait dans le ciel alors que le fleuve devenait plus étroit et plus rapide. Il y avait plus d'arbres ici qu'à Agra et ils parsemaient le paysage comme autant de cheveux mal peignés. Entre eux ondulait l'herbe épaisse d'une prairie qui abritait tout un monde animal mais j'aperçus également trois faucons, loin au-dessus de nos têtes, planant sur des courants d'air.

Quand nous atteignîmes enfin le camp royal, la matinée était bien entamée. La première chose que je remarquai fut une imposante barrière qui encerclait le camp. Elle était faite de branchages aussi hauts qu'un homme. Ces fagots, entassés et liés à l'horizontale, formaient un immense cercle. Parcourir cette arène d'un bout à l'autre aurait pris plus de temps qu'il n'en fallait pour cuire un œuf dur. Au centre se dressait une vaste tente. Un enclos de branchages, encore plus épais mais beaucoup plus petit, entourait cet abri de tissu brodé.

Avant ces chasses, des milliers de soldats – dispersés en un grand cercle dans la campagne – battaient tambour et refermaient lentement le cercle. Pris au piège devant les hommes, les animaux aux abois étaient forcés de se rabattre vers l'enclos où de larges ouvertures étaient ménagées pour que les proies viennent s'y réfugier. Une fois ces dernières parquées, les ouvertures étaient fermées et les animaux bel et bien pris au piège. Alors la chasse pouvait commencer.

J'avais assisté à plusieurs *qamargahs* et je dois avouer que je n'y prenais aucun plaisir. Des hommes piquaient des chevreuils avec des flèches pendant que des guépards apprivoisés donnaient la chasse au plus petit gibier. Selon la taille de l'enclos, une chasse pouvait durer un après-midi ou plusieurs jours.

Cette structure-là semblait plus petite que la plupart et j'en déduisis que père ne souhaitait pas passer trop longtemps dans cette campagne. Sans doute, avec nos ennemis qui avançaient au sud et au nord, avait-il des obligations plus pressantes. En outre, la chasse n'était pas, de loin, sa passion favorite. Il ne s'y adonnait que pour récompenser ses nobles et les officiers de son armée. Après tout, la plupart des hommes se délectaient de cette mise à mort.

Dara, qui adhérait peut-être à la croyance hindoue selon laquelle toute vie est amenée à renaître et pensait donc qu'un renard pouvait être un de ses ancêtres, n'avait jamais pris part à ce sport. J'appréciais le dédain de mon frère pour cette chasse et le flegme avec lequel il accepterait d'être sans doute le seul homme sous la tente. Après avoir souhaité bonne chance à mon mari, je descendis de cheval et me hâtai de rejoindre la fraîcheur de la tente.

En effet, Dara était assis sur un coussin, occupé à étudier le sanskrit, tout en mangeant des boulettes de fromage de chèvre. Très peu de musulmans savaient lire le sanskrit, qui était la langue ancienne des hindous, pourtant mon frère était bien décidé à le maîtriser. Mère était allongée près de lui et son ventre avait pris la taille d'une pastèque. J'ôtai mes sandales et, en contournant les plateaux chargés de victuailles et de boissons, je me frayai un chemin vers elle. « Que tu es grosse ! » dis-je en posant la main sur son ventre bien ferme.

Elle me serra bien fort et je humai une légère odeur de musc sur sa peau. « Tu m'as tant manqué, Jahanara ! »

Les larmes me montèrent aux yeux, mais je m'efforçai de garder mon calme. « Pourquoi es-tu partie si longtemps ? » demandai-je. Soudain en proie aux souvenirs des semaines passées, je me mordis les lèvres pour ne pas pleurer. « Papa n'est pas le seul à avoir besoin de toi. » Je me sentis puérile en prononçant ces mots, mais mon amour pour elle criait famine, comme le lionceau qui attend le retour de sa mère, et elle était partie au moment où j'avais le plus besoin d'elle.

« Que s'est-il passé ?

– Le mariage, voilà ce qui s'est passé.

– Et alors ? intervint Dara d'un ton calme, sans oublier que d'autres femmes de la noblesse se trouvaient dans la tente.

– Et alors, mon cher frère ? Il existe des gens bien moins nobles que tu ne l'imagines, chuchotai-je. Et nous n'avons pas tous la chance d'être si bien mariés que toi. » J'avais beau adorer mon frère, il y avait des jours où sa naïveté m'agaçait. « Peut-être, si Allah n'avait pas fait de toi un homme comblé, verrais-tu les choses différemment ? »

Dara posa son livre à côté de lui. « Khondamir en use mal avec toi ? Mais il m'a semblé correct, hier. Est-il…

– Arrête, je te prie », dis-je, peu désireuse d'avoir à décrire à Dara ce qui aurait dû lui paraître évident.

Mère me serra la main. « Nous sommes rentrés maintenant, Jahanara. Et je suis désolée, vraiment désolée, d'apprendre que ce mariage a été une épreuve pour toi. Que pouvons-nous faire pour t'aider ? »

Elle avait toujours possédé une force de caractère incommensurable, et je me redressai en entendant sa réponse, redoutant soudain qu'elle me juge faible. J'avais beau lui en vouloir d'avoir été mariée à Khondamir, je ne pouvais pas lui laisser croire que je plaçais mon bonheur au-dessus de mon devoir. Elle avait été promise de la même façon et, si je voulais un jour mériter son approbation, je devrais endurer la plupart de mes souffrances en silence. « Raconte-moi, demandai-je, tandis que les domestiques nous apportaient de la citronnade, ce que tu as fait dans le sud. » J'effleurai son ventre. « Comment va le bébé ?

– Il gigote comme un petit singe. » Mère sourit, puis me passa une étoffe humide sur le front. Elle arrangea aussi un collier de perles autour de mon cou.

« Cela fait mal ?

– Non, mais aujourd'hui encore, après tant de grossesses, c'est une sensation très étrange. »

Je savais que, si elle manifestait un goût peu commun pour la politique, elle aimait se sentir devenir mère autant que toutes les femmes. Je me demandai si j'éprouverais la même joie. Aurais-je assez de volonté pour devenir une mère aimante et une femme respectée des hommes ? Était-il au moins possible d'obtenir une telle considération lorsqu'on n'était pas femme d'empereur ?

« Les combats ont été terribles, dit ma mère en interrompant le cours de mes pensées. J'ai assisté à de nombreuses batailles depuis un promontoire. » Elle lança un regard à Dara et je devinai qu'ils partageaient une pensée.

« Que s'est-il passé ? » demandai-je à mon frère.

Son regard, serein en temps normal, se troubla sous l'effet de l'émotion et il cligna des yeux. Sur le point de parler, il s'interrompit. Mère lui adressa un signe de tête et il reprit : « Je… j'ai tué. J'ai tué un homme pour la première fois. »

Je ne savais pas très bien quoi dire, car il tenait la vie pour plus précieuse encore que ses semblables. « Oh, Dara ! murmurai-je, en me sentant tristement impuissante.

– Mon mousquet l'a transpercé de part en part.

– Je suis vraiment, vraiment désolée.

– Moi aussi. Désolé pour lui, désolé d'avoir vu ce que j'ai vu.

– Et qu'as-tu vu ?

– Notre frère.

– Aurangzeb ? »

Dara eut l'air de se ressaisir, puis les mots se bousculèrent, comme s'il ne pouvait plus les retenir. « Il se trouvait en première ligne, avec le gros des troupes. Il y avait tant de poussière. Tant de bruit. Les éléphants barrissaient d'horreur et les canons… les canons tonnaient sans discontinuer comme un orage. » Il se tut et se massa le front. « Je ne m'entendais plus penser, Jahanara. Mais j'ai vu Aurangzeb conduire les hommes. Ils l'ont suivi jusqu'à la mort, et ils n'en sont pas revenus. Mais ils ont pénétré les lignes ennemies et ils s'y sont engouffrés, en dérapant dans le sang, ils tombaient et ne se relevaient plus.

– Tu peux m'en reparler plus tard, si…

– Tu aurais dû le voir, m'interrompit-il. À un moment, il a tué deux hommes d'un seul coup de sabre. Mais quelques instants plus tard, comme c'était l'heure de la prière, il a déposé son arme pour se tourner vers La Mecque. » Dara secoua la tête d'un air incrédule. « Les sabres étincelaient tout autour de lui, les éléphants de combat étaient déchaînés. Mais il restait calme. D'un calme inhumain. Il récita ses prières puis reprit le combat avec une ardeur redoublée. Quand l'ennemi se retira, il fit décapiter leurs morts et dresser une immense pyramide avec ces… trophées.

– Cruel, je sais, dit mère. Mais nos hommes ne l'en ont que plus apprécié et nos ennemis ont pris la fuite.

– Oh oui, il était très aimé, renchérit lentement Dara, comme s'il trouvait une telle vénération incompréhensible. Ils entonnaient son nom et remerciaient Allah de sa présence. Tu vois, il ne combat qu'avec les musulmans. Les hindous, il me les envoie. Et ils sont heureux de combattre sous mes ordres.

– Qu'est-ce que père pense de cette façon de diviser les soldats ? demandai-je en entendant le lointain roulement des tambours.

– Père, répondit Dara, ne souhaite que la concorde entre nous et nos amis hindous. Mais il hésite à contrarier Aurangzeb.

– Et il fait bien, décréta mère. La force d'un père se révèle dans ses fils. Les artistes et les diplomates t'adorent alors que les soldats vont tous vers Aurangzeb. C'est une bonne combinaison. »

Il m'arrivait rarement d'être en désaccord avec mère, mais ce fut le cas ce jour-là, car le pouvoir de notre empire était entre les mains de son armée. Pourtant, je ne trouvai pas les mots pour la contredire. « Tu as bien fait de tuer ce guerrier, Dara, dis-je. Je préfère sa mort à la tienne. »

Mon frère me remercia, puis il se tourna vers l'ouest et ses lèvres s'agitèrent, formulant une prière. Les tambours gagnèrent en intensité et je fus soudain captivée par leurs pulsations. Je me relevai et allai jeter un coup d'œil dehors où je vis des animaux se réfugier dans l'enclos. D'abord, seules quelques gazelles apparurent. Puis vinrent un tigre, trois ou quatre antilopes et des lièvres. Bientôt, des dizaines de proies aux abois s'engouffrèrent dans le parc. Tous couraient dans la même direction, décrivant un cercle à ma gauche. Des hommes à cheval poussèrent des acclamations quand on referma les barrières derrière les animaux, et la mise à mort commença. Craignant peut-être de se faire piétiner, mon mari resta bien campé sur son étalon en marge de la tuerie en décochant sans grande conviction quelques flèches aux bêtes prises de panique. Je ne le vis pas en atteindre une seule.

Mes frères et mon père faisaient partie des rares chasseurs à pied. Shah et Murad poursuivirent le même sanglier, dont ils lardèrent les flancs ensanglantés de flèches. Père se tenait derrière eux. Son arc était bandé, mais il semblait hésiter à donner la mort. Aurangzeb, quant à lui, arpentait le centre de ce chaudron en ébullition. Sa tunique était tout éclaboussée de sang et son sabre incurvé décrivait des arcs meurtriers. Toutes les proies tombaient sous ses coups. Je vis un tigre le charger et soudain mon frère plongea comme un cobra qui attaque. Son sabre trancha la gorge de cette superbe créature qui mourut en lui lançant des coups de patte.

Écœurée par ce carnage, je me rassis et posai la tête sur le ventre de ma mère. Je crus entendre battre le cœur du bébé, mais il ne s'agissait peut-être que des tambours des chasseurs. « Tu es anxieuse ? » demandai-je.

Elle tendit la main pour refermer une broche dorée sur mon voile. « Même après avoir eu tant d'enfants, je le suis encore. Je te veux à mes côtés, Jahanara. »

Je cessai de jouer avec l'ourlet de ma robe. « Tu vas en demander la permission à mon mari ?

– J'aimerais bien, mais si j'en juge au ton que tu as pris tout à l'heure, il va sans doute ignorer ma requête. Et il y a des chances pour que j'insulte cet imbécile. » Mère grimaça et je devinai qu'elle n'aimerait rien autant qu'informer Khondamir de ses manquements. « Je vais laisser à ton père le soin de lui poser la question, conclut-elle. Et, où que j'aille, tu seras à mes côtés.

– Vraiment ? »

Mère déposa un baiser sur ma joue. « Ta présence rendra la douleur plus supportable. »

Je chérissais ma mère. Mais, si j'avais su quelles souffrances l'attendaient, je me serais accrochée à elle pour ne plus jamais la lâcher.

C'est à la saison des moussons que le bébé naquit. Mère avait accompagné père et ses conseillers à Burhanpur, une ville boueuse des hauts plateaux du Deccan. Notre ennemi avait cherché à se venger de sa défaite, aussi notre armée avait-elle marché sur le sud pour y défendre nos intérêts. J'avais essayé de dissuader mère d'entreprendre ce long voyage mais elle avait insisté. Mes parents restaient rarement loin l'un de l'autre et – si sensé que cela pût paraître – qu'elle demeure au Fort Rouge pendant qu'il menait campagne dans le sud était impensable à leurs yeux.

Comme la naissance de l'enfant approchait, j'avais moi aussi participé à l'expédition vers Burhanpur. Mon mari avait opposé moins de résistance à cette idée que je ne m'y étais attendue ; je le soupçonne d'avoir été content de me voir partir. En mon absence, il pouvait jouir de tous les fruits de son verger sans que j'assombrisse leur humeur. Après tout, ces filles étaient plus à leur aise avec Khondamir quand je n'étais pas dans les parages et la plupart étaient de jeunes courtisanes honorables qui n'avaient aucune envie d'offenser la fille de l'empereur.

Burhanpur était un lieu bien désolé. La ville n'avait guère connu que la guerre et ses habitants se comportaient en conséquence. Nous restions à sa périphérie, dans un campement au milieu d'immenses champs de blé. Père, comme ses prédécesseurs, menait toujours les offensives majeures depuis une capitale provisoire. Cette ville composée de tentes abritait plusieurs centaines de milliers d'hommes et de femmes. C'était un complexe inimaginable de bazars, d'hôpitaux, de mosquées, de temples et il renfermait même un harem. En marge de la multitude de soldats, des prêtres, des concubines, des marchands, des forgerons, des cuisiniers, des artistes et des administrateurs se pressaient dans les rues couvertes de toitures en foin. Aux abords de cette cité, des écuries provisoires accueillaient des dizaines de milliers d'éléphants, de chameaux et de chevaux.

Traverser d'un bout à l'autre cette ville aurait pris la moitié d'une matinée. Chose incroyable, quand les conflits actuels avec les habitants du Deccan prendraient fin, tout le site serait remballé dans des chars à bœufs qui le ramèneraient à Agra. Et à la prochaine bataille majeure – dans le désert de Thar ou dans la province du Bengale – cette cité serait transportée, déployée et réorganisée à l'identique.

Au centre de la cité se dressait la tente impériale. Ce pavillon, le plus grand en son genre de tout l'Hindoustan, aurait fort bien pu passer pour un palais. Ses parois pourpres étaient aussi hautes qu'un éléphant cabré, et il formait une structure cubique large de deux cents pas. La tente contenait tout le luxe imaginable.

J'y avais mes quartiers avec mes parents. Tandis que père passait ses journées à deviser avec ses officiers dans un pavillon adjacent, mère et moi écoutions les bruits lointains de la bataille, allongées sur des tapis en cachemire et des coussins en soie. J'aurais infiniment préféré entendre le chant des oiseaux, agenouillée sur des rochers escarpés, car la clameur des combats était bien trop inquiétante. Le grondement incessant des canons se prolongeait tout le jour. La nuit, les hurlements des blessés nous faisaient sursauter pendant nos prières, jusqu'à ce que l'aube déploie à nouveau ses couleurs.

Les serviteurs faisaient brûler du bois de santal sous la tente impériale pour masquer les odeurs du camp. Ils n'auraient pas dû se donner cette peine. Chaque fois qu'on ouvrait les rabats de la tente, la puanteur y pénétrait en même temps que les visiteurs. Les relents de foin humide, de corps de soldats mal lavés et des feux de cuisine se mêlaient à l'odeur de la chair en décomposition. Non seulement des centaines d'hommes croupissaient dans les hôpitaux tout autour de nous, mais on y soignait également des dizaines d'éléphants et de chevaux. Ces pachydermes étaient inestimables pour notre armée et on ne reculait devant aucune dépense pour guérir leurs blessures.

Avec tout ce que l'on y voyait, entendait et sentait, Burhanpur était un endroit effroyable pour une naissance. Pourtant, depuis notre arrivée au front, mère et moi n'avions pas ménagé nos prières pour que la tuerie prenne fin. Et les massacres se prolongeant, la vie qu'abritait mère allégeait nos peines.

Le bébé donna des signes d'impatience au cours de la deuxième semaine que nous passâmes à Burhanpur. Quand mère perdit les eaux, le médecin du roi, qui accompagnait toujours père dans ce genre d'expéditions, fut immédiatement appelé. J'étais présente, ainsi que père et trois sages-femmes. Même si les maris assistaient rarement à l'accouchement, père n'avait jamais manqué la naissance d'un de ses enfants. Il m'avait un jour raconté qu'il avait connu ses plus grands bonheurs pendant le travail de mère.

La nuit, fraîche et venteuse, était un moment favorable à une naissance. Derrière nos parois de toile, un orage se déchaînait. La pluie tambourinait et, pour une fois, le grondement des canons était assourdi.

Mère était allongée sur des couvertures, la tête et le dos calés sur des coussins. Le médecin prit son pouls et ordonna d'apporter des linges propres. Un bol en argent fumant de vapeur était posé à côté de lui et, étalés sur une nappe, se trouvaient des ustensiles en acier. L'un ressemblait à une paire de louches reliées entre elles. Ayant assisté à de nombreux accouchements de ma mère, je n'étais pas particulièrement nerveuse. Malgré ses douleurs, elle avait l'air plus radieuse que jamais. Je la trouvai très belle sans ses bijoux et je le lui dis.

« Parfois, me confia-t-elle d'une voix calme, je hais les bijoux. Mais les diamants sont symbole de pouvoir et, sans pouvoir, je perds toute valeur. »

Je ne lui arriverai jamais à la cheville, me dis-je à cet instant. Jamais je ne serai si adorable, ni si adulée.

Je l'embrassai et allai tenir la main de mon père. Nous nous agenouillâmes et nous penchâmes sur elle. Quand les premières contractions se firent sentir, elle gémit. « Il vient », dit-elle, la sueur perlant à son front malgré la fraîcheur de la nuit. Le médecin eut le temps de compter jusqu'à deux cent quatre-vingt-quinze avant que la contraction suivante n'ait lieu. Elle sembla plus forte que la première.

Les bougies vacillèrent dans la salle traversée par des courants d'air tandis que le médecin lui palpait le ventre. C'était un vieil homme, avec une barbe jusqu'à la poitrine, qui boitait un peu. Il avait mis au monde plus de bébés qu'un buffle d'eau n'a de tiques ; pourtant, l'enfant de l'empereur devait le troubler car il avait l'air mal à l'aise.

« Quel nom allons-nous donner à ce garçon ? demanda père en écartant les cheveux de mère.

– À ce garçon ?

– Ses coups de pied sont trop énergiques pour une fille. Et, mon amour, ton ventre n'a jamais été si gros.

– Nous… » Une contraction lui tordit les entrailles et mère

se mordit la lèvre. Elle inspira profondément pour se détendre. « Nous pourrions lui donner le nom d'un artiste, murmura-t-elle. Trop d'enfants ont reçu le nom de guerriers et d'empereurs dans ce pays. »

Le docteur lui tendit une tasse de thé. « Buvez cela, Votre Majesté. Cela allégera vos souffrances. »

Elle le remercia. Le thé devait être amer, car elle grimaça. « Est-ce du poison ? demanda-t-elle en essayant de sourire.

– Seulement pour la douleur. »

D'autres contractions suivirent à mesure que la nuit avançait. Elles se rapprochèrent. Mère se débattait, les larmes aux yeux. « J'aimerais pouvoir te décharger de ta souffrance, dit père d'une voix douce. La prendre et l'enfouir tout au fond de moi. »

J'épongeai le front de mère. « Le premier enfant est-il le plus douloureux ?

– Si seulement c'était vrai ! » parvint-elle à dire avant d'être terrassée par la douleur. Père eut un mouvement de recul quand elle gémit et je me doutais que le supplice de mère le mettait lui aussi à la torture. Elle demanda qu'on lui donne un objet à mordre et je lui tendis le linge prévu à cet effet. Ses contractions étaient plus nombreuses à présent. Ses gémissements se transformèrent en longs cris étouffés puis en hurlements.

« Le voyez-vous ? » demanda père avec impatience.

Le tonnerre gronda. « Une jambe, oui, répondit le médecin. Il se présente par le siège. » Les traits de père se crispèrent. Ne sachant que penser, je leur fis part de mon ignorance. « Cela signifie, expliqua le docteur d'un air soucieux, que l'enfant résiste et veut rester dans l'utérus. Il n'est pas prêt. »

Mère hurla et je m'agrippai à sa main. « Il arrive, mère, il arrive. » Tout en lui parlant, j'adressai une prière à Allah que je suppliai d'alléger ses souffrances.

« Oui, renchérit père. Et, quand il sera là, je vous garderai tous les deux dans mes bras toute la nuit. »

Elle essaya de répondre, mais ne put que gémir. Les larmes lui vinrent aux yeux et je devinai qu'elle souffrait le martyre. « Je vous en pr… prie ! bredouilla-t-elle.

– Ne pouvez-vous rien lui donner d'autre ? » demanda brusquement mon père d'une voix dont la hargne m'effraya.

Le vieux médecin marqua un temps d'arrêt. « Trop de potion est dangereux, Votre Majesté. Mais je vais lui en donner encore un peu. »

Quelques gouttes de thé furent versées entre les lèvres de mère. Je remarquai qu'elle s'était mordu la langue jusqu'au sang. Ses traits, toujours si sereins, étaient convulsés. Mon regard passa de son visage à celui du docteur qui ôtait un linge ensanglanté d'entre ses jambes. « Il faut pousser plus fort, Votre Majesté, dit-il d'un ton plus pressant. Vraiment.

– Mais cette douleur…

– Poussez, Votre Majesté. Poussez plus fort ! »

Elle hurla et se débattit. Père et moi la tenions pendant que les sages-femmes apportaient de l'eau. « Glorieux Allah, priait mon père, faites que cela se termine bientôt et je Vous ferai construire une magnifique mosquée. Je nourrirai et j'habillerai Vos pauvres. »

Je priai à mon tour. Tournée vers La Mecque, je suppliai Allah de délivrer cet enfant. Hélas, seuls les hurlements et le tonnerre me répondirent. Quand le médecin exhorta encore mère à pousser, une note de désespoir fut perceptible dans sa voix. Une mare de sang s'étalait sur le sol et la bassine d'eau fraîche fut bientôt rougie. Les doigts dans le col de l'utérus, le vieil homme essayait de remettre l'enfant en place. J'espérai de toutes mes forces entendre le bébé crier, mais ne perçus que les plaintes de ma mère suppliciée.

« Que se passe-t-il ? s'exclama mon père en se hâtant de rejoindre le docteur.

– L'enfant est mal positionné et trop gros pour le col de l'utérus. Il le déchire et elle se vide de son sang. »

Père vacilla. « Alors, délivrez-la de ce bébé sur-le-champ. »

Les cris de ma mère faiblirent. Son regard se perdit dans le vide. « Vite, père ! m'écriai-je. Fais quelque chose ! »

Père écarta le docteur et s'agenouilla devant elle. « Dites-moi comment m'y prendre. » Pendant que le médecin lui expliquait la façon de déplacer le bébé, père se débarrassa de ses bagues et inséra les doigts dans le col. Il s'efforçait d'y aller doucement, le visage crispé et consterné. Il ne put retourner l'enfant qui se dégagea soudain des entrailles de mère, le cordon ombilical serré autour du cou. Il était couvert de sang, très beau, et sans vie. Père le déposa doucement sur le côté. « Faites cesser les saignements », implora-t-il, et le médecin appliqua des linges propres sur l'ouverture. Le tissu fut bientôt tout ensanglanté.

« Je suis désolé, Monseigneur. Elle n'en a plus pour longtemps.

– Non ! s'écria mon père. Il faut que vous fassiez quelque chose !

– Elle est entre les mains d'Allah. Pas entre les miennes. »

Père se laissa tomber à côté d'elle en pleurant et en l'appelant. « Je vous en prie, non ! »

Elle cligna des yeux, puis un spasme de douleur la saisit tout entière. « Chut, mon amour, murmura-t-elle.

– Je Vous en prie, Allah, implora-t-il. Je Vous en prie, je Vous en prie, je Vous en supplie, faites qu'elle vive ! Prenez plutôt ma vie. Je Vous en prie, prenez la mienne. »

Mes larmes tombaient avec les siennes sur le visage de mère. « Reste… reste avec nous, mère. »

Sa tête oscilla mollement et elle essaya de sourire. « Je… m'endors. »

Le médecin et ses sages-femmes quittèrent la tente. Je baisai fièvreusement le front de mère en m'accrochant à elle, comme je m'étais agrippée au tronc d'arbre dans le fleuve. « Je t'en prie, ne pars pas, la suppliai-je, car elle emportait tout mon univers avec elle.

– Approche », dit-elle en remuant à peine les lèvres.

Je me penchai, mon visage à quelques centimètres du sien. « Reste.

– J'ai besoin de toi.

– De moi ? » demandai-je.

Elle essaya de lever la tête et je me penchai encore plus près. Elle se tourna pour coller ses lèvres à mon oreille. « Veille sur lui, chuchota-t-elle faiblement.

– Mais mère…

– Tu es assez forte… bien assez forte.

– Non, je veux que tu restes. Tu dois rester.

– S'il te plaît.

– Tu ne peux pas partir !

– Je t'en prie, Jahanara. »

Ses yeux étaient devenus le miroir de son âme et, malgré le chagrin qui me submergeait, j'y lus son désarroi. Je regardai père, agenouillé, la tête sur les pieds de mère. « Je vais essayer, promis-je d'une voix étouffée par les larmes.

– Je t'aime. Et je suis fière, très, très fière de toi. » Elle me fit signe de l'embrasser. En la serrant très fort, je posai mes lèvres sur les siennes ; sensible à la chaleur de sa peau, je n'avais plus envie de la lâcher. Je finis par céder la place à mon père. Il l'embrassa encore plus délicatement que moi et, quand il s'éloigna, elle avait le sourire aux lèvres. « Mon amour ?

– Oui ?

– Tu veux bien… ? » Elle parut soudain très pâle et considérablement affaiblie. « Tu veux bien me concéder une faveur ? » Il ne put qu'acquiescer. « D'abord, poursuivit-elle, veille toujours… sur nos enfants. Et ensuite, aime à nouveau.

– Non, tout mon amour te revient. »

Elle secoua faiblement la tête. « Et puis, fais-moi bâtir quelque chose… un monument magnifique. Et viens sur ma tombe… chaque année à l'anniversaire de ma mort.

– Je le promets », dit-il en pleurant comme un enfant.

Elle sembla manquer d'air. « Je veux mourir… en te touchant… en sentant ta peau. »

Il se pencha. La prenant dans ses bras, il murmura : « Je resterai toujours avec toi, mon grand amour. » Les lèvres de mère frémirent, mais aucun son n'en sortit. « Toujours, mon amour, répéta-t-il sur le ton de la lamentation. Toujours. »

Puis il l'embrassa. Il la garda longtemps dans ses bras et bientôt elle demeura inerte.

Nous pleurâmes ensemble.

Et le ciel pleura avec nous.

Deuxième partie

Ceux qui ont cru,
Ceux qui se sont judaïsés,
Les Sabéens et les Chrétiens,
Ceux parmi eux qui croient en Dieu, au Jour dernier,
Et qui accomplissent les bonnes œuvres,
Pas de crainte sur eux,
Et ils ne seront point affligés.

LE CORAN

Une tasse de thé refroidit entre mes mains. Une brise se lève au loin, agitant les eaux tranquilles. J'ai beau avoir le cœur endurci et savoir tenir ma langue, je n'en suis pas moins sentimentale et sujette à des débordements émotionnels. Et les brises, surtout quand elles se lèvent derrière le Taj Mahal, peuvent me faire monter les larmes aux yeux. Car leur caresse me rappelle les baisers.

Et les baisers peuvent être éternels.

« Qu'est-ce qui s'est passé, Jaha, demande posément Gulbadan, après la mort de ta mère ? »

Je me force à chasser un souvenir. « Mon père, dis-je, s'est enfermé dans une petite pièce et a refusé de se montrer à quiconque. Même à moi. » Je me tais, en me rappelant à quel point j'aurais voulu pouvoir le consoler. Bien sûr, moi aussi j'avais besoin de lui ; mon propre chagrin ne me laissait aucun répit. Rien ne me manquait tant que sentir son amour pour moi, même s'il n'était rien comparé à celui qu'il vouait à mère. « Nous l'entendions pleurer et prier sans fin, ajouté-je, l'air absent, en posant ma tasse. Quand il est enfin ressorti, au bout de deux semaines, il avait les yeux tellement rougis et abîmés par les larmes qu'à partir de ce moment, il dut porter des lunettes.

– Vraiment ? demande Rurayya dont la voix juvénile retentit tandis que sa main cherche la mienne.

– Oui, mon enfant. Père était un autre homme quand il a quitté cette chambre. Une partie de lui s'était brisée et il n'aima plus jamais. » Je serre les doigts de Rurayya et les caresse avec le pouce. En tant que jeune femme, je ne prenais pas bien la mesure de la perte subie par mon père. Mais je la comprends aujourd'hui. Car j'estime que le chagrin est la plus puissante des émotions après l'amour.

« Mais c'est alors qu'il a entrepris la construction, suggère Gulbadan.

– Oui, acquiescé-je, et mes souvenirs se font plus doux. Pour bâtir un monument à la mesure de son amour, il a fait appel au plus grand architecte de l'empire, un jeune homme capable de transformer le jade en fleurs, le marbre en paradis.

– Et qui était-ce ?

– Isa. Tout a commencé avec Isa. »

6

La vérité est dans les rêves

Le trône du Paon étincelait toujours, mais l'homme qui y siégeait était éteint.

La lumière du soleil tombait en biais par les nombreuses fenêtres du Diwan-i Am. Pourtant, l'obscurité y régnait, car aucune bougie n'était allumée. La salle était vide à part père, Dara et moi. Depuis la mort de mère, on avait confié à Aurangzeb la direction d'une partie des armées avec laquelle il menait alors des campagnes au nord dans les territoires ennemis, une contrée sans maître dont les factions avaient toujours fait des incursions dans notre empire.

Nous avions tant d'ennemis à cette époque ! Au nord prospéraient les redoutables Perses qui cherchaient à étendre leur influence. Au sud se trouvait le Deccan, qui faisait partie de l'empire indien mais, sous la houlette d'un sultan à poigne de fer, luttait pour obtenir son indépendance. D'autres ennemis cherchaient à grignoter les flancs de notre royaume : les terribles clans Rajput à l'ouest et les chrétiens de l'autre côté de l'océan.

Et Aurangzeb leur livrait bataille à tous.

Père, quant à lui, n'était plus que l'ombre de lui-même. Sa tunique blanche – la couleur du deuil – était toute tachée et ses cheveux hirsutes. Depuis une lunaison que mère était morte, la seule chose qu'il avait entreprise était l'achat d'une énorme parcelle de terre au bord du fleuve. Sur ce terrain, mère reposerait à tout jamais.

Il m'était presque impossible d'imaginer que mère était morte. Chaque matin, je m'éveillais en m'attendant à la voir et, me souvenant qu'elle n'était plus, j'envisageais la nouvelle journée à contrecœur. J'ouvrais des livres sans parvenir à lire. Je mangeais des mets délicats que je trouvais sans goût. Chaque fois que je pensais à elle, un chagrin poignant m'étreignait : un manque cruel et insondable qui m'était inconnu jusqu'alors. Sa mort semblait incroyablement injuste et je m'efforçais de trouver un sens à son absence. Mais, comme elle n'était plus là pour me guider, j'étais dans les ténèbres.

Elle m'avait demandé d'être forte, aussi essayai-je d'aider père et de passer autant de temps que possible à ses côtés. Nous priions ensemble. Nous la pleurions ensemble. Et quand notre humeur s'y prêtait, nous nous chuchotions des souvenirs.

« Père, dit Dara en interrompant le cours de mes pensées, tu dois reprendre tes sessions au tribunal. L'empire ne saurait tolérer tes absences plus longtemps. » Dans le Diwan-i Am vide, ses paroles réveillèrent des échos inquiétants. « En outre, j'ai besoin de ton aide. »

Père sembla peu désireux de l'écouter. Quand il finit par parler, je fus un peu surprise. « Les nobles, décréta-t-il, suivront tes édits. Ils savent que tu dois hériter du trône et ils se presseront pour obtenir tes faveurs.

– Mais mon influence augmentera si tu me soutiens.

– Et je te soutiendrai, en effet », répondit-il tristement. Il remit en place ses lunettes cerclées d'argent puis se gratta le nez.

« Même les cygnes, dont j'ai pourtant entendu dire qu'ils n'avaient qu'un partenaire, ne peuvent rester toujours en deuil.

– Les nobles…

– Pour l'heure, Dara, je te laisse te débrouiller seul. Règle ces discordes. Étudie les rapports que ton frère t'envoie du front.

– Mais il ne me dit rien.

– Jahanara va m'aider à veiller à l'édification du mausolée, dit père. Quand sa construction sera entamée, elle supervisera le projet et je reprendrai la gestion des affaires qui m'incombent. »

Même si j'étais encore en proie au chagrin, je m'efforçai de lui faire bonne figure, moi qui ne demandais qu'à l'aider. « Par où allons-nous commencer, père ? »

Un faible sourire, qui contrastait tant avec son air malheureux, joua sur ses lèvres. « Patience, mon enfant. » Il appela et un garde royal entra. « Faites venir Ustad Isa. »

En persan, Ustad signifie « maître » et je savais que cet homme serait une sorte de bâtisseur, un sculpteur ou un calligraphe peut-être. Je m'attendais à voir entrer à petits pas un homme tout ridé, mais, quand les portes s'ouvrirent, celui qui s'avança dans la salle avait une tout autre allure. Il me fit d'abord l'impression d'un faucon. Son visage était étroit, mais ses traits plus fins que cruels. Il avait les sourcils arqués, un regard audacieux et le nez un peu crochu. Ses hautes pommettes bien dessinées étaient en partie recouvertes par une barbe soignée. Sa silhouette musculeuse, d'une stature impressionnante, allait en s'affinant. Il ne portait pas les riches habits de la plupart de ceux qui se présentaient à l'empereur, mais une simple tunique d'ouvrier.

« Bienvenue, Ustad Isa », dit père en se levant de son trône.

Le jeune homme s'inclina. « C'est un honneur, Monseigneur. »

Père écarta ces propos d'un geste de la main. Il enfila ses sandales et s'avança vers notre visiteur. « Tout l'honneur est pour moi. Vos œuvres embellissent mon empire et votre réputation vous précède.

– Ma réputation est éphémère, Votre Majesté, répondit doucement l'inconnu. Seules les pierres se souviendront de moi. »

Père secoua la tête avec une telle vigueur que, l'espace d'un instant, j'en oubliai son chagrin. « Cet homme, mes enfants, est plus connu que ses pierres. Il bâtit des mosquées et des forts qui, plus que des constructions, sont des tapisseries faites de pierres. Et, si mes sources sont bonnes, il a été mandaté pour construire suffisamment de palais pour toute une vie de travail.

– La fortune m'a souri, Monseigneur.

– Ah oui ? Vraiment ? » Père passa son bras autour de ses épaules, un geste que je ne lui avais jamais vu faire. « Mais la fortune sourit-elle au poète qui n'a pas d'encre ou au musicien qui n'a aucun instrument entre les mains ? » L'inconnu allait parler, mais père poursuivit : « Isa, avez-vous envie de bâtir quelque chose de grandiose, quelque chose qui restera quand vos os ne seront plus que poussière ? »

L'architecte se tourna vers père. « Pourrais-je vous demander... » Il s'interrompit. Bien qu'il eût l'air confiant, sa voix contenue semblait contraster avec son tempérament. « Et que serait cette chose, Votre Majesté ?

– Le Rauza-i Munavvara.

– La... tombe de lumière ?

– Je veux que vous construisiez un mausolée pour ma femme », dit père. Il referma convulsivement ses mains l'une sur l'autre en évoquant ma mère. L'espace d'un instant je craignis de le voir pleurer, mais, maîtrisant ses émotions, il reprit : « Quand vous aurez fini, je voudrais que ce soit le plus beau monument du monde, parce qu'elle était certainement la plus belle des femmes. »

Le silence se fit. Des pigeons roucoulaient derrière les fenêtres en pierre délicatement ouvrées. Je remarquai que l'inconnu transpirait. « Monseigneur, répondit-il, bâtir un tel monument prendrait des années, peut-être des décennies. Il faudrait des milliers d'hommes et…

– Vous aurez vos années et vos hommes.

– Et à quoi ressemblerait-il ? demanda-t-il vivement, et je sentis poindre son excitation.

– La plus grande partie d'Agra est rouge, mais je suis las du grès, c'est la couleur du sang. Non, ce monument sera blanc, le blanc étincelant du marbre. Blanc, tout blanc. Et il devra ressembler à une femme, il en aura la grâce, la splendeur… la majesté de la plus belle des créations d'Allah.

– Mais que ferai-je, Monseigneur, de mes autres contrats ? »

Père fit mine de déchirer des papiers imaginaires. « Qu'importe ! Je vous les rachèterai tous.

– Et où se dresserait ce mausolée ?

– Ici. Sur les anciens terrains de polo. »

Ustad Isa devança Dara à la fenêtre la plus proche. À l'autre extrémité du croissant que formait notre ville, juste au bord du fleuve, s'étendait une vaste bande de terre où, jusqu'à une période récente, seuls des matchs de polo avaient été organisés. Notre visiteur tira sur sa barbe et je pus presque l'entendre penser. « Il me faudrait vingt mille hommes, Monseigneur. D'ici trois mois.

– Vous pouvez le construire si vite ?

– Il me faut jeter des fondations. Une structure capable de

supporter une charge énorme. » L'architecte chuchota quelque chose avec enthousiasme en tortillant à nouveau sa barbe. Je me demandai s'il avait oublié que l'impératrice était morte. Il semblait bien trop content, si l'on pensait qu'il avait été convoqué pour construire un mausolée. « Avant de commencer, dit-il doucement, mais de façon abrupte, j'ai besoin d'une autre chose.

– Et quelle est-elle ?

– Un tableau de votre femme, au summum de sa beauté. »

Le sourire de père fut quelque peu contraint. « Je peux vous proposer plus que cela. Ma fille, Jahanara, vous aidera dans ce projet. Et son visage est le miroir de celui de sa mère. »

Bien que ce compliment ne fût que partiellement vrai, je ne pus m'empêcher de rougir. Ustad Isa me fit plus grand honneur encore en répondant : « Alors, ce monument sera une merveille, car, à n'en pas douter, la contemplation de votre femme a dû faire sourire les poètes.

– Bien, décréta père. Jahanara sera le lien entre nous, puisque malheureusement j'ai un empire à gouverner. Mais suivez ses conseils avisés, Isa : elle est aussi intelligente qu'un crocodile dans un trou d'eau. » La plupart des hommes auraient été hérissés à l'idée d'avoir à écouter une femme, mais l'inconnu se contenta d'acquiescer. Père se tourna vers moi. « Tu habiteras plus près, au Fort Rouge, jusqu'à ce que le mausolée soit terminé. Naturellement, tu devras rendre visite à ton mari chaque fois que cela sera possible. »

Il me fallut quelques instants pour saisir la portée de ses paroles. Si je me réjouissais à l'idée d'échapper à Khondamir, je redoutais de voir mon père devenir l'ennemi de mon mari. « Peut-être, suggérai-je, devrais-tu rémunérer mon époux pour mes services. Un sac d'or devrait lui suffire. »

Quand père reprit la parole, ses yeux se remplirent soudain de larmes. « Voyez-vous, Isa, comme ma femme revit en elle ? » Quand Ustad Isa répondit, c'est mon père que je regardais. « Oh, douce Mumtaz Mahal, murmura-t-il, comme tu me manques ! »

Je ne l'avais encore jamais entendu l'appeler ainsi. Son nom signifiait « Élue du Palais » et je m'aperçus que cela avait dû être une sorte de code secret entre eux. Quand père se détourna pour s'approcher d'une fenêtre, Dara eut le tact de nous faire signe de le suivre. Ustad Isa et moi laissâmes l'empereur seul avec son chagrin.

Dara se hâta d'aller répondre aux requêtes des nobles. L'architecte prit congé, puis, essayant peut-être de mémoriser l'aspect de mon visage, me scruta jusqu'à me mettre mal à l'aise. « Il sera magnifique, Votre Altesse, promit-il. Le monument le plus magnifique que le monde aura vu. »

Je le regardai s'éloigner le long d'une rue très fréquentée, remarquant à quel point il semblait grand au milieu de ses congénères. Il fit mine de se retourner mais dut se raviser, car, au lieu de cela, il s'enfonça dans une ruelle et disparut.

Pendant les jours qui suivirent ma vie s'améliora peu à peu.

Comme je m'y attendais, Khondamir enragea quand je lui annonçai que je devrais vivre au Fort Rouge. Il me gifla avant que j'aie eu le temps de sortir de ma tunique un lourd collier en or pour le jeter à ses pieds. Je lui lançai également deux rubis et un poignard incrusté d'émeraudes.

« Il surestime grandement votre sagesse, dit Khondamir en ramassant les bijoux, incapable de modérer sa joie.

– C'est l'empereur, marmottai-je, la joue déjà enflée. Son jugement est peut-être plus sûr que le vôtre. »

Cette remarque m'attira une autre claque, mais sa mortification valait bien la douleur que j'endurai. Il vint me trouver dans mon lit avec plus de brutalité ce soir-là, mais, ayant deviné ses intentions, j'avais maculé mes cuisses de sang de chèvre. Pendant qu'il me maudissait et déblatérait sur le dégoût que je lui inspirais, je souris à part moi. Ces idiots-là ignorent tout du corps des femmes ! pensai-je.

Le lendemain matin, je lui fis mes adieux. On m'attribua un appartement sur les hauteurs du Fort Rouge, un sanctuaire qui offrait une vue magnifique sur le fleuve et sur presque toute la ville. La chambre était petite, mais ses dimensions assez rassurantes. Pendant les jours qui suivirent, je la rendis aussi confortable que possible.

Ma deuxième rencontre avec Ustad Isa eut lieu au bord du fleuve, sur le vaste terrain que mon père avait acquis. C'était l'endroit idéal pour bâtir le mausolée. Les palais des nobles le bordaient à l'est, à l'ouest et au sud. Au nord coulait le Yamuna. Et plus au nord s'étendaient Agra et le Fort Rouge.

Seule, je fis une longue promenade jusqu'au site, reprenant le chemin mille fois parcouru avec mère. Ayant franchi l'enceinte du Fort Rouge, je suivis un lacis de ruelles grouillantes. Des bâtiments à un étage bordaient ces allées où se pressait une foule d'hommes et d'animaux – qui marchant, qui trottant et qui boitillant. Se distinguant de la cohue ordinaire, j'aperçus trois vendeurs chinois engagés dans une vive discussion avec un marchand de soieries. Le boutiquier indien à la peau sombre dominait les Chinois de toute sa hauteur et vitupérait si vite qu'ils n'étaient même pas en mesure de le comprendre ; son hostilité sembla les enhardir. Vêtus de tuniques jaunes et de chapeaux qui ressemblaient à des parasols, ils désignaient des rouleaux de soieries et s'exprimaient par bribes de phrases, avec un fort accent.

Je tournai à gauche et m'engageai dans une rue beaucoup plus large où je contournai un chameau qui blatérait. Il essayait de monter une femelle. Un homme tenait son membre distendu à pleines mains et essayait de l'enfoncer dans la pauvre bête, immobilisée par plusieurs autres hommes. Les chameaux rechignaient souvent à s'accoupler, aussi un tel spectacle était-il assez commun. Il n'empêche, cela me rappela mon mari et je me surpris à prendre le plus petit des deux animaux en pitié.

Plus je m'éloignais du Fort Rouge, plus le chaos diminuait. La rue que je suivais ne tarda pas à longer le Yamuna. Je dépassai une immense rizière où s'affairaient des buffles d'eau et des fermiers, puis je déambulai près de plusieurs palais imposants, campés au bord du fleuve. Un pont en grès enjambait un cours d'eau et, l'ayant franchi, j'arrivai à l'ouest du terrain qu'avait acheté mon père pour le mausolée.

D'abord, Ustad Isa ne me vit pas. Il tenait d'énormes feuilles de papier et prenait des notes tout en arpentant la parcelle. Comme précédemment, il portait une tenue d'ouvrier. Son turban gris était trempé de sueur et il semblait pressé. Je remarquai, cependant, qu'il faisait en sorte que chacun de ses pas soit aussi grand que les précédents. Il parcourut tout le terrain de cette démarche empesée, du nord au sud. Puis il alla de l'est à l'ouest et finit par déambuler dans l'ensemble du terrain. Cette tâche prit du temps, aussi me reposai-je en abritant mon visage du soleil brûlant.

Le jeune architecte m'aperçut enfin et s'approcha de l'endroit où je m'étais agenouillée sur une minuscule couverture. À certains égards, il lui manquait la grâce de mes frères : il ne se tenait pas parfaitement droit et ne marchait pas du tout comme un soldat. Pourtant, sa démarche possédait une certaine dignité et quelque chose de décidé. Et puis il était fort : je voyais ses muscles gonfler sa tunique. Les muscles épais d'un homme qui soulève des pierres et taille le marbre.

« Bonjour, Votre Majesté.

– Bonjour à vous, Ustad Isa. »

Le souvenir de ma mère fut soudain très présent, car son mausolée était, après tout, la cause de cette rencontre. Pourtant, ce jour-là, contrairement à tant d'autres jusqu'alors, je ne m'appesantis pas sur sa disparition. Elle ne l'aurait pas voulu et, même si j'avais été trop faible pour me conformer à ce qui aurait été son bon conseil, depuis que j'avais quitté la maison de Khondamir j'étais capable d'envisager une vie après sa mort.

Je me levai et inclinai la tête à l'intention d'Ustad Isa. L'architecte ressemblait plus que jamais à un faucon avec le soleil qui, l'éclairant à contre-jour, creusait des ombres sur ses traits anguleux. « Je vous en prie, Votre Majesté, dit-il, appelez-moi Isa. » Son sourire était légèrement asymétrique, comme si un côté de sa bouche était plus lourd que l'autre.

« Seulement si vous m'appelez Jahanara.

– Vous êtes très belle aujourd'hui, Jahanara. »

C'est à dessein que j'avais laissé la plupart de mes bijoux dans ma chambre et revêtu une robe simple ainsi qu'un châle. Bien qu'il construisît des merveilles, j'avais deviné qu'Isa se souciait peu des ornements de ce bas monde. Malgré cela, je ne sus pas très bien que penser de son compliment. « Mais puis-je vous demander ce que vous faisiez à l'instant ? »

Il me montra ses notes. « Je m'assurais que les dimensions de cette parcelle étaient bien celles du contrat.

– Le sont-elles ?

– Presque. » Il roula ses papiers et les déposa avec toute une liasse dans un panier.

« Avez-vous commencé à élaborer vos plans ? Puis-je les voir ? »

Il lâcha un petit rire et je fus frappée par son air heureux. « Votre père m'avait bien dit de prendre garde à votre impatience.

– Mon impatience ?

– Il a dit que vous étiez comme la jeune hirondelle qui se prépare à prendre son envol et se précipite sans cesse hors du nid.

– Vraiment ? Et qu'a-t-il dit d'autre ? »

Son sourire asymétrique réapparut, mais ses longues dents étaient saines. « Seulement qu'il vous aimait et que j'étais chanceux de vous avoir comme assistante.

– Et pensez-vous que je sois cette… hirondelle ?

– Je pense, Votre Majesté, que vous êtes de ces femmes que la plupart des hommes ne sauraient dompter. »

Si présomptueux qu'eût été ce commentaire, je ne pus réprimer le sourire que fit naître son audace. En temps normal, je restais sur mes gardes et évitais ce genre de réaction en compagnie des hommes, car les sourires sont moins le miroir de la sagesse que celui de la gaieté. Et j'avais besoin de m'imposer par ma sagesse. Pourtant, ce jour-là, il fit bon se détendre et accueillir un peu de chaleur humaine.

« Faisons le tour du terrain, proposa-t-il en m'invitant à le suivre. Si je dois concevoir un monument magnifique, je dois également consacrer cet espace au souvenir. »

Aussi, nous le parcourûmes. La première chose qui attira mon attention fut un groupe d'hommes qui construisaient un bateau. Le vaisseau était presque achevé et les ouvriers occupés à enduire ses jointures avec de la poix. Un vieil homme fatigué sculptait une tête de tigre à la proue.

« Quelle adresse ! remarqua Isa. Il faut que nous l'embauchions.

– Comment allez-vous tous les rassembler ?

– Les artisans ? Le moment venu, j'enverrai mes messagers. J'espère trouver des calligraphes perses, des maçons égyptiens et même des artisans venus d'Europe. »

Environ une cinquantaine d'Européens vivaient à Agra. Bien que père fît parfois commerce avec eux, j'avais peine à imaginer qu'ils puissent travailler au mausolée de mère. « Vous voulez enrôler des Européens pour cette entreprise ?

– Il nous faut les meilleurs artisans du monde, Jahanara. Leurs origines m'importent peu. »

Je baissai les yeux, honteuse d'avoir si ouvertement exprimé ma surprise. Mère aurait été mécontente. « Pouvez-vous me dire, demandai-je, où se trouvera le monument ?

– Le mausolée se dressera au bord du fleuve, et les terrains qui s'étendent au sud seront des jardins.

– Et comment sera sa structure ?

– Pensez à… Imaginez à quoi ressemblerait une larme d'Allah », répondit-il avec ardeur. Sa passion m'étonna, car les voix douces dénotent souvent l'indécision et non le feu que je décelais à présent. « Cette larme en sera le dôme. Et ce dôme sera soutenu par une structure carrée rehaussée par une multitude d'arches. Quatre minarets, placés à chaque coin du mausolée, se dresseront presque aussi haut que le dôme. Et tout, de la cour jusqu'à la tombe en passant par cette larme, sera en marbre blanc. »

J'essayai de me représenter un tel spectacle, mais mon esprit ne s'y prêtait pas. « Avez-vous une esquisse ?

– Pour l'instant, elle est dans ma tête. »

C'est alors que je m'aperçus qu'Isa avait oublié son panier. En tendant la main derrière nous, je répondis : « Mais votre tête est-elle vraiment l'endroit idéal ? »

Il ouvrit des yeux ronds quand il vit ses précieux documents abandonnés sans surveillance. « Le problème avec nous autres artistes, Jahanara, est que nous oublions souvent les choses les plus simples de la vie. Nos têtes sont si haut dans les nuages que nous perdons de vue ce bas monde.

– Dans ce cas il me faudra vous rappeler où poser vos pieds ! »

Mes paroles le firent sourire, ce qui me plut, étrangement. Plus rien ne me faisait plaisir depuis que mère était morte. Nous retournâmes à l'endroit où se trouvaient ses papiers. Quand nous y arrivâmes, je repliai ma couverture. « Isa, puis-je vous demander votre âge ?

– Vingt-deux printemps. Et vous ?

– Six de moins, qui ne seront bientôt plus que cinq. » Alors, je croisai son regard et le soutins, comme peu de femmes l'auraient osé. Même pour un homme de notre peuple, il avait les yeux très sombres et je me trouvais prise au piège dans leur profondeur. « Pourquoi, demandai-je en forçant mes lèvres à articuler une question, êtes-vous devenu architecte ?

– Je suis né en Perse, répondit-il, en lisant dans mes pensées quant à son aspect physique. Là-bas, mon père concevait des constructions. Des puits, surtout, mais aussi un aqueduc. Quand ma mère est morte et qu'il a été frappé par la maladie, il a donné le peu d'argent qu'il possédait à un architecte de passage pour que je devienne son apprenti.

– Mais qu'est-il advenu de votre père ?

– Il s'est battu contre le mal, avec l'acharnement d'un

rhinocéros, mais n'a pas tenu bien longtemps. Aussi ai-je vécu avec mon maître, un homme d'une bonté et d'une douceur rares. Quand il a eu achevé son projet en Perse, nous sommes revenus dans son Inde natale. »

Repensant à la douleur causée par la perte qui avait été la mienne, j'eus instinctivement envie de le consoler. Mais je le connaissais trop peu pour être en mesure de le faire. « Quel âge aviez-vous ?

– Sept ans.

– Et vous n'êtes jamais retourné en Perse ?

– Je n'ai rien à y retrouver. Et, de toute façon, la guerre rend ce retour impossible, car j'y serais probablement décapité pour traîtrise. Non, l'Inde est mon pays. Je ne me sens guère attiré par le Nord. »

Il sourit, ce qui me surprit après l'histoire que je venais d'entendre. Il me semblait que la douleur aurait dû lui être plus familière que la joie, mais son comportement indiquait le contraire. Pourquoi, me demandai-je, partageait-il si facilement ses pensées avec moi ? Se montrait-il toujours si ouvert ? Son histoire ne lui causait-elle jamais aucune réticence ? Fascinée par sa voix, je demandai : « Aimez-vous votre travail ?

– J'ai de la chance, Jahanara. La chance me sourit, en vérité. Car je peux montrer à mes parents ce que j'ai fait de leurs dons. » Ses yeux allaient et venaient de mon visage à l'espace qui nous entourait. « Je ne pourrai jamais être plus proche d'eux que lorsque je bâtis. »

Même si je désirais ardemment communier ainsi avec ma mère, son enthousiasme était assez contagieux pour que je ne le jalouse pas. « J'ai hâte de vous voir… à l'œuvre, dis-je en essayant d'étouffer les émotions qui naissaient en moi. Pour l'heure, je vous laisse à vos obligations.

– Votre compagnie est des plus plaisantes. Voulez-vous revenir ce soir ? La lune sera pleine et j'espère pouvoir vous montrer quelque chose.

– Dans ce cas, je viendrai peut-être », répondis-je en réprimant un sourire quand je vis son visage s'assombrir, consterné d'une telle réponse. Je pris congé et m'en retournai au Fort Rouge. En chemin, mes pensées me ramenaient sans cesse à Isa. Je revoyais son visage, me rappelais ses paroles. Je regrettais que mon mari ne fût pas aussi gentil. Pourquoi fallait-il qu'il m'échût alors que le monde comptait des hommes tels que cet architecte ? Peut-être me trompais-je, mais il m'était difficile d'imaginer ce jeune homme levant un jour la main sur moi.

Il y avait trop longtemps que je n'avais plus bavardé avec Ladli ; couverte de poussière après ma longue promenade, j'allai la trouver dans la cuisine royale. Maculée de jus de betterave, elle avait les mains toutes rougies à force d'en avoir pelé. Le cuisinier en chef me lança un regard noir, comme toujours quand je soustrayais Ladli à son service. Une fois dehors, mon amie cligna des yeux dans la lumière vive et les abrita du soleil. Entendant des soldats à l'entraînement dans une cour voisine, je pris cette direction.

Nous montâmes une série d'escaliers et débouchâmes soudain sur un rempart, bien au-dessus des soldats. Il y en avait plusieurs douzaines, des guerriers à l'air endurci, coiffés de casques étincelants et portant des armures en cuir. À ma surprise, j'aperçus Aurangzeb qui menait l'exercice. Bien que presque tous les soldats fussent plus âgés que lui, ils l'écoutaient attentivement. Il avait un mousquet à la main et, en termes succincts, il expliqua à ses hommes comment le charger puis l'actionner. L'arme produisit un claquement strident quand il tira et une pastèque juchée à quelques pas de lui explosa sous l'impact. Les guerriers l'acclamèrent pour la justesse de son tir. Quand il tendit son arme à un soldat bâti comme un colosse, je me demandai s'il avait versé une seule larme pour mère.

« Qui est ce géant ? demandai-je à mon amie, dépositaire de tous les potins du fort.

– Un simple d'esprit très sanguinaire, si l'on en croit les rumeurs, répondit Ladli en crachant pour signifier son dédain. Il s'appelle Balkhi.

– Qu'as-tu entendu dire à son sujet ?

– Que ton frère a sorti ce voyou de prison pour l'employer comme son garde du corps.

– Et pourquoi était-il en prison ?

– Pour viol. Il a violé et mutilé une jeune domestique en revenant d'un champ de bataille. C'était une hindoue, aussi ton frère – que Shiva le fasse bouillir dans son urine ! – a absous ce monstre. »

Je frémis à cette pensée. « Et comment le peuple a-t-il réagi en apprenant que mon père avait donné son aval à cette absolution ? »

Mon amie regarda autour de nous, pour s'assurer que nous étions bien seules. Un garde était posté à côté d'une bannière rouge qui flottait au vent, à une bonne trentaine de pas de nous cependant. « On a pensé qu'il était aveuglé par son chagrin. »

Une salve pétaradante se fit entendre en contrebas et d'autres pastèques dégringolèrent. Aurangzeb rabroua un homme pour avoir manqué sa cible. Le soldat demeura immobile et mon frère lui fourra un autre fusil entre les mains. L'arme cracha du feu et une pastèque explosa.

« Pourquoi n'utilisent-ils donc pas des cibles en bois ? demandai-je avec irritation. Tant de nos sujets manquent de cette nourriture !

– Tu ne t'attends quand même pas à ce que des hommes pensent ! Surtout s'il s'agit de tes frères ! » Ladli jouait avec un anneau qu'elle portait au nez, son seul bijou. « Parfois, Jahanara, je le vois qui m'observe. Et son regard… son regard est mauvais. »

Je regrettai alors que mon amie fût d'une telle beauté. Je savais qu'Aurangzeb avait soudoyé les pères de certaines jeunes filles par le passé, des jeunes filles qu'il avait anéanties. « Alors prends garde, Ladli, lui conseillai-je, parce que Aurangzeb sait obtenir ce qu'il veut.

– Que dois-je faire ?

– Ne lui montre jamais que tu le crains. S'il le remarque, son pouvoir sur toi lui montera à la tête.

– Et puis ? »

Je me mis à la place d'Aurangzeb. Mère m'avait enseigné ce subterfuge, et j'avais appris à me mettre dans la peau d'autrui sans effort. Après tout, les gens ne gardaient jamais aussi bien leurs secrets qu'ils le croyaient. « Déploie tes charmes en sa présence, répondis-je en frappant du pied, car je regrettais de ne pouvoir m'entretenir avec mère que j'aurais tant voulu voir assise à côté de moi. Flatte-le comme les autres filles. Il se lasse vite d'elles et ainsi tu l'ennuieras vite. » Soudain saisie d'une inspiration, je me tus.

« Quoi ? »

Je m'interrogeais : était-il sage de demander quelque chose de dangereux à une amie – une chose qui serait plus dans mon intérêt que dans le sien. « Je ne sais pas si…

– Allez, dis-moi, Jahanara. Je n'en peux plus d'attendre !

– Peut-être que, si tu le voulais, tu pourrais même gagner sa confiance.

– Sa confiance ? Mais pourquoi ?

– Tu connais beaucoup de secrets. Un jour, tu obtiendras des informations qui lui seront utiles. Confie-les-lui. Permets-lui de tuer un ennemi ou d'empêcher un crime. Il se refera une réputation à la cour et tu deviendras sa confidente.

– Je préférerais encore nettoyer les plaies d'un lépreux !

– Moi aussi, lui chuchotai-je, en temps normal. » J'examinai mon frère qui commandait à ses hommes. « Viens me trouver bien avant de lui dire quoi que ce soit. Nous déciderons ensemble s'il doit le savoir. Et, en attendant, agis comme s'il ne t'inspirait aucune crainte. Absolument aucune. Offre-lui des douceurs et débrouille-toi pour attirer son regard. Mais chaque fois que tu le verras en sachant que vous vous parlerez, croque quelques gousses d'ail et arrange-toi pour qu'il sente ton haleine. »

Ladli me lança un regard perplexe. « Eh bien, Jahanara, je ne savais pas que tu étais si... versée dans ce genre de stratagèmes.

– J'ai un mari, ne l'oublie pas !

– Et quel genre d'imbécile est-ce ? »

Je réfléchis à ce que j'allais dire pendant que les mousquets pétaradaient, laissant la puanteur âcre de la poudre monter vers nous. « Un homme qui a moins de suite dans les idées qu'un nourrisson, et qui fait l'amour comme un bouc. »

Mes efforts la firent rire bêtement. « Tu t'améliores. Mais, vraiment, comme un bouc ?

– Quand ça lui chante.

– Alors, puisse Shiva te venir en aide et faire en sorte que son sexe pourrisse et tombe comme un vieux fruit avec lequel mes chiens pourront jouer.

– Vraiment, Ladli ! m'exclamai-je. Tu as de ces idées ! Jamais je ne pourrai te surpasser dans ces joutes. » Apparemment, ma meilleure amie parvenait toujours à égayer mon humeur. « J'ai rencontré un homme aujourd'hui, dis-je tranquillement. Ce sera l'architecte du mausolée.

– Et alors ? Moi, j'ai croisé un cafard. Où est la différence ?

– On dirait tout l'inverse de mon mari.

– Les hommes savent vous leurrer. Ils commencent par vous charmer et, une fois qu'ils vous ont couchée dans leur lit, c'en est fini de leurs cadeaux, et leur galanterie se fait aussi rare que leurs compliments. »

Je lui pris la main. « Il faut qu'on te trouve un bon mari, Ladli.

– Pourquoi ? Tu t'imagines que je m'ennuie au point d'avoir envie de passer ma vie à prendre soin d'un scélérat ? »

En dépit de ses paroles, je devinais que, derrière son indifférence feinte, elle souhaitait tout autant que moi trouver l'amour. Mais jamais elle ne l'admettrait. Comme l'après-midi était bien avancé et que j'avais encore beaucoup à faire, nous nous quittâmes et je me hâtai de rejoindre le Diwan-i Am ; là, debout devant le trône du Paon, père et Dara statuaient sur les querelles des nobles. J'allai me poster au fond de la salle d'audience pour que l'on ne remarque pas ma présence.

C'est avec grand intérêt que j'écoutai Dara déployer ses efforts pour résoudre les conflits. Mon frère était devenu un négociateur chevronné et, en l'entendant établir des compromis, je me sentis fière de lui. S'il est né un homme juste en ce bas monde, plus juste même que mon père, incontestablement cet homme est Dara. Il croyait sincèrement que les musulmans et les hindous étaient égaux et que c'est sur la base de cette égalité que l'empire prospérerait. Quand père apportait son soutien à des lois qui supprimaient la discrimination, je le soupçonnais d'abriter des sentiments un peu moins nobles que ses actes ne le proclamaient. Dara, quant à lui, estimait que tous les hommes devaient être du même rang, quelles que fussent leurs orientations religieuses. En fait, pour aller jusqu'au bout de ses convictions, mon frère s'était mis à traduire les *Upanishads* – les textes fondamentaux du mysticisme hindou – du sanskrit en langue persane. Personne encore n'avait entrepris cette tâche ardue, à laquelle Dara se consacrait avec le plus grand sérieux, car il était bien décidé à permettre aux musulmans d'accéder à ces œuvres illustres.

Nous dînâmes ensemble ce soir-là, père, Dara et moi. Tout comme mon frère, père trouvait souvent à se consoler en compagnie des livres, aussi m'étais-je arrangée pour que nous puissions manger dans la bibliothèque impériale, comme nous l'avions fait de temps à autre ces dernières années. Au milieu de cette imposante salle, on nous servit du poulet frit dans du beurre, avec quantité de riz, de raisins secs, de cardamome, de clous de girofle et d'amandes. Nos gobelets étaient remplis d'alcool de riz.

La bibliothèque constituait un vaste refuge : sa longueur couvrait la moitié de la portée d'une flèche. La plus grande partie de son parquet était couverte de tapis noirs tissés de fils ivoire qui reproduisaient des citations de textes célèbres. Parmi eux, le Coran, des biographies d'empereurs et les grandes épopées hindoues. Des rayonnages en bois de rose contenaient de nombreux exemplaires de tels ouvrages, dont les plus renommés comportaient des centaines d'enluminures. En tout, la bibliothèque comptait plus de quarante mille volumes. Le spectre de l'incendie était redoutable dans un lieu qui abritait de tels trésors, aussi un domestique était-il posté à côté d'un seau d'eau tous les cinq ou six pas, au pied des rayonnages. Plusieurs fontaines en marbre approvisionnaient continuellement cette salle en eau. Une torche était placée au centre de chaque bassin, et constituait la seule source de lumière de la salle.

La bibliothèque impériale avait toujours été un lieu de détente pour père et ce soir-là ne fit pas exception à la règle. En dépit de notre douloureuse conscience de l'absence de mère, nous évoquâmes des jours meilleurs et le temps passé en sa compagnie. Nous dégustâmes du vin. Nous finîmes par retrouver le sourire. Quand cette soirée réconfortante prit fin, père salua Dara puis m'embrassa. Je m'aperçus ce jour-là, plus que jamais, que nous étions ses préférés et les seuls à lui réchauffer le cœur.

La nuit était tombée quand je retournai à cheval sur le site du futur mausolée. Le ciel était dégagé et la lune pleine : sa lumière tamisée baignait la terre comme un charme enchanteur. Certains affirmaient distinguer les visages de la lune tandis que d'autres voyaient toutes sortes de choses à sa surface : des cartes, des montagnes, voire des moustiques ! Je trouvais qu'elle ressemblait à une trouée de lumière dans le tissu noir de la nuit. Autour d'elle brillait un halo, une énergie qui dépassait mon entendement.

Quand j'atteignis la périphérie du site, j'attachai ma monture à un cyprès. Isa se trouvait déjà dans le champ. Il était planté devant un chevalet supportant une toile peinte en noir. Comme il me tournait le dos, il ne me vit pas approcher. Il tenait un morceau de craie et sa main semblait danser sur la toile. Ayant supposé qu'il emploierait des artistes pour donner forme à ses projets, j'eus le souffle coupé quand je le vis à l'œuvre. Car sa main avait bel et bien la dextérité d'un danseur. Elle glissait puis reprenait son envol. Elle virevoltait en décrivant de petits arceaux. Elle donna naissance à une forme exquise, à ce qu'il avait appelé une larme d'Allah. À mes yeux, le mausolée devint un joyau qui surpassait même la beauté de mère. Ses arches, ses tourelles et ses façades n'étaient pas de ce monde.

Isa s'interrompit et brandit le poing. Il poussa un hurlement, un cri de joie si profond que j'en frémis. Jamais je n'avais vu une telle extase et je doutais d'entendre à nouveau un cri pareil. Il réveilla des échos sur les murs des palais voisins ; il survola le fleuve et mourut au loin.

« Merci Allah, dit-il. Merci pour ce cadeau. » Il leva les yeux vers le ciel. « Cela va te plaire, mère. Et, père, s'il te plaît… s'il te plaît, aide-moi à bâtir cet édifice. »

Je n'osais plus avancer. Je m'apprêtai à tourner les talons mais il dut deviner ma présence. Quand il tourna les yeux et aperçut mon visage, je tressaillis, m'attendant à ce qu'il soit irrité. Ce fut tout le contraire. Il se contenta de poser sa craie et de me sourire. « Que pensez-vous, belle hirondelle, de ce que nous allons bâtir ? »

Je tournai nerveusement ma langue dans ma bouche. « Mieux vaut poser la question aux poètes.

– Mais c'est à vous que je la pose. »

Son regard était si aigu que je fus tentée de me détourner. Rassemblant mon courage, je lui demandai : « Pouvez-vous vraiment construire un tel édifice ? Je n'ai jamais, jamais rien vu…

– C'est possible, m'interrompit-il d'un ton calme. Mais je serai peut-être bien vieux quand il sera terminé.

– Au moins vous mourrez heureux. »

Je crus qu'il allait me prendre dans ses bras, car son visage rayonnait de bonheur. « Vous comprenez, Jahanara. Vous qui me connaissez si peu, vous voyez si clair en moi ! » Il s'approcha. « Vous voulez bien m'aider ?

– Bien sûr.

– Bien, parce que je vais en avoir besoin. Des ennemis vont

attaquer mes plans, mes méthodes et mes coûts. Rien ne pourra se faire sans une amie sur qui je puisse compter.

– Je peux être cette amie. »

Alors, il s'inclina vers moi, humble salut exprimant sa gratitude. « Vous voyez la lune, Jahanara ? Imaginez-la en train d'éclairer la tombe de votre mère. En fait, il ne fera plus jamais nuit ici quand la lune sera pleine. Non, ce sera quelque chose entre le jour et la nuit. Et si un endroit sur terre s'approche un jour du paradis, assurément, ce sera celui-là. »

Quand j'aperçus à nouveau son visage, il était au bord des larmes. Je n'avais jamais vu un homme pleurer, sauf mon père. Pourtant Isa n'en conçut aucune honte et ne chercha pas à cacher ses larmes. Loin d'être efféminé, il semblait encore plus viril que tous les hommes que j'avais pu rencontrer, car la façon dont il se prêtait à ses propres émotions lui donnait l'air encore plus courageux.

Je repensai à ma mère, à mon père, à l'étoffe dont nous étions faits. Soudain, je poussai un cri dans la nuit, à pleins poumons. Et, bien que mon hurlement fût un arbrisseau comparé à l'arbre d'Isa, il me donna de l'audace et je me sentis moins seule au monde.

7

Souffrances et chagrins

Les années suivantes furent aussi calmes et pacifiques qu'Allah l'aurait souhaité.

Les petits enfants apprenaient à avancer à quatre pattes tandis que nos anciens s'acheminaient vers le paradis. On semait, on récoltait, puis revenait le temps des semailles. Bien sûr, nos armées livraient des batailles, mais la guerre était une constante dans nos vies. Du moins n'étions-nous affligés ni par la famine, ni par la peste, ni par un tremblement de terre. Nos maisons étaient rarement ravagées par des incendies et nos prières semblaient le plus souvent exaucées.

Quand Isa eut décidé des dimensions du mausolée, la mise en place des fondations put commencer. Des milliers d'ouvriers y travaillèrent pendant ce premier été : ils creusèrent une fosse gigantesque, si profonde qu'ils atteignirent l'eau au même niveau que le lit du fleuve. D'énormes dalles de grès et de granite furent posées sur ce sol boueux. Les interstices entre les dalles furent colmatés avec un ciment à base de chaux. Une fois ces pierres colossales déposées, des briques plus petites furent utilisées pour consolider les fondations au niveau du sol. Isa avait également prévu de pratiquer des puits très profonds dans ce soubassement. Ils furent remplis de granite, de façon à servir de piliers qui supporteraient le poids de l'édifice.

Les pierres étaient acheminées dans des barges depuis toutes les carrières de l'empire jusqu'à Agra. Puis des éléphants les tractaient jusqu'à leur emplacement définitif. Les anciens de la ville nous informèrent sur la plus haute crue du fleuve et nous rehaussâmes nos fondations de deux pas au-dessus de cette marque. Quant aux blocs de pierre qui se fracassaient en tombant, nous les utilisions pour édifier un remblai au bord du fleuve. Nous comblâmes cette digue avec du grès et du granite, car Isa était très préoccupé par la capacité du temps à éroder la pierre et à causer des dégâts.

Le terrain qui entourait les fondations se transforma en bourbier grouillant d'ouvriers. Il y en avait de toutes races, de toutes tailles et de tous âges. Ils étaient dans la boue jusqu'aux genoux après la pluie et l'utilisaient souvent comme emplâtre pour leurs blessures. Un bazar de fortune sortit de terre à la périphérie ouest du chantier où les marchands proposaient toutes sortes de nourritures et de boissons, ainsi que des outils, des vêtements, des médicaments, des objets artisanaux et des animaux.

À cette époque – et au cours des nombreuses années qui suivirent – Isa travailla sans relâche de l'aube au crépuscule. Tandis que d'autres se reposaient sur leurs éléphants ou au bord du fleuve, il construisait des maquettes et supervisait le travail des maçons. J'étais presque toujours à son côté et nous ne tardâmes pas à devenir de véritables compagnons, puis des confidents et, ensuite, plus que cela.

J'ignore ce qui nous attira tout d'abord l'un vers l'autre. Peut-être simplement le besoin de compagnie. Après tout, nous avions l'un et l'autre perdu des proches. Si Isa acceptait son sort, je devinais que son désir de créer des merveilles provenait d'un besoin de guérir des blessures anciennes. En bâtissant, il se rappelait sans cesse l'amour qu'il vouait à ses parents. D'après lui, ils voyaient ce qu'il construisait : ses palais et ses mosquées leur redonnaient le sourire. Cette conviction était la source de son bonheur.

Hélas, j'étais bien moins résignée à la mort de mère. En effet, il m'arrivait de me sentir lésée par sa disparition. Mais, avec Isa, je me sentais moins privée d'affection car une chaleur semblait émaner de sa personne, une douceur et une compréhension qui me mettaient à mon aise. Isa était si différent de tous ceux que j'avais rencontrés jusqu'alors, et pourtant habité par les mêmes aspirations romantiques que père, par la même vigueur que mère ! Je ne savais pas exactement ce qu'il voyait en moi, mais lui le savait.

De temps en temps, après le coucher du soleil, quand les ouvriers et les marchands étaient partis, nous allions nous asseoir au bord de ces fondations dont l'immensité passait l'imagination et je m'apercevais qu'il me regardait. Ses yeux exprimaient ce qu'il ne disait jamais : qu'il m'aimait comme un amant et que, si je n'avais pas été mariée, il se serait donné à moi.

Ces nuits-là, nous partagions les mêmes pensées. Nous connaissions nos visages par cœur sans pourtant jamais nous toucher. Nous nous chuchotions des secrets sans pourtant jamais révéler nos véritables désirs. Isa respectait mon mariage, et j'avais beau mépriser mon mari, je savais qu'en le trompant, c'est père que je trahirais, car si l'on découvrait un jour que sa fille était infidèle, il perdrait la face aux yeux de tous.

Aussi résistais-je à la tentation d'embrasser Isa, même si je le faisais dans mes rêves. En rêve, au moins, je pouvais donner libre cours à mes désirs les plus fous ! Et je ne m'en privais pas.

Je l'embrassais, l'étreignais et le chérissais nuit après nuit. Nous faisions l'amour. Nos enfants naissaient.

Je passais environ une nuit sur trois dans la maison de Khondamir. Mon mari essayait désespérément d'engendrer un fils, mais jamais sa semence ne prenait racine. Il me le reprochait, cela va sans dire, aussi rendis-je visite à tous les docteurs et ingurgitai-je toutes les herbes médicinales connues d'Allah. Khondamir maudissait souvent mon ventre stérile, que je savais pourtant aussi fertile que le Yamuna. Après tout, mère avait mis au monde de nombreux enfants. Pourquoi aurais-je dû être différente ?

À ma grande joie, père se sortit partiellement de son chagrin et parvint à reprendre les rênes de l'empire comme avant – même s'il s'appuyait plus sur mes frères. Dara se chargeait des relations avec les nobles. Aurangzeb gravissait les échelons du corps de l'armée. Shah et Murad furent envoyés aux confins de l'empire pour améliorer les relations avec nos voisins. Mes frères étaient devenus des hommes, larges d'épaules et à la taille bien prise. Ils étaient tous mariés, chacun avait au moins un enfant et j'adorais mes neveux.

Hormis mes sœurs jumelles – désormais élevées à Delhi par la sœur de ma mère – j'étais la seule de la fratrie qui n'eut pas d'enfant. Pour compenser ce manque, je m'entourais de mes proches. Ainsi, je demandai à père d'autoriser Nizam à devenir mon domestique personnel. Cela me fut accordé et, bientôt, l'esclave devint mon ombre. Il était toujours là quand j'avais besoin de lui.

Je voyais très souvent Ladli. Sur mon insistante demande, elle devint une de mes assistantes dans l'élaboration du mausolée. Sa personnalité fougueuse lui valut d'être la coqueluche des ouvriers qui s'empressaient d'exécuter ses ordres. Les simples ouvriers comme les maçons expérimentés rivalisaient pour attirer ses regards, car tous savaient qu'elle n'était pas mariée et, les mois passant, sa beauté atteignait sans cesse de nouveaux sommets.

Isa faisait peser d'énormes responsabilités sur mes épaules. Il m'expliquait ses desseins et je devais m'assurer que les bâtisseurs suivaient ses instructions à la lettre. De surcroît, Isa n'avait jamais le temps ni l'envie d'apaiser les inévitables conflits qu'une telle entreprise ne pouvait manquer d'occasionner. Par chance, mère m'avait appris la diplomatie et estimait qu'il n'y avait aucune différence entre résoudre une rixe entre le propriétaire d'un éléphant et un carrier et apaiser une querelle entre deux seigneurs. Bien que je fusse moins adulée que Ladli, les hommes semblaient me respecter et me faire confiance. Ils n'ignoraient pas que mon père m'avait confié ces fonctions et je m'aperçus qu'il ne se passait pas un soir sans que j'aille lui confier nos succès et nos revers de la journée.

Mon premier échec important, ou du moins que l'on pût décrire comme tel, ne survint pas avant la troisième année de la construction. L'imbroglio n'était pas de mon ressort mais je ne tardai pas à me retrouver entraînée dans ses méandres. Un marchand trop avide était à l'origine de l'affaire. Ce scélérat fut surpris en train d'utiliser une balance truquée pour peser le grain de son client. Il en résulta que les parties lésées réclamèrent son exécution. Ainsi, le marchand et tous ceux qui avaient participé à son complot, y compris son fils de douze ans, furent condamnés à mort.

L'exécution se tint dans une des immenses cours du Fort Rouge, au milieu d'une assemblée de nobles et de gens du commun. Au centre de ce cercle de visages courroucés se tenaient trois éléphants de combat. Les pachydermes parés d'étoffes de cérémonie piétinaient nerveusement le sol. Bien qu'ils fussent dressés à attaquer et à tuer, ils étaient effarouchés par cette foule agitée. Agenouillés devant ces colosses se trouvaient les six criminels. Le marchand suppliait qu'on leur laisse la vie sauve mais les tambours en peau de daim résonnaient et la foule se pressait autour d'eux. Le jeune garçon terrifié pleurait toutes les larmes de son corps.

Père, Dara et moi étions assis sous un auvent surélevé d'où nous avions une vue dégagée sur la scène. Aurangzeb montait un des éléphants. Mon frère, qui guerroyait depuis plusieurs années déjà, avait l'apparence d'un soldat endurci. Il portait une armure en cuir et, sur son menton, la cicatrice d'une explosion qui avait coûté la vie à nombre de ses soldats. Loin de la dissimuler sous une barbe, il arborait fièrement cette blessure.

Mon frère avait pris l'habitude de croquer des oignons crus et, posté sur son éléphant préféré, il en mastiquait un. Les oignons, comme j'en avais fait l'expérience, irritaient les yeux de ceux qui l'approchaient. Il aimait leur occasionner cet inconfort et mangeait cet infâme légume dès qu'il était en présence d'une personne qu'il désapprouvait – ce qui semblait être le cas de tout l'empire à quelques rares exceptions près. Étrangement, les oignons ne paraissaient pas l'affecter.

Balkhi, le garde du corps de mon frère, était également juché sur un éléphant. À présent que l'histoire de son forfait était parvenue aux oreilles de tous, même ceux d'entre nous qui détenaient le pouvoir s'efforçaient de l'éviter. Cet homme était une brute, et une brute qu'Aurangzeb laissait jouir de pouvoirs illimités constituait un danger redoutable.

Père, qui avait ces exécutions en horreur mais reconnaissait leur valeur en tant que gouvernant, ordonna que l'on procède à la mise à mort. Les exécutions prenaient souvent cette forme, car on pensait que les souffrances atroces des suppliciés dissuadaient tous les sujets susceptibles de commettre un crime majeur. La foule savait à quoi s'attendre. Certains lançaient des invectives au marchand et à ses complices tandis que d'autres les bombardaient de légumes pourris.

Écœurée par le massacre qui s'annonçait, mais ayant accédé à la demande de père, j'étudiai attentivement Aurangzeb. Campé sur l'encolure de son éléphant, il tenait une perche terminée par une lame incurvée. Cette lame, juste assez acérée pour égratigner, lui servait à aiguillonner les immenses oreilles de sa monture. Quand il tira brutalement sur son lobe gauche, la créature poussa un barrissement et se tourna dans cette direction. Aux pieds de l'éléphant, le marchand poussa un gémissement et une tache sombre apparut entre ses jambes. L'éléphant le renversa d'un coup de défense puis le souleva dans son énorme trompe. En se débattant, le supplicié cria grâce et sa voix monta dans les aigus quand Aurangzeb, plantant sa faucille dans l'oreille du pachyderme, se mit à tirer dessus. L'éléphant mugit et, dressé sur ses pattes arrière, lança l'homme très haut dans les airs. Il retomba lourdement, le bras brisé.

Le sang coulait de l'oreille de l'éléphant et je m'aperçus qu'Aurangzeb poussait encore sa monture à la fureur. L'animal enfonça une défense dans la jambe du marchand pour le relancer en l'air. L'homme essaya de s'enfuir en boitant, mais le monstre le renversa. La foule explosa en acclamations lorsque le pachyderme posa une de ses énormes pattes sur la poitrine du condamné à mort, qui hurla de terreur en sentant ce poids colossal l'écraser. L'éléphant s'appuya sur ses pattes avant et, soudain, la poitrine de l'homme céda.

Les autres massacres furent tout aussi atroces; il ne resta bientôt plus que trois des criminels. Les bêtes s'attaquèrent à deux d'entre eux pendant que le jeune garçon, la tête rentrée, se grattait les tempes jusqu'au sang. Aurangzeb le titilla un peu avant de lancer sa monture sur lui. Sautant sur ses pieds, le garçon tenta de se réfugier dans la foule, mais des hommes le repoussèrent dans l'arène. Quand il essaya à nouveau de s'enfuir, on le fit tomber par terre.

J'eus soudain honte pour mes compatriotes, une honte qui m'attrista profondément. Ce peuple si intelligent et doué aurait dû se trouver partout sauf ici, être occupé à toutes sortes de choses sauf à hurler et à réclamer la mort atroce d'un enfant. Tout à coup, je fus incapable d'endurer cette barbarie une seconde de plus. Je me tournai vers père, dont le visage frémissait de dégoût. « Grâce pour l'enfant !

– Je suis désolé, ma petite, mais il est trop tard.

– Trop tard ? Qu'en penserait mère ? » hurlai-je.

Cette question l'ébranla. Il se tut un instant comme s'il émergeait d'un long sommeil. Puis il se leva de son coussin et annonça d'une voix forte : « Grâce pour l'enfant ! »

Manifestement en proie à une folie sanguinaire, Aurangzeb parvint à arrêter sa monture, puis il se tourna et braqua sur moi un regard noir. Je compris qu'il avait entendu mes éclats de voix. Malgré la crainte que m'inspirait sa colère, l'idée d'être sa sœur me révulsait à tel point que, pour la première fois de ma vie, je crachai : un pauvre petit jet de salive partit dans sa direction. Venant d'un homme, c'était un geste insignifiant. Mais j'étais une femme, et ce jour-là de nombreux nobles assistant à la scène surent ce que je pensais de mon frère. Certains me huèrent tandis que d'autres se mirent à cracher à leur tour pour manifester leur soutien.

Aurangzeb se raidit sous l'effet de la rage. « Ce criminel est coupable de…

– Rien du tout ! interrompit père.

– Rien ?

– Au nom d'Allah, cela suffit ! Ce n'est qu'un enfant ! »

Il y avait des années que père n'avait pas crié ainsi et personne ne l'avait jamais vu réprimander un de ses fils en public. Aurangzeb hésita un instant, comme s'il envisageait encore de tuer le jeune garçon. Puis il hocha légèrement la tête. « Très bien, Majesté. »

Père quitta le pavillon sans un mot, indiquant d'un signe que la cérémonie était terminée. On emmena les éléphants et la foule se dispersa. Abasourdie par tous ces événements, je m'adossai maladroitement à un des piliers qui soutenaient la tente. Dara s'approcha de moi par-derrière et posa la main sur mon épaule. Il ne dit rien, mais resta tout près de moi.

« Ce n'était pas juste, marmonnai-je.

– Mais toi, tu t'es montrée juste, ma sœur. »

Je me laissai tristement glisser par terre. « Pourquoi Aurangzeb veut-il tuer un enfant ? Ne l'avons-nous pas assez aimé ? Avons-nous…

– Nous n'avons rien fait de mal. »

Je ne pouvais pas être d'accord sur ce point, car la cruauté que manifestait mon frère puisait nécessairement ses racines dans quelque mécontentement. Mais comment extirper cette racine ? Pour moi, cette énigme demeurait indéchiffrable. Nous restâmes immobiles quand les esclaves vinrent enlever les cinq corps éviscérés et rincer les dalles ensanglantées. Des nuages de fumée de bois de santal s'élevèrent, non pour quelque rite mais pour disperser les odeurs de sang et de purin sur le lieu du carnage.

J'étais sur le point de me retirer quand Balkhi s'avança dans la cour. Le front barré par ses épais sourcils, le colosse fondit sur nous. Le plus long sabre que j'aie jamais vu était accroché à sa ceinture et des taches de sang encore frais maculaient l'ourlet de sa tunique. Dara avait beau être un homme de belle taille, Balkhi le dominait largement.

Mais le garde du corps n'eut pas un seul regard pour Dara, c'est vers moi qu'il se tourna. « J'ai un message de la part de votre frère, grommela-t-il dans son épaisse barbe sous laquelle je voyais à peine ses lèvres. Le criminel a été castré par mon maître. » Il est possible que Balkhi ait souri, mais son rictus aurait été difficile à distinguer, d'autant que la tête me tourna à ces mots. « S'il survit, gardez-le comme esclave.

– Le petit garçon ? » bredouillai-je, les jambes flageolantes. J'avais du mal à l'entendre. Mes oreilles bourdonnaient. Je chancelai et je serais tombée si Dara n'avait tendu le bras pour me soutenir.

Balkhi rit de me voir si faible. « C'était imprudent, très imprudent de lui cracher dessus. Il…

– Tiens ta langue », intervint Dara, d'une voix qui manquait cependant de vigueur.

Balkhi posa la main sur le pommeau de son sabre. « Le faible ne vivra pas toujours sur le trône. Et, quand il mourra, j'utiliserai mon sabre à castrer sur vous deux. Sans me presser. » Le guerrier cracha à mes pieds avant de s'éloigner.

Si mon frère avait été un soldat, il aurait peut-être tué Balkhi ce jour-là. À la place d'un homme, j'aurais essayé, car je ne comprenais que trop bien le danger qui me guettait. J'avais porté atteinte à l'honneur d'Aurangzeb et il ne connaîtrait aucun repos tant qu'il ne m'aurait pas fait souffrir. Hélas, Dara resta immobile. Et j'étais une femme.

« Tu devrais tuer cette brute, finis-je par dire, bien après que Balkhi eut disparu, quand mes jambes cessèrent de trembler.

Empoisonne-le ; paie un soldat pour qu'il le blesse mortellement pendant une bataille. Peu m'importe la manière, mais agis !

– Jahanara, on ne peut commettre un meurtre et rester juste. Je ne suis pas de ceux-là. Et je n'appartiens pas à ce monde-là. » Dara grimaça et se tut, le temps de se masser les tempes. « Tu réclames d'autres massacres après ce que nous avons vu aujourd'hui ? D'autres morts ?

– C'est lui qui a tué ! Et il n'a pas fini !

– Je prendrai garde à ses menaces, mais je ne ferai rien de plus.

– Eh bien, tu es un idiot », rétorquai-je en souhaitant être à sa place et le voir à la mienne. Car, sans l'ombre d'un doute, Dara était trop faible pour s'opposer à Aurangzeb. « Dans deux ou vingt ans, quand père ne sera plus de ce monde, dis-je, Aurangzeb nous tuera. Nous mourrons, nos enfants mourront et il pourra alors revendiquer le trône.

– C'est notre frère.

– Et alors ? m'exclamai-je. Il est peut-être de notre sang mais n'a pas notre cœur. Tu l'as vu sur cet éléphant ? Il a pris plaisir à cette tuerie ! Et il a castré ce pauvre garçon rien que pour le plaisir !

– Je ne…

– Il a défié père ! Et tu continues à penser que, parce qu'il est ton frère, il te cédera le trône ? Es-tu fou ?

– Le combattre va à l'encontre de tous les principes qui me tiennent à cœur.

– Même Mahomet, prophète fondateur de l'islam, a combattu ses ennemis !

– Mais il était persécuté. Pas moi !

– Oh, tu le seras ! Et Aurangzeb est plus dangereux qu'aucun des chacals auxquels Mahomet a été confronté ! »

Le visage de Dara, qui m'avait toujours réconforté, ne reflétait que la colère. « Je ne suis pas Mahomet, Jahanara ! Et si tu souhaites te mesurer à Aurangzeb, fais-le toi-même ! »

Je me dépêchai de m'éloigner de lui. Malgré tout l'amour que j'avais pour mon frère, il m'excédait car je craignais que sa faiblesse cause notre perte. Je me mordis la langue pour ne pas pleurer et, en m'éloignant d'un pas chancelant, je me forçai à réfléchir. Il devait bien y avoir un moyen de se tirer de ce maudit sac de nœuds, me dis-je, une façon d'ouvrir la voie pour assouvir la soif de vengeance d'Aurangzeb. Si je parvenais à l'étancher, je serais hors de danger.

Tout en débattant de la marche à suivre, je me précipitai dans les quartiers du médecin royal, à la recherche du jeune garçon. En voyant le visage du vieil homme, je compris que son patient était mort. « Ils me l'ont amené trop tard, chuchota-t-il, et ses plaies étaient trop… bien trop profondes. »

En larmes, je quittai le médecin pour courir à la mosquée la plus proche, qui se trouvait être la Mosquée de Nacre, Moti Masjid, récemment achevée. Le site, tout en marbre blanc, s'enorgueillissait d'une vaste cour et d'une façade divisée en sept arcades identiques. Au-dessus, trois immenses dômes se dressaient vers le ciel.

Dans un coin de la cour, je me tournai vers La Mecque et priai pour que l'enfant aille au paradis vivre heureux pour l'éternité. Je priai aussi pour trouver un moyen d'assouvir la soif de vengeance d'Aurangzeb. Je me forçai à réfléchir encore et encore, consciente qu'il me fallait agir sans délai. Aurangzeb était devenu un meurtrier et il frapperait à nouveau. J'envisageai d'aller trouver père mais finis par décider que l'impliquer mettrait le trône en plus grand péril encore. Après tout, il n'était pas impensable qu'un fils pût comploter contre son père.

Le jour s'acheva dans la prière. Quand Allah m'envoya enfin une réponse, je l'en remerciai jusqu'à ce que mes larmes se tarissent. Sa réponse impliquait des souffrances et des humiliations, mais j'espérais qu'elle m'épargnerait un destin plus funeste. Mon projet dépendait de Ladli, aussi allai-je la chercher dans les cuisines royales où il lui arrivait encore de travailler. Feignant la colère, j'exigeai qu'elle me suive. Je devais être très bonne actrice, car les maîtres de Ladli sourirent quand elle me suivit en traînant les pieds.

Dès que nous fûmes seules dans une pièce tout en longueur qui avait jadis fait office de réserve, je serrai Ladli dans mes bras. Je lui dis que je l'aimais et qu'elle serait toujours mon amie. Je lui chuchotai aussi ce qui était parvenu à mes oreilles ce jour-là et quel danger je courais. Contrairement à Dara, elle ne mit pas ma parole en doute.

« Qu'allons-nous faire ? demanda-t-elle.

– J'ai un plan, lui répondis-je à voix basse. Mais tu y serais mêlée et c'est dangereux.

– Raconte.

– Pour qu'Aurangzeb me laisse tranquille, il n'y a qu'une chose à faire : lui accorder sa vengeance. Je l'ai blessé aujourd'hui et il a envie de me rendre la pareille.

– Comme un gamin ! »

J'ignorai cette remarque, l'esprit tout à mon intrigue. « Te considère-t-il comme une amie ?

– Peut-être… oui, je le crois. Je prépare de bonnes choses à ses hommes, ou plutôt à ses serpents. Et je flatte son orgueil, même quand il se vante de sa voix haineuse de m'avoir couchée dans son lit. Il leur ment et ils ne l'en acclament que plus. »

Le dégoût que m'inspirait mon frère augmenta. « Bien. Parce que je veux que tu me trahisses.

– Que je te trahisse ?

– Va lui dire que la semaine dernière j'ai volé mon mari. » Elle allait protester, mais je resserrai mon emprise sur sa main. « Demain matin, va lui chuchoter à l'oreille que j'ai pris un anneau d'or dans le coffre de Khondamir. Dis-lui que je l'ai enterré sous une brique dans ma chambre.

– C'est vrai ?

– Cela le sera. Car Aurangzeb informera mon mari de ce crime, et quand Khondamir verra que l'anneau a disparu, je serai battue. » Je me tus, souhaitant qu'il existât une autre solution. « Je serai humiliée dans ma propre demeure.

– Mais il te fera mal ! Il doit y avoir un autre moyen !

– Celui-ci me permet de contrôler la douleur. Être battue par mon mari vaut mieux qu'être empoisonnée par Aurangzeb ou assassinée par un de ses sbires. Et, cependant, je crois que cela apaisera sa soif de vengeance. » Je lui serrai la main. « Il préférera m'humilier.

– Mais il vaut mieux donner une arme moins dangereuse à ce chien ! Tu vas perdre la face à la cour. Les nobles se moqueront...

– Jamais mon humiliation ne sera rendue publique. Je connais mon frère. Il a beau être celui que tu décris, il comprendra que, si père découvre qu'il m'a trahie, c'est lui qui souffrira. » Car, pensai-je tristement, il sait que père m'aime plus que lui.

« Mais tes souffrances ?

– Cela me fait peur. Mais... » J'hésitai, souhaitant que la journée écoulée ne fût qu'un cauchemar. « Mais je redoute encore plus ce qui nous arrivera.

– Nous ?

– Après-demain, lui chuchotai-je, nous ne pourrons plus jamais être vues ensemble comme les amies que nous sommes. Si Aurangzeb vient à penser que tu l'as trahi, tu mourras. Aussi devrons-nous toujours avoir l'air d'ennemies. Il n'y a qu'en secret que nous pourrons être proches. » Ma voix se mit à trembler et je me mordis la lèvre. « Cela m'attriste, Ladli. Plus, beaucoup plus que tu ne pourras jamais l'imaginer. Mais cela me sauve la mise. Et cela pourra peut-être m'aider à l'avenir. Car, aussi sûrement que la mousson apporte la vie, à la mort de mon père, Aurangzeb cherchera à accéder au trône. Il ne faut pas qu'il lui revienne. Dans des années, peut-être, s'il te fait confiance, nous pourrons en tirer avantage. Nous pourrons l'induire en erreur ou trouver un moyen d'aider Dara.

– Mais cela doit-il avoir un tel prix : notre amitié ? »

Je ne sus que répondre. La petite fille en moi avait envie de répondre non, mais la femme disait oui. « Il viendra un temps où tous mes amis seront en danger, me forçai-je à dire. Et quand ce jour viendra, je préfère que tu sois l'alliée d'Aurangzeb. »

Ladli chassa une larme en clignant des yeux – elle toujours si forte ! « Tout est vraiment terminé entre nous ?

– Pas vraiment, répondis-je, en serrant ses mains dans les miennes et en m'efforçant de ne pas donner libre cours à mon chagrin. Nous nous verrons en secret et peut-être, un jour, pourrons-nous à nouveau être vues ensemble. »

Le silence s'installa dans la réserve tandis que Ladli envisageait notre avenir ; on n'entendait que son souffle rapide. Quand elle se mit à trembler, je fermai les yeux, en me méprisant de lui faire du mal. « Que Shiva me pardonne, mais je t'accorderai ce que tu me demandes », finit-elle par dire à contrecœur.

Je la pris dans mes bras, le cœur alourdi par le poids des années, certes peu nombreuses, mais qui exigeaient des efforts toujours plus grands. J'étais fatiguée d'être forte, si lasse d'accomplir mon devoir et de réfléchir qu'à cet instant, j'aurais échangé ma position avec celle de la première servante venue. « Merci, Ladli, dis-je en me forçant à faire fi de telles pensées. C'est une entreprise redoutable, je sais. Mais crois-moi, tu ne devras en aucun cas être considérée comme une de mes amies quand père mourra. »

Elle haussa les épaules, soudain résignée, aurait-on dit, à l'avenir qui nous attendait, quel qu'il fût. « Quand Aurangzeb sera réincarné en limace, tu pourras l'écrabouiller. C'est peut-être moi qui le ferai.

– Si ce que tu dis du karma est vrai, il renaîtra limace, dis-je, en réajustant distraitement son sari sur son ventre ferme. Demain, va trouver Aurangzeb et demande-lui de te payer pour une information me concernant. S'il ne t'en offre rien, ou moins de la moitié de ce que tu demandes, tourne les talons. Mais s'il t'en donne beaucoup, mets notre projet à exécution. Ensuite, dans plusieurs mois, viens me voir discrètement et nous pourrons parler.

– Ou plutôt chuchoter, anticipa-t-elle, avant de lancer une imprécation. Je t'aime, Jahanara.

– Moi aussi, ma sœur. » Je la serrai une fois encore dans mes bras, sans montrer ma peur. Car Khondamir me haïssait et ce vol lui fournirait une bonne raison de me rouer de coups. Je n'avais jamais goûté à la morsure du fouet et j'étais terrifiée à cette idée. « Sois prudente, Ladli, dis-je. Prudente et forte. »

À ces mots nous nous mîmes à pleurer. Malgré son tempérament de feu et ma volonté d'airain, nous n'étions pas à l'abri des débordements d'émotion. Je la considérais bel et bien comme une sœur, et la perdre si peu de temps après la disparition de mère me causait plus de douleur que ce que j'étais prête à affronter. Et je devais l'endurer seule.

La laissant renifler dans la réserve, je retournai chez moi. Je pris l'anneau de Khondamir : l'objet était aussi épais que lui. Quand je l'eus dissimulé dans ma cachette sous la brique, j'allai m'allonger sur ma couche faite d'un tapis et d'une couverture, en essayant de rassembler mon courage pour l'épreuve à venir. Des sentiments d'impuissance et de découragement empoisonnèrent mon sommeil et j'oscillais quelque part entre rêve et réalité.

Le lendemain matin, j'essayai d'avoir l'air naturel mais je dus m'absenter à l'heure du déjeuner pour aller me promener longuement loin du fleuve. Je n'avais pas envie d'apercevoir le mausolée car c'est sur le chantier que j'avais envie d'être. J'aspirais à confier mes malheurs à Isa, à me placer sous sa protection, mais jamais je n'aurais pu lui demander un tel service. Mon égoïsme le mettrait en danger, comme je l'avais déjà fait pour Ladli.

Après avoir passé l'après-midi dans une mosquée, je rentrai juste avant le crépuscule. En arrivant à proximité du domaine de Khondamir, je vis Aurangzeb qui venait de la direction opposée. Il montait un beau cheval et arborait une armure en cuir ainsi qu'un sabre incurvé au côté. C'est avec des sentiments mêlés que je découvris son sourire mauvais. Ma ruse avait dû opérer et j'allais en subir les conséquences.

« Tu vas bien ? demanda-t-il d'une voix trop forte comme toujours.

– Très bien, Aurangzeb, répondis-je, en m'efforçant d'avoir l'air intéressée. Et toi ? Comment vont tes adorables enfants ? »

Mon frère leva les yeux au ciel. « Comme dit le Coran, "La

course aux richesses vous distrait, jusqu'à ce que vous visitiez les tombes. Puis, assurément, vous serez interrogés, ce jour-là, sur les délices."

– Pourquoi cites-tu…

– Seule une pécheresse… » Il s'interrompit pour cracher à mes pieds. « … peut voler son époux.

– Voler son époux ?

– Garde tes mensonges pour Khondamir, pécheresse. » Un hurlement jaillit de la demeure, suivi par des bris de verre. « Il a trouvé l'anneau. »

Je parvins à simuler l'outrage. « Ladli ! Par Allah, je la ferai fouetter ! Je vais…

– Tu ne feras rien de la sorte ! »

Sachant qu'il se délecterait de ce spectacle, je tombai à genoux. « Je t'en prie, je t'en prie, aide-moi, Aurangzeb. Je t'en prie, ne me livre pas à ses coups. Je suis désolée, je regrette de t'avoir insulté. Je t'en prie ! »

Il se mit à rire et éperonna son cheval. En me tournant vers La Mecque, j'implorai rapidement Allah de me pardonner, car j'avais volé. Puis je Lui demandai Sa protection. Au beau milieu de mes prières, j'entendis crier mon nom. Désireuse de cacher mon infamie aux domestiques, je me réfugiai immédiatement dans ma chambre. Khondamir était là, tremblant de rage. Il tenait l'anneau dans une main et la brique dans l'autre. Il me la lança à la figure. J'esquivai le projectile sans avoir besoin de feindre l'effroi. Je m'étais attendue à le trouver en colère mais il semblait possédé par une fureur disproportionnée.

« Monseigneur, commençai-je, mais d'un geste il m'intima le silence.

– Ta présence est une souillure ! hurla-t-il.

– Je vous aurais rendu…

– Silence ! »

Il enfila l'anneau à son doigt et saisit une ceinture en cuir posée sur une table. Je pâlis à sa vue. « C'est une erreur ! »

Khondamir m'empoigna et me jeta à plat ventre sur la table. « Si tu bouges d'ici, fille d'empereur ou pas, je te ferai étriper ! » Il cracha des postillons tandis qu'il vitupérait, les veines battant à ses tempes. Il m'arracha ma tunique, ma robe et mon jupon. Soudain, je me retrouvai entièrement nue. Une goutte de sa sueur me tomba sur les fesses, bientôt suivie par le cuir épais. La ceinture mordit ma chair comme un sanglier. Elle la meurtrit et je lâchai un cri de douleur.

« Bien, espèce de traînée ! persifla Khondamir.

– Non, je vous en prie ! »

La ceinture revint à l'assaut et je me mis à gémir. Il grognait à chaque coup et une douleur cuisante s'ensuivait. Je fus submergée par la souffrance. Si je me fiais à mes sensations, j'avais le dos en feu et je me consumais de douleur.

« Me voler ! vociféra-t-il. Moi !

– Non, je vous en prie…

– Catin ! »

Les coups continuaient de pleuvoir.

« Je vous en prie !

– Silence ! »

Je mordis le bois de la table tandis que les coups redoublaient. La planche se fendilla entre mes lèvres et je sentis le goût du sang. J'essayai de ne pas crier, mais il aurait été plus facile de contrôler les battements de mon cœur. Je le suppliai d'arrêter. Je lui promis tout ce qu'il voudrait. J'implorai, me tordis et gémis. Il devait aimer m'entendre geindre de la sorte car sa colère reflua. Les coups s'espacèrent et se firent peu à peu moins violents.

« Debout », finit-il par ordonner.

J'eus besoin de toutes mes forces pour obtempérer. Je me mis à pleurer à la vue de mes jambes en sang. Avec force précautions, je remis ma tunique. « Je regrette… tant, Monseigneur, murmurai-je.

– Aucune traînée ne dormira sous mon toit cette nuit, répondit-il en respirant fort.

– Mais…

– Va-t'en ! » hurla-t-il en me giflant.

J'aurais été incapable de marcher jusqu'à la ville, aussi rampai-je jusqu'aux écuries. Un domestique dont le visage trahissait la pitié que j'éveillais en lui m'aida à enfourcher un cheval. Je ne pus retenir un gémissement quand le poids de mon corps raviva mes blessures. Je remerciai le serviteur puis éperonnai faiblement ma monture. Au bout de quelques pas, ma selle était tout ensanglantée.

Où pouvais-je aller ? Nizam m'aiderait mais il voudrait probablement tuer Khondamir. Si la mort de mon mari résolvait un de mes problèmes, elle causerait aussi la fureur d'Aurangzeb. Non, il serait plus facile de manipuler Aurangzeb si je continuais à vivre, mortifiée, auprès de mon époux. Je pouvais également aller trouver père, mais, hélas, il me vengerait mille fois. Et j'avais beau aimer Dara, ses airs consolateurs n'allégeraient guère mon esprit.

J'allai trouver Isa. Même si j'hésitais beaucoup à l'impliquer, je savais qu'il me protégerait tout en suivant mes conseils. Le crépuscule avait fait place à la nuit quand je le trouvai enfin. Par bonheur, nos ouvriers étaient rentrés chez eux et le site était désert. Isa avait construit à proximité des fondations une maisonnette en grès où il avait pris l'habitude de dormir. Quand je fus à portée de voix, je l'appelai. Avec un gémissement, je glissai du cheval et tombai dans ses bras.

Sans poser de questions, il me porta dans la maison. Quand il vit ma tunique ensanglantée, il s'immobilisa un instant puis me l'enleva doucement. Malgré ma honte, je me mis à pleurer, émue par la douceur aimante de ses gestes. Isa m'allongea à plat ventre sur sa couche faite d'un tapis. Puis il quitta la pièce en toute hâte. Il resta absent si longtemps que je commençai à m'inquiéter. Enfin, il revint avec des feuilles d'aloès et des linges humides. Il nettoya mes plaies. Ensuite, à l'aide de deux briques, il broya l'aloès qu'il étala sur mes plaies, avant de poser sur moi une couverture en soie.

« Je suis désolée, chuchotai-je.

– Chut, hirondelle. »

Il vint s'agenouiller à côté de moi pour me caresser le front. Il essuya mes larmes. Quand ses doigts effleurèrent mes lèvres, je les embrassai et il s'immobilisa. Ce baiser resta en suspens entre nous. Après quelques instants, Isa porta à mes lèvres une gourde en peau de chèvre contenant du vin. Je bus comme un bébé tète le sein de sa mère.

« Avez-vous envie de me dire ce qui s'est passé ? » demanda-t-il doucement.

J'inspirai profondément et lui chuchotai toute l'histoire en lui décrivant mes frères, mes craintes et mon mari. Il ne m'interrompit pas une seule fois et, quand j'eus fini, il resta assis sans mot dire. Il but du vin à petites gorgées et je l'entendis s'étrangler.

« Je suis désolé, Jahanara. Que puis-je faire ?

– Prenez-moi simplement dans vos bras. »

C'est ce qu'il fit. Ses mains si fortes qui bâtissaient des merveilles se refermèrent sur ma tête. Il plongea son regard dans le mien et je vis des larmes étinceler dans ses yeux. Comme j'avais envie de l'embrasser malgré la douleur et l'humiliation ! Un seul baiser aurait suffi à rendre mes souffrances tolérables. Mais, alors même que je sentais l'adoration qu'il me vouait, il ne tourna pas mon visage vers le sien, ne posa pas ses lèvres sur les miennes. Non, un tel geste, du moins dans son esprit, aurait causé mon déshonneur, car, ce soir-là, un baiser aurait pu être interprété comme un geste de pitié. Et je n'aspirais pas à sa pitié mais à son amour.

Par une fenêtre, j'aperçus les étoiles scintiller plus fort. Seul luisait un fin croissant de lune. « À quoi ressemblera le mausolée, chuchotai-je, dans une si faible lumière ?

– Il ne sera pas aussi beau que vous, mon hirondelle. Pour cela, il nous faudra une pleine lune. »

C'est alors que mes larmes se mirent à couler, malgré mes efforts pour les retenir. Je ne pleurais pas à cause de mes souffrances mais parce que j'avais envie de cet homme. J'avais soif de lui car on aurait dit que nous pouvions nous parler sans qu'il soit besoin de mots. Pourtant, il restait inaccessible. Maintenant et pour toujours.

« Il paiera pour cela, dit Isa.

– Je vous en prie, n'essayez pas de me venger.

– Il mérite la mort pour ce qu'il a fait.

– Alors il mourra. Par le fait d'Allah et de lui seul.

– Mais pourquoi ?

– Parce que ce que nous bâtissons est plus important que ce qui s'est passé ce soir. Et, à cause de ce qui s'est passé ce soir, Aurangzeb me laissera tranquille. Je ferai semblant d'être mortifiée en sa présence : ainsi je serai en sécurité. Mais si Khondamir venait à mourir, je serais certainement en danger.

– Vous êtes en danger.

– Sa rage s'est consumée, Isa. Et nous ne pouvons mettre votre projet en péril. »

À l'extérieur, mon cheval hennit. « Vous êtes une femme intelligente et courageuse, dit-il, si bas que je dus tendre l'oreille. Je devrais peut-être vous appeler faucon et non pas hirondelle.

– Je préfère “hirondelle”.

– Puis-je… » Il s'interrompit et reprit : « J'aimerais m'allonger à côté de vous. » L'entendre demander la permission me mit à nouveau les larmes aux yeux. J'acquiesçai et il s'étendit près de moi. Passant son bras autour de mes épaules, il me serra contre lui. « Quel cadeau vous me faites, dit-il. Vous êtes le plus merveilleux des présents. »

Bien que la douleur eût à peine diminué, le contact de sa peau était chaud et apaisant. J'avais envie de la sentir encore, d'éprouver ces sensations réjouissantes. Pour la première fois, je compris vraiment ce que mes parents avaient éprouvé l'un pour l'autre. Je compris quel était le goût, la folie de l'amour. Parce que, aussi sûr que le soleil se lèverait le lendemain matin, c'est d'amour que je l'aimais.

8

Allah nous sourit

Le Coran est un livre aux multiples facettes. Quel que fût le plaisir que prenait Aurangzeb à en citer des passages évoquant la vengeance, les méfaits et les feux de l'enfer, c'est également un texte qui parle souvent du pardon, de la charité et de la bonne volonté. Contrairement à mon frère, j'ai toujours estimé que ces versets étaient les plus profonds. Ils étaient pour moi une source de réconfort inestimable.

« Car Dieu aime les bienfaisants », dit le Coran.

Après avoir été battue, jamais je ne me serais décrite comme une personne bienfaisante, mais j'aimais à penser qu'avant ma mort, mon existence aurait une portée morale. Aussi m'efforçais-je de compenser mes erreurs en donnant à comprendre le bien que j'allais créer. Certes, j'avais mis mon amie en danger pour servir une cause égoïste. Certes, les pauvres n'avaient guère profité de ma présence sur terre.

Mais je n'avais mis Ladli en danger qu'en essayant de sauver le jeune garçon. J'avais toujours traité les pauvres avec douceur et, à l'avenir, je chercherais à les employer sur le chantier du mausolée. Assurément l'homme qui a travaillé pour gagner sa pitance dormira mieux que celui qui l'a reçue d'autrui. Et assurément, tout homme qui aura travaillé à la construction du mausolée, qu'il soit hindou ou musulman, se sentira plus proche d'Allah ou de ses propres divinités.

Je spéculais ainsi tout en me remettant des coups infligés par Khondamir. Après cette première nuit avec Isa, je retournai au Fort Rouge me retirer dans ma chambre. Le moment était propice au repos, car moins de deux jours après commençait le mois des Bénédictions islamiques, connu dans tout le pays comme le ramadan.

Environ dix siècles auparavant, au neuvième mois de l'année lunaire, un marchand de caravanes appelé Mahomet errait dans le désert non loin de La Mecque tout en méditant sur sa foi. Une nuit, l'ange Gabriel lui chuchota à l'oreille qu'il avait été choisi pour recevoir la parole d'Allah. Dans les jours qui suivirent, Mahomet se surprit à réciter les versets qui furent par la suite transcrits et rassemblés dans le Coran.

Depuis la révélation du prophète Mahomet, les musulmans célèbrent le ramadan en renonçant à tous les plaisirs. Ainsi, nous ne touchons à aucune nourriture ni aucun breuvage de l'aube au crépuscule pendant tout le mois. Allah, comme nous l'avions appris par les dires de Mahomet, rapportés dans le Coran, exige ce sacrifice. Jeûner, disait-il, nous aidait à ressentir les souffrances des pauvres et à faire l'expérience de la paix qui accompagne la dévotion spirituelle.

C'est ainsi que je jeûnais pendant que mes blessures guérissaient. Je récitais un treizième du Coran chaque jour jusqu'à la fin. Quand le ramadan, ponctué par la fête de l'Aïd al-Fitr, fut terminé, j'étais tout à fait remise. Partout dans Agra, les musulmans accrochaient des lanternes et des décorations à leurs maisons et se paraient de leurs plus beaux habits, et je mangeais des dattes en compagnie de père en regardant notre ville scintiller dans la nuit.

Dès le lendemain, je me remis en devoir d'assumer mes responsabilités. Dans les mois qui suivirent, en dépit du succès de ma ruse avec Aurangzeb, je me montrai extrêmement prudente car Khondamir ne me pardonna jamais et me punit chaque fois que c'était possible. Dieu merci, ses coups étaient bien moins violents que ceux qu'il m'avait infligés le premier après-midi. Je pense que, même s'il eût préféré boire de la cire brûlante plutôt que de l'admettre, il avait compris qu'une simple visite à mon père après cette correction aurait suffi pour que l'empereur le fasse disparaître. Par conséquent, mon mari me traita plus comme une esclave que comme une criminelle.

Tandis que les cicatrices faisaient place à de légères marques sur ma peau, aux vents froids de l'automne succédèrent les chaleurs estivales, puis les averses de la mousson. Il n'y a que trois saisons à Agra. Chacune, à sa façon, est sacrée, mais aucune ne l'est autant que la mousson. Ces pluies donnent vie à nos récoltes. Et ce fut pendant la mousson de ma vingt et unième année que je me retrouvai sur un chaland en compagnie d'Isa, de Nizam et d'un groupe d'artisans de confiance.

Au cours du mois précédent, j'avais été obligée de ne voir Isa que sur le chantier, car se rencontrer ailleurs aurait tout simplement été trop dangereux. Bien qu'Aurangzeb se trouvât rarement à Agra en raison des combats qui se livraient à nos frontières, j'étais certaine qu'il avait des espions parmi nos ouvriers. En fait, Ladli me l'avait confié lors d'une de nos réunions clandestines. Elle ignorait les noms de ceux qui nous surveillaient mais elle pouvait affirmer avec certitude qu'ils étaient plusieurs. Ils avaient reçu l'ordre de prendre bonne note de mes faits et gestes ainsi que des dépenses occasionnées par la construction du mausolée.

Nul n'ignorait qu'Aurangzeb enrageait à l'idée que tant de roupies soient dépensées pour ce monument. Après tout, il avait besoin d'argent pour son armée afin d'étendre l'empire. Mais les coffres se vidaient en raison du coût astronomique de notre projet. Mis à part les énormes quantités de matériaux nécessaires, nous employions vingt-deux mille ouvriers. Aurangzeb et de nombreux nobles souhaitaient lever de nouveaux impôts sur la majorité hindoue pour contribuer au financement du mausolée, mais, sur les demandes insistantes de Dara, père s'y refusait.

Ma vie se compliqua. Même si je pensais souvent à Isa et à la nuit que nous avions passée ensemble, je pris soin de ne jamais révéler l'affection que je lui portais. En effet, nous passâmes un nombre incalculable de journées à surveiller ensemble les travaux dans les jardins, à l'entrée principale ou sur l'immense dalle de marbre qui devait supporter le mausolée. Des milliers d'hommes s'affairaient sans cesse autour de nous et nous ne pouvions jamais savoir quels yeux fureteurs cherchaient à déceler nos secrets.

Par bonheur, nous avions tout de même quelques artisans en qui nous pouvions avoir confiance. Ces hommes – tous des amis d'Isa – nous avaient accompagnés à Delhi où nous devions remplir notre chaland avec un chargement de marbre blanc. D'énormes attelages de bœufs avaient tracté notre embarcation ainsi que six autres, identiques, qui voguaient en amont sur le fleuve. Charger ces bateaux peu maniables était une tâche aussi ardue que dangereuse et Isa tenait à être présent pour montrer à ses hommes comment s'y prendre. Quatorze ouvriers avaient déjà trouvé la mort pendant la construction du mausolée et Isa devait en répondre à chacune de leurs familles. J'avais donné à leurs veuves éplorées assez d'or pour le restant de leurs jours mais je ne savais que trop bien que les vies sont irremplaçables.

C'était mon premier voyage à Delhi et je fus émerveillée par ses monuments. Après avoir rendu visite à mes sœurs, je me consacrai pour de bon à la découverte de notre étoile du Nord. Immense carrefour du commerce et des religions, la ville regorgeait de temples et de mosquées. Ces dernières étaient bâties pour recevoir des congrégations très nombreuses et s'enorgueillissaient de voûtes, de dômes en faïence turquoise et de fenêtres à croisillons de pierre. Les temples étaient plus petits mais il y en avait une multitude ; semblables à des dômes en argile peinte, souvent roses, ils étaient ornés de portraits hauts en couleur représentant des divinités hindoues. L'intérieur de ces temples ressemblait à des grottes où les tintements des cloches et les chants résonnaient étrangement.

Les bazars de Delhi étaient tout à fait impressionnants, surtout le nouveau Chandi Chowk ou la place du Clair de Lune. Bien que les ouvriers n'eussent pas terminé son revêtement en grès jaune ni son bassin décoratif, Chandi Chowk grouillait déjà de marchands, d'artisans et d'acheteurs. Comme la saison des moussons était imprévisible, de gigantesques auvents en toile protégeaient la place, abritant les clients d'averses soudaines. Sous ces éphémères toitures, des marchands proposaient de la porcelaine et de la soie chinoises, des cithares en bois de rose, des rouleaux de velours, des tapis en cachemire et des armes de toutes sortes. Si l'on y mettait le prix, on pouvait s'offrir des animaux exotiques – singes, mainates, voire un éléphanteau blanc.

Les artisans utilisaient Chandi Chowk comme vitrine et leurs créations n'avaient rien à envier aux objets que l'on trouvait à Agra. Les joailliers proposaient des parures étincelantes composées de toutes les pierres imaginables. Les orfèvres polissaient candélabres, miroirs, vases et plateaux. Les sculpteurs, qui travaillaient le marbre, l'or, l'argile ou le bois, ainsi que les tailleurs faisaient également étalage de leurs ouvrages. Les plus en vue étaient les peintres, car aucun art n'était autant porté aux nues. Derrière leur chevalet, ces hommes blanchis par les ans peignaient des scènes qu'on aurait crues vivantes. Tandis que les peintres eux-mêmes revêtaient une apparence des plus ordinaires, leurs tableaux – représentant des grues, des fleurs, des empereurs, des scènes de bataille, des festivités ou des amants – étaient magnifiques.

Mon identité de princesse étant inconnue à Delhi, je pus déambuler de place en place comme une femme du commun. Ce fut à la fois une expérience excitante et une révélation. Je marchandai pour la première fois afin d'acheter de l'ananas frais et du vin aux hommes d'Isa. Ils me furent particulièrement reconnaissants pour l'alcool.

Il fallut sept jours pour charger les chalands, sept journées passées sous de tièdes averses et des ciels brunâtres. J'avais pour mission de prendre note des quantités de marbre achetées et de m'assurer que nous ne nous faisions pas voler. Isa m'apprit à détecter les blocs qui présentaient des défauts – marbre fêlé ou gâché par des sédiments disgracieux – ou qui ne pesaient pas le poids requis. Je refusai environ une dalle sur cinq et le propriétaire de la carrière ne tarda pas à me prendre en grippe. Comme je me méfiais de ses intentions, je me concentrai sur les mesures des découpes de marbre.

Chaque soir au coucher du soleil, Isa et moi pouvions dîner seuls. Nous nous promenions dans les rues de Delhi à la recherche de mets exotiques. Rares étaient ceux que j'appréciais mais je trouvais plaisir à m'asseoir en compagnie d'Isa sous les pavillons de marbre. Parfois, enhardis par le vin, nous flirtions comme un jeune couple. Nous chuchotions, tout sourire, et nous nous touchions. Nous échangions de longs regards. Nous nous désirions.

J'aurais voulu que notre séjour à Delhi dure toujours. Bien que les musulmanes fussent condamnées à des vies de servitude, aucun ennemi redouté n'habitait la ville, aussi pouvais-je agir à ma guise. Certaines nuits j'imaginais qu'Isa était mon époux. Je faisais comme s'il n'y avait que cette ville au monde, comme si Khondamir, le devoir, les souffrances n'étaient que des mots dénués de sens. Avec Isa, je pouvais me bercer de telles illusions. Il facilitait ce genre de leurre : sa présence procurait à mon esprit une ferveur, une énergie et une légèreté que je n'avais jamais ressenties avant notre rencontre.

Que dire d'autre sinon qu'il faisait partie de ces rares personnes capables de rendre leur entourage plus heureux ? Non, il donnait aux gens l'impression d'être importants. Si le plus jeune des ouvriers émettait une suggestion, Isa réfléchissait à ses avantages. Si le maçon qui avait toute sa confiance se plaignait, Isa cherchait une solution à son problème. Contrairement à la plupart des hommes de son rang, Isa écoutait ses inférieurs. Il les écoutait avec la plus grande attention, comme si ce que vous disiez et ce que vous pensiez comptait énormément. Et quand il vous répondait, sa perspicacité et sa sensibilité étaient parfois saisissantes.

Alors que la plupart de ses ouvriers l'appréciaient pour l'absence totale d'affectation qui le caractérisait, ceux qui nous avaient accompagnés à Delhi le tenaient en plus haute estime encore. Je fis de mon mieux pour gagner l'amitié de ces maçons aux bras couverts de cicatrices et au regard aigu. Me comportant comme une mère avec eux, je pansais leurs blessures avec douceur et leur préparais des repas revigorants. Je ne valais pas grand-chose comme cuisinière mais compensais ce défaut en leur servant de larges quantités de vin avant le souper. Les ouvriers chantaient et prenaient des paris tandis que je leur contais des épisodes de la vie d'une princesse. Au soir du troisième jour, ils m'adoraient et je les considérais comme des amis.

Nizam, qui avait vécu l'essentiel de sa vie entouré de femmes, se prit d'affection pour ces hommes. Ils ne le méprisaient pas, contrairement aux nobles qu'il avait coutume de fréquenter. Il faut dire qu'il mettait son impressionnante musculature à leur service dès que l'occasion se présentait. Bientôt, ils se mirent à échanger des plaisanteries sur la vie de harem avec lui et à lui demander laquelle des concubines était susceptible de se lasser de la monotonie du sérail. Mon compagnon d'enfance, toujours sur la réserve, baissa sa garde en leur présence. Grâce à cela, je pus entrevoir sa véritable nature.

Un après-midi, en pleine prière, je le vis sourire. Plus tard, je lui en demandai la raison. « Votre Majesté, répondit-il, c'est que je remerciais Allah pour ce voyage.

– Tu Le remerciais ? »

Il posa un instant les yeux sur moi, puis promena ses regards sur le fleuve. « Ce matin, pendant l'averse, je suis allé me promener au bord de l'eau. J'ai vu un lotus rose. »

Je l'imaginai en train d'examiner la fleur tout en savourant ses moments de liberté. « Je suis contente de te voir si heureux, Nizam. Tu le mérites plus que quiconque. » Il haussa les épaules, mais ses yeux, quand il finit par les tourner vers les miens, laissèrent entendre qu'il était d'accord. Bien que son œil droit fût légèrement trop grand, il avait un visage bien dessiné. « Nizam, dis-je doucement, en pensant que je ne méritais pas un tel ami, je suis prête à t'affranchir, si tu souhaites reprendre ta liberté.

– Ma liberté ?

– Oui. Tu peux quitter mon service maintenant.

– Mais je suis un…

– Un esclave ? l'interrompis-je. Non. Tu es un homme, un homme de bien. Et tu m'as assez servie. » Je me tus, car je me reprochais d'avoir attendu si longtemps pour prononcer ces paroles. De quel droit pouvais-je commander à un homme tel que Nizam ? « Tu devrais partir. Qu'as-tu à espérer de cette vie de servitude ? »

Nizam se redressa, comme si mon offre lui avait rendu sa fierté, sentiment qu'il éprouvait rarement. « Merci, Votre Majesté. Mais ma place est à vos côtés. C'est ici que je suis libre.

– Mais il ne s'agit pas d'une véritable liberté. Bien que tu puisses aller et venir à ta guise, nombreux sont ceux qui te traitent toujours comme un esclave.

– Qu'ils le fassent, Votre Majesté. Je suis né dans les fers. Mais je ne mourrai pas esclave. »

J'eus soudain envie de le serrer dans mes bras mais je savais que ce geste le gênerait. Aussi me contentai-je de m'incliner légèrement. « Mais sache bien, mon ami, que tu peux me quitter dès que tu le souhaiteras. Je te donnerai une bourse pleine d'or et tu seras libre de partir.

– Je le ferai peut-être un jour. »

Je lui souris et m'en allai. Il eut l'air détendu ce soir-là et, quand nous repartîmes pour Agra, il chanta une chanson écrite par Dara d'une voix aussi grave que le grondement lointain du tonnerre. La chanson racontait l'histoire de Shiva et nos ouvriers, hindous pour la plupart, la fredonnèrent à l'unisson. Ils plongeaient leurs perches en bambou dans les eaux boueuses du fleuve, ramant en cadence pour éloigner notre embarcation de la berge.

L'obscurité s'épaissit malgré les lanternes qui brillaient à l'avant de notre barque. Isa n'avait pas voulu partir si tard, mais le voyage prendrait une nuit et une journée entières et le ciel était dégagé ce soir-là : de telles éclaircies étaient rares pendant la saison des moussons. Deux ouvriers étaient postés à l'avant du bateau, et cessaient parfois de chanter pour alerter notre capitaine. Ce dernier était un vétéran du fleuve dont il connaissait les méandres aussi bien que le visage de ses enfants. Il s'était abstenu de boire ce soir-là et il faisait souvent levier, de tout son poids, sur une grosse gaffe reliée au gouvernail. Le chaland suivait comme à contrecœur les mouvements qu'il lui imprimait en s'affaissant sous le poids colossal de son chargement.

« Veillez au grain, là-devant ! cria Isa d'un bout à l'autre du chaland. Si le voyage se fait sans encombre, je vous offre une journée de salaire ! »

L'un d'eux accueillit par un cri de joie l'idée de recevoir encore plus de roupies. Puis le silence de la nuit reprit ses droits. Je me tenais à côté d'Isa qui, sans un mot, me fit escalader la pile de marbre jusqu'au sommet. En contrebas brillaient huit lanternes qui dessinaient les silhouettes de nos ouvriers. Personne ne dormit cette nuit-là car il nous fallait rester vigilants. Heureusement, l'essentiel du cours du Yamuna était aussi large que profond. Sauf à commettre une erreur de navigation, nous ne devions rencontrer aucun obstacle.

Isa déroula un tapis pour dormir sur le marbre. Nous nous assîmes en humant l'air qui embaumait les feuilles humides après une averse. Une gerbe d'étoiles brillait dans le ciel. De temps à autre, nous glissions à proximité d'un feu de pêcheur ou de l'ombre d'une maison. La plupart du temps, cependant, les seules traces de vie que nous décelions étaient celles de la nature. Des cris d'oiseaux et des poissons qui sautaient hors de l'eau. Quelque part, un tigre rugit.

Je contemplai Isa dont j'adorais jusqu'au moindre détail. Il portait une tunique jaune toute simple ainsi qu'une large ceinture blanche et un turban de la même couleur. Il ne s'était pas taillé la barbe depuis plus d'une semaine, aussi était-elle très désordonnée, ce qui contrastait avec ses traits anguleux. « Merci de m'avoir emmenée à Delhi », dis-je à voix basse. Je sentis qu'il avait envie de tendre la main vers moi, mais, comme nous ne nous étions plus touchés depuis cette première nuit, dans sa maisonnette, il s'en abstint. « Qu'est-ce qui vous préoccupe, Isa ? »

Une étoile filante traversa le ciel et je me demandai si c'était un bon présage.

« Je me disais, chuchota-t-il, que cela aurait été tentant de rester avec vous à Delhi. Sans le mausolée, j'aurais sans doute cédé à la tentation.

– Nous n'aurions rien.

– Rien, chère hirondelle, ou tout ? »

Je me rapprochai de lui. « Dites-moi ce que nous aurions. »

Il n'avait jamais exprimé son désir pour moi, mais il y avait fait allusion à plusieurs reprises. À cet instant, il hésita encore, comme si révéler ses sentiments pouvait causer mon déshonneur. « Vous auriez… mon amour. Je ne pourrais rien vous offrir de plus. »

Je frémis. Je rêvais d'entendre ces mots depuis des mois. J'avais prié pour qu'il les prononce sans jamais m'attendre à une telle chance. « Dans ce cas, faisons demi-tour et quittons Agra pour toujours.

– Feriez-vous cela ? »

Je me tus un instant. « Franchement ? je l'ignore. Mon père

et mon frère ont besoin de moi. Comment puis-je placer mon... » Je craignais de le blesser, je craignais de mal choisir mes mots. « ... Comment pourrais-je placer mon amour pour vous, si noble soit-il, au-dessus de mes devoirs envers eux? Envers l'empire? Et comment pourriez-vous abandonner votre travail, un projet bien plus important que ma personne? »

Isa passa son bras autour de mes épaules et me serra contre lui. « Je vous aime tant.

– Moi aussi. »

Mon cœur battit plus vite car je crus qu'il allait m'embrasser. Au lieu de cela, il leva les yeux vers les étoiles. « Savez-vous, Jahanara, à quoi je pense quand je dessine mes plans? Je pense à vous. Je garde votre visage à l'esprit et je cherche à en imiter la délicatesse. Je me rappelle les formes de votre corps et j'essaie d'en égaler la splendeur.

– Vraiment? demandai-je, surprise.

– Je regarde le soleil caresser votre joue et je bâtis le mausolée de façon à ce que la lumière du jour se reflète de la même manière sur le marbre. Dans mon cœur, j'imagine survivre à votre absence, ne pas vous avoir comme mère de mes enfants et je façonne la pierre à votre image.

– Pas à celle de ma mère?

– Non, murmura-t-il, puis il soupira. Je ne peux partager mon amour avec vous comme je le devrais, comme un homme le partage avec son épouse. Donc, je construis. Je construis en votre honneur, puisque c'est la seule façon possible de vous aimer, en le partageant avec le monde entier. La première pierre que j'ai posée, j'en avais gravé la face inférieure à votre nom, et la dernière – puisse Allah exaucer ce vœu – portera nos deux noms. »

Je l'embrassai. Quand nos lèvres se rencontrèrent, il fut si surpris qu'il se figea. Mais ensuite, comme le fleuve de tous côtés, il m'enveloppa et j'eus l'impression que tout tournait autour de moi. Ses lèvres étaient si douces sur les miennes et ses mains caressaient mon visage. Je murmurai son nom et il m'embrassa les yeux, le front, puis à nouveau les lèvres.

Il poussa un grognement sourd puis s'écarta. Son odeur – si suave qu'on aurait dit de l'orange – disparut. « Cela n'est pas possible, dit-il. Nous avons trop… beaucoup trop à perdre. »

Je posai la tête sur son épaule, moi qui ne désirais rien tant que l'embrasser encore. « Je t'aime. Je t'aime et je te désire. » Je me tus, regrettant que le désir s'entremêle ainsi de craintes. « Et pourtant…

– Quoi, mon hirondelle ?

– Et pourtant je suis inquiète. J'ai peur des conséquences de notre amour. Je crains que nous ne soyons maudits. »

9

L'amour

En ce jour qui allait changer le cours de ma vie, j'admirai notre création. La quatrième année de sa construction était déjà bien entamée et cette parcelle de terre commençait à ressembler à quelque chose, et quelque chose de beau. Tout au sud se dressait le portique de l'entrée principale, récemment achevé. Haut comme trente hommes, il était en grès rouge.

Au nord, derrière le portique, s'étendaient les jardins d'agrément. Comme le Coran disait que quatre fleuves coulaient au paradis, Isa avait décidé d'en imiter les charmes en dessinant deux ruisseaux qui se croisaient, délimitant quatre sections dans le jardin. Au milieu des quatre carrés se trouvait un bassin circulaire en marbre blanc qui contenait des carpes koï. Dans les parcelles avoisinantes, une plantation très dense de jeunes arbres était destinée à abriter les abords du mausolée et à porter des fruits d'ici à l'achèvement du bâtiment principal. À l'ombre de leurs cimes pousseraient des fleurs.

Situé entre les parterres et le fleuve, le mausolée s'élevait aussi lentement qu'un éléphant estropié. Mais il grandissait bel et bien. La terrasse qui devait le supporter se dressait, énorme rectangle composé de dalles de pierre renforcées, qui atteignaient la hauteur d'un palmier. La structure, déjà compacte et homogène, serait ensuite recouverte de marbre blanc. Les enfants s'amusaient à parcourir cette vaste plate-forme d'un bout à l'autre en retenant leur souffle. Chose peu étonnante, rares étaient ceux qui y parvenaient.

La base du mausolée était terminée et reposait sur ce socle. Isa avait conçu l'édifice comme un croisement entre un carré et un octogone. Les huit côtés du mausolée seraient ornés d'arches magnifiques, structures élancées qui supporteraient le poids colossal du dôme en forme de larme.

La construction de ces arches venait juste de commencer et j'avais peine à les imaginer s'élançant vers le ciel comme sur les dessins d'Isa. Des échafaudages en bambou, qui masquaient la plus grande partie du site, ralentissaient le travail de mon imagination. Aussi robustes qu'étroitement imbriqués, ils accueillaient des milliers d'hommes et ressemblaient à une colossale cage à oiseaux. Certaines sections étaient renforcées par des tours en brique à l'intérieur desquelles des maçons avaient fixé des poulies et des moufles. En contrebas, des éléphants tiraient sur des cordes pour soulever les dalles en pierre que des ouvriers mettaient ensuite en place à l'aide de perches. Les maçons consolidaient les empilements en les cimentant et, à l'aide de chevilles en fer, les arrimaient les uns aux autres.

Le processus devenait plus dangereux à mesure que l'édifice gagnait en hauteur et nous nous estimions chanceux quand il se passait une semaine entière sans accident mortel – événement qui pesait lourd sur la conscience d'Isa autant que sur la mienne. Chose étonnante, le danger décourageait peu d'ouvriers. Nous en avions plus que nous ne pouvions en employer. Les artisans venaient de contrées lointaines et Isa s'entretenait avec eux jusque tard dans la nuit.

Il souhaitait que le mausolée tout entier soit serti de pierres semi-précieuses selon des motifs très élaborés. Les tailleurs les plus habiles du pays lui montrèrent des ouvrages somptueux, aux motifs floraux en jade, tandis que des calligraphes lui apportaient des dalles de marbre ornées d'inscriptions en lapis reproduisant des poèmes et des passages des Écritures.

Parfois il semblait que le projet ne dépasserait jamais le stade de l'ébauche. Et pourtant, ce matin-là, dans la fraîcheur et l'ombre procurée par quelques nuages, mon humeur était exaltée. Un messager venait de m'informer que père viendrait bientôt inspecter le mausolée et je me réjouissais de sa visite. L'architecture était un de ses passe-temps, aussi me faisait-il souvent des suggestions, de même qu'il échangeait des idées avec Isa.

C'est avec fierté que je le suivis du regard pendant qu'il arpentait les jardins du pas fringant d'un homme bien plus jeune que lui. C'était un noble souverain et les ouvriers devinaient sa bonté. Il répondait à leurs révérences en leur adressant non le bref signe de tête propre à un supérieur mais d'amicales salutations. Incroyablement doué pour retenir les noms, père fit l'honneur à plus d'un maçon de lui demander des nouvelles de son épouse et de ses enfants. Il applaudissait leurs progrès et louait leur ingéniosité. L'escorte en armes de père, légèrement en retrait, marqua le pas quand il s'approcha de moi. « Bonjour, mon enfant », dit-il.

Je lui pris le bras et nous nous avançâmes vers la plate-forme en contournant des remblais de grès, des amas de chevilles, de cordages et de bambous. La saison chaude tirait à sa fin et le sol était sec. La poussière s'élevait sous nos pas alors que nous longions les empreintes durcies d'un éléphant et des tas de fumier.

« Il nous faut de nouvelles barges, père, dis-je. Nous manquons de pierre et nous avons trop d'ouvriers. »

Il lui suffit de hocher la tête pour que je comprenne qu'il y veillerait. Une de ses plus grandes craintes était de mourir avant que nous ayons achevé le mausolée. « Les jardins, dit-il en désignant les quatre parcelles carrées, seront magnifiques. Le fleuve les irrigue-t-il correctement ? »

Isa avait conçu les plans des jardins pour que des canaux souterrains provenant du fleuve approvisionnent continuellement leurs rigoles et leurs fontaines. « Parfaitement, répondis-je. Il faudrait une sécheresse terrible pour qu'ils viennent à manquer d'eau. »

Arrivés à l'escalier central de la plate-forme, nous en gravîmes les longues marches. Au sommet du colossal rectangle de pierre, père m'indiqua les tours qui se trouvaient aux coins de l'édifice. « La construction des minarets va bon train. »

En effet, ils étaient à moitié construits et, une fois achevés, ils seraient à peine moins grands que le dôme. Comme le reste de l'édifice, ils n'avaient pas encore été recouverts de marbre blanc. D'immenses empilements de ces dalles si précieuses jalonnaient les abords de la terrasse centrale, qui attendaient pour être posées qu'une épaisseur de grès supplémentaire eût été ajoutée.

Tout paré qu'il fût d'une tunique en soie et de bijoux, père escalada l'échafaudage qui entourait le bâtiment principal. Je le suivis en empruntant une échelle qui s'enfonçait dans l'enchevêtrement de bambous. Une passerelle en bois reliait l'échafaudage au mausolée et nous pénétrâmes dans les profondeurs de son abîme. Des ouvriers couverts de poussière étaient assis ou agenouillés à divers endroits de la charpente provisoire. Certains taillaient la pierre, d'autres l'enduisaient de ciment ou criaient des ordres. Des centaines d'autres encore s'affairaient à diverses tâches.

Soudain, nous atteignîmes le faîte de la construction inachevée. Si le mausolée avait été une femme – après tout, Isa ne l'avait-il pas conçu pour qu'il en imitât les charmes ? –, nous nous serions trouvés à la hauteur de ses genoux seulement. En longeant une passerelle de fortune adossée à l'édifice en construction, père s'avança vers le centre du mausolée. Là, il essuya la sueur de son front et sembla s'absorber dans ses pensées. Je le laissai en paix. Comme souvent, mère le consumait. Le chagrin causé par sa perte, bien qu'il eût légèrement diminué avec le temps, était encore vivace.

Jamais je n'oublierai les deux années qui suivirent la mort de mère, quand il avait renoncé à tous les plaisirs de ce monde pour la pleurer. Il ne portait plus ses vêtements d'apparat, laissait ses bijoux dans leurs coffres. Il n'assistait à aucun banquet, ni spectacle de danse ou de théâtre. La musique était proscrite en sa présence. Il avait même renoncé aux attraits de la chair pendant cette période et ne reçut aucune femme. Depuis lors, père avait renoué avec l'existence d'un empereur, mais il n'avait, et de beaucoup, pas recouvré toute sa joie de vivre.

« Elle est juste là, à nos pieds, murmura-t-il, ma Mumtaz Mahal. »

La tombe incrustée de nacre de mère était enfouie sous l'édifice principal et on y accédait seulement par un passage souterrain. Comme il le lui avait promis sur son lit de mort, père ne manquait jamais de lui rendre visite à chaque anniversaire de cette terrible nuit.

« Un jour, père, un jour tu reposeras à côté d'elle.

– Puisse Allah avoir une telle clémence !

– Elle va t'adorer pour ce mauso…

– Ce Taj Mahal, m'interrompit-il doucement. Allah m'a envoyé un rêve cette nuit, et dans ce rêve, comme dans la vie réelle, je t'ai vue naître.

– Et ?

– Et c'est à ta naissance que, pour la première fois, j'ai appelé ta mère "Taj Mahal". »

Un éléphant se mit à barrir en bas. « Le mausolée devra porter son nom, dis-je en me rappelant qu'il avait coutume de l'appeler Mumtaz Mahal en privé. Mais d'où vient le nom de "Taj" ?

– Avec les années, Mumtaz est devenu Taz. Puis je l'ai appelée Taj, tout simplement. » Un léger sourire flotta sur son visage. Il ôta ses lunettes et ferma les yeux. « Quand nous étions seuls, je l'appelais toujours ainsi. »

Je lui pris la main, attristée et honorée de voir combien elle lui manquait encore. « Te remarieras-tu un jour ?

– Non, j'attends que nous nous retrouvions. »

J'acquiesçai mais il ne me vit sans doute pas, ramené par ses rêveries aux jours enfuis. Je remontai moi aussi le cours du temps et les revis se promener ensemble au bord du Yamuna, oubliant tout autour d'eux.

« Père ?

– Oui ?

– Si mère avait été l'épouse d'un autre et qu'elle et toi aviez été de simples amis sans jamais pouvoir devenir amants, aurais-tu… aurais-tu pu le supporter ? »

Il secoua la tête. « Une abeille se contenterait-elle de ne butiner que de l'eau toute sa vie alors qu'elle pourrait goûter au nectar ? Un cerf vivrait-il dans la vallée quand il pourrait grimper sur une montagne ? Non, ma douce enfant, je n'aurais connu aucun repos. En fait, je serais bien plus triste qu'aujourd'hui.

– Qu'aurais-tu pu faire ? »

Un silence s'installa et ses yeux cherchèrent les miens. Je m'aperçus qu'il avait compris que je ne parlais pas de lui, mais de moi-même. Contrairement à la plupart des hommes, père était très observateur. Il comprenait les femmes, car son cœur était semblable au nôtre. « L'amour, Jahanara, est plus précieux que l'or. La quête de l'amour est le bien suprême. » Il prit ma main. « Mais cette quête doit rester secrète, les autres chasseurs doivent tout en ignorer. Car l'amour, particulièrement celui que tu recherches, avec cet homme, peut être des plus dangereux. »

Loin d'être étonnée par ses vues, ravie qu'il eût deviné mon secret, je me penchai pour déposer un baiser sur sa joue. « Je t'adore, père. »

Ces paroles semblèrent lui donner à réfléchir. « Ne te prive jamais de l'amour, mon enfant. Refuser l'amour, c'est refuser le plus beau cadeau de Dieu. Et qui sommes-nous pour refuser ses présents ? »

Au cours de la semaine suivante, je songeai aux conseils de père. Me concentrer sur mes devoirs me demandait trop d'efforts et je commis des erreurs inhabituelles. Un jour, Isa me réprimanda d'un ton sec après que j'eus commandé des chevilles en fer de la mauvaise taille. Blême, je quittai sa hutte comme une furie. Comment pouvais-je penser à des chevilles alors que tant de choses étaient en jeu ?

J'évitai Isa pendant le reste de la journée, ainsi que la suivante, et le surlendemain. Je perdis tout désir de sa compagnie, car son sourire me brûlait comme le jus de citron sur une lèvre fendillée. Je trouvais douloureux d'être en sa présence sans pouvoir le toucher, de lui parler mais sans pouvoir choisir les mots que j'avais envie de lui dire. J'avais beau me tourmenter à cause du dilemme qui était le nôtre, je ne trouvais aucune solution pour nous réunir. Après tout, mon époux me tuerait s'il découvrait que je lui étais infidèle, et cela malgré ses propres nuits de débauche. Quant à Aurangzeb, il ne manquerait pas d'utiliser une telle information pour me nuire. La construction du Taj Mahal, comme on l'appelait désormais à la demande de mon père, se trouverait tout entière en péril. Si son principal architecte se rendait coupable d'un forfait majeur, le projet échouerait à n'en pas douter.

Isa se méprit sur le sens de ma froideur soudaine. Il me faisait souvent signe de loin mais je feignais de ne pas le voir. Quand il demanda à Nizam de sonder mon cœur, je résistai aux questions maladroites de mon ami. Comment Isa pouvait-il deviner mes sentiments avec tant de finesse mais rester aveugle aux émotions qui m'agitaient ? Cela me laissait perplexe. Père aurait sûrement deviné mon chagrin. Si injuste que cela paraisse, j'attendais la même perspicacité d'Isa. Hélas, il n'en fit pas preuve et nous nous éloignâmes. Quand il partit soudain pour Delhi, j'en fus soulagée. Et je me hais pour cela.

Je consacrais moins de temps au Taj Mahal et plus à mon mari indigne. Il était toujours aussi déterminé à me faire porter son fils et, devinant qu'Isa et moi ne ferions jamais un, je m'efforçai d'accéder au désir de mon époux. Une nuit, je me sentis si malheureuse que j'allai jusqu'à solliciter son affection en lui murmurant de tendres paroles à l'oreille. Mais il se moqua de moi, et ses gloussements me poursuivirent tard dans la nuit, tandis que je m'endormais en pleurant. Les jours passant, ma tristesse ne fit qu'augmenter.

Quand une lettre arriva, par laquelle père me sollicitait pour régler un différend entre deux nobles, à propos de palais situés à l'est du pays, je m'empressai de quitter Agra. Il m'arrivait de me charger de telles missions et, malgré les appréhensions qu'elles suscitaient d'ordinaire, ce jour-là j'étais heureuse de fuir la ville. Nizam et quatre soldats de confiance de mon père m'accompagnaient. Nous nous mîmes en route avant l'aube puis nous chevauchâmes sans relâche.

Quand nous eûmes quitté Agra, nous longeâmes une large route qui montait vers le nord. Des marchands anglais avaient nommé cette voie légendaire la Longue Piste. Longue, elle l'était certainement, car elle suivait le cours du Yamuna jusqu'à Lahore en passant par Delhi. Elle était bordée d'arbres qui l'ombrageaient et de nombreux magasins et auberges. À l'ouest, derrière les arbres, des rizières ainsi que des vergers où poussaient melons, raisins, mangues, et des potagers où l'on trouvait des oignons et des laitues, s'étendaient à perte de vue. À l'est, tout près du fleuve, se dressaient les étincelants palais des nobles. Pour en avoir visité plusieurs dans mon enfance, je savais que ces domaines s'enorgueillissaient de bassins et de rigoles en marbre où flottaient des fleurs de lotus et où nageaient des poissons. Les jardins qui entouraient ces demeures abritaient des grues et des paons, ainsi que des pavillons à coupole dorée. Une foule de domestiques en garantissait l'inviolabilité et des gardes en armes étaient chargés d'éloigner les indésirables.

La Longue Piste était encombrée de caravanes tirées par des chameaux, d'attelages de guerre, de pèlerins et quelques jésuites y cheminaient aussi. Ces prêtres étaient vêtus de chasubles en velours noir et montaient de beaux chevaux. Autour du cou, ils portaient des rosaires semblables aux perles de prière que les musulmans utilisaient pour égrener leurs invocations. Tout en chevauchant, les jésuites lisaient souvent la Bible. Sous leurs chapeaux à larges bords, ces dévots murmuraient leurs prières dans des langues étranges.

Nous suivîmes d'innombrables voyageurs pendant presque toute la matinée, puis nous prîmes à l'est et traversâmes le fleuve en empruntant un pont en grès. Quand nous commençâmes à nous éloigner du Yamuna, les terres que nous longions se firent de plus en plus sèches. Disparus les banians abritant les clairières toutes fleuries que nous voyions à Agra. Et les petites bambouseraies où les troncs s'entrechoquaient en grinçant. Au lieu de cela, de maigres buissons s'accrochaient à la piste. Nos chevaux foulaient une terre craquelée dont ils faisaient jaillir des nuages de poussière. Le sable s'insinuait dans nos oreilles, nos bouches, nos yeux et nos cheveux. Quand nous essayions de cracher, nous avions la gorge tellement sèche que se la racler était douloureux.

Peu à peu le paysage devint vallonné. De brun, l'horizon se teinta de vert et nous reprîmes courage. Le soleil se couchait derrière nous, les ombres que nous projetions s'allongèrent puis disparurent tout à fait. Comme nous approchions de notre destination, les quatre soldats descendirent de leur monture sur une butte herbeuse. Là, ils dresseraient leur camp. Ils avaient reçu l'ordre exprès de ne pas aller plus loin et d'attendre mon retour pour repartir vers Agra.

Père avait tout organisé de manière que Nizam et moi puissions dormir dans une auberge qui jouxtait le Gange. Les hindous avaient donné à ce vaste fleuve le nom de leur déesse miséricordieuse des cours d'eau, Ganga ; ils croyaient qu'il s'écoulait depuis le paradis jusqu'à la tête de Shiva. Le fleuve venait buter contre le front du dieu et, sous cette influence divine, s'incurvait vers le sud.

Je n'avais jamais vu ce Gange légendaire, mais, quand nous arrivâmes enfin à l'auberge, j'étais trop lasse pour en contempler la vaste étendue. Nizam m'aida à descendre de cheval et nous nous mîmes en quête de l'aubergiste, une vieille femme qui nous accueillit avec gentillesse puis nous montra nos chambres. Nizam, qui préférait dormir au bord du fleuve, demanda simplement une couverture. Je lui souhaitai bonne nuit puis me retirai dans mes quartiers.

Ma chambre, très exiguë, était meublée d'une table, d'une couche faite de deux couvertures, d'un seau d'eau et d'une lanterne. Au moment de défaire mes bagages, je remarquai une lettre sur le sol. Elle portait le sceau de l'empereur et je me demandai quels conseils allait me donner père au sujet de ce différend.

La lettre, dans son élégante écriture couchée, disait :

Ma très chère Jahanara,

Il est difficile pour un père de dire certaines choses à son enfant. Comment peut-il lui dire qu'il l'aime plus que tous les autres ? Tous les enfants ne doivent-ils pas être égaux ? Allah dirait que oui, mais, puisse-t-Il me pardonner, je suis incapable d'un tel sentiment. Car c'est toi, et toi seule, qui me procures mes plus grandes joies. À n'en pas douter, Mumtaz Mahal, mon grand amour et dépositaire de tout ce qui est bon, doit résider en toi. Parfois, quand tu ris, ou quand ton intelligence surpasse celle de mes meilleurs conseillers, je la vois sur ton visage, je l'entends dans tes paroles.

Tu m'as demandé que faire si l'on est frappé par l'amour, comme cela arrive à de rares élus. Je t'ai conseillé de te consacrer à sa quête. Et je pense ce que j'ai dit, même si notre culture considère une telle quête comme méprisable. Ta mère soutenait souvent que les femmes devraient pouvoir poursuivre l'objet de leur amour comme les hommes, et aujourd'hui, en secret, je t'avouerai que j'en suis d'accord.

Mais, Jahanara, comment peux-tu te consacrer à la quête de l'amour alors que cela pourrait entraîner ta mort ? La fourmi cherche-t-elle à traverser la toile de l'araignée ? Non, mon enfant, elle s'en abstient. Et tu devrais t'abstenir toi aussi. Laisse plutôt l'amour venir à ta rencontre. Car cette soirée est le cadeau que je te fais, le point de départ de ton périple.

Aucun conflit entre nobles ne requiert ton attention. Cette auberge est un havre sûr et sa propriétaire une amie de confiance. Ton secret n'y sera pas ébruité. Restez-y trois jours. Prenez du bon temps puis revenez par le chemin des écoliers. Et quand tu reviendras, je ne te demande rien d'autre que de garder un baiser pour ton père.

Je conserve ton amour tout contre mon cœur.

Toute tremblante, je serrai la feuille de papier dans ma main. Bien que l'idée de détruire une si belle lettre me révulsât, je la déchirai en menus morceaux, de crainte qu'elle ne tombe entre de mauvaises mains. Mon cœur se serra sous l'effet d'un élan merveilleux et je sortis un miroir de mon sac. Les stigmates d'une journée de chevauchée se voyaient clairement sur mon visage. Je me déshabillai à la hâte et, à l'aide de lambeaux de coton trempés dans de l'eau fraîche, je fis ma toilette du mieux que je pus. Puis j'enfilai une robe peinte de motifs de papillons, et je la drapai plus étroitement qu'à l'accoutumée autour de ma taille pour en souligner la finesse. J'enduisis ma peau de quelques gouttes de parfum de lotus ; je dérobai une orchidée dans le jardin de l'auberge et la mis dans mes cheveux.

Alors que je m'apprêtais à nettoyer mes affaires, je m'immobilisai en entendant un léger bruit de pas.

« Jahanara ? »

J'ouvris la porte et le trouvai devant moi, tout ruisselant et très embarrassé. Il devait toujours croire que je lui en voulais, parce que son visage ne reflétait absolument pas la joie qui lui était coutumière. « Je me baignais… dans le fleuve, dit-il d'une voix incertaine, et j'ai aperçu Nizam.

– C'est père qui m'a envoyée ici », répondis-je ; malgré mon envie de l'inviter à entrer, j'hésitais.

Chez lui, le doute restait entier. « Il m'a envoyé une missive me demandant de venir ici sur-le-champ rencontrer un architecte.

– Je suis cet architecte !

– Toi ?

– Père a tout manigancé, Isa. Il nous a donné l'ordre de nous rendre jusqu'ici pour que nous puissions nous y retrouver.

– Il sait ?

– Seulement que je t'aime.

– Mais la semaine dernière tu as…

– J'ai été en dessous de tout, l'interrompis-je. Mon amour pour toi et la peur de ce que cet amour trahirait, voilà ce qui m'a rendue si froide. Mais la peur est bannie de ce lieu, il n'y a ni regards indiscrets ni trahison. Il n'y a que nous. »

Il fit un pas dans ma chambre et leva la main pour effleurer mon menton. « Mais ton père approuve-t-il vraiment notre amour ? » Quand j'acquiesçai, le sourire asymétrique d'Isa, qui avait disparu depuis si longtemps, réapparut. « Quel homme extraordinaire ! »

J'avais envie de le prendre dans mes bras, je le désirais d'une passion si ardente que mon pouls s'accéléra. Je l'attirai contre moi et ses mains humides m'enveloppèrent, écartant mes cheveux, me caressant le cou. Il m'embrassa. Je sentis la force de son désir dans ce baiser, qui était pourtant d'une douceur presque inconcevable. Je murmurai son nom et ses doigts se posèrent sur ma robe. Ses yeux cherchèrent les miens et, quand j'acquiesçai, il dénoua mes vêtements, qu'il laissa tomber à terre. Au lieu de me toucher, il recula d'un pas comme pour contempler l'esquisse d'une de ses mosquées.

« Si belle, dit-il à voix basse. Comment peux-tu être si belle ? »

Je posai ses mains sur mes seins. Il en dessina les contours satinés, presque intimidé. Moi qui avais toujours eu honte de ma nudité, comme d'un aveu de faiblesse, je frémis sous l'effet d'un pouvoir étrange. Comme mère l'avait souvent dit, être une femme n'a rien de honteux, et cet homme, contrairement à tant d'autres, ne semblait pas voir en moi une occasion de dominer, mais un sujet d'admiration.

Ma peau réagit à ses caresses, frémissant sous ses doigts. Mes mains trouvèrent le chemin de ses vêtements et bientôt il fut nu lui aussi. Son corps était mince et musclé. Contrairement à celles de mon mari, sa poitrine et ses longues jambes étaient presque dénuées de toute pilosité. Isa me porta jusqu'aux couvertures qui me servaient de lit. Mes lèvres trouvèrent le chemin des siennes et nos baisers se firent de plus en plus passionnés. J'avais envie de lui et, de la main, je le guidai en moi. Je sentis d'abord comme une brise fraîche entre mes jambes, mais bientôt elle tiédit. Isa n'avait pas les mouvements brusques de mon mari, il allait et venait comme une pagaie dans l'eau. Et, à mon grand étonnement, je me surpris à épouser son rythme.

« Mon hirondelle, dit-il le souffle court, comme je t'aime ! »

Mes mains se délectaient des muscles si fermes de son dos. Je le caressais avidement et une sensation de chaleur que je n'avais encore jamais ressentie m'envahit. Elle m'emporta toujours plus haut, si haut qu'elle devint presque intolérable. Soudain, je criai, agitée de spasmes. Au même instant, son corps se raidit et, dans un cri, il s'effondra sur moi.

« C'est donc cela, l'amour », finis-je par dire, tandis qu'il reposait entre mes bras. Il me couvrit de baisers joyeux et je le serrai tout contre moi.

Allongés là, nos corps emmêlés, nous avions l'impression d'être seuls au monde. Rien d'autre n'existait. Ni haine ni crainte. Ni passé ni avenir. Il n'y avait que l'espace entre nous. Un espace que nous comblions en nous caressant à nouveau.

Nos trois jours à l'auberge s'enfuirent comme une étoile filante, aussi merveilleux qu'éphémères. Nous petit-déjeunions en compagnie de Nizam. Le bonheur que nous lui inspirions se lisait sur son visage, aussi ce fut un honneur pour Isa et moi de le considérer comme notre ami. C'était la seule personne, à l'exception de mon père, qui était dans le secret de nos rencontres amoureuses. Je pense qu'il en était ravi, mais je me doutais qu'il mourrait plutôt que de nous trahir. Conscient de nos aspirations, Nizam nous laissait seuls chaque matin après que nous eûmes terminé nos fruits et nos yaourts, et il ne revenait qu'au coucher du soleil.

Isa et moi parlions rarement du Taj Mahal et de tout ce qui avait trait à la vie à Agra. Nous explorions plutôt le Gange et la campagne environnante. Nous préparions des pique-niques avant de partir au loin. Nous découvrions toute la faune et la flore locales et nous nous trouvions sans cesse nez à nez avec des renards, des guépards, des tigres, des gazelles, des aigles et des cobras.

Seule une poignée de campements parsemait les abords du fleuve. Ceux que nous aperçûmes appartenaient à des fermiers et à des pêcheurs. Peu habitués à voir des inconnus, ils nous dévisageaient au passage tout en moissonnant ou en évidant leurs poissons. Ne souhaitant pas susciter de ragots, nous agitions la main mais, en général, nous ne leur adressions pas la parole.

La plupart du temps, nous nous amusions comme des enfants. Nous lancions nos chevaux dans des courses ou faisions ricocher des cailloux sur le fleuve. Nous nous poursuivions à travers des champs de blé. Parfois, quand nous étions sûrs qu'il n'y avait personne dans les parages, nous étalions nos couvertures à l'abri des regards indiscrets et nous faisions l'amour. D'abord, ces ébats en plein air me troublèrent : j'étais une princesse, après tout, pas une courtisane ! Mais dans la nature, encouragée par Isa, j'appris à écouter mon corps plutôt que les récriminations de ma conscience. Nous mettions autant d'inventivité dans nos étreintes que dans le choix des lieux, car tantôt nous étions pressés par le temps et tantôt nous jouissions d'une grande sérénité. Nous ne suivions jamais de modèle imposé mais ne manquions jamais de trouver satisfaction dans les bras l'un de l'autre. Ensuite, Isa allait souvent nager dans le fleuve tandis que je me baignais dans les bas-fonds.

Au crépuscule, nous buvions du vin en compagnie de Nizam et de la vieille aubergiste. Comme elle nous l'apprit, son mari avait fidèlement servi père pendant de nombreuses années. Quand il avait trouvé la mort en combattant les Perses, père avait donné assez d'argent à son épouse pour qu'elle pût acquérir l'auberge. Cette adorable vieille femme édentée nous cuisinait des repas somptueux et ne demandait qu'à s'asseoir à notre table.

Pendant notre séjour au bord du Gange, je vécus des instants incomparables. Isa et moi n'évoquions jamais notre imminente séparation qui hantait pourtant nos esprits. Même au cours de notre dernière journée au bord du fleuve, nous n'y fîmes pas allusion. Nous choisîmes plutôt de faire une excursion au nord, plus loin que nous ne l'avions jamais fait.

En début d'après-midi, nous rencontrâmes un homme qui incinérait le corps de sa femme au bord du fleuve. Les hindous soumettaient souvent à ce rite la dépouille de leurs proches, croyant qu'il fallait la réduire en cendres pour permettre à l'âme de s'en libérer. Une telle séparation était nécessaire pour que le voyage de l'âme ne connût aucune entrave, périple qui commençait quand les cendres étaient dispersées dans le Gange. Dans les eaux sacrées du fleuve, le cheminement qui aboutissait à la réincarnation se poursuivait, à moins que le disparu n'eût accumulé suffisamment de karma positif dans de nombreuses vies pour que l'âme échappe enfin au cycle des renaissances.

L'homme que nous rencontrâmes ne semblait pas avoir d'enfants et, alors qu'il alimentait le bûcher, je me demandai comment il parvenait à supporter l'idée de continuer à vivre sans sa femme dans ce lieu solitaire. Mon humeur se fit mélancolique pendant que nous traversions les hautes herbes d'une prairie pour retourner à l'auberge. Quand Isa me demanda la cause de ma tristesse, je me tournai vers lui. « Le temps qui nous était imparti est fini. Que pourrais-je dire de plus ?

– Je sais que tu vas trouver », répondit-il en essayant de sourire.

En dépit de mes sombres pensées, je fus heureuse de constater qu'il me connaissait de mieux en mieux. « Isa, comment pourrai-je me tenir à tes côtés jour après jour et agir comme si de rien n'était ? » Je cherchai la réponse tandis qu'il réfléchissait, mais elle se déroba, car j'étais un être de chair et de sang, et seule une statue de pierre aurait pu s'astreindre à une telle résolution.

Isa approcha son cheval du mien. « Ces jours ont été une bénédiction, mon hirondelle, dit-il doucement. Remercie Allah pour cela dans ta prochaine prière, et remercie ton père. C'est une chance, une chance inouïe d'avoir eu ces trois jours.

– Mais j'en veux d'autres. »

Il remonta son turban sur son front. « Bien sûr. Moi aussi. Mais en attendant que ce vœu soit exaucé, console-toi à l'idée que notre amour est d'une qualité rare. J'ai vu toute sorte d'unions, et la plupart sont vides, dénuées de passion. Il s'agit de mariages de convenance, sans plus. Nous ne vivons peut-être pas sous le même toit ni ne dormons ensemble tous les soirs, mais nous possédons une chose que la plupart des gens n'ont pas. Et nous devons en être heureux.

– Heureux ? Comment puis-je être heureuse quand je ne suis que ton assistante ? Faut-il donc que je réprime toutes mes émotions ? »

Ma frustration le fit rire doucement, comme il s'y autorisait de temps à autre, car ses taquineries égayaient souvent mon humeur. En temps ordinaire, je faisais bon accueil à ses plaisanteries ; le monde dans lequel je vivais était si sérieux que son sourire me rappelait l'insouciance qui sied à la jeunesse. Ce jour-là, cependant, je fus soudain agacée par son inépuisable optimisme.

« Je ne m'attends pas, chère hirondelle, à ce que tu réprimes quoi que ce soit, ajouta-t-il. Comme le dirait ton père, ce serait comme demander aux nuages de ne pas apporter la pluie. » Après avoir chassé une mouche, il ajouta : « Non, ne réprime pas ton amour. Et ne t'inquiète pas. Nous sommes jeunes et nous avons de très, très nombreuses années devant nous. Seul Allah sait ce qui adviendra.

– Oui, répondis-je, non sans difficulté. Aujourd'hui tu n'as d'yeux que pour moi. M'aimeras-tu encore quand je serai vieille ? Ou chercheras-tu une femme plus jeune et plus jolie ? »

Il fit mine de réfléchir. « Eh bien, maintenant que tu le suggères, il est probable que je... »

Bien qu'il ne parlât pas sérieusement, je lançai mon cheval sur le sien pour le désarçonner et il alla mordre la poussière. Je ne comprenais pas comment il pouvait plaisanter de notre situation et l'entendre badiner ainsi me rendait folle. Ignorant ses appels, je m'enfuis au galop. Ma monture était plus rapide que la sienne, aussi arrivai-je à l'auberge bien avant lui. Je m'y engouffrai et, dans ma chambre, ôtai ma tunique trempée de sueur. Je m'apprêtais à me laver quand il entra.

« Jahanara, dit-il à bout de souffle, tu sais bien que je plaisantais. Jamais je ne te quitterai pour une autre. Ce serait comme abandonner ma construction du Taj Mahal pour aller bâtir des…

– Des latrines ? »

Il m'offrit un large sourire. « Exactement. Et pourquoi te préférerais-je des latrines ?

– Tes toilettes sont peut-être hors d'usage. Ou bien tu aimes beaucoup les mouches. Comment saurais-je ce qui se passe dans l'esprit des hommes ? »

Il reprit enfin son sérieux. Même s'il aimait me taquiner un peu, il était assez prudent pour comprendre qu'il s'était glissé entre les pattes d'un éléphant démonté. « Je t'aime, Jahanara. Et cet amour ne disparaîtra pas avec le temps, il ira grandissant.

– Vraiment ?

– Tu n'imagines pas, pas du tout, l'admiration que je te porte. Quand je travaille, tu ne quittes pas mes pensées. Je vois tes yeux comme deux diamants et j'entends ton rire même si tu n'es pas là.

– Mais dans ce cas, comment peux-tu être si calme, demandai-je exaspérée, alors que demain je partirai ? Tu es peut-être capable de vivre de souvenirs, mais je ne suis pas prête à me confiner dans une telle prison. »

Quand il tendit la main vers moi, je reculai. « Crois-tu au destin ? » demanda-t-il en s'approchant jusqu'à ce que nos corps se touchent. Comme je restais silencieuse, il poursuivit : « Si tu y crois, tu dois savoir qu'il nous réunira. » Mon amant passa sa main dans mes cheveux, dérangeant mon voile. « Il n'y a pas si longtemps, je pensais que le destin n'était qu'un mot inventé par les poètes pour donner un sens à leurs histoires. Mais ensuite ton père m'a appelé à la cour. Et, bien qu'apparemment il m'ait fait venir pour le Taj Mahal, je pense que, d'une manière ou d'une autre, j'étais non seulement destiné à le construire mais à te rencontrer. Et maintenant que je t'ai trouvée, Jahanara, vais-je si facilement te laisser repartir ? » Il se tut le temps que je défasse son turban. « C'est impossible, à mon avis. Je ne suis jamais aussi en paix qu'auprès de toi. Je ne me sens vraiment complet qu'avec toi.

– Vraiment ? »

Il posa un doigt sur mes lèvres. « Vraiment. »

Mon désir pour lui grandit et je me réfugiai dans ses bras. Il essaya d'être doux mais je lui fis l'amour avec une frénésie née de la peur, car, en dépit de ses paroles, je me demandais si notre passion durerait. La passion amoureuse elle-même a ses limites et le destin peut se révéler un ennemi autant qu'un allié. Oui, le destin m'avait apporté Isa, mais il m'avait également volé ma mère. Allait-il me voler Isa ?

Quand notre étreinte prit fin, je contemplai le plafond. Je ne goûtais pas la béatitude qui suit l'amour. Au lieu de cela, je réfléchissais intensément pour trouver le moyen de nous revoir. Et, bien que mes questions restassent sans réponses, je priai pour que le jour arrive où nous pourrions vivre comme mari et femme.

10

Frères et princes

Peu après mon retour à Agra, je fus brutalement confrontée à une crise majeure. Une missive non signée fut secrètement transmise à Nizam qui me la remit. En voyant un simple crapaud grossièrement dessiné sur la feuille de papier, je devinai qui l'avait envoyée et, tard ce soir-là, je me hâtai de me rendre au lieu de rendez-vous convenu, dans l'un des nombreux passages souterrains du Taj Mahal.

J'arrivai à l'avance, déverrouillai la porte en fer par laquelle on accédait au mausolée et la laissai entrouverte pour Ladli. Quand elle arriva à son tour, je refermai soigneusement la porte derrière nous. Nous longeâmes le couloir obscur jusqu'à ce que je sois assez rassurée pour allumer une lanterne. Cependant, sans échanger un seul mot, nous continuâmes à nous enfoncer dans les entrailles du mausolée jusqu'à ce que nous atteignions enfin une deuxième porte. Une fois entrée dans cette réserve, dont je verrouillai la porte, je serrai Ladli très fort dans mes bras. Depuis sa fausse trahison, elle avait cessé de travailler au Taj Mahal. Ainsi, plus d'une année avait passé depuis la dernière fois que je l'avais prise dans mes bras, et j'eus peine à relâcher mon étreinte. Nous nous embrassâmes puis nous étreignîmes une fois encore.

« Tu es ravissante, dis-je en hindi, car sa féminité s'était épanouie tout à son avantage.

– Toi aussi, ma chère amie.

– Comment vas-tu ?

– Aussi bien qu'une souris dans un nid de vipères. » Ladli toussota à cause de l'air chargé de poussière. Puis elle reprit d'une voix précipitée : « Excuse-moi, nous n'avons guère de temps pour les compliments. Si je reste partie trop longtemps, l'autre tas de purin va avoir des soupçons.

– Qui ?

– Aurangzeb, bien sûr. » J'allais parler mais elle m'imposa silence d'un froncement de sourcils. « Jahanara, écoute-moi pour une fois. Aurangzeb se prépare à tuer Dara d'ici à trois jours. »

Des fourmillements me coururent sur la peau. Bien que nous fussions en lieu sûr, je regardai nerveusement autour de moi. « Comment ?

– Sur les demandes insistantes de ton père, Aurangzeb et Dara vont partir dans le Nord négocier une trêve avec les Perses. Aurangzeb a tout manigancé pour que des hors-la-loi déguisés en Perses attaquent ses forces. Ils tueront Dara et quelques autres membres de l'équipage puis ils prendront la fuite. Une fois son frère disparu, Aurangzeb aura la voie libre pour accéder au trône. Et en attendant, ce traître pourra livrer bataille aux Perses comme il le souhaite plutôt que de signer des traités avec eux. »

Même si j'avais toujours la chair de poule et le cœur battant, c'est avec un esprit très lucide que je réfléchis à ce que Ladli m'apprenait. Je m'attendais depuis longtemps à un tel complot ;

je ne m'étais simplement pas préparée à ce que cela arrive si vite. « Mais s'il n'aspire qu'à monter sur le trône, pourquoi ne pas faire tuer père ? »

Ladli cracha par terre. « Ce n'est pas parce qu'il est moins intelligent que toi, Jahanara, qu'il est bête à ce point. Il sait bien qu'il n'est pas assez fort pour diriger le royaume. Les nobles suivent l'empereur et Dara. Si ton père venait à mourir, leur appui irait à Dara. Aurangzeb aurait l'armée derrière lui et cela suffirait peut-être à lui obtenir le trône. Mais il n'est pas homme à prendre des risques. Il attendra la mort de ton père et, une fois Dara disparu, il deviendra empereur.

– Et mes autres frères, Shah et Murad ?

– Aussi inoffensifs que des chatons. Postés dans des bastions aux confins de l'empire, ils ne bénéficient ni des faveurs des nobles ni du soutien de l'armée. » Ladli ramassa une sauterelle qu'elle déposa sur une caisse pour que nous ne l'écrasions pas. « Aurangzeb se gausse de leur impuissance, Jahanara. Il sait que le seul obstacle sur sa route est Dara.

– Dans trois jours ?

– Comme je te l'ai dit. »

Je m'assis sur un tonneau crasseux ; si j'avais les idées claires, mes jambes tremblaient. « Donc, il faut que je persuade Dara… que je le persuade de ne pas partir et que je fasse en sorte que son excuse ne dirige pas les soupçons d'Aurangzeb sur toi. » Je me tus car il me sembla soudain que quelque chose n'allait pas. « Mais, Ladli, pourquoi Aurangzeb te confierait-il un tel secret ? Il ne te fait certainement pas confiance à ce point ! »

Mon amie, qui avait la langue aussi leste qu'un étalon au galop, s'agita nerveusement. « C'est que… j'ai compris que, si je lui donnais… si je me donnais à lui, avec le temps je lui soutirerais tous ses secrets.

– Non ! m'écriai-je, horrifiée.

– Quel autre moyen aurais-je pu trouver ? Tu ne t'attendais tout de même pas à ce que je gagne sa confiance en lui apportant des confiseries ?

– Mais je ne t'ai jamais demandé…

– Tu ne me l'as pas demandé, m'interrompit-elle avec impatience. Et je ne suis pas une idiote, alors ne me traite pas comme telle ! » Ladli s'éloigna de moi. « Un jour, c'est arrivé, voilà tout. Il est venu me trouver et je l'ai laissé… je l'ai laissé faire de moi ce qu'il voulait. Parce que, ce jour-là, j'ai compris ce que j'ai toujours su au fond : en devenant sa maîtresse, je pourrais mieux servir vos intérêts, à ton père et à toi. »

Je tendis la main vers elle à la lumière vacillante de la chandelle. Elle recula à nouveau, mais je comblai la distance qui nous séparait et saisis sa main. « Est-ce qu'il te violente ?

– Est-ce un homme violent ? demanda-t-elle avec dureté, et je devinai qu'il l'avait battue. Mais cela n'arrive pas souvent, ajouta-t-elle. Il sait que je suis assez forte pour le quitter, ce lâche.

– Depuis quand ?

– Cinq ou six mois.

– C'est…

– Il pose beaucoup de questions à ton sujet, dit-elle. Et je lui livre des bribes d'informations, de petits détails qui ne peuvent pas vraiment l'aider. Il est persuadé que je te hais, mais quand je lui ai dit que le peuple t'adore et qu'il se soulèverait contre lui s'il te faisait tuer, il m'a crue.

– On dirait que mon frère…

– Complote aussi souvent qu'il va à la selle, conclut-elle en jurant. Méfie-toi de lui, Jahanara. Sa capacité à nuire grandit de jour en jour. As-tu entendu parler de ce qu'il a fait aux chrétiens ?

– Pas du tout.

– Les Portugais sont allés se cacher au Bengale, une province suffisamment éloignée d'Agra pour qu'ils s'imaginent y être à l'abri. Là-bas, ils ont massacré nos sujets et ont réduit leurs enfants en esclavage. Dès qu'il a eu vent de leurs méfaits, Aurangzeb a marché vers la côte avec ses meilleurs soldats. Il a capturé ces Portugais, les a regroupés dans une église qu'ils avaient bâtie et y a mis le feu.

– J'aurais pu faire la même chose. Ils avaient tué les nôtres, après tout.

– Oui, mais aurais-tu enfermé nos enfants dans cette église, pour qu'ils y périssent brûlés avec les assassins ? Aurangzeb estimait que les Portugais avaient contaminé leurs esprits, vois-tu. Aussi devaient-ils être exterminés. »

J'imaginai ces enfants en train de hurler, les cheveux en feu, et je m'affaissai sur le tonneau. « Je devrais le tuer moi-même, murmurai-je tristement. Il va détruire l'empire.

– J'aurais plaisir à lui servir un curry à l'arsenic si c'était possible, mais comment ? Balkhi lui sert de garde du corps et goûte tout ce qu'il mange. Ce demeuré pousse le dévouement jusqu'à dormir près de lui. Et pendant la journée, Aurangzeb bénéficie de la protection des meilleurs soldats de l'empire. Il est devenu paranoïaque, Jahanara, il voit dans chaque inconnu un assassin envoyé par Dara. »

La réserve me sembla surchauffée, j'ôtai le voile violet épinglé au sommet de mon front. « Dara ne le ferait jamais assassiner, dis-je d'un ton définitif et empreint de regret. Moi non plus, à vrai dire. Mais j'aimerais le bannir, l'envoyer sur une île déserte en pleine mer.

– Une toute petite île, alors. Un îlot infesté de serpents, sans eau et sans ombre.

– Je vais aller voir Dara, décidai-je. Quoi que je fasse, Aurangzeb ne se doutera jamais que tu l'as trahi. Il n'empêche, sois prudente, mon amie. Joue la surprise quand tu apprendras la suite.

– Je le manipule à ma guise, Jahanara. Après ta naissance, l'intelligence a déserté ta fratrie. » Ladli arrangea son sari non sans maudire cette tenue comme elle s'y laissait aller si souvent.

« Tu as besoin de quelque chose ? lui demandai-je.

– L'avantage qu'il y a à être la maîtresse d'un prince, ma chère petite conspiratrice, est que l'on ne manque de rien. J'ai assez de pièces d'or pour tenir jusqu'à la fin de mes jours.

– Alors, quitte-le ! Enfuis-toi dès ce soir et ne reviens jamais !

– Je donne presque tout mon argent à un moine hindou pour construire un temple. » Elle cessa de s'affairer avec son sari. « Un jour, je le quitterai. Mais seulement quand tu seras à l'abri, et seulement quand je pourrai annoncer fièrement à ce dévot musulman que j'ai fait édifier un temple avec ses précieuses roupies. Je lui parlerai de tous les hindous dont il aura fait le bonheur.

– Ne le provoque pas.

– Cesse donc de t'inquiéter. Il passera sa prochaine vie à grouiller dans les boyaux de quelque animal et nous siroterons du vin en coulant des jours heureux. »

Comment ne pas m'inquiéter ? me demandai-je. Comment mère agirait-elle face à de telles calamités ? « Merci, Ladli, dis-je en la serrant dans mes bras. Tu es une amie fidèle, je ne te mérite pas. »

Elle haussa les épaules. « Déjoue son complot, Jahanara. Prends-le à son propre piège et nous serons à nouveau réunies. »

Je la serrai très fort, révulsée à l'idée de ce qu'elle avait sacrifié pour s'attirer la confiance d'Aurangzeb, et de ce qu'elle continuerait à endurer. Mais elle était bien décidée à m'aider, aussi m'efforçai-je de chasser de mon esprit les images des mauvais traitements que lui infligeait mon frère.

Nous revînmes sur nos pas en longeant les tunnels puis nous nous séparâmes. La nuit, épaisse et sans lune, nous offrait un bon camouflage. Je chevauchai à bride abattue jusqu'au Fort Rouge, où je laissai ma monture à l'écurie impériale avant de me diriger vers les appartements de Dara. Personne de ma connaissance ne me vit, puisque j'empruntai des couloirs que seuls les esclaves utilisaient. Ces passages étaient ordinairement déserts à pareille heure, mais je passai devant un cuisinier et une catin qui débattaient des plaisirs procurés par le vin et par la chair.

Bien qu'il fût marié, Dara préférait dormir seul car il travaillait souvent tard dans la nuit. En effet, je le trouvai à l'étude, un manuscrit ancien calé sur les genoux, éclairé par une bougie dont la cire dégoulinait. Ce que j'aperçus du texte me suffit pour deviner qu'il s'agissait probablement des *Upanishads*, même si, comme presque tous les Indiens à l'exception de Dara, j'étais incapable de lire le sanskrit. J'en déduisis qu'il avait achevé une partie de sa traduction et qu'il était sans doute en train de se relire.

« Où sont ta femme et ton fils ? demandai-je en soufflant la bougie.

– Pourquoi éteins-tu…

– Silence, Dara. La nuit a des oreilles.

– Mais faut-il que nous parlions dans le noir ? La nuit a-t-elle aussi des yeux ?

– Et de bons yeux. »

Il soupira, devinant que ma présence ne présageait rien de bon. « Qu'est-ce qui te tourmente ? » demanda-t-il ; alors, je lui répétai d'un ton pressant le détail du complot destiné à le tuer. Il m'écouta d'un air impassible avant de demander : « Comment sais-tu cela ? »

J'avais confiance en Dara, pourtant je pensais que révéler le nom de Ladli la mettrait en danger. « Je ne peux pas te le dire. Mais l'information est sûre.

– Qui te l'a fournie ?

– S'il te plaît, Dara, n'insiste pas.

– Mais comment puis-je juger de la validité de cette histoire si j'ignore tout de sa source ? »

Je m'efforçai de me maîtriser, mais ma réponse fut sèche : « Tu me fais confiance, oui ou non ? Parce que, si c'est le cas, tu dois prendre garde à mes paroles : Aurangzeb te fera tuer pendant cette expédition. »

Il se passa la main dans les cheveux. « Je ne le crois pas.

– Tu as entendu parler de ce qui est arrivé aux chrétiens ? » lui demandai-je. Comme il acquiesçait, je repris : « Que peut-on attendre d'autre d'un homme qui fait assassiner des enfants ?

– Très bien ! J'emmènerai mes propres soldats. Ils ignoreront tout du complot mais ils me protégeront.

– Tes soldats ? Ou ceux d'Aurangzeb ? Qui contrôle l'armée, Dara ? Et comment peux-tu compter sur la loyauté des autres quand l'enjeu est si sérieux ?

– Je suis le futur empereur, répondit-il avec irritation. Ils ont intérêt à me protéger.

– Pourquoi ? Aurangzeb pourrait aussi devenir le prochain…

– Assez, Jahanara ! Je t'aime beaucoup, mais, Allah m'en est témoin, tu sais me rendre fou. »

Dara posa le livre à côté de lui, en marquant son passage avec une plume de paon. « J'emmènerai une vingtaine de soldats et je pense que je serai très bien protégé ainsi. Il est inutile de faire tant de drames.

– Tant de drames ? J'essaie de te sauver la vie.

– Et je t'en remercie. Mais tu n'as pas besoin de prononcer un seul mot de plus. »

J'acquiesçai, réfléchissant déjà au moyen d'annuler ce voyage sans qu'aucun de mes deux frères ne soupçonne rien. « Très bien, dis-je, en tapant du pied d'un air décidé. Une vingtaine d'hommes devrait suffire. Une trop nombreuse escorte éveillerait la méfiance d'Aurangzeb et quelques soldats ne suffiraient pas à te protéger. »

Il posa un instant la main sur mon épaule. « Merci, Jahanara, merci de ne pas insister. »

Sans éviter son contact, je m'abstins de tout geste amical. « Tu commets une grave erreur, dis-je calmement, en le traitant comme un frère.

– Peut-être. Mais c'est bien ce qu'il est et je ne peux pas en user autrement avec Aurangzeb. Je refuse de lui faire du mal, car il y a déjà assez de souffrances dans ce monde sans qu'un frère se dresse contre l'autre. »

De frustration je me frappai le front, mais gardai le silence. J'avais échoué ce soir-là, complètement échoué, car Dara aurait dû être ébranlé par mes arguments. « Merci d'être venue me trouver, dit-il en s'efforçant de me manifester sa gratitude. Malgré ton impétuosité, je ne t'échangerais contre aucune sœur au monde.

– Une sœur muette te conviendrait sans doute mieux.

– Mère était loin d'être muette, Jahanara. Et tu lui ressembles beaucoup. »

Non, je ne suis pas comme elle, pensai-je. Elle était si forte, si sûre des voies à emprunter. Ma force, si on peut la décrire comme telle, naît de la nécessité. Elle est factice et, par conséquent, je le suis, moi aussi. « Mère aurait exigé plus d'actes, finis-je par répondre. Je n'ai sans doute pas sa force de caractère.

– Mais si. Bien sûr. C'est simplement que je ne suis pas d'accord avec ta philosophie.

– Tu crois que je veux voir couler le sang ? Que j'y prends plaisir ?

– Non.

– Alors, cesse de parler comme si c'était le cas. » Il s'excusa et je pris le lourd volume qui l'occupait. En le feuilletant dans le noir, je humai l'odeur du papier séculaire. Pourquoi mon frère étudiait-il alors qu'il devait déjouer un complot ? Et pourquoi conspirais-je alors que j'aurais dû poursuivre l'amour ? « Je regrette notre enfance, dis-je avec lassitude. La vie était… simple. Le redeviendra-t-elle un jour ?

– Les hindous te diraient oui. Ils croient que nous sommes destinés à jouer à nouveau comme des enfants.

– J'aimerais bien, dis-je sans vraiment y croire moi-même.

– Moi aussi. »

Je l'embrassai, lui souhaitai bonne nuit, puis quittai sa chambre sans un bruit. Échafaudant puis abandonnant divers stratagèmes, j'employais mon esprit à préserver Dara du guet-apens d'Aurangzeb.

La veille du départ de mes frères, j'élaborai une ruse. À la fin de la journée précédente, sur le point d'aller trouver père, j'avais résisté à cette impulsion, devinant que, d'une façon ou d'une autre, ma démarche serait inutile. Père exigerait de connaître ma source ou, dans son empressement à sauver Dara, révélerait à Aurangzeb que nous étions dans le secret de ses manigances.

Malgré ma foi inébranlable en père, il s'y entendait moins bien que mère pour comploter. S'il était le chasseur, elle remplissait l'office du rabatteur. Lui vous écoutait, mais elle savait lire entre les mots. Aussi gardai-je mes informations pour moi, craignant que Ladli finisse par les payer de sa vie, dans le cas contraire. Si père s'était contenté de tuer Aurangzeb, le problème aurait été résolu, mais jamais il n'assassinerait son propre fils.

Il fallait que je me charge seule de trouver une solution. Tandis que je travaillais comme à l'ordinaire aux côtés d'Isa sur le site du Taj Mahal, mes pensées étaient ailleurs. Je lui parlai de mes tourments à voix basse et il me conseilla comme il le put. Mais ses conseils étaient aussi avisés que mes propres avis sur la construction des minarets. Fait inhabituel, Isa se montra inquiet, et je le rassurai en lui promettant qu'Aurangzeb n'ordonnerait jamais ma mise à mort, précisément pour le motif invoqué par Ladli. Il n'empêche, Isa voulait me protéger. J'éprouvai pour lui un amour infini en lisant dans ses yeux qu'il ne pouvait envisager la vie sans moi. Il évoqua la possibilité d'un autre séjour à l'auberge et je lui promis d'organiser une seconde entrevue dès que cette crise serait résolue.

Pour une fois, Isa n'occupait qu'une partie de mes pensées. C'est à Aurangzeb que je réfléchissais et à Allah que j'adressais mes prières. Après de longues heures de méditation, je reçus enfin la grâce d'une solution, si dangereuse fût-elle. Pour parvenir à mes fins, je devais commencer par aller rendre visite au médecin présent à la mort de ma mère. J'allai le trouver, vêtue de pauvres haillons, le visage dissimulé par un voile épais pour passer inaperçue. Courbée comme une vieille femme, je franchis le seuil à pas lents. Une fois dans sa maison de briques et de boue séchée, après avoir tiré les rideaux, je lui révélai mon identité. Les traits de son visage parcheminé se contractèrent sous l'effet de la surprise.

« Comment allez-vous, vénérable médecin ? demandai-je poliment.

– Je suis désolé pour votre mère, mon enfant.

– Je vous en prie, je vous en prie, tenez votre langue. » À chacune de nos rencontres, que ce fût dans la rue ou au bazar, il me présentait ses excuses pour son incapacité à avoir sauvé mère. « Vous avez fait de votre mieux. Nous ne pouvions rien attendre de plus.

– Elle était tout simplement la plus adorable des femmes.

– Oui, je sais, c'est vrai, dis-je en revoyant son visage. Elle vous a toujours préféré aux autres médecins, c'est vous qu'elle appelait toujours à son chevet. » Il essaya de sourire et je vis qu'il ne lui restait que deux dents de devant. Dehors, un chien se mit à hurler. « Mon père ne voulait que vous, lui aussi. Il vous était très fidèle. Et vous, lui êtes-vous fidèle ? » demandai-je pour susciter une réaction.

Son air offensé fut des plus sincères. « Mais bien sûr ! Comment en irait-il autrement ?

– Me faites-vous confiance quand je vous dis agir dans son intérêt ? Ferez-vous ce que je demande sans jamais me contredire ? »

Le vieil homme hocha la tête. Son turban semblait si lourd que je me demandai s'il parviendrait à la redresser. « Vous n'avez point besoin de me poser ces questions, Votre Majesté. Je me couperais la main si vous me l'ordonniez.

– Gardez votre main, mon ami. Et je ne donne pas d'ordre, c'est un service que je vous demande.

– Lequel ?

– Au beau milieu de la nuit, mon cher frère Dara tombera

soudain malade. Cette maladie doit être diagnostiquée pour sa sauvegarde et celle de l'empire.

– Mais seul Allah peut prédire…

– On lui servira de la viande avariée, à peine cuite. Les substances présentes dans cette viande le rendront malade, très malade. Mais il ne mourra pas. » Ayant dit cela, je cherchai confirmation dans son regard, et il acquiesça lentement. « Quand vous serez appelé, examinez-le soigneusement, puis déclarez qu'il s'agit peut-être de la malaria ou de quelque autre fièvre. Ajoutez qu'il pourrait se remettre en une semaine ou bien mourir le lendemain. » Je me tus et me penchai vers lui. « Voyez-vous, l'ancien, il devra rester alité plusieurs jours. Si son mal n'est pas assez aigu et qu'il essaie de se lever, donnez-lui quelque potion qui lui purge les intestins. Et qu'il ait bien peur !

– Mais… » Le médecin s'interrompit, se disant peut-être qu'il valait mieux ne pas me questionner. « Je peux faire tout cela, finit-il par dire. Mais cela me déplaît.

– Sachez simplement qu'en vous prêtant à ces manigances, vous lui sauverez la vie. Car, s'il est bien portant demain, assurément, il mourra.

– Dans ce cas, je ferai de mon mieux pour le protéger. »

D'un repli de ma tunique, je tirai une écharpe en pashmina si fine qu'on aurait facilement pu la faire passer dans une alliance. « Pour votre compagne », dis-je, certaine qu'il refuserait de l'argent mais ne pourrait résister à la tentation de plaire à sa maîtresse. Son épouse, hélas, était morte quelques années plus tôt.

« Mais je suis trop vieux pour…

– Je connais bien des secrets, l'interrompis-je, taquine, en essayant d'égayer ses pensées et les miennes. Elle appréciera la douceur de cette étoffe sur sa peau. »

Il s'inclina vers moi en signe d'affection : cet homme m'avait mise au monde. « Vous éclairez ma vieille existence, dit-il.

– Pensez-vous ! C'est votre maîtresse qui lui donne un sens, pas moi.

– Elle est…

– Elle a de la chance, dis-je. Tout comme moi si, avec votre aide, j'obtiens d'Allah qu'il m'envoie un enfant.

– Ce serait un honneur, Votre Majesté.

– L'honneur est pour moi, répondis-je en saisissant ses mains si douces. À plus tard, l'ancien. Et je vous en prie, ne reparlez plus de cette affaire.

– Allah lui-même ne pourrait pas m'arracher ce secret. »

Je lui lançai un clin d'œil avant de rabattre mon voile. Une fois sur le pavé, devant sa maison, je m'engouffrai dans une ruelle où je me débarrassai de ma vieille tunique et du voile, mettant au jour mes véritables vêtements. Puis j'enfourchai un des étalons de père et me mis en quête de Nizam. Je le trouvai au Taj Mahal, qui surveillait une demi-douzaine d'hommes hissant difficilement un bloc de pierre à sa place. Comme tous les ouvriers, il portait une chemise en coton et une culotte. Il avait les mains en sang, mais ne semblait pas remarquer la douleur.

De la tête, je lui fis signe de me suivre, attachai mon cheval à un échafaudage puis me dirigeai vers un coin désert du jardin. À côté du bassin en marbre et de ses poissons aux couleurs vives, je lui exposai ce qu'il devait faire pour m'aider, tout en évitant de lui dévoiler le complot préparé par Aurangzeb. J'avais besoin de lui parce qu'il goûtait nos repas chaque soir pour s'assurer qu'il ne s'y trouvait aucun poison. Nous mangions dans des assiettes en porcelaine spéciale qui se craquelait si elles contenaient des mets empoisonnés ; mais cet artifice était peu fiable, aussi Nizam goûtait-il tout ce qui nous était servi. Il ne cuisinait jamais mais passait beaucoup de temps dans les cuisines à surveiller la préparation de nos repas. J'annonçai à mon ami qu'il devrait ajouter de la viande avariée dans le plat destiné à Dara et qu'il l'épicerait copieusement. Comme toujours, Nizam se réjouit en silence de prendre part à ce stratagème. J'en soulignai l'importance et sus qu'il garderait jalousement le secret.

Après avoir désigné le Taj Mahal comme si je lui donnais des instructions, je partis pour le harem. Je ne m'étais plus glissée dans l'ombre de ses murs depuis des jours et des jours, mais j'éprouvai soudain une envie irrésistible de m'y détendre. Le temps avait changé peu de chose dans le sérail, même si les femmes qui m'y avaient toujours entourée paraissaient plus vieilles et plus enveloppées. Comment pouvaient-elles rester assises là, jour après jour, me demandai-je, rien qu'à bavasser ? C'est avec un respect feint que je saluai ces femmes qui ne contribuaient guère à améliorer l'estime dans laquelle on tenait notre sexe. Leurs paroles n'étaient que pour me dire combien je leur avais manqué, mais leurs yeux trahissaient leur jalousie et leur irritation.

J'allai m'allonger sur une épaisse couverture et m'efforçai de trouver le sommeil. Les bruits du harem n'avaient pas changé : des enfants s'essayaient à des instruments, des oiseaux pépiaient, des femmes riaient et bavardaient. Une odeur d'encens flottait dans les airs ainsi que des parfums d'opium et de musc. L'absence d'hommes était agréable, je dus l'admettre. Peut-être m'étais-je montrée trop sévère avec les résidentes du harem, car, si je n'avais eu que ce refuge pour fuir mon époux, je m'y serais réveillée chaque matin. Et, bien que la plupart de ses habitantes n'eussent aucun mari à fuir, elles semblaient heureuses sans compagnons de sexe masculin.

Tout en m'endormant, je me demandai si j'avais bien veillé à ce que mon stratagème opère. Oui, décidai-je, mais il était évident que cette ruse comportait des risques. Dara – qu'Allah m'en préserve – pouvait tomber encore plus malade que je ne le souhaitais. Aurangzeb pouvait deviner la vérité. Il me faudrait être bonne actrice, puisque le succès de la supercherie reposerait sur moi.

Après m'être longuement reposée, je me dirigeai vers un autre quartier du harem où je retrouvai père, Dara et Aurangzeb. Nous nous réunîmes pour dîner dans une vaste cour. Bien que nous eussions rarement bénéficié de divertissements depuis la mort de mère, père fit mander des danseuses pour égayer cette soirée. Dès que nous fûmes agenouillés sur un tapis en cachemire, les jeunes filles entrèrent à l'autre bout de la pièce et se mirent à danser. Comme toujours, leur buste était ceint d'étoffes transparentes. Attachées à leurs chevilles, des clochettes en argent tintaient au rythme de leurs pas.

En temps normal, j'aurais apprécié la présence apaisante de ces artistes, mais ce soir-là j'étais bien trop préoccupée par mes propres angoisses. Nous parlâmes du traité de paix avec les Perses, au sujet duquel j'essayai d'offrir mes bons conseils. Naturellement, Aurangzeb se gaussa de mes belles paroles. Mais je fus heureuse de l'entendre me railler : cela prouvait qu'il ne se doutait de rien. Pourquoi mon frère voulait-il la guerre ? Je ne pouvais que me perdre en conjectures, mais, manifestement, cet homme sanguinaire avait besoin de combats.

Aurangzeb et Dara étaient de même stature, mais ô combien différents par l'apparence générale ! Alors que le visage de Dara était aussi rond qu'un melon bien mûr, Aurangzeb avait les traits aigus et la mine renfrognée. Contrairement à Dara et à père, il n'arborait qu'une moustache, découvrant ainsi sa cicatrice. Il ne portait rien de plus somptueux qu'une tunique blanche, une large ceinture noire et un turban rouge. Retenu à sa ceinture, un fourreau en cuir fatigué protégeait son cimeterre. Fait typique, mais très rare parmi les nobles de tous rangs, Aurangzeb ne portait pas de bijoux. Il semblait prendre subrepticement toutes sortes de postures en parlant, avec des mouvements si fluides que j'avais l'impression qu'il était assis sans bouger.

De part et d'autre d'Aurangzeb étaient agenouillés père et Dara. Père était vêtu d'une longue tunique vert citron tandis que celle de Dara était noire. La tunique de père était brodée de motifs d'éléphants et celle de Dara, à l'étoffe peinte, ornée de cyprès. Comme la mode le voulait chez les nobles, tous deux portaient de longs colliers de perles. Épinglé au turban de père, on pouvait admirer un rubis de la taille d'une noix, serti d'or. Dara arborait un sabre dont la garde était émaillée d'émeraudes. Il le remettait souvent en place sur son flanc, pour être plus à son aise. Je soupçonnais que la lame de ce sabre n'avait jamais fait couler le sang.

Moi qui portais jadis une profusion de bijoux, je m'accordais de moins en moins souvent cette fantaisie. Ils m'encombraient quand je travaillais au Taj Mahal et les ouvriers qui, de toute leur vie, ne toucheraient jamais pareils objets m'avaient parfois lancé des regards accusateurs. Dès que je m'étais habillée de façon plus simple, ils s'étaient plus facilement laissé amadouer.

Refusant le gobelet de vin que lui tendait père, Aurangzeb lut dans mes pensées : « Tu as enterré tout ton or, sœur ? » Comme je m'apprêtais à répondre, d'un geste, il m'intima silence. « Le Coran dit : "Assurément, Dieu n'aime aucun traître ingrat." »

Dara vola à mon secours : « Le Coran dit beaucoup de choses. Il demande aussi : "Voyez-vous celui qui répudie la religion ?

C'est bien lui qui repousse l'orphelin, et qui n'encourage point à nourrir le pauvre. Malheur donc à ceux qui prient tout en négligeant leurs prières." »

Le visage d'Aurangzeb se tendit : comme tout bon fanatique, il pensait que le Coran lui appartenait en propre. « Prends garde, dit-il, menaçant, de bien connaître ce dont tu parles. »

Conscient de l'hostilité croissante entre ses fils, père se racla la gorge. « Nous connaissons tous parfaitement le Coran. Si vous souhaitez l'un et l'autre en réciter des versets, vous devriez vous relever et vous tourner vers La Mecque. » Comme aucun des deux ne répondit, père fit mine de chasser leurs paroles d'un geste de la main. Puis il se tourna vers moi : « Comment avance le mausolée, Jahanara ? »

Je bus une gorgée de vin et me léchai les lèvres pour montrer à Aurangzeb que j'appréciais ce breuvage proscrit par le Coran. « Nous avons terminé le…

– Notre argent, interrompit Aurangzeb, devrait servir à tuer les Perses, le peuple du Deccan, les Rajput et les chrétiens. Pas à construire des mausolées.

– Contrairement à un œuf, répliqua père d'un ton irrité, l'argent peut être divisé de maintes façons. En outre, voudrais-tu refuser à ta mère une dernière demeure digne d'elle ? »

Dans ses mauvais jours, Aurangzeb aurait été capable de donner ses restes aux chiens, mais il répondit : « Jamais. Mais votre architecte est trop ambitieux.

– Trop ambitieux ? Allah était-il trop ambitieux quand Il a créé l'Hindoustan ?

– On ne peut certainement pas comparer cet imbécile à Allah ! »

La dévotion d'Aurangzeb à l'islam était comme une fièvre. Redoutant qu'il développe une antipathie envers Isa à cause du commentaire de père, j'intervins : « C'est un bon architecte, père, mais, je vous l'assure, il n'a rien de divin. Il se repose sur ses seconds bien plus qu'il ne vous le laisse entendre.

– Vraiment ? demanda père.

– Il est intelligent, mais paresseux. »

Aurangzeb, que je craignais d'entendre un jour qualifier le Taj Mahal de plus grosse bévue de père, ajouta : « C'est pire : il n'a rien d'un visionnaire. Rien. »

Je me mordis la langue. Si Isa n'avait rien d'un visionnaire, alors Aurangzeb était aveugle, sourd et muet ! « La vision d'un artiste, contra Dara, ne peut être comparée à celle d'un guerrier. Quelle vision faut-il pour tuer, violer et piller ?

– Je suis las de tes discours, décréta Aurangzeb. Et cela ne date pas d'hier. »

Père était sur le point de répondre quand Nizam, suivi par un serviteur tout en jambes, entra dans la salle. Ils portaient chacun deux plateaux en argent. Quand un autre domestique eut recouvert le précieux tapis d'une nappe immaculée, Nizam déposa un plateau devant père. Puis il servit Dara. L'immense serviteur posa le plat d'Aurangzeb devant ce dernier. Mon plateau, de bien plus petite taille, arriva le dernier. Aurangzeb récita une brève prière pour demander à Allah de lui donner la force, puis nous nous mîmes à manger.

À dîner, nous avions du *raan* : de l'agneau cuisiné dans une sauce au yaourt et assaisonné de piment rouge, de lait de coco, de gingembre et de cannelle. Des tranches de concombre et des courges cuisinées au beurre accompagnaient la viande. Père remercia Nizam qui s'inclina puis tourna les talons. Je trouvai l'agneau plus épicé qu'à l'accoutumée, mais personne d'autre ne fit le moindre commentaire. L'aspect de la viande de Dara était normal, mais j'avais insisté pour que son morceau soit faisandé depuis deux jours.

« Nous partirons tôt », annonça Aurangzeb. Il s'adressait à Dara sans pourtant le regarder. « Es-tu capable de te lever, comme un soldat, bien avant l'aube ?

– Les coqs se lèvent tôt, frère, mais existe-t-il animal plus écervelé ? »

De telles insultes étaient devenues monnaie courante entre mes frères, aussi père ne tarda pas à se désintéresser de cette conversation. Pour ma part, la teneur de leurs propos attira mon attention : « Notre expédition sera dure et nous mènera loin, le prévint Aurangzeb. Les poètes resteront sur le bord du chemin. »

Bien qu'aussi naïf qu'une jeune épousée, Dara n'avait rien d'un lâche. Il ne manquait pas non plus de force physique. « J'irai jusqu'au bout », répondit-il en tournant le dos à Aurangzeb.

Nous finîmes notre repas en silence. Je me doutais que père aurait préféré dîner en ma seule compagnie, comme nous le faisions souvent. Ces soirs-là, nous parlions du Taj Mahal ou nous évoquions des souvenirs de mère. Mais aujourd'hui, la tension entre Aurangzeb et Dara semblait palpable.

Quand, après nous avoir servi le dessert, les domestiques se furent retirés, père regarda mes frères. « Mes fils, vous qui ressemblez à une mangouste et à un cobra placés dans le même enclos, mettez vos différends de côté, pour une fois, durant cette expédition. Les Perses veulent la paix, et ils l'auront. Mais seulement si tu fais preuve de bonne volonté, Aurangzeb. Quant à toi, Dara, concernant les aspects militaires, tu obéiras à ton frère cadet. »

Père entreprit ensuite de leur prodiguer des conseils diplomatiques puis ils se retirèrent en silence. Je remarquai que l'un et l'autre avaient vidé leur assiette. J'étais sur le point de demander à père comment s'était passée sa journée quand il dit : « Je ne sais plus que faire avec eux, mon enfant. J'ai bien peur qu'ils ne se battent plus seulement avec des mots. »

Je m'approchai de lui, accoudée au coussin circulaire qui se trouvait au bord du tapis. « Mais tu es encore jeune et en bonne santé. Nous n'aurons pas à nous soucier de ce problème avant de longues années.

– Ô Allah, faites qu'il en soit ainsi. Car que peut un père affligé de deux fils pareils ? » Il ôta ses lunettes et, après avoir bu quelques gorgées de vin, il me chuchota : « J'adore Dara, mais est-il assez fort pour devenir empereur ? En le préparant à prendre ma succession, j'ai peut-être fait erreur. Peut-être Aurangzeb, si… agaçant soit-il, ferait-il un meilleur guide pour le peuple. Avec nos ennemis qui menacent de toutes parts, peut-être avons-nous besoin d'un homme de guerre, et non pas d'un érudit, comme prochain empereur. »

Oubliant presque les danseuses et les clochettes qui tintaient à leurs pieds, je me demandai si père avait raison. « Qui mère estimerait-elle être le meilleur souverain ? »

Il joua avec un épais anneau en argent. « Dara.

– Dans ce cas, tu fais fausse route. » Je l'embrassai et lui souhaitai bonne nuit, puis je regagnai ma chambre. Même si on allait me réveiller avant longtemps, j'enfilai une chemise de nuit et tentai de trouver le repos. Pour apaiser mon esprit inquiet qui me tordait le ventre, je récitai mes versets préférés du Coran à voix basse jusqu'à ce que mon pouls ralentisse.

Bien plus tard – les chandelles s'étaient éteintes d'elles-mêmes dans ma chambre – je me redressai brusquement en entendant des coups impatients frappés à ma porte. Je me hâtai d'aller ouvrir. Nizam se tenait sur le seuil, les yeux brillant de peur. « Votre frère, Madame ! Il est très malade ! »

Sans même m'habiller ni enfiler mes sandales, je me précipitai dans la chambre de Dara. Son épouse, que j'avais vue pour la dernière fois une lunaison plus tôt, était agenouillée à son chevet. Père également. Un pot de chambre placé près de mon frère dégageait une odeur rance de vomi. Inondé de sueur, Dara gémissait des paroles incohérentes en s'agrippant les flancs.

« Qu'a-t-il ? demandai-je inquiète, à l'instant où Aurangzeb pénétrait dans la pièce.

– J'ai fait appeler le médecin, dit père avec un regard vers la porte. Puisse Allah prêter force à ses jambes. »

Dara gémit à nouveau et se remit bientôt à régurgiter. N'ayant pas la force de se tourner vers le pot de chambre, il se vomit dessus. Sa femme poussa un cri et je tombai à genoux à côté de lui. « Où as-tu mal ? » lui demandai-je, le cœur battant si fort que les autres devaient l'entendre. « Dis-moi !

– Mon… ventre, bredouilla-t-il, à peine audible. Il est en feu. »

En toute hâte, le vieux médecin s'engouffra dans la chambre, muni d'un sac en laine et coiffé du même énorme turban que je lui avais déjà vu. Je m'écartai et il prit ma place sans un mot. « Où… où, Mon Prince, souffrez-vous ? demanda-t-il, si essoufflé qu'il pouvait à peine prononcer deux mots à la suite.

– Mon… mes entrailles. »

Le médecin examina attentivement le contenu du pot de chambre. « Et votre fièvre, Majesté, est-elle froide ou chaude ?

– Froide. »

En hochant la tête, le médecin examina son patient. Il lui tâta le pouls et étudia les mouvements de ses yeux. Puis il pinça la langue de Dara. « Trop sèche, marmonna-t-il.

– Qu'a-t-il ? » interrogea père en se détournant de La Mecque pour s'adresser au médecin.

Le vieil homme réfléchit à son diagnostic. « Il est trop tôt pour le dire, Monseigneur. C'est peut-être la malaria. Ou quelque mauvaise fièvre. » Il s'interrompit et se pencha pour prendre des herbes dans son sac. « Il me faut du thé », dit-il, à personne en particulier.

Nizam sortit immédiatement de la chambre. Aurangzeb se rapprocha de son frère, l'air compatissant. « Comment l'aider ?

– Ces herbes feront tomber la fièvre, Mon Prince. Il peut se rétablir en quelques jours. Cela peut également prendre une semaine. » Le médecin s'essuya le front d'un geste apparemment inquiet. « Mais si la fièvre ne le quitte pas, il se peut que… il pourrait nous quitter. »

Père poussa un grognement sourd à cette nouvelle et l'épouse de Dara se mit à sangloter. Je tirai une couverture sur mon frère qui se tordait de douleur. « Faut-il lui donner à boire ou à manger ? demandai-je, sincèrement inquiète, la culpabilité montant en moi.

– Aucune nourriture, Majesté. Mais beaucoup de mon thé. Qu'il en boive toute la nuit, qu'importe s'il l'avale ou le vomit. » Le vieil homme se leva. « Mais vous devriez tous quitter la pièce. S'il s'agit d'une fièvre, l'air infecté pourrait s'insinuer dans vos poumons. Je vais rester à son chevet.

– Je vous en prie, implorai-je, laissez-moi vous aider.

– Pas cette nuit, répondit père qui prit la situation en main. Seul le médecin doit rester. Nous autres devrons regagner nos chambres.

– Je veux…

– Va, mon enfant !

– S'il te plaît.

– Va ! »

Nous vidâmes les lieux d'un seul mouvement et, l'instant d'après, je claquai la porte de ma chambre. Mon stratagème avait beau se dérouler comme prévu, tout cela semblait trop réel. Je voulais voir cesser les souffrances de Dara, car elles allaient bien au-delà de mes intentions. Nizam lui avait peut-être donné trop de viande avariée ! Comment avais-je pu, moi qui ne connaissais rien à la médecine, m'imaginer pouvoir l'empoisonner juste ce qu'il fallait ?

Dans le couloir, j'entendis père parler à Aurangzeb. Il apparut clairement que mon jeune frère ferait seul le voyage jusqu'en Perse. L'expédition était trop importante pour être annulée, même dans les circonstances présentes. Aurangzeb ne chercha pas à contredire père. Bien qu'il s'efforçât de le dissimuler, sa voix trahissait son exultation. Après tout, Dara pouvait mourir dans la nuit sans risquer un recours aux soldats et aux sabres ! Qui plus est, même s'il était devenu plus difficile de percer Aurangzeb à jour, j'aurais presque juré qu'il attaquerait la délégation perse.

Après le départ de père, j'entendis la voix familière de Ladli. Que faisait-elle dans les appartements royaux ? Je n'en avais pas la moindre idée, mais, malgré le tourbillon de mes émotions, je ne tardai pas à comprendre qu'elle m'offrait l'occasion de duper encore mieux Aurangzeb. Peut-être avait-elle aussi cette intention.

Pendant que mon frère s'entretenait avec sa maîtresse, je sortis de ma chambre comme un ouragan. Ladli se tenait à moins de trois pas de moi et, voyant mon visage furieux, sa peur fut tout à fait authentique. « Hors d'ici ! » lui ordonnai-je.

J'allais la gifler mais Aurangzeb attrapa mon poignet au vol et d'une poigne si forte que je lâchai un cri de douleur. « Tu n'as pas à te soucier de sa présence, pécheresse, siffla-t-il.

– Tu entends ça, espèce de traîtresse, vermine porteuse de peste ? ajouta Ladli.

– Traîtresse ? C'est toi qui m'as trahie !

– Suis-je la voleuse ?

– Tu… »

Ladli cracha à mes pieds. « Tu peux te réjouir d'être fille d'empereur, Jahanara, car sinon tu aurais été rossée comme une criminelle commune, j'aurais bien aimé voir ça ! J'ai dans l'idée que ton joli petit corps ne l'aurait pas bien toléré.

– Au moins je n'ai rien d'une catin ! » hurlai-je en essayant à nouveau de la gifler tandis qu'Aurangzeb, tout en me réprimandant pour mon langage, me jetait dans ma chambre. Je me cognai les tibias à une table basse et tombai sur le sol. Soudain, je fus plongée dans la confusion la plus totale. Bien qu'elle jouât son rôle, Ladli avait semblé me haïr pour de bon. Comment était-il possible que les meilleures amies puissent même se lancer de telles insultes ? Était-il possible que je l'aie définitivement perdue, à présent que nous devions sans cesse nous comporter en ennemies ? Soudain en larmes, je me promis de la retrouver en secret.

Une série de gémissements provint des appartements de Dara. Ils chassèrent Ladli de mes pensées et mon inquiétude pour mon frère resurgit. Même si je ne désirais rien tant que me glisser dans sa chambre pour le rassurer et lui avouer la vérité, jamais je ne devrais le faire. Dara perdrait la face et ne m'accorderait plus sa confiance, quand bien même je lui aurais sauvé la vie.

En m'efforçant d'ignorer ses cris, j'arpentai ma chambre comme une lionne en cage, à en avoir les pieds tout endoloris et des jambes de plomb. La nuit s'éclaircissait lentement comme pour prolonger mon supplice. À l'aube, je n'avais toujours pas trouvé le sommeil, trop occupée à prier pour Dara et à implorer le pardon d'Allah.

Peu après que le soleil fut parvenu au zénith – Aurangzeb était parti à la rencontre des Perses depuis longtemps –, le médecin épuisé vint nous trouver pour nous annoncer que la fièvre de Dara avait baissé. À notre surprise à tous, le vieil homme estimait que mon frère allait se remettre. À cet instant, je m'effondrai et l'épouse de Dara et moi pleurâmes ensemble.

Dara, qui empestait encore la bile, sourit face à ces effusions si féminines.

11

Le point du jour

Durant mon existence, j'ai commis bien des erreurs que j'ai ensuite payées très cher, mais l'empoisonnement de Dara n'en fait pas partie. Mon cher frère se remit rapidement de cette épreuve et nous fûmes tous ravis de la solidité de sa constitution. Le médecin nous raconta que des hommes avaient souvent succombé à des fièvres comme celle-ci. Pourtant, Dara fut sur pied en quelques jours. Je ne m'étais pas attendue à ce que mon complice dans cette conspiration passât toute la nuit au chevet de mon frère, aussi remerciai-je discrètement le vieil homme en lui offrant un rouleau de soie très fine et une bobine de fil d'or.

Comme je l'avais prédit, c'est avec des intentions belliqueuses qu'Aurangzeb se rendit dans le nord du pays. Par la suite, il informa père que les Perses avaient tendu une embuscade à sa petite unité militaire mais, à mon avis, cela avait dû être le contraire. Aurangzeb fit ériger un monticule à nos frontières avec les têtes de ses ennemis et père se mit à craindre de nouvelles attaques de nos adversaires. Nos guerriers, quant à eux, adulèrent mon frère pour cette victoire.

Moins de trois semaines passèrent avant que nos vils ennemis du plateau du Deccan, au sud, n'espèrent à nouveau parvenir à scinder notre empire en deux. Ils nous avaient causé des soucis par le passé, mais sans constituer une réelle menace. Hélas, ces derniers temps, un puissant sultan exerçait son influence sur Bijapur, ville dont nous revendiquions la possession. Les habitants du Deccan voyaient cependant les choses d'un autre œil. Ce sultan envoya ses troupes faire un raid sur le nord et, en effet, ils brûlèrent les récoltes et volèrent le bétail de notre peuple. Père ordonna à Aurangzeb de s'entourer de quarante mille soldats endurcis sur les champs de bataille pour aller réprimer cette rébellion.

Nous ne tardâmes pas à apprendre qu'après avoir subi de lourdes pertes, Aurangzeb avait assiégé Bijapur et pris la ville en une semaine : une victoire impressionnante à tous égards. Cette issue donna satisfaction à père, car, désormais, le sultan de Bijapur devrait payer un tribut à l'empire et signer un traité de vasselage très lucratif pour nous. La réputation grandissante de soldat de mon frère lui valut d'être nommé vice-roi du Deccan. Fort heureusement, père lui enjoignit de rester stationné dans le sud pendant de longs mois pour maintenir les peuples conquis sous notre joug.

La vie à Agra s'écoulait bien loin de tous ces conflits. Nous assistions à l'entraînement des soldats et des éléphants de combat, mais nos contacts avec les batailles s'arrêtaient là. Après tout, vingt-deux mille hommes travaillaient d'arrache-pied à l'édification du mausolée, qui déployait lentement ses formes. Quand les premières pierres de touche du superbe dôme furent posées, nous célébrâmes l'événement en faisant donner des feux d'artifice.

Un jour, tôt dans la matinée, Isa envoya deux messagers à père et moi-même qui nous trouvions au Fort Rouge : il nous demandait de les suivre jusqu'au Taj Mahal. Sans même avoir pris notre petit déjeuner, nous nous conformâmes à leurs instructions. En approchant du vaste site, les messagers se tournèrent vers nous et nous demandèrent de bien vouloir descendre de cheval, ajoutant qu'Isa souhaitait que, les yeux bandés, nous soyons escortés jusqu'à une destination inconnue. Les gardes royaux de père se hérissèrent, posant instantanément la main sur la garde de leur sabre. D'un geste insouciant, cependant, père balaya leurs craintes.

Ainsi, à l'aveuglette, nous fûmes conduits jusqu'à une volée de marches. Je redoutais de trébucher sur quelque obstacle, mais mon guide prit grand soin de m'aider à les contourner. Malgré la fraîcheur matinale, tout autour de nous ce n'était qu'agitation. Les éléphants barrissaient, les maçons taillaient et les ouvriers chantaient en travaillant. Tous ces bruits semblaient amplifiés, aussi me promis-je de fermer les yeux plus souvent. Le chant des oiseaux ou la pluie qui tambourinait seraient sans doute encore plus plaisants que ce que j'entendais à présent !

Je devinai que nous étions entrés dans un édifice quand les bords jaunes de l'étoffe devinrent noirs devant mes yeux. « Attendez, s'il vous plaît », conseilla Isa à voix basse. Des mains dénouèrent les bandes de tissu, pourtant tout resta parfaitement noir. « Ces parois, dit mon amant, encore adossées les unes aux autres, deviendront la peau du Taj Mahal. Elles revêtiront l'intérieur et l'extérieur de ses murs. Et, si j'ose dire, elles vous couperont le souffle, Monseigneur. À présent, veuillez ouvrir les yeux, je vous prie. »

Notre univers s'élargit. La première chose que je remarquai, c'est que nous nous trouvions dans une pièce, ou plutôt une boîte, en marbre blanc. Mais, en dépit de sa blancheur étincelante, la pierre ne retint guère mon attention. Le plus fascinant, c'étaient les centaines, non les milliers de fleurs qui ornaient ces parois : des fleurs aux formes délicates, motifs de lys, d'iris, de tulipes et de narcisses. Leurs corolles s'évasaient élégamment et leurs pétales comme leurs feuilles étaient imités à la perfection. D'abondantes frondaisons de vigne vierge liaient les fleurs les unes aux autres.

Je n'avais jamais rien vu de si beau, pas même dans les jardins les mieux tenus d'Allah. Car ces fleurs n'avaient pas été créées par l'eau et la lumière, elles étaient façonnées en pierres semi-précieuses. Leurs couleurs étaient infiniment plus variées que les anneaux d'un arc-en-ciel ou les teintes d'un coucher de soleil.

« Nos meilleurs artisans ont ciselé de fins éclats de pierres qu'ils ont ensuite insérés dans le marbre, expliqua Isa d'un ton animé. Ils ont parfaitement aligné les vrilles dans le marbre avant de les fixer les unes aux autres et de les sceller dans la pierre. » D'une voix toujours aussi sereine, il poursuivit, en parlant plus vite : « Ce que vous avez sous les yeux, c'est du lapis d'Afghanistan, du jade de Chine et de l'ambre birman. Il y a également de la nacre et du corail provenant de nos rivages ainsi que du jaspe, du béryl vert, de l'onyx, de l'agate et du quartz extraits de nos carrières, dans l'arrière-pays. »

Par endroits, le marbre ne recelait aucune pierre semi-précieuse mais il avait été taillé en immenses bouquets blancs. Ces sculptures étaient lisses au toucher, si polies qu'elles étincelaient. Même le sol était une divine œuvre d'art, qui présentait d'admirables motifs géométriques en marbre noir serti dans la pierre blanche. La moindre ligne était aussi droite que l'horizon et chaque angle aussi aigu qu'une lame bien acérée.

Personne ne reprit la parole avant un moment. Finalement, Isa dit : « Essayez d'imaginer ce spectacle, Monseigneur. Le dôme, bien sûr, sera fait de pur marbre blanc, tout comme les minarets. Mais les arches, les tourelles, les murs et les plafonds seront recouverts de ces motifs. »

J'essayai de me représenter le Taj Mahal achevé, et rien qu'à imaginer sa beauté, je me mis à trembler. Père promena ses doigts, puis ses paumes, sur les fleurs. « En entrant dans le Taj Mahal, on croira être arrivé au paradis. » Quand il tourna ses regards vers La Mecque, je crus qu'il implorait Allah de le laisser vivre assez longtemps pour voir le mausolée. « Tant de beauté, murmura-t-il.

– Je sens sa présence entre ces murs, dis-je.

– Oui, mon enfant », répondit-il, les yeux étincelants.

Isa me sourit : je fus transportée par son regard. Comment un homme pouvait-il concevoir pareil enchantement ? Bien qu'il employât les meilleurs artisans au monde, je sentais sa main partout autour de moi. Il avait les mains d'un poète, sans doute, celles d'un homme capable de vous faire pleurer à la vue d'une pierre. Soudain, j'eus envie de ses mains sur moi. J'aurais voulu embrasser chacun de ses doigts. Car ses mains étaient trop précieuses pour ce monde de souffrances et de larmes.

Comment un tel homme pouvait-il m'aimer ? me demandai-je. Et comment notre affection mutuelle, si pure fût-elle, pouvait-elle l'inspirer dans la création d'une œuvre si imposante ?

L'amour. Un sentiment si simple mais une force de création si puissante. L'amour que se vouaient mes parents, j'en étais sûre, ferait l'objet de récits jusqu'à la fin des temps. Quant au nôtre, dût-il durer toujours, il serait célébré à l'insu de tous pendant des siècles sur les parois du Taj Mahal. Quelle chance nous avions ! me dis-je soudain. Certes, des hommes tels qu'Aurangzeb triomphaient sur les champs de bataille ; ils pouvaient remporter des titres de gloire et amasser des fortunes fabuleuses.

Mais seraient-ils un jour capables d'atteindre de tels sommets ? Confrontés à la décrépitude et à la mort, seraient-ils heureux de leurs souvenirs ou se lamenteraient-ils en ressassant les occasions perdues ? Je soupçonnais que leurs regrets seraient légion, aussi eus-je pitié d'Aurangzeb car jamais son existence ne le comblerait ainsi.

Je contemplai mon amant en remerciant Allah de m'avoir apporté cet homme, ce magnifique présent.

« Vos talents honorent cet empire, Isa, dit mon père d'une voix paisible.

– Je ne joue qu'un rôle mineur dans ce vaste théâtre, Monseigneur. »

Père acquiesça puis demanda : « Laissez-nous un moment, je vous prie. Quittez cette pièce et veillez à ce que personne n'en approche.

– Certainement. »

Une fois Isa parti, père posa les mains sur mes épaules. « Je comprends que tu l'aimes.

– Mais père…

– La passion qu'il t'inspire, mon enfant, est aussi évidente que les prix affichés sur l'étal d'un marchand avide.

– Vraiment ?

– Tu es novice en la matière. Mais d'autres le sont moins. Je lis votre amour dans vos sourires et dans la façon dont vos regards s'attardent à chacune de vos rencontres. » Il se tut, le temps de glisser son plus petit anneau autour de mon majeur. « Je suis enchanté que tu aies trouvé l'amour, mon enfant. Je m'étais trompé sur Khondamir. Et je suis désolé, plus encore que tu ne pourras jamais l'imaginer, d'avoir commis cette erreur. Pardonne-moi, je t'en prie.

– Il n'y a rien à pardonner. »

Il embrassa mon doigt, celui qui portait une nouvelle bague. « Vous devez vous montrer beaucoup plus prudents. Votre amour est dangereux. Si Khondamir ou l'un de mes ennemis vient à découvrir votre secret, la vie d'Isa serait en grand danger. Je pourrais te protéger toi, mais pas lui. »

Je me massai les tempes, soudain prises dans un étau à l'idée que nous puissions être percés à jour. « Mais que dois-je faire, père ? Comment puis-je l'aimer ainsi que mère t'aimait si je ne peux jamais l'enlacer ? »

Père se tourna vers le mur le plus proche et caressa à nouveau du bout des doigts les motifs fleuris. « Très beau travail. C'est ce que j'ai vu de plus beau de toute une vie passée à contempler des œuvres d'art.

– Mais, insistai-je, que puis-je…

– Ne te montre pas toujours si pressée, Jahanara. Je crains que l'impatience soit ta véritable faiblesse, car le tigre qui trop tôt bondit repart souvent le ventre vide. »

Je ravalai ma réponse, consciente que mon impétuosité était un défaut. Père rit doucement en me voyant retenir mon souffle. « Crois-tu que je vais te laisser dans cette terrible situation, moi qui ai tant aimé ?

– Tu as un empire à gouverner, dis-je faiblement.

– Oui, bien que mes fils le dirigent un peu plus chaque jour. Mon rôle sera bientôt décoratif, comme celui de ce paon doré au sommet de mon trône. » Une telle existence ne lui aurait guère déplu, cependant je gardai le silence. « Je pense qu'il est temps que tu disposes de meilleurs appartements, finit-il par dire.

– Ma chambre est très bien. Elle convient amplement.

– Les quartiers de ta mère, tu n'es pas sans le savoir, sont contigus aux miens. » Il rit comme s'il se rappelait un bon souvenir. La dernière fois que je l'avais entendu rire de bon cœur remontait à la nuit d'avant la mort de mère. « Nous avons toujours partagé le même lit, dit-il, mais elle adorait avoir sa propre chambre. Je pense que cela satisfaisait son esprit d'indépendance. Non, si profond que fût notre amour, cohabiter dans une seule chambre à tous moments aurait été comme demander au feu de vivre avec l'eau.

– Mais pourquoi devrais-je occuper ses quartiers ?

– Parce que, mon impétueuse enfant, c'est mon grand-père qui a dessiné les plans de cette chambre. » Père s'approcha tout près de moi et se mit à chuchoter : « Quand le Fort Rouge a été édifié, une issue secrète a été construite au cas où nous serions un jour assiégés.

– Je l'avais entendu dire.

– Mais tu n'as jamais entendu parler de l'armoire fermée à clé qui se trouve au fond de la chambre de ta mère. En réalité, il ne s'agit pas d'une simple armoire. Derrière ses vêtements se trouve un escalier. Et cet escalier conduit à un passage souterrain qui court sous l'enceinte est du Fort Rouge pour déboucher dans la cave d'une simple maison que je possède dans Agra. Si nous étions assiégés, je pourrais m'y réfugier. »

Rien ne me surprit tant que cette révélation, moi qui avais cru être dans la confidence de tous les projets de père. Combien d'autres secrets gardait-il ? « Mais père, les hommes qui l'ont construit ont peut-être révélé le secret. Il serait alors facile pour un assassin de pénétrer dans la maison et de s'introduire dans le Fort Rouge. Il pourrait te tuer à tout moment.

– Exact, mais c'est impossible. Vois-tu, lors de l'édification du Fort Rouge, mon grand-père – puisse-t-il se délecter des joies qu'offre le paradis – a découvert un complot visant à l'assassiner. Une cabale de nobles, parmi lesquels un architecte à la cour, fomentée contre lui. Comme tous les traîtres, ils furent condamnés à la torture puis, eux-mêmes et leurs familles devaient être mis à mort. Grand-père proposa une alternative aux coupables. Aussi choisirent-ils de vivre dans les appartements royaux encore inachevés ; sous la surveillance de sa garde personnelle, ils durent lui construire un passage secret. Une fois le tunnel achevé, ils seraient exécutés sans torture et leurs familles épargnées.

– Et c'est ce qu'il advint ?

– Il leur fallut près d'un an pour le construire. Une fois leur mission accomplie, ils allèrent poser la tête sur le billot du bourreau. Et c'est ainsi que leur secret mourut avec eux. Grand-père transmit son secret à mon père qui me le transmit à son tour. » Il sourit et lâcha un petit gloussement. « J'ai confié ce secret à deux femmes dans ma vie. D'abord, à Mumtaz Mahal, et, aujourd'hui, à toi.

– Pas à Dara ?

– Seulement s'il se montre à la hauteur. »

J'avais vu cette armoire bien souvent sans penser un instant qu'elle pût mener à un passage secret. « Tu m'honores par ta confiance, père. Mais je ne vois pas en quoi cela peut m'aider.

– Raisonne, mon enfant, avant de parler. Mieux vaut répondre toi-même à cette question que de montrer ton ignorance à tous, même à ceux que tu aimes. »

Je réfléchis au scénario en me rongeant les ongles, que je ne vernissais pas, comme cela m'arrivait parfois quand j'étais nerveuse. « Tu dis que la maison t'appartient ? » En le voyant acquiescer, je poursuivis : « Si Isa, oserais-je le suggérer, venait à t'acheter cette maison, j'irais le retrouver de temps à autre derrière ses murs ? »

Il feignit la surprise à cette idée, mais une lueur malicieuse brillait dans ses yeux. « Quelle idée surprenante ! Si tu t'installais dans la chambre de ta mère, prenant ainsi possession des clés de ses armoires, tu pourrais, en théorie, te rendre dans la maison d'Isa. »

Je lui sautai au cou. Je couvris ses joues de baisers, sans me soucier de sa barbe grisonnante qui me piquait le menton. « Quand ?

– Immédiatement, dit-il en riant de mon enthousiasme. Mais, pour éviter d'éveiller les soupçons, Isa devra attendre quelques semaines avant d'acquérir la maison. Peux-tu patienter jusqu'à ces heureuses retrouvailles ?

– Bien sûr ! Et, pendant ce temps, nous allons bien mieux réussir à le cacher.

– Il le faut, mon enfant, sinon Khondamir obtiendra la tête d'Isa. Même un empereur ne peut rien pour apaiser la vengeance d'un mari trompé.

– Je t'aime, dis-je avec ferveur. Je te dois tant, jamais je ne pourrai te rendre la pareille.

– Mais un iris, demanda-t-il en esquissant sa forme sur le mur, cherche-t-il à rétribuer le soleil qui lui a donné la vie ? Non, la simple beauté de cette fleur vaut mille remerciements car, chaque jour, cet astre peut admirer la merveille qu'il a créée. »

Ses tentatives répétées pour trouver des formules poétiques me firent sourire. « Tu t'améliores.

– C'est vrai ? »

Je lui donnai encore un baiser. « Partons, père. Il y a tant à faire.

– En effet. Mais, avant de quitter cette oasis, débarrasse ton visage de ce sourire et agis comme si je t'avais réprimandée. »

Me mordant la lèvre pour parvenir à contenir ma joie, je le

suivis hors de la pièce. Dehors, entouré d'une multitude d'ouvriers et d'animaux, Isa surveillait l'édification du dôme. En l'apercevant, je pensai une fois de plus à un faucon. Les traits aigus de son visage étaient si tendus par la concentration que je m'attendais presque à le voir s'élancer dans le ciel pour inspecter d'en haut l'avancement de la coupole.

Malgré mon envie de contempler encore mon bien-aimé, je tournai la tête et regardai devant moi. Je suivis mon père avec zèle car, assurément, il se trouvait peu d'hommes comme lui sur cette terre.

Une semaine plus tard, après que mon père eut fait porter une bourse remplie de pierres précieuses à Khondamir, je m'installai dans la chambre de mère sans tambour ni trompette. Pour une princesse, je possédais étonnamment peu d'effets ; néanmoins, Nizam transporta mes robes, mes écharpes, mes bijoux et mes livres dans mes nouveaux quartiers où il m'aida à défaire mes bagages. C'était étrange de me retrouver dans cette chambre en marbre rouge, avec ses fenêtres à croisillons de pierre. La plupart des vêtements et des autres possessions de mère y étaient toujours. Un tapis en cachemire figurant l'aurore ou le crépuscule ornait le sol. Des coussins en soie et des couvertures en pashmina, soigneusement pliées, étaient disposés par terre. Des tableaux aux cadres dorés étaient accrochés aux murs ; ils représentaient père sur son trône du Paon, le Fort Rouge et des bouquets de roses miniatures. Le parfum favori de mère – à moins que mon imagination complaisante ne me jouât des tours – flottait dans les airs. Une fois Nizam parti, j'essayai plusieurs de ses robes préférées et je m'aperçus qu'elles m'allaient très bien. Même si mère me manquait encore cruellement, je trouvai rassurant de porter ses vêtements et d'aller et venir dans sa chambre.

Père m'avait révélé l'existence d'un compartiment secret dans le secrétaire de mère. Après avoir verrouillé ma porte, j'allai ouvrir le tiroir secret. Alors que je m'étais attendue à n'y trouver qu'une seule clé, je découvris toute une série d'objets. Au sommet de la pile étaient rangés plusieurs poèmes de père auxquels je ne jetai qu'un bref coup d'œil. Les papiers jaunis dissimulaient divers objets de notre enfance, parmi lesquels les premières sandales d'un garçonnet, des dessins d'éléphants et une boucle de mes cheveux retenue par un ruban. Je souris à la vue de ces trésors et mon visage s'éclaira encore plus quand mes doigts rencontrèrent un brûle-encens en argile que j'avais autrefois façonné pour ma maman. Enfant déjà et, à vrai dire, aujourd'hui encore, j'étais dépourvue de tout talent artistique. Par conséquent, le porte-encens était si informe que je fus incapable de dire s'il s'agissait d'une tortue ou d'un crapaud.

Écrasant une larme, je murmurai un « merci » à ma mère adorée pour avoir déposé des souvenirs aussi précieux dans son coffre secret. En remettant le contenu du compartiment en place, je tombai sur une clé toute rouillée et sans aucun signe distinctif. Je la laissai où je l'avais trouvée puis refermai le faux fond du tiroir. Je continuai à ranger ma chambre en pensant à ma mère dont j'espérais qu'elle me voyait aller et venir. Si, d'une façon ou d'une autre, elle me suivait des yeux, elle se réjouirait sans doute de me voir utiliser le tunnel secret pour aller retrouver Isa.

Je ne tenais pas d'impatience mais je m'efforçai de me dominer et de laisser passer les jours. Je pris mes dispositions pour toujours travailler à l'autre extrémité du chantier du Taj Mahal, loin d'Isa, car il avait eu toutes les peines du monde à contenir son enthousiasme lorsque je lui avais révélé le projet de père. Isa étant encore moins capable que moi de cacher son amour, je dus l'éviter aussi soigneusement qu'un chien enragé. Par l'intermédiaire de père, j'appris que mon amant avait acheté la maison d'Agra.

Même si je les poussais à travailler dur, mes ouvriers semblaient m'aimer ; je les traitais bien et les rétribuais équitablement. Et Allah me sourit, puisqu'un seul d'entre eux mourut en toute une lunaison : le pauvre homme fut écrasé sous un bloc de pierre. Comme il était hindou, nous n'enterrâmes pas son corps comme celui d'un musulman, mais le fîmes incinérer.

Je crus que le soir où je pourrais enfin me faufiler jusque chez Isa n'arriverait jamais. Nous attendîmes d'être relativement sûrs de pouvoir nous retrouver sans danger. Nerveuse, je barricadai ma porte à l'aide d'une barre puis allumai une grosse chandelle. Déverrouillant la porte de l'armoire, j'écartai les robes poussiéreuses. Des piles de boîtes me barraient la route et je dus les déplacer sans un bruit.

Comme père me l'avait prédit, un escalier en pierre brute m'attendait. La chandelle dans une main et l'autre agrippée au mur, j'entamai la descente. C'était un escalier en colimaçon qui plongeait dans l'obscurité. L'absence d'entretien sautait aux yeux. Des cadavres d'araignées et des déjections de souris jonchaient les marches. Des noms étaient inscrits sur une portion de mur et j'imaginai les traîtres qui avaient pris le temps de laisser leur marque dans le passage. Qu'avaient-ils ressenti en construisant le souterrain, sachant qu'une fois leur travail terminé, ils seraient décapités ? Je me demandai si l'endroit était hanté puis décidai que, comme ces hommes étaient morts honorablement, leurs âmes ne devaient pas goûter un tel tourment.

L'escalier débouchait sur un long couloir. Il était si étroit qu'un homme imposant aurait dû y avancer en biais. Ma chandelle éclairait très faiblement cet antre sombre, projetant sa lueur à douze pas devant moi. Je fus soudain prise de terreur à l'idée que ma bougie puisse s'éteindre : qu'arriverait-il alors ? J'aurais dû emporter une lanterne, bien sûr ! Heureusement, le couloir était droit et sans aspérités. Père avait dit que le tunnel avait été conçu pour permettre à l'empereur de retrouver son chemin jusqu'à la maison même s'il n'avait pas eu le temps de se procurer une chandelle.

Je m'imaginai en train de voyager sous les maisons de familles endormies et sous de vastes cours. À un moment, j'aperçus deux petits yeux ronds devant moi ; pourtant, en avançant, je les vis s'enfoncer dans une faille et disparaître. L'air était vicié et je hâtai le pas. Jusqu'où devais-je aller ? D'autres inscriptions étaient gravées dans les parois du tunnel. Des malédictions condamnant à une agonie sans fin ceux qui s'aventureraient dans ce passage. Frissonnante, je me demandai si ces imprécations étaient destinées à mon grand-père ou à inspirer la crainte à ses poursuivants.

Père m'avait prévenue de l'existence d'un piège et, en arrivant à sa hauteur, je m'arrêtai. Un bloc de pierre cubique qui m'arrivait aux genoux occupait le milieu du couloir. Monter dessus déclenchait le piège : le sol s'effondrerait, puis les murs et le plafond du tunnel, broyant celui ou celle qui avait touché la pierre.

Je l'enjambai non sans précautions, évitant tout contact avec la roche. Sachant que l'issue du passage ne devait plus être loin, j'allongeai le pas. Quand j'aperçus la lumière devant moi, je laissai échapper un petit cri. La faible lueur s'amplifia comme une aube. J'atteignis un second escalier en colimaçon dont je gravis les marches quatre à quatre. Isa dut m'entendre approcher, car il m'appela. Soudain, je fus dans ses bras. Nous montâmes les dernières marches ensemble et débouchâmes dans une réserve souterraine.

« Suis-moi, mon hirondelle. »

Il m'entraîna dans un second escalier et, tout à coup, nous nous retrouvâmes dans sa maison, simple bâtisse composée d'une unique vaste pièce. Un âtre couvert de suie et des chaudrons en fonte occupaient l'autre extrémité de la pièce. Les esquisses du Taj Mahal peintes par Isa et ses schémas complexes étaient accrochés aux murs. La pièce contenait également une table à dessin et une chaise. À part cela, elle ne comportait aucun meuble, sauf des tapis, des couvertures et d'épais coussins. Isa avait fermé les volets et verrouillé la porte.

Nous nous étreignîmes et nous embrassâmes pendant un long moment. Isa finit par reculer et chuchota : « Ton arrière-grand-père, ma bien-aimée, a construit cette maison à l'épreuve des flammes et des assaillants. Ses murs de brique sont aussi épais que ma poitrine.

– Et alors ? demandai-je en m'étonnant de l'entendre tenir des propos si peu romantiques.

– Eh bien, mon hirondelle, personne ne nous entendra jamais de l'extérieur. Jamais. »

Je vis mon reflet sourire dans ses yeux. Il m'embrassa et mon corps eut soudain faim de lui. Trop de temps avait passé depuis notre séjour à l'auberge, depuis la dernière fois que j'avais caressé sa peau. Nos vêtements glissèrent au sol et nous repartîmes à la découverte de nos corps, avant de faire l'amour à la lueur des bougies. Ses lèvres ne cessaient de courir sur ma peau qu'il goûtait comme une collection des vins les plus fins. J'employai mes mains à l'attirer contre moi, même lorsque nous

nous allongeâmes sur un lit fait de couvertures et de coussins. Bientôt, il fut sur moi. Je trouvais son poids apaisant, il me réchauffait. Je le serrai encore plus fort, observant nos ombres vacillantes qui, sur le mur, épousaient le rythme de nos ébats et finirent par ne plus faire qu'une.

Après l'amour, je restai allongée, la tête sur sa poitrine palpitante. Il me caressa le front tandis que je pensai à l'avenir, à ce qui devenait possible. « Isa, lui demandai-je, as-tu envie d'un enfant ?

– Seulement s'il est de toi. »

Je le pris dans mes bras, car mon propre désir de maternité grandissait à chaque saison. « Cela n'ira pas sans risques, lui prédis-je. Ma grossesse pourrait mettre l'édification du Taj Mahal en péril. »

Il enroula une mèche de mes cheveux autour de son doigt. « Je ne sais pas, mon hirondelle, à quelle pérennité me fier : à celle du monument que nous créons ou à l'enfant qui viendra peut-être nous combler ? Les pierres resteront pendant des siècles, bien sûr. Mais un enfant… un enfant nous permettra de vivre éternellement.

– Si peu d'hommes abritent de telles pensées, répondis-je. Les femmes du harem, qui n'y entendent rien à la politique et à l'histoire, réfléchissent à ces choses tous les jours, mais les hommes semblent les considérer comme triviales.

– Comment un enfant, dans toute sa beauté, peut-il être trivial ? » demanda-t-il en dessinant la courbe de ma hanche.

Je gardai les lèvres closes. Exprimer mes pensées aurait pu mitiger son enthousiasme. Un enfant, quel qu'il fût, aurait de la chance d'avoir un tel homme pour père. Pourtant, jamais Isa ne pourrait se faire appeler de ce nom. « Mais, Isa, dis-je doucement, cet enfant, si nous en avions un, ne serait jamais publiquement le tien. Tu ne pourrais jamais, jamais lui manifester ton affection. Il n'y aurait qu'ici que tu pourrais être son père. »

Une tristesse passagère s'empara de lui, mais Isa, je commençais à le découvrir, n'était pas homme à ressasser ce qui lui manquait. Aussi son sourire asymétrique réapparut-il sur ses lèvres. « Un enfant... notre enfant, mon amour, serait déjà une bénédiction. Comment pourrais-je en demander plus à Allah ? Assurément, Il a déjà exaucé beaucoup de mes souhaits. »

Je jetai un regard du côté de La Mecque et priai pour que, contrairement à ce que Khondamir avait souvent déploré, mon ventre ne fût pas stérile. Je n'étais pas de ces femmes pour qui tout se résume à la maternité, mais j'aspirais tout de même à avoir un enfant. Ce serait un cadeau pour moi-même, pour Isa et pour mon père. Car, aussi certain que les étoiles se levaient chaque soir, père saurait que mon enfant était d'Isa. Et savoir cela le rendrait heureux. Après tout, il était le berger de notre amour.

« Il faudra que je trouve un stratagème, dis-je. Khondamir, qui essaie en vain d'être père depuis vingt ans, devra être convaincu que je porte sa progéniture.

– Mais pourquoi te croirait-il ? »

Je lui fis un petit sourire, reprenant courage en pensant à notre fille, puis à notre fils. « Tu as beau être expert en constructions, Isa, et l'homme le plus extraordinaire que j'aie jamais rencontré, il n'empêche que tu ignores tout des ruses féminines. Comment crois-tu que nous prospérons en ce monde où les hommes décident de tout et nous commandent en tout ? En vertu des règles que vous établissez ? » Je ris à cette idée en me rappelant comment mère et mon arrière-grand-mère avaient régi l'Hindoustan tout en restant dans l'ombre. « Fais-moi confiance, Khondamir se prendra pour le père. J'ignore encore comment je vais m'y prendre, mais, quand je l'aurai circonvenu, il ira crier partout sa bonne fortune. »

Isa gloussa. « Suis-je aussi malléable que lui ?

– Comme le beurre. »

Il vint se camper sur moi, plaquant mes bras sur la couverture. « Et maintenant ?

– Voilà bien un homme, dis-je en essayant de le repousser. Comme vous manquez de ruse, vous essayez de compenser cela par votre force physique. »

Je ne résistai pourtant ni à ses baisers ni à ses tentatives pour me convaincre de refaire l'amour. Ensuite, il continua à me caresser comme s'il avait découvert en même temps une fourrure et le plaisir du toucher. Lui qui chantait aussi juste qu'un bœuf, il se mit à fredonner gaiement. Il voulait me bercer mais, la nuit avançant, je réfléchis à la marche à suivre. Si Allah m'envoyait un enfant, il me faudrait berner Khondamir aussi complètement que je venais de le dire.

« Bonne nuit, mon amour », murmurai-je en faisant semblant de m'assoupir. Sa mélopée cessa, conformément à mes souhaits, car elle me gênait dans mes réflexions.

« Bonne nuit, hirondelle. »

L'une après l'autre, les chandelles s'éteignirent. Une obscurité totale régnait dans la pièce, mais jamais je ne m'étais sentie si bien. J'étais heureuse, bien au chaud aux côtés de l'homme que j'aimais. En humant son odeur mêlée à celle de la sueur et en écoutant le rythme paisible de sa respiration, je songeai au moyen de duper mon époux. Quand une solution se présenta enfin à moi, je me levai sans un bruit, déposai un baiser sur le front d'Isa et entamai le long chemin du retour jusqu'à ma chambre du Fort Rouge. L'aube ne tarderait pas à poindre et je m'étais toujours levée tôt. Les langues iraient bon train si un serviteur ne recevait aucune réponse en frappant à ma porte.

Ayant enjambé le piège, j'atteignis enfin l'escalier tout en perfectionnant mon stratagème, comme un chef aurait concocté un mets fin pour son maître. La ruse était simple, de celles qui n'auraient jamais fonctionné avec Aurangzeb. Heureusement, je n'avais que Khondamir à duper. Il suffisait qu'il se prît pour le père, les autres pouvaient bien douter de la vérité.

Tant de secrets, pensai-je. Ils tournoient autour de moi comme les papillons de nuit autour d'une flamme.

Si j'avais su combien d'autres m'attendaient encore et combien de morts ils allaient causer, je serais retournée auprès d'Isa et nous aurions fui Agra. Mais, dans ce cas, personne n'aurait été là pour s'opposer à mon frère. Et les démons tels qu'Aurangzeb ont besoin d'ennemis.

Bien que j'eusse à cœur de m'acquitter de mes devoirs sur le chantier du Taj Mahal, il était essentiel de duper Khondamir le plus rapidement possible. Je retournai dans la demeure de mon mari dès l'après-midi suivant. Juchée sur un des étalons de père, les rênes dans la main droite, j'apportais un sac en coton dans la gauche. Dans ce sac se trouvaient deux testicules de taureau, enveloppés dans une feuille de palmier.

Les affaires de Khondamir le conduisaient de plus en plus hors d'Agra et j'étais devenue une visiteuse occasionnelle dans sa demeure. Aussi ses domestiques m'accueillirent-ils avec autant de surprise que de gentillesse. Toujours mortifiée devant eux, qui me prenaient pour une voleuse, je leur distribuai des ignames fumées et ils m'en remercièrent abondamment.

Ce jour-là, Khondamir travaillait dans un des bazars d'Agra où il surveillait la vente de ses marchandises. Convaincu que ses marchands l'escroquaient, il allait souvent les espionner. Il lui arrivait même parfois d'embaucher une belle femme pour aller jouer avec leurs sentiments, dans l'espoir, par exemple, qu'ils lui offrent un trop bon prix d'un bracelet d'argent. Quand il avait sauvagement fait fouetter les coupables, les autres s'écartaient rarement des prix imposés.

Les appartements de Khondamir avaient perdu de leur lustre depuis mon départ. Pour un homme si fortuné, il dépensait bien peu de roupies en décoration. Afin d'améliorer l'aspect de sa chambre, j'allai cueillir des fleurs sauvages dans son verger, que je disposai dans de simples vases de Chine. Quand j'eus aspergé le parquet de parfum, j'allumai de l'encens puis j'entassai des coussins et des couvertures sur le tapis qui lui servait de couche. J'allai ensuite trouver le cuisinier à qui je tendis mon sac. Il ne manifesta guère de surprise en entendant ma requête et il ne fit aucune difficulté.

Le carrelage de la salle d'eau de Khondamir avait besoin d'être remplacé, mais le sol et les murs en étaient propres. Une domestique m'apporta trois seaux d'eau chaude. C'était une jolie fille de moins de quatorze ans et je me demandai si Khondamir l'avait couchée dans son lit. Les hommes tels que lui n'employaient jamais de femmes laides. Pourtant, des domestiques plus âgées et plus expérimentées sauraient certainement mieux veiller à son ménage.

Après m'être aspergée d'un seau d'eau, je m'étrillai vigoureusement à l'aide d'un gant de crin. Comme il était bon de se débarrasser de la saleté du jour ! J'avais entendu dire qu'en Europe, les gens ne prenaient jamais de bain et cette simple idée me dégoûta : ils devaient puer autant que des bêtes ! Avant d'enfiler une chemise de nuit, je me massai avec de l'ambre gris, un parfum extrait de graisse de baleines géantes. Je mâchai également des clous de girofle pour adoucir mon haleine.

Enfin prête, j'allai m'asseoir sur son épais tapis. Me rappelant comment cela m'avait étourdie durant ma nuit de noces, je demandai qu'on m'apporte un gobelet de vin. Ce soir-là me semblait aussi loin qu'un rêve de petite fille terrifiée. Chose étonnante, j'en avais gardé très peu de détails en mémoire, à part la sensation de brûlure entre les cuisses.

Khondamir rentra bien après le crépuscule. Il grogna en me voyant. « Eh bien, femme, qu'est-ce qui t'amène ici ? Tu n'as plus d'or ? »

Je souris en priant pour que mon stratagème fonctionne. « J'ai consulté mon astrologue, Monseigneur, et il a dit que cette nuit était placée sous de bons auspices. » En Inde, nombreux étaient ceux qui s'en remettaient à l'astrologie, mais Khondamir se moqua de moi. Il commença à se déshabiller, en déposant soigneusement ses bijoux de côté. Je m'approchai de lui. « La nuit dernière en regardant les étoiles, Monseigneur, j'ai vu Canopus. Mon astronome a dit que c'était bon signe.

– Tu vas rajeunir ? Il va te pousser deux beaux seins ?

– Je vais porter un enfant, répondis-je patiemment, car je pensais à ton fils à cet instant. »

Khondamir avait beau me mépriser, il ne pouvait pas balayer ainsi les paroles d'un astronome de la cour. « Mais tu es aussi stérile que le désert. Aussi stérile que le désert le plus sec et le plus aride de tout l'Hindoustan.

– Exact, acquiesçai-je en m'efforçant de dissimuler mon aversion. Mais ensuite, je suis allée voir mon médecin. Quand je lui ai rapporté les paroles de mon astronome, il m'a proposé un remède.

– Faut-il que je t'asperge d'eau ? »

Crapaud sans cervelle ! pensai-je. « Il m'a dit que manger des testicules de taureau pourrait donner à ta semence la puissance nécessaire. »

Khondamir finit enfin par se taire, sa grosse figure tendue sous l'effet de la concentration. « J'ai entendu parler de ce remède. Mais opérera-t-il sur un ventre si stérile ?

– Le médecin pense que oui. Et, aujourd'hui, j'ai fait abattre le plus gros des taureaux de mon père. Une bête qui a engendré plus d'un veau. »

Une lueur respectueuse brilla dans les yeux de mon mari. Ou peut-être mon esprit me jouait-il des tours, car le vin émoussait mes facultés. « Tu as apporté ses testicules ?

– Oui.

– Je vais demander à mon cuisinier de les préparer à l'ancienne, dit-il, aussi fier que si l'idée venait de lui. Ensuite nous verrons si ton astronome vaut toutes les roupies dont vous le couvrez. »

Je bus quelques gorgées de vin tandis qu'il quittait la pièce. J'essayai de penser à Isa mais son souvenir était souillé par toutes ces manigances. Sachant que j'irais le retrouver le lendemain soir pour lui faire l'amour, j'eus l'impression d'être une courtisane. Quelle autre sorte de femme se coucherait dans le lit de deux hommes en l'espace d'un jour ? Et comment Isa pourrait-il me pardonner cette promiscuité ?

Ces pensées m'agacèrent : on félicitait les hommes qui couraient d'un lit à l'autre, mais un mari avait officiellement le droit de brûler vive une épouse infidèle. Pourquoi Allah, dans toute Sa sagesse, permettait-Il une telle injustice ? Nous avait-Il vraiment façonnées pour être le jouet de nos compagnons ? Et sinon, pourquoi avait-Il permis aux hommes de nous façonner à leur guise comme des poupées d'argile ?

Un jour, Khondamir me respecterait. Même si l'on ne devait jamais me considérer ni me traiter comme son égale, il serait l'instrument de mon projet. Pendant qu'il couchait avec des dizaines de jeunes filles tout en me traitant comme une moins que rien, je travaillais à régenter sa maison, son esprit et sa fortune.

Quand il revint enfin, Khondamir était complètement ivre. « Prie, femme, pour que ton astrologue ait raison, bégaya-t-il. Sinon, je te quitterai pour des havres plus fertiles. »

Je savais que cette menace n'était pas sérieuse ; jamais il ne répudierait la fille de l'empereur. « Cela marchera », me contentai-je de dire.

Son haleine, quand il me la souffla sur le visage, exhalait les relents de son dernier repas. Finissons-en, pensai-je, écœurée. En gémissant pour susciter son désir, je fermai les yeux, l'esprit ailleurs. Le soleil se levait et je m'imaginai aux côtés d'Isa devant le Taj Mahal. La surface du mausolée reflétait le soleil pourpre qui rougeoyait comme une braise. La main d'Isa sur mon épaule, je tenais notre enfant contre moi.

Même s'il s'agissait d'un rêve – nous ne pourrions jamais agir ainsi au vu et au su de tous – cette image m'apaisa. J'oubliai la présence nauséabonde de l'homme tout suant qui me chevauchait et pensai à mon amant et à l'enfant que nous allions bientôt avoir.

Un tel enfant valait presque tous les sacrifices.

Pendant la lunaison suivante, je rendis visite à Isa presque tous les soirs. Contrairement à ce que j'avais craint, il semblait presque indifférent à l'idée que je me partage entre deux hommes. Et, par bonheur, les moments passés avec mon époux me pesèrent de moins en moins sur la conscience car je retournais rarement chez lui. Bien qu'il séjournât à Agra plus longuement qu'à l'accoutumée, c'est avec une énergie feinte qu'il protesta contre mon absence et je soupçonnai la jeune servante de le satisfaire jour et nuit. Son jeune corps était certainement plus réceptif à ses assauts que le mien.

J'espérais n'avoir rien perdu de mes charmes, mais, à vingt-trois ans, les hommes me regardaient avec moins de désir que lorsque j'en avais seize. Heureusement, Isa adoptait une tout autre attitude. Il attendait mon arrivée avec impatience chaque soir et s'épanouissait en ma présence. Nous fîmes l'amour pendant de nombreuses soirées passées ensemble, mais certainement pas toutes. Parfois, nous nous contentions de bavarder dans le noir ou travaillions à ses esquisses à la lueur des chandelles. Il m'expliquait l'architecture d'égal à égale et je fis de mon mieux pour acquérir ses connaissances. J'avais toujours été douée pour les mathématiques, aussi le surpris-je en de nombreuses occasions par la rapidité avec laquelle je pouvais calculer le poids que pouvait supporter une colonne ou la quantité de marbre nécessaire pour revêtir une voûte.

Ces nuits étaient infiniment précieuses.

Nous nous inquiétions rarement du danger permanent d'être découverts. Un jour que je revins plus tard que d'habitude dans la chambre de mère, une domestique venue frapper à ma porte, ne recevant aucune réponse, s'inquiéta. Quand j'arrivai enfin, elle tambourinait à la porte. Comme si j'avais bu trop de vin, je sortis de mes appartements en titubant. Elle dut me prendre pour une indolente car elle ne se présenta plus jamais aussi tôt à ma porte.

Après nos nuits passées à bavarder, j'étais souvent lasse durant la journée. Je m'acquittais des tâches assignées par Isa sans énergie. Il finit par remarquer ma léthargie et m'interdit de venir le retrouver pendant plusieurs nuits. En son absence, je dormis autant qu'une enfant en pleine croissance, d'un sommeil sans rêve et aussi épais qu'un yaourt.

Tandis que le Taj Mahal continuait à grandir, je me préoccupais un peu moins des nouvelles de l'empire. Je n'étais pas sans savoir qu'Aurangzeb et Balkhi, son garde du corps, continuaient à semer le trouble sur le plateau du Deccan. Bien qu'il eût réussi à mater la rébellion, mon frère régnait sur la région avec toujours plus de belligérance. Plus d'un récit circulait selon lequel des temples hindous étaient brûlés si les impôts restaient impayés. Des femmes disparaissaient pendant la nuit et les émeutiers étaient tués en pleine rue. J'en déduisis qu'une révolte des habitants du Deccan n'était plus qu'une question de temps. Et en secret, si séditieuse que fût cette pensée, j'aurais adoré les voir bouter Aurangzeb hors de leur pays.

Pendant ce temps, Dara s'occupait des affaires de la cour. Pendant le peu de loisir qu'il lui restait, il emmenait son jeune fils, Suleiman, se promener sur le site du Taj Mahal. Suleiman était un enfant très éveillé qui bâtissait des forts à l'aide des cubes qu'Isa lui avait offerts. Il pouvait passer un après-midi entier ainsi, sous l'œil vigilant d'un domestique de confiance.

Son père se consacra encore plus à l'étude des deux religions qui divisaient notre empire. Pendant qu'Aurangzeb s'employait à semer le trouble entre les deux peuples, Dara s'efforçait de les rapprocher. Cette année-là, pendant la saison des moussons, il rédigea *La Rencontre des deux océans*, un ouvrage qui visait à apaiser les tensions entre musulmans et hindous en apportant la preuve que ces deux religions possédaient des fondements philosophiques similaires. Si les érudits louèrent son œuvre, les plus intégristes parmi les musulmans, Aurangzeb en tête, vouèrent à Dara une rancune tenace pour avoir osé comparer les deux confessions.

Peu de temps après, je découvris que j'étais enceinte. La malédiction mensuelle de la féminité cessa, laissant place à de fréquents malaises. Comme j'aurais voulu avoir ma mère auprès de moi ! Elle qui avait porté quatorze enfants m'aurait été d'un grand secours. Père, cela va sans dire, fut transporté de joie quand je lui chuchotai la nouvelle. Et Isa, mon tendre Isa, rentra chez lui plus tôt chaque soir pour pouvoir suivre la croissance de mon ventre. Tous les matins, Khondamir se mit à prier Allah de lui donner un fils et je me surpris à prier fébrilement que ce soit une fille. Un fils grandirait en compagnie de son père tandis qu'une fille s'épanouirait auprès de moi.

Les mois passant, mon ventre s'arrondissait. Je commençais à avoir mal au dos, aussi dus-je passer moins de temps debout sur le chantier du Taj Mahal. Je restais plutôt allongée dans la chambre de mère où j'étudiais les esquisses d'Isa. De temps à autre, je m'employais à résoudre un problème auquel il n'avait pas eu le temps de se consacrer. Un jour, je trouvai même une erreur dans ses calculs. Alors que la plupart des hommes en auraient été mortifiés, Isa se réjouit de ma perspicacité.

Sa joie grandit quand nous commençâmes à sentir l'enfant palpiter dans mon ventre ; puis nous sourîmes de ses vigoureux coups de pied et réfléchîmes à des prénoms possibles. Une nuit, comme j'étais en proie à une fièvre que rien ne soulageait, il me tendit une lettre qu'il avait écrite à notre enfant. Il avait l'intention de la remanier et de la relire avec moi dans très longtemps. Pourtant, en voyant mon infortune, il me la lut à la lueur d'une chandelle. Et la lettre allégea mes souffrances.

Au dos d'une esquisse représentant un minaret de façon saisissante, il avait écrit :

À notre enfant,

Je suis assis à contempler le Yamuna, et tu grandis lentement dans le ventre de ta mère. Des barges et des nuages glissent sous mes yeux, et je pense à toi. J'ai envie de partager ces moments avec toi, que tu entendes les mots qui me viennent à l'esprit.

J'aimerais pouvoir manier les mots comme je cisèle la pierre, car je pourrais alors m'adresser à toi comme je le souhaite. Je pourrais aisément t'expliquer combien il me tarde de te rencontrer, un peu plus à chaque jour qui s'achève. Je pourrais exprimer mon amour pour toi, qui, comme toi, est déjà vivant.

Même si je ne te connais pas encore, tout ce que je sais de ta mère me porte dans ma foi, et je suis certain que tu seras un être extraordinaire, comme elle l'est, elle aussi. Quant à tes dispositions, je ne puis que les conjecturer. Posséderas-tu sa générosité, sa loyauté ? Partageras-tu ses impatiences ? Peut-être auras-tu comme moi le don de repérer les vues imprenables, et le même optimisme déplacé ?

Assurément, tu hériteras de certains de nos traits de caractère, comme nous les avons hérités de nos parents. Cependant, tu devras également te créer tes qualités propres, celles que nous trouverons les plus attachantes.

J'attends avec impatience tes découvertes, le plaisir que tu trouveras dans ces révélations. Quels mystères se dévoileront à toi jour après jour ? Que verras-tu qui m'est invisible ? J'apprendrai en te regardant, j'apprendrai ce que j'ai oublié ou n'ai jamais eu l'occasion d'apprendre. J'espère t'enseigner autant de choses que tu m'en apporteras : gagner la confiance d'un éléphant, peindre ce qui est absent et écouter les inconnus sont des choses plus complexes que certains ne le pensent.

Sache, notre fille, ou notre fils, que tu es déjà aimé(e). Tu nous as bénis et je te remercie d'apporter tant de joie dans nos vies. Je te remercie d'être celui que tu es et que tu seras.

Ton père.

Les douleurs s'estompèrent pendant que je retournais les pensées d'Isa dans ma tête. Ses paroles, contrairement à celles que choisissait mon père, exprimaient cependant les mêmes passions et attestaient des ressemblances entre ces deux hommes. Ils provenaient d'horizons différents et manifestaient souvent des tempéraments différents, mais ils étaient pourtant moins éloignés que le lion l'est du léopard. À l'instar des fauves, ils portaient une majesté en eux. Contrairement à la plupart des hommes, ils étaient en paix avec eux-mêmes et acceptaient leur propre sensibilité avec assurance.

Je voyais fréquemment père à cette époque, car il venait souvent me rendre visite après s'être acquitté de ses obligations sur le trône du Paon. Il ne manquait jamais de me demander des nouvelles du bébé et me suggérait les méthodes qu'employait mère pour soulager les désagréments de son état. Je lui posais moi aussi des questions ; ma curiosité concernant les affaires de l'empire croissait à mesure que mon confinement se prolongeait. Bientôt, je fus au courant des faits et gestes de chaque noble et des avancées des Perses. Leur audace augmentait et père avait envoyé Aurangzeb dans le nord pour les mater.

Quand père et Isa étaient occupés, sans aucune tâche pour me distraire, je me languissais souvent de Ladli. Pourtant, une rencontre aurait représenté un trop grand risque. Nizam me transmit bien un mot venant d'elle, dans lequel elle me suppliait de lui pardonner la vivacité de notre altercation. Je brûlai la feuille de papier et fis promettre à Nizam d'aller la retrouver en secret pour lui assurer que je l'aimais toujours comme une sœur. Il lui apprit la nouvelle de ma grossesse, sans cependant souffler mot de l'identité du véritable père.

Comme Isa l'avait deviné, notre enfant, aussi impatient que sa mère, arriva en avance. Le médecin royal était si faible et aveugle que son jeune apprenti dut le porter à moitié jusqu'à mon lit. Néanmoins, je me sentis rassurée d'avoir ce vénérable maître à mon chevet et de l'entendre formuler les mêmes instructions qu'à mère. Père était également là : sa présence fut à ce point contraire à la coutume qu'il demanda qu'on la tînt secrète. Khondamir, il va sans dire, n'entendait pas être inquiété en raison de l'accouchement. Néanmoins, un coursier devait lui être envoyé dès la naissance pour le tenir informé du sexe de l'enfant.

Mon travail m'inspira des émotions douces-amères. J'avais beau être excitée à l'idée de devenir mère, ni mon bien-aimé, ni ma mère, ni ma meilleure amie n'étaient là pour me tenir la main. L'absence d'Isa était celle qui me tracassait le plus, car il me semblait qu'un enfant doit entendre la voix de ses parents avant toutes les autres. Ainsi, à mesure que mes gémissements s'intensifiaient, j'oscillai entre le chagrin et la joie.

Mon bassin était étroit et la douleur qui le tenaillait me mettait au supplice. Quand je demandai qu'on m'apporte un objet à mordre, d'une main tremblante, le jeune médecin me plaça une cuiller en bois entre les lèvres. Je crus alors que j'allais éclater comme une cosse sous la pression d'un pois. En dépit de mes efforts pour paraître forte devant ces hommes, je me mis à pleurer. Comme j'avais mal ! Comme j'aurais aimé avoir Isa auprès de moi !

Père vint s'agenouiller près de moi et fit de son mieux pour m'apaiser. Il me raconta le premier accouchement de mère tout en essuyant mon front couvert de sueur. Je perçus la tension dans sa voix et il s'interrompit à maintes reprises pour se tourner vers La Mecque. Mes prières se mêlèrent aux siennes.

Quand l'enfant sortit enfin de mes entrailles, j'eus l'impression qu'il me déchirait. Une pression presque intolérable s'exerça sur moi et je tremblai de tout mon corps à l'instant de la délivrance. Le vieux médecin ne cessait de tancer son apprenti, lui enjoignant de décrire l'état de mon bébé, de s'assurer qu'il respirait bien. Le jeune homme donna de petites tapes nerveuses au nouveau-né. Il lui nettoya la bouche et le visage avec un linge blanc et je retombai sur mes coussins, terrassée par une lassitude indicible. Je m'évanouis et, quand je repris connaissance, mon enfant était posé sur ma poitrine.

« Une fille, Jahanara, me chuchota père au comble du bonheur. Une fille dont le sourire fera pâlir les fleurs. »

Le visage du bébé, extraordinairement petit, était encadré par des boucles sombres et un menton charnu. « Elle est parfaite », dis-je en versant des larmes de bonheur et en remerciant Allah. Père loua les médecins et leur donna une mince barre d'argent à chacun. Quand ils furent partis, il referma la porte derrière eux. Je me tournai vers lui et lui demandai impulsivement : « Père, pourrais-tu... faire venir Isa ? »

J'attendis sa réponse en me demandant comment je pouvais demander à l'empereur, fût-il mon père, de longer un couloir obscur et de revenir accompagné d'un homme qui n'était pas mon mari. Une partie de moi-même se sentait humiliée ; une autre se réjouissait de savoir père dans le secret.

« Ce sera un honneur », dit-il en se relevant. Quand il eut trouvé la clé, il verrouilla la porte de ma chambre. « Tout ira bien, mon enfant ? »

J'acquiesçai. « Fais attention en enjambant le piège.

– Je n'aurai pas la bêtise de me priver de ma petite-fille. »

Il ouvrit l'armoire sans un bruit, saisit une bougie et disparut entre les robes de mère. En son absence, je soulevai faiblement mon enfant. J'étais émerveillée à l'idée que cette incroyable création provînt de moi et qu'avec le temps, si Allah le voulait, elle deviendrait mère à son tour.

Mon enfant poussa un vagissement. Elle leva un petit poing en l'air, comme pour protester de cette brutale introduction dans notre monde. Elle est déjà forte, pensai-je, en me penchant pour baiser ses doigts. Ils étaient excessivement petits et, une fois de plus, je fus émerveillée. Chaque mère découvre-t-elle un jour à l'improviste que sa vie, bien qu'ardue, a un sens ? me demandai-je.

Les robes s'écartèrent et Isa entra dans la pièce, suivi de père. Une toile d'araignée était accrochée au turban serti de diamants de ce dernier, ce qui me fit sourire. Toujours plein de tact, il nous souhaita bonne nuit.

« Merci, père », dis-je.

Il s'approcha de la porte. « Isa, fermez bien derrière moi, chuchota-t-il. Jahanara, ta mère serait fière de toi. En fait, je sais qu'elle l'est. »

Sans me laisser le temps de répondre, il referma la porte. Isa la verrouilla puis se hâta de me rejoindre. Son regard s'attarda sur moi, puis s'arrêta sur notre bébé, posé sur ma poitrine. Je lui fis signe de le prendre et, tombant à genoux, il souleva sa fille. Même enveloppée dans une couverture en soie, elle semblait à peine plus grosse que sa main. « Un miracle, murmura-t-il d'une voix si basse que j'aurais pu l'imaginer. Je nous vois en elle. Ni toi ni moi, nous. »

Mon bonheur augmenta quand il déposa un baiser sur sa joue. Quelle chance d'avoir un tel père, me dis-je. Elle ne portera peut-être pas son nom, mais héritera de son sang et de son esprit. Un jour, quand elle sera assez grande, je lui parlerai de son vrai père. Nous boirons du thé sur les marches du Taj Mahal et je lui chuchoterai la vérité. Quelle que soit la haine que cela suscite sur le moment, elle finira par comprendre pourquoi j'aurai menti pendant tant d'années. Elle me pardonnera et partagera bientôt mon amour pour lui.

Il l'embrassa à nouveau et retomba à genoux. « Merci, mon hirondelle », murmura-t-il. Je grimaçai car un spasme douloureux me tordit le ventre. « Ça va, mon amour ? » demanda-t-il, soudain tendu.

J'acquiesçai, bien que je me sentisse très faible. « Quel prénom allons-nous lui donner ? demandai-je.

– Tant de choix se présentent à nous, dit-il en souriant, mais, assurément, il ne peut y en avoir qu'un seul.

– Arjumand », suggérai-je, ravie de pouvoir l'appeler comme ma mère.

Il la déposa à côté de moi puis s'allongea de manière à ce qu'elle se trouve entre nous deux. « Notre précieuse Arjumand.

– Père sera si heureux.

– Tout comme moi, mon amour. Tout comme moi. »

12

Mes amis en otage

La première année d'Arjumand fut une des plus belles de ma vie. Nombreux furent les soirs où, le bébé dans une écharpe, je me rendais à la maison d'Isa. Là, nous nous contentions de la porter, déposant de fréquents baisers sur ses joues tandis que nos doigts dessinaient inlassablement les contours de ses mollets et de ses pieds. Nous adorions ses yeux qui s'ouvraient un peu plus chaque jour et semblaient parfois suivre nos mouvements. Elle nous parlait à sa manière et ses roucoulements me rappelaient ceux des colombes. Quelle que fût ma fatigue, ces bruits me faisaient sourire aussi sûrement que si des cordes invisibles avaient relié sa voix aux coins de mes lèvres. Isa, comme on aurait pu s'y attendre, n'avait pas besoin de telles cordes. Son amour pour Arjumand le subjuguait tant qu'il m'arrivait de l'envier. Mais ces instants n'étaient rien comparés à la félicité que j'éprouvais lorsque nous étions tous les trois.

Après sa tétée du soir, un rituel merveilleux dont je me réjouissais presque toujours, nous la couchions pour la nuit. Elle dormait d'un sommeil agité dans un berceau que lui avait confectionné mon bien-aimé, rembourré de coton et doublé de soie. Bien que la maison la plus proche se situât à vingt pieds de là, je commençai à craindre qu'un voisin entende les cris du bébé. Mais Isa m'assura qu'aucun son en provenance de la maison n'était audible. Quand j'exprimai mon scepticisme, il sortit prestement et hurla de toutes ses forces. Les passants durent le prendre pour un fou, mais il apporta la preuve de ses dires car j'entendis à peine sa voix.

Au point du jour, je m'en revenais avec Arjumand jusqu'aux appartements de mère. Nous passions toutes nos matinées ensemble et je m'émerveillais de la voir grandir, sourire de manière inattendue, agiter ses petites jambes potelées dans le bain. Parfois, nous faisions la sieste ensemble, ce qui arrivait généralement quand elle s'était endormie sur ma poitrine. Avant de laisser les songes m'envelopper, je lui chuchotais quelques mots sur son père, lui décrivant Isa avec force détails. Je lui racontais ce qu'elle n'apprendrait que bien plus tard, comment il adorait lui baiser les doigts et lui fredonner des berceuses.

J'emmenais rarement Arjumand rendre visite à Khondamir car il avait beau être ravi d'avoir enfin engendré un enfant, il ne faisait presque aucun cas de sa fille. Maudit soit-il, lui qui, à mon avis, considérait Arjumand comme une dépense de plus. Et comme il était évident que je l'adorais, alors qu'il ne m'inspirait aucun amour, il me punissait en ne lui manifestant jamais la moindre preuve d'affection.

Après le déjeuner, j'avais l'habitude de confier Arjumand à une nourrice dans les appartements de mère ou dans l'enceinte du harem royal. Le travail ne manquait pas sur le chantier du Taj Mahal et je savais qu'Isa comptait encore sur moi. En outre, bien que je réussisse mieux à dissimuler mes sentiments pour lui, je me délectais toujours de sa compagnie.

Les mois passant, des milliers de dalles de marbre furent

serties de pierres semi-précieuses, apposées aux murs de brique et scellées. Des éléphants périrent, des ouvriers moururent de fièvre et des barges chargées de matériel coulèrent suite à des tempêtes. En dépit de ces tragédies, le mausolée continuait à s'élever. À présent, il avait atteint environ la moitié de sa hauteur estimée et l'on parlait de sa beauté d'un bout à l'autre de l'empire. Les voyageurs – venus rendre visite à des représentants de la noblesse ou bien en pèlerinage vers La Mecque – ne manquaient jamais de faire halte pour admirer le Taj Mahal. Parfois, ils allaient jusqu'à apporter leur aide pendant quelques jours. Dans ce cas, les hommes partaient étrangement heureux, comme portés par la satisfaction de savoir qu'ils avaient contribué – bien humblement, certes – à construire une légende de leurs propres mains.

Hélas, le retour d'Aurangzeb gâcha cette année de progrès et de sérénité. Comme toujours, il avait mené campagne contre les Perses, mais les combats avaient été plus violents que jamais. Il avait conquis et réquisitionné leurs forts avant de se retrouver assiégé à son tour lorsqu'ils avaient reçu des renforts. Son armée avait été décimée à tel point qu'il avait finalement été forcé de fuir vers le sud : c'est à la tête de troupes affamées et en haillons qu'il rentra dans Agra.

Aurangzeb n'avait jamais goûté à la défaite et le Fort Rouge résonnait encore des récits de ses victoires sur des hordes de Perses trois fois plus nombreuses. Sa retraite fut d'autant plus humiliante, et peu importait à mon frère qu'il eût été confronté à des forces supérieures aux siennes. Pour aggraver la situation, les habitants du plateau du Deccan, sachant que nous avions subi des revers, se rebellèrent une fois encore en déclarant leur indépendance. Notre garnison postée au sud fut submergée et des milliers de nos soldats périrent dans des circonstances effroyables.

Aussi mon frère était-il d'une humeur massacrante quand il revint à Agra. Lorsqu'il se présenta devant le Diwan-i Am, il fit porter la responsabilité de sa déroute aux soldats hindous et prétendit qu'ils ne combattaient pas avec la même ardeur que les musulmans. Père aurait pu le croire, mais il fut assez sage pour tenir sa langue car il avait fait des efforts non négligeables afin de cultiver certaines amitiés avec de puissants hindous, dont beaucoup étaient présents ce jour-là. Dara, qui, je crois, avait enfin commencé à prendre son frère en aversion, contredit avec véhémence les doléances de ce dernier ; tous deux se disputèrent en public et mon père eut peine à cacher sa consternation. Bientôt, la cour fut en émoi : musulmans et hindous se lancèrent des insultes à la tête.

Bien que les hindous fussent majoritaires, les musulmans régnaient depuis des générations. Nous avions réussi à conserver le pouvoir en traitant généralement nos compatriotes en égaux. Pourtant, à présent, le fils de l'empereur dénigrait les représentants de l'autre confession. On aurait pu penser qu'Aurangzeb hésiterait à offenser les hindous, qui constituaient une fraction de ses forces armées, mais il semblait indifférent à ce genre de considérations, peut-être parce que les musulmans lui étaient farouchement fidèles et occupaient pratiquement tous les postes dans la hiérarchie militaire.

Je m'abstins d'intervenir durant cette séance agitée mais j'observai attentivement les uns et les autres. Je voulais savoir quels nobles se rangeraient du côté d'Aurangzeb et lesquels conserveraient leur loyauté à père et à Dara. Pour ce que j'en voyais, la scission s'opérait à peu près à parts égales. Balkhi, le garde du corps d'Aurangzeb, ne lâcha pas son maître d'une semelle pendant la dispute tout en scrutant la foule pour y détecter un danger potentiel. À un moment, il se tourna vers moi et nous nous toisâmes. Il se lécha les lèvres, agité par un frémissement intérieur.

Ce n'est plus qu'une question de temps, pensai-je, mais le sang coulera dans cette famille. Quand père mourra – ô Allah, faites que cela n'arrive pas avant de longues années ! – Aurangzeb obtiendra le trône du Paon par la violence. Dara pourra bien s'y opposer, mais sera-t-il assez fort ?

Alors que j'aurais dû soutenir le frère que j'aimais, je me demandai si, dans l'intérêt de ma fille, je ne devrais pas trahir Dara et abonder dans le sens d'Aurangzeb. Manifestement, c'était la tactique la plus sûre, car ce dernier tuait ses ennemis alors que Dara essayait de se les concilier.

Plus tard ce soir-là, les rares doutes qui subsistaient dans mon esprit furent définitivement dissipés. Un grand temple hindou fut mystérieusement incendié et quatre moines périrent brûlés vifs à l'intérieur. Bien qu'aucune preuve ne pût lier ce crime à Aurangzeb ou à ses subalternes, j'étais convaincue de sa culpabilité. Mais pourquoi, me demandai-je, chercherait-il à déstabiliser l'équilibre précaire de l'empire ? En quoi l'anarchie ferait-elle avancer sa cause ?

La réponse apparut lorsqu'une mosquée fut brûlée en guise de représailles. Des heurts éclatèrent entre nos deux peuples et des dizaines, si ce n'est des centaines de personnes moururent cette nuit-là. Plus de musulmans que d'hindous périrent. Aussi, le jour suivant, d'autres nobles se rangèrent-ils du côté d'Aurangzeb. Il semblait travailler à gagner leur loyauté en les unissant dans la peur des masses.

Père, cependant, n'était pas dupe. Il ordonna à l'armée d'investir les rues et de réprimer toute nouvelle émeute. Si rapide que fût l'ascension d'Aurangzeb dans les rangs des militaires, l'empereur était notre commandant suprême et les hommes l'auraient suivi jusqu'en enfer. Personne ne remettait ses ordres en question. Les fauteurs de troubles, du moins ceux qui continuaient à se battre et à tuer, furent arrêtés. Pour apporter la preuve de sa fidélité aux hindous aussi bien qu'aux musulmans, père fit exécuter ces hommes. Puis il alloua des montants d'or égaux aux deux confessions pour la reconstruction du temple et de la mosquée. Il fit ensuite savoir que quiconque détruirait la paix serait mis à mort, sans appel.

Père convoqua Dara et Aurangzeb. J'étais également présente. Nous nous retrouvâmes sur le balcon privé de père au sommet du Fort Rouge, une sorte de cour surplombant le fleuve, meublée de cyprès nains dans des pots vernis, de coussins tubulaires et d'un tapis en cachemire représentant un jardin au bord d'un fleuve. Père et moi étions déjà accoudés à un coussin à l'arrivée de mes frères. L'un et l'autre avaient l'air courroucé.

Comme l'aube n'était pas loin, les domestiques nous apportèrent des fruits et du thé. Ils travaillaient à la cour depuis assez longtemps pour connaître le différend qui opposait mes frères, aussi se hâtèrent-ils de se retirer, tirant les portes de bronze derrière eux. Aurangzeb arborait désormais une barbe bien taillée. La rumeur disait qu'il observait un antique rite islamique et ne se raserait la barbe que lorsque tous ses ennemis seraient morts.

Père ne fit pas mine de prendre la parole. Moi non plus. Au lieu de cela, je regardai vers le sud-est, et mon regard se posa sur le Taj Mahal. Malgré les échafaudages en bois qui masquaient la plus grande partie de sa façade, le marbre d'un blanc éclatant scintillait au travers. Des hommes allaient et venaient sur les planches comme des fourmis. Des outils en acier étincelaient dans la lumière matinale tandis que les maçons travaillaient la pierre.

Parfois, au milieu du chaos, j'apercevais Isa.

« Les idioties d'hier ne devront jamais se reproduire, se contenta de dire père, en serrant les poings sur ses genoux. Pas de mon vivant. » Ses traits, toujours empreints d'amour, étaient très sévères ce matin-là. « Aurangzeb, au nom d'Allah, pourquoi as-tu voulu créer un tel désordre au moment même où nos ennemis nous attaquent au nord et au sud ? »

Mon jeune frère se raidit. « J'ai dit la vérité. Les hindous ne valent rien comme soldats. Encore moins que des chiens. Quand leurs lignes ont été brisées, les lâches ont quitté leurs positions.

– Dans ce cas, fais rétrograder les officiers qui les commandaient, ou fais-les exécuter, si tu veux, mais ne reviens plus à ma cour insulter des hommes qui combattaient déjà pour l'empire quand tu tétais encore le sein de ta mère !

– Nous devons rester en paix avec les hindous…

– Je n'ai pas terminé, Dara, alors tiens ta langue ! » s'exclama père. Aurangzeb se détendit en entendant la remontrance adressée à son frère mais père se retourna vers lui. « Mettre le feu à ce temple constituait un acte de trahison !

– Je n'ai rien fait de la sorte.

– Vraiment ?

– Non.

– Est-ce que je ressemble à un chameau ? Parce que, si ce n'est pas le cas, cesse de me traiter comme tel ! » Père croqua une pomme avec impatience. Jamais je ne l'avais vu si en colère. « Crois-tu donc, Aurangzeb, être le seul à avoir des espions ? Bien sûr que je sais que tu as ordonné l'incendie de ce temple. Quant à savoir pourquoi tu te comportes comme un enfant qui en veut au monde entier, c'est entre Allah et toi. Une chose est sûre, je n'y comprends rien. Oh, je comprends quelles faveurs tu cherches à t'attirer, mais les nobles que tu t'attaches sont moins nombreux que ceux dont tu attises les foudres ! À présent, mon fils, plus d'un sabre hindou cherchera à se loger dans ton dos, je le crains.

– Mes ennemis trouvent toujours à qui parler », répondit promptement Aurangzeb – un peu trop promptement, peut-être. Ladli m'avait un jour parlé de sa crainte obsessionnelle d'être assassiné et père avait mis le doigt sur sa peur la plus profonde.

Père croqua à nouveau sa pomme. « Je vais te dire une chose, reprit-il avec un regard furieux à Aurangzeb. Les ennemis se multiplient comme des rats. On peut les écraser, les empoisonner, les brûler, d'autres apparaîtront sans cesse. Que l'on vive en temps de paix ou en temps de guerre, d'abondance ou de famine, cela n'y changera rien ! Les ennemis comploteront toujours dans votre dos.

– Et pourtant tu es toujours vivant.

– Parce que je ne cherche pas à insulter le peuple même qui m'a donné le pouvoir ! Qui cuisine mes repas, compose mes armées, paie mes impôts.

– Ce sont des musulmans qui…

– Tu es un bon soldat, Aurangzeb, mais un véritable enfant, s'agissant des affaires de la cour ! Tu serais un guépard que les nobles les plus habiles pourraient promener en laisse et le simple jouet de Jahanara si elle devait monter sur le trône du Paon. »

Aurangzeb serra les dents, le visage crispé. « Tu laisserais une femme…

– Elle ferait une excellente impératrice ! rétorqua père.

Crois-tu que ta mère n'aurait pas su diriger l'empire ? Elle n'aurait sûrement pas divisé notre peuple ni passé ses journées à étudier les religions du monde. »

Jusqu'alors épargné par le courroux de père, Dara fit la grimace. C'est alors que je compris la situation de mon père. Malgré la force de son amour pour Dara, il craignait manifestement que son fils aîné fût trop faible pour tenir nos ennemis en laisse.

« J'ai besoin de ton aide, Aurangzeb, admit père. Mais je ne peux pas tolérer que tu affaiblisses l'empire ! À compter d'aujourd'hui, tu traiteras les hindous avec respect. Nous ne pouvons nous passer de leur soutien ! S'il parvient à mes oreilles qu'un autre temple a été profané ou stupidement mis à mal, je te ferai récurer les écuries ! »

La main d'Aurangzeb se contracta et je crus qu'il allait saisir son sabre. Je suis certaine qu'à cet instant, il faillit tourner son arme contre nous. S'il nous éventrait, il pourrait revendiquer le trône. Ladli m'avait confié qu'il redoutait la colère des nobles s'il tuait père. J'estimais qu'elle avait en partie raison, mais, à mon avis, sa foi l'emporta sur le reste dans sa décision. Car dans l'islam, il n'existe pas de péché plus grand que de tuer son père.

« Où dois-je conduire mon armée ? finit-il par demander avec un regard où couvait la haine.

– Prends cinquante mille hommes et va au nord affronter les Perses. Ils constituent la menace la plus imminente. Les habitants du Deccan seront matés plus tard. Mets les Perses en déroute. Fais raser leurs forts, empoisonner leurs puits et brûler leurs récoltes. Mets-les dans l'impossibilité de nous livrer bataille. »

Jamais Aurangzeb n'avait conduit une armée si nombreuse. Bien que père l'eût humilié, mon frère dut être content d'en obtenir le commandement. « Combien de têtes veux-tu que je ramène ? demanda-t-il, en regardant par terre.

– Brise-les, Aurangzeb. Il nous reviendra de leur dicter les termes de la paix. »

Aurangzeb prit congé sans autre forme de procès. Quand il fut parti, Dara se redressa. « Vous rappelez-vous la bataille de…

– Viens-en au fait, Dara ! » l'interrompit père.

Mon frère aîné sourcilla car il avait coutume de parler par circonvolutions. « Est-il sage, père, de laisser Agra si mal protégée ? »

Père et moi savions tous deux que ce qui préoccupait vraiment Dara était qu'Aurangzeb eût cinquante mille de nos meilleurs soldats sous son commandement. « Agra, rétorqua père, est tout à fait capable de se défendre seule. Nous disposons d'une armée encore plus nombreuse à moins d'une demi-journée de marche de la ville.

– Si proche ?

– Ainsi que je l'ai dit. À présent, tu devrais peut-être t'acquitter de tes obligations. Du moins, si tes livres t'y autorisent. »

Dara esquissa un pâle sourire. « Père, mes livres resteront fermés. »

En l'absence de mon frère, le soleil sembla plus chaud. L'empereur et moi nous assîmes face à ses rayons en dégustant des cubes de melon. Père était soudain devenu silencieux et j'hésitai à le déranger. Je choisis plutôt de réfléchir à la meilleure façon d'en user avec Aurangzeb. Il était évident que père et lui disposaient de vastes réseaux d'espions. Je n'avais que Ladli. Et si je voulais venir en aide à Dara, j'aurais besoin de plus d'informations qu'elle ne pourrait en glaner. Mais en qui pouvais-je avoir confiance ?

« Des moustiques, dit père. Mes fils sont aussi agaçants que des moustiques. »

Très loin en contrebas, un singe bondissait d'un toit à l'autre. Le Fort Rouge était envahi par ces créatures qui nous servaient souvent d'animaux de compagnie. « Pardonne-moi cette remarque, murmurai-je, cependant je pense que tu t'appuies trop sur Aurangzeb.

– Mais que dois-je faire, Jahanara ? Il a toujours été convenu que le trône reviendrait à Dara ; mais est-il homme à inspirer la crainte dans le cœur endurci de ces Perses ? Dans celui des habitants du Deccan ? Et des Portugais ? Malheureusement, je pense que non. Et Aurangzeb, bien que je... ne le porte guère dans mon cœur, est capable de vaincre nos ennemis.

– Mais les vaincre à quel prix ? Il n'acceptera jamais de vivre en paix avec nos voisins ni avec les hindous. Il va tout détruire... »

Père leva la main. « Voilà pourquoi nous devons aider Dara à devenir un dirigeant. Il est plus avisé qu'Aurangzeb. À présent, nous devons lui apprendre à être presque aussi féroce. »

J'estimais que cette tâche relevait de l'impossible, mais n'en dis rien. J'étais lasse de ces conversations. J'avais envie de donner des nouvelles de ma petite Arjumand à père, de lui dire combien elle rampait vite. Ou l'entretenir de notre mausolée. Au lieu de cela, nous restâmes assis là, à nourrir nos inquiétudes.

Je vais me préoccuper des affaires de l'empire pendant une journée, me dis-je. Je vais intriguer et comploter comme mère l'aurait voulu. Mais, dès ce soir, Isa et Arjumand occuperont toutes mes pensées.

J'embrassai père et me dirigeai vers le Taj Mahal. Je choisis de prendre le temps de marcher plutôt que de m'y rendre à cheval. En longeant les rues d'Agra, puis les larges avenues qui menaient au mausolée, je me concentrai sur les moyens qui me permettraient de mieux comprendre Aurangzeb. Une solution m'apparut ; pourtant, j'hésitai à emprunter de tels détours. Car cette idée mettait en péril la vie d'un de mes proches.

Ayant résolu à contrecœur, bien à contrecœur, de laisser décider mon compagnon, je pris la direction des jardins du Taj Mahal. Ses arbres destinés à donner de l'ombre et plantés plusieurs années auparavant étaient aujourd'hui aussi grands que moi. Sous leurs minces troncs s'alignait une jolie petite rangée de tulipes, de crocus et de dahlias. Des carpes koï évoluaient dans les canaux qui longeaient le chemin en gobant les insectes qui se posaient à la surface de l'eau.

J'eus tôt fait de trouver Nizam. À cheval sur l'encolure d'un éléphant, il exhortait sa monture à tracter un fagot de bambous jusqu'à la base de la plate-forme. Quand l'éléphant finit par obéir, Nizam le récompensa avec un morceau de canne à sucre, que l'animal attrapa avec sa trompe agile. Nizam, dont l'allure avait toujours semblé si féminine dans le harem, était désormais plus viril que bien des hommes de ma connaissance. Des années de labeur sur le chantier l'avaient aidé à développer la musculature d'un lutteur. Sa poitrine et ses épaules étaient plus larges. Jusqu'à son maintien qui paraissait plus droit.

Il sauta à bas de sa monture avec l'agilité d'un guépard. Sans que j'aie besoin de le lui demander, il me suivit jusqu'au bord du fleuve, à l'écart des milliers d'ouvriers. Trois barges étaient amarrées sur la berge. Nous passâmes devant ces géants endormis pour rejoindre un endroit plus tranquille où des femmes s'affairaient à battre des vêtements sur des rochers. Avec un frisson, je reconnus l'endroit où j'avais failli me noyer.

« Votre Altesse ? demanda Nizam quand, au détour d'un virage, nous nous retrouvâmes seuls.

– Comment vas-tu, Nizam ?

– Je me porte bien, merci.

– Je veux dire, comment te sens-tu vraiment ? »

Après avoir lancé un regard au Taj Mahal, dont il sembla s'imprégner, il répondit : « Heureux. »

À cet instant, je faillis renoncer à ma question, car je ne souhaitais rien moins que rendre ce bonheur transitoire. Mais, comme on m'avait toujours enseigné que le devoir doit prévaloir sur ce genre d'émotion, je me forçai à poursuivre : « Serais-tu prêt à quitter cet endroit ?

– Le quitter ? Mais pourquoi ? »

Je me demandai une fois encore si je ne devais pas trouver quelqu'un d'autre. Peut-être pourrais-je simplement louer les services d'un soldat pour accomplir la tâche requise.

« Pourquoi, Votre Majesté ? »

Tirant encore mon voile sur mon front, je répondis : « Aurangzeb se rendra bientôt dans le nord du pays pour combattre les Perses.

– C'est ce que j'ai entendu dire.

– Nizam, tu connais mieux que quiconque son… hostilité envers Dara et moi. » Après m'être assurée que personne ne s'était insensiblement approché de nous, je poursuivis : « Rares sont ceux qui le savent, mais il a récemment essayé d'attenter à la vie de Dara. Ta viande avariée l'a sauvé.

– Mais comment ?

– Peu importe. L'essentiel est que je suis au fait de ses tactiques. Enfin, ses tactiques militaires. Il a le commandement de cinquante mille hommes, Nizam. Cinquante mille. Mais quel usage en fait-il ? Comment tend-il ses embuscades, qu'est-ce que ses ennemis redoutent le plus ? Il faut que j'apprenne tout de ses points forts et de ses faiblesses ; je crains en effet qu'un jour, à la mort de père, Aurangzeb et Dara ne s'affrontent sur un champ de bataille. Si cela arrive, j'ai l'intention de me ranger du côté de Dara. Et j'aurai besoin de lui prodiguer des conseils avisés.

– Je ne suis pas formé aux affaires militaires, Votre Majesté.

– Personne ne l'est de manière innée. Mais certains sont capables d'apprendre ces choses et tu les apprendrais plus vite que la plupart des gens. Tu apprends rien qu'en regardant, Nizam. Contrairement à moi, tu ne poses pas de questions, mais rien ne t'échappe. Tu comprends la meilleure façon d'agencer les pierres et bientôt tu t'y emploies toi-même. De même, tu comprendras comment se déploie l'armée d'Aurangzeb, et ainsi tu pourras en anticiper les manœuvres.

– Comment vais-je intégrer son armée ?

– Aurangzeb va enrôler de nouveaux soldats avant de partir. Il te serait facile de rejoindre ses rangs.

– Et puis-je vous demander à quel point vous avez besoin de moi ? »

Jamais je n'avais menti à Nizam et je n'allais pas commencer aujourd'hui. « J'ai besoin de toi, mon ami. Mais pas au point de te rendre malheureux. Si travailler avec tes nouveaux compagnons sur le chantier du Taj Mahal est ce qui te plaît, alors je te demande de rester. Travaille jusqu'à ce que le mausolée soit achevé et ton nom restera peut-être dans l'histoire. Moi, en tout cas, je ne t'oublierai pas. »

Il essuya ses mains pleines de terre, qui semblaient immenses, comme son corps tout entier. « Je me demande si la Perse est aussi belle que l'Hindoustan. Est-ce possible ?

– Peu probable. Et tu y livreras bataille, Nizam. Tu pourrais mourir à la guerre, Aurangzeb pourrait te percer à jour.

– Me percer à jour ? » Il émit un grognement. « Votre frère n'a jamais su lire en moi, Votre Majesté. Ni quand je lui servais son dîner ni quand je le laissais me battre avec un sabre en bois. »

En entendant ces mots, incapable de garder mon calme, je lui pris la main. Entre les siens mes doigts ressemblaient à ceux d'un enfant. « Tu mérites mieux que ces souvenirs-là. Tu aurais dû être notre ami, pas notre esclave.

– Ne sommes-nous pas amis, Jahanara ? »

Il ne m'avait encore jamais appelée par mon prénom et je serrai sa main plus fort. J'avais très envie de l'embrasser sur la joue, mais je savais que cela le plongerait dans l'embarras. « Oui, répondis-je. Et nous resterons toujours amis.

– Alors ne vous inquiétez pas du passé. Car il est bien loin. »

Quelle noblesse d'âme ! pensai-je. Quel homme noble, fort et hors du commun ! « Merci, Nizam, dis-je. Merci d'être tel que tu es.

– Merci de me voir tel que je suis. »

Nous retournâmes au Taj Mahal en nous arrêtant pour admirer l'imposant dôme, alors presque à moitié terminé. Sous la coupole s'alignaient d'élégants piliers, composant quatre arches principales au total, une pour chaque face de la structure carrée. Deux voûtes plus petites, placées l'une au-dessus de l'autre, jouxtaient les arches plus vastes. Et, à chacun des coins taillés en biais de ce carré presque octogonal, se dressait une autre série de deux voûtes, l'une au-dessus de l'autre. Isa avait dessiné des arches qui évoquent les portes du paradis. Bien que les ouvriers eussent commencé par rire de cette idée qu'ils estimaient irréaliste, Isa avait bel et bien raison : ces arches auraient pu être des portiques. Et le paradis – du moins l'espérais-je – n'approchait que de loin une splendeur pareille.

« Il va me manquer, Votre Majesté.

– Je sais. Et toi, comme tu vas me manquer !

– Je ne serai pas parti longtemps, dit-il. Car je veux que cette guerre se termine.

– Promis ? » En le voyant acquiescer, j'ajoutai : « Reviens sain et sauf ou je ne me le pardonnerai jamais.

– Au revoir, Votre Majesté. »

Je lui serrai la main et le regardai s'éloigner. Au lieu de quitter le chantier du mausolée, il rejoignit son éléphant comme s'il avait envie d'ajouter quelques pierres à l'édifice avant de partir. Un jour, me dis-je, je récompenserai cet homme. Je récompenserai tous ceux qui ont couru tant de risques.

Tremblante, je retournai jusqu'à ma chambre dans le Fort Rouge. Arjumand me procura des instants de joie, puis mes pensées s'assombrirent. Je m'inquiétais pour mes amis. De quel droit mettais-je Ladli et Nizam en danger ? Comment pouvais-je transformer notre amitié en une telle… servitude ? Ces pensées me préoccupèrent tout l'après-midi. Elles m'assaillirent encore pendant le dîner et toute la soirée. Pour finir, je trouvai la force d'emmener Arjumand dans le long couloir qui conduisait à la maison d'Isa. Il m'accueillit sur les marches. Pourtant, ce soir-là, comme jamais auparavant ou presque, sa présence ne suffit pas à m'égayer. Je me sentais impure, comme si mes péchés avaient contaminé ma chair.

« Qu'est-ce qui te préoccupe ? » demanda-t-il, tandis que je m'asseyais avec lassitude pour donner le sein à Arjumand. Je n'avais guère envie d'en parler, mais, comme il insistait, je lui racontai tout ce qui s'était passé et comment j'avais utilisé

Nizam. « Tu lui as laissé le choix, Jahanara, protesta Isa. Il n'était pas obligé d'y aller.

– C'est vrai ? »

Il prit Arjumand et posa un baiser sur sa joue rebondie. « Tu veux la vérité vraie ? Non, tu ne lui as pas laissé le choix. Car pour Nizam le devoir est une chose sacrée. Même s'il adorait travailler à l'édification du Taj Mahal, il ne se serait jamais pardonné d'avoir failli à son devoir envers toi.

– Il n'a jamais failli envers moi. C'est moi qui l'ai fait. »

Isa embrassa encore notre fille puis la reposa doucement dans son berceau. Il fredonna en lui caressant la jambe jusqu'à ce qu'elle s'apaise. Puis il vint s'asseoir sur le tapis qui nous servait de lit et glissa un deuxième coussin sous mon dos. « Mon hirondelle, je crois que Nizam pensera sans doute que l'armée n'est pas si terrible. Rappelle-toi, sur le Gange, il partait chaque jour sur son cheval à la découverte de nouveaux endroits. Son œil était insatiable. Et, à présent, il va découvrir la Perse et cheminer avec des soldats qui deviendront ses amis.

– Je n'ai pas oublié. Mais il n'était pas à la guerre.

– Un jour, Jahanara, tu lui revaudras cela. Tu lui achèteras un lopin de terre et tu le laisseras y construire lui-même sa maison. Peut-être l'y aideras-tu. Rien ne le rendrait plus heureux. »

Avec un soupir, je défis mon voile, redoutant de ne jamais pouvoir assez récompenser Nizam. « Et toi, qu'est-ce qui te rendrait heureux ?

– Vraiment heureux ?

– Oui.

– Que tu te voies telle que je te vois.

– Comment cela ?

– Tu es l'inspiration. La beauté, la grâce et la sagesse concentrées dans une frêle charpente. »

Je me mordis la lèvre, me délectant de paroles que je ne parvenais pas à croire. « Pouvons-nous en reparler demain ?

– Tu devrais t'aimer toi-même. Mais hélas, pour que tu le puisses, il faut que d'autres t'aiment. C'est ta seule faiblesse, Jahanara. Tu mènes ton existence comme tu crois devoir le faire aux yeux des autres. Tu vis pour ton père, ta mère, pour tous, sauf pour toi-même.

– Mais j'ai besoin…

– De vivre comme tu l'entends.

– Je ne sais pas de quoi j'ai envie.

– Mais si, tu le sais. Pourtant, tu t'y autorises rarement. » Mes yeux picotaient. Mon nez se mit à couler. « En ce moment même, dit-il, en promenant ses mains sur mon visage, tu te retiens de pleurer comme si tu redoutais que je te juge trop faible. » Je ne trouvai rien à répondre. Isa disait vrai, mais jamais je ne l'aurais admis. « Vois-toi comme je te vois, mon hirondelle. Ainsi, tu n'auras plus besoin de retenir tes larmes. Vis comme tu l'entends et tu seras en paix avec toi-même. »

13

Karma

Exactement deux jours après ma conversation avec Nizam, Allah me plaça face à un choix. Un choix bien difficile, mais qui, à n'en pas douter, changerait ma vie à jamais.

La journée était placée sous de bons auspices, assurément, car nous avions achevé le revêtement en marbre blanc de l'un des quatre minarets. La tourelle était aussi élancée qu'une tige de bambou, haute comme cinquante hommes et cerclée de trois anneaux de pierre. Au sommet, d'élégantes arches supportaient un petit dôme.

Nous célébrâmes cette réussite pendant presque toute la journée. L'armée d'Aurangzeb n'avait pas encore quitté Agra, aussi Nizam était-il à nos côtés quand la dernière plaque de marbre fut délicatement mise en place et scellée. Père avait ordonné que des tonneaux de vin soient acheminés sur le chantier et quatre-vingts bœufs abattus puis mis à la broche. Bien sûr, les ouvriers hindous ne mangeaient pas de cette viande, mais père avait tenu compte de leur présence. Empilés sur les étals des marchands se trouvaient d'innombrables plats de riz aux épices, de patates douces, sorbets, yaourts, noix et fruits.

Vingt-deux mille ouvriers burent et firent bombance. Des

tournois de lutte, des courses et des concours de lever de poids suivirent. Des dizaines de matchs de polo, mais sans chevaux, s'improvisèrent également sur le site. Chose incroyable, musulmans et hindous festoyèrent ensemble, eux qui s'étaient entre-tués si peu de temps avant. Mais en présence de Dara et de père, qui avaient l'un et l'autre de nombreux amis hindous, les tensions eurent tôt fait de se dissiper.

Nous vidâmes les tonneaux jusqu'à la dernière goutte.

Jamais je n'avais pleinement joui de la compagnie d'Isa en public, mais, ce jour-là, cela paraissait naturel. J'étais son assistante, après tout, et nous avions le droit de célébrer l'événement ensemble. Nous formions un cercle, lui, moi, Nizam et un groupe de maçons confirmés. Les ouvriers plaisantaient, évoquant des incidents amusants, comme le jour où l'éléphant de Nizam, en proie à un désir brûlant de copuler, avait chargé vers le fleuve, empalé ses défenses dans une barge et manqué noyer mon ami.

Ce n'est que peu avant l'aube, lorsque les ouvriers commencèrent à rentrer chez eux, que je saluai Isa d'un signe de la main avant de reprendre le chemin du Fort Rouge. Arjumand me manquait et j'avais envie de la tenir tout contre moi. J'en avais besoin. J'avais bu une bonne quantité de vin, aussi mes jambes étaient-elles plus lourdes qu'à l'accoutumée. En tout cas, l'alcool avait égayé mon humeur, déjà allégée par l'empressement apparent de Nizam à me pardonner ma requête. Plus tôt dans la journée, j'étais allée le trouver pour lui offrir une broche en porcelaine contenant un portrait de mère. Il adorait son ancienne maîtresse, j'en étais certaine, et mon présent l'avait laissé bouche bée.

Mon humeur s'était largement améliorée grâce aux sourires reconnaissants de Nizam et je me hâtai à présent d'aller retrouver Arjumand. À mesure que je m'approchais du Fort Rouge, le chaos habituel des ruelles toujours plus étroites de la ville s'amplifiait. Des enfants donnaient la chasse à un bébé singe. Des attelages de bœufs conduits par des guerriers chariaient vers la citadelle des canons tout juste sortis des forges. Les bruits incessants du marchandage dominaient les allées : les domestiques achetaient des poulets encore vivants, ces dames promenaient leurs regards sur des guirlandes de fleurs et les maçons demandaient des prix exorbitants pour des panneaux en pierre treillissés.

Quand j'arrivai à proximité du Fort Rouge, de petits vagabonds s'attroupèrent autour de moi. Je tendis des pièces aux enfants et aux lépreux jusqu'à ce que mes poches soient vides. Pourtant, ils ne me lâchèrent pas d'une semelle, m'implorant de leur en donner toujours plus. Ils me suivirent jusqu'à ce que je franchisse les portes principales du Fort Rouge où les gardes s'immobilisèrent derrière moi, interdisant l'entrée aux mendiants. Je passai devant un étal de papayes fraîches et, en voyant leur aspect alléchant, je cherchai des roupies dans mes poches. C'est alors que je m'aperçus que j'avais distribué tout mon argent !

Le vin est une réelle bénédiction, pensai-je, il permet tout simplement d'oublier.

Je parcourus les corridors sinueux du fort et gravis d'interminables escaliers. Quand j'atteignis enfin l'étage des appartements royaux, j'étais à bout de souffle. Ma chambre était l'avant-avant-dernière et j'allai dire bonjour à la nourrice et à mon bébé. La fille de la nourrice était morte d'une fièvre, aussi s'était-elle attachée à Arjumand comme le colvert au lac. J'avais une entière confiance en elle.

En passant devant la porte d'Aurangzeb, j'entendis un bruit

s'en échapper, un gémissement à peine audible. Le vin doit me jouer des tours, décidai-je, mais la plainte se fit à nouveau entendre. Il était inhabituel d'entendre un tel bruit dans la chambre d'Aurangzeb, car il avait coutume de dormir avec sa famille dans un palais situé à l'extérieur du fort. En temps normal, j'aurais passé mon chemin sans une hésitation, mais, enhardie par le vin, j'allai frapper à sa porte. Un murmure me répondit, qui me priait d'entrer.

« Mais doucement », prévint la voix.

Troublée, j'ouvris la porte avec précaution. À mon grand étonnement, Aurangzeb et son épouse – une jeune femme rondelette de haut rang – étaient terrés dans un coin de la pièce. À quelques pas d'eux se trouvait un panier renversé. Au milieu des tulipes éparpillées oscillait un énorme cobra. Le serpent s'était dressé, son capuchon noir déployé, dardant la langue.

Il me suffit d'un instant pour comprendre ce qui s'était passé. On avait essayé d'assassiner Aurangzeb en déposant ce présent mortel dans sa chambre. Le visage frémissant, mon frère contemplait le serpent, à moins d'un pas de lui. Si Aurangzeb faisait le moindre geste, il connaîtrait une mort certaine, lente et douloureuse. Sa femme, dont les larmes gouttaient sur le sol, restait en retrait.

Sans faire un mouvement, qu'Allah me pardonne, je me mis à réfléchir. Que devais-je faire ? Sauver un frère et le laisser assassiner les autres ? Permettre qu'Aurangzeb meure, fût-il mon ennemi ? Je poussai un grognement, en proie à un doute terrible. Et si les hindous avaient raison et que le karma régît l'univers ? En laissant Aurangzeb mourir, assurément, j'en serais punie par la suite. Pourtant, si je le laissais vivre, ma famille souffrirait à bien plus brève échéance. N'avait-il pas courtisé la mort en offensant tant d'hindous ? Son meurtrier, quel qu'il fût, servait ma cause. À n'en pas douter, je devais tourner les talons !

L'épouse d'Aurangzeb gémit faiblement et, pour toute réponse, le serpent se mit à siffler. D'une taille monstrueuse, il était aussi long que l'envergure de mes bras étendus et gros comme ma cheville. Mon frère tremblait de tous ses membres et, à ma surprise, je constatai qu'il était terrorisé. Cet homme qu'aucun sabre ni aucun canon n'effrayait, qui ne reculait devant aucune charge d'éléphants de guerre ! lui qui n'avait pas son pareil sur les champs de bataille, toujours en première ligne, persuadé qu'Allah le protégeait ! Où était passé son protecteur ? Pourquoi la foi lui faisait-elle si cruellement défaut face à un simple cobra ?

Mon frère essaya de me parler, mais seul un râle s'échappa de ses lèvres frémissantes. Sa femme s'écarta de lui et, la langue fureteuse, le cobra se redressa encore. L'animal semblait indifférent à l'épouse, il n'avait d'yeux que pour Aurangzeb. Consciente que j'aurais dû partir, j'en étais pourtant incapable. Comment peut-on laisser mourir son frère ? Certes, il m'avait tourné le dos, autrefois ; mais, si je l'imitais, je ne pourrais plus affirmer être meilleure que lui. Si je l'abandonnais à son sort, pourrais-je dire un jour à Arjumand, en toute honnêteté, que j'avais mené une existence honnête ?

Aussi m'avançai-je insensiblement vers une longue table sur laquelle était posé le sabre d'Aurangzeb. Le cobra dut sentir mon odeur, mais il ne se tourna pas vers moi. Les jambes flageolantes, je glissai sur les épais tapis en redoutant que l'animal perçoive mes pas hésitants. Je ne le quittai pas des yeux car, s'il faisait volte-face, je n'aurais que quelques secondes pour réagir.

La chambre n'était pas grande. Je ne tardai pas à atteindre la table. Le sabre d'Aurangzeb était dans son fourreau. Je me mis lentement à genoux, posai une main sur la garde et l'autre sur l'étui. Avec force précautions, je tirai le sabre. L'arme bien huilée sortit sans bruit. Presque tous nos guerriers étaient dotés de sabres à une seule main, mais la garde de cette arme-là était destinée à être tenue à deux mains.

Le poids du sabre était incroyable mais le brandir me parut étrangement rassurant. Je me remis à avancer doucement. Était-ce ce pouvoir que ressentaient les hommes sur un champ de bataille ? Je m'imaginai un instant en train de charger un seigneur de guerre perse avec cette arme. Les hommes pensent-ils dans ces moments-là ? Ou sont-ils habités par la rage ? Par la peur ?

Bientôt, je me retrouvai à deux pas du cobra. Chose étonnante, sa tête encapuchonnée était toujours tournée de l'autre côté. Si peu maniable qu'il fût, je brandis mon sabre au-dessus de mon épaule droite. Sur le point d'avancer d'un pas, rien qu'un dernier pas, je m'immobilisai quand la créature fit volte-face. Elle siffla en m'apercevant et recula sa tête comme pour attaquer.

En poussant un cri, je donnai un coup de sabre. Comme tous les objets pesants, il s'abattit sur le sol à une vitesse prodigieuse. À l'instant où le cobra s'élançait vers moi, son corps sinueux enserrant déjà ma cuisse, l'acier rencontra ses écailles. Mon sabre tomba juste sous le capuchon du serpent et le décapita. La tête rebondit sur le côté tandis que, dans son élan, le corps agité de soubresauts continua à s'enrouler autour de ma jambe. Je soulevai à nouveau le sabre bien au-dessus de ma tête et l'asénai de toutes mes forces sur le torse de l'animal qui s'élançait encore vers moi. La lame fendit le serpent, le tapis et le sol en pierre. L'arme se brisa à hauteur de la garde. Le corps du cobra sectionné en trois remuait encore et, lâchant le sabre que j'avais détruit, je reculai.

L'épouse d'Aurangzeb poussa un cri aigu en jetant ses bras autour de son cou. Quand il l'écarta, elle se remit à crier et à pleurer de façon incontrôlable. Mon frère chancelait, le visage encore tiraillé par des tics nerveux. « Laisse-nous ! » tonna-t-il à l'intention de sa femme qu'il empoigna par les cheveux pour la projeter vers la porte.

Elle passa à côté de moi d'un pas mal assuré, trébucha sur un coussin et s'enfuit dans le couloir. Je me retrouvai tremblante et hébétée. La langue du cobra jaillit, comme si elle me cherchait encore. J'avais échappé à la mort de bien peu ! Je revis la tête du serpent se tourner vers moi, gueule béante, avec ses crochets incurvés et tout blancs.

« Tu as changé d'avis ? » hurla Aurangzeb en contournant les restes du cobra pour s'approcher de moi.

Je ne compris pas ce qu'il voulait dire. « Quoi ?

– Pécheresse, tu as décidé que tu préférais me laisser vivre ? » Ses mains se posèrent brutalement sur mes épaules et ses doigts s'enfoncèrent douloureusement dans ma chair. « Le courage t'a manqué ?

– Le courage ?

– De me regarder mourir ! »

Une douleur explosa en moi. La haine jaillit : j'étais révulsée à l'idée qu'il fût de mon sang. « Tu crois que c'était moi ? » m'écriai-je, abasourdie de l'entendre m'accuser. Furieuse, je le repoussai.

« Toi, père, Dara. Qu'importe ! »

Le vin et le danger mortel que j'avais couru me donnèrent la force de m'en prendre à lui, de fondre sur lui et de lui marteler la poitrine. « Si, c'est important, idiot ! hurlai-je. Et c'était bien quelqu'un d'autre. Combien d'hommes te considèrent comme leur ennemi ? Cent ? Mille ? C'est peut-être le père d'une fille que tu as violée, un hindou dont tu as brûlé le temple ou un Perse que tu as épargné. Comment saurais-je qui a tenté de t'assassiner, et que m'importe ! Que m'importe ! » Je le frappai encore et il n'esquiva pas le coup mais se contenta de reculer.

« Jure-moi, sur la tombe de Mahomet, que tu n'es en rien mêlée à tout cela !

– T'aurais-je sauvé, idiot, si ç'avait été le cas ? »

Il réfléchit à mes paroles en posant un regard effrayé sur le cobra. « Alors, je te dois la vie, dit-il à regret. Cette dette, je te la revaudrai à une condition. » Je me fichais de ses conditions et je le lui dis. Mais, les poings fermés, en colère, Aurangzeb se contenta de cracher par terre. « Quand mon heure viendra, grande sœur, tu rejoindras mon camp et tu m'aideras à m'emparer du trône. Sinon je te tuerai et je mettrai ta fille dans les fers. »

Bien que prononcées par Aurangzeb, ces paroles me heurtèrent de plein fouet : « Mais je t'ai sauvé la vie…

– Et moi, je t'ai pardonné tes péchés ! lâcha-t-il en postillonnant. Tes innombrables péchés, par la miséricorde d'Allah ! Rejoins les rangs de mes alliés et tu vivras en paix. Mais si tu soutiens les hérétiques, tu connaîtras une mort terrible !

– Mon devoir est d'aider Dara ! le contrai-je, sentant la rage monter en moi. Pourquoi refuses-tu de lui laisser le trône ? Son règne serait symbolique et le véritable pouvoir te reviendrait ! »

Les lèvres d'Aurangzeb se retroussèrent en un rictus affreux. « Cet hérétique ne régnera jamais. Le trône me reviendra. Et moi, moi seul, restaurerai l'ordre dans l'empire. L'ordre d'Allah !

– Un lâche, Aurangzeb. Tu ne seras jamais qu'un lâche. »

La gifle qui s'abattit sur ma joue me fit tomber à genoux. « Sais-tu, petite voleuse, comment cela se passe après la bataille ? » demanda-t-il. Il me dominait de toute sa hauteur, le bord de sa tunique effleurant mon visage. « C'est un beau spectacle, tu peux me croire sur parole. Je lâche mes guerriers ivres de sang et de violence sur les infidèles. Les plus vieux sont massacrés à l'arme blanche. Les jeunes garçons sont castrés et réduits en esclavage. Mais les fillettes et les femmes connaissent un sort bien plus enviable. » Aurangzeb se pencha vers moi, les traits agités par des tics nerveux, les lèvres écumantes. Il m'attrapa par la ceinture et me tira brutalement sur mes pieds. « Combien de temps tiendrais-tu, pécheresse, livrée à mes soldats ? »

Révulsée par ses paroles, je le repoussai. « Les lâches font de bons violeurs. Mais ils sont moins fiers devant un serpent ! » De mon pied nu, je donnai un coup dans le cobra, le ramenant entre nous ; sa tête fut projetée contre le tibia d'Aurangzeb qui poussa un hurlement.

Pour échapper à sa fureur, je me réfugiai dans ma chambre dont je verrouillai la porte. Mon entrée soudaine arracha un petit cri à la nourrice qui écarta Arjumand de son sein rebondi. Je pris mon enfant dont je couvris le front de baisers en me maudissant d'avoir laissé vivre mon frère. Car désormais il n'y aurait plus de paix possible entre nous.

Troisième partie

En vérité, quand l'âme quitte le corps, ce dernier meurt ;
mais l'âme vivante ne meurt pas.
Cette essence subtile
est l'âme du monde lui-même.

Les Upanishads

« Mais pourquoi, Jaha, pourquoi n'as-tu pas laissé le cobra tuer Aurangzeb ? » me demande Gulbadan.

Combien de fois me suis-je posé cette question ? Mille ? Peut-être plus ? « Je n'ai pas pu tuer mon propre frère, dis-je tristement. Qu'Allah me pardonne, je voulais voir le cobra le mordre. Mais seriez-vous capables de regarder votre frère mourir ?

– Jamais ! s'exclame Rurayya.

– Bien sûr que non ! Après tout, Aurangzeb était issu du même ventre que moi. Et il n'avait pas toujours été cruel.

– Mais pourquoi a-t-il changé ? »

J'avais un jour posé la même question à père. Et, aujourd'hui, c'est sa réponse que je propose : « Pourquoi le soleil fuit-il à l'approche de la nuit ? Parce que le soleil lui-même abrite la peur dans son cœur. Et Aurangzeb, qui craignait tant de choses, ne savait apaiser ses craintes qu'en instillant l'effroi dans le cœur des autres.

– Hier comme aujourd'hui, ajoute Gulbadan.

– Oui, mon enfant. Mais d'autres ont l'amour et sont

capables d'endurer l'effroi. Alors qu'il n'en éprouve aucun et reste vulnérable à la peur. »

Mes petites-filles songent aux paroles que je viens de prononcer. En les regardant, je ressens étonnamment peu d'envie. Oh, je pourrais jalouser leur peau parfaite et leur énergie inépuisable, mais quelle chance elles auront si elles abritent un jour des souvenirs pareils aux miens. Car j'ai connu la joie d'aimer un homme exceptionnel. Il m'a tout donné et, bien qu'Allah nous ait séparés et qu'il me manque cruellement, je suis apaisée à l'idée de le rejoindre bientôt, à l'idée que ce que nous avons construit perdure.

Je pense encore à Isa lorsque Nizam ouvre un sac en coton à ses pieds, et en tire des rayons de miel. Tandis qu'il tend ces délices aux filles d'Arjumand, je remarque une longue et hideuse cicatrice sur son avant-bras, laissée par une lame féroce. Cette blessure fait naître de nouveaux souvenirs : je revois mon ami, un sabre ensanglanté à la main, en train de se battre pour me protéger. Quels hurlements il poussa ce jour-là ! Sa rage le rendait invulnérable. Si seulement nous avions eu une centaine de Nizam à nos côtés. Les poètes auraient immortalisé notre victoire et Dara…

Je chasse cette évocation. Allah devrait rester sourd à de telles pensées. Il a fait beaucoup pour moi et je devrais L'honorer en écartant les regrets. « Où en étais-je ? demandé-je faiblement, comme si mon antique mémoire n'abritait pas des idées toujours aussi affûtées que des faucilles.

– Tu venais de sauver la vie à ton frère, répond Gulbadan, qui abrite ses yeux du soleil de midi. Mais qu'est-il arrivé ensuite ? »

Je me demande par où commencer. Les années qui suivirent la naissance d'Arjumand furent pleines de joies et de souffrances. Elles furent les meilleures et les pires années de l'empire. « D'abord, nous connûmes des moments merveilleux, dis-je simplement. Puis vint la guerre. »

14

Une larme sur la joue du temps

Hormis l'amour grandissant que j'éprouvais pour Isa et Arjumand, aucun événement capital pour mon récit ne survint pendant sa petite enfance. Bien sûr, des incidents et des troubles eurent lieu – et je vais les évoquer à présent – mais rien de comparable aux vicissitudes qui se produisirent par la suite.

Aurangzeb ne tarda pas à quitter le Fort Rouge à la tête de son armée pour marcher sur les bastions des Perses, au nord du pays. En raison de ses talents de cavalier, Nizam se vit affecté à la cavalerie. On lui confia un arc, un carquois plein de flèches, un sabre, un poignard et un bouclier. Je lui achetai une belle monture. Pour éviter d'éveiller les soupçons, je ne lui donnai cependant qu'une couverture de chanvre en lambeaux et une vieille selle tout usée. Les nobles agrémentaient leur selle d'une doublure en soie et leurs rênes étaient serties de nacre. Nizam, quant à lui, possédait une monture qui lui rendrait d'inestimables services sur les champs de bataille, mais il avait l'air d'un cavalier ordinaire.

Après cela, je n'entendis plus parler de mon ami pendant plus d'un an. Quand il revint enfin à Agra, c'est à peine si je le reconnus. Nous nous rencontrâmes en secret, loin en aval du fleuve.

Son visage, dont les traits familiers ne manquèrent pas de m'émouvoir, semblait encore noirci par le soleil du désert. Il s'était laissé pousser la barbe et, comme tous les soldats, il portait les bijoux des guerriers qu'il avait tués. Son corps était encore plus massif qu'à son départ et son armure de cuir craquelée et zébrée de coups.

Au bord du Yamuna, après avoir serré ses mains calleuses et échangé nouvelles et salutations avec lui, j'écoutai Nizam me raconter comment Aurangzeb avait saccagé les forteresses des Perses. Mon frère, comme je l'appris, était un chef de guerre féroce, aimé par ses hommes parce qu'il combattait à leurs côtés et les laissait ensuite tout piller après la victoire. Moi qui avais cru que Nizam partagerait mon dédain pour cette pratique, je fus étonnée de l'entendre dire qu'Aurangzeb agissait judicieusement, car les Perses étaient eux aussi sans pitié.

Prendre encore une fois congé de Nizam nous attristait, mais nous n'avions pas le choix. L'une des choses qu'Isa m'avait apprises – leçon fort douloureuse, je l'avoue – était que nos proches nous sont parfois enlevés, soit par la mort soit par des circonstances que nous ne maîtrisons pas. Certes, nous déplorons leur départ à juste titre ; certes, nous ne devons pas les oublier dans nos prières quotidiennes. Mais nous ne devons pas non plus nous appesantir sur leur absence au point que la vie elle-même nous paraisse vide.

En une semaine à peine, Aurangzeb rassembla et enrôla des soldats en renfort pour aller dans le sud de l'Hindoustan régler leur compte aux fauteurs de troubles du plateau du Deccan. Hélas, leur rébellion s'était propagée comme l'incendie dans une plaine herbeuse ! Des seigneurs de guerre s'étaient ralliés à leur cause et, sur toutes nos frontières sud, les forts étaient attaqués et rasés. Le succès de cette révolte sapait terriblement l'autorité de l'empire, aussi père ordonna-t-il à Aurangzeb de l'écraser coûte que coûte. Je ne revis donc pas Nizam avant quelque temps.

En son absence, le Taj Mahal continuait à se déployer, à mesure que croissait mon amour pour Isa. Malheureusement, nous passions moins souvent la nuit ensemble, Arjumand étant désormais trop âgée pour être le témoin de notre affection dans la maison de son père. Bien qu'elle eût sa propre chambre dans le Fort Rouge, j'hésitais à quitter mes quartiers, de peur qu'elle n'ait besoin de moi. Ce n'est que lorsqu'elle dormait profondément, ni troublée par la maladie ni par les cauchemars, que je m'aventurais dans le couloir souterrain pour aller retrouver mon amant. Nous passions des instants trop courts à rire ensemble, à jouer à des jeux de hasard ou à parler du Taj Mahal.

Mes émotions étaient changeantes à cette époque, car, si Isa n'était jamais loin, je l'avais à mon côté bien moins souvent que je l'aurais voulu. Je craignais qu'Allah me l'enlève suite à un accident ou à quelque fièvre. J'étais incapable d'imaginer mon existence sans lui et je priais chaque soir pour que nous trouvions un moyen de vivre ensemble comme mari et femme.

Par bonheur, je ne voyais que rarement Khondamir. Son commerce le conduisait aux confins de l'empire où il lui arrivait de négocier au nom de père. Désormais, ce dernier méprisait mon époux presque autant que moi, mais il l'utilisait encore pour favoriser le commerce avec nos voisins. Compte tenu des énormes profits que rapportaient ces tractations, même un imbécile tel que Khondamir savait s'y prendre avec tact.

J'espérais à moitié que mon mari ne revienne jamais d'une de ces expéditions. Il n'y manqua pas, hélas, et quand il se fut lassé de ses jeunes domestiques, si l'envie le prenait de m'humilier, il me faisait mander et je devais endurer la brutalité de ses assauts. Que ces nuits m'écœuraient ! J'aurais voulu le maudire, hurler et mourir ! Je me dégoûtais tant d'être livrée à un tel homme. Ensuite, je prenais un bain brûlant dont je ressortais titubante de fatigue. Ces étreintes avec Khondamir constituaient le seul secret que je dissimulai jamais à Isa. Il me posait peu de questions et je lui en racontais encore moins.

Allah m'avait envoyé un superbe bébé, aussi n'ai-je aucune raison de me plaindre ; mais c'est avec tristesse que je m'aperçus que mon ventre ne se renflait plus. J'avais supposé que je porterais de nombreux enfants, or, Arjumand demeurerait l'unique fruit de notre amour. Bien qu'elle fût aussi essentielle à ma vie que l'air à mes poumons, je regrettais amèrement de ne pouvoir lui donner ni frère ni sœur.

Durant ces années, j'eus quatre amours inébranlables : Arjumand, Isa et père, bien sûr, mais également le Taj Mahal. Notre précieuse Arjumand était une petite fille intelligente chez qui la gaieté prenait le pas sur la réflexion. Je ne la poussai cependant pas excessivement à l'étude, car nombreuses seraient les années où elle devrait agir avec une maturité dépassant son âge. Non, courir et explorer le monde constituaient une existence bien plus saine pour une enfant que s'endormir sur des textes à apprendre. Aussi la laissais-je s'amuser et, lorsque mon humeur s'y prêtait, je jouais avec elle. Je lui appris à nager et à peindre avec ses doigts. Les soirs d'été, nous nous coiffions l'une l'autre. Et nous dansions sous la pluie.

Quand elle atteignit l'âge de cinq ans, je commençai à l'emmener au Taj Mahal pour qu'Isa la voie plus souvent. Avec le temps, il lui était devenu douloureux de savoir qu'elle ignorait qui était son père. Je le lisais sur son visage quand il la regardait et dans la façon qu'il avait parfois de s'interrompre au moment de tendre les bras vers elle. De temps en temps, prétextant du travail, je confiais à Isa ou à un autre ouvrier le soin de veiller sur elle. Quand venait le tour de mon amant, il la juchait sur ses épaules pour déambuler sur le chantier : ils partaient à la chasse aux papillons ou à la rencontre d'éléphants qu'Arjumand voulait caresser. Je devais alors retenir mes larmes : ces moments restaient trop rares et éphémères pour que la fillette s'attache à Isa. Elle ne voyait en lui qu'un ouvrier prêt à jouer avec elle.

À peine une semaine après son septième anniversaire, nous célébrâmes l'un des événements les plus spectaculaires de nos vies et de l'histoire de l'empire. Après onze longues années de travaux, le Taj Mahal était enfin terminé. Pour fêter l'achèvement du mausolée dédié à mère, père envoya des messagers aux confins de l'Hindoustan et même au-delà de nos frontières. Ces cavaliers étaient porteurs de messages de paix, car nous ne souhaitions livrer bataille à personne pendant tout le mois qu'allaient durer les festivités. Père convia même quelques-uns de nos ennemis à Agra pour admirer le Taj Mahal.

Le matin où la dernière dalle fut posée, père, Isa et moi nous trouvions dans les jardins du mausolée. Cette nuit-là, se lèverait une lune pleine et je savais que père ne se tenait pas d'impatience à l'idée d'admirer sa création d'abord baignée par la lumière du soleil, puis au clair de lune. Hélas, cela semblait impossible : une forêt presque impénétrable d'échafaudages entourait l'ensemble du monument. Cet enchevêtrement comprenait quantité de tiges de bambou et de rondins en teck attachés les uns aux autres par suffisamment de cordages et de chaînes pour entourer toute la ville d'Agra.

« Combien de temps faudra-t-il, demanda père, qui contenait à peine sa joie, pour démonter les échafaudages ? »

Isa hésita, conscient que sa réponse ne serait pas la bienvenue : « Une pleine lunaison, Monseigneur. La plupart de ces charpentes sont en place depuis des années.

– Au nom d'Allah, si longtemps ?

– Si nous y travaillons nuit et jour, cela prendra peut-être moins de temps, mais je ne dispose que d'un nombre d'ouvriers limité. Et comme vous le savez, nous manquions de bois, aussi avons-nous bâti des échafaudages en brique et en mortier. Il faudra désolidariser les briques, et… »

Père, toujours si patient, lui intima silence d'un geste de la main. « Je refuse d'attendre, dit-il d'un air buté. J'ai déjà attendu onze ans.

– Mais, Monseigneur, nous…

– Jahanara, interrompit père, l'armée d'Aurangzeb est stationnée à une demi-journée de cheval d'ici. Fais-la revenir sur-le-champ. » Il se tut, le temps d'ôter ses lunettes qu'il rangea dans sa poche : son geste témoignait d'une exubérance surprenante. Ses yeux injectés de sang furetaient de tous côtés comme deux petits poissons affamés. « Je veux que tous les messagers en état de prendre la route répandent la nouvelle : demain à l'aube, chaque homme, chaque femme, chaque enfant, noble ou esclave, ami ou ennemi pourra venir ici prélever tout le bois et toutes les briques qu'ils pourront porter.

– Vraiment ? demandai-je, car père parlait si vite que j'arrivais à peine à le suivre.

– Dis-leur de venir avec leurs mules, leurs barges et leurs éléphants. Qu'ils prennent le bois, tout le bois, pour se construire de nouvelles maisons ! Et vous, Isa, qui êtes le lion parmi les lionceaux, rassemblez vos outils et faites en sorte que demain notre peuple puisse démonter les résidus de l'échafaudage. Mais veillez à ce qu'ils n'endommagent pas le mausolée ! »

Et la nouvelle se répandit, lentement d'abord, puis, impétueuse tempête, elle submergea Agra et ses environs. Notre pays n'était en effet pas couvert d'immenses forêts. La plupart de nos maisons étaient façonnées d'argile et de boue sur une charpente composée de quelques grosses branches. Les gens cuisinaient sur des feux de tourbe de bouse de vache et fabriquaient leurs barques avec de vieilles planches. Et voilà que père leur faisait don d'une montagne de bois de construction ! Il y avait assez de planches et de briques pour que les gens du commun puissent se construire de nouvelles maisons et les nobles de nouveaux palais.

Au point du jour, la taille de notre ville avait doublé. Les fermiers venus des campagnes dormaient dans les rues avec leurs attelages de bœufs. Les pêcheurs originaires du nord et du sud du pays se pressaient sur le fleuve Yamuna avec leurs barques. Des gens qui n'avaient jamais vu père parlaient de lui avec une vénération sans bornes car, assurément, un dirigeant si bienveillant ne pouvait qu'être digne de notre trône.

Sur ses ordres, notre peuple – monté sur des éléphants, des chevaux et des chameaux – convergea vers le mausolée et s'y affaira comme une colonie de fourmis sur une goutte de miel. Les bâtisseurs d'Isa veillèrent à ce que chacun des vingt-deux mille ouvriers supervise un groupe de paysans, de nobles, de moines ou de marchands. Quand chaque équipe se vit assigner une section particulière de l'échafaudage, le démontage commença pour de bon. Les couteaux s'attaquèrent aux cordages et le bois tomba entre des mains avides. Certains parmi nos sujets avaient fait le voyage seuls jusqu'au chantier et ils repartirent le dos ployé sous leur fardeau de tiges de bambou. D'autres, originaires des villages pauvres, étaient venus en bandes et formaient de longues files d'hommes, de femmes et même d'enfants. Les rondins passaient de main en main et des chants joyeux accompagnaient ce travail.

L'armée ne tarda pas à arriver et, au grand dam d'Aurangzeb, père ordonna à ses soldats de prêter main-forte à notre peuple. Les guerriers utilisèrent leurs sabres pour trancher les cordages et leurs montures pour charrier les pans de bois les plus lourds. Nizam, déguisé en ouvrier, trouva le moyen de parvenir jusqu'à moi et, tout à son émotion, alla jusqu'à me donner une petite accolade. Je lui serrai les mains si fort qu'il grimaça – ou du moins fit semblant de grimacer. Non loin de nous, Arjumand juchée sur ses épaules, Isa allait et venait de tous côtés en s'efforçant de superviser une entreprise qui s'était manifestement transformée en chaos général. Même père avait ôté sa tunique richement ouvrée et son turban pour s'affairer sur le chantier. Torse nu – comme je ne l'avais jamais vu –, posté très haut sur l'échafaudage, il découpait les cordes à l'aide d'une dague sertie de pierres précieuses. Les hommes qui l'entouraient l'acclamèrent quand il parvint à dégager des tiges de bambou qu'il lança aux gens massés en contrebas.

Jamais je n'avais assisté à pareille ferveur. Une foule d'hommes de toute origine et de toute extraction travaillèrent jusqu'à ce qu'ils eussent les mains en sang. Les femmes – vieilles, jeunes ou enceintes – emportaient les plus petites pièces de bois dans des paniers ou allaient les charger sur des charrettes stationnées non loin de là. Une étrange excitation confinant à l'ivresse s'empara de nous tous. La route provisoire qui menait au mausolée fut encombrée d'animaux, de bois, et la confusion la plus totale y régna. Même le fleuve était couvert d'embarcations. Trop chargés, plusieurs esquifs se renversèrent et sombrèrent. La plupart des membres d'équipage furent sauvés, mais quelques hommes disparurent dans les flots et on ne les revit jamais.

Malgré nos efforts acharnés, nous ne pûmes débarrasser le Taj Mahal de ses échafaudages que progressivement. Péniblement, un étage après l'autre, la structure fut démontée ; cependant, les ouvriers ne cessaient ni de prier, ni de chanter, ni de travailler d'arrache-pied. Rares étaient ceux qui s'interrompaient pour prendre du repos, car l'enjeu était trop grand pour que l'on perde du temps à remplir les ventres vides ou à bander les mains ensanglantées. À mon grand étonnement, je vis plusieurs Perses travailler aux côtés de leurs ennemis d'autrefois. Ils portaient des tuniques noires et d'impressionnants cimeterres sur la hanche. Vêtues d'amples tuniques informes et le visage dissimulé sous des voiles, leurs épouses ressemblaient à des ombres. Bien que les étrangers ne pussent jamais emporter beaucoup de bois pour le voyage du retour, ils travaillaient diligemment et ne sélectionnaient que les plus belles pièces de bambou.

La journée s'écoula laborieusement et, bientôt, le soleil quitta son zénith, baignant d'une lumière éclatante le dôme à présent dénudé du Taj Mahal. Des milliers de travailleurs continuaient d'affluer vers le site. Les rues d'Agra s'emplirent tant et plus. Quand elles devinrent impraticables, des ouvriers astucieux bâtirent d'immenses radeaux à l'aide du bois de construction et les utilisèrent pour descendre le Yamuna. Ils amarraient ces embarcations et se précipitaient à nouveau sur le chantier du mausolée où ils s'attaquaient à la construction de nouvelles barques.

Pendant ce temps, les pêcheurs s'associaient pour arrimer leurs bateaux les uns aux autres et charrier le bois de l'autre côté du fleuve d'où ils revenaient bientôt charger une nouvelle cargaison. Les nobles achetèrent les barges appartenant à père et y entassèrent leur butin. Il demanda à être payé en coffres pleins d'or, dans l'intention d'en distribuer à nos ouvriers en guise de prime. Les nobles grognèrent mais s'exécutèrent promptement. Et leurs barges s'emplirent de bois.

Voyant leurs maîtres prélever une si grande portion d'échafaudages, les masses de gens du commun redoublèrent d'ardeur au travail. Musulmans et hindous s'unirent pour descendre de grosses poutres en teck qu'ils se partagèrent pour leurs temples et leurs mosquées. Aucun d'entre nous, à l'exception d'Aurangzeb, ne s'accorda une minute de repos pendant cette journée, et nous besognâmes comme un seul homme, unis par l'amitié.

À mesure que le Taj Mahal se révélait au grand jour, chacun d'entre nous semblait transporté d'admiration par cette extraordinaire présence, un émerveillement surpassant même notre révérence pour Allah ou les dieux hindous. Car cette présence-là était tangible. Nous retenions notre souffle et nous tendions la main pour caresser les parois arrondies du monument. Nous levions les yeux au ciel en secouant la tête, abasourdis par la montagne de marbre ciselée qui se dressait devant nous. Tant de nos sujets allaient vêtus de haillons et dormaient dans la fange. Contempler une telle merveille dépassait de beaucoup tout ce qu'ils avaient espéré vivre un jour. Les habitants de l'Hindoustan versèrent des larmes de joie ce jour-là.

Quand le dernier bout de bois eut été emporté, nous aurions aussi bien pu nous trouver devant les portes du paradis qu'au pied du mausolée. Couverts de sang et de poussière, nous nous assîmes sur le sol plein d'ornières ou sur des charrettes cassées. Je ne sais trop comment je parvins à retrouver père dans cette foule de centaines de milliers de gens. Où se trouvaient Isa et

Arjumand ? Je n'en avais pas la moindre idée, mais j'étais heureuse de savoir qu'ils partageaient ces instants. Les épaules couvertes d'entailles et de bleus, père se mit à pleurer quand il m'aperçut.

« Merci Allah, murmura-t-il, tandis que les gardes royaux maintenaient la foule à une distance respectable. Merci d'avoir exaucé ce vœu ! »

Il m'attira vers lui de ses mains couvertes d'ampoules et m'embrassa. Pourtant, son regard ne s'attarda pas sur ma personne. Au lieu de cela, comme tant d'autres, il contemplait le Taj Mahal. Ainsi qu'Isa l'avait prévu depuis si longtemps, le mausolée possédait la grâce d'une femme. Ses arches merveilleuses figuraient ses yeux, les dômes représentaient ses seins. Les minarets auraient pu être ses doigts ornés de diamants, et le marbre blanc correspondait certainement à son teint parfait.

J'avais l'esprit étrangement lucide. Les questions se posaient d'elles-mêmes. Comment avions-nous pu créer ce monument presque trop beau pour ce monde ? Et quel droit avions-nous, simples mortels, de contempler une telle majesté ? Assurément, seul Dieu était digne de cette œuvre d'art ! C'est Lui que devaient abriter ces murs et Lui seul devait admirer ces merveilles. Nous-mêmes n'étions que des animaux : or, laissions-nous les pourceaux et les bouvillons déambuler dans nos plus beaux palais ?

À la tombée de la nuit, les festivités commencèrent pour de bon. Il ne restait que peu de temps pour préparer un festin, aussi la plupart des gens se joignirent-ils à la fête sans apporter ni plats ni boissons. Il n'empêche, nous illuminâmes le ciel avec des feux d'artifice et nos musiciens jouèrent de la cithare jusqu'à ce que leurs doigts engourdis ne puissent plus en pincer les cordes. Des hordes tapageuses d'ouvriers dansaient pendant que les seigneurs de guerre perses et leurs épouses les regardaient en souriant, allant même jusqu'à applaudir. Ceux à qui la fortune avait donné du vin vidèrent leurs flasques.

Isa finit par me retrouver. Arjumand était toujours sur ses épaules et il la tendit à père qui avait remis sa tunique. Moi qui mourais d'envie de me jeter dans les bras de mon amant, je dus me contenter de hocher la tête en signe de remerciement. Il me lança un clin d'œil et nous rîmes de concert.

Les feux d'artifice cessèrent quand la lune, toute ronde et éclatante, se leva. Le ciel était dégagé et le clair de lune tomba en biais sur le Taj Mahal. L'immense monument semblait attirer et réfléchir la lumière. Les milliers de torches furent éteintes et les rires cessèrent. Quelques éléphants barrirent, mais, à part cela, le calme régnait. La joie fit place à l'admiration puis se transforma en révérence. Les gens s'assirent dans la boue pour admirer, captivés, le Taj Mahal qui s'illumina et dont les surfaces si lisses et arrondies paraissaient taillées dans un seul bloc de marbre.

Comme s'il découvrait un nouveau monde, père s'avança vers la grille principale. Nos sujets s'écartèrent comme les pans d'un rideau pour lui ouvrir le passage. Je lui emboîtai le pas en tenant Arjumand par la main. Isa et Dara nous suivaient. Ceux qui se trouvaient à l'intérieur durent deviner que père souhaitait rester seul avec son épouse, car, lorsque nous pénétrâmes sous les étincelantes voûtes du mausolée, ils se retirèrent. La chambre funéraire située au centre du monument constituait un spectacle éblouissant. De forme octogonale, on y accédait par huit portes voûtées. Une pyramide de douze hommes n'aurait pas suffi à atteindre le plafond incurvé. L'obscurité aurait dû y régner, mais le marbre étincelait pourtant d'une transparence presque irréelle, comme si chaque arche et chaque paroi étaient éclairées de l'intérieur. Nous avions l'impression de nous tenir sous un ciel de marbre blanc.

Au centre même de la pièce se trouvait le tombeau de mère, resté vide, cependant. Elle était ensevelie dans un caveau, à plusieurs mètres sous la chambre funéraire. Son tombeau, un bloc de marbre blanc rectangulaire, était orné de pierres précieuses figurant les arrangements floraux les plus magnifiques que j'eus jamais vus. Des guirlandes de tulipes et de fuchsias, rendues avec un sens du détail époustouflant, y fleuriraient éternellement.

Père s'agenouilla devant le tombeau, posa un baiser sur la pierre puis se mit à prier. La pièce était résonnante d'échos, aussi le nom d'Allah flotta-t-il étrangement autour de nous. Malgré la fatigue qui la gagnait rapidement, Arjumand nous fit à tous l'honneur de s'incliner devant la tombe, puis, se tournant face à La Mecque, elle joignit ses prières aux nôtres. Nous restâmes ainsi immobiles un long moment.

Enfin, père se retourna vers nous et nous pria de le laisser seul. Dara me sourit avant de disparaître dans la foule. Isa, Arjumand et moi nous pressâmes parmi les milliers de gens ébouriffés et couverts de poussière qui entouraient le site. Nous nous frayâmes un chemin jusqu'aux jardins tout piétinés, sous les palmiers et les cyprès. Le chant des grillons se mêlait au cri d'un hibou. Isa nous trouva un coin d'herbe à l'écart et nous nous assîmes, très las. Arjumand s'étendit, la tête sur mes genoux.

« Bonne nuit, maman, marmonna-t-elle.

– Rêveras-tu de nous ? lui demandai-je.

– Je vais essayer. »

Je lui passai la main dans les cheveux, submergée par l'amour que je lui portais. J'avais envie qu'Isa la prenne dans ses bras, mais nous étions trop exposés aux regards pour que je n'y voie aucun danger. Il alla s'asseoir à une distance respectueuse et je dus me contenter de le caresser du regard. La plupart des ouvriers auraient ployé sous l'effet d'une telle fatigue, mais mon amant avait le sourire aux lèvres. Nous restâmes les yeux dans les yeux puis nous contemplâmes le Taj Mahal.

Quand Arjumand fut endormie, je posai doucement sa tête sur l'herbe. Puis je m'éloignai de quelques pas. « Que vas-tu faire, demandai-je doucement à Isa, maintenant que le mausolée est terminé ?

– Il y a encore beaucoup de travail, des années de travail. » Il haussa les épaules comme s'il lui importait peu de discuter de telles choses. Quand il reprit la parole, sa voix était voilée, comme celle d'un hibou. « Te rappelles-tu, mon hirondelle, la première nuit que nous avons passée ici, tous les deux ?

– Tu étais si enthousiaste !

– Oui, mais en ce temps déjà… en ce temps déjà, d'une certaine manière, je t'aimais. » Il cueillit une rose brisée gisant sous le rosier. « Je pourrais renoncer à tout cela, murmura-t-il en jetant un coup d'œil au Taj Mahal, pour toi. »

Deux Européens menant tapage passèrent et nous nous tûmes. Malgré mon envie de le toucher, je réprimai mes élans de passion. « Comment se fait-il, Isa, que nous nous soyons rencontrés ?

– Allah s'est montré bienveillant.

– Mais était-ce Allah, ou simplement la chance ? »

Il fit tourner la rose entre ses doigts et réfléchit tout en humant le parfum suave de la fleur. « C'était plus que de la chance, répondit-il. La chance peut vous aider dans un jeu de hasard, mais une chose plus… infiniment plus infaillible a favorisé notre rencontre.

– Quoi ?

– La vérité, je crois.

– La vérité ?

– N'atteignons-nous pas une forme de vérité, en nous-mêmes et l'un vis-à-vis de l'autre, quand nous sommes ensemble ? »

Des fusées explosèrent dans le ciel. Nos sujets continuaient à célébrer l'occasion : des bûchers flottant sur des radeaux commencèrent à glisser sur le fleuve. Des milliers d'autres étaient visibles et, bientôt, le Yamuna se transforma en une vaste étendue flamboyante et clignotante. Ces radeaux dérivaient vers le sud, éparpillés par le courant.

« Es-tu triste, Isa, que je ne t'aie jamais donné de fils ? »

Il fut surpris par cette question. « Arjumand est un trésor. Elle et toi suffisez amplement à mon bonheur.

– Mais n'est-ce pas douloureux de ne jamais pouvoir la porter dans tes bras comme ton enfant ? »

Une ombre passa sur son visage et je sus que sa douleur était réelle. « Si, murmura-t-il. Mon cœur saigne de ne pas pouvoir l'enlacer. Ni toi non plus. »

Je regardai notre fille et remarquai combien elle avait le visage fin, autant que celui d'Isa, mais des yeux en amande, comme les miens. « Peut-être devrions-nous tout simplement partir. Nous avons assez de roupies et de bijoux pour vivre jusqu'à la fin de nos jours. Partons et ne revenons jamais. »

Il tendit la main et, malgré le risque que cela représentait, me caressa les lèvres. Ses doigts étaient durs et rugueux, mais d'une chaleur rassurante. « Un jour, Jahanara, nous le ferons. Nous irons jusqu'aux confins de l'empire. Peut-être même visiterons-nous l'Europe où, à ce que j'ai entendu dire, on construit des cathédrales magnifiques. Et ensuite, quand nos cheveux seront gris et nos corps fatigués, nous nous bâtirons une humble maison au bord de la mer. Là, nous pêcherons, nous peindrons et nous vieillirons ensemble. »

Mes yeux s'embuèrent à cette idée et je baisai ses doigts. « Promets-moi, Isa, promets-moi que cela adviendra.

– Je t'en fais la promesse, mon hirondelle, dit-il, tandis que le point du jour naissait à l'est. Tout ira bien. »

Pourtant, dans les années qui suivirent, les choses allaient rarement bien se passer.

Et plus d'un événement tragique nous attendait.

15

Les mains d'Isa

Nous eûmes moins d'un an pour jouir de la beauté du Taj Mahal.

Pendant la saison des moussons suivante, père tomba malade. Une fièvre le terrassa et il s'amaigrit tant qu'il devint squelettique. Il s'affaiblit au point de ne plus pouvoir se lever. Il marmonna des propos incohérents des jours d'affilée. Nous fîmes venir à son chevet les meilleurs médecins de l'empire et payâmes leur pesant d'or à ceux venus d'Europe. Les nôtres lui donnèrent des herbes médicinales et s'efforcèrent de le purifier au moyen de lavements. Les docteurs portugais le saignaient régulièrement. Mais il continuait à décliner.

À cette époque, Aurangzeb menait campagne au nord du pays, à nouveau aux prises avec les Perses. Il avait reçu des renforts de mes autres frères, Shah et Murad, que je n'avais pas vus depuis de longues années. À la tête de soixante-quinze mille guerriers, tous trois mirent nos ennemis en déroute, les acculant dans les montagnes qui bordaient nos frontières septentrionales.

Mais quand la nouvelle de la maladie de père se répandit dans tout l'empire, les Perses connurent un répit. Nous apprîmes de l'un des officiers de Shah, qui avait chevauché vers le sud sans relâche pendant des jours, qu'en entendant la nouvelle, Aurangzeb avait lancé une attaque contre les armées de ses frères. L'avidité ainsi qu'un désir fanatique de faire monter un prince antihindou sur le trône motivaient les soldats d'Aurangzeb, presque tous musulmans. Aurangzeb surprit, de nuit, les formations bien moins nombreuses de ses frères et eut raison d'elles. En fin de compte, dix mille de nos hommes furent décapités.

Shah parvint à fuir, mais personne n'aurait pu jurer qu'il était toujours en vie. Murad fut exécuté. Selon l'émissaire de Shah, qui avait perdu une main en maniant le sabre et n'avait pas peur de la mort, Aurangzeb se dirigeait vers le sud dans l'espoir de nous attaquer, avant que le récit de ses forfaits ne parvienne jusqu'à nous. À en croire cet officier, il nous restait moins de deux jours pour nous préparer à l'assaut.

Nous nous réunîmes donc au chevet de père. Il avait le visage aussi blême que la cire et ses cheveux gris ardoise, qui avaient commencé à tomber, étaient étalés sur ses coussins. Bien qu'il eût revêtu une tunique propre, il s'était si souvent souillé que la chambre empestait la maladie. Les bâtons d'encens parvenaient tout juste à masquer la puanteur. Père était à peine lucide et les médecins préconisaient le repos. Mais nous avions désespérément besoin de ses conseils. Je m'agenouillai à son côté tandis que Dara et Nizam restaient debout devant lui. Nizam avait pris la fuite dès que les projets d'Aurangzeb s'étaient révélés au grand jour ; il arriva peu de temps après l'officier. Aucun esclave n'aurait jamais assisté à une telle réunion en temps normal, mais père savait que Nizam était devenu soldat pour nous avertir des projets d'Aurangzeb. Et mon ami avait fait preuve d'une grande bravoure dans l'armée d'Aurangzeb, où il s'était peu à peu taillé la réputation d'un homme fiable. Après cinq longues années au combat, il avait accédé à un certain rang dans l'armée.

« Combien d'hommes… avons-nous ? » demanda faiblement père, les yeux fermés.

Dara se balança d'un pied sur l'autre. « Moins qu'il ne nous en faudrait.

– Ce n'est pas ce que je t'ai demandé.

– Aurangzeb a nos meilleures troupes, père, plus de soixante-cinq mille hommes. Nous ne pouvons en rassembler que soixante mille. Mais ici dans le fort, nous devrions pouvoir… »

Père l'interrompit d'un faible geste de la main. « Impossible… de gagner ici. N'est-ce pas, Nizam ? »

Mon ami, tout bruissant dans sa cotte de mailles, fit un pas en avant. Nizam portait également un casque dentelé, un sabre incurvé au côté et un bouclier sur le dos. Un carquois plein de flèches était attaché à sa ceinture et un arc passé en travers de son épaule. Comment, me demandai-je, le doux garçon avec lequel j'ai grandi dans le harem a-t-il pu se transformer en un tel guerrier ?

« Oui, Monseigneur, dit doucement Nizam, dont les paroles tombaient lentement. Si Aurangzeb nous oblige à nous retrancher dans le fort, nous ne pourrons plus nous en échapper. Sa force militaire grandira à mesure que la nôtre décroîtra.

– De combien d'éléphants dispose-t-il ?

– Nous pensons qu'il en possède environ quinze mille, répondit Dara, mal à l'aise, car c'était un nombre considérable.

– Puisse Allah nous donner la force, murmura père.

– Il a plus de soldats, de canons et d'éléphants que nous, ajouta Dara. Et ses hommes sont aguerris. »

J'essuyai la sueur qui perlait sur le front creusé de rides de père. Pendant cette dernière journée, j'avais réfléchi à un stratagème qui pourrait nous assurer la victoire. Mais il avait un prix. Je finis par me décider à m'ouvrir de mon projet : « Père, que se passerait-il si nous essayions de rallier les guerriers du Deccan ?

– Les guerriers du Deccan ? répéta-t-il, et un fugace regain d'énergie affleura dans sa voix. Pourquoi accepteraient-ils de se ranger sous notre bannière ?

– S'ils combattaient à nos côtés et que nous gagnions, nous pourrions leur octroyer leur indépendance. »

Une quinte de toux tourmenta père. Quand elle lâcha enfin prise, il cracha dans un morceau de tissu que je lui tendis. « Une très bonne… très bonne idée, mon enfant. Mais nous manquons de temps. Il faudrait des semaines pour mettre au point un tel traité.

– Ne pourrions-nous pas survivre dans le Fort Rouge pendant ce temps ? Résistons au siège d'Aurangzeb, et ensuite, quand les combattants du plateau du Deccan viendront nous prêter main-forte, nous pourrons prendre ses forces armées en tenaille.

– Et Aurangzeb – puisse Allah lui pardonner sa… » Père s'interrompit et je crus qu'il allait se mettre à pleurer. « Aurangzeb mettra Agra à feu et à sang… si nous nous retranchons ici. Il détruira tout ce que nous avons bâti. À commencer par le Taj Mahal. »

Je frémis à cette idée. Mais je compris que père avait vu juste. « Que faire dans ce cas ?

– Passer à l'attaque, Votre Majesté », suggéra Nizam.

Dara poussa un grognement. « Comment, où ?

– À l'extérieur d'Agra, Monseigneur. Dans un lieu de notre choix. » Nizam frotta ses grosses mains l'une contre l'autre. Sur son visage emperlé de sueur, la tension était palpable. « Aurangzeb connaît toutes nos tactiques, finit-il par dire. Il sera difficile de le tromper. Mais peut-être pouvons-nous utiliser l'idée de Sa Majesté, après tout.

– Les guerriers du Deccan ? » demanda père.

L'armure de Nizam grinça quand il s'appuya sur l'autre jambe. « Puis-je parler librement, Monseigneur ? » Père acquiesça mais Nizam hésitait encore. « Monseigneur, suggéra-t-il d'un ton égal, nous pouvons laisser entendre que nous sommes allés demander leur aide aux guerriers du Deccan. Et si, de fait, c'était le cas, enverrions-nous un petit nombre d'hommes sur le plateau du Deccan ?

– Non.

– Vous enverriez une importante armée, Monseigneur, une formation qui pourrait revenir saine et sauve. Nos guerriers les plus rapides. Notre cavalerie. » Nizam s'interrompit de nouveau, attendant une quelconque manifestation d'approbation.

« Continue.

– Si nous envoyions notre cavalerie, Monseigneur, disons vingt mille soldats, dans le sud demain, ils pourraient chevaucher sans relâche puis prendre au nord-ouest et contourner par l'arrière les forces d'Aurangzeb qui avancent sur nous. Le gros de nos troupes pourrait les attendre dans un lieu de notre choix, une colline par exemple. Nous pourrions défendre la place avec nos canons et nos mille éléphants de guerre. Aurangzeb, qui n'aspire qu'à un prompt massacre, pensera que nous ne disposons pas de notre cavalerie et attaquera nos lignes. Ses arrières…

– Ne seront pas protégés, conclut père en se redressant sur ses coussins.

– Oui, Monseigneur. Notre cavalerie, quand elle entendra le feu des canons, pourrait fondre sur eux depuis le nord et attaquer le flanc arrière de son armée. Elle détruirait ses canons, tournés de l'autre côté, et une bonne partie de son infanterie.

– C'est un plan d'attaque risqué, objecta Dara. Car, si Aurangzeb devait attaquer nos forces ainsi divisées, elles pourraient bien être réduites à néant.

– Il y a indéniablement un risque, Monseigneur.

– Qui vaut la peine d'être couru », conclut père. Il serra les dents et désigna faiblement mon ami. « Tu… conduiras notre cavalerie.

– Moi ? » fit Nizam, étonné. Assurément, il n'avait jamais rêvé d'un tel honneur.

Père grimaça. « Je pourrais confier cette tâche à un soldat plus expérimenté. Mais ces murs… abritent trop de traîtres. Comment saurais-je qui parmi mes officiers est mon guépard… et qui est le scorpion d'Aurangzeb ? » Comme personne ne répondait, père poursuivit d'une voix entrecoupée : « Revenez me voir ce soir avec vos plans d'attaque. Quelle colline… Dara défendra-t-il ? Et comment… » La voix de père mourut et il sembla sommeiller un instant. « Revenez ce soir… vous deux. »

Nizam s'inclina profondément devant l'empereur. Lui qui avait toujours été de haute stature, quand il suivit Dara hors de la pièce, il parut encore grandi. Je savais que père souhaitait me garder à son chevet, aussi, après avoir plongé un linge frais dans l'eau, lui essuyai-je à nouveau le front.

« Tu as été bien avisée, Jahanara, de l'envoyer… dans l'armée d'Aurangzeb.

– C'est Nizam qui a fait preuve de sagacité, pas moi. » Je lui proposai un peu d'eau, mais il refusa. « Quand tout sera terminé, dis-je, et si nous sommes victorieux, tu voudras bien lui accorder un lopin de terre au bord du fleuve ?

– Plus que cela, mon enfant. » Quand je l'eus remercié, il me fit signe de lui prendre la main. J'obtempérai et il me demanda : « Et toi… quel serait ton souhait ?

– Te voir guéri, dis-je en caressant ses doigts parés de bijoux.

– Sois plus ambitieuse, murmura-t-il. Crois-tu qu'Allah aurait pu créer une telle merveille à partir de rêves modestes ?

– Tu sais quel est mon souhait, père. »

Un nouvel accès de toux vint le secouer. Je lui tins le bras car il tremblait de la tête aux pieds ; je regrettais de ne pas pouvoir soulager ses souffrances. « Peut-être que, bégaya-t-il, si nous sommes… victorieux, je t'enverrai au loin. J'ai besoin d'une diplomate avisée à Varanasi. Si tu y allais, avec Arjumand, ton… ombre… ton ombre pourrait t'y suivre.

– Mon ombre ?

– N'est-il pas ton ombre ? Vous ne faites qu'un, n'est-ce pas ?

– Parfois.

– Ta mère et moi… nous nous comprenions sans parler, sans nous toucher. » Il poussa un grognement et j'épongeai une fois encore la sueur sur son front. « Elle était mon… non, j'étais son ombre. »

Malgré mes craintes pour lui et la bataille qui s'annonçait, je m'efforçai de sourire. « Oui, papa. Cela n'a jamais été l'inverse.

– Jamais ?

– Remets-toi, père, dis-je en me levant. Nous avons beaucoup de choses à examiner.

– Vraiment… jamais ? »

En souriant, je posai un baiser sur son front et lui dis au revoir. Le repas de midi approchant, je me dirigeai vers les cuisines royales. Il s'était passé bien des années depuis que Ladli y travaillait, pourtant, par habitude, je la cherchai des yeux. Quand je pénétrai dans la pièce bien chauffée, les domestiques couverts d'épices me proposèrent des friandises. J'emplis un panier de nourriture, car j'avais envie de visiter le harem et de déjeuner avec Arjumand, à présent en âge d'étudier. Sur le point de quitter la cuisine, je marquai le pas quand une femme que je connaissais depuis l'enfance déposa un *naan* brûlé dans mon panier. J'allais lui demander pourquoi elle me donnait du pain carbonisé quand j'aperçus une feuille de papier pliée, dissimulée sous le pain.

Le cœur battant, je la remerciai et sortis. Une fois certaine que personne ne me voyait, je dépliai le billet. « Je t'attends auprès de ta mère », disait le mot. Comprenant que Ladli avait dû entendre la nouvelle, je trouvai un cheval et gagnai le Taj Mahal au galop. Pour une fois, la beauté ensorcelante du mausolée ne m'arrêta pas. Je résistai à son majestueux pouvoir, descendis de ma monture et, espérant éviter Isa, allongeai le pas jusqu'au passage souterrain. Bientôt ce couloir serait définitivement condamné, mais, ce jour-là, sa porte se trouvait toujours dans un renfoncement. Je ne me séparais jamais des clés qui pouvaient m'être utiles, aussi l'ouvris-je sans délai. Je la laissai légèrement entrouverte avant de me glisser dans le passage. Bientôt, une femme voilée vêtue comme une Persane entra à son tour. De nombreuses habitantes d'Agra jouissaient d'un certain anonymat en s'habillant de la sorte ; ainsi, Ladli pouvait-elle dissimuler son identité sans attirer l'attention. Je refermai puis verrouillai la porte derrière elle. Sans un mot, nous longeâmes le couloir, parvînmes à une seconde porte, entrâmes et la fermâmes à clé.

Ladli ôta son voile et me serra très fort dans ses bras. « Il veut te faire assassiner ! dit-elle avec frénésie. Il va le faire bientôt et…

– Doucement, mon amie, répondis-je, alors que ma poitrine

se contractait, rendant soudain ma respiration difficile. Aurangzeb a-t-il...

– Il a envoyé quelqu'un, l'autre brute, le demeuré, je crois, pour te violer et te tuer !

– Ma mort... ne lui suffit pas ? »

Elle me serra le bras. « Puisse Shiva le châtrer avant que je... il veut que tu souffres. Il veut qu'on lui ramène tes oreilles comme preuve ! »

D'un geste instinctif, je me les protégeai. Les jambes tremblantes, je chancelai et m'effondrai contre un mur empoussiéré. « Mais je lui ai sauvé la vie, protestai-je faiblement.

– Ce fornicateur doublé d'un menteur le nie ! Il affirme que c'est toi qui avais déposé le cobra dans sa chambre ! »

Je me pinçai les cuisses et essayai d'y voir clair malgré le tourbillon de mes pensées. « Mais quand, Ladli ? Quand cela doit-il arriver ?

– Très bientôt ! Ce soir, je crois. Prends Arjumand et...

– Arjumand ?

– Crois-tu que quiconque soit à l'abri, ma sœur ?

– Il faut que j'aille la chercher. Je dois la protéger.

– Alors, vas-y ! »

Je me relevai avec effort et contemplai le visage de Ladli. « Quelle bénédiction tu es !

– Va, Jahanara ! »

Mon instinct me hurlait de foncer, cependant je résistai : « Mais pourquoi n'es-tu pas à son côté ?

– Il m'a dit de les devancer pour venir espionner. Il est à moins d'une journée de route ! »

J'avais encore du mal à rassembler mes idées. « Mais, dans ce cas, tu dois lui fournir des renseignements. Lui dire... non, lui envoyer un messager avec un billet qui dit... Un billet pour le prévenir qu'au lieu de défendre le Fort Rouge, nous l'attaquerons, lui, par le nord. Que notre cavalerie est partie vers le sud demander de l'aide aux guerriers du Deccan.

– Est-ce la vérité ?

– Non, mais les espions d'Aurangzeb le croiront. Et il nous pensera plus faibles que nous ne le sommes réellement. »

Elle m'étreignit avec une énergie farouche. « Ne le laisse pas te trouver, Jahanara. Il te hait. Il te hait tant ! »

J'eus soudain envie de pleurer sur son épaule, regrettant que nous ne soyons plus les jeunes filles qui échangeaient des secrets d'amour plutôt que des nouvelles de batailles et de vengeance. « Je sais, dis-je tristement. Il me hait depuis longtemps. Mais il ne hait pas moins les hindous. Sois prudente, Ladli. Il pourrait s'en prendre à toi.

– Je n'ai jamais vu un porcelet s'en prendre à un tigre. »

Ces paroles étaient audacieuses, mais son visage trahissait d'autres sentiments. « Que Krishna te protège, ajoutai-je, car Ladli vouait un culte à cette divinité hindoue de la guerre et de l'amour. Adresse-lui tes prières, mon amie, tu auras sans doute besoin de son aide. »

Nous nous quittâmes et, en me hâtant de rejoindre mon cheval, je me demandai si je reverrais Ladli. Nous ne serions réunies que si Aurangzeb était tué. Hélas, quelle lâche je faisais ! J'aurais certainement dû laisser ce cobra plonger ses crochets dans les veines de mon frère !

Quand je pénétrai dans le harem, je m'efforçai de paraître calme. Mais en m'apercevant que je ne pouvais pas trouver Arjumand, mon inquiétude laissa place à un sentiment pire encore, une peur qui me fit l'effet d'un coup de poignard en plein cœur. Je ressortis d'un pas chancelant et, quittant mes sandales de deux coups de pied, je courus à sa chambre dans les appartements royaux. Les marches des escaliers se dérobaient sous mes pieds. Les corridors semblaient s'allonger. Quand j'ouvris sa porte d'une volée, je trouvai sa chambre vide.

« Arjumand ! » hurlai-je, prise de frénésie en me précipitant dans mes appartements. Je m'acharnai sur le bouton de la porte et ouvris en grand la lourde porte en teck. Arjumand fit volte-face à mon entrée. Elle avait ouvert mon armoire secrète et portait ma plus belle robe. Je claquai la porte et m'élançai vers elle.

« Pardon, mère. Je voulais juste…

– Chut ! » fis-je en la prenant dans mes bras. Je fus incapable de retenir mes larmes et ma petite fille leva sur moi des yeux troublés. « Je ne supporterais pas de te perdre, chuchotai-je. Je vous en prie, Allah, faites que cela n'arrive jamais.

– Pourquoi tu pleures ? » demanda-t-elle.

Ah, j'aurais voulu que cette innocence ne quitte jamais son visage ! « Nous devons partir », lui dis-je. Non loin de nous, une dague sertie de pierres précieuses qu'on utilisait pour décacheter les lettres était posée sur mon bureau. Je m'en emparai et reculai en direction du couloir. « Reste bien derrière moi, Arjumand », ordonnai-je en ouvrant la porte ; quand j'aperçus Balkhi devant moi, je hurlai de terreur. Avec un sourire mauvais, il m'empoigna. Sans hésitation, sans même y penser, je brandis ma dague et lui entaillai le visage. D'un geste vif, je lui tailladai la joue si profondément que je touchai la pommette. Il poussa un cri de douleur. Quand il leva le bras, je parvins à claquer la porte de mes appartements et à tirer le verrou.

« Arjumand, l'armoire ! criai-je. Cours dans l'armoire ! »

Ma précieuse fillette me désobéissait rarement, et elle ne le fit pas ce jour-là. J'attrapai une chandelle, mais, en comprenant que l'obscurité gênerait mon poursuivant plus que moi, je la lançai contre le mur. Arjumand s'était déjà engouffrée au milieu des robes.

« Où dois-je aller ? demanda-t-elle dans un gémissement.

– Droit devant ! Ensuite, descends l'escalier ! Il fera noir, ma petite, mais marche droit devant toi. Va ! » Nous nous glissâmes entre les vêtements en toute hâte et empruntâmes l'escalier. Derrière nous, j'entendis Balkhi se jeter contre la porte qui grinçait et se brisait sous ses assauts. « Vite, Arjumand ! »

Les marches étaient faiblement éclairées au début, puis nous pénétrâmes dans un puits d'obscurité. Nous descendîmes l'escalier en colimaçon en trébuchant sur nos longues robes. Un fracas lointain se fit entendre et, avec un hurlement, Balkhi se propulsa dans la chambre. Il serait bientôt sur nos talons. Je trébuchai en dévalant les dernières marches et tombai brutalement sur l'épaule. « Cours… droit devant ! bégayai-je. Mais quand tu arriveras devant une grosse pierre, n'y touche pas. Enjambe-la. » Je cherchai ma dague à tâtons, mais, à mon désespoir, ne la trouvai pas.

« Viens, maman ! Donne-moi la main ! Je t'en prie, donne-moi la main ! »

Balkhi se trouvait sur les marches au-dessus de moi. Avec un grognement de douleur, je me relevai en chancelant. Le couloir était d'un noir terrible et je tendis les mains à l'aveuglette à la rencontre de celle d'Arjumand. « Suis-moi ! dis-je en longeant le mur à tâtons de l'autre main. Et pas de bruit ! » Nous essayâmes de nous hâter, allant jusqu'à avancer dans l'obscurité la plus totale. Mais nous n'avions pas fait trente pas qu'un beuglement se fit entendre derrière nous.

« Vous savez ce que je vais vous faire ? rugit-il.

– Dépêche-toi », chuchotai-je en la tirant par la main. Elle posa le pied sur le bas de ma robe et nous tombâmes ensemble.

« Je vais vous couper la…

– Cours ! » criai-je ; horrifiée par ces paroles, je voulais protéger ma fille de leur méchanceté.

« Et tu regarderas pendant que je…

– Cours, Arjumand !

– … ta fille. »

Sa voix était devenue plus forte et je devinai sa présence juste derrière moi. Si j'avais encore eu ma dague, je me serais jetée sur lui. Mais j'avais perdu mon arme et la seule solution qui me vint à l'esprit fut d'appeler Isa. Je hurlai son nom encore et encore ; je hurlai jusqu'à ce qu'une douleur aiguë me transperce les genoux : j'avais heurté le bloc de pierre de plein fouet. Instinctivement, je faillis tomber à quatre pattes, mais ensuite, comme par magie, j'eus les idées très claires. En gémissant sous l'effort, je tendis les mains derrière moi pour soulever Arjumand et, avec la force de Nizam, je la déposai de l'autre côté de la pierre. Elle poussa un cri. Au même instant, je sentis Balkhi sur mes talons.

Ses doigts agrippèrent ma robe.

Je m'élançai au-dessus du bloc et Balkhi poussa un grognement quand il le heurta à son tour. J'avais trop mal aux jambes pour me relever, aussi m'éloignai-je de lui en me traînant sur le sol. En sanglotant, Arjumand essayait de me tirer en avant. « Laisse-moi ! lui criai-je, mais elle s'acharnait.

– Laquelle dois-je charcuter la première, femme ? siffla Balkhi. Toi ou mon petit jouet ? »

J'aperçus la lueur produite par un morceau de silex, une étincelle, une petite lueur, puis un tissu enflammé. Il brûlait sa chemise, qu'il brandissait au bout d'un poignard incurvé. « Ferme les yeux, Arjumand », ordonnai-je, car en aucun cas elle ne devait voir ce démon. Il était monstrueux : son visage, entaillé par ma dague, était un masque de sang et de fureur. Il se tenait de l'autre côté de la pierre, à moins de dix pas de nous. « Prie, mon enfant, murmurai-je.

– Prier pour quoi ? railla-t-il en s'avançant, ses épaules tout contre les parois du tunnel. Une mort rapide, une…

– Prie pour que ça marche », dis-je quand il posa le pied sur le bloc de pierre.

Balkhi marqua un temps d'arrêt et regarda ses pieds. Les yeux lui sortirent de la tête. Il ouvrit la bouche. Mais il n'eut pas le temps de faire un geste de plus. Sous son poids, le granite s'enfonça dans le sol comme une aiguille dans la soie. Le couloir oscilla. Les parois émirent un craquement. Balkhi poussa un cri quelque part en contrebas quand le sol et le plafond s'effondrèrent avec lui.

J'entraînai Arjumand loin de ce fracas. Le couloir, à nouveau plongé dans l'obscurité, n'était plus que vacarme, un vacarme si fracassant que je crus que mes tympans allaient exploser. La poussière s'engouffrait dans ma gorge et mes poumons. Nous suffoquions toutes les deux, peut-être allions-nous mourir. Je ne ressentais plus que la douleur et l'horreur.

C'est alors qu'une lueur apparut, à moins que ce ne fût le halo de lumière dont parlaient les chrétiens. Car une tête enturbannée se matérialisa entre deux clignements d'yeux. L'apparition que surmontait ce halo s'élança au-dessus de nous pour nous protéger. Et une main, une main farouche qui aurait pu être de pierre, empoigna ma robe et me tira en arrière. C'était la main qui avait façonné le Taj Mahal, cette même main qui avait caressé mon corps.

Isa était enfin arrivé.

« Là, Jahanara », murmura-t-il en essuyant mes genoux ensanglantés à l'aide d'un linge humide. Je grimaçai de douleur, en serrant convulsivement Arjumand. Toute tremblante, notre fille pleurait encore, assise à côté de moi. Allah en soit loué, elle était indemne, mais je craignais que le souvenir de Balkhi la hante jusqu'à la fin de ses jours.

« Il est parti, Arjumand, dis-je doucement, pour toujours.

– Il allait nous… », sanglota-t-elle.

Voyant le visage d'Isa se contracter, je devinai sa rage silencieuse. « Oui, ma petite fille, répondit-il. Mais tel n'était pas notre destin. Ni aujourd'hui ni jamais.

– Pourquoi ?

– Je suis fière de toi, dis-je en l'attirant tout contre moi. Tu as agi en petite femme très courageuse.

– Non, non, non !

– Mais si, c'est vrai. C'était peut-être lui le plus fort, mais nous avons été plus courageuses. » Notre fille secoua la tête en sanglotant. Cela me peinait de la voir bouleversée à ce point. Son chagrin était injuste, car elle avait une longue vie devant elle et nombreuses seraient les occasions de tristesse. J'avais toujours cherché à la protéger des souffrances que j'avais endurées. Mais j'avais cruellement échoué. Cherchant désespérément à la consoler, je la serrai très fort contre moi. Pourtant, j'étais tout autant tremblante qu'elle. Et mes larmes coulèrent avec les siennes.

Isa avait lui aussi les yeux brillant de larmes quand il nous étreignit. Une entaille dans son cuir chevelu saignait encore à l'endroit où il avait reçu une pierre, malgré le bandage de fortune visible sous son turban. Apparemment indifférent à la douleur, il nous serra si longtemps que mes bras finirent par fourmiller. Mais son étreinte nous communiquait chaleur, amour et sécurité.

Tandis que la nuit laissait lentement place au matin, nous

fîmes de notre mieux pour apaiser Arjumand. Nous lui chuchotâmes des paroles rassurantes. Nous lui parlâmes de son avenir. Et enfin, Allah en soit loué, ses larmes se tarirent. En voyant le flot de ses émotions se calmer, je remarquai qu'elle réagissait aux gestes tendres prodigués par Isa. Elle examinait sa main qui lui caressait le bras. Elle se rapprocha de lui. Et elle comprit, je crois, qu'il versait des larmes pour elle.

Je m'aperçus à cette occasion qu'elle n'avait jamais été ainsi consolée par un homme. Bien sûr, père l'avait serrée dans ses bras. Mais ses marques d'affection, certes sincères et importantes, n'avaient rien de paternel, contrairement à celles qu'Isa lui manifestait à présent. D'une certaine manière, me semblait-il, elle percevait l'amour qu'il lui portait.

Je me dégageai doucement de son étreinte afin qu'il ne serre plus qu'elle dans ses bras. Devrions-nous lui apprendre la vérité ? me demandai-je. Le moment est-il venu ? Bien qu'une telle nouvelle pût ajouter à sa confusion, elle paraissait avoir un tel besoin de lui que je fus tentée de lui chuchoter le secret de sa parenté. Et j'estimais qu'après les horreurs de la nuit, elle méritait toute la vérité.

Quand Isa hocha lentement la tête à mon intention, les rares doutes que j'abritais se dissipèrent. « Arjumand, commençai-je avec sérieux, il y a une chose que tu dois savoir. Un secret que j'ai gardé bien trop longtemps et que tu ne devras dire à personne.

– Un secret ? » demanda-t-elle d'une voix encore altérée par les sanglots.

Je posai un baiser sur son front qui sentait la poussière et l'essence de lavande. « On m'a forcée à épouser ton... à épouser Khondamir pour des raisons diplomatiques. Je ne l'aimais pas, et je n'ai jamais appris à l'aimer.

– Mais je sais cela.

– En revanche, ce que tu ignores, mon enfant, c'est que je suis tombée amoureuse d'un autre. D'un homme merveilleux qui est ton véritable…

– Ton véritable père, conclut Isa.

– Mon père ?

– Regarde son visage, Arjumand. N'y vois-tu pas le reflet du tien ? » Ma fille, je le savais, ne demandait qu'à me croire. Khondamir n'avait en effet jamais manifesté que de l'indifférence à son égard. Aussi l'observa-t-elle attentivement. « Isa est ton père, dis-je. Et il t'aime autant que moi.

– Comment pourrait-il en être autrement ? demanda-t-il en la serrant plus fort et en laissant les larmes dévaler sur ses joues.

– Vraiment ?

– Je t'aime, Arjumand. Tu n'imagines pas tout le temps que j'ai attendu pour te dire cela. Trop longtemps. »

L'exiguïté de sa maison m'apparut plus que jamais car, à cet instant, le monde extérieur disparut. Il n'y avait plus que mon amant et notre fille, la chaleur de leur peau contre mes mains. Pour mon plus grand bonheur, Arjumand passa ses bras autour du cou d'Isa. Elle se remit à pleurer, mais ces larmes-là étaient différentes, elle ne tremblait plus d'effroi mais se lova contre lui. Il la serrait dans ses bras comme si elle était encore un bébé, posant sa tête sur son épaule en lui baisant doucement le front.

Je ne les quittai pas des yeux jusqu'à ce que les chandelles s'éteignent. Isa attendit que, l'épuisement ayant eu raison de notre fille, elle se fût endormie pour la déposer sur son propre lit. Nous allâmes nous installer à l'autre extrémité de la pièce pour parler d'elle à voix basse. C'est alors que je lui racontai ce qui était arrivé dans le tunnel. Je lui parlai de la guerre qui se préparait et de la tactique de Nizam. Il écouta sans souffler mot, sans me poser une seule question. Quand j'eus terminé, il finit par m'embrasser.

« S'il avait fait le moindre mal à l'une de vous deux, j'en serais mort, dit-il calmement.

– Je sais. »

Il me caressa les cheveux. « Nous partirons demain matin. J'ai un cousin dans le sud de l'empire, à Allahabad, un homme bon qui possède une écurie. Il…

– Je ne peux pas partir, l'interrompis-je tristement, en me rappelant la promesse que j'avais faite à mère des années auparavant.

– Quoi ?

– Tu dois fuir avec Arjumand. Mais moi, je… »

Il recula, une expression consternée chiffonna son visage. « Es-tu folle ?

– Il faut que je reste.

– Si tu restes, tu périras !

– Je dois aider père.

– Au nom d'Allah, ton père est l'empereur ! C'est un homme, il peut affronter les difficultés !

– Il est malade, Isa. Et je ne peux pas l'abandonner maintenant.

– Dans ce cas emmenons-le avec nous !

– Pour laisser le trône à Aurangzeb, qui détruira l'empire ?

– Cela vaut toujours mieux que de nous anéantir.

– Il ne détruira ni l'un ni l'autre ! dis-je avec une volonté farouche. Je ne peux pas abandonner père, Isa. Et nous avons une excellente stratégie, qui fonctionnera. Une fois Aurangzeb vaincu, j'irai te retrouver. Père m'a promis de nous envoyer à Varanasi où nous pourrons vivre en paix jusqu'à la fin de nos jours.

– Il ne peut rien promettre !

– Écoute-moi un peu ! ordonnai-je en posant un doigt sur sa poitrine. Si tu m'aimes, si tu m'aimes vraiment, tu m'écouteras. Car, si je partais avec toi en laissant père mourir de la main d'Aurangzeb, mon cœur mourrait avec lui. Je deviendrais une étrangère pour toi et notre amour ne pourrait pas…

– Y survivre ? Dans ce cas, c'est un amour moins profond que je ne le croyais. »

Je me penchai en avant comme pour le gifler, mais j'interrompis mon geste. « Ne dis pas cela ! Tu sais que c'est faux !

– Mais comment peux-tu nous laisser partir ?

– Et toi, Isa, laisserais-tu mourir ton père et ton frère ? » Comme il ne répondait pas, je poursuivis : « Crois-tu que mes sentiments sont différents parce que je suis une femme ou que je pourrais leur offrir moins d'aide qu'un homme ?

– Je t'ai toujours traitée comme l'égale d'un homme, rétorqua-t-il, son visage de faucon luisant de sueur. Toujours.

– Et je t'aime pour cela. Plus, semble-t-il, que tu ne le crois. Mais si tu m'aimes, tu ne me demanderas pas d'abandonner ma famille.

– Nous sommes ta famille !

– Crois-tu donc que je ne sois pas déchirée ? implorai-je.

– Ton père…

– T'a tout donné, Isa. Tout ! Il t'a laissé construire le Taj Mahal. Il nous a réunis, alors que notre amour aurait pu détruire son pouvoir ! Et tu voudrais que je l'abandonne maintenant, alors qu'il n'a jamais autant eu besoin de moi ?

– Dans ce cas, je reste aussi.

– Non ! Tu dois t'enfuir avec Arjumand. Elle a vu assez d'horreurs. Plus qu'assez. »

Isa jura, ce que je ne l'avais jamais entendu faire. Il se donna un coup de poing sur la hanche. « N'y a-t-il aucune autre issue ?

– Aucune. » Isa commença à secouer la tête, mais je posai les mains sur ses joues pour retenir son visage. « Cela me désole. Vraiment.

– Moi aussi.

– Je sais. »

Il regarda Arjumand pour éviter mon regard. « Si les combats… tournent mal, t'échapperas-tu pour nous rejoindre dans le sud ?

– Bien sûr. Mais cela n'arrivera pas. »

Nous restâmes un moment immobiles. Quand il reprit la parole, sa voix était lointaine, comme s'il m'avait déjà quittée. « Pourquoi, mon hirondelle, faut-il que tu les sauves tous ?

– Parce que je les aime. Je les aime trop pour renoncer. »

16

Conséquences

Le lendemain matin, nos adieux nous arrachèrent maintes larmes. Même si notre séparation la chagrinait, Arjumand n'était pas trop bouleversée car je lui promis que nous nous reverrions dans une semaine. Isa et moi, en revanche, eûmes bien du mal à contenir notre émotion. Nos adieux débordaient tout à la fois de tristesse et d'amour, de peur et d'espoir.

Les quitter ressemblait un peu à la mort. En longeant les couloirs du Fort Rouge, le doute me consumait. Peut-être Isa avait-il raison, peut-être aurais-je dû partir avec eux et avec les milliers de nos sujets qui fuyaient vers le sud. Quelle que fût ma confiance dans la bataille qui s'annonçait, je savais qu'Aurangzeb pouvait gagner. Si cela advenait, un bateau nous emmènerait promptement, père, Dara et moi, dans le sud. Malheureusement, Aurangzeb pouvait anticiper cette fuite et nous barrer la route. Et une capture serait probablement synonyme d'exécution.

Isa et Arjumand me manquaient cruellement quand je pénétrai dans ma chambre et allai examiner l'entrée du passage secret. Apparemment, Balkhi avait refermé la porte de l'armoire avant de se lancer à notre poursuite et, pour ce que je pouvais en juger, personne n'avait rien entendu du vacarme qui avait dû remonter jusque dans ma chambre, la veille au soir. D'ailleurs, avec l'armée d'Aurangzeb qui approchait, personne ne s'en souciait.

Satisfaite de mes investigations, j'entrai dans les vastes appartements de père où flottait encore l'odeur tenace de la maladie. Les rideaux étaient tirés devant ses fenêtres treillissées et le vent jouait avec le tissu. Je saluai le jeune médecin qui avait mis Arjumand au monde et lui demandai de nous laisser seuls. Père esquissa un pâle sourire lorsque je m'agenouillai près de lui. Il était allongé sur des couvertures en pashmina, la tête appuyée sur d'épais coussins.

« Tu n'es pas partie.

– Mon devoir est ici, dis-je sans grande conviction.

– En es-tu sûre, mon enfant ? Car l'empire peut bien périr, il renaîtra toujours de ses cendres. Il perdurera bien après ta mort.

– Mais pas toi. Ni Dara. »

Il toussa, grinça des dents, puis murmura : « Je ne suis pas certain, Jahanara, que la vie soit... qu'elle vaille la peine d'être vécue sans ta mère. Certains jours si, mais la plupart du temps je préférerais grignoter du raisin au paradis en sa compagnie. » Il se remit à tousser et porta les mains à sa poitrine. « Tu serais peut-être mieux avisée... de prendre la fuite vers le sud. Ainsi, au moins, tu pourrais vivre en paix avec ceux que tu chéris le plus au monde. »

Je me passai la main dans les cheveux, délestés de voile et de bijoux ce jour-là. « Père, je t'en prie ! Ne rends pas les choses plus difficiles encore. Dara a besoin de moi. Il est...

– Un tigre édenté ?

– Pas un homme de guerre.

– Toi non plus.

– Mais je peux me rendre utile. Comment pourrais-je partir quand cela reste possible ? »

Père acquiesça à contrecœur. Il étouffa une quinte de toux, puis demanda : « Raconte-moi, mon enfant, ce qui s'est passé. »

En arrangeant son lit pour essayer de le rendre plus confortable, je lui transmis les informations que j'avais glanées. Au point du jour, à la tête de vingt mille cavaliers, Nizam était parti dans une cavalcade aussi assourdissante que le tonnerre. J'ajoutai que Dara rassemblait sa propre armée qu'il conduirait bientôt dans le nord, pour la positionner sur une petite butte déserte, non loin d'Agra. Il pleuvait sans discontinuer depuis la veille au soir et Nizam prévoyait que l'orage camouflerait les mouvements de ses soldats. Nos espions nous avaient rapporté que les forces d'Aurangzeb étaient à une demi-journée de marche. Si mon frère tombait dans notre guet-apens, il attaquerait sans doute notre armée tard dans l'après-midi.

« Dara devrait se mettre en route sur-le-champ... pour se donner le temps de poster ses canons, dit père.

– Il ne va pas tarder à partir. »

Je finis de disposer ses coussins au mieux puis revins m'asseoir à son côté. Malgré mes efforts pour songer à toutes les affaires les plus urgentes, je ne parvenais pas à chasser Isa et Arjumand de mes pensées. Où étaient-ils ? Étaient-ils arrivés en lieu sûr, ou Allah m'avait-il abandonnée ?

« Tu ne songes pas à te joindre à l'armée de Dara ?

– Non, répondis-je très vite – peut-être un peu trop. Je ne servirais pas à grand-chose dans une telle bataille.

– C'est encore plus vrai que tu ne l'imagines, murmura-t-il, d'un ton aussi sévère que le lui permettait son filet de voix. Je te veux ici avec moi. Dara et ses officiers sont bien mieux seuls. »

Je n'avais jamais désobéi à père, mais, assise dans cette pièce nauséabonde, j'entendis à peine ses paroles. Comment pouvais-je rester ici quand le sort de l'empire allait se décider hors d'Agra ? Mère serait-elle restée ? Elle ne l'avait jamais fait. Bien que seule l'autorité de père lui eût permis de l'accompagner sur les champs de bataille, où les femmes n'étaient jamais les bienvenues, il m'avait confié qu'à plusieurs reprises, les conseils de son épouse avaient épargné des vies.

Sans pourtant rien avoir d'un génie militaire, j'avais remarqué ce matin-là qu'un élément de notre tactique rendait nécessaire ma présence sur le champ de bataille. Si je n'étais pas là pour m'assurer qu'on lui livrerait bataille, Aurangzeb pourrait tout simplement marcher sur Agra et conquérir le Fort Rouge laissé sans protection. Bien sûr, je n'avais pas avoué à Isa que j'avais pour projet de me rendre sur le champ de bataille, car il m'aurait jetée sur son épaule et emmenée à Allahabad.

« Je reviens, lui chuchotai-je.

– Ne t'éloigne pas trop, mon enfant, j'aurai peut-être besoin de tes conseils.

– Comme tu veux. »

Mais c'était un mensonge. Le soleil était à peine à la moitié de sa course vers le zénith que déjà je chevauchais le meilleur des étalons des écuries paternelles. Dans une cour voisine, je ne tardai pas à trouver un habit de soldat. Une fois l'armée de Dara partie, des centaines de ses guerriers avaient dû sortir de leurs cachettes pour aller grossir les rangs de l'exode vers le sud, abandonnant leurs armes et leurs uniformes qui jonchaient la place comme les feuilles après l'orage.

En temps normal, cette cour était noire de monde. Mais ce jour-là, seul un prêtre hindou, torse nu, la traversait sous la pluie. Je sautai à bas de ma monture et enfilai la tunique jaune d'un officier. Le vêtement était beaucoup trop grand et me faisait plutôt une robe ; mais une fois juchée sur mon cheval, la tunique bien enroulée autour de ma taille, les gens n'y verraient que du feu. Comme tous les soldats, j'avais attaché un bouclier, un carquois, un arc et un sabre à ma selle. J'étais incapable d'en faire usage, cela va sans dire, mais, quand j'eus ramené mes cheveux sous un turban noir, j'incarnais parfaitement mon rôle de soldat.

Quand je laissai derrière moi les rues pavées d'Agra, la route vers le nord se transforma en un interminable bourbier. Je suivis sans peine les traces laissées par quarante mille hommes et un millier d'éléphants de combat, même si la visibilité diminuait à mesure que la pluie tombait plus dru en pleine campagne. Un vent tenace me fouettait. Il s'était rapidement levé au sud-est, pour ma plus grande inquiétude car les typhons les plus terribles soufflaient souvent du Bengale.

Ma monture si forte et vaillante eut tôt fait de rattraper l'armée de Dara. Je la sentis avant de l'apercevoir : les relents de purin, de foin et les odeurs d'hommes mal lavés persistaient malgré la tempête. Je me cantonnai à l'arrière du régiment en m'efforçant de ne pas penser à ceux que j'aimais tandis que j'observais les fantassins patauger, de la boue jusqu'aux chevilles. Nous avancions au rythme morose des tambours en peau de daim. Les officiers aboyaient sur les hommes montés sur des éléphants qui tiraient des dizaines de canons. D'autres éléphants portaient des plates-formes en bois, drapées d'étoffes aux couleurs vives, sur lesquelles, d'ordinaire, un ou deux officiers armés de mousquets étaient grimpés.

Par bonheur, le voyage jusqu'à la butte qui nous servirait de champ de bataille fut bref. La petite éminence s'élevait en pente douce sur une longueur qui devait avoisiner celle du Fort Rouge, bien qu'elle fût moins haute. Pratiquement dépourvu d'arbres, le tertre comportait bien quelques amas rocheux et de pauvres arbustes. Même à mon œil peu exercé, il apparut presque dépourvu d'abris.

Notre armée se mit rapidement en devoir de préparer ses défenses. Je l'observais à bonne distance pendant que, sous une pluie battante, nos soldats abattaient les rares arbres et utilisaient les éléphants pour les disposer entre les rochers. Des branches plus petites et des arbustes servirent à combler les trous. Bien qu'imparfaite, cette barrière protégerait certains de nos hommes. Nos canons – on en dénombrait une cinquantaine – furent ensuite placés derrière la palissade de fortune. On forma ainsi un vaste cercle de soldats, d'éléphants et de canons qui entourait la base de notre tertre.

Il me fallut longtemps pour retrouver Dara, d'aspect peu familier dans son casque et sa cotte de mailles couverte de rayures diagonales noires et rouges. Il montait un superbe éléphant et ordonnait la construction d'autres barricades. La tête de son éléphant était coiffée d'une armure et ses défenses étaient encastrées dans des étuis en argent très acérés.

On comptait peu de chevaux, car l'essentiel de notre cavalerie était en route pour le nord. Aussi, quand ma monture hennit, Dara se tourna-t-il vers moi, s'attendant à trouver un officier de haut rang. Lorsque j'enlevai mon turban, il se figea de surprise, ainsi que plusieurs dizaines d'hommes autour de lui. J'éperonnai mon cheval et avançai vers son éléphant de guerre couvert de brocarts pourpres.

« Mais au nom d'Allah, que fais-tu donc ici ? » demanda Dara du haut de sa monture.

Je tirai sur les rênes de la mienne et m'arrêtai à quelques mètres de son éléphant. « Dans combien de temps Aurangzeb arrive-t-il ?

– Mais que fais-tu ici ? »

J'en eus soudain assez d'être traitée comme une enfant, ou comme un chien qu'on chasserait d'un coup de pied. Allait-on m'interdire de servir cette cause simplement parce que Allah m'avait créée femme ? « Je suis ici parce que telle est ma volonté ! rétorquai-je.

– Ta volonté ? Père est-il au courant de cette volonté ? »

Dara aurait été capable de me renvoyer à Agra, honteusement ligotée sur un cheval. J'optai donc pour le mensonge : « Je dois repartir dès le début des combats et lui raconter comment ils se seront engagés.

– J'ai des messagers pour cela !

– Mais peux-tu combattre sans eux ? » Il s'apprêtait à le confirmer mais je l'interrompis, formulant enfin la véritable raison de ma présence. « Dara, as-tu au moins pensé à ce qui se passerait si Aurangzeb décidait de contourner ta colline pour aller prendre Agra qui est sans protection ? Pourquoi viendrait-il t'attaquer ici, derrière tes fortifications, alors qu'il peut s'emparer du trône du Paon avant de revenir te livrer bataille ?

– Son honneur lui dicte de…

– Crois-tu que ce rat ait le sens de l'honneur ? » l'interrompis-je à nouveau. Même si, en tant que femmes, on nous avait inculqué la retenue, j'étais trop furieuse pour me taire. À certains égards, la naïveté de Dara m'exaspérait plus encore que la trahison d'Aurangzeb. « Tes officiers ont-ils donc les yeux si pleins de boue qu'ils sont incapables de deviner ce qu'il va faire ? demandai-je avec mépris. Bien sûr qu'il va éviter de t'attaquer ici ! C'est ce que je ferais, moi qui ne connais rien à la guerre.

– Et cependant, tu suggères… ?

– C'est moi qu'il hait le plus, Dara. Depuis toujours. Et quand il se présentera à nous en nous ordonnant de nous rendre, je ferai en sorte qu'il nous attaque. » D'un coup d'éperon, j'approchai encore ma monture de la sienne. Je dus faire un gros effort de volonté, mais quand je repris la parole, ce fut à voix basse. « Je t'aime, Dara, mais t'aveugles-tu au point d'ignorer que son cœur n'abrite ni bonté ni sens de l'honneur ? »

Mon frère grimaça comme s'il venait de recevoir une blessure. Puis il me demanda à son tour : « Et crois-tu, Jahanara, que je suive la voie de la facilité ? Que tu es la seule à avoir consenti des sacrifices ? » Comme je ne répondais pas, il joua distraitement avec la garde de son sabre. Puis il esquissa une moue. « Oui, j'ai été aveugle. J'ai commis des erreurs que... des erreurs qui vont nous coûter des vies, des erreurs qui m'empêchent de dormir nuit après nuit.

– Mais si tu étais conscient de cet aveuglement, pourquoi n'as-tu pas ouvert les yeux ? Pourquoi n'en avons-nous pas discuté ?

– J'en avais l'intention. Mais le temps est passé trop vite.

– Oui, oui, c'est vrai, admis-je. Mais tu n'aurais pas dû attendre. J'aurais accepté de t'aider.

– J'ai cherché avant tout... à rassembler notre peuple », se lamenta-t-il. La pluie tambourinait entre ses mots ; s'abattant sur le parapluie fixé au-dessus de lui, elle dégringolait sur son éléphant. « Je voulais qu'hindous et musulmans vivent unis. J'ai appris les préceptes religieux plutôt que l'art de la guerre parce que je croyais que la compréhension et le respect nous rapprocheraient. Toute mon existence, je l'ai consacrée à cette union. Et aujourd'hui, j'ai échoué. Car je dois à présent combattre mon frère. Et si les frères sont incapables de se respecter, comment des inconnus peuvent-ils y parvenir ?

– Ce sont les agissements d'Aurangzeb, et non tes actes, qui nous ont conduits ici aujourd'hui. »

Mon frère hocha la tête avec lassitude. Il avait l'air perdu sur son énorme éléphant de combat ainsi harnaché. « J'aimerais tant que nous soyons loin d'ici, Jahanara. Tu devrais être… aux côtés de ton compagnon et de ta fille. Et moi aux côtés de mon fils. »

Moi qui n'étais pas sûre que Dara fût au courant pour Isa, je n'en doutai plus. « Si nous gagnons…

– La victoire importe peu, dit-il tristement. Même si nous gagnons, des dizaines de milliers, peut-être cent mille sujets de l'Hindoustan vont périr ici aujourd'hui. L'empire ne s'en remettra jamais. Jamais. Et si Aurangzeb est vainqueur, ce sera pire ; les hindous seront persécutés et nous reviendrons en arrière de plusieurs siècles. Il combattra tous ceux qui ne sont pas musulmans et l'empire s'effondrera autour de lui. »

L'intuition visionnaire me manquait pour lui répondre ; alors seulement je m'aperçus que Dara comprenait tout cela bien mieux que je l'avais cru. « J'aimerais que tout soit à nouveau comme lorsque nous étions jeunes.

– Cette époque paraît si loin, cela semble presque un rêve, répondit-il. Je voulais voir les enfants de toutes les confessions jouer comme frères et sœurs. Je voulais les voir vivre en paix.

– Nos enfants le feront peut-être. »

Dara lécha distraitement la pluie sur ses lèvres. « Quelle belle conclusion cela ferait. Mais je crains que nous ne voyions jamais ce jour. » La plainte lointaine des cors se fit entendre et Dara se redressa immédiatement. « Si Aurangzeb hisse le drapeau blanc, viens me chercher. Mais s'il attaque sans sommation, prends la fuite et retourne à Agra. »

J'avais envie de lui dire que je l'aimais, que j'étais fière d'être sa sœur, mais il ordonna à son cornac de tourner son éléphant vers le nord. Quand je relevai les yeux de mon cheval, la peur fit trembler mon cœur : une armée immense, qui semblait s'étendre jusqu'à l'infini, approchait. Aurangzeb ne disposait que de cinq mille hommes et cinq cents éléphants de plus que nous au total, mais, étrangement, son armée paraissait trois fois plus nombreuse que notre formation rassemblée sur le tertre. Son armée s'enorgueillissait de trente mille cavaliers qui tournoyaient autour des bataillons. La cavalerie de ce traître était ce que nos officiers redoutaient le plus, car c'était une force d'attaque d'une rapidité avec laquelle nous ne pouvions espérer rivaliser avant que Nizam n'arrive en renfort.

« Faites qu'il ne tarde pas, murmurai-je en me tournant vers La Mecque. Sans lui, nous sommes perdus. »

En approchant, l'armée d'Aurangzeb se déploya lentement en une longue file menaçante. Dans un tumulte de barrissements, ses éléphants mirent ses canons en position de tir. L'ennemi était encore hors de portée et j'entendis nos officiers hurler aux soldats d'attendre pour tirer. Nos éléphants, temporairement postés derrière les canons, piétinaient impatiemment le sol dans la cacophonie des cloches en bronze qu'ils portaient autour du coup. Un jeune porteur d'étendard s'approcha un peu trop d'un des colosses et je poussai un cri quand le garçon se fit éventrer. Il mourut lentement, sans qu'aucun des soldats ose s'approcher du fougueux pachyderme pour venir à son aide. J'eus soudain mal au cœur. Jamais je n'avais vu la guerre de si près. Et je n'en avais aucune envie.

Quand un groupe de cavaliers ennemis s'approcha sous un drapeau blanc, j'éperonnai mon cheval et m'élançai vers eux. Dara, toujours monté sur son énorme éléphant, descendit la colline pour les rejoindre. La pluie redoublait et je dus m'essuyer souvent les yeux. Je ne tardai pas à rattraper Dara et les officiers qui l'entouraient sur leurs belles montures. C'étaient des guerriers fidèles à père, des hommes droits qui seraient heureux de mourir pour lui aujourd'hui. Je devais prêter à sourire dans ma tunique mal ajustée. Pourtant, ils me saluèrent d'un signe de tête empreint de respect quand je m'approchai.

Les deux petites formations se rencontrèrent au pied de la colline. Monté sur un magnifique étalon blanc, Aurangzeb portait cependant un casque rouillé et une cotte de mailles éculée. Mon frère éclata de rire en me voyant, mais je le connaissais assez bien pour déceler l'éclair de colère sur son visage.

« On se cache dans les jupes des femmes ? dit-il à Dara en guise de provocation.

– Je préférerais porter sa jupe plutôt que ton bouclier. »

Nos soldats gloussèrent en entendant la réponse de Dara et l'humeur de nos ennemis s'assombrit. Aurangzeb prit un oignon et le croqua. « Espèce d'hérétique ! Mes conditions pour ta reddition sont simples, commença-t-il en crachant la peau de l'oignon à la figure de Dara. Je veux ta tête. Et ensuite je veux celle de ton avorton.

– De quel droit, répondit Dara dont la voix trembla d'une fureur soudaine, oses-tu prétendre à autre chose qu'à être fouetté ? Car tu ne recevras rien d'autre que le fouet. »

Aurangzeb haussa les épaules. « Peut-être vais-je poursuivre mon chemin et t'épargner cette peine. Attaque-moi sur la route d'Agra si cela te chante ! »

Comme mon frère commençait à faire demi-tour sur son étalon, je donnai un coup d'éperon à mon cheval pour le lancer contre le sien. « Tu as peur de nous, petit frère ? demandai-je avec mépris. Bien sûr, un homme qui envoie une créature aussi abjecte que Balkhi assassiner sa sœur ne peut être qu'un lâche ! Un homme, un vrai, m'aurait tuée lui-même. » Je m'interrompis pour cracher dans sa direction. « Mais si Balkhi a été incapable d'accomplir sa mission, il semble fort peu probable qu'un homme qui crie à la vue d'un serpent en ait le courage. »

La main d'Aurangzeb se posa instantanément sur son sabre et l'acier lança des éclairs. De part et d'autre, les officiers dégainèrent leurs armes, mousquets et arcs. Comprenant qu'il serait le premier à mourir, mon frère rengaina brusquement son sabre dans son fourreau. « Mes hommes se repaîtront de ton corps, pécheresse, me lança-t-il d'une voix sifflante. Quant à toi, hérétique, tu feras une bonne cible sur ce mastodonte. »

Dara leva les yeux vers le ciel : « Je prierai pour ton âme.

– Qu'aucun ami des hindous ne prie pour mon âme ! » Aurangzeb termina son oignon. Je sentais son haleine rance à trois pas. « Le Noble Coran dit des infidèles : "Si seulement les mécréants connaissaient le moment où ils ne pourront empêcher le feu de leurs visages ni de leur dos, et où ils ne seront point secourus... Mais non, cela leur viendra subitement et ils seront alors stupéfaits ; ils ne pourront pas le repousser et on ne leur donnera pas de répit." »

Mon frère aîné toisa Aurangzeb. « Le Coran dit également : "Quiconque tue son prochain, par excès et par iniquité, Nous le jetterons au feu, voilà qui est facile pour Dieu." »

Puis nous nous détournâmes et remontâmes sur notre colline. Dara alla se placer derrière nos canons, juste en face de l'armée d'Aurangzeb. Lui ayant adressé un geste d'adieu, je me disposai à m'en retourner à Agra, mais les cavaliers d'Aurangzeb commencèrent à se déployer autour de nos positions. Nous nous étions attendus à ce qu'Aurangzeb concentre son attaque sur un point faible de nos défenses, mais, au lieu de cela, il avait apparemment décidé de nous harceler de tous côtés.

« Monte au sommet de la colline ! me hurla Dara quand il me vit acculée. Va ! »

Je fis ce qu'il disait, soudain terrifiée. Non loin de moi, en contrebas, les éléphants d'Aurangzeb achevaient de positionner ses canons. À leur approche, Dara ordonna à nos soldats de faire feu. Flambant neuves, nos pièces d'artillerie tressautaient en propulsant leurs boulets d'acier. Je me couvris les oreilles face à ces déflagrations assourdissantes. Même s'il pleuvait à présent si fort qu'il était difficile de discerner l'ennemi, j'aperçus fugacement des éléphants qui titubaient, comme ivres, et des amas de cadavres sans vie jonchant le sol.

« Dépêche-toi, Nizam ! » implorai-je en regardant vers le nord.

Nos soldats rechargeaient rapidement leurs canons et faisaient feu à volonté. En bas, l'ennemi avançait avec, comme fer de lance, les redoutables bataillons de cavaliers et de fantassins qui donnaient la charge à nos formations. Nous étions à présent à la portée de leurs bouches à feu et j'eus envie de rentrer sous terre en voyant le monde s'effondrer autour de moi. Un éléphant perdit une patte, bascula et écrasa ceux qui le montaient ainsi que d'autres soldats. Plusieurs de nos canons explosèrent quand on les arma et les artilleurs périrent dans des hurlements horribles.

Les atrocités redoublèrent quand l'ennemi approcha. Certains de nos soldats tiraient des coups de mousquet et ceux qui n'avaient pas d'armes à feu utilisaient des flèches. Ceux d'Aurangzeb leur rendirent la pareille et soudain l'air fut vibrant de milliers de projectiles. Ils filaient dans la pluie diluvienne, détruisant tout sur leur passage. Les soldats mouraient sur le coup ou étreignaient désespérément leurs blessures. Certains guerriers quittaient l'abri de nos barricades et chargeaient l'ennemi, indemnes ; d'autres, tapis et terrorisés, recevaient de multiples flèches. Rien de tout cela n'avait de sens.

Le tonnerre résonnait à la fois dans les canons et dans le ciel où l'orage, qui s'était déjà transformé en typhon, s'intensifia. Je fus arrachée à ma selle par une bourrasque. La pluie me molestait, me lacérait le visage et les mains. En m'abritant les yeux, j'essayai de retrouver Dara que je finis par apercevoir au pied de notre colline, sur son éléphant. Non loin de lui, un autre mastodonte dévala la pente tandis que mon frère adressait des gestes frénétiques aux soldats qui l'entouraient, désignant quelque chose en contrebas.

C'est alors que je découvris l'armée ennemie. Les soldats, armés de boucliers verts, se précipitaient vers nous comme un fleuve en crue à l'assaut d'une digue ; ils chargeaient la colline, brandissant bien haut leurs sabres incurvés. Ils paraissaient incroyablement nombreux ; ces hommes hurlants et ivres de violence m'effrayaient encore plus que les canons mugissants. Nos guerriers continuèrent à faire feu avec leurs mousquets et à décocher des flèches jusqu'au dernier instant, puis ils tirèrent leurs sabres. Soudain, les lames en acier tintèrent au milieu des imprécations, des cris et des détonations. Nos soldats commencèrent par tenir leurs positions, mais ensuite les bannières de Dara tombèrent les unes après les autres.

Je fis demi-tour sur mon cheval, cherchant le moyen de fuir. Mais nos lignes étaient assaillies de tous côtés, semblait-il. Je pouvais essayer de passer au travers de la bataille, mais j'avais toutes les chances d'être tuée.

« Isa », murmurai-je, désespérée à l'idée de ne plus jamais les revoir, Arjumand et lui.

Où était Nizam ? S'il n'arrivait pas bientôt, tout serait perdu. Nos soldats se défendaient vaillamment, mais nous étions submergés par le nombre de nos ennemis qui semblaient assoiffés de sang. Les guerriers d'Aurangzeb avaient massacré les Perses pendant des années, alors que les nôtres avaient soit dépassé leur première jeunesse, soit prenaient part à leur premier combat. Dara s'efforçait de rallier nos bataillons en lançant son éléphant sur l'ennemi. Lui qui avait toujours paru faible était loin de l'être, je m'en aperçus à nouveau ; il ne péchait que par naïveté. Pour l'heure, il combattait comme un chef. Il fit feu et hurla à ses soldats d'aller de l'avant et de braver la mort. Ils l'écoutèrent et entonnèrent son nom en livrant bataille.

Pourtant, les ennemis continuaient de monter à l'assaut de la colline. Ils submergeaient nos rangs et ne s'arrêtaient que pour achever les blessés. Je n'étais plus hors d'atteinte désormais, et quelques soldats, me prenant peut-être pour un officier, me décochèrent des flèches. Elles vinrent se planter par terre autour de moi ; je brandis le lourd bouclier attaché sur le côté de ma selle et me recroquevillai dessous. D'autres flèches tombèrent, à présent mêlées à des balles. Rester ici, je le savais, signifiait mourir. Mais quel autre choix avais-je ?

Soudain, mon cheval, ma superbe monture, s'effondra. En poussant un hennissement de douleur, il bascula en avant et me désarçonna. Avec un cri, je tourbillonnai dans le vide pour atterrir sur le dos dans le bourbier qu'était devenue la colline. Tremblant de la tête aux pieds, je roulai sur moi-même et me mis à genoux. Je grelottais de manière incontrôlable. Ces atrocités étaient insupportables. Dégainant mon sabre, je rampai jusqu'à ma monture, bien décidée à mettre fin à ses souffrances. Mais je n'avais plus à me donner cette peine : l'animal avait la gorge tranchée et ses yeux étaient déjà devenus vitreux.

Quand les cors résonnèrent enfin, c'est à peine si je les entendis. Mais nos hommes poussèrent soudain des acclamations et je devinai que Nizam était là. L'ennemi devait être prêt à aller au massacre, me dis-je, car tous les fantassins et les cavaliers d'Aurangzeb avaient été envoyés à l'assaut. Leurs canons n'étaient certainement pas gardés.

Les cris vengeurs des vingt mille hommes s'élevèrent en une clameur qui couvrit même la tempête. À travers la pluie battante, j'aperçus nos cavaliers qui décimaient nos adversaires pris en étau entre deux assauts mortels. Notre cavalerie en contrebas et, au sommet du tertre, nos fantassins déversaient sur eux une pluie de flèches et de balles. Nos adversaires commencèrent à s'effondrer par dizaines et je me relevai en priant pour que le stratagème de Nizam fonctionne. Ce fut le cas pendant un moment, et nos soldats poussèrent des hurlements victorieux.

Cependant, Allah nous abandonna ce jour-là. Juché sur son éléphant, Dara incitait ses hommes à aller au feu et, l'instant d'après, des coups de canon abattirent sa monture et changèrent la fortune de la bataille. L'éléphant poussa un horrible mugissement avant de s'effondrer sur notre barricade de rondins. Dara fut projeté hors de sa plate-forme avec une force et une vitesse prodigieuses. Plusieurs troncs d'arbres dégringolèrent sur lui avec l'éléphant.

Je m'étais déjà élancée vers lui quand le premier cri de panique retentit. « Le Prince est mort ! hurla un jeune porteur d'étendard. Mort ! »

Des ondes de panique se propagèrent parmi nos soldats comme le feu sur une mer d'huile. Croyant leur chef mort, ils reculèrent soudain devant la bataille, pensant à eux-mêmes plus qu'à l'empire. Si Dara était perdu, notre cause l'était également, car il était le futur empereur et un homme qui valait la peine qu'on se batte pour lui. Les officiers crièrent aux fuyards d'aller affronter l'ennemi, mais toute discipline avait disparu en même temps que Dara. Éperdue, je dévalai la pente vers l'endroit où il était tombé. Ma longue tunique entravait mes mouvements et je trébuchai maladroitement en glissant dans la boue. L'éléphant de Dara avait un trou gros comme ma tête dans le flanc, mais il vivait encore. Il essaya de se relever, y parvint un instant, puis bascula en avant, écrasant trois des hommes d'Aurangzeb. Au milieu des débris de la barricade, je ne tardai pas à retrouver Dara. Il avait la tête en sang sous son casque dentelé, mais, en plaçant ma main au-dessus de son visage, je sentis qu'il respirait. « Il est vivant ! criai-je. Le Prince est vivant ! »

Quelques soldats marquèrent le pas et se tournèrent vers moi, mais j'étais arrivée bien trop tard pour nous sauver du massacre. Posant la tête de Dara sur mes genoux, je regardai nos soldats essayer d'échapper aux hordes ennemies qui s'abattaient sur eux. Certains parvinrent à fuir, mais, par centaines, nos guerriers furent abattus dans le dos en tentant de gravir la colline. D'autres, ne trouvant aucune issue, se retournèrent pour affronter leurs adversaires. Ceux-là se battaient comme des démons, mais, trop peu nombreux, ils furent submergés par l'assaillant. On les égorgea et détroussa avec une redoutable efficacité.

J'enlevai son casque à Dara, déchirai un pan de ma tunique et lui fis un bandage pour arrêter les saignements. Sur le point de resserrer le pansement, je m'interrompis car un cheval galopait vers moi. J'étais presque sous ses sabots lorsqu'une main se tendit et me souleva brusquement de terre. Avec une force incroyable, le cavalier m'assit sur la selle derrière lui. Je m'apprêtai à lui griffer le visage quand je reconnus Nizam.

« Mais Dara ! » lui criai-je.

Il poussa sa monture au travers des lignes ennemies. Un guerrier imposant s'interposa, levant son mousquet. Mais son arme fit long feu et la lame incurvée de Nizam s'abattit aisément sur notre passage, lui ouvrant l'épaule. Au même instant, une flèche apparut sur la cuisse de mon sauveur. Je ne l'avais même pas vue arriver. Il poussa un cri de fureur puis éperonna sa monture alors que deux autres soldats couraient vers nous, tout sourire quand ils virent mes cheveux longs. Nizam repoussa la lance du premier qu'il embrocha sur son propre sabre. Quant à l'autre, il appela à l'aide et d'autres guerriers arrivèrent en renfort. Ils essayèrent de me désarçonner mais Nizam les égailla à grands coups de sabre avec des hurlements féroces. Il semblait qu'Allah l'eût béni ; les balles ne l'atteignaient pas et les sabres se heurtaient à son armure. Son sabre vengeur ne cessait de s'abattre et manquait rarement de mutiler l'ennemi.

Notre monture sauta par-dessus les restes d'un canon et soudain je tombai par terre. Je heurtai brutalement le sol, des étoiles lumineuses dansant devant mes yeux. Je m'attendais à ce qu'on m'arrache immédiatement mes vêtements mais je m'aperçus qu'un officier était le premier à m'avoir rattrapée. Malgré son sabre dégoulinant du sang de nos hommes, son regard n'était pas cruel, et j'espérai qu'il me protégerait.

Nizam fit faire demi-tour à son cheval et tenta de se frayer un passage jusqu'à moi. Mais des dizaines d'hommes surgirent pour dresser un barrage et beaucoup d'entre eux lui décochèrent des flèches. « Laisse-moi ! hurlai-je. Mort, tu ne me serviras à rien ! » Il tua un soldat dégarni et grimaça quand la lame d'un sabre dérapa sur sa selle. « Fuis ! lui criai-je. Pour l'amour d'Allah, fuis ! »

Sa rage sembla sur le point de déborder et, avec un grognement, il lança son cheval à l'assaut d'une horde de guerriers. Ils se dispersèrent devant lui et, galopant librement, il put s'engouffrer dans une brèche. Deux autres soldats périrent sur son sillage puis il buta sur un tas de cadavres. Alors, la pluie l'enveloppa tout entier et il me fut impossible de savoir s'il était vivant ou mort.

L'officier se pencha et me tendit la main. « Princesse Jahanara », dit-il en s'inclinant légèrement. Bien que la bataille continuât autour de nous, elle semblait avoir perdu de son intensité et, pour lui, elle n'existait plus.

Je le reconnus, me rappelant vaguement que nos pères se fréquentaient. Je hochai la tête puis me souvins de mon frère. « Dara ! m'écriai-je en essayant de me relever sur des jambes vacillantes qui ne m'obéissaient plus.

– Alamgir l'a capturé, Votre Majesté. Il est vivant.

– Qui ? Qui l'a capturé ?

– Votre frère, Alamgir. Car c'est ainsi qu'il se fait appeler désormais. »

Alamgir signifiait « Celui qui conquit le monde » et ce présage me donna des frissons dans le dos. « Pour moi, répondis-je d'une voix faible, il restera toujours Aurangzeb.

– Peut-être. Mais, à votre place, je l'appellerais Alamgir. J'ai entendu ce que vous lui avez dit, et son courroux sera terrible. »

Je fermai les yeux en pensant à ce qu'il allait m'infliger. Aurangzeb serait ivre de sang et je savais que, si je me présentais à lui maintenant, il me livrerait à ses guerriers. « Humayun, êtes-vous un homme d'honneur ? »

Il eut l'air étonné que je me rappelle son nom. « Oui, Votre Majesté.

– Alors, assommez-moi avant de me livrer à Alamgir. S'il me voit éveillée, je vais... » Je m'interrompis et me mordis la lèvre pour refouler une soudaine envie de pleurer. « Je connaîtrai une mort atroce. »

Humayun acquiesça. « Votre Majesté, je lui déconseillerai toujours d'ordonner votre mise à mort.

– Merci. »

Il s'inclina à nouveau puis leva la garde de son sabre. J'eus à peine le temps de me tourner vers La Mecque, puis elle heurta mon crâne. La douleur m'aveugla, terrible. Et le néant m'engloutit.

17

Mort et déshonneur

Le Fort Rouge se rendit en une journée. Assiégé par des dizaines de milliers d'hommes, avec à peine quelques milliers de guerriers dans son enceinte, il n'y avait d'autre choix que la capitulation. Bien qu'encore en proie à la fièvre, père fut emprisonné dans le Musamman Burj, la Tour octogonale. Il avait fait ériger cette tour sur le mur ouest du fort pour que ces dames puissent admirer la vue au-delà des limites d'Agra. Aurangzeb choisit à dessein de l'y confiner car le Musamman Burj offrait une vue dégagée sur le Taj Mahal, permettant ainsi à père de contempler ce qu'il chérissait par-dessus tout mais resterait peut-être hors de portée à jamais.

Le jour où père rejoignit sa prison fut le plus sombre de mon existence. Non parce que nous avions perdu, mais à cause de ce qui allait advenir. Aurangzeb, qui était désormais le maître absolu de l'empire, avait fait accuser et condamner Dara pour hérésie.

Mon frère – ô Allah, si miséricordieux, pardonnez-nous ! – devait être décapité.

Quand je me réveillai, je me retrouvai nue, mais, à part une blessure à l'arrière de la tête, je n'avais aucun mal. J'étais allongée dans une cellule très sombre. L'endroit empestait l'urine et il me fallut un moment pour m'apercevoir que je n'étais pas seule. Deux guépards arpentaient la cage. Instinctivement, je poussai un cri avant de m'immobiliser. Les bêtes grognèrent et se mirent à me tourner autour comme elles auraient pu le faire avec une gazelle blessée. Il n'y avait aucune arme dans la cellule à part un os rongé long comme mon bras ; je l'attrapai et rampai dans un coin.

Il ne se passa pas longtemps avant qu'Aurangzeb vienne me rendre visite. Une poignée de ses hommes l'accompagnait et tous rirent de ma nudité et de ma peur. « Voilà des jours qu'ils n'ont pas mangé, annonça mon frère avec un signe de tête en direction des félins. Je parie qu'ils n'aiment pas l'odeur des infidèles. Enfin, ils ne sont pas les seuls. » Mon frère me détailla de la tête aux pieds. « Laissons-leur le temps, laissons la faim grandir, et ensuite ils goûteront pour voir.

– J'y goûterais bien aussi », dit un de ses hommes tandis que j'essayai de me couvrir.

Aurangzeb l'ignora. « Tu seras heureuse d'apprendre, pécheresse, que Dara a été condamné pour hérésie. Il sera décapité demain.

– Non ! hurlai-je, n'en croyant pas mes oreilles. Non, je t'en prie, pas ça ! C'est un défenseur de l'islam ! Il...

– Mérite la mort !

– Pourquoi ? Qu'a-t-il fait ?

– Faut-il toujours que tu engages des débats avec moi ? tonna Aurangzeb en postillonnant. Un défenseur de l'islam prétendrait-il que l'hindouisme est une foi à part entière ? À part entière, Seigneur ! Il a affaibli l'empire par les félonies qu'il a écrites dans son livre !

– Il a simplement essayé de nous rassembler, de prouver que nous pouvions vivre comme un seul peuple ! Où est la félonie ?

– Partout ! Sur chacune de ces pages impures ! Il mourra pour cela. Pour ses blasphèmes.

– Mais Aur… Alamgir, je t'en prie, c'est ton frère.

– Les frères peuvent être décapités comme tous les autres ! Et les sœurs aussi. »

Comme il s'apprêtait à tourner les talons, je m'écriai : « Et que dit Allah du meurtre ? »

Il fit volte-face et empoigna les barreaux de ma cellule. « Les hérétiques sont exécutés, pas assassinés !

– Dara n'est pas un hérétique ! Jette-le en prison si tu veux, mais laisse-le vivre.

– Tu assisteras à son exécution demain, siffla-t-il, à moins que mes guépards ne se découvrent de l'appétit.

– C'est un meurtre ! Un meurtre ! »

Les hommes de main d'Aurangzeb partirent en riant et en esquissant des gestes écœurants. Dans mon ardeur à défendre Dara, j'avais oublié ma nudité et je m'étais redressée. « Que se passe-t-il ? » marmonnai-je pour moi-même, ayant à peine la force de surmonter mon chagrin. Si j'avais été seule au monde, sans père, sans amant ni fille, j'aurais aussi bien pu me laisser dévorer par les guépards. Mieux valait souffrir la mort entre leurs crocs qu'endurer l'idée de ce que me réservait le lendemain ! Comment, au nom d'Allah, les choses avaient-elles pu en arriver là ?

Quand vint la nuit, la température de ma cellule baissa considérablement. Dans l'obscurité, les yeux des guépards luisaient comme des lunes jaunes : leurs prunelles ne me quittaient pas. J'urinai près de mon coin comme pour marquer mon territoire. Mon odeur les maintint à distance, mais leurs grognements persistèrent et ma peur grandit. J'arrivais presque à supporter l'idée d'être dévorée, mais celle de ne jamais revoir Isa et Arjumand me faisait trembler de tous mes membres. J'essayai d'imaginer à quoi ils étaient occupés en ce moment même. Dormaient-ils dans la même chambre ? Isa racontait-il une histoire à sa fille ou lui apprenait-il à dessiner une fontaine ? Peut-être pensaient-ils à moi. Peut-être nos pensées pourraient-elles se rejoindre bien que nous fussions séparés.

Bien plus tard, quand l'épuisement me fit perdre conscience, je sentis quelque chose d'humide sur ma tête. Une odeur infecte et putride envahit mes poumons. Dans un haut-le-cœur, je lâchai un cri en m'apercevant que le plus gros des guépards léchait ma blessure à la tête. L'animal montra ses crocs et, levant ma massue, je lui assénai un gros coup sur l'arrière-train. Avec un jappement, il s'enfuit à l'autre bout de la cellule.

Bientôt, les deux guépards se remirent à grogner. Ils arpentaient inlassablement la cage et se rapprochaient de moi par cercles concentriques. Je faisais tournoyer mon os quand ils venaient trop près. Je les maudis à voix haute et essayai de les impressionner en me redressant. L'un des deux félins fit un bond en avant et planta ses crocs dans ma massue. Il me l'arracha des mains et je me retrouvai soudain sans défense. Quand ils m'approchèrent à nouveau, je n'osai plus lancer de coups, de crainte qu'ils n'attrapent ma jambe ou mon bras comme ils l'avaient fait avec l'os.

Je vais viser les yeux, pensai-je fiévreusement. S'ils m'attaquent, je leur crèverai les yeux !

Soudain un rai de lumière tomba sur ma cage. Quelqu'un avait ouvert une porte et longeait le couloir en silence. Les guépards reculèrent quand mon visiteur approcha. L'inconnu portait une tunique noire mais pas de sandales, par souci de discrétion apparemment. J'ignorais si l'on m'avait envoyé un assassin pour m'égorger ou si quelqu'un avait décidé de me libérer.

Des mains délicates se levèrent pour retirer une capuche noire et, à ma joie, je reconnus Ladli dans cette apparition. Mon amie ouvrit un sac et en sortit deux morceaux de viande crue. En grognant, elle souleva les énormes pièces de viande pour les donner aux guépards qui grondèrent avant de les renifler. Je m'élançai vers Ladli et nos mains se rencontrèrent à l'extérieur de la cage. Bien que confinée derrière les barreaux, je pus donner libre cours à mes émotions en pleurant silencieusement. Elle me caressa le bras et se pencha pour déposer un baiser sur ma joue. « Je n'ai que peu de temps, petite sœur, chuchota-t-elle.

– As-tu des nouvelles…

– D'Isa ?

– Tu sais ? »

En dépit de sa nervosité, elle sourit. « J'ai des yeux, Jahanara, répondit-elle, en serrant ma main.

– J'aurais dû t'en parler, mais… »

Elle haussa les épaules. Sous ses longs cils, elle promenait des regards fureteurs de tous côtés. En me voyant nue, elle fit la grimace. « Je devrais lui planter un couteau dans le dos pour ça. » Comme je gardais le silence, elle demanda : « De quoi as-tu besoin ? »

Fais en sorte que je ne souffre plus, pensai-je. Dis-moi que ceci est un cauchemar. « Peux-tu transmettre un message à Isa ? demandai-je d'un ton suppliant, n'aspirant qu'à être dans ses bras et à embrasser Arjumand. Il se trouve à Allahabad avec Arjumand, il loge dans une écurie. Je t'en prie, dis-lui que je l'aime et que je les rejoindrai bientôt.

– Je vais essayer, dit-elle en repliant son sac. Je ne crois pas que ce lâche infesté de vers va te tuer. Il sait que le peuple t'aime et ne l'accepterait pas. Mais il pourrait t'arriver un accident ou Aurangzeb pourrait t'emprisonner à vie.

– A-t-il vraiment l'intention de décapiter… » Je fus incapable de terminer ma phrase. Ladli avait aimé mon frère autrefois, et ses larmes spontanées autant que soudaines étaient aussi sincères que les miennes. « Sois forte », chuchotai-je, mais ce n'étaient que vaines paroles, car je ne tenais plus sur mes jambes moi-même. « Sois forte et prudente.

– Toi aussi.

– Je t'aime, Ladli. »

Elle m'embrassa sur le front et partit. Je priai pour qu'elle s'en retourne dans ses appartements sans être vue et remerciai Allah de me l'avoir donnée pour amie. Cette femme, cette fille de roturier, s'était avérée plus loyale, plus rusée et attentionnée que les nobles les plus puissants de père. J'implorai Allah de la libérer du joug d'Aurangzeb et de veiller à ce qu'un jour nous soyons réunies.

Après leur repas, les guépards s'assoupirent et, malgré le froid terrible, je fermai les yeux en attendant l'aube. Quand le matin arriva enfin, je fus abasourdie de voir que les énormes félins s'étaient rapprochés : ils se trouvaient à moins d'un pas de moi ! Ils étaient couchés, lovés l'un contre l'autre ; ils possédaient une beauté à vous couper le souffle, une beauté que, parmi les hommes, seul Isa aurait pu créer. Je les contemplai pendant quelque temps en me disant que, si jamais je parvenais à échapper à mon frère, je reviendrais les libérer. Ils n'avaient pas voulu me dévorer la veille au soir, mais des animaux amaigris et affamés n'avaient guère d'autre choix. Comme toutes les créatures qu'Aurangzeb avait placées sous son joug, les guépards étaient forcés de se soumettre à sa volonté.

Peu de temps après l'aube, un guerrier apparut et me jeta une vieille tunique. Je me hâtai de l'enfiler et lui demandai ce qui allait se passer. Il grogna et, un instant plus tard, Aurangzeb, toujours vêtu de son armure, arriva entouré de quatre gardes du corps. Mon frère ouvrit la cage, secoua la tête en regardant les guépards endormis et lança un grand coup de pied à l'un d'eux. « Bons à rien ! » grommela-t-il en ordonnant d'un geste qu'on me sorte de la cage.

Je m'avançai sans opposer de résistance, mais ses hommes de main m'empoignèrent tout de même avec brutalité. Quand l'un me pinça les fesses, je me mordis la langue. Je me tus tandis que les gardes suivaient Aurangzeb dans les écuries royales. Là, ils me hissèrent sur un cheval. Mon frère sauta sur son étalon blanc puis se pencha vers moi. « Tu vas le voir mourir, pécheresse. Et si la noirceur de ton regard s'éloigne de lui, même une seule fois, je te forcerai à lui trancher la gorge toi-même.

– Il ne t'a jamais fait de mal. Ja... »

Du revers de la main, Aurangzeb m'envoya une gifle qui faillit me désarçonner. Ma lèvre se mit à saigner. « C'est un traître et un hérétique ! rétorqua-t-il. Et notre infâme frère sera traité comme tel ! »

Je n'essuyai pas le sang qui me coulait sur le menton, car les coups que j'avais reçus susciteraient la colère du peuple. Au contraire, je me mordis la lèvre, ouvrant la blessure pour qu'elle saigne plus abondamment. Aurangzeb éperonna sa monture et l'une de ses brutes tira les rênes de ma jument. Nous quittâmes le Fort Rouge et nous retrouvâmes bientôt sur la plus large avenue d'Agra. Devant nous, le tumulte régnait. En approchant, je vis des centaines de gens protester dans la rue. Malgré les troupes qui essayaient de maintenir l'ordre, des rixes sporadiques éclataient ici et là. Des hommes s'effondrèrent et ne se relevèrent plus. Les hindous criaient à l'injustice et les musulmans chantaient avec ferveur les louanges d'Aurangzeb.

Au milieu de toute cette agitation, à une vaste intersection, se trouvait Dara. Il était assis avec son fils Suleiman sur un éléphant de combat tout balafré. Les deux prisonniers couverts de fange ne portaient que des pagnes et avaient les bras attachés dans le dos. Sous mes yeux horrifiés, des dizaines de badauds leur lançaient des légumes, des oignons et des pommes de terre qui laissaient des marques sur leur poitrine.

Cependant, seul ce nombre limité de gens jetait des projectiles et appelait à l'exécution de Dara. La plupart des sujets présents étaient des hindous qui, devant les sabres que les hommes d'Aurangzeb avaient tirés, demandaient grâce pour mon frère. D'autres en étaient venus aux mains avec les musulmans de toutes conditions qui essayaient d'humilier et de blesser Dara. Mon frère suppliait ceux qui prenaient sa défense de s'abstenir de toute violence. Il les implorait de se tenir tranquilles, disant que sa mort serait encore pire s'il expirait en voyant son peuple s'entre-tuer.

Ses vues pacifistes jusque dans les derniers instants avant son exécution me mirent au désespoir à l'idée de le perdre. « Dara ! » hurlai-je, couvrant la clameur. Il se tourna vers moi et je vis qu'il avait le visage enflé et couvert de bleus. Il essaya de me répondre, mais un melon allait atteindre Suleiman, et Dara se jeta devant son fils. L'enfant pleurait et cette vision m'emplit de fureur, car, à treize ans, il n'était coupable de rien.

« Libérez l'enfant ! » hurlai-je.

Aurangzeb pivota sur sa selle et adressa un signe à l'homme qui chevauchait à côté de moi. Avec un gros rire, le soldat me frappa au cou avec le tranchant de la main. J'en eus soudain le souffle coupé. La gorge en feu, je manquai d'air ; je parvins finalement à respirer par le nez. À ce moment-là, le soldat m'envoya une gifle.

Malgré les rêves d'harmonie entre les peuples qu'abritait le cœur de mon frère, et ma propre horreur à l'idée qu'hindous et musulmans se battent, à cet instant, qu'Allah me pardonne, je souhaitai que les masses hindouistes se soulèvent et submergent Aurangzeb et ses hommes. Je souhaitai que nos tortionnaires meurent et que l'on traîne leurs cadavres déchiquetés dans les rues.

Mais on guida l'éléphant sur lequel étaient juchés Dara et Suleiman le long de l'avenue. Des milliers de gens les suivaient, certains conspuaient Aurangzeb, d'autres brandissaient fièrement ses bannières. Nous ne tardâmes pas à arriver sur une place où un billot ensanglanté avait été dressé sur une estrade. Un esclave tout en muscles s'y trouvait, un énorme sabre entre les mains. On fit tomber Dara de l'éléphant puis on le traîna jusqu'au bourreau. Mon frère m'adressa un signe de tête et, les yeux pleins de larmes, lança un au revoir à son fils.

Le monde se mit à tourbillonner autour de moi.

« Mon frère, le prince Dara, cria Aurangzeb, est coupable d'hérésie ! Et, en vertu de nos lois, il doit être mis à mort ! »

Sautant à bas de mon cheval, je me précipitai entre les gardes d'Aurangzeb jusqu'à Dara. Il murmura mon prénom et je lui passai les bras autour du cou. « Va retrouver Dieu », eus-je le temps de lui dire, avant qu'on ne m'arrache à lui. Les hommes de main d'Aurangzeb me jetèrent par terre et l'un d'eux me lança un coup de pied dans la cuisse. Voyant cela, même les musulmans commencèrent à donner des signes d'impatience, car les nobles comme les gens du commun me connaissaient et n'appréciaient pas de me voir maltraitée. Des menaces s'ensuivirent ainsi que des injonctions pour qu'on me relâche. Sentant l'humeur de ses sujets changer, Aurangzeb descendit de cheval pour me relever.

« Je t'en prie, je t'en prie, gracie-le ! » m'écriai-je, mais, se détournant, il fit signe à ses hommes. Ils traînèrent Dara jusqu'au billot du bourreau et posèrent sa tête dessus. Dara tourna les yeux vers La Mecque et je vis ses lèvres bouger. Je priai à l'unisson, je priai si fort et avec tant de ferveur que je me mis à trembler. Mes sanglots se mêlaient à mes prières, implorant Allah de conduire Dara sans délai jusqu'aux portes du paradis.

Je ne vis pas la lame du bourreau quand il la leva, mais, au lieu de cela, je nous revis enfants. Nous montions un poney ensemble. Je le déguisais avec les habits de mère, lui passais des colliers autour du cou. Je nageais avec lui, nous riions, nous attrapions des lucioles. Il s'était toujours montré gentil avec moi. Et il m'avait toujours aimée.

Quand la hache s'abattit, je fermai les yeux, ne conservant que ces images dans mon esprit. Le choc sourd de l'acier sur le bois se fit entendre, puis la foule poussa qui des lamentations, qui des acclamations.

Quand le coup résonna de nouveau, je sus que le fils de Dara était mort à son tour.

Je tombai à genoux, pleurant comme je ne l'avais jamais fait, enfant, comme seul un adulte peut pleurer. Car j'avais vu mon frère éclairer le monde et à présent, en son absence, l'obscurité régnait.

Et l'obscurité me suivit comme une ombre.

Plus tard ce jour-là, on me poussa dans la chambre de père. Il y gisait, toujours fiévreux, sur une couverture de crin, étroitement enveloppé dans les pans de sa tunique. Qu'il fût encore vivant était étonnant, mais cela n'avait rien de miraculeux ; je ne croyais plus aux miracles cet après-midi-là. Il dormait et je trébuchai sur son corps avant de m'effondrer par terre. Puis je me rapprochai de lui jusqu'à ce que nos corps se touchent. L'air extrêmement vieilli, il marmonna des propos incohérents.

À travers mes larmes, je regardai notre cellule octogonale, large d'environ douze pieds. La pièce était entièrement vide à part la couverture de père et un pot de chambre. Sept de ses huit fenêtres avaient été obscurcies avec des planches de bois. Entre les barreaux dont elle venait d'être munie, on pouvait admirer le Taj Mahal, serein et éclatant sous le soleil, derrière la huitième croisée.

Cette vue me fit penser à Isa et je me demandai une fois encore ce qu'ils faisaient, Arjumand et lui. Comme je me sentais incomplète en leur absence ! J'avais l'impression que le meilleur de moi-même m'avait été volé et enfoui tout au fond de la terre. Je ne ressentais même pas le besoin de leur parler, seulement celui d'entendre le rire d'Arjumand et de tenir la main d'Isa dans la mienne. J'aurais volontiers accepté d'être rouée de coups en échange de cet instant de bonheur, et, pourtant, j'avais encore mal à la lèvre et ma cuisse me faisait souffrir. Combien de temps se passera-t-il, demandai-je à Allah, avant que je les revoie ? Une semaine ? Une année ? Une vie entière ?

Mes larmes furent intarissables et, en reniflant, je serrai père contre moi. Je l'enlaçai pour lui communiquer la chaleur de mon corps et il me donna de la force. Quand, enfin, il ouvrit les yeux, la consternation se peignit sur ses traits déjà tirés en me voyant au désespoir. « Mon enfant, que s'est-il passé ? » demanda-t-il faiblement. D'une voix brisée, je lui racontai tout ce qui nous était arrivé, commençant par la bataille et achevant mon récit sur l'exécution. Je crois qu'il fut trop abasourdi pour pleurer ; il se contenta de fermer les yeux et de me serrer plus fort. « Quel échec pour moi, dit-il. J'ai voulu créer la paix et à présent… et à présent mon fils a tué son frère.

– Il n'a pas souffert », marmonnai-je.

Père hocha la tête et ses rides parurent se creuser. « Quelle perte ! Pour nous. Et pour l'Hindoustan. Seul Dara aurait vraiment su unifier notre peuple.

– C'était son souhait le plus cher. »

Père grimaça, toussa, puis chuchota : « Mais où sont Isa et Arjumand ?

– Ils se sont enfuis dans le sud, à Allahabad. »

Un silence s'installa et se prolongea. Enfin, père dit sur le ton de la lamentation : « J'aimerais tant… revoir ta mère au paradis.

– Elle t'y attend. Avec Dara.

– Il est peut-être temps pour moi d'aller les retrouver. »

Je savais qu'il en avait envie, mais je secouai la tête. « Mère n'approuverait pas. Elle dirait que l'empire a besoin de toi plus que tu n'as besoin d'elle.

– Mais, mon enfant, que peut faire un singe en cage ? »

Je chassai une mouche qui s'était posée sur sa tête nue. Il avait l'air étrange sans son turban. Les rares boucles qui lui restaient avaient la même teinte grisonnante que sa barbe. J'étudiai son visage, détaillant les signes de vieillesse. Mes pensées, pareilles à une foule d'inconnus, ne semblaient plus m'appartenir. « Il peut aider, dis-je enfin, sa fille à devenir meilleure.

– Elle n'a pas besoin d'aide pour cela. »

Je le serrai dans mes bras et nous restâmes prostrés ainsi. Je dus dormir car, lorsque je rouvris les yeux, Aurangzeb, Ladli, Khondamir et une jeune femme étaient entrés dans notre cellule. Aurangzeb portait une tenue orange tandis qu'étrangement, Ladli était vêtue d'une robe jaune au lieu d'un sari. Le ventre de Khondamir tendait un gilet en cuir, sa chemise et sa culotte de soie étaient également bien remplies. Il était occupé à dévorer un pilon de viande graisseuse. Sa compagne, une fille d'environ quatorze ans, jolie comme un papillon, portait une robe et une chemise transparentes.

« Un cadeau », dit Aurangzeb en posant la tête de Dara par terre. Les yeux de mon frère aîné étaient ouverts et son visage figé dans une expression horrifiée. J'eus un haut-le-cœur en le voyant et, sans mon corps endolori, j'aurais pu m'évanouir.

Père essaya de se lever mais il pouvait à peine bouger. « Pourquoi ? Pourquoi, Aurangzeb ? gémit-il. Tu aurais pu le bannir, le faire emprisonner, le laisser se réfugier en Perse !

– Un idiot tel que toi laisserait fuir un ennemi. Mais je ne suis pas un idiot.

– Tu… tu ne peux pas être mon fils. Tu es un lâche et un être haineux… ce sang-là ne coulait pas dans les veines de ta mère. »

Aurangzeb parut trembler. « Sache bien, dit-il en évitant le regard de père, que tu ne quitteras jamais cette cellule. Je ne te tuerai pas, car l'islam interdit à un fils de tuer son père. Mais tu mourras ici. Tu mourras en regardant sa tombe, en regrettant de ne pas être avec elle. »

Ces paroles auraient dû faire fléchir père, mais il se redressa au contraire : « Mieux vaut mourir ici plutôt que de te voir détruire l'empire. »

Mon frère haussa les épaules, comme si l'opinion de père comptait désormais autant que la poussière sur ses épaules. Il reporta son regard sur moi. « Savais-tu, pécheresse, que ta vieille amie s'était convertie à La religion ? »

Abasourdie, je regardai Ladli. J'avais beau comprendre

qu'elle ne s'y était résolue que pour s'attirer un peu plus les grâces d'Aurangzeb, je n'en trouvais pas moins ce sacrifice surprenant. Elle avait toujours chéri ses divinités hindoues. « Quelle erreur ! » finis-je par répondre, en plongeant mes yeux dans les siens pour éviter de regarder le visage de Dara. Il m'était impossible de penser à mon frère en ce moment. Penser à lui m'aurait brisée.

« Jahanara, rétorqua Ladli, tu vaux moins cher que le pot dans lequel pisse Aurangzeb ! »

Khondamir lâcha son os et éclata de rire. « Autrefois tu valais plus. Mais tu t'es fanée bien vite. J'aurais peu de plaisir à te chevaucher maintenant. »

À déjà trente et un ans, j'estimais être encore raisonnablement attirante. Mais ses paroles ne m'en blessèrent pas moins. Et j'en avais assez de souffrir. Père allait répondre, mais ma voix s'éleva, couvrant la sienne. « Et que pense ta petite poupée de cette brindille que tu prends pour ta virilité, Khondamir ? Ou bien ton ventre l'a-t-il toujours dérobée à sa vue ? »

Khondamir fit un pas en avant pour me frapper, mais Aurangzeb lui cria d'arrêter. « Tu la battras plus tard, ordonna-t-il. Des nobles, parmi les plus puissants, vont venir ici en visite. Et je ne voudrais pas qu'ils croient que nos invités ont subi de mauvais traitements.

– Mais, Majesté, en tant que mari…

– Tu feras d'elle ce que bon te semble quand ton heure sera venue, rétorqua Aurangzeb. Dans un mois, tu pourras la vendre à un bordel, cette pécheresse. Ou l'abandonner nue dans le désert. Mais pour l'instant, elle restera ainsi.

– Un bordel ? répéta Khondamir avec enthousiasme, en essuyant ses mains graisseuses sur son gilet. Mais elle me rapportera si peu ! »

Je n'avais pas vu Aurangzeb rire depuis des années, mais il rit bel et bien ce jour-là. Aussi me levai-je et fis-je un pas dans sa direction, mon chagrin se transformant déjà en rage : « Je ne cesserai jamais de prier pour toi, dis-je, car tu as assassiné ton frère et tu ne franchiras jamais, jamais, les portes du paradis où il se trouve aujourd'hui.

– Tu ferais mieux de prier pour toi-même, pécheresse. Tu ne resteras pas longtemps en ce monde. »

Je m'approchai encore, ne laissant qu'une main entre nous. Levant les yeux vers lui, je répondis : « Si je meurs, Aurangzeb, ou si père vient à mourir, sache qu'un cobra sera déposé dans ton lit. Sache qu'il te mordra et que tu connaîtras une mort atroce. »

Il recula d'un pas. « Un cobra ? Tu mens !

– Crois-tu que je n'aie pas d'amis ? Aucun espion parmi des soldats qui ne se ferait un plaisir de te tuer ? Quel enfant ! Quel pauvre enfant sans cervelle ! J'ai toujours su que ce jour viendrait peut-être et pourtant tu t'imagines que je n'ai pas pris mes précautions. Suis-je si bête ? » Son visage se contracta et il jeta des regards autour de lui, presque comme s'il s'attendait à voir des cobras. C'est alors que je me rappelai qu'enfants, nous avions vu un jardinier se faire mordre par un cobra et, fou de terreur et de douleur, il s'était coupé le pied. « Si tu veux tester la véracité de mes dires, tue-moi dès ce soir, le provoquai-je. Mais sache que demain ou après-demain, un cobra boira ton sang.

– Tue cette traînée sur-le-champ ! dit Khondamir en avançant vers moi.

– Silence ! » tonna Aurangzeb. Sa poitrine se soulevait rapidement et il se massait les tempes. Soudain il semblait souffrir le martyre comme si mes paroles avaient été des frelons qui tourmentaient son esprit. « Et si c'est vrai, pourquoi ne pas me tuer dès demain ? demanda-t-il soudain. Tue-moi et tous tes problèmes seront réglés !

– Non, Aurangzeb, parce que, contrairement à toi, je ne suis pas une meurtrière ! Mais si je meurs demain, ce n'est pas par ma main que tu périras. Non, je boirai du vin au paradis avec mère et Dara pendant que tu te souilleras. »

Khondamir avança encore sur moi. « Laisse-moi la vendre. Laisse-moi lui arracher la langue. »

Je lisais la peur dans les yeux de mon frère et je me sentis enivrée par ce pouvoir inattendu. Comme je haïssais ces hommes ! Ils étaient prêts à détruire tout ce qu'il y avait de noble pour assouvir leurs désirs pathétiques ! « Savais-tu, Khondamir, sifflai-je, que le sang qui coule dans les veines d'Arjumand n'est pas le tien ? » Il blêmit et je continuai, implacable : « Crois-tu donc que cette brindille que tu as peut engendrer quoi que ce soit ? Crois-tu... ? »

Il poussa un hurlement, et le coup suivit si vite que je n'eus pas le temps de réagir. Il agrandit l'entaille que j'avais à la lèvre et je tombai par terre. Avec un juron, Aurangzeb repoussa brutalement Khondamir. Mais je n'en avais pas fini. « Comme je riais quand tu me chevauchais ! fulminai-je en crachant du sang. J'imaginais que tu étais un bouc et je trouvais l'image fort plaisante !

– Silence, femme ! Tais-toi ou je...

– Quoi ? hurlai-je à mon frère. Tu me feras assassiner en place publique comme Dara ? Tu t'attireras la colère de mille autres ennemis ? Mille hommes de plus qui souhaiteront te planter un poignard dans ce caillou que tu nommes ton cœur ? Non, Aurangzeb, tu n'en feras rien ! Parce que, si nous périssons, mon cobra frappera. Et l'on entendra tes gémissements pitoyables tout là-haut, au paradis ! »

Son poing m'atteignit à l'estomac et je me pliai en deux, le souffle coupé. La douleur fut telle que je ne pus parler. Ma colère reflua rapidement, remplacée par la souffrance. Après m'avoir craché dessus, Aurangzeb poussa ses compagnons hors de la cellule puis verrouilla la porte derrière lui. En gémissant, père rampa jusqu'à moi. Il s'effondra et nous restâmes tous les deux prostrés, souffrant dans notre corps et dans notre esprit.

Je me demandai si nous étions en enfer.

« Repose-toi, mon enfant », dit père d'une voix faible.

Le Coran se trompe, pensai-je obscurément, car Il dit que l'enfer est pour les morts ; or, je respire encore mais je suis bel et bien dans ses entrailles.

18

La malédiction des vivants

Le temps que l'on passe derrière les barreaux ne ressemble plus au temps. Il est comme une longue période de maladie, débilitante et misérable.

Mes premières journées dans le Musamman Burj furent dominées par un sentiment de tristesse écrasante. D'une aube à l'autre, mon abattement s'accrut, je dormais autant que possible, ne me levant souvent que lorsque le déjeuner était servi. Je ne faisais aucun effort ni pour me peigner ni pour me baigner chaque jour. Au lieu de cela, je me tenais à la fenêtre d'où je contemplais le Taj Mahal en pensant à Isa et à Arjumand. Je ressassais chaque souvenir qui s'offrait à moi, chaque conversation que je me rappelais. Je déplorais constamment toutes les occasions perdues, tous les moments où j'avais été trop occupée pour voir ma fille ou trop fatiguée pour rejoindre mon amant en secret. Je me maudissais sans relâche pour ces faiblesses.

Moi qui avais toujours été très active, l'emprisonnement m'ôta mon énergie comme une journée de canicule aurait pu le faire. À vrai dire, je fus une bien faible femme à cette époque et, sans la santé de père, j'aurais simplement pu me recroqueviller dans un coin et disparaître. Mais il était malade et il avait besoin de mon aide. Aussi, le peu de volonté que je pus conserver, je le concentrai sur lui. Je lui donnais sa soupe, je le baignais chaque jour et nettoyais après ses petits accidents. Et peu à peu, si lentement que je discernais à peine les améliorations, il alla mieux. Je doutais qu'il soit un jour à nouveau l'homme d'autrefois, mais une partie de ses forces lui revint et, de décharné, son corps devint simplement amaigri.

Deux semaines après notre emprisonnement, ou peut-être un peu plus, Aurangzeb revint nous rendre visite. Bouleversé, les lèvres tremblantes d'appréhension, il ouvrit un sac et fit tomber par terre le cadavre d'un cobra. Secoué de frissons, il le lança vers moi d'un coup de pied. Entre deux cris, il me raconta d'une voix sifflante que l'animal avait été placé vivant dans son lit. On lui avait ôté les crocs pour qu'il ne puisse pas mordre ; mais, réveillé par les cris de Ladli, Aurangzeb avait hurlé à ses hommes de venir tuer le reptile. Bien que choquée par ce récit, je feignis la satisfaction, comme si j'avais été à l'origine de cette mise en garde. J'eus tôt fait d'en déduire que Ladli, si incroyable que cela parût, avait mis le serpent dans son lit pour qu'Aurangzeb prenne mon intimidation au sérieux et me laisse tranquille.

Ce jour-là, mon frère me menaça avec son poignard, mais il avait manifestement peur de me tuer. Dans sa crainte paranoïaque des serpents, il avait fait exécuter tous ses gardes du corps pour les remplacer par des hommes de confiance. Mais il ne se fiait suffisamment à personne pour aller jusqu'à m'assassiner, pensant que, si je venais à périr, il me suivrait dans la mort.

Que ce fût pour se protéger en s'éloignant de moi ou pour assouvir son insatiable appétit pour la guerre, Aurangzeb quitta Agra pour le nord-ouest dans le but d'attaquer les Rajput. Ces guerriers habitaient le désert de Thar, une terre désolée et très reculée qui avait longtemps été le repaire des clans de guerriers hindous, comprenant entre autres les royaumes des Rajput.

Comme les habitants du Deccan, les Rajput menaient campagne contre nous pour obtenir leur indépendance et ils comptaient parmi les guerriers les plus redoutables de l'empire. Ils ne fuyaient jamais devant l'ennemi et combattaient jusqu'à la mort, vêtus de tuniques pourpres car ils tenaient le rouge pour la couleur sacrée. Face à l'imminence d'une défaite, les guerriers Rajput avalaient de l'opium avant de charger l'ennemi. Leurs épouses et leurs enfants accomplissaient ensuite le rite du *jauhar* : ils se brûlaient vifs plutôt que d'être capturés et déshonorés par leurs adversaires.

Aurangzeb marcha sur le désert de Thar avec vingt mille hommes, laissant le gros de ses troupes faire face à la menace grandissante des Perses. Quand la lune eut crû et décru, nous eûmes vent des victoires de mon frère. Après avoir perdu le quart de ses troupes, Aurangzeb avait réussi à anéantir plusieurs bastions Rajput. Les têtes des ennemis étaient entassées pour former de sinistres collines. Les cendres de leurs épouses et de leurs enfants recouvraient les dunes de noir.

À maintes reprises, je fus tentée de partager le sort des femmes Rajput. Comme cette mort aurait été simple ! Même périr par le feu me paraissait plus facile que de vivre en cage. Mais cela ne me rendrait ni Isa ni Arjumand. Aussi continuai-je à vivre.

Père faisait de son mieux pour égayer mon humeur, liant conversation avec moi dès que je m'assombrissais trop longtemps. Fort heureusement, il avait gardé l'esprit vif et nous nous entretenions à voix basse de toutes sortes de choses. Ses secrets devinrent les miens, et réciproquement. J'allai même jusqu'à lui révéler la vérité sur Ladli.

Un après-midi, tandis que je contemplais, immobile, le Taj Mahal derrière notre fenêtre à barreaux, il dit : « Au début, j'ai craint qu'Aurangzeb ne le détruise. Mais plus maintenant. Notre peuple se soulèverait. »

Je continuai à regarder le mausolée de mère. C'était encore la saison des moussons et un orage se déchaînait sur la ville. J'avais cousu des rideaux pour la fenêtre, mais, cet après-midi-là, je les avais ouverts et la pluie inondant mon visage me rappelait des jours plus heureux. Je quittai le corsage de ma robe et laissai l'eau m'éclabousser le cou et les épaules.

« Jahanara ? »

Je me détournai de la fenêtre au son de sa voix, le cherchant dans notre cellule qui était bien loin de sa décrépitude des premiers jours. Nous disposions désormais de tapis, de miroirs, de portants chargés de vêtements, de coussins, d'une cuvette, de chandelles et d'assiettes contenant divers aliments. J'avais suspendu des tapisseries et des tableaux aux murs et j'avais même accroché un portrait de mère à la porte en bois.

Tous ces biens étaient des présents de nobles influents. Aurangzeb avait su comprendre qu'il ne devait pas nous priver d'un certain confort, car nous recevions de la visite presque tous les jours et ces hôtes pourraient s'irriter de nous voir dans des conditions de détention trop dures. Après tout, père avait de nombreux amis, des nobles capables de comprendre qu'un fils confisque le pouvoir à son père, mais pas qu'il tourmente l'homme à qui il devait la vie.

« M'entends-tu, Jahanara ?

– Oui, murmurai-je en clignant plusieurs fois des yeux.

– Tu m'as quitté, mon enfant. Mais où es-tu allée ? »

Nulle part, pensai-je. Nulle part, sauf ici. « L'empire est-il devenu plus fort ? » demandai-je pour éluder sa question autant que la noirceur de mes pensées.

Il toussa puis répondit : « Aussi fort qu'un chien à deux pattes. À ce que j'ai entendu dire, Dara a perdu vingt mille hommes et Aurangzeb vingt-cinq mille quand ils se sont affrontés. » Il secoua la tête avec tristesse. « Quarante-cinq mille guerriers ont péri sans qu'un seul Perse ait été tué.

– Vont-ils nous attaquer ?

– Des chacals ne s'en prendraient-ils pas à un faon ? »

Je hochai lentement la tête, étrangement indifférente aux destinées de l'empire. Le poids de ses infortunes était un fardeau que je ne souhaitais plus porter. « Père ?

– Oui, mon enfant ?

– N'as-tu jamais été las du pouvoir ? Las d'accomplir ton devoir ? »

Il essaya de s'asseoir, et je plaçai un coussin sous son dos. Son turban se défit, aussi renouai-je la longueur de soie indigo autour de sa tête. « Pas du vivant de ta mère, répondit-il, tandis que je l'emmitouflais dans une couverture, car l'humidité envahissait la pièce. Mais quand elle est partie au paradis, j'ai soudain trouvé les épisodes de la vie à la cour bien triviaux. En tout cas, comme tu me l'as dit il n'y a pas si longtemps, c'était elle qui dirigeait l'empire. Elle aurait fait un meilleur empereur que moi, tout comme toi. »

Je tirai distraitement sur un fil qui dépassait de ma robe, regardant le vêtement se découdre. « Pas vraiment.

– Et pourquoi pas ?

– Parce qu'une véritable impératrice, qui aurait placé l'intérêt de son peuple avant tout, aurait tué Aurangzeb depuis longtemps.

– Non, tu n'es pas une meurtrière, Jahanara. Le tuer aurait peut-être sauvé l'empire, mais cela ne t'aurait pas sauvée, toi. »

Je lui servis le thé de Chine qu'il avait toujours aimé. « Que va-t-il faire de nous ?

– Rien, je pense. Je vais mourir ici. Mais pas avant de t'avoir aidée à t'échapper. Tu retrouveras…

– Mais j'ignore où ils sont, j'ignore même s'ils sont en vie ! » À ces mots, ma voix se brisa et la sensation familière de la peur m'étreignit. « Et je ne peux pas vivre sans eux. »

D'un signe, il m'invita à venir m'agenouiller près de lui, ce que je fis, laissant son corps réchauffer le mien. « Ils sont en vie, mon enfant. Et lorsque tu seras libre, tu devras les emmener loin d'ici. À Varanasi. Tu iras là-bas recommencer ta vie.

– Jamais je n'échapperai à Aurangzeb. »

Père toussa. Puis il sourit. « Mon enfant, comment un bol pourrait-il retenir un océan ?

– Je n'ai pas l'impression d'être un océan. J'ai plutôt celle de devenir folle à lier.

– Chut, mon enfant. » Père me caressa le front, ses mains me communiquant leur force rassurante. « Nous allons trouver une issue, Jahanara. Allah nous a donné tout le temps de préparer un stratagème. »

Et les mois s'écoulèrent ainsi. Malgré mon humeur toujours aussi sombre, j'essayai de me montrer vaillante pour l'amour de père, de même qu'il s'employait à me sortir de l'abattement. Pensant que des fleurs pourraient le ragaillardir, je demandai à un visiteur de la noblesse de bien vouloir nous apporter des semis et une jardinière pleine de terre. Il surpassa encore ses promesses en revenant avec des vases de porcelaine et des bulbes d'iris et de tulipes. Nous les plantâmes puis les regardâmes s'élever jour après jour vers le ciel.

Peu après, arriva un autre présent. Un mystérieux messager nous fit livrer un faucon pèlerin dans une cage d'argent. Au fond de la cage, au milieu des feuilles, était dissimulé un minuscule morceau de papier. Dessus, il était inscrit : « Pense à t'entraîner à jurer. »

En lisant ces mots, je me mis à rire, j'éclatai de rire pour la première fois depuis la mort de Dara. « Chère Ladli, murmurai-je en déchirant le billet. Comme ton sens de la repartie me manque. »

Nous baptisâmes le faucon Akbar, comme le grand-père de père, le premier empereur qui avait mis hindous et musulmans sur un pied d'égalité. Je cousis un gant de cuir qui nous permettrait de porter l'oiseau. Nous apprivoisâmes Akbar qui semblait même comprendre ce que nous lui disions.

Le Fort Rouge était infesté de rongeurs, et notre chambre ne faisait pas exception à la règle. Akbar donnait la chasse à ces rongeurs si irritants avec une délectation infinie. Nos gardiens n'étaient pas cruels ; ils entraient parfois dans la cellule pour encourager le rapace lancé à la poursuite d'une souris ou d'un rat. L'oiseau devint bientôt trop gros pour sa cage que nous démantelâmes afin de lancer des fragments d'argent aux pauvres qui venaient s'agglutiner tout en bas, au pied de l'enceinte colossale du fort. La nuit, notre ami à plumes dormait sur une poutre.

Nous tenions le compte des jours en regardant nos fleurs s'épanouir, en suivant les saisons, de la sèche à la mousson, et la croissance d'Akbar. Père recouvra de nouvelles forces et put faire quelques pas dans la chambre. Parfois, nous nous tenions à la fenêtre et contemplions le Taj Mahal. Nous étudiions ses multiples facettes, sa façade étant presque aussi expressive que le visage d'un enfant. À l'aube, on eût dit qu'elle avait été teinte en bleu pâle. En début d'après-midi, elle était plus blanche que l'ivoire. Le mausolée restait de cette blancheur étincelante jusqu'au coucher du soleil, mais, à ce stade, la larme de marbre revêtait une lueur chaude, d'abord dorée puis d'un rouge sang quand l'astre du jour finissait par s'éclipser.

Si merveilleuses qu'elles fussent, ces visions nous étaient souvent douloureuses, car le Taj Mahal évoquait des souvenirs d'êtres chers et la sensation de manque, associée à notre séparation, était absolue. Je pleurais souvent, séchais mes larmes puis versais de nouvelles larmes. Père s'y laissait rarement aller, mais il tombait dans une profonde mélancolie proche de la méditation. Il restait debout à la fenêtre et contemplait sans ciller la tombe de mère. Les mouches pouvaient se poser sur son visage ou les muezzins appeler à la prière, il demeurait immobile.

Un jour que nous étions particulièrement affligés par notre réclusion, nous décidâmes de libérer Akbar. Après tout, comment pouvions-nous le maintenir captif alors que notre emprisonnement nous rendait si malheureux ? Ainsi, perché sur le poing ganté de père, Akbar fut passé entre les barreaux de la fenêtre. Soudain, il fut dehors. Nous lui dîmes adieu et père agita le poing. Notre faucon prit son envol, s'éloigna au-dessus du fleuve en décrivant des cercles, de plus en plus haut dans le ciel. Il monta jusqu'aux nuages, si loin que nous nous demandâmes s'il allait porter un message à mère.

Malgré nos tentatives pour lui donner congé, Akbar avait bel et bien élu domicile chez nous. Le lendemain matin, je me réveillai le sourire aux lèvres : il était revenu sur son perchoir. J'enfilai le gant de cuir, levai la main et il vint s'y poser, tout content, pour y rester jusqu'à ce que je ne puisse plus garder le bras en l'air. Plus tard, j'appelai les gardes et leur demandai s'ils voulaient bien attraper une souris. Quand ils revinrent, ce fut avec un rat et nous regardâmes tous quatre Akbar l'engloutir.

Je pensais souvent à Ladli en admirant les exploits d'Akbar. Mon amie en avait tant fait pour moi pendant toutes ces années, et moi, que lui avais-je apporté ? Qu'est-ce que ses dieux lui avaient apporté ? Elle n'avait eu aucun enfant et devait partager la vie d'un homme qu'elle méprisait. À quoi pouvaient bien ressembler les campagnes dans lesquelles elle le suivait lorsqu'il guerroyait contre les Perses et les habitants du Deccan ? Comment pouvait-elle supporter la vie loin d'Agra, les longues journées passées dans une tente traversée de courants d'air ?

Nous entendîmes beaucoup parler des combats qui firent rage pendant notre incarcération. Parfois, nous regardions nos armées embarquer sur des barges pour le sud au son des cors ou des chants des soldats. Des mois plus tard, les mêmes hommes s'en revenaient, bien moins nombreux d'ordinaire et sans tambour ni trompette.

Les nobles qui venaient en visite nous informaient des troubles qui agitaient Agra. Bien qu'il y eût des mois qu'Aurangzeb n'avait plus mis les pieds dans la ville, les effets perturbateurs de sa présence continuaient à s'y exercer. Nous apprîmes qu'il avait augmenté les impôts pour financer ses campagnes militaires. Comme on pouvait s'y attendre, de fréquentes manifestations furent organisées pour protester contre les combats, car des veuves mendiaient à tous les coins de rue et le grain était confisqué aux riches aussi bien qu'aux pauvres pour engraisser des centaines d'éléphants de combat. Malgré ces impôts impopulaires, les coffres du trésor se vidaient de façon alarmante.

En outre, Aurangzeb, qui avait toujours dénigré les arts, adoptait désormais des mesures visant à les réprimer et de nombreux courtisans et artistes quittèrent la ville pour des cieux plus accueillants. Si mon frère ne se souciait guère de ces départs, les nobles ne les voyaient pas d'un bon œil. Le rayonnement intellectuel d'Agra – que père et Dara s'étaient tant appliqués à développer et qui avait fait la renommée de notre cité – fut bientôt réduit à néant.

Je dois avouer que les mois puis les années passant, je songeai de moins en moins aux infortunes sans cesse plus nombreuses de l'empire. Au lieu de cela, je pensais continuellement à ceux que j'aimais en me demandant souvent quelle femme devenait Arjumand. Jamais je ne me la représentais morte, je n'aurais pu survivre à de telles images. Je survivais à peine à l'idée qu'elle grandît sans moi. Nous avions tant de questions à nous poser, tant de conversations à renouer.

Sans parler d'Isa.

Comme Isa me manquait ! J'avais l'impression qu'il n'avait plus pris mon visage entre ses mains depuis une éternité. J'avais beau essayer de me rappeler chacune de nos conversations, il devint difficile pour moi d'évoquer le timbre exact de sa voix et cet oubli me tenait éveillée des nuits entières. Je n'avais même pas un portrait de lui et je me mis à redouter d'oublier la ligne aiguë de son menton ou la chaleur de son sourire asymétrique. Ces pensées m'emplissaient de terreur.

J'entendis un jour parler d'un homme qui, privé d'opium après des années d'addiction, se noya plutôt que d'endurer le manque. Et, à certains égards, je ressemblais à cet homme ; le manque que je ressentais était si incommensurable que je doutais souvent de pouvoir vivre un jour de plus. Mes manquements en tant que mère et qu'amante me hantaient. J'évitais systématiquement le miroir, car j'avais honte de celle que j'y verrais.

En dernière analyse, c'est l'amour qui me sauva, me donnant la force d'endurer cette situation. La nuit, lorsque le sommeil ne venait pas me soulager, je grinçais des dents et me rassasiais de mes souvenirs les plus chers. Pendant la journée, quand je n'avais plus assez de volonté pour m'occuper à autre chose que penser à Isa, j'imaginais tout ce que nous pourrions faire ensemble lorsque nous serions réunis. Je lui écrivais d'interminables lettres que je commençais par murmurer à voix basse avant de les détruire. J'essayai même de composer des poèmes que je lui dédiais, mais ma calligraphie manquait d'élégance, comparée à la force de mes sentiments.

Pour finir, il me resta tout juste assez de force pour trouver du réconfort dans le souvenir de ceux que j'aimais, dans l'avenir et dans ma foi en Dieu. Je Lui adressai constamment mes prières pendant mon séjour en prison. Et enfin, au milieu de la cinquième saison sèche que je passai dans notre cellule, Il entendit mes prières. Un après-midi, on frappa à notre porte et, m'attendant à la visite d'un noble, je me hâtai de répondre. Notre garde ouvrit la porte à la volée et Nizam apparut sur le seuil. Je clignai des yeux, n'osant me fier à mes sens. Mais c'était bel et bien lui, notre visiteur ! Malgré les touches de gris dans sa barbe et une balafre qui lui barrait la joue, il ressemblait en tout point au soldat que j'avais vu pour la dernière fois sur le champ de bataille. Il portait une armure en cuir bardée de pointes en fer et un long sabre sur la hanche.

« Nizam ! » m'écriai-je en le rejoignant d'un bond. Au-dessus de nous, Akbar lâcha un cri, perturbé par mon excitation.

« Votre Majesté, répondit-il d'un ton affectueux. Cela fait trop longtemps. »

Je refermai la porte derrière lui, puis je le pris par la main pour l'attirer dans notre chambre. « Je te croyais mort !

– Je l'étais presque », dit-il en effleurant sa joue.

Oubliant une fois encore toute forme d'étiquette, je levai la main pour lui toucher le visage. La cicatrice n'était pas ancienne et je grimaçai en songeant qu'il avait dû frôler la mort. « Tu es vivant, Allah en soit loué, dis-je.

– Il recevra mes louanges, en effet », dit père en s'inclinant légèrement. Nizam montra quelques signes d'embarras, car les empereurs ne saluaient jamais leurs inférieurs.

« Que s'est-il passé ? » demandai-je en pianotant sur mes hanches.

Nizam s'apprêta à parler, puis il s'immobilisa. « Sur le champ de bataille avec Dara, murmura-t-il, j'ai été éjecté de ma selle. On m'a mis dans les fers et on m'a forcé à combattre.

– Et ensuite ? »

Il évita mon regard. Ainsi que celui de père. « Ces dernières années, je les ai passées sur les plateaux du Deccan, à me battre pour Alamgir. » Il se tut, et je perçus de la tristesse dans ses gestes. « Je suis désolé, Votre Majesté, j'ai failli envers vous. J'ai tenté de m'échapper… mais… mais ils nous enchaînaient toutes les nuits et nos gardes étaient nombreux.

– Tu n'as jamais failli à tes devoirs envers moi, mon ami ! Pas une fois ! Nous pourrions vivre cent vies l'un à côté de l'autre sans que tu le fasses. Mais comment as-tu réussi à prendre la fuite ?

– Il y a un mois, Votre Majesté, nous avons livré une bataille terrible. » Nizam parlait lentement, si lentement que j'aurais voulu le mettre sur les charbons ardents. « J'ai tué beaucoup de nos adversaires ce jour-là et, quand on nous rassembla, je fis semblant d'être mort. J'étais couvert de sang, après avoir été blessé à la tête et… » Nizam s'interrompit, regardant autour de lui d'un air hésitant, comme s'il parlait trop.

« Continue.

– Laisse-le tranquille, Jahanara », intervint père sur le ton de la remontrance.

Nizam jouait avec la garde de son sabre. « Les guerriers du Deccan m'ont laissé pour mort. J'ai attendu deux jours avant de trouver un cheval pour retourner vers le nord.

– Où en sont les combats ? Sont-ils… ? »

J'interrompis père d'un geste impatient. « Et Isa ? As-tu des nouvelles de lui ?

– Une rumeur court, Votre Majesté.

– Laquelle ?

– Quand Dara a combattu Alamgir et que nos sujets ont fui vers le sud, beaucoup ont été capturés par les soldats du Deccan. » Il gratta distraitement sa cicatrice, comme s'il ne s'habituait pas à sa présence. « La rumeur dit qu'à Bijapur, la plus fière des cités du Deccan, une mosquée est construite par l'architecte qui a conçu le Taj Mahal. On raconte qu'il vit dans les fers et qu'aussi longtemps qu'il construira cet édifice, sa fille et lui auront la vie sauve.

– Sa fille ?

– Je crois, Votre Majesté, qu'il s'agit d'Isa, car j'ai vu le chantier de loin et il m'a semblé y reconnaître sa main. »

Quoique engourdi par des années de captivité, mon esprit fonctionnait à une vitesse décuplée. « Ils sont donc vivants !

– Je prie pour cela, répondit Nizam en levant ses énormes mains. J'ai vu la mosquée il y a un an, mais pas lui. Certains disent qu'il… certains le croient mort. »

Soudain, ma cellule me fit l'effet d'une tombe. Je me trouvai incapable de respirer. Quelque chose me comprima la poitrine et la sueur perla sur mon front. « Je dois y aller. Il faut que je…

– Que tu t'échappes, chuchota mon père. Et que tu le retrouves. »

Père suggéra de soudoyer nos gardiens. Même s'il y aurait eu moins de risques à demander à Nizam et à quelques autres guerriers de revenir les tuer, au fil des années, nous nous étions pris d'affection pour ces hommes. En présence d'Aurangzeb, bien sûr, ils nous traitaient avec rudesse, mais, dès qu'il avait le dos tourné, ils se montraient tout à fait corrects.

Ainsi que je commençais à le découvrir, père gardait de nombreux secrets. Après avoir recommandé d'acheter nos gardiens, il nous apprit l'existence de caches d'armes et d'or situées dans tout Agra. Au cas où le Fort Rouge tomberait aux mains d'ennemis – ce qui s'était en effet produit –, de telles ressources seraient inestimables pour reprendre le trône. Avec un enthousiasme retrouvé, père apprit à Nizam lesquelles de ces cachettes contenaient des roupies et lesquelles renfermaient d'autres provisions non moins utiles. Peu de temps après, père soudoya nos deux gardes de nuit en leur offrant une quantité de pièces suffisante pour le restant de leurs jours. Ils me feraient sortir du fort avant de disparaître pour toujours avec leur famille.

Deux jours plus tard, au crépuscule, quand toutes les dispositions furent prises, je dis adieu à père. L'idée de l'abandonner me révulsait et je me demandais si j'avais fait le choix le plus judicieux. Trahissais-je la promesse faite à ma mère ? Qui s'occuperait de lui, en mon absence ? Incapable de répondre à ces questions, je savais pourtant que, la dernière fois où j'avais été confrontée à la même alternative, j'avais laissé partir mon bien-aimé et ma fille. Je ne supportais pas l'idée de ne pas saisir cette seconde chance. En outre, père exigeait que je le fasse. Quand il parlait de mon évasion, son visage s'éclairait et s'animait. Au moins savais-je qu'il prenait plaisir à ourdir un nouveau complot. Ces derniers jours lui avaient rendu plus de forces et de joie qu'il n'en avait eu depuis notre incarcération.

Après l'avoir serré dans mes bras et avoir donné à Akbar un morceau de bœuf séché, j'attendis impatiemment la relève de la garde. Quand nos complices arrivèrent enfin, j'enfilai une robe et une chemise presque transparentes, maculai mon visage de maquillage et m'affublai de bijoux peu discrets. J'éclaboussai mon visage de vin et mon corps d'un parfum trop capiteux. Il était d'usage pour les courtisanes de venir rendre visite à des seigneurs et à des soldats dans le fort. À présent, il me suffisait de convaincre les sentinelles de l'entrée principale que j'étais une femme de la nuit.

Nizam ne tarda pas à arriver. Il avait revêtu la tenue d'un seigneur – tunique couleur d'ambre, double collier de perles, sabre et fourreau incrustés de pierres précieuses. Il s'était rasé la barbe et ne portait plus qu'une moustache. À son arrivée, nos gardes déverrouillèrent ma cellule. Pendant que Nizam leur payait leur dû, je demandai une fois de plus à père s'il ne voulait pas fuir avec nous.

« Je suis trop faible, insista-t-il, comme il l'avait déjà fait à maintes reprises.

– Je t'en prie !

– Je te mettrais en danger. Et ma fuite n'engendrerait que plus de chaos dans l'empire, chose dont il peut fort bien se passer. » Il coupa court à mes protestations en levant la main. « Allah ne m'a laissé que peu de temps, mon enfant. Il vaut mieux le consacrer à se reposer qu'à courir. Et puis, j'aime la vue qu'on a d'ici et Akbar me manquerait. »

Je plongeai mon regard dans ses yeux injectés de sang, sondant son âme. « Merci, père, merci pour ton amour.

– Je t'aimerai toujours.

– Moi aussi. » Je l'embrassai, serrant ses mains plissées, la vision brouillée par les larmes qui perlaient à mes cils. « Si Allah… t'emportait, je t'en prie, je t'en prie, embrasse bien mère pour moi. » Quand il acquiesça, je priai pour que les musulmans ne se trompent pas, pour qu'une fois au paradis, nous soyons en compagnie de nos amis et de ceux qui nous sont chers. Faites qu'il en soit ainsi, pensai-je.

« Avant que tu ne partes, puis-je solliciter une seule faveur ? » demanda-t-il. D'une pression de la main, je l'y encourageai et il poursuivit : « Veille à ce que je repose là-bas, dit-il avec un signe de tête en direction du Taj Mahal, auprès d'elle.

– Ce sera fait, répondis-je en le serrant dans mes bras. Au revoir, père.

– Adieu, mon enfant. Tu me rappelles tout ce qu'il y a de bon en ce monde. »

Les gardes s'inclinèrent à mon passage. Malgré mon envie dévorante de me lancer à la recherche d'Isa et d'Arjumand, quitter père me mettait au supplice. Comment abandonner un tel homme en sachant qu'on ne le reverra peut-être jamais ? Je me sentis soudain très faible, comme si ma volonté était de le trahir mais que mes jambes s'y refusaient.

« Peux-tu me porter ? » demandai-je humblement à Nizam.

Sans un mot, il m'emporta dans ses bras. Tandis qu'il m'emmenait à travers un labyrinthe de couloirs et d'escaliers, je submergeai Allah de mes prières. Je L'implorai de nous aider à trouver ceux que j'aimais, puis à revenir à Agra pour y découvrir que père vivait toujours. Il m'était impossible de l'imaginer à l'agonie dans cette cellule glaciale. Lui qui m'avait tant donné !

La prière est pour les forts comme pour les faibles, me dis-je, mais, quand je reposerai les pieds par terre, je compterai parmi les forts. Je continuerai à prier, mais je choisirai mon chemin sans jamais me retourner. Car, jusqu'au jour où je serrerai à nouveau Isa et Arjumand dans mes bras, je resterai incomplète.

Comme nous approchions des sentinelles postées devant la porte principale de la citadelle, je serrai les poings et me concentrai. Je ne pensai ni à père ni même à Isa mais à la tâche qui m'attendait. Alors que les gardes approchaient, nous fîmes semblant d'être éméchés et je passai les bras autour du cou de Nizam. J'aguichai les gardiens qui nous dévisagèrent avec étonnement, me cambrant pour leur montrer mes seins. À maints égards, je devins une courtisane : je me passai la langue sur les lèvres, comme ivre, et caressai le visage de Nizam. Il s'efforça de sourire à mes avances, mais c'était un soldat, pas un comédien.

Comme un des gardes s'apprêtait à le questionner, je me raclai la gorge : « Ma petite sœur nous suit, dis-je d'une voix enrouée par l'alcool. Vous voulez bien… vous ne voudriez pas la conduire jusqu'à la sortie ? Elle est toute seule, et si jeune ! »

J'aurais aussi bien pu lancer des chiens sur les traces d'une proie. Les yeux écarquillés, tous sauf un quittèrent leur poste. Je murmurai un au revoir au vigile avec un sourire mauvais. Une fois les épaisses portes franchies, dans le tumulte des rues sombres et pavées d'Agra, nous trouvâmes nos chevaux attachés à une rambarde en fer. Je me mis à glousser quand Nizam me hissa sur sa monture. Je passai mes bras autour de son encolure et, d'un coup d'éperon, il la fit avancer.

Quand nous fûmes loin du fort, je fourrai mes bijoux dans une poche de la tunique de mon ami. En temps normal, j'aurais jeté ces vilaines perles aux pauvres, mais je me dis qu'elles pourraient se révéler utiles si nous devions acheter la complicité de quelqu'un. Bien que ma robe si légère me fît horreur, je ne pus que me dissimuler tout contre Nizam tandis que nous cheminions en direction du fleuve.

Sans un mot, mon ami poussa sa monture au grand galop. En approchant du Yamuna, nous passâmes devant le Taj Mahal. Cinq années avaient filé à la vitesse de l'éclair depuis la dernière fois que je l'avais vu d'aussi près, et j'eus soudain très envie de toucher ses murs sertis de pierres précieuses. Mais le temps pressait. À tout moment, on pouvait s'apercevoir de mon absence, même si mon père avait disposé les oreillers sous ma couverture pour imiter ma silhouette. Avec un peu de chance, notre ruse serait découverte longtemps après la prochaine relève de la garde.

Nous nous dirigeâmes droit sur un bateau de pêche amarré au milieu de ses semblables. Contrairement à ces derniers, il n'avait ni filets ni chalut, mais plusieurs coffres en bois y avaient été chargés. Un guerrier montait la garde près de l'embarcation. Après lui avoir donné une pièce, Nizam l'aida à pousser la barque dans l'eau et je montai à bord. Autour de nous, les pêcheurs s'interrompirent dans leurs tâches pour nous dévisager. Je n'aimais pas me retrouver ainsi le centre de l'attention, car cela ne manquerait pas de susciter les rumeurs. Mais nous serions loin en aval du fleuve quand les hommes d'Aurangzeb remonteraient notre piste jusqu'ici.

Nizam sauta dans le bateau, suivi par un pêcheur. Il devait s'agir du propriétaire, puisqu'il se précipita vers la barre et, d'une main experte, nous fit descendre le fleuve. C'était la saison sèche ; le Yamuna était bas, et ses eaux paresseuses. Il n'empêche, les berges défilèrent tandis que nous naviguions vers le sud. Je m'aspergeai le visage pour le nettoyer du vin, du maquillage et du parfum. À mesure que la nuit s'épaississait, je me demandais comment notre capitaine parviendrait à nous guider sans encombre dans l'obscurité totale. Le clapotis de l'eau contre la coque et les points de lumière qui scintillaient au-dessus de nos têtes me rappelèrent cette fameuse nuit, il y avait si longtemps, celle qu'Isa et moi avions passée assis ensemble au sommet de la barge, au retour de Delhi.

« Merci, Nizam, dis-je doucement, merci de m'avoir aidée à m'échapper.

– Je suis heureux de l'avoir fait, Votre Majesté. » Il quitta l'arrière de la barque pour s'approcher de moi et vint s'asseoir en s'adossant au mât. « Vous avez fort bien joué votre rôle.

– Trop bien à ton goût ?

– Je suis bien des choses, Votre Majesté. Mais je ne suis pas homme à vous juger. »

Je bus un peu de jus de citron dans une gourde en peau de chèvre. « Autrefois esclave. Puis ouvrier maçon. Puis soldat. Que seras-tu à l'avenir, mon ami ? »

Il haussa les épaules, qu'il avait toujours aussi massives. « Votre escorte. » Le vent fraîchit et, me voyant frissonner, Nizam me tendit un vêtement plus épais. « Fermons les yeux un moment », proposa-t-il.

Je me hâtai de me changer, ravie qu'il m'ait apporté une simple tunique du désert taillée pour un jeune garçon. Je trouvai également un turban que je nouai étroitement autour de ma tête. « Ce rôle me convient-il mieux ?

– Posez-moi la question après quelques jours à cheval. » Je lui offris du jus de citron qu'il but avidement. « Le voyage ne sera pas de tout repos, me prévint-il. Nous devrons chevaucher à bride abattue pendant de longues journées, traverser des déserts immenses, des fleuves et des montagnes.

– Combien de temps cela prendra-t-il ?

– Deux semaines. Moins si Allah nous sourit. Plus, et nous n'arriverons peut-être jamais si les cavaliers du Deccan ou les forces d'Alamgir croisent notre chemin.

– Je ne te ralentirai pas, Nizam. »

Son regard rencontra le mien. « Vous ne l'avez jamais fait. »

Après tant de temps confinée dans ma cellule, l'immensité de cette nuit me transporta de joie. Je contemplais le ciel infini au-dessus de ma tête et le fleuve me semblait éternel. Est-ce pour cela qu'Akbar revenait vers nous chaque soir ? Se sentait-il trop petit ? Nous leurrons-nous en imaginant qu'Allah se soucie de nos agissements ?

Même si je pensais qu'Il entendait mes prières, cette nuit-là je me sentis tellement insignifiante que j'eus peine à imaginer que ma vie puisse compter à Ses yeux. Je n'étais certainement qu'un grain de sable dans l'océan. Je pouvais bousculer les autres particules autour de moi, mais les courants, les marées et le temps me malmèneraient jusqu'à ce que je devienne assez légère pour être emportée par le vent.

« Nizam ?

– Oui, Votre Majesté.

– Veux-tu chanter comme autrefois ? »

Il possédait une voix magnifique qui s'éleva et nous enveloppa pendant que nous glissions sur le fleuve. Les paroles de sa chanson m'apaisèrent et, en vérité, j'avais besoin d'être ainsi réconfortée. Je redoutais cette nuit, et les aventures vers lesquelles le vent allait me porter. Je ne pouvais pas vivre sans Isa et Arjumand. J'avais déjà perdu mes frères, ma mère et, bientôt, viendrait le tour de mon père. Je devenais plus forte avec l'âge, cela était acquis, mais quelle force me resterait-il quand le monde serait dénué de couleurs ?

Je fredonnai à l'unisson la chanson de Nizam. Nos voix se

mêlèrent ; quel plaisir que de se laisser transporter par ces sons ! Pendant un moment, je me sentis moins seule, mais ensuite vint le silence et, bien qu'il ne fût pas complet, il me permit d'entendre mes propres pensées torturées.

« Allah, je Vous en prie, murmurai-je. Faites qu'ils soient vivants ! »

Je cherchai un signe m'annonçant qu'Il m'avait entendue – une étoile filante, ou peut-être le rugissement d'un léopard. Mais il n'y en eut aucun. Et je me rongeai les ongles jusqu'au sang.

19

Un long voyage

Quand nous arrivâmes à Allahabad, deux jours plus tard, nous achetâmes quatre étalons avec l'or de père. C'étaient de belles montures perses, de taille moyenne mais rapides. Les rares provisions que nous possédions furent empaquetées et placées derrière nos selles. Préoccupée comme je l'étais par ceux que j'aimais, c'est à peine si je regardai Allahabad. La ville me parut bien terne, elle comportait bien moins de palais et de mosquées qu'Agra.

Nous repartîmes à l'aube et empruntâmes une piste en terre battue en direction du sud-ouest. Nizam avait revêtu la tenue d'un guerrier, rôle dans lequel il avait l'air plus convaincant. Sanglés à sa selle se trouvaient un mousquet, un arc, un carquois, un bouclier, un cimeterre et deux lances. Sa tunique et son turban étaient d'un brun clair qui lui permettait de se fondre dans le paysage. J'étais habillée de manière similaire, mais, pour toute arme, je possédais une dague. Les chevaux de rechange, couleur sable eux aussi, étaient attachés aux nôtres. Nizam disait que la prudence exigeait que l'on emmène des montures supplémentaires lorsqu'on entreprenait ce genre d'expédition. Nous n'avions pas la moindre chance de sortir victorieux d'une rencontre avec des bandits, mais nous pouvions échapper à la plupart.

Allahabad disparut derrière nous. À la périphérie de la ville, nous traversâmes d'immenses rizières. Des centaines, voire des milliers de grenouilles y séjournaient et, tandis que nous obliquions vers l'est au trot, leurs cris couvrirent tous les autres bruits. Ces champs grouillaient de vie ; papillons, sauterelles et moustiques tourbillonnaient au-dessus des pousses verdoyantes, à hauteur des chevilles. Entre les sillons bien droits, les fermiers avaient placé des faucons empaillés montés sur des tiges de bambou. Ces épouvantails, comme on me l'avait dit, effrayaient les corbeaux et les rats les plus nuisibles. C'était également l'office que remplissaient les lance-pierres que brandissaient des dizaines de fermiers. Torse nu, ils patrouillaient dans leurs champs avec une extrême vigilance.

Non loin des rizières et du Yamuna qui les alimentait en eau, le paysage changea du tout au tout. Il se fit parfaitement plat, dépouillé de grands arbres comme de ruisseaux bruissants. Des touffes d'herbes résistantes et des broussailles peu fournies s'étendaient à perte de vue. La piste, si étroite que nous devions chevaucher l'un derrière l'autre, dessinait une entaille dans la terre désertique. La poussière brune soulevée par les sabots de nos chevaux nous recouvrit tout entiers.

Nous avancions avec détermination et le soleil monta dans le ciel. Aucune brise ne soufflait dans ce désert, la chaleur pesante se fit sentir. À Agra, grâce à la fraîcheur procurée par le fleuve et aux jardins luxuriants, la saison chaude demeurait supportable. Mais ici, elle se faisait étouffante. Même ma tunique légère me semblait épaisse et s'alourdit quand je me mis à suer, légèrement d'abord, puis à grosses gouttes. Cette sensation poisseuse et fatigante ne m'était pas familière.

Mon turban abritait mon visage du soleil brûlant mais son équilibre était précaire. Quand je demandai à Nizam si je pouvais l'enlever, il me fit promettre de m'en abstenir. Je dus consentir à bien d'autres engagements similaires. Ainsi, j'avais très envie de m'asperger d'eau, mais nous en portions à peine assez pour les chevaux et pour nous-mêmes.

Voici donc le destin des soldats, pensai-je : traverser des déserts pour aller mourir dans des contrées lointaines.

Nous ne rencontrâmes que de rares voyageurs, ce matin-là. Nous croisâmes bien un convoi de marchands dont les charrettes étaient tirées par des chameaux, ainsi qu'un groupe de pèlerins en route pour La Mecque. Nous souhaitâmes bonne chance à ces derniers, car chaque musulman a le devoir de visiter ce sanctuaire sacré une fois dans sa vie. Ce pèlerinage transforme notre religion en voyage et unit les pèlerins dans leurs souffrances communes. La plupart des musulmans font le chemin jusqu'à La Mecque, mais les hommes de pouvoir tels que mon père, hélas, ne trouvent jamais le temps d'entamer ce périple.

Quand la chaleur devint trop forte pour que nous puissions poursuivre notre route, nous quittâmes la piste, prîmes au sud et nous arrêtâmes à proximité de quelques rochers. Ils ne donnaient pas d'ombre, aussi Nizam utilisa-t-il ses deux lances, qu'il ficha en terre, pour tendre un drap de soie entre les pointes et de gros cailloux. Nous nous dévêtîmes autant que la décence le permettait et nous allongeâmes sur un mince tapis, à l'abri de notre tente en soie. Nizam, cependant, ne se détendit pas tout à fait. Il garda son long mousquet près de lui et ne cessa pas de scruter l'horizon.

« Fait-il toujours si chaud ? » demandai-je en huilant son sabre comme il me l'avait appris un peu plus tôt.

Il regarda autour de nous. « Non, Votre Majesté. Quand les pluies arrivent, elles tombent très dru. » Il s'était mis torse nu et les muscles de sa poitrine ondoyaient à chacun de ses mouvements. Je remarquai qu'il avait transformé la broche que je lui avais offerte en collier. Le visage de mère ornait sa poitrine. « De telles pluies peuvent vous noyer », ajouta-t-il.

Essuyant la sueur et la poussière qui maculaient mon visage, j'essayai de revoir en lui le jeune garçon qui avait vécu au harem. La première fois que je l'avais vu, mère soignait des blessures qu'il avait aux pieds, à cause des fers qu'il avait portés. « Comment était-ce, Nizam, de servir mère ? »

Il se mit à nettoyer son mousquet, l'ouvrant pour ôter les grains de sable de ses rouages. « J'ai d'abord cru qu'elle était comme les autres, répondit-il. Mais je n'ai pas tardé à voir la différence.

– Comment cela ?

– Elle était bonne. » Ses mains s'affairèrent plus lentement sur son arme. Il s'interrompit, gratta distraitement une tache sur le canon avec l'index. « Elle voulait me voir heureux.

– Te manque-t-elle ? »

Il acquiesça et referma son mousquet. « Savez-vous, Votre Majesté, comment nous vous appelions ? »

Troublée, je cessai de nettoyer son sabre. « Comment vous m'appeliez ?

– Vous posiez toujours tant de questions, dit-il avec tendresse. Toute petite déjà. Alors les domestiques vous avaient surnommée Petit Écureuil, car ces animaux ne cessent jamais de bavasser les uns avec les autres.

– Un surnom de rongeur ? »

Il eut un petit rire. « On dirait bien.

– N'auriez-vous pas pu m'en trouver un autre ? Après tout, les tigres sont toujours à rugir eux aussi.

– Vous êtes toujours restée Petit Écureuil, Votre Majesté. Cela vous allait bien. »

Je pris des airs offensés, mais il savait que je plaisantais. Tandis qu'il souriait, j'évoquai mon enfance. J'étais une petite fille qui cherchait constamment à donner satisfaction à ses parents. Et, pour cela, il fallait que je m'intéresse à leur univers autant qu'ils s'intéressaient au mien. « Mais, Nizam, te manque-t-elle ?

– Beaucoup. Mais je la revois en vous.

– Tu la revois elle, ou un écureuil ?

– Les deux, je crois. »

Je grognai, puis m'étendis sur le dos. Il vérifia la tension de son arc en tirant sur le fil comme s'il s'agissait d'une cithare. Puis il inspecta son sabre pour s'assurer que je l'avais huilé correctement. « Nizam, tu veux bien répondre à une question personnelle ?

– Peut-être.

– As-tu déjà aimé une femme ? » demandai-je, formulant une question que je me posais depuis des années.

Comme j'aurais pu m'y attendre, il ne répondit pas tout de suite. Au lieu de cela, il ôta ses sandales et vint s'asseoir à côté de moi sur le tapis. Je savais qu'il avait emporté ce petit objet luxueux pour moi et qu'il dormirait à même le sol. « Il n'est pas si facile d'aimer, Votre Majesté, pour un homme tel que moi. »

D'abord, peut-être parce qu'il me semblait si viril, je ne le compris pas. Puis, avec tristesse, je m'aperçus qu'il parlait de sa mutilation. Je me mordis les lèvres à cette pensée. Ce devait être bien difficile pour lui de savoir qu'il ne pourrait jamais ni faire l'amour ni devenir père. « Je ne prétends pas comprendre ce que tu ressens, dis-je. Mais aucune femme ne t'a-t-elle volé ton cœur ?

– Il y en a une, en effet. »

Je me redressai d'un bond, tout émoustillée par cette confession. « Mais qui ? Qui est-ce et comment puis-je t'aider ? »

Ma réaction le fit sourire. « Je ne vous le dirai pas, parce que je suis certain que vous aurez plaisir à deviner son nom.

– Mais pourquoi, Nizam ? Pourquoi jouer avec mes nerfs ? Chuchote-moi juste son… »

Il s'éloigna de moi pour aller s'allonger sur une couverture en coton. « Reposez-vous, Votre Majesté. La nuit sera longue. »

Je me rallongeai sur le tapis, mais les pensées se bousculaient dans ma tête. J'étais transportée de joie pour lui et j'espérais pouvoir un jour les réunir, sa bien-aimée et lui. Comme père m'avait aidée avec Isa, j'aiderais Nizam…

Incapable de deviner quelle était l'élue de son cœur, je finis par essayer de trouver le sommeil. Des rêves fugaces d'Arjumand peuplèrent mon repos et, au réveil, je vis Nizam mettre du riz à cuire. Le soleil déclinant teignait l'horizon à grands coups de pinceau. Bientôt, nous mangeâmes le riz accompagné de poisson séché. Puis, nous levâmes le camp et nous remîmes en selle.

Dans l'obscurité, j'avais peine à distinguer la piste, aussi restai-je derrière mon ami, laissant mon cheval suivre le sien. La nuit n'était ni fraîche ni chaude. Je comprenais à présent pourquoi Nizam tenait à voyager à pareille heure : la nuit noire était apaisante et protectrice. Étrangement, la piste avait quelque chose de rassurant et je m'y sentis plus à l'aise que sur la barque du pêcheur. Peut-être mon humeur joyeuse s'expliquait-elle par le sentiment que chaque pas me rapprochait d'Isa et d'Arjumand. Bien qu'incapable de deviner où ils se trouvaient, j'étais tranquillisée par la conviction grandissante qu'ils étaient en vie. Nizam le croyait également et m'avait plusieurs fois renforcée dans ma confiance, la veille. Chaque fois que je lui posais la question, il me répondait que je les reverrais très bientôt.

Une demi-lune nous éclairait et nous voyageâmes sous son regard. À un moment, nous aperçûmes un groupe de torches qui venait du sud et Nizam s'empressa de nous faire quitter la piste. Il obligea nos montures à se coucher et nous regardâmes les silhouettes d'une vingtaine d'hommes montés sur des chevaux de guerre passer au loin. Nizam ignorait s'il s'agissait de soldats d'Aurangzeb ou de cavaliers du Deccan. Mais nous n'avions envie de croiser la route ni des uns ni des autres.

Quand leurs torches eurent disparu, nous retrouvâmes la piste. Nous cheminions à une allure régulière, ne faisant halte que deux fois au cours de la nuit pour changer de monture. Je pensais qu'au lever du soleil nous prendrions quelque repos, mais, sans un mot, Nizam poursuivit sa route. J'avais l'intérieur des cuisses à vif à cause de ma selle et les fesses me brûlaient aussi. Pourtant, si grande que fût ma fatigue, je ne demandai pas à m'arrêter, même si chaque foulée de ma monture mettait mon corps tout entier au supplice. J'essayai de changer de position sur ma selle, pour m'apercevoir que cela ne faisait que déplacer la douleur.

Le soleil impitoyable avait presque atteint le zénith quand Nizam finit par quitter la piste et se dirigea vers trois palmiers tout desséchés à l'est. Quand nous les atteignîmes, il descendit de cheval et je tombai littéralement du mien. Le corps palpitant, je m'approchai des palmiers d'un pas traînant et Nizam y tendit notre drap. Il l'attacha assez bas sur les troncs, sans doute pour que nous soyons difficiles à repérer de loin sur la piste. Peu m'importait ce qu'il faisait ou pas. Trop épuisée et déshydratée pour penser, je ne pus que le regarder, hébétée, couper des broussailles à l'aide de ma dague pour les entasser entre la piste et nous. Après avoir attaché nos montures, il s'écroula à côté de moi. Je dis une courte prière pour Isa, Arjumand et père, avant de laisser le sommeil m'emporter.

Pendant les dix jours qui suivirent, nous cheminâmes ainsi : nous dormions tout l'après-midi puis nous chevauchions toute la nuit et toute la matinée. Nous parlions peu. Nizam, qui trouvait que nous étions vulnérables sur cette piste, souhaitait atteindre sans délai les montagnes qui s'étendaient au sud du pays. Ses craintes étaient fondées, car, à quatre autres occasions, nous croisâmes la route de bandes armées. Bien que celles-ci ne portent pas de torches, contrairement à la formation militaire de la première nuit, Nizam les entendait invariablement approcher et nous faisait quitter la piste avant qu'elles n'arrivent.

Nous contournâmes également des villages comprenant des maisons en brique et boue séchée et des auberges décrépies ; ils servaient d'escale aux marchands, nomades, éclaireurs et bandits. Plusieurs dizaines de chameaux attachés les uns aux autres entouraient d'ordinaire ces avant-postes battus par les vents, de même que des troupeaux d'oiseaux du désert qui venaient picorer les tiques à même le cuir épais des camélidés. Aux abords des villages, on voyait invariablement des fermiers travailler dans des champs asphyxiés par la poussière, ils conduisaient des attelages de bœufs faméliques et obtenaient de maigres récoltes. Pendant que les hommes travaillaient la terre, les femmes cuisinaient, activaient leurs métiers à tisser et ramassaient le crottin des chameaux. Il en fallait beaucoup, car chaque village possédait sa tour de pierre dans laquelle on brûlait le fumier pendant la nuit pour signaler ce havre aux voyageurs perdus et à ceux qui venaient de loin.

Un matin, nous découvrîmes les restes d'un champ de bataille. Éparpillés sur les plaines ensanglantées, des centaines de corps se décomposaient à l'air libre. C'était une journée sans vent, et la puanteur délétère était si forte que je crus qu'elle allait me faire choir de ma monture. Les chairs en décomposition dégageaient la même odeur que la carcasse imbibée et rongée par les vers d'un buffle d'eau. Je ne pus réprimer un haut-le-cœur.

La plupart de ces guerriers étaient des cavaliers du Deccan, mais certains des soldats qui jonchaient ce paysage étaient des nôtres. L'endroit était mal choisi pour une bataille, puisqu'il ne se trouvait aucun fort à proximité. Nizam supposa que les deux forces armées s'étaient simplement croisées de manière fortuite en pleine nuit. La plupart des hommes avaient été tués à coups de sabre, ce qui corroborait l'hypothèse d'une bataille imprévue.

Ce carnage m'écœura autant que la tuerie qui s'était produite quand nous avions affronté Aurangzeb. Des oiseaux de proie picoraient la figure des soldats tandis qu'une poignée d'habitants du Deccan, des vieillards et des enfants pour la plupart, détroussaient les cadavres de tous leurs objets de valeur. Occupés à piller les guerriers du camp adverse aussi bien que les leurs, ils s'interrompirent à peine sur notre passage. Ils avaient l'air fatigués. Presque tous allaient pieds nus, le visage émacié, vêtus de pauvres haillons. Aurangzeb avait dû brûler leurs récoltes, me dis-je avec un étonnant sentiment de culpabilité. Ces gens avaient beau être nos ennemis, je ne comprenais pas pourquoi leurs enfants et leurs grands-parents devaient mourir de faim.

Nous laissâmes cette puanteur derrière nous. Mais les images des corps mutilés me poursuivirent longtemps. « Nizam, demandai-je en éperonnant mon cheval pour être à sa hauteur, crois-tu que le monde entier soit si violent que l'Hindoustan ? »

Sans quitter des yeux la piste où il cherchait des traces récentes de sabots, Nizam répondit : « Impossible, Votre Majesté ! »

Je me tournai sur ma selle pour regarder les oiseaux de proie qui tournoyaient au-dessus des cadavres. J'en avais assez de tels spectacles. « Je n'ai envie de tuer personne pour libérer Isa et Arjumand.

– Je sais, mais nous y serons peut-être contraints.

– Contraints à quoi ? À découvrir où ils sont et à user de ton sabre pour les libérer ?

– Je les délivrerai de nuit. Le temps qu'on s'aperçoive de leur absence, nous serons…

– Ils seront peut-être gardés par une dizaine de soldats, Nizam. Qu'arriverait-t-il si tu en tuais une poignée avant d'être tué à ton tour ? Ou blessé ? » Il allait parler, mais je l'interrompis. « Non, il existe une meilleure solution, bien qu'elle comporte aussi des risques. »

Il chassa une énorme mouche. « Que suggérez-vous ?

– C'est simple. Nous irons trouver le sultan de Bijapur et nous lui dirons qui nous sommes.

– Il nous fera couper la gorge !

– Non, non, il ne commettra pas une erreur pareille. Car je lui donnerai quelque chose en échange de leur liberté.

– Mais nous n'avons rien, Votre Majesté.

– Si, rectifiai-je, nous avons tout. Parce que je peux lui livrer Aurangzeb qu'il hait entre tous les hommes. »

Nizam se racla la gorge puis il cracha la poussière qui semblait se former au fond de nos gosiers. « Vous trahiriez votre frère ?

– Il n'est mon frère que par le sang. Pour tout le reste, c'est mon ennemi. Et je n'ai jamais cherché à lui nuire. J'aurais pu le tuer il y a longtemps, ou du moins le regarder mourir.

– Mais vous le feriez à Bijapur ?

– Je n'ai pas le choix, dis-je en passant la langue sur mes lèvres parcheminées.

– Chut ! » siffla Nizam en scrutant l'horizon derrière nous. Sous les vautours s'élevait un nuage de poussière qui avançait rapidement dans notre direction. « Changeons de montures ! » cria-t-il en sautant à bas de la sienne.

Je montai péniblement sur le plus dispos de nos étalons. Nizam se saisit de nos plus précieuses provisions avant d'asséner une claque sur les fesses des deux chevaux sans cavalier, les envoyant à la rencontre de nos poursuivants. « Qu'est-ce que tu... ?

– Avec un peu de chance, ils donneront la chasse à ces montures, dit-il en me coupant la parole et en sautant sur son étalon. Maintenant, foncez ! Aussi vite que vous le pouvez ! »

Je galopai à bride abattue. En quelques instants nous filâmes à une allure effrayante. Le vent m'arracha mon turban, laissant mes cheveux flotter derrière moi. Ma selle tambourinait contre mes fesses, aussi sonore qu'un tambour en peau de daim. Quelqu'un tira un coup de mousquet.

« Plus vite ! » hurla Nizam.

Tout en redoutant d'être éjectée de ma selle, j'éperonnai encore mon cheval. Il hennit et se mit au grand galop. En regardant autour de moi, à ma consternation, je vis Nizam sortir son arc et se retourner sur sa selle. Il décocha une flèche qui disparut dans le nuage d'hommes et de montures lancés à notre poursuite. Les autres cavaliers firent à nouveau feu et l'air crépita. Des mottes de terre jaillirent à nos pieds mais nous fûmes indemnes. Nos attaquants durent se trouver incapables de recharger leurs armes tout en nous donnant la charge, car ils optèrent pour les flèches. Nizam en décocha encore une, quand il s'aperçut que je m'étais tournée vers lui.

« Foncez ! » hurla-t-il à pleins poumons. La piste, qui semblait droite comme un ruban lorsque nous avancions plus lentement, zigzaguait à présent et le paysage qui défilait se réduisait à une tache brune. D'un cri, j'encourageai ma monture à allonger le pas tout en la taraudant avec mes éperons. Le cheval hennit à nouveau, redoublant d'efforts. Quand une flèche s'enfonça dans le sol devant moi, je jetai un regard en arrière, juste à temps pour apercevoir un de nos poursuivants tomber de sa selle en hurlant. Nizam tira une autre flèche et un deuxième homme s'effondra. « Ils nous rattrapent ! » lança-t-il, et il avait raison, car la piste devenait rocailleuse. Si mon cheval venait à trébucher, nous connaîtrions une mort certaine.

Mais alors, comme par magie, ma peur laissa place à l'instinct de survie et toute pensée quitta mon esprit, sauf celle qui pourrait nous sauver la vie : « L'or ! criai-je. Jette-leur notre or ! »

Nizam n'hésita pas un seul instant. Lâchant son arc, il mit la main dans sa sacoche et en sortit des pièces d'or par poignées. Il les lança en l'air pour qu'elles miroitent au soleil. Elles tombèrent dans la poussière derrière nous par centaines. Je pensais que Nizam ne viderait qu'une sacoche, mais il eut tôt fait de déverser le contenu de la deuxième. Bientôt, assez d'or jonchait le sol pour faire subsister cent hommes jusqu'à la fin de leurs jours.

Quand les guerriers arrivèrent à la hauteur des pièces, je priai pour qu'ils s'arrêtent. Allah dut se lasser de la course-poursuite ce jour-là, car, quand ils parvinrent à l'endroit où l'or brillait de tous ses feux, ils descendirent de cheval en poussant des cris de triomphe. La plupart de nos poursuivants se jetèrent par terre et fouillèrent la poussière comme des mangoustes, tandis que d'autres dégainèrent leurs sabres pour s'en prendre à leurs complices.

« Ne ralentissez pas ! » me cria Nizam.

Je maintins mon allure et, bientôt, nos assaillants eurent disparu derrière nous. Nous continuâmes à galoper si longtemps que je finis par craindre pour nos montures. Il faisait chaud comme dans un four et une écume blanche se formait à la bouche de mon cheval. Peu à peu, je tirai sur les rênes, et c'est alors que je m'aperçus que mon cœur battait à tout rompre. Nizam ralentit également et vint à ma hauteur. Il était ruisselant de sueur et couvert de poussière.

« Les avons-nous semés ? demandai-je, à bout de souffle.

– Peut-être, mais nous ferions mieux de poursuivre notre route. » Laissant son étalon se mettre au trot le long de la piste, il se retourna cependant plusieurs fois pour regarder derrière nous. « C'était une excellente idée, Votre Majesté. »

Abritant mes yeux du soleil impitoyable, je répondis : « C'est étrange, Nizam. Soudain, tout est devenu très clair. Malgré ma peur, j'étais particulièrement lucide.

– Sur les champs de bataille, certains hommes possèdent cette lucidité. Ils voient des choses que nous autres ne saisissons pas. Ils ne sont pas forcément les plus forts, mais, par Allah, ils sont capables de guider les autres. Votre frère, hélas, est…

– De ces hommes, l'interrompis-je. Ce qui ne m'empêchera pas de le trahir.

– Et vous le devez. Mais comment ? »

J'étais fatiguée par cette cavalcade et mon projet n'était pas encore très abouti. « Pouvons-nous prendre quelque repos, Nizam ? » demandai-je en regardant devant moi. Au loin se dressait une chaîne de montagnes. Je savais qu'elles n'étaient pas loin des positions renforcées des guerriers du Deccan, car mon compagnon m'avait informée le matin même que nous allions traverser un fleuve et des passages montagneux ; Bijapur se trouvait à quelque distance derrière ces pics.

Midi approchait et Nizam, je crois, avait également envie de dormir. Il quitta la piste et suivit le cours d'une rivière asséchée. Nous la longeâmes quelque temps puis franchîmes une vaste étendue de sable gris en passant devant le squelette d'un chameau, blanchi par le soleil. Nizam retrouva le cours d'eau et, à ma surprise, dénicha une petite mare qui s'était formée dans un creux, à l'abri des buissons et des rochers. Nous attachâmes nos montures et dressâmes notre petit campement.

Nizam guettait tout ce qui venait du nord. « À l'heure qu'il est, ils doivent s'être tous entre-tués ou être complètement saouls dans le village le plus proche.

– Étaient-ce des bandits du Deccan ? »

En acquiesçant, il dénoua son turban trempé de sueur. « Les guerriers de votre frère sont plus disciplinés. Ils ne nous auraient pas donné la chasse.

– Pourquoi ?

– Parce que nous aurions pu les attirer dans un guet-apens. »

Nous remplîmes nos gourdes puis nous conduisîmes nos chevaux à la petite mare. Nizam les éloigna pour les empêcher de trop boire. « Si vous le souhaitez, Votre Majesté, vous pouvez vous baigner. Je me laverai tout à l'heure. »

J'étais si lasse que j'avais une seule envie : dormir. Pourtant, l'idée de cette eau fraîche sur ma peau était tentante. Quand Nizam eut tendu notre drap pour s'allonger dessous, je me déshabillai rapidement. Assise sur un rocher, je rinçai mes vêtements sales puis les mis à sécher sur un buisson. Ensuite, je pénétrai prudemment dans la mare et, avec un grognement, m'assis dans l'eau. Je n'avais pas pris de bain depuis deux semaines et je dus utiliser le sable pour me laver. Sans surprise, je m'aperçus que, depuis mon évasion du Fort Rouge, j'avais perdu le peu d'embonpoint qui me restait. Pourtant, je n'aimais pas la façon dont ma peau commençait à se flétrir. Ma chair paraissait moins rebondie qu'autrefois et devenait un peu flasque sur mes os. J'avais déjà vu trente-six printemps, après tout, et je savais que la beauté d'une femme était considérée comme éphémère. La mienne avait peut-être déjà disparu.

Je m'étrillai avec hargne, puis enfilai ma tunique humide. Quand j'allai m'asseoir à côté de Nizam, il rouvrit les yeux. « Cela fait du bien ? » demanda-t-il.

Je haussai les épaules en passant mes doigts dans mes cheveux pour les peigner. « J'avais l'esprit ailleurs. » Nizam eut la politesse de ne pas me poser de questions, aussi repris-je : « Puis-je te demander quelque chose ? C'est une question assez puérile.

– Cela dépend…

– Penses-tu… » Je soupirai, car je me sentais assez bête, comme une adolescente. Comment pouvais-je avoir une telle assurance dans la bataille, où je n'avais pas ma place, et tellement manquer de confiance, parfois, quand il s'agissait d'amour ? « Me trouves-tu toujours attirante ? » demandai-je d'une petite voix. Nizam eut l'air étonné et, avant qu'il ait eu le temps de répondre, je le noyai de paroles : « Voilà cinq ans que je ne l'ai pas vu. Il a peut-être rencontré une femme plus jeune et plus jolie. C'est ce que font la plupart des hommes. Et pourquoi Isa devrait-il se comporter autrement, surtout en mon absence ?

– La plupart des hommes sont des imbéciles, répondit Nizam, l'air très sérieux.

– Mais pourquoi ? Ils trouvent des femmes plus jeunes, dont le corps ne s'est pas encore avachi et dont…

– L'esprit les endort.

– Mais peu d'hommes se soucient de l'esprit des femmes. Mon mari n'y accorde aucune importance. Et la plupart des nobles ont des maîtresses deux fois plus jeunes qu'eux. Ces filles doivent leur offrir quelque chose que nous sommes incapables de leur donner. Leur beauté aide peut-être les hommes à se sentir jeunes. À moins qu'elles ne constituent un joyau en compagnie duquel les hommes aiment s'afficher. »

Nizam se redressa et promena ses regards sur notre petit campement. « J'ignore ce que pensent les autres hommes. Mais je me connais. Et je connais Isa. Il vous aime et jamais il ne se lassera de vous.

– Mais il apprécie les belles choses, Nizam. Pense au Taj Mahal, pense à ce qu'il crée. Pourquoi un tel homme se soucierait-il de vieilles choses quand il peut en obtenir de nouvelles ?

– Vous n'êtes pas une chose, objecta-t-il. Là réside peut-être la différence entre les autres hommes et nous. Ils considèrent presque tous les femmes comme des objets, tandis que nous vous voyons comme… » Il se tut, gêné. « Je ne suis pas fort pour les longs discours, Votre Majesté, et je n'ai rien d'un poète. Mais il me semble que nous vous considérons comme… comme des éléphants blancs. Nous vous cherchons toute notre vie et quand nous vous trouvons enfin, nous ne sommes pas prêts à vous abandonner. »

Je connaissais Nizam depuis de longues années, mais je ne l'avais jamais entendu parler ainsi. Gagnait-il en assurance ou était-ce moi qui le traitais enfin en égal ? Espérant que la première explication était la bonne, je tendis la main vers la sienne, en me disant que mes sentiments, non, mon amour pour lui serait plus complet s'il était mon frère. « Merci, mon cher ami, dis-je. Je ne te mérite pas. Vraiment. » Nizam secoua la tête, mais je fis peu de cas de ce geste. « Mais qui, cher soldat poète, est ton éléphant blanc ? » demandai-je.

Il éclata de rire, chose particulièrement rare chez lui. « Elle n'est peut-être pas blanche, mais, en tout cas, elle n'a pas sa pareille sur terre. »

La vérité se fit soudain jour en moi, je battis des mains. « Ladli ! m'exclamai-je. C'est Ladli que tu aimes ! »

Il se figea. « Mais comment… comment avez-vous deviné ?

– Comment ai-je pu être aveugle à ce point ? » Je me mordis la lèvre pendant que ma mémoire convoquait un souvenir après l'autre. Il y avait une éternité que je ne les avais pas vus ensemble, mais quand nous étions jeunes et qu'elle était éprise de Dara combien de fois n'avais-je pas vu Nizam la regarder ? « Depuis combien de temps l'aimes-tu ? demandai-je avec animation.

– Je ferais mieux de préparer le déjeuner. »

Je lui donnai une petite claque sur le bras. « Combien de temps ?

– Trop longtemps, marmonna-t-il en regardant ailleurs.

– Le sait-elle ?

– Peu lui importe, répondit-il avec une note d'amertume dans la voix. Je suis son inférieur et je le resterai toujours. » Il se leva pour rassembler du bois.

« C'est idiot ! Complètement idiot !

– Nous devrions manger et nous reposer, Votre Majesté. »

Je fis comme si je ne l'avais pas entendu, déjà occupée à

imaginer comment enlever Ladli à Aurangzeb pour la mettre à nouveau en présence de Nizam. Je n'ignorais pas que mon amie tenait les hommes en piètre estime, mais j'espérais qu'elle verrait Nizam comme je le voyais : un homme qui l'aimerait inconditionnellement. J'arriverais certainement à les réunir, comme père l'avait fait pour Isa et moi il y a si longtemps !

« Oh, Ladli, murmurai-je, taquine, juste assez fort pour que Nizam m'entende, comme tu seras heureuse ! »

20

Shivaji

Nous dormîmes tout l'après-midi et toute la nuit pour repartir juste avant l'aube. Nizam m'annonça qu'il ferait plus frais dans les montagnes, voyager de nuit était donc maintenant superflu. En fait, la route deviendrait bientôt dangereuse et même nos chevaux, qui savaient toujours d'instinct où poser le pied, auraient besoin de la lumière du jour. Ainsi, nous franchîmes le fleuve et nous engageâmes dans les contreforts sans nous cacher. Les pics nous dominaient, majestueux, et j'eus soudain l'impression de contempler le paradis. Les montagnes me faisaient penser à d'immenses vagues vertes. Elles se dressaient, enveloppées de brume, et allaient lécher le ventre des nuages.

Pour une raison qui m'échappait, à l'approche de la chaîne montagneuse, les terres arides de l'Hindoustan devinrent fertiles. L'atmosphère recelait une certaine douceur, comme chargée d'eau. Là où, autrefois, seuls des buissons bordaient la piste, poussaient maintenant des arbres luxuriants. Jamais je n'avais vu de tels feuillages. Bien sûr, j'avais entendu parler de jungles où la pluie tombait chaque jour, mais avoir une véritable forêt sous les yeux était une expérience fascinante. Les nuances de vert que l'on pouvait y admirer, me semblait-il, étaient plus variées que toutes les autres couleurs réunies. Des singes étaient suspendus aux branchages couverts de mousse et des perroquets rouges se dissimulaient au milieu des feuilles aussi larges que des boucliers. Parfois, les oiseaux prenaient leur envol tous ensemble et le ciel s'empourprait, peuplé de milliers de volatiles en quête d'un nouveau perchoir.

Pendant trois jours, nous traversâmes les montagnes en suivant une étroite piste caillouteuse. Nizam était très nerveux, car les arbres étaient si énormes qu'une douzaine d'ennemis auraient pu nous attaquer par surprise à tout moment. Mon compagnon gardait son sabre sur les genoux. Il m'apprit également à actionner un mousquet, qu'il fixa à ma selle pour que je l'aie à portée de main. Le fusil était long et lourd, mais j'estimais être capable de mettre un ennemi en joue s'il le fallait.

À plusieurs reprises, nous croisâmes des habitants du Deccan, à pied, par petits groupes, qui ne s'arrêtèrent pas plus qu'ils ne nous inquiétèrent. De temps à autre, nous vîmes des femmes cueillir des baies et des hommes chassant des sangliers à la lance. Je donnai du poisson séché à une fillette en échange d'un petit sac de baies. Cela nous permit de manger des fruits pour la première fois depuis des semaines.

À proximité de Bijapur, les signes annonciateurs de la guerre se multiplièrent. Bientôt, de nombreux forts jalonnèrent le relief. Ces constructions en blocs de pierre n'étaient guère plus que des murailles situées de part et d'autre des crêtes, souvent flanquées de tours. Des guerriers étaient postés derrière ces fortifications ; en silence, ils observaient tout ce qui se passait en contrebas.

Nous croisâmes également la route de bandes armées du Deccan. De telles rencontres étaient inévitables : il pouvait aussi bien s'agir de quelques cavaliers ou de centaines de fantassins. Chose étonnante, ils ne nous causèrent aucun souci. Ils nous demandaient parfois d'où nous venions et il nous était facile de mentir. Nous leur ressemblions et parlions la même langue qu'eux, aussi nous croyaient-ils. Les soldats semblaient épuisés ; à vrai dire, nombre d'entre eux étaient blessés et tous avaient peine à porter leurs armes. À un moment, Nizam s'enhardit au point de leur demander des nouvelles des pillards d'Alamgir. On lui raconta qu'ils avaient sévi dans la vallée à peine une semaine plus tôt. Ils avaient essayé de prendre les forts situés en altitude mais avaient subi un revers terrible. Certains pensaient qu'ils avaient battu en retraite jusque dans leurs villes, au nord, tandis que d'autres étaient persuadés qu'ils attaquaient plus au sud. Nizam et moi digérâmes cette nouvelle : l'émotion nous nouait l'estomac. Nous étions tristes d'apprendre que d'autres combats avaient fait rage, mais, au moins, les forces d'Aurangzeb semblaient loin de Bijapur.

Il nous fallut un jour de plus pour atteindre la place forte des guerriers du Deccan. Bijapur était une ville pareille aux autres, avec ses rues pavées, ses bazars et ses palais. Mais il s'agissait d'une ville en guerre. Nombreuses étaient les traces de batailles récentes : maisons calcinées, récoltes brûlées, fortifications démolies, alignements de corps mutilés qui attendaient d'être enterrés ou incinérés. Au centre de la cité se dressait son fort : un édifice circulaire et massif fait de briques et de mortier. Des canons hérissaient ses palissades qui fourmillaient de casques de soldats. Des dizaines de toits se nichaient derrière l'enceinte immense du fort.

Nous attachâmes nos chevaux dans une écurie toute proche et pénétrâmes dans le fort à pied. Il était construit sur une colline escarpée et ses sentinelles nous observèrent d'en haut lorsque nous la gravîmes. Sur la rampe d'accès qui menait à l'entrée principale, les gardes ne nous posèrent aucune question, mais ils scrutèrent nos faits et gestes. Ils portaient une armure complète et brandissaient de longues lances. Sur l'enceinte qui dominait l'entrée se tenait encore une douzaine d'hommes dont les mousquets étaient pointés vers nous.

« Notre démarche est-elle bien avisée ? » chuchota Nizam lorsque nous eûmes franchi la porte.

Maintenant que nous étions si près d'Isa et d'Arjumand, je me refusais à perdre encore du temps à élaborer une nouvelle stratégie. Quand chaque instant me rapprochait d'eux ! Quand j'avais envie de quitter mes sandales pour m'élancer vers eux, me jeter à leur cou et ne plus jamais les lâcher ! Aussi, malgré mes doutes, m'efforçai-je d'avoir l'air confiant : « Cela va marcher.

– Il le faut. »

Le succès de mon stratagème dépendait de notre capacité à entrer en contact avec le sultan sans encombre. Je m'attendais à le trouver sur son trône, entouré de ses conseillers. Le problème, cependant, était le nombre de bâtiments qui nous entouraient. La plupart possédaient des minarets qui ne les différenciaient guère de leurs voisins. Le sultan pouvait se trouver dans n'importe lequel.

Lorsqu'un soldat sortit de l'un d'eux, je m'avançai vers lui. Il commença par froncer les sourcils en me voyant approcher, mais comme je souris et m'inclinai légèrement, son visage se détendit. « Excusez-moi, Monsieur, demandai-je, mais où puis-je trouver le sultan ? »

Il tendit son bras terminé par un moignon vers une bâtisse dotée d'un balcon. « Mais il ne recevra aucune femme. Il est avec Shivaji. » Dans un grognement, le guerrier s'éloigna.

J'eus besoin de quelques instants pour comprendre le sens de ces paroles. À plusieurs occasions, père avait mentionné Shivaji, le chef militaire des Marathes, autre ennemi juré de l'Hindoustan. Les Marathes venaient des régions montagneuses qui entouraient Bijapur. Issus de la plus basse caste des hindous, ils avaient constitué une redoutable force militaire sous le commandement de Shivaji, un jeune guerrier charismatique.

Comprenant que Shivaji et le sultan avaient sans doute fait alliance, je me dirigeai sans tarder vers le bâtiment indiqué. Fait étonnant, seuls deux gardes étaient postés devant. Ils commencèrent par m'en barrer l'entrée, mais je sortis mes perles de mauvaise qualité et les déposai dans leurs paumes calleuses. Ils nous laissèrent passer sans délai. À l'intérieur, il faisait frais. Le sol en marbre et les murs couverts de tapisseries affichaient tout le confort possible. Ici et là se tenaient des hommes vêtus de belles tuniques : spectacle qui me fit honte de mes habits déchirés et couverts de poussière. Des domestiques en tenue de lin blanc servaient aux convives des fruits frais, du fromage de chèvre et du chevreuil. J'eus l'eau à la bouche en humant le fumet d'un cerf rôti, mais, résistant à l'envie de regarder encore les plateaux de victuailles, je me dirigeai vers l'escalier en granite qui devait mener au balcon où j'espérais trouver le sultan en compagnie de Shivaji. De part et d'autre des marches se trouvaient plusieurs soldats. Ils ne nous questionnèrent pas sur le but de notre visite ; cependant, leur main ne quitta pas la garde de leur sabre.

Le premier étage donnait sur une chambre à coucher finement ouvrée. Le style en était pareil au nôtre : une profusion de tapis, de couvertures et d'épais coussins. Au fond du couloir, après la chambre, se trouvait un balcon agrémenté de plantes en pots, de tables et d'une estrade munie d'un auvent qui abritait deux hommes. D'autres silhouettes, parmi lesquelles celles de nobles et de guerriers, se coudoyaient au bas des marches. Il ne s'y trouvait aucune femme.

« Nous pouvons toujours faire usage de mon sabre pour les libérer, me chuchota Nizam tandis que nous approchions. Le peuple du Deccan est sournois. »

Je ralentis en me disant qu'il avait peut-être raison. Mère serait-elle allée se jeter ainsi dans la gueule du loup ? À n'en pas douter, elle aurait opté pour une meilleure tactique. Quant à moi, j'étais là, mal préparée à ce qui pouvait advenir et contre l'avis d'un ami qui connaissait fort bien l'ennemi.

Les genoux tremblants, je me préparai à faire demi-tour. Mais, sur le balcon, un homme nous aperçut, lut la peur dans mes yeux et nous fit signe d'approcher. Comme j'hésitais, il répéta son geste. J'essayai de déchiffrer son visage pour savoir s'il agissait en ami ou en ennemi, mais c'était un vieil homme qui se gardait bien d'afficher ses intentions. Quand je m'avançai sur le balcon, le silence se fit parmi les personnes qui s'y trouvaient. Les têtes se tournèrent et, une fois encore, je regrettai de ne pas posséder de vêtements plus convenables. Heureusement, Nizam était sur mes talons, et je devinai que ces hommes, des soldats pour la plupart, posaient sur lui le même regard que des léopards sur un tigre.

Les deux hommes qui se tenaient sous le dais nous observèrent, non sans curiosité. Le premier était un guerrier tout en muscles dont le visage semblait taillé dans la pierre. Le second était beaucoup plus petit, presque féminin, à vrai dire. Il portait une chemise et des cuissardes ocre. Sur l'épaule, il avait un arc de guerre. Son visage aux traits délicats était surmonté d'un étrange chapeau replié qu'il avait perché sur son front. Le plus imposant des deux hommes se racla la gorge et cracha par-dessus le balcon. Il semblait n'avoir d'yeux que pour moi. « Les quartiers des domestiques sont à l'extérieur, dit-il d'un ton brutal. Si vous venez quémander un travail, lavez-vous avant d'y aller. »

Devinant qu'il s'agissait du sultan, je lui fis une petite révérence. « Je ne suis pas une domestique, Votre Majesté », dis-je en m'inclinant à nouveau.

Les conversations reprirent non sans hésitation autour de nous. « Peu m'importe que vous soyez une servante ou une catin ! rétorqua le sultan. Partez ! » Il se retourna mais je ne bougeai pas. Lorsqu'il s'en aperçut, il resta bouche bée face à cet affront. « Si tu es une catin, tu ferais mieux d'aller prendre un bain et te débarrasser de cette tunique ridicule ! Reviens plus tard et je te jugerai sur pièces. »

Les hommes se mirent à rire, mais je remarquai que celui que je prenais pour Shivaji m'étudiait attentivement. « Je viens de loin, Monseigneur, répondis-je en espérant que ma voix ne tremblait pas trop. J'ai fait tout le chemin depuis Agra. »

À ces mots, le sultan fronça les sourcils. Un murmure s'éleva parmi les nobles et les hommes de guerre lancèrent des regards vers les montagnes, au nord. « Les traînées indiennes voyagent-elles donc si vite ?

– Non, répondis-je en sentant la colère monter en moi. Seules les princesses indiennes le peuvent.

– La seule traînée qui passe pour une princesse est en prison avec son dégénéré de père. Ils doivent y forniquer pour engendrer de nouveaux bâtards ! »

À ces mots, Nizam dégaina son sabre et vint se poster devant moi. « Non ! criai-je en attrapant son bras. J'ai dit non ! » Alarmée, je vis les autres soldats tirer également leur arme. Ils grondèrent mais sans passer à l'attaque. Si nous faisions encore insulte au sultan et s'il leur en donnait l'ordre, ils nous tueraient sans autre forme de procès. Nizam avait beau être un tigre, même lui ne pouvait affronter seul une vingtaine d'hommes. « Pardonnez-nous, Majesté, implorai-je et, de la main, je raccompagnai le sabre de Nizam dans son fourreau. Mais nous sommes las, aussi nos manières laissent-elles à désirer.

– Êtes-vous vraiment la princesse Jahanara ? interrogea le plus petit des deux hommes d'une voix qui tranchait avec sa stature.

– Oui, Shivaji. »

S'il fut surpris que je connaisse son nom, il n'en montra rien. « Mais pourquoi venir nous trouver dans notre repaire ?

– Pouvons-nous parler seul à seul ? demandai-je, impatientée par ces formalités car il me tardait cruellement de revoir Isa et Arjumand. Mes révélations ne sont pas pour toutes les oreilles. »

Les deux chefs s'entretinrent un moment à voix basse. « Seulement si ton limier part aussi, dit le sultan.

– Nizam doit rester, rétorquai-je calmement, mais il remettra ses armes à vos hommes. »

Avec un grognement, le sultan fit signe à Nizam de déposer son sabre et sa dague à terre. Un guerrier borgne les ramassa, puis le balcon se vida de tous ses occupants à part nous quatre. Le sultan et Shivaji descendirent de leur estrade et nous firent face.

« Pourquoi venez-vous nous infliger votre odieuse présence ? demanda le sultan. Donnez-moi une seule bonne raison de ne pas vous faire pendre au premier arbre venu.

– Nos intentions sont pacifiques.

– C'est dans la nature des imbéciles.

– Des imbéciles ? répétai-je pour me donner le temps d'analyser le comportement de cet homme, en priant pour qu'il fût doté de raison. Saviez-vous, Monseigneur, que mon frère Alamgir a essayé d'attenter à ma vie ? Et qu'il a assassiné mes frères ? »

Shivaji acquiesça. « Nous avons entendu la rumeur.

– Avez-vous aussi appris que Dara, mon frère aîné, a péri pour avoir soutenu nos sujets hindous et s'être opposé à la guerre que nous vous faisons ?

– Les faibles doivent mourir », cracha le sultan.

Une image de l'exécution de Dara me traversa l'esprit mais je la chassai. « Alamgir est aussi fragile que le granite, fis-je remarquer. Et vous ne pourrez pas le combattre éternellement.

– Peut-être que si, objecta Shivaji, car il commandait à une force militaire redoutable, tout comme le sultan.

– Peut-être. » J'inspirai lentement, consciente qu'à cet instant se jouait mon unique chance. « Mais s'il venait à être assassiné ? Ne préféreriez-vous pas cela plutôt que de dépenser votre or si précieux et les vies de vos hommes en interminables batailles ?

– Nous avons déjà essayé de le tuer, contra Shivaji. Une douzaine de fois, d'une douzaine de manières différentes. C'est impossible.

– Pas si vous saviez ce que je sais. Alors, ce serait chose facile.

– Facile ! s'exclama le sultan. Nous prends-tu pour des imbéciles ? »

Shivaji lui intima le silence d'un geste impatient. « Nous ferions mieux de l'écouter jusqu'au bout, Ahmed. »

Le sultan ouvrit son odieuse bouche, mais je me hâtai de poursuivre : « Il y a un passage secret qui mène au Fort Rouge…

– Elle ment…

– … il donne directement accès aux appartements royaux.

Un assassin pourrait s'y glisser pour tuer Alamgir. Nul ne saurait jamais qui aurait commis le crime, ni comment.

– Tu la crois ? demanda le sultan incrédule. Cette traînée, la sœur même de notre ennemi !

– Une traînée vaut toujours mieux qu'une demeurée », bredouillai-je, incapable de me dominer. J'étais très éprouvée – tant physiquement que mentalement – par mon voyage. Et, à présent que je me trouvais dans la même ville qu'Isa et Arjumand, je ne tenais plus d'impatience. « Je viens vous apporter le plus beau présent que votre indigne royaume ait jamais reçu et vous ne savez que m'insulter ! Croyez-vous donc que je trahirais Alamgir sans rien attendre en retour ? Sans attendre une chose que vous seul pouvez me donner ? »

Shivaji rit de cette explosion de colère : un gros rire sonore s'échappa de sa cage thoracique, nous surprenant tous. « Et de quoi s'agit-il donc ?

– Je veux que le sultan libère mon mari et ma fille ; ils ont été capturés il y a cinq ans et travaillent aujourd'hui comme esclaves à bâtir une mosquée quelque part dans cette ville délétère. Rendez-les-moi et je vous livrerai Alamgir ! »

Sans cesser de glousser, Shivaji se tourna vers le sultan. « On dirait bien, Ahmed, qu'elle a plus de repartie que tu n'en as l'habitude.

– Elle mérite une bonne correction.

– Pas du tout, mon cher ! conseilla Shivaji. Un bain et de nouveaux habits, ça oui, mais une correction, certainement pas. Elle serait capable de te faire avaler ton fouet un jour. »

Comme s'il n'avait pas entendu, le sultan me toisa. Quand il reprit la parole, ce fut d'une voix rude, mais d'un ton moins menaçant. « L'homme dont tu parles est vivant, sa fille aussi. »

À cette nouvelle mes jambes se dérobèrent sous moi et Nizam

tendit la main pour me soutenir. « Merci, Allah, ô merci ! murmurai-je.

– C'est moi que tu devrais remercier », déclara le sultan.

J'essayai de rassembler mes esprits, mais j'étais transportée d'une telle joie que les mots me manquèrent. J'avais envie de courir vers eux, de courir comme je ne l'avais encore jamais fait. « Je suis confuse, Monseigneur, désolée pour… les paroles que j'ai prononcées tantôt. Et je vous remercie vivement. Mille fois merci.

– J'ai un certain respect pour cet homme, concéda-t-il à contrecœur, car c'est un homme d'honneur qui exécute mes ordres. Et son talent est un don de Dieu.

– Lui accorderez-vous sa liberté, Votre Majesté, si je vous révèle où se trouve le passage ?

– Peut-être.

– La guerre pourrait se terminer si Alamgir venait à mourir », intervint Shivaji.

Le sultan lança un regard courroucé à son compagnon de petite taille, qui ne sembla absolument pas intimidé. « L'architecte pourra partir quand ma mosquée sera terminée, dit le sultan. Mais ce doit être la plus belle de tout le plateau du Deccan et, Allah m'en soit témoin, je ne me séparerai pas de lui tant que la dernière pierre ne sera pas posée.

– Mais combien de temps, Monseigneur, cela peut-il prendre ? demandai-je non sans crainte.

– Pas si longtemps. Cinq ans. Peut-être trois.

– Cinq ans ? Mais je ne peux…

– Préfères-tu, demanda-t-il en me coupant la parole, qu'il soit mis aux enchères ? Car c'est un esclave, et tel est leur destin.

– Dans ce cas, j'irai vivre à ses côtés. »

Shivaji fit un pas en avant. « Impossible. Trop de nos sujets vous ont vue et ont compris qui vous étiez. Si vous restiez, vous seriez en grand danger, de même que votre compagnon et votre fille.

– Que puis-je faire dans ce cas ?

– Mon ami n'est pas si intransigeant qu'il le paraît, expliqua Shivaji. Mais je crains qu'il n'ait pris sa décision. J'ai vu cette mosquée et je sais ce qu'elle représente pour lui. Elle est presque aussi importante aux yeux de son peuple qui a perdu tant de proches dans les combats. Tous veulent la voir terminée. » Shivaji m'étudia attentivement, comme pour me jauger. « Et si nous leur accordions quelques jours, Ahmed ? Envoyons-les dans une retraite tranquille, sous bonne garde, et, quand ils reviendront, elle s'en ira… » Il s'interrompit et haussa les épaules. « … où les dieux lui donneront asile.

– Et ma fille ?

– Elle reste, répondit le sultan. Elle en connaît plus long que tous sur l'architecture, à part son père. »

J'étais plongée dans la plus grande confusion. Une partie de moi-même se réjouissait de les savoir vivants et capables de monnayer leur liberté, mais une autre partie déplorait notre inévitable séparation. Comment pourrais-je endurer encore cinq ans loin d'eux ? « Qu'en penses-tu ? demandai-je à Nizam, sachant qu'il avait tout entendu.

– Je pense que le temps file. Mieux vaut encore jouir de leur compagnie pendant quelques jours que pas du tout.

– Te montrerais-tu aussi patient, mon vieil ami ?

– De la patience, Votre Majesté, j'en ai toujours fait preuve. »

Je le remerciai puis me tournai vers le sultan et Shivaji. « Je vous dirai où se trouve le passage, mais son issue restera fermée jusqu'à ce que je retrouve ceux que j'aime. Et vous ne saurez pas où en trouver l'entrée.

– Mais tu m'avais promis la tête d'Alamgir ! s'exclama le sultan.

– Et vous l'aurez. Mais, si je dois attendre, il en ira de même pour vous. Sinon, vous n'avez qu'à me les rendre dès aujourd'hui. »

Shivaji rit à nouveau. « C'est un marché équitable, Ahmed.

– Il faut terminer ma mosquée ! C'est la seule chose de bien qui sera sortie de cette guerre.

– Les combats pourraient cesser si…

– Ils doivent rester !

– Et votre guerre se prolonger », dis-je en me demandant si Nizam n'avait pas eu raison. Peut-être aurions-nous simplement dû tuer leurs gardes et nous enfuir avec Isa et Arjumand. Je n'en serais pas à gaspiller ma salive face à un homme stupide et entêté, ni à perdre un temps précieux alors que ma famille était si proche ! « Le passage secret, commençai-je, a son entrée dans une maison située près d'un vieux cyprès. Mais vous ne saurez quelle est cette maison que lorsque mes proches reviendront. Alors, je désignerai cette maison en faisant en sorte qu'un étalon noir soit attaché au cyprès. » Puis je me mis en devoir d'expliquer au sultan comment un assassin pourrait pénétrer dans le passage et qu'il aurait besoin d'aide pour contourner le piège effondré. Le sultan me questionnait avidement et, mue par le désir de revoir les miens, je lui donnai de promptes réponses.

« Deux jours, décréta le sultan. Je t'accorde deux jours avec eux. Puis tu devras partir. Quand ils auront terminé leur ouvrage, je te les enverrai. Et lorsque ton frère aura été éventré, considère notre pacte comme caduc.

– Qu'il en soit ainsi. »

Le sultan quitta le balcon. Moi qui l'avais tant redouté, je savais désormais qu'il ne me ferait aucun mal, pas plus qu'à Isa ou Arjumand. Car il avait trop peu à gagner et trop à perdre en manquant à sa parole.

Shivaji rit doucement en secouant la tête. « Toutes les femmes venues d'Inde vous ressemblent-elles ?

– Si Allah avait voulu créer une potiche, il ne m'aurait pas donné de cerveau.

– Je suis heureux que nous ne combattions que vos hommes. Confrontés à de telles guerrières, nous irions à une défaite certaine.

– Je ne me montre obstinée que parce que j'y suis contrainte, dis-je. Croyez-vous donc que j'ai envie de traiter avec de tels démons ? Croyez-vous que cela m'amuse ? » Je secouai la tête, en pensant que c'est en compagnie de mes proches que je goûtais la joie. « Beaucoup de vos divinités sont des femmes, pourtant. J'ai entendu parler de Parvati, de Saraswati et de Lakshmi. Comment peut-on avoir une foi si profonde dans ces merveilleuses déesses et se dire surpris qu'une femme fasse preuve d'esprit ? »

Shivaji écoutait attentivement. « Je serais ravi de vous revoir un jour, finit-il par déclarer. Quand ces hostilités absurdes auront pris fin, qui sait ?

– Vous serez toujours le bienvenu à Agra. Si vous y venez, nous aurons plaisir à vous faire visiter le Taj Mahal : une splendeur que vous n'oublierez jamais.

– Dans ma prochaine vie, peut-être.

– Prions que ce soit dans celle-ci. »

Il s'inclina, puis, chose étonnante, adressa un salut identique à Nizam. « Allons trouver vos proches, dit-il. Je n'aimerais rien tant que vous voir réunis. »

En entendant cela, je souris. J'avais trouvé un ami au milieu des ennemis, et j'allais à nouveau toucher les mains d'Isa.

21

Renaissance

Je dus me contraindre à ne pas courir quand Nizam et moi emboîtâmes le pas à Shivaji dans les ruelles étroites de Bijapur. Je n'eus pas un regard pour les merveilles de la ville, absorbée que j'étais par le tumulte de mes sentiments. Après cinq terribles années de séparation, mes émotions si longtemps réprimées reprenaient le dessus. Mon cœur battait plus fort à chaque pas. J'avais l'impression de marcher sur un nuage. J'aurais pu déployer mes ailes pour m'envoler vers eux, comme Akbar, mais cela n'aurait pas encore été assez rapide !

« Où se trouve cette mosquée ? » demandai-je avidement.

Shivaji rit doucement. « Ce n'est pas là-bas que je vous emmène, mais à mes appartements.

– Mais pourquoi ?

– Pour que personne n'assiste à vos retrouvailles. » Comme je m'apprêtais à protester, il s'empressa d'ajouter : « Je vous les amènerai bientôt. » Le seigneur de guerre hindou s'engagea dans une petite ruelle et s'avança prestement vers une simple bâtisse en grès qui, mis à part quatre fenêtres à croisillons de pierre, ne se distinguait en rien des autres. L'intérieur en était richement meublé, cependant, et paraissait confortable. « Je vais les chercher », promit Shivaji.

Bien que j'eusse à peine dormi au cours des nuits précédentes, je fus incapable de me reposer sur un coussin comme Nizam. « Je ne serais jamais arrivée jusqu'ici sans toi, dis-je en arpentant la chambre.

– C'est faux, mais je suis heureux de vous avoir aidée. »

Je me mis à battre des mains comme une enfant. Courant à la fenêtre la plus proche, je regardai dehors. Le soleil allait se coucher et les rues étaient fréquentées par des soldats. Des femmes, qui semblaient bien plus nombreuses que les hommes dans cette ville, s'en revenaient de bazars invisibles, chargées d'achats ou poussant des charrettes. Elles étaient vêtues de haillons et je les vis très rarement arborer des bijoux. « N'arriveront-ils donc jamais ? » dis-je avec une impatience que j'employai à me coiffer à l'aide d'un peigne en ivoire trouvé sur le rebord de la fenêtre.

« La patience, Votre Majesté, n'a jamais fait partie de vos qualités.

– Je n'ai pas le loisir d'être patiente ! »

Il rit doucement. « Quand vous serez vieille, peut-être.

– Non, car il me restera moins de temps et tout autant de choses à faire. »

Nous échangeâmes un regard complice en souriant et, d'un geste impulsif, je me baissai pour poser un baiser sur son front.

Mon compagnon se raidit et je me demandai s'il avait déjà senti les lèvres d'une femme sur sa peau. Je l'espérais. « Un jour, Nizam, je te revaudrai tout cela. Je sais que je dis toujours cela, et que je n'en fais rien, mais, Allah m'en soit témoin, je te récompenserai…

– Vous l'avez déjà fait.

– Non, pas encore.

– Vous m'avez offert le Taj Mahal, Votre Majesté. Vous m'avez permis de conseiller l'empereur. Je ne demande rien de plus. »

Ces paroles me réchauffèrent le cœur, elles me comblaient. « Merci, mon ami.

– Mais c'est moi qui vous remercie, Votre Majesté. »

Dehors, le marteau d'un forgeron se fit entendre. Les coups résonnaient sans discontinuer, bruit agaçant du fer heurtant le fer. « Oh, Nizam, leurs pieds sont-ils en plomb ?

– Ils viennent peut-être de loin. »

J'allais répondre lorsqu'on frappa à la porte. Sans hésiter, j'ouvris celle-ci à la volée. Shivaji entra prestement, suivi, Allah en soit loué, par Isa et Arjumand. Quand Isa me vit, il s'arrêta, ébahi. Il essaya de parler, mais aucun son ne sortit de ses lèvres.

« Mère, bégaya Arjumand, tout aussi étonnée que son père. Est-ce vraiment toi ? »

Je m'élançai vers eux, les enlaçai et les serrai contre moi. Je couvris leurs visages de baisers, je sanglotais. Isa poussa un cri de joie et fit un pas en arrière pour nous soulever de terre. « Je te croyais morte ! s'écria-t-il avec une incrédulité joyeuse.

– Non, non, non ! Emprisonnée seulement ! »

Isa finit par nous reposer, mais sans relâcher son étreinte. Tout semblait si irréel ! Et pourtant j'étais bien là, avec Arjumand et Isa ! Les souvenirs de ces derniers temps se trouvaient soudain balayés ; tout ce qui comptait, c'était que nous fussions réunis. Nous avions survécu à tant de périls mais paraissions indemnes.

« Comme je vous aime ! » m'exclamai-je, en les serrant dans mes bras.

Isa poussa un autre cri de joie. Il avait toujours été d'un

tempérament heureux, mais, ce jour-là, il était littéralement transporté de bonheur. Un bonheur contagieux, car Shivaji et Nizam se mirent à rire quand nous fîmes une ronde, toujours enlacés.

« Laissez-moi vous regarder ! » finis-je par bredouiller en m'écartant. Entourant le visage d'Isa de mes mains, je le dévorai du regard. Ses cheveux et sa barbe, jadis aussi noirs que mes boucles, grisonnaient. Ses traits, toujours finement sculptés, étaient maintenant accentués par des rides aux coins des yeux et de la bouche.

Quant à Arjumand, elle m'éblouit ; quand je l'avais vue pour la dernière fois, ce n'était qu'une enfant. Elle était devenue une jeune femme, plus grande que moi et d'une beauté plus saisissante. Ses joues avaient perdu les rondeurs de l'enfance et son visage était aussi fin et étroit que celui d'Isa. Ses lèvres, cependant, étaient aussi pleines que les miennes. Elle tenait également ses yeux en amande de moi.

« Magnifique ! bégayai-je. Ma fille est magnifique ! »

Quand elle éclata de rire, je remarquai que même sa voix avait changé et qu'elle avait gagné en assurance. « Mais comment nous as-tu trouvés ? demanda-t-elle en serrant ma main entre les siennes.

– Laissons cela pour plus tard. Laisse-moi simplement te regarder. »

Incapable de se retenir plus longtemps, Isa me souleva à nouveau dans ses bras. La pièce tourbillonna autour de nous. « Quelle femme extraordinaire !

– En effet, confirma Shivaji en s'éclaircissant la voix. Je vais vous faire apporter à dîner. Puis-je vous demander de ne pas sortir d'ici ? » Quand je l'eus remercié, il s'inclina respectueusement devant Arjumand. « Bonne nuit, mesdames. » Après quelques pas vers la porte, il s'immobilisa. « Nizam, si vous voulez vous joindre à moi ce soir, vous le pouvez. Je reviendrai demain matin.

– J'en serai honoré, Monseigneur. »

Je dis bonne nuit à Nizam et, avec un sourire, il referma la porte derrière lui. J'étais encore trop excitée pour m'asseoir, aussi restâmes-nous debout pour parler. Ils écoutèrent avidement le récit de mes mésaventures des cinq dernières années. Arjumand et Isa ne connaissaient pas très bien Dara, mais le récit de sa mort effaça leur sourire pendant quelque temps. Leurs visages s'éclairèrent à nouveau quand je leur racontai mon évasion.

À son tour, Isa me décrivit leur capture. Ils auraient pu connaître un sort bien plus terrible s'il n'avait pas réussi à convaincre ses geôliers que ses talents d'architecte intéresseraient le sultan. Initialement, il était prévu qu'Arjumand soit vendue aux enchères mais Isa jura qu'il ne construirait aucune mosquée s'il ne la gardait pas comme apprentie. Ils vivaient ainsi depuis lors, dans une maison verrouillée de l'extérieur. La construction de la mosquée, qui n'inspirait guère de fierté à Isa, avançait lentement car le sultan ne lui donnait que des vieillards et des jeunes garçons comme ouvriers. On exigeait de lui des dômes imposants et d'immenses cours, mais comme Isa ne recevait que peu de matériaux, une éternelle confusion régnait sur le chantier de la mosquée.

« Les choses pourraient être bien pires, poursuivit-il avec tendresse, si notre fille n'avait pas l'œil à tout. Je dessine les murs et les plafonds tandis qu'elle s'assure que mes plans sont respectés. Mieux encore, elle arrive à présent avec des esquisses qu'elle a dessinées elle-même, des créations audacieuses qui nous étonnent tous.

– Mais, quand nous en construisons des maquettes, elles finissent toujours par s'écrouler », précisa Arjumand, l'air penaud. Manifestement, elle avait grandi heureuse sous le regard attentif de son père et j'étais ravie de les voir si proches aujourd'hui.

« Un jour, Arjumand, tu pourras peut-être dessiner les plans d'une maison pour ton père et moi, suggérai-je.

– Certainement, mais vous devrez prier Allah chaque fois qu'il pleuvra. »

Isa lui lança un clin d'œil et nous éclatâmes de rire. Quelle chance de la retrouver ainsi ! me dis-je alors. Tant de jeunes filles, me semblait-il, auraient été assombries par la captivité. Mais Arjumand paraissait presque plus heureuse que lorsqu'elle était petite. Peut-être parce qu'elle acquérait des connaissances inaccessibles aux autres filles. Ou peut-être s'épanouissait-elle tout simplement en présence d'Isa, tout comme moi.

Quelle qu'en fût la cause, j'adressai une brève prière de remerciement à Allah, puis une autre quand le dîner arriva. Deux domestiques – portant chacun un plateau en argent – nous servirent un festin composé de canard rôti, de légumes marinés et d'alcool de riz. Nous les priâmes de témoigner notre satisfaction à Shivaji, puis Isa referma la porte à clé. C'était la première fois depuis des semaines que je mangeais de la viande fraîche et je dus me forcer pour ne pas l'engloutir. Isa ne dîna pas ; il se contenta de me contempler en sirotant son vin. Je crois qu'il était encore sous le choc de me voir ici.

« Tu as fait le bon choix, Jahanara, finit-il par dire.

– En restant à Agra ?

– Tu as eu raison. »

Je ne répondis pas et le visage d'Isa se chiffonna à cette réaction. Il comprit que je gardais quelque chose pour moi.

« Peut-être, dis-je non sans hésitation. Mais je n'ai pas pu sauver Dara et… il va falloir que je vous quitte à nouveau.

– Quoi ? » s'exclama Arjumand, en reposant son gobelet de vin.

Quand je leur exposai les termes de mon pacte avec le sultan, Isa poussa un gémissement rauque. « Je n'avais pas le choix, dis-je. Jamais il ne vous libérera sans contrepartie : je devais lui donner quelque chose.

– Ce n'est pas le sort de ton frère qui m'inquiète mais le nôtre, répondit-il. Et il nous faudra…

– Construis-la plus vite, l'interrompis-je. Bâtis une mosquée qui durera non pas dix siècles mais un seul.

– Tu ne peux pas partir, c'est impossible !

– Je suis sûre que tu peux accélérer la construction. Le sultan affirme que cela peut prendre trois années, mais tu pourrais la terminer en deux ans.

– Pourquoi ne peux-tu pas rester ici ?

– Combien de sujets du Deccan souhaitent assassiner la sœur d'Alamgir, Isa ? »

Le silence se prolongea. Je savais combien ces paroles devaient les chagriner, aussi regrettai-je de leur avoir révélé la vérité si tôt. Peut-être aurais-je dû attendre la fin de notre dernière journée ensemble. Peut-être…

Se redressant sur son siège, Arjumand interrompit le cours de mes pensées. « Nous devons toujours attendre les cargaisons de marbre, père, dit-elle avec détermination, et mon orgueil maternel enfla. Au lieu de jeter les fragments présentant des défauts, nous devrions les utiliser pour les plafonds et les autres endroits : les imperfections n'y seront pas décelables à l'œil nu. Et puis, nous pourrions économiser le grès en ajoutant plus d'éléments en bois de construction. Nous pourrions…

– Faire beaucoup de choses, ajouta Isa en s'efforçant de sourire. Et, en effet, nous pourrions terminer en deux ans. Mais n'y a-t-il aucune autre solution ? »

Je secouai la tête. « Il n'y en a pas de meilleure. Même si nous nous enfuyions d'ici, jamais nous ne pourrions regagner Agra. Le sultan lancerait ses sbires à notre poursuite et… » Je m'interrompis pour prendre leurs mains. « Nous avons tenu cinq ans. Deux années de plus passeront et ensuite nous ne serons plus jamais séparés.

– Promis ? demanda Arjumand.

– Je t'en fais la promesse, mon enfant, vraiment. »

Isa tira sur sa barbe, une ancienne habitude que j'avais oubliée. « Dans ce cas, sa chère mosquée ne sera guère qu'un miroir aux alouettes, magnifique mais fragile.

– Le sultan n'y connaît rien en architecture, ajouta Arjumand. Il serait plus difficile de duper un bœuf. »

Nous rîmes de ce trait d'esprit et, malgré notre séparation si proche, notre humeur fut plus gaie. Pour changer de sujet, je dis à Arjumand : « Je crois, ma fille, que Shivaji s'est épris de toi.

– Vraiment ? »

Son regard perplexe m'arracha un soupir : elle était peut-être experte en architecture, mais, manifestement, elle ne savait rien des hommes ! « Nous avons beaucoup de choses à nous dire », répondis-je.

Isa remplit à nouveau nos gobelets et nous bûmes ensemble. Le vin nous réchauffa le ventre ; nous mangeâmes encore et rîmes sans nous soucier de l'heure qui avançait. Nous parlâmes comme seuls le font les membres d'une famille très unie : en nous écoutant attentivement les uns les autres, en formulant des éloges ou de la compassion selon le cas. Comme l'aube allait succéder à la nuit, Arjumand nous embrassa et monta à l'étage où se trouvait une autre chambre. Après une si longue attente, Isa et moi nous levâmes et nous enlaçâmes. Moi qui avais dû me montrer forte devant Arjumand, à présent, sur son épaule, je me laissai aller à pleurer à chaudes larmes. Et lui aussi.

« Comme tu m'as manqué, murmurai-je. C'était presque… trop.

– Pour moi aussi.

– Arjumand est-elle heureuse ? Vraiment heureuse ?

– Elle va très bien, mon hirondelle. La première année a été terrible, bien sûr. Mais alors même que je te croyais morte, je lui promettais que tu étais en vie. Elle me faisait répéter cette promesse chaque soir. Je promettais, encore et encore. Et, avec le temps, elle a fini par me croire. Elle est devenue plus joyeuse et je lui ai appris l'architecture en la regardant devenir femme.

– Et toi ? Comment as-tu fait pour survivre ? »

De son pouce calleux, il me caressa la joue. « Je n'y ai pas réussi, répondit-il doucement. J'ai sauvé les apparences, peut-être. Mais si tu vois un jour cette mosquée, tu sauras qu'une partie de moi est restée avec toi. Car cette mosquée n'inspire aucun sentiment. Je n'avais pas ton image sous les yeux en la construisant, aussi ses murs paraissent-ils fatigués. Ils ne possèdent aucune grâce, n'expriment aucun amour.

– Depuis notre cellule dans le Fort Rouge, répondis-je, nichée tout contre lui, je pouvais contempler le Taj Mahal. Je restais debout à le regarder jusqu'à ce que mes jambes se mettent à trembler. Je crois qu'Aurangzeb nous l'avait mis sous les yeux pour nous rendre fous. Mais il nous a mésestimés. Le voir a procuré plus de satisfactions que de souffrances à père et, quant à moi, il me faisait sourire, parfois même rire. Car il me rappelait tout ce que ma vie contenait de bon, tout ce dont j'étais redevable à Allah. » Les lèvres d'Isa se posèrent sur les miennes. Ce fut un baiser très doux, un timide baiser de retrouvailles. Lorsqu'il se pencha une nouvelle fois vers moi, je fis un pas en arrière. « Ai-je vieilli ?

– Quoi ?

– Les hommes… semblent se lasser des vieilles choses.

– Nous changeons l'un et l'autre, mon hirondelle. Nous ne vieillissons pas, nous changeons, tout simplement.

– Mais ma beauté ne sera pas éternelle.

– Ta beauté ? La beauté est un sentiment, et les sentiments durent toujours.

– Comment cela ? »

Ses yeux sombres au regard si perçant se braquèrent sur les miens. « Il existe une chaîne de montagnes, mon amour, loin d'ici. Au faîte de ces pics, les feuilles de certains arbres changent au fil des saisons. C'est une métamorphose stupéfiante. De vertes, elles deviennent dorées puis pourpres, et je peux te dire que les feuilles d'automne sont encore plus belles que celles du printemps. » Il se pencha vers moi, m'embrassant de nouveau. « Ta beauté, Jahanara, est pareille à ces feuilles. Elle ne peut que s'épanouir.

– C'est pour cela que tu m'as manqué, chuchotai-je d'une voix enrouée, pour ta capacité à voir des choses auxquelles les autres sont aveugles. »

Il sourit tandis que ses mains s'affairaient sur ma tunique qui glissa à terre. Nous fîmes l'amour sans la précipitation des jeunes gens, en explorant nos corps comme la première fois. Et Isa ne se trompait pas : nos corps recelaient encore des merveilles.

Quand notre étreinte prit fin, nous restâmes simplement

dans les bras l'un de l'autre. « Il faudra que tu me montres ces feuilles, dis-je.

– Nous gravirons une montagne ensemble, promit-il. Mais tu devras contempler seule ces feuillages, mon amour, car c'est dans la solitude que tu saisiras pleinement leur véritable nature. »

Le lendemain matin, une surprise nous attendait.

« Il y a quatre chevaux dehors », annonça gaiement Shivaji. J'achevais de prendre un petit déjeuner tardif en compagnie d'Arjumand alors qu'Isa s'entretenait avec Nizam à l'étage. « Faites deux groupes pour quitter la ville, deux par deux, poursuivit-il. Ensuite, vous vous retrouverez et vous vous dirigerez vers l'ouest. Goa se trouve sur la côte. Bien que les jésuites y pullulent, l'endroit n'est pas dénué de charme. Cependant, il faudra que vous preniez au nord à proximité de Goa. À la lisière de la ville, on trouve au bord de la mer des maisonnettes que vous pourrez louer pour quelques pièces.

– Au bord de la mer ?

– C'est à deux jours d'ici seulement, répondit-il en me donnant quelque argent.

– Mais le sultan a dit que je n'avais droit qu'à quelques jours ici. »

Le petit guerrier hindou haussa les épaules. « Ahmed n'est pas toujours très généreux, mais il est moins mauvais qu'il y paraît. Je lui ai demandé de vous accorder une semaine et il a refusé. Alors nous avons bu une flasque de vin et il a dit oui. » Shivaji se mit à rire. « Peut-être étaient-ce deux flasques.

– Mais pourquoi nous aidez-vous ? demanda Arjumand.

– Parce que j'aimerais voir en vous des amis et non des ennemis. »

J'empochai les pièces qu'il m'avait données. « Qu'est-ce qui peut nous empêcher de prendre la fuite ?

– Bon vin ou non, Ahmed me fera décapiter si vous ne revenez pas.

– Vous prendriez ce risque ? »

Shivaji s'inclina légèrement. « Je n'ai plus tout mon jugement en présence de belles… non, d'intelligentes jeunes femmes. En attendant, les chevaux sont attachés dehors. À votre retour, peut-être me ferez-vous l'honneur de venir me dire adieu. » Le guerrier lança un bref regard à Arjumand avant de tourner les talons.

Je tendis la main et lui effleurai le bras. « Je prierai pour que nous puissions être amis un jour.

– Nos empires sont en guerre, Votre Majesté. Mais, nous, nous n'y sommes pas obligés. »

Après avoir pris congé de lui, je m'élançai dans l'escalier pour aller annoncer l'heureuse nouvelle à Isa et à Nizam. Il ne nous restait que peu de temps pour refaire nos maigres bagages et quitter Bijapur. Nizam et moi partîmes les premiers, puis nous fîmes halte à la lisière de la ville. Attendre Isa et Arjumand fut une torture et, n'y tenant plus, j'étais sur le point de retourner les chercher quand ils apparurent enfin. Ni l'un ni l'autre n'avait passé beaucoup de temps à cheval, et je me demandai lequel avait l'air le plus mal à l'aise sur sa monture ! Tous deux, cependant, nous hélèrent joyeusement quand ils nous aperçurent et bientôt nous repartîmes tous en file indienne et au trot vers l'ouest.

Nous chevauchâmes ainsi pendant presque toute la matinée pour quitter les contreforts qui entouraient Bijapur. Malgré ma tristesse de les voir disparaître derrière nous, la tête me tournait à l'idée de découvrir l'océan. Aucun d'entre nous n'avait jamais vu la mer, aussi étions-nous impatients d'arriver à Goa. Nizam avançait en tête, et d'un bon pas, tout en scrutant inlassablement l'horizon, même lorsqu'il s'entretenait avec Isa. Arjumand et moi parlions sans discontinuer. Il y avait des années que je n'avais pas bavardé ainsi, et, moi qui avais toujours considéré cela comme indigne de moi, je dois avouer que je pris plaisir à rapporter à ma fille les nombreuses histoires que des visiteurs m'avaient contées sur les citoyens d'Agra.

En début de soirée, nous commençâmes à percevoir l'odeur de la mer. C'était une senteur inconnue, pareille à celle, suave, qui se serait dégagée d'une immense cuisine, non loin de nous, où quelque chose cuisait au four. D'abord, je crus que j'imaginais des choses, mais mes compagnons de route confirmèrent que l'air chargé de sel leur chatouillait les narines, à eux aussi. L'air marin nous ragaillardit et, malgré les grimaces de douleurs que cela arracha à Isa et à Arjumand, nous accélérâmes le pas.

Bien après le coucher du soleil, nous dressâmes notre petit campement. Notre dîner consistait en un *kichri*, un simple ragoût de lentilles et de riz. Nous parlions peu, car nous étions las, et une seconde journée entière à cheval nous attendait. Isa et moi dormîmes lovés l'un contre l'autre sur notre tapis, partageant le don de la chaleur de l'autre.

Le lendemain matin, nous repartîmes de bonne heure et chevauchâmes à bride abattue. Le paysage s'aplanit et la piste s'élargit. Une brise nous apportait la fraîcheur de l'océan et nous humions ses senteurs extraordinaires comme un parfum exotique. Les habitants du Deccan que nous croisâmes ne nous importunèrent pas. Ils semblaient être plus heureux que leurs frères de l'est du pays et je me demandai si les attaques d'Aurangzeb avaient épargné cette contrée.

Nous déjeunâmes à cheval. Tandis que Nizam questionnait

Isa sur l'architecture, Arjumand et moi nous chuchotions des secrets sur les hommes. Plus je redécouvrais ma fille, plus j'étais fière d'elle. Étrangement, malgré toutes les difficultés qu'elle avait connues, elle était restée joyeuse et souriante. Elle plaisantait et riait souvent et se montrait bien moins sérieuse que sa comploteuse de mère. Je me sentais rajeunie en sa présence et je me demandai s'il en allait de même pour tous les parents.

La piste se déroulait devant nous. En fin d'après-midi, nous distinguâmes les abords de Goa, une ville nichée au milieu de petites collines, qui se fondait discrètement dans le paysage. Pourtant, je la discernais assez bien pour décider que je n'en avais jamais vu de pareille. Plusieurs minarets, appartenant à des mosquées invisibles, se dressaient au-dessus de vallons verdoyants, ainsi que le clocher de ce que Nizam identifia comme une église chrétienne. Plus loin, les mâts des navires marchands portugais s'élançaient eux aussi vers le ciel. Je cherchai impatiemment à entrevoir l'océan entre ces hautes aiguilles en me demandant de quelle variété de bleu il pouvait bien être. Hélas, je ne vis que l'horizon !

Comme l'avait prédit Shivaji, la piste faisait une fourche dont un embranchement partait vers le nord. Nous prîmes à droite et, mus par la certitude que nous touchions désormais au but, nous chevauchâmes bientôt à perdre haleine. Nous galopâmes tant et plus, à tel point que je finis par avoir les cuisses en feu ; je me doutais qu'Isa et Arjumand souffraient le martyre. Pourtant, ils ne réclamèrent aucune halte. Nous continuâmes à foncer dans une cavalcade grondante, longeant d'immenses dunes de sable, des cocotiers et des hommes qui montaient des étendoirs pour y mettre le poisson à sécher. Puis nous franchîmes un fleuve peu profond.

Des oiseaux blancs tournoyaient au-dessus de nos têtes.

Nizam disait que c'étaient des mouettes et j'y vis des oiseaux de bon augure. C'étaient des créatures extrêmement bruyantes qui jacassaient comme des femmes dans un harem. La piste, désormais toute de sable, s'incurva à nouveau vers l'ouest et nous conduisit sur une série de dunes.

Et, derrière les dunes, la mer s'étendait à perte de vue !

Elle s'étalait comme un drap de soie indigo aux dimensions incroyables. Même les interminables déserts de l'Hindoustan ne paraissaient pas si infinis. L'océan se fondait avec l'horizon au loin, mais où était la ligne de partage entre l'eau et l'air ? Je ne pouvais pas la distinguer. On ne voyait qu'un dégradé de bleus.

À mesure que nous approchions, j'aperçus des vagues, surmontées d'écume, qui venaient s'écraser sur la côte. Des bateaux glissaient sur cette immensité couleur d'azur, petites bandes brunes surmontées d'une voile blanche. Comme la mer devait être profonde sous leur coque ! Et quelle vie devait foisonner dans ses eaux ! J'avais entendu parler de requins et de baleines, mais les imaginer en train d'y nager me donnait le frisson.

Nizam nous fit descendre une pente sablonneuse. À un jet de pierre sur notre droite s'étendait une série de huttes à toit de chaume qui paraissaient vides. Mais je ne me préoccupais pas de ces maisonnettes. Mon cheval avait pris le chemin de la plage, et même lui semblait tout excité. Il s'ébrouait plus fort que d'ordinaire et ses hennissements faisaient écho à nos cris. La monture de Nizam se mit à galoper au bord de l'eau et nous suivîmes ses empreintes profondes. Les embruns chassés par le vent vinrent m'éclabousser. Je sentis le goût du sel sur mes lèvres. J'eus alors l'impression de redevenir une petite fille. À n'en pas douter, la mer était une des plus merveilleuses créations d'Allah.

Nous galopâmes au bord de cette plage aussi longue et incurvée qu'un croissant de lune et non moins étincelante. Mes soucis se dissipèrent, comme balayés par cette eau salée, et je me sentis libre. Pour l'instant, le monde extérieur n'existait plus. Dans toute sa majesté, seule cette bande de sable vivait. Nizam s'éloigna de l'eau, remontant un bout de plage au galop pour rejoindre un palmier. Il descendit de sa monture comme l'aurait fait un guerrier, en sautant au bas de sa selle. Ayant attaché son cheval à l'arbre, il aida Arjumand à quitter la selle de sa jument.

Moi qui avais vécu toute mon existence assujettie aux règles conservatrices et étouffantes imposées par d'autres, ce jour-là, je m'en affranchis. Je quittai brusquement mes sandales avant de remonter mon pantalon. Je n'avais plus couru, vraiment couru, depuis des années. Mais je m'élançai de toutes mes forces et ce fut un plaisir éblouissant ! Isa me rattrapa, ses foulées étaient très longues et son rire si précieux ! Il me défia de le rejoindre en se jetant à l'eau. J'essayai, puis poussai des cris aigus quand l'eau me monta au-dessus des chevilles, submergeant mes mollets, mes cuisses. Une vague me heurta de plein fouet et je me retrouvai soudain sous l'eau. Rejaillissant à la surface, je léchai l'écume salée qui me maculait les lèvres, ébahie par sa saveur capiteuse.

Arjumand et Nizam nous rattrapèrent, et Isa se fit éclabousser par les deux femmes de sa vie jusqu'à ce qu'il nous supplie d'arrêter. Ensuite, nous nous battîmes entre nous. La mer m'arrivait à la poitrine et, quand les vagues me submergèrent, je ressentis une sensation étrange d'apesanteur. J'arrivais presque à flotter, avec l'impression d'être un simple jouet que la mer ballottait joyeusement. Je la laissai me soulever puis me reposer au creux des vagues, avec un sourire ébahi chaque fois qu'une crête me portait plus près du ciel.

Je me demandai pourquoi, alors que les enfants jouaient au bord du fleuve, les adultes cessaient de voir les joies que recelait ce lieu. Pourquoi en perdions-nous le goût ? Oui, songer aux problèmes que nous devions affronter était bel et bien noble, comme accroître notre sagesse, mais la plupart de nos sensations physiques, de même que la joie qu'elles nous procuraient, devaient-elles disparaître en même temps ?

Une plus grosse vague, véritable montagne parmi ces collines, s'approcha alors de nous. Elle nous souleva puis je me retrouvai projetée sur le rivage. Je poussai un cri au moment où la vague s'y écrasa à son tour puis je tombai lourdement sur le sable. Malgré mes mains à vif et l'eau de mer que j'avais avalée, je me surpris à rire.

« Attention ! » hurla Isa, et je me retournai juste à temps pour voir une autre vague débouler sur moi. Elle me balaya. Ayant perdu tous mes repères, je roulai au fond de l'eau. À l'instant où je crus que mes poumons allaient éclater, je parvins enfin à m'agenouiller sur le sable. Bien qu'étant une nageuse robuste, je perdis soudain mon assurance, car je n'avais pas l'habitude de ces vagues. Fallait-il essayer de tenir debout ou nager ?

« Viens par ici ! » me héla Isa qui se trouvait dans des eaux plus profondes.

Je m'avançai dans la mer au milieu des vagues qui se retiraient. Quand je l'eus rejoint, sans même lui demander la permission, je sautai sur son dos et il me porta, m'évitant ainsi le contact avec l'eau. « Ces vagues sont si puissantes ! m'exclamai-je, alors qu'Isa bondissait à l'approche d'une nouvelle lame.

– Il faut sauter, répondit-il avec son sourire asymétrique très enfantin.

– Facile à dire quand on a des jambes immenses ! »

Arjumand s'avança subrepticement derrière sa vieille mère et, quand la vague suivante nous souleva, elle me grimpa sur le dos. Isa se retrouva soudain avec deux femmes à porter. Il vacilla un instant, puis nous tombâmes en arrière.

« Isaaaaa ! »

La mer engloutit ma voix et un autre rouleau me projeta plus près de la plage. Ma tunique me semblait de plus en plus lourde et, malgré mon euphorie, j'eus la prudence de retourner vers des eaux moins profondes. Quand je n'en eus plus qu'aux genoux, je m'assis et regardai avec plaisir Isa lancer Arjumand dans les vagues pendant que Nizam nageait, beaucoup plus loin dans le bleu de la mer. Je demandai à Allah s'il existait des océans comme celui-ci au paradis et, comme Il ne me donnait aucune réponse, j'en conclus que oui. Assurément, le paradis ne serait pas le paradis sans eux !

Les livres d'histoire racontaient que les Européens franchissaient des océans immenses pour atteindre l'Hindoustan. Impressionnée à cette idée, je secouais la tête non sans quelque incrédulité. Si Ladli avait raison, pensai-je, nous avons en effet plusieurs vies et peut-être serai-je exploratrice dans la prochaine. Je pourrai donner à des îles le nom de ceux que j'aime, voire baptiser quelque parcelle de terre du mien. Pourquoi pas, après tout ? Les plus grands explorateurs ne manquaient jamais de se rendre honneur.

Mais de telles aventures pouvaient attendre, décidai-je, toute à ma joie, car j'avais encore de nombreuses années à vivre dans ce corps. J'avais une fille à qui je devais trouver un mari, et un homme à sauvegarder pour moi-même. « Assez ! » me dis-je, me surprenant déjà à manigancer la suite des événements.

« Viens, maman ! » cria Arjumand.

Je secouai la tête bien que cet appel me fît chaud au cœur. Quel qu'il soit, l'homme qui la rencontrerait serait bien chanceux. Et, même si ma mère avait approché la perfection et défié toute critique, contrairement à elle, je ferais en sorte que ma fille épouse un homme aimant. Qu'importe qu'il soit prince ou mendiant ! S'il la traitait décemment, je l'aiderais à le séduire.

« Je t'adore, mon enfant », murmurai-je.

La journée tirait à sa fin lorsque nous finîmes par quitter la plage. Tandis que Nizam et Arjumand allaient chercher nos chevaux, Isa et moi remontâmes la plage en direction des huttes de bois. Nous devions offrir un étrange spectacle, mais le propriétaire semblait être un homme bon qui nous fit excellent accueil. Nous lui louâmes trois chambres et il nous invita à partager son dîner. Ce que nous acceptâmes, bien entendu.

Son épouse, une femme toute simple et voûtée à force de raccommoder des filets de pêche, nous prépara le plus étrange souper que j'aie jamais vu. Elle nous servit une épaisse soupe pleine de petites créatures incurvées, appelées crevettes, et d'autres, aux multiples bras, nommées calmars. Pour un peu, je me serais attendue à les voir prendre vie et nager dans mon assiette !

Nous avions apporté du vin de Bijapur et nous le partageâmes avec nos hôtes. J'avais beau suivre les préceptes du Coran, nos Saintes Écritures, je ne souscrivis pas à l'interdiction de boire du vin. Car il ne contribua pas peu à délier les langues et à animer la conversation. Bientôt, nous riions et nous bavardions avec ces inconnus comme si nous les connaissions depuis l'enfance.

Quand toutes les étranges petites créatures marines eurent pris le chemin de notre estomac, quand la mer fut devenue aussi noire que la nuit elle-même, nous nous souhaitâmes bonne nuit et nous retirâmes dans nos chambres. Dans le lit, je serrai Isa tout contre moi. Et son contact, dont je m'étais si longtemps languie, était douloureusement réel.

Les trois jours suivants se passèrent ainsi. Nous nous promenions à cheval ou à pied sur la plage. Nous riions, nous bavardions et parfois même nous nous disputions. Un après-midi, nous aperçûmes d'énormes poissons bondissants que notre hôte appelait dauphins. Nous nous élançâmes dans l'eau pour leur donner la chasse mais, au lieu de nous fuir, ils nagèrent autour de nous en décrivant des cercles étourdissants.

Nous découvrîmes la mer en ramassant des coquillages en spirale, en pêchant des crabes et en bâtissant des cités de sable. Un jour, Nizam, que nous croyions en train de faire la sieste, nous dévoila une réplique du Taj Mahal qu'il avait façonnée sur la plage. Même si ses minarets ne cessaient de s'effondrer, le mausolée lui-même était de proportions agréables et tout à fait à notre goût. On lisait en Nizam comme à livre ouvert et sa fierté me ravit. Je savais que travailler au chantier du Taj Mahal avait été le plus beau chapitre de sa vie. Combattre ou servir comme domestique était à la portée de tous, mais donner le jour à une telle merveille était un accomplissement inoubliable.

Notre hôte nous emmenait chaque après-midi dans son bateau de pêche et nous apprîmes à jeter le chalut et les filets. Chose étonnante, Isa trouva grand plaisir à cette activité. Bien qu'il fût incapable de lancer les filets aussi loin que Nizam, les siens étaient plus adroitement placés et tombaient au beau milieu de bancs de poissons qui dévoraient les miettes de pain que nous avions éparpillées. Notre cargaison était composée de gros et longs poissons bruns ou couverts de taches de couleurs. Nous en mangions certains au dîner. Quant aux autres, nous les rejetions à la mer.

Après la pêche, nous nagions dans le crépuscule ; c'était à cette heure que les eaux se retiraient et que l'impétuosité des vagues diminuait. Arjumand et moi ôtions nos robes et, vêtues de chemises et de pantalons de garçons, nous nous ébattions dans l'eau comme des sœurs. Pendant que nous nagions, elle me racontait comment elle apprenait à bâtir, une science dans laquelle elle trouvait de grandes joies. Quant à moi, je lui parlais d'Agra et de son grand-père.

J'étais émerveillée de voir à quel point elle réunissait les caractéristiques de ma personne et de celle d'Isa. Non seulement dans son apparence physique, mais également par son tempérament. Elle possédait une intelligence qu'elle avait héritée de nous deux, je pense. En outre, elle se montrait fougueuse, mais avait également reçu en partage l'enthousiasme juvénile d'Isa. Cette éternelle bonne humeur les unissait étroitement et je compris sans regret qu'ils seraient toujours plus proches qu'elle et moi.

Aucun d'entre nous n'évoqua notre départ imminent. Seul comptait l'instant présent, que nous nous efforcions de savourer pleinement. Nous étions possédés par une fureur de vivre : nous riions à en avoir mal au ventre, nous nagions jusqu'à ce que nos bras semblent de plomb.

Naturellement, notre dernière nuit se déroula différemment. Après avoir bu le reste de notre vin, nous allâmes tous quatre faire un feu sur la plage. Nous parlâmes peu en contemplant distraitement les flammes. Même si nous ne pouvions pas voir les vagues, leur vrombissement semblait amplifié ce soir-là, et je m'aperçus soudain que la mer allait terriblement me manquer.

« Il faudra que nous revenions à la mer », dis-je. Comme personne ne répondait, j'ajoutai : « Deux ans, ce n'est pas long

Construis une mosquée massive et solide. Quand mon frère sera mort, nous nous retrouverons à Delhi. »

Arjumand lança une brindille dans le feu. « À t'entendre, c'est si facile, dit-elle non sans rudesse. Et si ton précieux stratagème ne fonctionne pas ? Si le sultan nous trahit ?

– Il ne fera pas cela, mon enfant.

– Mais s'il le fait ? Nous abandonneras-tu à nouveau pour grand-père ? »

Ces paroles m'imposèrent le silence. Je n'avais pas imaginé qu'Arjumand nourrissait une telle rancune, même si je ne pouvais guère le lui reprocher. Désolée de la voir si bouleversée, je lui demandai d'envisager la situation de mon point de vue. « Que ferais-tu, Arjumand, si ton père était mourant ? L'abandonnerais-tu pour fuir ou resterais-tu pour l'aider à se remettre ? » Je la regardai fixement mais elle évita mon regard. « Crois-tu que j'aie passé une seule nuit dans cette cellule sans penser à vous ? »

Isa s'éclaircit la voix. « Cela a été très difficile, Arjumand, pour nous tous. Mais ce qu'a fait ta mère était juste. Tu le comprendras un jour.

– Mais comme je suis une enfant, je ne le peux pas ?

– Tu n'es plus une enfant.

– Pourtant vous me traitez comme telle !

– Bien au contraire, objectai-je. C'est ta force de caractère qui m'a permis de me mettre en retrait. Si tu étais une faible fillette, j'aurais été forcée de renoncer à aider mon père et mon frère. Et même si ma fuite avait joué en ta faveur, elle serait intervenue à leur détriment. Dara est mort moins terrifié parce que je me trouvais à ses côtés. Et père s'est remis parce que je ne m'étais pas enfuie dans le sud. Donc ta force, Arjumand, a été un bienfait pour moi-même comme pour eux.

– Les gens forts... pleurent-ils chaque soir pendant un mois ? demanda-t-elle doucement.

– Quand ils en ont besoin, rétorquai-je en lui serrant les mains. On inculque aux femmes l'idée que les larmes sont une marque de faiblesse, Arjumand. Mais comment peut-on dire que les larmes sont un signe d'impuissance, quand elles conduisent à une plus grande sagesse, ou à un sentiment de paix ?

– Mais je n'ai pas envie que tu partes, maman. Et si...

– Ton père a tenu ses promesses vis-à-vis de toi, non ? Il t'avait promis que j'étais vivante. Aussi vais-je tenir la mienne, la promesse que nous serons réunis dans deux ans.

– Il le faut.

– Je sais, mon enfant », répondis-je en lui caressant le bras. Nizam déposa délicatement une bûche dans le feu et je me demandai ce qu'il pensait. « Je suis fière de toi, Arjumand, parce que tu es forte. Et, pourtant, tu es également libre. » Je la vis cligner des yeux puis détourner le regard, et je lui serrai l'épaule. « Les autres, amis comme ennemis, essaieront de te confisquer cette liberté. Mais ne les laisse, jamais, jamais, te la voler.

– Tu vas me manquer, dit Arjumand en me prenant dans ses bras. Sois prudente à Agra. Ton frère sera furieux d'apprendre que tu t'es évadée. »

Je fis de mon mieux pour garder l'air serein. « Auranzgeb est comme une guêpe sans dard.

– Il va peut-être en trouver un.

– J'ai déjà été piquée. Et je suppose que ce n'est pas la dernière fois que cela arrivera à ta vieille mère. » Je déposai un baiser sur son front. « Il est tard, mon enfant, et nous avons une très, très longue journée de route demain. Tu veux bien aller te reposer ? »

Arjumand nous souhaita bonne nuit et Nizam la raccompagna

jusqu'à nos huttes. Isa se glissa près de moi, m'embrassant l'oreille. « Mon hirondelle, ton frère est bien plus dangereux que n'importe quel insecte. Et il n'a pas perdu son dard.

– Mais il ne me trouvera pas.

– Alors pourquoi, mais pourquoi faut-il même que tu retournes à Agra ? demanda-t-il. Il serait plus prudent d'aller vivre à Delhi ou à Lahore. Va rendre visite à tes sœurs à Delhi. Je suis sûr que tu apprécierais leur compagnie.

– C'est vrai.

– Alors, va les rejoindre. »

Je pensai à mes petites sœurs en regrettant que la vie nous ait séparées ainsi. « Les dernières nouvelles que nous avons eues d'elles concernaient leurs récents mariages. Je ne puis m'immiscer dans leur nouvelle vie de famille. Pas encore, du moins.

– Je sais que le poids de ta culpabilité est écrasant, mais ton père…

– Il ne m'arrivera rien. Et père a besoin de moi… il a tout autant besoin de moi qu'au moment de son incarcération.

– Il a besoin de toi, certes, mais serait-il d'accord pour que tu prennes un tel risque ? » Comme je ne répondais pas, Isa demanda : « Dans ce cas, pourquoi le fais-tu ?

– Pourquoi ? Parce qu'il nous a réunis. Et, sans ce présent, je serais sans amour et sans enfant. Mais moi, que lui ai-je donné ? Je l'ai laissé seul dans une pauvre cellule, je l'ai abandonné alors que j'aurais dû exiger qu'il prenne la fuite avec moi.

– Jahanara, la plus grande souffrance que tu peux lui infliger, ce serait qu'il t'arrive malheur. Tu devrais aller…

– Je resterais avec toi, l'interrompis-je, si c'était possible. Mais sans toi et Arjumand à mes côtés, c'est vers lui que je dois retourner. »

À ces mots, il s'ouvrit à moi : « Crois-tu être la seule à éprouver de la culpabilité ? demanda-t-il d'une voix en partie noyée par le bruit des vagues. La dernière volonté de mon père était que je devienne architecte. Aussi ai-je étudié. Étudié, alors qu'il luttait en silence contre la maladie, étudié pendant qu'il était à l'agonie.

– Mais aujourd'hui tu l'as rendu heureux.

– J'ai essayé. » Le regard d'Isa se détacha du feu et croisa le mien. « Mais, toi aussi, tu as su apporter le bonheur à ton père. Tu n'as rien à prouver de plus. Ni à lui ni à personne.

– Je ne peux pas le laisser mourir seul dans cette cellule, Isa. Je vais me montrer prudente, extrêmement prudente, je ne lui rendrai que rarement visite, en prenant toujours soin de me déguiser.

– Mais pourquoi courir ce risque ? »

Je m'agitai un peu sur ma couverture. « J'ai fait une promesse autrefois, une promesse à ma mère sur son lit de mort.

– Quelle était cette promesse ?

– J'ai promis de veiller sur père en son absence.

– Et tu l'as fait. Tu lui as donné cinq ans de ta vie. Cinq ans, Jahanara. Accorde-toi le reste. »

Une étoile traversa le ciel. Je me redressai, n'ayant pas envie que notre dernière soirée se passe à discuter du devoir et de la mort. « Pourquoi tombent-elles ? » demandai-je.

Les yeux d'Isa ne me quittaient pas. « Nous ne sommes pas tous de l'argile entre tes mains.

– Mais pourquoi, Isa, pourquoi devrions-nous nous tourmenter encore à propos de demain ? À quoi cela nous avancera-t-il ? Y trouverons-nous quelque réconfort ? Crois-moi, mon esprit se consume déjà en pensées de ce genre. Et si je reste assise ici à en discuter avec toi, bientôt, quand je serai de nouveau seule, je regretterai le temps que nous aurons perdu. »

Il soupira et leva les yeux. Indifférente au ciel scintillant d'étoiles, je ne quittai pas son visage du regard. « Peut-être qu'elles se fatiguent, tout simplement, finit-il par répondre. On dit que les mêmes étoiles brillent depuis des siècles au-dessus de nos têtes. Et il me semble, en tout cas, qu'après si longtemps, elles doivent simplement s'éteindre comme un feu ou une chandelle.

– Mais les feux ne tombent jamais. Ni les chandelles.

– Peut-être le ciel n'est-il que la tunique d'Allah et les étoiles les diamants cousus sur l'étoffe. Quand Il bouge, les diamants étincellent. Et parfois, quand Il court, ils tombent.

– Mais où tombent-ils ?

– Dans la mer, répondit-il en passant son bras autour de mes épaules. Elle regorge de diamants, si bien que les poissons s'en font des maisons et des palais.

– Et Allah, ça Lui est égal ?

– Allah, je crois, a assez de diamants pour l'éternité. » Nous nous rapprochâmes du feu, car l'air fraîchissait. Une brise porta les embruns vers nous et nous inspirâmes profondément. « J'aimerais que nous revenions un jour à la mer, dit Isa.

– Vieillirons-nous ensemble sur une plage ?

– Nous y vivrons très vieux. »

Je ramassai un curieux morceau de corail que je lui tendis. « À quoi rêves-tu, Isa, quand la nuit tombe et que tu es seul ?

– À l'avenir. À ton retour parmi nous.

– Penses-tu souvent à moi ? »

Il me montra une autre étoile filante. Elle scintilla puis disparut. « Parfois, Jahanara, je dessine ton visage au charbon. Je te dessine au beau milieu d'un souvenir. Ton visage est rêveur si je repense à notre première rencontre. Il est joyeux si j'évoque la naissance d'Arjumand. » Il poussa le corail, qui avait la forme d'un doigt, sur le sable, inscrivant des sillons dans sa tapisserie rugueuse. Une esquisse de mon visage apparut. « J'ai dessiné ton visage si souvent. Parce que dans ces moments, d'une certaine façon, j'avais l'impression que tu étais auprès de moi. »

Je l'embrassai et me mordis la lèvre pour retenir mes larmes. « Isa ?

– Oui, mon amour ?

– Tu veux bien me dessiner un portrait de toi que je puisse emporter à Agra ? » Sans lui laisser le temps de répondre, je poursuivis : « J'aimerais que ton visage soit réjoui, car c'est ta joie que j'aime par-dessus tout.

– Je ne sais…

– Dessine-toi avec Arjumand. Une esquisse, je ne demande rien de plus. »

Il passa sa main dans mes cheveux, sur lesquels je ne portais pas de voile ce soir-là. « L'esquisse a un prix.

– Lequel ?

– Tu devras tenir ta promesse envers elle. » Comme j'acquiesçai vigoureusement, il hocha la tête à son tour. « Alors, nos visages t'accompagneront à Agra. »

Le feu mourut peu à peu. N'ayant plus de bois sous la main pour l'alimenter, nous regardâmes les flammes s'éteindre. Même si je n'avais pas le choix, l'idée de quitter ma famille me faisait souffrir plus atrocement que toutes les douleurs physiques que j'eus jamais endurées. J'avais essayé de dissimuler cette souffrance à tous, y compris à moi-même, mais pas à Isa. Lorsqu'il me prit dans ses bras, je me mis à pleurer : « Construis-la vite ! dis-je à travers mes larmes, car nous avons encore tant de choses à voir ensemble, et je suis lasse de sentir les années s'enfuir.

– Moi aussi, murmura-t-il. À la pleine lune, Jahanara, va

t'asseoir au pied du Taj Mahal et lève les yeux vers le ciel. À ce moment, sache que je regarderai le même ciel que toi. » Il m'embrassa doucement. « Et quand Allah perdra un de ses diamants, en le voyant tomber dans la mer, nous nous retrouverons par la pensée. »

Quatrième partie

Sachez que les noms de Dieu,
L'Être Suprême,
Sont aussi innombrables
Qu'impénétrables.

La rencontre des deux océans

L'après-midi touche à sa fin et, tout autour de nous, les bateaux grouillent de poissons encore vivants. Mes yeux, qui n'ont plus l'acuité d'autrefois, n'en distinguent pas les variétés, mais seulement que ces créatures brunes meurent sans grâce. En repensant à toutes celles que nous avions pêchées en mer, j'en conclus qu'Allah dut être bien plus inspiré lorsqu'Il fit naître les espèces marines que lorsqu'Il créa le Yamuna.

« Et tu es partie sans opposer plus de résistance ? » demande Rurayya, incrédule.

Mais avant que j'aie eu le temps de répondre, Gulbadan intervient : « Elle n'avait pas le choix, Rurayya. Tu n'as donc pas écouté ? »

Je tiens ces deux jeunes filles pour ce que j'ai de plus cher, car je revois Arjumand dans leurs visages. Une trace de moi-même y subsiste également, comme l'arête aiguë des pommettes d'Isa. « Non, Rurayya a raison. Je n'étais pas obligée de partir, et ma décision était inconsidérée. »

Gulbadan tire sur son voile. « Alors, pourquoi es-tu repartie ? »

Je me penche vers elle pour rajuster sa coiffe qui est de

travers, un geste que mère faisait si souvent autrefois. « Isa a compris à quel point je recherchais l'approbation de mon père. Mais ce qu'il n'a pas su comprendre, c'est la véritable raison pour laquelle je la recherchais. Pas plus que moi, jusqu'à ces derniers temps.

– Et quelle était cette raison ?

– Eh bien, quand j'étais petite, je savais que je ne pouvais... que je ne pourrais jamais égaler mes frères. Aux yeux des nobles, des guerriers et des artistes, je ne serais jamais qu'une faible femme. On ne m'avait jamais traitée comme leur égale, jamais on ne m'avait autant chérie et encouragée qu'un garçon. Aussi avais-je essayé, depuis toujours, de prouver à mon père que j'étais vraiment digne de son amour. Et, en effet, il me voua une affection immense et accorda à mes idées autant de valeur qu'à toutes les autres. Il louait mes talents nuit et jour. Mais il m'arrivait de me demander si je méritais pleinement de tels éloges. Voilà pourquoi je suis allée le rejoindre, pour me prouver que son amour et ses éloges étaient mérités, qu'il ne s'était pas trompé sur mon compte quand mon frère, mon mari et tant d'autres m'avaient mésestimée. »

Mes petites-filles restent sans voix. Lisant une angoisse soudaine dans leurs yeux, je leur prends la main. « Vous n'avez rien à prouver à personne, pas plus qu'à vous-mêmes. Si vous devez tirer une seule leçon de mon histoire, que ce soit celle-ci. »

Gulbadan acquiesce lentement. Les doigts de Rurayya viennent se nicher au creux de ma main. « Mais que s'est-il passé ensuite, Jaha ? demande-t-elle.

– Après être rentrés à Bijapur, Nizam et moi sommes repartis pour Agra.

– T'es-tu retrouvée face à Aurangzeb ? questionne Gulbadan.

– Le chat ne finit-il pas invariablement par trouver ses

puces ? dis-je en pensant à Ladli. Des événements terribles se sont produits après mon retour à Agra. » Je chasse un souvenir dont je souhaiterais qu'il n'ait jamais existé. « Voyez-vous, mes enfants, je me suis retrouvée en prison, et j'ai rendu sa liberté à Nizam. »

22

Allah nous abandonne

Il nous fallut un mois entier pour retourner à Agra. Bien que l'idée d'y revenir fût déprimante, j'étais du moins réconfortée de savoir que ceux que j'aimais étaient en sécurité et que je les reverrais un jour. Ayant loué une chambre loin du Fort Rouge, j'utilisai les pièces d'or que contenaient encore les sacoches de Nizam pour acheter une riche tunique bien trop grande pour moi et un long collier de perles. À l'aide de maquillage, je pris soin de me vieillir, et j'allai jusqu'à teindre mes cheveux en gris. Puis je me rendis au Fort Rouge comme aurait pu le faire une noble : j'ignorai superbement les mendiants et franchis l'entrée du fort sans un mot, au nez et à la barbe des vigiles. Malgré mon inquiétude à l'idée de retourner dans la cellule de père, j'avais été assez soulagée par les rumeurs selon lesquelles Aurangzeb se trouvait au nord de l'empire, où il combattait les Perses.

Je me dirigeai directement vers la pièce octogonale où j'avais séjourné si longtemps. Une fois dans le couloir qui y menait, je constatai avec surprise que les gardiens étaient trois fois plus nombreux. Ils me questionnèrent sur le but de ma visite et, le cœur battant à coups redoublés, je me fis passer pour une femme de noble lignée venue de Lahore rendre visite à l'empereur détrôné. Ayant peut-être pris l'habitude de malmener un peu les femmes, les gardes commencèrent par me refuser l'accès à la cellule. Il me fallut tendre une pièce d'argent à leur capitaine pour qu'il accepte enfin de m'ouvrir la lourde porte.

J'entrai et la refermai derrière moi. Je ne m'attendais à aucun changement, aussi portai-je mes mains à mes lèvres, étouffant un cri à la vue du spectacle qu'offrait la cellule. Bien que mon absence eût duré seulement deux lunaisons, plusieurs années semblaient avoir passé. Des toiles d'araignées couraient entre les poutres et une couche de poussière recouvrait les meubles. Je cherchai père au milieu de ce capharnaüm, et poussai un gémissement quand je l'aperçus à la fenêtre, vêtu d'une tunique crasseuse. Il semblait mort, car il ne se tourna pas vers moi. Sa barbe blanche n'avait pas été taillée et son visage blême était tout ridé.

« Non ! » m'écriai-je en m'élançant vers lui. Terrifiée, je traversai en quelques enjambées la pièce encombrée dont l'ourlet de ma tunique balaya le sol. « Père ! »

Il poussa un grognement et ouvrit des yeux papillotants. L'espace d'un instant, il ne parut pas me reconnaître. « Tu es saine et sauve, marmonna-t-il faiblement. Allah en soit loué. »

Je pris doucement sa tête entre mes mains et la posai sur mes genoux. Sa peau était moite de sueur. « Que s'est-il passé ? »

Il s'efforça vaillamment de sourire. « La maladie... est revenue. Mais...

– Personne n'était là pour t'aider.

– Akbar a essayé. »

Levant les yeux, j'aperçus le faucon sur son perchoir. En temps ordinaire, ce spectacle m'aurait réjouie, mais je me sentais épuisée. J'avais mal à la tête et l'impression que mes membres étaient en plomb. « Pardonne-moi, murmurai-je.

– Ne te chagrine pas, Jahanara, répondit-il. Akbar doit-il pardonner au vent de souffler sans lui ? » Père eut une violente quinte de toux. J'utilisai le bord de ma tunique pour lui essuyer le front. « Tu devrais partir, mon enfant. C'est… dangereux ici.

– Je sais.

– Quelles nouvelles d'Isa et d'Arjumand ?

– Ils sont retenus captifs. Mais ils seront bientôt libres. » Je lui relatai brièvement leur histoire, en terminant par la promesse du sultan. Je ne fis aucune allusion au pacte que j'avais conclu avec ce dernier.

Père me lança un clin d'œil. « J'espère que tu ne lui as pas donné trop d'argent. » D'un signe de tête, il m'indiqua la fenêtre. « Je dors toujours ici. Parfois, quand j'en ai la force… je regarde par la fenêtre et je la vois. Et je suis les allées et venues d'Akbar. » Il se remit à tousser, plus violemment. Il gémit assez fort pour que je devine qu'il souffrait terriblement.

« Que dit le médecin ? demandai-je.

– Rien. Il dit… » Une nouvelle quinte de toux eut raison de lui. Elle le laissa tout frissonnant, le corps moite et tétanisé. « Il ne dit rien parce qu'on lui interdit de me rendre visite.

– On le lui interdit ? Mais tu es l'empereur !

– Chut, mon enfant.

– Toi qui leur as tant donné », grondai-je d'une voix amplifiée par la colère.

Il essaya de répondre mais dut consacrer son énergie à réprimer une envie de tousser. Le voir dans une telle misère me mit en rage, une rage telle que je n'en avais plus éprouvée depuis l'exécution de Dara. Tout en sachant que je devais garder mon calme, je me trouvai incapable de contenir ma colère. Elle grandit et je fus soudain hors de moi. Laissant père à sa fenêtre, je me ruai vers la porte. Quand elle s'ouvrit, je m'élançai vers un garde, non sans l'effrayer. « Pourquoi n'a-t-il aucun médecin à son chevet ? » le questionnai-je, écœurée par son indifférence.

Le capitaine s'avança. Il était maigre comme un balai et son regard d'une extrême dureté. « Le prisonnier me semble tout à fait bien portant.

– Aussi bien portant qu'un tas de purin ! Il faut être un asticot pour ignorer qu'il a besoin de soins ! »

Je crus un instant qu'il allait céder, mais, voyant ses hommes l'entourer, il se ressaisit : « Tiens ta langue, femme !

– Je ne tiendrai rien du tout !

– Ah non ?

– Votre nom ! » fis-je, impérieuse, en m'efforçant de l'intimider.

« C'est moi qui pose les questions, ici.

– De quel droit ?

– Par les pouvoirs que m'a conférés l'empereur ! » cria-t-il en découvrant une dent en fer. Quelque chose dans son regard impitoyable et dans l'éclat métallique de son sourire me semblait familier. « Vous ne vous rappelez pas ? » demanda-t-il, en tendant la main pour me toucher le bras.

Je reculai. « Je ne vous connais pas.

– Les riches oublient toujours les pauvres, siffla-t-il en s'approchant. Nous ne sommes rien pour vous.

– Je ne comprends pas ce que vous voulez dire.

– Vraiment ? Eh bien, vous devriez, car j'ai travaillé sur le chantier du mausolée, moi aussi. Et j'aurais pu vous reconnaître partout. Même aujourd'hui, avec vos cheveux gris et votre corps fatigué. Voyez-vous, je vous surveillais chaque jour. Et je rendais compte de vos faits et gestes à Alamgir. »

Mon estomac se contracta. « Vous... me confondez avec une autre. Je suis simplement venue rendre visite à l'empereur. »

Les gardes crachèrent à mes pieds. « Mensonges !

– Non, vous devez faire erreur.

– Je ne me trompe pas, princesse. Ce pourceau dans sa porcherie est votre père. Alamgir a laissé dépérir ce vieillard pour vous faire sortir de votre cachette. Seule sa fille manifesterait autant d'inquiétude.

– Ses filles se trouvent à Delhi, dis-je en cherchant désespérément un moyen de fuir.

– Tu me fatigues, femme, mais tu pourrais aussi bien me réchauffer un peu ! »

Ses hommes éclatèrent de rire et refermèrent leur cercle autour de moi. Mon cœur se mit à battre à coups redoublés et mes jambes à trembler. Le capitaine fit glisser ses doigts sur ma tunique. Je reculai à son contact, mais il s'approcha encore. « Prenez garde, Monsieur, chuchotai-je d'une voix tremblante. Aurangzeb a beau me haïr, il tuera celui qui lui volera sa vengeance.

– C'est vrai », dit-il en me poussant brutalement à l'intérieur de la cellule, où je tombai à genoux. La porte claqua derrière moi dans un vacarme qui couvrit un instant les rires résonnant dans le couloir. Me mordant la lèvre, je m'efforçai de contenir la panique qui montait en moi. La peur et le mépris que je m'inspirais à moi-même me submergèrent. Comment avais-je pu me montrer si imprudente ? Et comment avais-je pu être naïve au point de me jeter ainsi dans la gueule du loup ? J'avais trahi Isa et Arjumand par mon arrogance et mon impétuosité. Si seulement je les avais écoutés !

« Qu'ai-je donc fait ? m'écriai-je. Non, je vous en prie, non !

– Jahanara ? »

Ouvrant les yeux, je vis père relever la tête. « Oui ?

– Que s'est-il passé ? » demanda-t-il faiblement.

Je pensai à Isa qui m'attendait, et soudain je fus en larmes. « Ils m'ont reconnue, dis-je, désespérée.

– Ton tempérament... » Une quinte de toux lui déchira les poumons. Il gémit, s'affala brusquement et sa tête retomba sur l'oreiller.

Pendant un instant terrible, je me précipitai vers lui en redoutant qu'il ait succombé à sa fièvre. Entre mes mains, son visage était en feu. Il claquait des dents. « Tu ne dois pas mourir, père. Je t'en prie, je t'en prie, ne meurs pas ! »

Il essaya de répondre, mais il souffrait trop. Un cri de protestation s'échappa de ses lèvres quand ses intestins se vidèrent. Malgré l'odeur nauséabonde, cela occupa mon esprit. Encore tremblante, je fouillai dans une pile de vêtements qui jonchaient le sol et y trouvai une écharpe que je plongeai dans l'eau fraîche de la cuvette. Puis je lui posai ce linge sur le front. Père protesta encore lorsque je le déshabillai, mais ses propos n'étaient pas très cohérents. Sa tunique, je m'en aperçus non sans consternation, était infestée de puces. Je la glissai entre les barreaux de la fenêtre et la laissai tomber dans le vide. Puis je rassemblai mes forces devant la fenêtre, puisant mon courage dans le Taj Mahal. Il fallait me concentrer sur père : j'empoignai les barreaux et chassai toutes les autres pensées de mon esprit. Je restai là jusqu'à ce que mon corps cesse de trembler.

Je fis de mon mieux pour le laver. Ayant farfouillé dans les multiples présents des nobles, je trouvai une carafe en cuivre ; indifférente à la douleur, je la tins à bout de bras au-dessus des bougies jusqu'à ce que l'eau fût tiède. Ensuite, je la versai doucement sur père en utilisant un bout de chanvre pour nettoyer sa peau infestée de puces et couverte de petites plaies. Je lui lavai les cheveux et la barbe avec du savon, le rinçai puis lui coupai les ongles et l'aspergeai de parfum.

Quand je l'eus habillé avec les vêtements les plus propres que j'aie pu trouver, je m'occupai de sa couche. Les tapis et les couvertures grouillant de puces passèrent par la fenêtre. Par bonheur, je découvris une literie propre avec laquelle je lui préparai de quoi dormir juste devant la fenêtre. L'air frais pourrait lui profiter, me dis-je.

Tandis que je m'affairais, père resta silencieux. Les yeux fermés, il toussait de temps à autre. Il grimaçait. Il s'agrippait les flancs. Cela me chagrinait de le voir souffrir ainsi, et j'avais beau m'en vouloir de m'être laissé prendre au piège, j'étais contente de pouvoir l'aider. Peu de temps après que je l'eus allongé sur son nouveau lit, la porte s'ouvrit et un garde à l'air revêche nous laissa un plateau garni d'un léger bouillon de riz et de blé, de deux bananes toutes noires et d'un morceau de *naan*.

Quand j'eus nourri père et, qu'après l'avoir regardé s'endormir, je me fus forcée à avaler mon fruit et du pain, le soleil allait se coucher. Akbar poussa un cri et, déployant ses ailes, se dirigea vers la fenêtre. Il se posa un instant sur le rebord puis se glissa entre les barreaux et prit son envol dans le crépuscule. Je le regardai disparaître dans le ciel.

J'étais fatiguée moi aussi, mais mon épuisement était moins lié à l'effort physique qu'à l'anxiété. J'avais eu la naïveté de croire que je trouverais père en meilleure santé et plus joyeux encore qu'à mon départ. J'avais voulu lui assurer une existence aussi confortable que possible dans cette cellule, sans courir trop de risques. Et voilà où j'en étais : à nouveau captive et, sans l'ombre d'un doute, ma promesse à Arjumand était en péril.

Dans notre cellule bientôt gagnée par l'obscurité, je repensai à Isa et à ma fille. L'esquisse que j'avais d'eux était restée dans la chambre que j'avais louée, avec mes autres effets. Quand il comprendrait que j'avais été capturée, Nizam la détruirait pour les protéger puis il s'emploierait sans doute à organiser ma deuxième évasion. Mais je ne le laisserais pas affronter seul un tel danger, car les hommes qu'il devrait combattre seraient bien plus nombreux.

Comme je trouvais mon lit bien vide, je serrai un coussin sur mon ventre et me couchai en chien de fusil. Je pensai à Isa et Arjumand. Je me sentis aussi seule que le jour où j'avais failli me noyer dans le fleuve. Serrant le coussin encore plus fort, j'essayai de dormir. Mais Allah ne m'accorda pas ce répit. Il devait m'avoir exaucé assez de vœux, car Il n'entendit pas mes prières. Et la nuit n'était pas terminée.

Bien plus tard, alors que je cherchais encore le sommeil, la porte de notre cellule s'ouvrit. J'entendis un bruit de pas et vis une silhouette s'avancer dans la pénombre. D'abord, je crus que Nizam était venu me sauver, mais je m'aperçus alors que cet homme était plus épais que mon ami et se déplaçait avec moins de légèreté. Horrifiée, je reconnus Khondamir. Plus de cinq ans s'étaient écoulés depuis la dernière fois que j'avais dû endurer sa présence et le temps ne l'avait pas épargné. Il avait presque doublé de volume et son visage était aussi avachi que les fesses d'un éléphant.

J'essayai de me lever. « Monseigneur… »

Il m'envoya un coup de sandale dans le ventre et je me pliai en deux. M'attrapant par la peau du cou, il me souleva. « C'est donc vrai, siffla-t-il. Mon espion avait raison. »

Je parvins enfin à reprendre mon souffle. « Aurangzeb… Aurangzeb va… »

Il me gifla de toutes ses forces. « Silence, femme ! gronda-t-il d'une voix assassine. Si tu prononces un mot de plus, je coupe ta langue fourchue. » Quand j'essayai de hocher la tête, sa poigne se resserra autour de mon cou. « Ton frère, espèce de traînée, combat les Perses très loin d'ici. Et tes menaces ne m'effraient pas. Je pense que tu bluffes avec ton histoire de cobra et je l'ai dit à Alamgir. Mais il te croit, car mentir est ce que tu fais de mieux. » La gifle suivante fut cuisante, et je me mis à gémir. « Personne ne viendra te sauver ce soir, me promit-il. Les gardes sont allés se saouler avec mon or et personne d'autre ne sait que tu es ici. »

Il risqua un regard du côté de père et, à cet instant, j'essayai de lui arracher les yeux. Mes ongles se refermèrent sur ses joues que je griffai profondément. Il jappa comme un chiot. Puis il m'asséna un coup de poing, si fort que tout se mit à tourbillonner autour de moi. Avec un grognement, je crachai du sang.

Khondamir frappa encore. « Résiste une fois de plus et je plante ma dague dans le corps de ce vieillard. »

Donnez-moi la force, priai-je, tandis que Khondamir m'arrachait mes vêtements. Faites que je voie le jour se lever.

« Te rappelles-tu, espèce de traînée, les dernières paroles que tu m'as adressées ? » J'acquiesçai et ses mains s'abattirent lourdement sur ma poitrine. Il me pinça les tétons jusqu'à ce que je crie. Je pleurais à présent. « Tu m'as parlé de ton amant, que je finirai par tuer, et tu as tourné ma virilité en ridicule. Te moques-tu à présent ? » demanda-t-il en se découvrant. Je secouai la tête, mais cela ne fit guère de différence. Sa rage était insatiable. « Jamais tu n'aurais dû revenir, mais je suis ravi que tu l'aies fait ! Parce que, ce soir, l'heure de ma vengeance a sonné. » Son haleine chargée d'alcool m'enveloppa. « Maintenant, tu vas te mettre à quatre pattes comme la chienne en chaleur que tu es. »

Je n'avais qu'une envie, lutter, mais, si j'y cédais, il mettrait sans doute sa menace à exécution. Aussi obtempérai-je. Cette nuit d'infamie est comme toutes les autres que j'ai endurées, pensai-je à travers mes larmes. Mais, ô Allah miséricordieux, elle ne l'était pas, car Khondamir força un passage qui n'était pas destiné à le recevoir.

La douleur fulgurante me transperça ; me coupant le souffle, elle me fit bourdonner les oreilles et trembler de la tête aux pieds à chaque assaut. En grinçant des dents, je m'efforçai de garder le silence, même lorsque la cadence, violente, s'accéléra. Il voulait me faire mal. Et il y parvint. Il était saoul, je crois, et fut long à atteindre le moment suprême. Quand il finit par y arriver, il se laissa tomber sur moi et je m'écroulai sur le lit, respirant à grand-peine sous son poids écrasant. Je tentai d'étouffer mes sanglots, car je n'aurais pu souffrir que père s'éveille et nous voie ainsi.

Avec un grognement, Khondamir se releva enfin. « Si tu parles de ma visite à ton frère, chuchota-t-il, je reviendrai. » Ma honte était telle que je ne pus le regarder. Fermant les yeux, j'essayai de m'évader par la pensée. Mais mon corps était en feu et cette douleur effroyable m'emprisonnait dans l'instant présent. « Sache que ton amant est un homme mort, reprit-il. Tu peux lui dire que je le mettrai en pièces et lui raconter ce que je viens de t'infliger. » Un gémissement m'échappa et Khondamir se pencha sur moi. « Qui est-ce, Jahanara ? Si tu me donnes son nom, je te ferai libérer.

– Il est mort, murmurai-je.

– Tu mens. Mais qu'importe. J'ai mes espions, moi aussi, et je finirai bien par découvrir son nom. Tout comme l'endroit où se trouve sa fille, que je violerai cent fois avant de la vendre à un bordel. Je suis sûr qu'on m'en donnera un bon prix. Bien plus que pour toi. »

En dépit de la douleur et de l'humiliation, je me tournai vers lui. « Jamais tu ne les trouveras, promis-je faiblement. Et à ta mort… qui ne saurait tarder, je me réjouirai, car ta semence sera à jamais perdue. »

Il me lança un dernier coup de pied avant de se rhabiller et de quitter la cellule. Au prix d'un terrible effort de volonté, je revêtis des habits propres et refis le lit. Terrassée par la douleur et le chagrin, je m'adossai au mur et me mis à pleurer. Le corps toujours en feu, je savais cependant que c'était mon esprit qui avait été violé, et bien plus brutalement que mon corps. La douleur physique disparaîtrait bientôt, mais jamais je n'oublierais cette nuit.

Je restai là jusqu'à ce que le flot purificateur de mes larmes se tarisse. Dans les lueurs orangées de l'aube, je me glissai à côté de père et m'allongeai contre lui. Son souffle était très léger, mais il dormait toujours.

Ce matin-là, je ne priai pas. Pour la première fois de mon existence, Allah m'avait vraiment abandonnée. Il avait déserté mon univers. À la place qu'il avait jadis occupée, je ne trouvai que l'obscurité. Et, dans ce néant, je ne sentais plus ni la chaleur de mon père ni la douleur qui m'habitait.

Dans ce néant, même mon amour n'existait plus.

23

Rémission

Dans les jours qui suivirent, de noir, mon univers devint gris.

Je fis de mon mieux pour oublier ce qui s'était passé, tout en m'employant à aider père à se remettre. Sa fièvre le quitta à contrecœur, comme la chaleur abandonne les braises. Même s'il ne recouvra jamais sa vigueur d'autrefois, il arriva un moment où il fut capable de se tenir devant la fenêtre sans soutien. Par bonheur, son esprit retrouva son acuité et il me posa des questions très précises sur le monde extérieur. S'il devina ce qui m'était arrivé, il garda ce secret pour lui. Il me questionnait parfois sur la tristesse qui ne me quittait plus, mais je répondais invariablement qu'Isa et Arjumand me manquaient.

Ce n'est qu'à moi-même que je chuchotais la vérité. Si quelqu'un se douta qu'il m'était arrivé quelque chose d'abominable, ce fut Nizam. Mon vieil ami me rendait fréquemment visite et, bien qu'il fût peu bavard, je sentis à ses silences qu'il comprenait mes souffrances. Les jours passant, j'acquis la certitude que Nizam avait découvert la cause de mon chagrin. Un des gardiens avait peut-être parlé. Khondamir s'était peut-être un peu trop vanté de son forfait. Dans tous les cas, Nizam avait beau s'efforcer de me cacher ce qu'il savait, ses émotions se lisaient si aisément sur son visage que je devinai ce qui le préoccupait.

Devais-je lui demander de tuer mon mari ? Avant que je ne trouve le courage de le faire, Khondamir partit pour la Perse. La rumeur voulait qu'il y soit allé pour rencontrer Aurangzeb, mais nos informateurs ignoraient pour quelle raison exactement. Si j'avais pris au sérieux les menaces qu'il avait agitées au sujet de mes proches, j'aurais demandé à Nizam de suivre mon époux dans son périple et de l'assassiner. Mais, à vrai dire, je ne pensais pas qu'il puisse découvrir où ils se trouvaient. Khondamir savait étonnamment peu de chose du Deccan. Et, surtout, Nizam utilisait les réserves d'or secrètes de père pour soudoyer les espions de mon mari — dont l'identité n'avait plus de secret pour père depuis longtemps. Il leur promit encore plus d'argent d'ici à la fin de l'année s'ils continuaient à fournir à Khondamir de faux renseignements.

Il va sans dire que Nizam ne demandait qu'à me faire évader. Mais la liberté représentait un risque que je n'étais pas prête à courir. Si je partais, père en pâtirait certainement, il serait peut-être même puni par Aurangzeb pour mon évasion. Cela mis à part, j'étais encore tenaillée par la culpabilité après avoir vu à quel état il avait été réduit. Je savais que, si je l'abandonnais à nouveau, il déclinerait rapidement et finirait par mourir seul et privé de toute dignité. Aussi dis-je à Nizam qu'au lieu de se soucier de moi, il devait concentrer son énergie et son attention sur le Taj Mahal. Père avait vu juste en craignant qu'Aurangzeb ne détruise le mausolée. De nombreuses histoires circulaient sur l'état de décrépitude dans lequel il se trouvait. Mon frère, qui n'avait jamais eu que mépris pour le monument créé par mon père, ne dépensait pas la moindre roupie pour son entretien. La structure elle-même était encore en bon état, mais le désordre régnait dans les jardins. Les nobles rapportaient que leurs cours d'eau étaient infestés par les algues, leurs parterres de fleurs dévastés et que leurs arbres se mouraient.

Ces jardins constituaient le symbole de la prospérité de l'empire, car, à tous les égards, l'Hindoustan était mal en point. Aurangzeb avait tellement puisé dans les coffres du Trésor pour combattre nos voisins qu'il ne restait guère d'argent pour les besoins plus urgents. Les routes et les ponts étaient abîmés. Les pauvres mouraient de faim par milliers. Et nos armées continuaient à s'affaiblir ; nos armes devenaient obsolètes et nos guerriers beaucoup plus jeunes.

Aurangzeb faisait porter à tous sauf à lui-même la responsabilité du déclin de notre pays. Il condamnait les hindous avec une virulence accrue. Quant aux musulmans, il leur demandait l'impossible. Mon frère ignorait les avis des plus brillants conseillers d'Agra et se moquait de leurs tentatives pour pacifier le royaume. Il se gaussait des conseillers qui préconisaient la paix, même s'ils devenaient plus nombreux à chaque défaite militaire. Les nobles, qui se pressaient jadis pour combattre sous son étendard, conspiraient désormais contre lui. Les rumeurs parlaient de trahison. Et il y avait des complots.

Il me faut bien l'avouer, l'infortune de l'empire m'importait moins que par le passé, même si père et moi étions attristés par ces nouvelles. À l'idée que notre peuple souffrait, nous ployions sous le poids de nos échecs. Tant de nos sujets dépendaient de nous et, du fait de nos erreurs, ils avaient été nombreux à périr.

Nous ne pouvions guère que nous lamenter. Comment expliquer notre impuissance, sinon en arguant que la captivité sapait notre énergie et notre volonté ? Je me complaisais dans le remords, la colère et le chagrin. Père, quant à lui, se préparait à accueillir la mort et déplorait parfois que je le retienne parmi les vivants. Après tout, il avait passé près de sept ans dans cette cellule. Chaque année, me confia-t-il, il se sentait plus loin de mère.

Je le gardais parmi nous pour des raisons essentiellement égoïstes. Je l'aimais bien trop pour le laisser partir, tout simplement. Alors que nos visiteurs nobles me suppliaient de le remettre sur pied pour le bien de l'empire, je prenais soin de lui surtout parce qu'il l'avait toujours fait pour moi. En outre, les nobles avaient raison. Un jour prochain, l'empire aurait peut-être besoin de lui. Mère n'aurait pas voulu qu'il meure, pas lorsqu'il y avait une chance, si infime soit-elle, qu'Aurangzeb soit renversé. Si père était capable de régner à nouveau, il pourrait restaurer la paix en Hindoustan. Il pourrait nourrir nos pauvres et réparer nos erreurs.

« J'ai envie de la rejoindre », me chuchota-t-il tard un soir que nous nous tenions à la fenêtre.

La lune était pleine et, comme chaque mois, à ce moment-là, je la contemplai. J'avais toujours les larmes aux yeux en pensant qu'Isa la regardait lui aussi, de l'autre côté des montagnes. Ce soir-là ne faisait pas exception. « Je sais, père.

– J'aimerais aller me recueillir encore une fois sur son tombeau avant de mourir.

– Regarde-le, murmurai-je. Crois-tu qu'il existe une merveille pareille ? »

Au clair de lune, l'éclat du Taj Mahal était éblouissant. « Non. De même que ta mère n'avait pas sa pareille. » Père essaya de sourire. « Tu n'es pas loin de l'égaler, mon enfant, mais même les perles dérobées à la même huître présentent des différences.

– Lui ressemblé-je assez ? » demandai-je doucement. De si loin qu'il m'en souvînt, je m'étais posé cette question.

« Ces perles proviennent des mêmes grains de sable, non ? »

Une étoile traversa le ciel et je me dis qu'Isa la voyait du Deccan. « Il doit penser à moi en cet instant.

– Il aura achevé sa mosquée dans un an, dit père. Et vous serez réunis. »

Je me demandai si père avait raison. La nouvelle de la libération d'Isa et d'Arjumand serait-elle suivie par celle de l'assassinat d'Aurangzeb ? Ou le sultan échouerait-il pour une raison ou pour une autre à introduire un de ses hommes dans le Fort Rouge ? S'il n'y parvenait pas, pourrais-je m'évader avec père, même si ce dernier s'y refusait ? Ou devrais-je fuir seule ? Ces questions me préoccupaient souvent, car, malgré ma détermination à honorer la promesse donnée à Isa et Arjumand, l'idée d'abandonner père me fit perdre le sommeil durant maintes nuits.

Le lendemain matin, à ma surprise, Aurangzeb, Ladli et Khondamir pénétrèrent dans notre cellule. Il y avait de nombreuses années que je n'avais pas vu mon amie et mon frère et j'ouvris des yeux ronds. Ladli n'avait guère changé : bien que ses hanches et son ventre se fussent arrondis, sa beauté n'avait pas été altérée par l'âge. Elle avait encore l'air jeune et ses cheveux restaient bien noirs. Elle portait une tunique beige clair à motifs de dragons chinois et, autour de son cou, une chaîne en or.

Aurangzeb, quant à lui, semblait avoir perdu toute sa vigueur avec le temps. Il était beaucoup plus maigre que dans mon souvenir. Son visage était creusé de rides profondes, non pas celles du sourire mais un rictus de dépit. Sa barbe était devenue grise et sa chevelure moins fournie. C'est en boitant qu'il s'avança dans la cellule et je me demandai comment il avait été blessé.

Père se leva à l'approche du trio, mais je restai assise par terre.

« Je suis heureux de te voir, mon fils », dit père qui, au fond, avait envie de pardonner à son enfant.

Les traits d'Aurangzeb frémirent et il me sembla bien nerveux. « Je ne suis pas ton fils, tu te rappelles ? » rétorqua-t-il, la main droite fermée sur la garde de son sabre.

Un silence gêné s'ensuivit. Puis Khondamir me sourit. « Tu m'as l'air fatiguée, femme. Qu'est-ce qui t'incommode ?

– Votre puanteur. »

Aurangzeb gronda. Je cherchai son regard, qui semblait sans vie. « Quelle erreur d'être revenue, commenta-t-il.

– Apparemment », répondis-je. Derrière Aurangzeb, Ladli cligna subrepticement des yeux, comme une mise en garde.

« Savais-tu, pécheresse, que la semaine dernière on a encore attenté à ma vie ? » Avant que j'aie pu formuler une réponse, il poursuivit : « Du poison, cette fois. Une flèche empoisonnée a traversé ma tente et frappé mon meilleur garde du corps.

– Je suis désolée d'apprendre…

– Que cela a échoué ? » termina-t-il à ma place d'un ton courroucé.

Père s'avança malgré sa faiblesse. « Nous ignorions tout de l'endroit où tu te trouvais la semaine dernière, mon fils. Tu ne penses tout de même pas que Jahanara est coupable ?

– Elle m'a menacé des représailles de son cobra et de ses sbires ! tonna-t-il. Maintenant qu'elle est à nouveau captive, elle veut ma mort !

– Mais Aurangzeb…

– Par Allah, appelle-moi Alamgir !

– Ce n'était pas elle ! » contra père avec effort, ce qui le fit tousser.

Aurangzeb l'ignora. Il s'approcha de moi et je me levai pour lui faire face. « Tu m'as parlé de ton serpent. Tu as prétendu que ton assassin le déposerait dans mon lit. Tu m'as menacé ! Moi, ton frère ! Et à cause de tes menaces, j'ai exécuté plus de traîtres que je ne pourrais le dire.

– Ils n'avaient trahi que Dara.

– Aujourd'hui encore, tu t'opposes à moi. Pauvre idiote, femelle insignifiante ! S'il n'y avait pas ton assassin, tu ne serais rien à mes yeux. C'est à cause de lui que je suis ici, alors qu'on a besoin de moi au front. Parce que je pense qu'il vit encore.

– En effet. Tu t'es trompé de victimes.

– Bon, et que se passerait-il si je découvrais son identité ? Si tu me révélais son nom et que je le tuais ? Où en serions-nous ? Quel pouvoir aurais-tu encore sur moi ?

– Jamais je ne te le dirai.

– Ah non ? demanda-t-il sarcastique, le visage de nouveau agité par des tics. Gardes ! » Quatre gardiens s'empressèrent d'entrer dans la cellule, à présent bondée. « Tenez le vieillard, dit-il à deux d'entre eux, qui empoignèrent père. Et vous deux, faites boire la tasse à cette pécheresse.

– Je t'en prie, mon fils, elle est innocente », implora père.

Sur un signe de tête d'Aurangzeb, un des gardes gifla père. Les deux autres sbires de mon frère m'attrapèrent et me traînèrent sans ménagement jusqu'à la cuvette de toilette en porcelaine, pleine d'eau.

« Je n'ai rien fait !

– Allez, bois ! » rugit-il.

Les hommes m'agenouillèrent de force et plongèrent ma tête sous l'eau. Je me débattis, mais j'aurais aussi bien pu résister à la marée. Il n'empêche, je résistai et me cognai plusieurs fois la tête aux rebords de la cuvette. Quand je fus incapable de retenir ma respiration plus longtemps, on me tira brusquement en arrière. Je repris mon souffle, crachai de l'eau et pris une autre inspiration.

« Qui est-ce ? interrogea Aurangzeb en me tirant par les cheveux.

– Je t'en prie, laisse-la, supplia père.

– Emmenez-le ! »

Au moment où l'on escortait père hors de la cellule, je lançai un regard désespéré à Ladli. Malgré ses efforts pour cacher ses sentiments, je lus la terreur sur son visage. Fait surprenant, Khondamir semblait également effrayé. Peut-être avait-il sous-estimé la fureur d'Aurangzeb.

« Dis-le-moi ! »

Je me tus et on me replongea la tête dans l'eau. Cette fois-ci, j'opposai moins de résistance à mes tortionnaires, mais, au bord de l'évanouissement, je lançai des coups de pied et d'ongles. Je revis Isa et Arjumand et implorai Allah de m'apporter une réponse.

Les gardiens me sortirent de l'eau et me jetèrent sur le sol. En gémissant comme une enfant, je me forçai à regarder autour de moi. Ladli se mordait la lèvre. Khondamir était en sueur. Moi qui n'avais plus prié depuis la nuit du viol, je demandai à Allah de m'éclairer. Ce n'est pas la mort que je craignais, mais je ne pouvais envisager de quitter ce monde sans avoir revu ceux que j'aimais.

Cette fois-ci, ils me maintinrent plus longtemps sous l'eau, tout au fond de la bassine. C'est à peine si je résistai ; en ouvrant les yeux, je ne vis que de la lumière. Mes poumons finirent par s'élargir et j'aspirai une goulée d'eau. Agitée de soubresauts, je me jetai en arrière sur mes tortionnaires et parvins à renverser la cuvette. Je ne l'entendis pas tomber ; je me retrouvai par terre, en train de recracher de l'eau sur le sol de pierre.

Peu à peu, tout autour de moi se précisa. Aurangzeb, qui avait dégainé son sabre, se dressait devant moi. « Réponds, Jahanara, ou je te coupe la main. » Sa voix était moins tendue, comme s'il essayait à présent de s'adresser à moi en tant que frère.

J'acquiesçai vaguement, priant comme jamais auparavant. Bien qu'hébétée par la douleur et sous le choc, j'étais étrangement lucide. Je vis Isa et Arjumand sur le chantier de leur mosquée. Je revis mère. Puis je vis la réponse qui allait me sauver la vie.

« Mon frère, je t'en prie, implorai-je d'une voix brisée et altérée. Je l'aime. » Mes larmes étaient sincères car c'est à Isa que je pensais : sa présence réconfortante me manquait cruellement. « Notre amour est secret. Je t'en prie, oh, je t'en prie, ne lui fais aucun mal ! »

La lame se posa sur ma main. Sa pointe traça le contour d'un doigt et, sans rien sentir, je vis le sang perler sur ma peau. Le visage d'Aurangzeb se contracta à nouveau. Il semblait incapable d'en contrôler les tics. « Son nom. Donne-moi son nom et tu vivras.

– Mais je l'aime !

– Tenez-lui le bras !

– Attends ! Attends ! » sanglotai-je. J'essayai de me relever, mais j'avais les jambes en coton.

« Son nom ! »

Je repris mon souffle et Aurangzeb leva son sabre. « Je vais te le dire ! » criai-je à l'instant où le sabre allait s'abattre sur moi. Interrompant son mouvement, mon frère reposa la lame sur ma peau.

« Dis-le-moi maintenant ou dis adieu à ta main », m'asséna-t-il.

Je gémis, feignant un chagrin ignoble, puis je tournai la tête vers Khondamir. « Pardon, mon amour. »

Pendant un instant, la confusion régna. Personne ne parut comprendre. Contre toute attente, Khondamir fut le premier à sortir du choc causé par mes paroles. « Elle est folle ! marmonna-t-il.

– Je t'en prie, mon mari, oh, pardonne-moi ! fis-je d'un ton geignard.

– Menteuse, traînée ! Elle dit n'importe quoi, Alamgir. Cette catin me hait et vous le savez ! »

Je fis mine d'être blessée par ses paroles. « Quoi ? Comment peux… pourquoi donc dis-tu cela ?

– Sale traîtresse !

– Non, ne dis pas des choses pareilles ! » En pleurs, je ne fis rien pour retenir des larmes sincères. « Pas maintenant. Après tout ce que j'ai enduré. »

Khondamir allait parler, mais mon frère lui intima le silence d'un geste impatient. « Quoi ? Qu'as-tu enduré ? Parle ! Tout de suite !

– Te souviens-tu… de l'anneau d'or ? » Comme il acquiesçait, je poursuivis à contrecœur. « C'était son idée : je devais faire semblant de l'avoir volé.

– Quoi ?

– C'était juste après que j'eus découvert que Ladli m'avait trahie en devenant ta maîtresse.

– Elle ment ! hurla Khondamir.

– Je t'en prie, mon cher époux, je n'ai pas le choix.

– Ne l'écoutez pas ! »

Aurangzeb rejoignit Khondamir en quelques enjambées ; sans mot dire, avec la garde de son sabre, il frappa l'énorme ventre de mon mari de toutes ses forces. Le souffle coupé, ce dernier tomba à genoux. Il vomit. Puis il se mit à pleurer.

« Et Ladli ?

– C'était l'idée de mon mari : je devais lui confier mon larcin. Il pensait qu'elle t'en parlerait. Et il savait que tu me détestais.

– Et puis ?

– Et puis, comme il l'avait deviné, Ladli t'a tout raconté. Il a prétendu m'avoir rossée parce qu'il savait que tu en serais ravi. Ainsi, il pourrait gagner ta faveur et ta confiance.

– Tu m'as manipulée, cria Ladli d'une voix si aiguë qu'Akbar s'envola de son perchoir et s'enfuit par la fenêtre. Chienne, rouée ! »

Je m'autorisai un mince sourire. « Je regrette de ne pas y avoir pensé moi-même.

– Mais qu'y a-t-il gagné ? contra Aurangzeb.

– Ce qu'il y a gagné ? » répétai-je, et, à cet instant, je sus que j'avais signé l'arrêt de mort de Khondamir ; car je disais vrai à présent : « Ne lui as-tu pas accordé des privilèges relatifs au commerce avec l'armée ? Ne s'est-il pas enrichi grâce à toi ? À cause de la haine que tu me voues et de ta joie quand il m'a battue ? Et ce premier jour, quand je t'ai parlé du cobra, il était là. Qui à part lui aurait pu veiller à ce que le serpent soit déposé dans ton lit ?

– Mais il voulait te vendre à un bordel. Et tu as affirmé que ton enfant n'était pas de lui.

– Rien que des mensonges !

– Dans quel but ?

– Parce qu'il m'aime, m'écriai-je en sanglotant. Et il a compris que seule la peur t'empêcherait de te venger sur ma personne. Alors, il a fait mettre un serpent dans ton lit tout en prétendant être ton ami et conseiller. Et, pendant tout ce temps, il me rapportait tes faits et gestes ! Il me disait tout !

– Non !

– Il voulait t'assassiner ! T'abattre dans la confusion créée par une chasse ! Mais je l'en ai toujours empêché ! Je lui ai fait promettre… »

Aurangzeb se mit à hurler, un terrible cri de rage qui sembla ébranler le Fort Rouge tout entier. Il agit si vite que je n'eus pas le temps de réagir. « Arrête ! » criai-je, alors qu'il se jetait sur Khondamir en brandissant son sabre.

Les yeux de mon mari lui sortirent de la tête et il leva les bras comme pour arrêter le coup. Quand il tenta de parler, seul un gémissement sortit de ses lèvres. Dans un chuintement, la lame d'Aurangzeb s'abattit sur le bras de Khondamir qu'elle trancha comme du beurre. Sans interrompre son mouvement, mon frère lui coupa la gorge de part en part sans s'arrêter à l'os. On entendit deux chocs sourds quand la tête puis le corps de mon mari tombèrent sur le sol.

Aurangzeb fit volte-face. Je ne fis aucun geste pour m'opposer à son sabre. Me tournant vers La Mecque, je priai Allah de m'accueillir au paradis. Sentant le contact du métal sur ma poitrine, je fermai les yeux.

« Je devrais te tuer à présent ! rugit Aurangzeb en appuyant sur la lame.

– Fais-le, je t'en prie.

– Non ! enragea-t-il.

– Je t'en supplie ! implorai-je, en priant pour qu'il agisse à l'opposé de ce que je disais, comme il n'y avait jamais manqué.

– Non, la vie est une meilleure punition pour toi ! Comment pourras-tu vivre en sachant que tu m'as non seulement trahi moi, mais aussi ton mari ? » Il me cracha dessus. Sa lame vint se poser sur mon menton.

« Envoie-moi au paradis, suppliai-je.

– Tu n'es pas une femme, pécheresse, mais une de ces créatures qui s'insinuent dans le cœur des hommes pour les dévorer vivants. Une telle créature ne mérite pas la mort, mais la vie ! » Il me repoussa et je tombai en arrière. Ensuite, les gardiens enlevèrent les restes de Khondamir et, Ladli sur ses talons, Aurangzeb sortit de la cellule comme une furie.

La vengeance ne ressemblait pas à ce que j'avais imaginé. Elle ne procurait ni joie ni satisfaction.

Je ne sentais que le vide.

« Tu as fait ce qu'il fallait, dit père le lendemain, quand, à son retour, je lui racontai ce qui s'était passé.

– Vraiment ?

– Tu es en vie, mon enfant. Préférais-tu qu'Arjumand soit orpheline de mère ? Et que Khondamir, ce moins que rien, soit en vie ?

– Il…

– Aurait mérité une mort plus lente, déclara mon père. Et tu ne devrais plus penser à lui. Il n'est plus et tu ne t'en portes que mieux, comme ceux que tu aimes. » Père enfila son gant de cuir et tendit un morceau de viande à Akbar qui vint se poser sur son poignet pour l'avaler. « Je me demande combien de temps vivra notre ami, dit père, pensif. Quand je serai parti, lui rendras-tu sa liberté ?

– Il est déjà libre », murmurai-je, en me demandant si la liberté existait vraiment.

Père leva le bras plus haut pour qu'il regarde dehors. « Il ne voudra pas vivre seul ici. Tu condamneras la fenêtre pour qu'il aille se trouver une compagne. »

J'acquiesçai, observant Akbar qui, à son tour, fixa sur moi son regard perçant. Le faucon me prévenait que quelqu'un arrivait : il tourna la tête vers la porte et alla se poser sur sa poutre à l'instant où elle s'ouvrit. Je m'attendais à voir entrer Aurangzeb ou l'un de nos geôliers, aussi eus-je le souffle coupé en reconnaissant Ladli. Elle était vêtue de noir, comme une femme perse, et un épais voile ne laissait entrevoir que ses yeux.

Une fois la porte refermée et verrouillée derrière elle, elle s'élança vers moi. Il s'était passé une éternité depuis notre dernière rencontre et je me mis à pleurer quand elle me serra contre elle. Sans un mot, nous nous enlaçâmes comme seules deux meilleures amies le peuvent. Le lien qui nous unissait, certes différent de celui qui existait entre Isa et moi, n'était pas moins fort.

Levant son voile, je lui posai un baiser sur la joue. C'est alors que je remarquai son œil au beurre noir et ses lèvres enflées. « Il t'a frappée, chuchotai-je, en faisant signe à père d'aller surveiller l'entrée de la cellule.

– Il est entré dans une colère noire, Jahanara. » Elle remit son voile. « Ce lâche sans cervelle m'a reproché d'avoir été dupée par Khondamir.

– Le seul dupe, c'est lui !

– Je le quitte, je quitte Agra pour toujours. Je ne peux plus le supporter. Il a… il a fait de moi une autre femme, une femme faible et craintive. » Une larme coula sur sa joue. « Pardon.

– Mais pourquoi ?

– Pardon de t'abandonner.

– Combien de fois m'as-tu sauvé la vie, Ladli ? Deux ? Trois ?

Tu ne m'abandonnes pas et, s'il te malmenait à nouveau, j'en mourrais. »

Soudain, on entendit du bruit dans le couloir et Ladli sursauta. « Je ne devrais pas être ici. Il nous tuerait s'il découvrait la vérité. » Elle se tourna vers la porte, puis s'en détourna à nouveau : « Depuis que Shivaji a triomphé, Aurangzeb semble avoir perdu la raison. »

Je m'approchai de mon amie : « Shivaji a triomphé ?

– Ton infect frère est tombé dans une embuscade en poursuivant Shivaji dans une vallée entre deux crêtes bourrées d'explosifs. On raconte que les montagnes elles-mêmes se sont effondrées sur nos hommes. Nous avons perdu quatre mille soldats, la fine fleur de notre armée, et Aurangzeb a dû battre en retraite la queue entre les jambes.

– Shivaji en a-t-il réchappé ?

– Oui, mais le sultan de Bijapur a eu moins de chance. »

Je mis quelques instants à saisir ses paroles : « Le sultan est mort ?

– Décapité par un canon. »

Je battis des mains, tout excitée, car c'était la meilleure nouvelle que j'eus entendue depuis des années. Ladli me regardait sans comprendre, aussi lui expliquai-je dans quelles conditions Arjumand et Isa étaient retenus prisonniers. « Sa mort change tout », chuchotai-je. Mue par une joie soudaine, je tapai du pied.

« Mais qui va les relâcher ? Les habitants du Deccan nous méprisent.

– Pas Shivaji ! rétorquai-je, puis je lui exposai le pacte qui nous liait. Il est hindou, Ladli, et c'est un homme bon ! Il les libérera car, alors seulement, il pourra utiliser le tunnel pour assassiner Aurangzeb.

– Il faudra que tu trouves le moyen de t'échapper et de retourner dans le sud. »

Je secouai la tête avec vigueur. Tout se mettait enfin en place dans mon esprit. J'allais envoyer Ladli dans le sud, avec Nizam. « Non, mon amie. Il faut que tu le fasses. D'abord parce que tu es hindoue : Shivaji aura plus confiance en toi.

– Mais que dois-je lui dire ?

– Dis-lui que l'entrée du tunnel ne sera pas verrouillée. Tu ouvriras la porte avant de quitter Agra. Dis à Shivaji que le tunnel part de la maison d'Isa. Dis-lui tout ce qu'il aura besoin de savoir. Ensuite, quand il aura honoré notre accord, reviens en Hindoustan avec Isa et Arjumand !

– Mais je ne peux pas me rendre seule à Bijapur ! As-tu perdu l'esprit ?

– Tu n'iras pas seule. Je connais quelqu'un, le meilleur des guerriers et le plus doux des hommes. Il y est allé plusieurs fois. Il t'escortera sans encombre. » Elle allait protester, mais je levai la main : « Tu étais sur le point de partir, de toute façon. Tu peux aussi bien aller dans le Sud. Il y a des montagnes, des fleuves… même la mer ; si tu as l'occasion d'y nager, c'est une expérience que tu n'oublieras jamais.

– Mais je…

– Tu te réconcilieras avec toi-même en route, Ladli. Tu as dit être devenue faible et craintive. Quel meilleur endroit que le désert pour retrouver ta force. Va et, quand tu reviendras, tu seras à nouveau notre Ladli. » Je lançai un regard à père qui, adossé à la porte, s'efforçait de ne pas nous écouter. « Je ne peux pas l'abandonner encore une fois, chuchotai-je.

– Je sais.

– Je t'en prie, fais-le pour moi.

– Mais ensuite ? Quand j'aurai révélé le secret et libéré Isa et Arjumand, que feras-tu ?

– Dès que l'assassin envoyé par Shivaji aura accompli sa mission, je serai libre. »

Un petit air sournois apparut sur son visage. « Et où nous retrouverons-nous, ma petite conspiratrice ? »

Je cherchai une solution malgré l'excitation qui me donnait l'impression que mon cœur allait éclater. Nous avions prévu de nous retrouver à Delhi, mais soudain, cela me sembla trop proche d'Agra. Seul Allah savait quel chaos régnerait dans les deux villes après la mort d'Aurangzeb. « La meilleure solution, je crois, serait que vous vous éloigniez de Bijapur en direction de l'est, vers la côte opposée. Calcutta est une belle ville, à ce qu'on m'a dit. Nous pourrions nous y retrouver et, ensuite, aller où bon nous semblerait.

– Où à Calcutta ? »

Je cherchai un lieu de rendez-vous en me rongeant les ongles. « Dans sa plus grande mosquée. Envoie Isa prier chaque soir au crépuscule. Je l'y rejoindrai.

– Un rendez-vous improvisé, en somme.

– As-tu une meilleure idée ?

– Non, mais sois prudente, Jahanara, chuchota-t-elle. Aurangzeb a perdu la tête. Il s'en prend à tout le monde.

– Comme toujours.

– C'est vrai. Mais c'est pire. Il est devenu aussi paranoïaque qu'une vierge effarouchée dans un bordel.

– Maintenant que Khondamir est mort et, avec lui, la menace d'un assassin à ma solde, il devrait se calmer.

– Cet imbécile a instauré un nouvel impôt sur tous les sujets d'une autre confession que la sienne. Les infidèles, comme il nous appelle. Ceux qu'il ne peut forcer à se convertir à l'islam, il leur confisque la moitié de leurs récoltes. La moitié ! Il donne nos céréales à ses éléphants de guerre pendant que nos sujets meurent de faim. Et, quand ils se soulèvent, il leur envoie ces mêmes éléphants. Les émeutiers sont écrasés par dizaines chaque semaine. Et, comme si l'impôt ne les insultait pas assez, il interdit aux hindous de construire de nouveaux temples ; nous n'avons même pas le droit de réparer les plus décrépits. Or, pour chaque lieu de culte que nous restaurons en secret, ses partisans en profanent une dizaine. »

Je gardai le silence en me demandant comment mon frère pouvait se montrer si imprudent. L'impôt auquel Ladli faisait allusion était très ancien, en fait, mais il avait été aboli. C'était le *jizya*. « Combien ont attenté à sa vie ? demandai-je.

– Il a plus d'ennemis qu'il n'y a de lépreux, même s'il fait disparaître tous ceux qu'il considère comme une menace. Tu dois la vie à ta défaite apparente. Il t'a vaincue, il a tué ton mari et il ne te laisse vivre que pour jouir de sa victoire.

– Que dois-je faire ?

– Ce rat se réjouit de ton malheur, ma sœur. Alors continue à lui donner cette joie. Laisse-le croire que tu préférerais être morte et tu vivras. Feins le désespoir et quand ses gardiens lui diront que tu es une femme vaincue, il se mettra à barrir comme un éléphant qui jouit.

– Vraiment, Ladli ! répondis-je, heureuse de voir que nos manigances lui avaient rendu sa verve d'autrefois.

– Je ne plaisante pas, Jahanara. S'il te croit vaincue, tu vivras assez longtemps pour causer sa perte. »

J'acquiesçai. Nous tombâmes à nouveau dans les bras l'une de l'autre et je lui chuchotai le détail du rendez-vous avec Nizam. Bien entendu, je m'abstins de prononcer son nom, car je voulais les surprendre tous les deux. Je révélerais mon plan à mon ami le soir même et il découvrirait le lendemain qui était sa compagne de voyage.

Je remis soigneusement en place le voile de Ladli de manière à ne découvrir que ses yeux. « Merci, mon amie.

– Tu me remercieras à Calcutta, petit renard. » Taquine, elle me pinça la joue comme elle l'avait fait si souvent quand nous étions petites. « Prie plutôt pour que je ne vole pas le cœur de ton bien-aimé au retour.

– Impossible, dis-je en étouffant un rire.

– Et pourquoi ?

– Parce que tu en voleras un autre. »

Elle fit mine de cracher. « Plutôt manger du sable !

– Je t'aime », dis-je en l'embrassant sur le front. Elle allait répondre, mais je repris : « Sois prudente au Deccan. Et quand nous nous rejoindrons à Calcutta, nous retrouverons notre jeunesse. »

24

La liberté

Suivant les conseils de Ladli, je me laissai submerger par le désespoir, allant jusqu'à jeûner pendant une semaine après son départ, ne buvant que du jus de fruits et de l'eau. Je m'amaigris tant que je n'avais plus la force de me lever. Je ne m'occupais plus ni de mes cheveux ni de mon visage. Je portais des vêtements sales et marchais pieds nus. À tous ces égards, je me comportais comme si j'avais été vaincue et portais le deuil.

Je veillais à ne pas céder au délire, pourtant. Je rêvais souvent éveillée. Des images de mon enfance, la construction du mausolée et mes nuits avec Isa éclairaient mes journées. Le temps passant, j'y pris un plaisir grandissant. Elles m'aidaient à fuir ma cellule et me permettaient de revivre des heures moins troublées.

Père et moi déclinâmes ensemble. Affaiblie comme je l'étais, il refusait que je le soigne, car il était certain que nos geôliers ne s'y tromperaient pas. Après tout, comment pourrais-je m'occuper de lui si j'étais incapable de soigner ma propre personne ? En temps normal, je me serais opposée à la décision de père, mais veiller à sa santé était devenu impossible dès lors que me lever suffisait à me faire tourner la tête. Nous savions l'un et l'autre qu'il préférait rejoindre mère au paradis que rester confiné avec moi dans cette cellule. Aussi se mit-il à dépérir.

Aurangzeb nous rendit visite un mois après le départ de Ladli. À ma vue, il eut un petit sourire satisfait, qualifia ma faiblesse de pathétique et demanda à Allah de me pardonner mes péchés. J'ignorai ses paroles comme si je n'avais même pas remarqué sa présence. Mais aucun détail n'échappa ce jour-là ni à mes yeux ni à mes oreilles. Et je remarquai son visage agité de tics et son malaise général. Manifestement, à sa façon bien étrange, il avait aimé Ladli et sa trahison l'avait cruellement blessé.

Si je l'avais défié, il m'aurait tuée. Si j'avais souri, il m'aurait battue à mort. Mais mon amie avait vu juste. L'homme qui quitta notre cellule était un peu moins morose que celui qui y était entré. Bien que sa main soit restée craintivement posée sur la garde de son sabre, comme si des assassins pouvaient l'attaquer à tout moment, je pense que père et moi lui donnions l'impression qu'il avait gagné. C'est ainsi qu'il nous voyait – nous, ses deux adversaires les plus virulents –, brisés et aux portes de la mort.

Les lunes croissaient et décroissaient, et j'attendais impatiemment la nouvelle de l'assassinat de mon frère. Mais elle n'arriva jamais. Ce silence me mettait au supplice et je me demandais si mon stratagème avait fonctionné. Mes amis avaient-ils été empêchés de rejoindre Bijapur ? M'étais-je trompée sur Shivaji ? Mon désespoir augmenta de jour en jour, mes questions restant sans réponse. Dans mes heures les plus sombres, je priai pour qu'Aurangzeb meure, persuadée que sa disparition serait le seul moyen pour moi de recouvrer la santé.

Ma captivité me procura une chose extrêmement précieuse, cependant. La présence de père. Nous avions toujours été très proches, mais, pendant ces longues années d'emprisonnement, le lien entre nous devint cent fois plus fort. Lorsque l'absence de nourriture me rendait trop faible pour jouer à des jeux ou même regarder par la fenêtre, nous nous contentions de nous parler à voix basse. Il me confia tous ses souvenirs de mère. Je lui racontais des scènes de la vie d'Isa et d'Arjumand : j'imaginais à quoi ils étaient occupés, je me rappelais ce que nous avions fait la dernière fois que nous nous étions vus. Père et moi nous apprîmes mutuellement bien d'autres choses. Il m'enseigna le pardon, la foi et la poésie. Je l'informai des infortunes de la femme en Hindoustan et lui décrivis la mer.

Pendant notre dernière nuit ensemble, nous parlâmes de mère. Ensuite, ses souffrances empirèrent. Devinant qu'il allait me quitter, il me demanda de lui faire porter du vin, breuvage que nous n'avions pas goûté depuis plus d'une année. L'alcool était doux, tout comme les figues que nous mangeâmes.

« Comment penses-tu qu'elle va m'apparaître, Jahanara ? demanda-t-il d'une voix faible. Pareille au jour de notre première rencontre ou comme à celui de sa mort ? »

Je redressai sa tête couverte de sueur sur l'oreiller, pour qu'il puisse regarder par la fenêtre et admirer les étoiles. « Peut-être se présentera-t-elle à toi comme au jour de votre mariage », dis-je.

Il but quelques gorgées au gobelet que je portai à ses lèvres. « Voilà qui me plairait. Son air radieux… son air radieux rendait sa beauté encore plus éclatante. » La douleur s'empara de lui et il s'agrippa les flancs. Quand elle passa enfin, il me redemanda du vin. « Ne me pleure pas, murmura-t-il, les yeux pourtant pleins de larmes. J'ai eu énormément de chance, autant qu'un bateau voguant sur cette mer que tu m'as décrite. »

J'eus soudain le visage inondé de larmes. Je ne les retins pas. « Mais tu vas me manquer. »

Je dessinai les contours de sa main toute fripée. « S'il te plaît, dis à mère que je l'aime, que j'ai essayé de vivre comme elle l'aurait souhaité. J'ai essayé d'honorer sa mémoire.

– Et tu l'as fait, Janahara. Tu l'as fait. Mais elle est plus qu'un souvenir, elle vit en toi. Je la vois à présent. Elle me touche au moment où je te parle.

– Elle t'aime, père. Elle t'ai... » Je m'interrompis en me demandant quelles paroles le combleraient. « Elle t'aime comme les mots aiment le poète. »

Un sourire joua sur ses lèvres. « Je vis peut-être en toi, moi aussi.

– Bien sûr. »

Il but encore un peu de vin. « J'ignore... comment un père peut chérir sa fille plus que moi. Je suis tout à fait prêt à partir, toi seule me retiens. »

Je ne pus contenir un gémissement et il me prit la main. Étrangement, même au moment de mourir, c'est lui qui m'apaisa. « As-tu un dernier souhait, père, avant de partir ? demandai-je d'une voix plus ténue que la brise elle-même.

– Accorde-moi une promesse, dit-il, afin que je meure en paix.

– Tout ce que tu voudras, père.

– Je veux que tu sois heureuse. Va au bord de la mer et... mènes-y l'existence insouciante d'un enfant. Nage, mange et bois, aime et rêve. Fais tout cela pour moi, et je goûterai le bonheur au paradis. »

Il gémit à nouveau et demanda encore du vin. Il ne le sirota pas cette fois-ci, mais en avala une grande goulée. « Libère Akbar, murmura-t-il avec un signe de tête en direction de notre compagnon silencieux. C'est un ami précieux.

– Tout comme toi. »

Son visage s'éclaira. J'y lus la joie et le chagrin. Un autre sentiment l'habitait également. Un sentiment qu'il n'avait plus éprouvé depuis des années. Je crois que c'était l'espoir.

« Comme je t'aime, mon enfant », chuchota-t-il.

Je lui dis que je l'aimais, moi aussi, et me lovai contre lui. Je trouvai une chaleur réconfortante dans ses bras, me rappelant mon enfance, quand il était le plus fort des hommes. Il savait alors me consoler comme il me consolait aujourd'hui.

Nous parlâmes, pleurâmes et sourîmes une ou deux fois, puis, beaucoup plus tard, nous vîmes une grosse étoile brillante traverser le ciel.

Il s'envola avec elle, car, lorsque je me retournai vers lui, il était parti.

J'appris par la suite que la nouvelle de sa mort s'était répandue dans Agra comme un feu sur les toits de chaume. Le lendemain, les habitants de la ville – hindous ou musulmans, hommes, femmes et enfants – revêtirent les couleurs du deuil. Ils n'entreprirent aucun travail et s'abstinrent de toute chamaillerie. Et en effet, Agra elle-même sembla endeuillée. La ville n'était plus habitée que par le silence et non par les éléphants, les chevaux et les marchands qui envahissaient généralement ses rues.

Aurangzeb décida d'organiser une immense cérémonie au Taj Mahal. Des nobles de tous rangs furent conviés à l'enterrement qui devait avoir lieu au crépuscule. Père devait reposer auprès de mère. Ensuite, on les laisserait en paix pour toujours.

Je fus tout d'abord déconcertée par la magnanimité de mon frère ; je savais qu'il aurait préféré enterrer père dans une fosse commune, comme il l'avait fait pour Dara. Mais, plus je réfléchissais à son geste, plus il m'apparut qu'Aurangzeb était forcé d'honorer la mémoire de son père. S'il méprisait l'ancien empereur — à nouveau adulé après les infortunes récentes de l'Hindoustan — le peu de soutien que le peuple lui accordait encore serait réduit à néant.

Les infâmes gardiens m'apprirent que je devais assister à la cérémonie, qu'Aurangzeb me voulait assise à son côté, souriante et aussi pimpante que possible. Manifestement, il pensait que ma présence apaiserait les tensions créées par la captivité et la mort de père. Je maudis les gardiens qui m'apportèrent ce message. Et je maudis mon frère jusqu'à ce que la lame froide d'un sabre se pose sur ma gorge. Comme j'étais trop faible pour me déplacer seule, les hommes d'Aurangzeb me placèrent sur un palanquin pour me transporter jusqu'au harem royal. Arrivés à la porte, ils donnèrent des instructions afin que les gardiennes me rendent présentable pour l'après-midi même. On devait me baigner, me couper les ongles et les cheveux et parer mon corps des plus beaux atours.

Quatre servantes me portèrent jusqu'aux confins du harem. Au beau milieu de son labyrinthe, on me laissa seule aux bains, une vaste pièce commune qui étincelait comme un immense diamant. Des milliers de miroirs miniatures en ornaient les murs et le plafond. Il n'y avait aucune fenêtre et, une fois la porte verrouillée, la lumière d'une unique lampe se refléta, magnifiée, dans chaque miroir. Une rigole en marbre laissait entrer une eau fraîche venue du fleuve et, tout étourdie, je m'allongeai sur un banc en granite pour contempler de petites images étoilées dansant sur les vaguelettes.

Quand la porte s'ouvrit, une multitude de femmes d'âge mûr m'entourèrent : je ne les avais pas vues depuis des années. Ces artistes avaient jadis diverti mes parents mais Aurangzeb devait dédaigner leurs talents. Les plus âgées et les plus puissantes parmi les concubines se souvenaient très bien de moi. Moi qui avais toujours pensé qu'elles ne m'aimaient pas, je constatais qu'elles faisaient aussi grand cas de moi que si j'étais le fruit de leurs entrailles. Elles frémirent d'effroi en me voyant décharnée, sale et flétrie.

Elles me demandèrent de leur parler des dernières heures de père et je leur répondis qu'il était mort paisiblement. Puis, elles me demandèrent quels étaient mes souhaits et, alors que la liberté semblait à portée de main, je me mis à pleurer, sachant qu'Aurangzeb me renverrait en prison après la cérémonie. L'idée de vivre seule dans cette cellule m'était presque insupportable.

La suite des événements, quand elles me déshabillèrent, me prit par surprise. Ces femmes que je n'avais jamais admirées se lancèrent dans une discussion sur les moyens de m'aider à m'évader. Tout en m'étrillant avec du chanvre et du savon, elles discutèrent de pots-de-vin et de passages détournés, de bateau, de chevaux et de passeurs. Leurs langues allaient si vite que j'avais peine à suivre leurs échanges.

Je scrutai leurs visages tandis qu'elles m'habillaient, choisissant des vêtements simples mais propres. Toutes, je me le rappelais de mon enfance, avaient rarement quitté le harem. Elles ne parlaient jamais de politique, ni de pouvoir, mais riaient ensemble, alanguies, et perfectionnaient leurs talents. Je les avais crues faibles autrefois et, à présent, je leur demandai humblement pardon. Je m'étais gravement trompée, j'avais été bien sotte ! À ma surprise, les concubines balayèrent mes excuses. Elles cancanaient comme de vieilles femmes : toutes ensemble, sans s'écouter. Je leur demandai pourquoi elles étaient prêtes à prendre tant de risques afin de me libérer.

« Beaucoup d'entre nous dans ce harem ont été sauvées d'une

manière ou d'une autre par votre mère, Majesté », dit la plus franche du groupe. Elle était horriblement défigurée, comme si son visage était un masque de cire qui avait commencé à fondre.

« Elle vous a sauvée ? demandai-je faiblement.

– Autrefois, ma mère cousait vos tuniques, répondit-elle en peignant tendrement mes boucles. Et celles de vos frères aussi.

– Je la connaissais ?

– Vous n'étiez qu'une fillette. J'étais à peine plus grande que vous lorsqu'un incendie a ravagé notre maison et m'a enlevé mes parents. Je serais morte de faim dans la rue si votre mère ne m'avait amenée ici. Elle a payé mes leçons de musique. Et j'ai appris. Bien sûr, avec mon visage, je n'ai jamais pu jouer pour la plupart des seigneurs, mais, avec le temps, j'ai pu enseigner mon art aux plus jeunes que moi. Et, de temps à autre, je jouais pour votre famille.

– Je me rappelle », dis-je. Ces soirs-là, au bord du Yamuna, nous passions des moments délicieux tandis qu'une fillette défigurée jouait merveilleusement de la cithare. Alors que je remontais dans mes souvenirs d'enfance, deux eunuques entrèrent dans la salle et se délestèrent rapidement de leurs belles tuniques. Une des femmes leur macula le visage de graisse et ces hommes de petite stature enfilèrent de vieux vêtements sales.

« Nous avons toutes une histoire semblable en réserve, ajouta une concubine plus jeune.

– Mais vous prenez un trop grand risque, objectai-je. Mon frère va…

– Il ne nous effraie pas, Votre Majesté. Il ignore tout de notre univers, m'interrompit la musicienne. Et vous rendre votre liberté fera le bonheur de votre mère. Cela honorera sa mémoire. »

Avant que j'aie eu le temps de répondre, les eunuques me

hissèrent à nouveau sur le palanquin pour me sortir des bains. Je lançai un merci aux concubines avant qu'elles ne disparaissent. Un vieil eunuque se présenta alors devant moi, qui enveloppa mon corps et mon visage d'une fine couverture. Il posa un sac rempli d'une matière nauséabonde et sanguinolente – sans doute des chairs en décomposition – entre mes pieds puis me recouvrit d'une couverture crasseuse.

Dans cette pénombre, je ne percevais que des bruits de pas. Pour oublier la puanteur qui me donnait la nausée, je pensai à autre chose. Respirant par la bouche, je priai fébrilement pour qu'Allah protège ceux qui m'avaient sauvée, qui avaient évoqué la possibilité de faire circuler des dizaines de rumeurs dans le harem, chacune donnant une version différente de mon évasion. Selon certaines, ma faiblesse physique était feinte et j'avais escaladé l'enceinte du harem pour m'enfuir. Selon d'autres, une fausse suivante ou une fausse concubine était venue à ma rescousse. Si les femmes suscitaient suffisamment de confusion, ce dont je ne doutais pas, Aurangzeb ne découvrirait peut-être jamais la vérité. Il enragerait, assurément, mais, sans preuve, je ne pensais pas qu'il irait jusqu'à punir les responsables supposés de mon évasion. Son pouvoir était bien trop fragile pour qu'il risque d'irriter les nobles qui fréquentaient ces femmes.

On me porta sur une certaine distance. À un moment, nous dûmes atteindre les sentinelles du Fort Rouge, car mes porteurs s'arrêtèrent brusquement et des voix résonnèrent.

« Que portez-vous ? » interrogea un garde.

N'entendant aucune réponse, je sentis mon pouls s'accélérer. Quelqu'un toussa. À ce bruit, je me raidis et mon corps tressauta. Persuadée qu'on m'avait vue bouger, je sentis une vague de terreur me submerger. J'eus envie de sauter à bas de mon palanquin et de prendre mes jambes à mon cou. Résistant à ce puissant instinct de fuite, je restai immobile. Aurangzeb me mettrait à mort pour ma tentative d'évasion à l'instant où il comprendrait que, loin d'être brisée, je m'étais une fois encore jouée de lui.

« Que portes-tu, toi ? T'as point d'oreilles ? Je t'ai demandé…

– Un corps de lépreux, monsieur. Bel et bien mort… couvert de plaies et prêt à être brûlé. »

Le garde poussa un grognement et je l'entendis s'avancer. La lumière traversa soudain mon cocon à l'instant où l'on soulevait la couverture à mes pieds. Je fermai les yeux, incapable de regarder l'homme qui allait m'envoyer à la mort.

Pardon, Arjumand, pensai-je, au désespoir, au moment où un bras couvert d'une cotte de mailles me frôlait la jambe. Oh, pardon…

« Quelle puanteur ! rugit le garde. Vous feriez mieux de le rejoindre sur le bûcher ! Vous êtes payés pour débarrasser le fort de telles immondices !

– On ne l'a trouvé qu'aujourd'hui, monsieur.

– C'est dix jours trop tard, si j'en juge à l'odeur ! Allez, maintenant, avant de tous nous infecter ! »

Le palanquin se remit à osciller : nous avancions à nouveau. Les eunuques marchaient sans mot dire. Mon cœur battit moins vite lorsque j'entendis les voix des vigiles s'éloigner. Quand tout fut calme, je me mis à pleurer, à la fois de soulagement et de chagrin. Je chuchotai à mes porteurs les informations concernant une cache où père avait fait déposer de l'or. Je leur dis de le partager avec les concubines et d'en donner à tous ceux dont il faudrait acheter le silence. Ce trésor rendrait la tâche plus difficile à mon frère quand il mènerait l'enquête.

J'entendis bientôt le bruit de sandales sur du bois et remarquai qu'on me posait à terre. Puis je perçus un clapotis et je sentis le vent. « Vous pouvez vous lever sans danger », dit une voix rauque. Je me redressai et me dégageai de la couverture et du tapis, l'air frais et suave emplit mes poumons. Le vaste pont d'un navire marchand s'étendait devant moi. « Rien à craindre ici », dit un homme tout ridé.

Je clignai des yeux dans la lumière du soleil. « Où allons-nous ?

– Vers le sud.

– À Calcutta ?

– Si vous voulez. »

Je jetai un regard du côté du Taj Mahal, au loin, qui disparaissait lentement à mesure que le courant nous emportait sur le fleuve. Déjà, des groupes de nobles s'assemblaient sur la plate-forme étincelante du mausolée. Bientôt, la cérémonie commencerait. « Adieu, père », murmurai-je.

J'attendis que sa voix me réponde. Mais je ne l'entendis pas.

Le voyage fut long mais se déroula sans heurts. Le capitaine du bateau m'avait tout l'air d'un homme bien, qui fit de son mieux pour m'aider à reprendre des forces. Il m'apporta une douzaine de sortes de soupes de poissons : il prétendait que chacune était différente, mais je leur trouvai à toutes le même goût. Comme je n'avais pas mangé correctement depuis près d'un an, mon appétit était aussi changeant que le vent.

Pendant les dix jours qui suivirent, nous naviguâmes vers le sud-est. Les contrées qui bordaient le Yamuna n'étaient presque pas peuplées. Un matin, j'aperçus un tigre dans une bambouseraie : il traquait une proie qui m'était invisible. Nous vîmes également un énorme figuier banian, relique d'une époque révolue. Ses branches, qui retombaient directement sur la berge, étaient plus épaisses que son tronc. Des centaines, voire des milliers, de chauves-souris dormaient dans son feuillage. Elles se mirent à pousser d'étranges cris, et leurs déjections avaient tapissé le sol de blanc. Et, à vrai dire, toute une faune et une flore prospéraient sur ce fleuve. Certaines créatures cherchaient à tuer, comme l'alligator que nous observâmes un après-midi. Et la vie s'efforçait de fleurir, comme les champs de fleurs de lotus qui jonchaient l'eau.

Je contemplais d'un œil distrait toutes les créatures d'Allah, y compris les rares habitants des rives boueuses du Yamuna. Bien sûr, j'étais reconnaissante de pouvoir les admirer. Mais comment apprécier pleinement la ruse de l'alligator, certes très impressionnante, quand j'ignorais tout du destin de mes proches ?

Je passais beaucoup de temps à prier. J'étais également préoccupée par mes parents, par Aurangzeb, et je pensai à mes retrouvailles avec ma famille. Il me semblait que je n'avais pas serré Isa et Arjumand dans mes bras depuis une éternité. Je n'en finissais pas de me poser des questions à leur sujet. Notre fille était-elle tombée amoureuse ? Isa était-il toujours d'une nature si joyeuse ? Ladli les avait-elle trouvés et leur avait-elle transmis mon message ?

Quand le bateau arriva enfin à Calcutta, j'étais assez vigoureuse pour me lever et marcher sans aide. Je sentais à nouveau le goût de la mer sur mes lèvres en parcourant les rues de la ville, beaucoup plus dense qu'Agra. Ses bâtiments paraissaient entassés de façon chaotique. J'y vis moins de palais et de jardins que dans le nord, et ceux que je trouvai sur mon chemin avaient l'air négligé. Un lichen marron recouvrait les murs de la plupart des bâtiments, également assombris par des hordes de singes.

Un bazar occupait la rue que je longeai. Après avoir demandé où se trouvait la plus grande mosquée de Calcutta, je pressai le pas, presque indifférente aux piles de poissons, de fruits et de viandes qui ornaient l'interminable alignement de tables. Les marchands poussaient leurs produits vers moi, mais je n'y pris pas garde. Je me forçai à poursuivre ma route malgré mes jambes tremblantes de fatigue.

Quand je trouvai la mosquée – étroite et soutenue par quatre arches identiques – le crépuscule était encore loin. J'allai m'asseoir sous un cyprès pour observer les musulmans qui allaient et venaient dans ce lieu saint. Bien qu'à l'extérieur de son périmètre, je priai également, implorant Allah d'aider mes proches à me rejoindre sains et saufs. Je Le suppliai ainsi tout l'après-midi. Et, quelques instants avant le coucher du soleil, Il répondit à mes prières.

Isa apparut devant moi, le visage en feu et tout vêtu de blanc. Malgré les conventions, qui interdisaient de tels contacts, je ne pus résister à la tentation de lui sauter au cou et de le serrer dans mes bras. Pas plus qu'il ne chercha à calmer mon élan. Il m'enlaça tendrement, je sentis les muscles de ses bras vigoureux se contracter autour de mes épaules. Ma joie éclipsa toute pensée consciente. Les mots me manquaient. Seul un poète pourrait décrire précisément les sentiments qui bouillonnaient en moi. Il y avait suffisamment de monde pour que je me retienne de l'embrasser mais je posai mes lèvres sur le dos de sa main. « Emmène-moi loin d'ici », demandai-je, car j'avais envie d'être seule avec lui.

Il sourit et je le suivis dans les rues encombrées de la ville. Nous arrivâmes à une écurie où se trouvait son cheval. Il m'aida à me mettre en selle puis il prit les rênes et conduisit sa monture vers le soleil couchant. Je lui demandai des nouvelles d'Arjumand et il répondit qu'elle vivait au bord de la mer avec Nizam et Ladli, à quelques heures de route de Calcutta.

« Nizam et Ladli sont-ils amants ? demandai-je, très curieuse.

– Comme s'ils s'aimaient depuis toujours. »

Je battis des mains, infiniment heureuse d'avoir enfin rendu service à mes amis. « Et Arjumand ? Va-t-elle toujours aussi bien ?

– Elle va très bien, Jahanara. Oublie ces soucis.

– Est-ce possible ? demandai-je toute contente. J'espère qu'ils se laisseront oublier. »

Il nous fallut peu de temps pour atteindre la lisière de la ville. Enfin libres et loin des regards de ses habitants, Isa sauta sur son cheval et m'enlaça, la poitrine tout contre mon dos. Je me tournai pour l'embrasser, assez passionnément pour goûter le sel de la mer sur ses lèvres. Notre étalon trottait tranquillement et j'en tenais les rênes d'une main ferme pour qu'il n'accélère pas la cadence.

Alors, je racontai tout à Isa : je lui parlai de mon amour et lui dis combien il m'avait manqué. Il me répondit par la pareille et je remerciai Allah encore une fois de me l'avoir rendu. Pendant qu'Isa me parlait, ses mains cherchaient à redécouvrir ma peau. Il caressa mon visage, puis referma les bras sur mon ventre.

« Tu as maigri, mon hirondelle », dit-il doucement.

Je hochai la tête, les yeux tournés vers la mer qui s'étendait vers l'est et reflétait le ciel aussi fidèlement qu'un miroir. « Père est mort », murmurai-je, en me disant que bien des événements ne parviendraient jamais jusqu'aux oreilles d'Isa. À quoi bon lui parler de l'infamie de Khondamir ? Ou du jour où Aurangzeb avait failli me tuer ?

« J'en suis désolé, mon amour, dit-il tristement. C'était un homme hors du commun.

– La nuit où il est mort, il a exigé une promesse de moi. » Isa m'embrassa dans le cou et je poursuivis : « Il m'a demandé de mener l'existence insouciante d'une enfant. Crois-tu… » Je m'interrompis, en me demandant si des yeux qui avaient vu tant d'horreurs pourraient un jour apprécier le spectacle de choses simples. « Crois-tu que je puisse me conformer à ce souhait ?

– Je l'ignore, dit-il en m'enlaçant plus étroitement encore. Mais tire sur ces rênes, Jahanara. Éperonne ce cheval et voyons si une enfant sommeille encore en toi ! »

J'acquiesçai et donnai un bon coup de pied dans le ventre de l'étalon. Il poussa un long hennissement, baissa la tête et dévala le chemin comme un ouragan.

« Plus vite, Jahanara ! Plus vite ! » hurla Isa.

Donnant une claque sur l'épaule du cheval, je l'encourageai à foncer. Le superbe étalon s'exécuta : des mottes de terre jaillirent sous ses sabots tandis que les buissons défilaient sous nos yeux.

« Plus vite ! »

J'éprouvai soudain un sentiment de liberté. Je ris aux éclats et encourageai ma monture avec force cris. Je n'avais pas oublié mes soucis, ils s'étaient évanouis !

« Encore plus vite ! »

Les cris d'Isa se mêlaient au martèlement de la cavalcade. Je criai à l'unisson. Soudain, ce n'étaient plus les rênes du cheval que je tenais, mais celles de ma vie.

J'étais libre enfin.

25

La lumière du crépuscule

Les années qui suivirent furent les plus belles de ma vie.

Nous nous installâmes dans un village à quelque distance au sud de Calcutta. Isa s'était toujours montré économe, aussi eut-il plus qu'assez de roupies pour acheter des maisonnettes au bord de la mer pour Nizam et Ladli, ainsi que pour Arjumand et nous. Nous nous voyions de nos fenêtres et passions nos journées ensemble comme des amis. Nous ne révélâmes rien de notre passé à nos voisins, qui ne nous posèrent aucune question.

Isa et Nizam s'essayèrent à la pêche, mais, quand les villageois apprirent qu'ils savaient manier la pierre, ils leur suggérèrent de se détourner de la mer pour exploiter leurs véritables talents. Tandis que Ladli et moi raccommodions des filets avec les autres femmes, Isa, Nizam et Arjumand réparaient les maisons fatiguées pour les remettre en état de défier les éléments. Jamais nous ne travaillions pour de l'argent, mais, chaque soir, on nous apportait du poisson frais, des légumes, des fruits et du pain.

Notre fille ne tarda pas à tomber amoureuse. Bien que l'élu de son cœur ne fût qu'un simple pêcheur, je ne fis aucun effort pour l'attirer vers un homme de plus haut rang. Ibrahim était un jeune homme agréable qui adorait Arjumand. Leur cérémonie de mariage eut lieu près des ruines d'une vieille mosquée. Le marié était loin d'imaginer qu'il épousait la petite-fille de l'ancien empereur. Plus tard, elle lui dirait la vérité, mais, en ce jour de bonheur, cela semblait incroyablement peu important. Au fil des ans, Arjumand et Ibrahim eurent trois enfants. Un fils mourut avant l'âge d'un an, mais les deux filles prospérèrent. Un deuxième fils naquit bien plus tard, qui fut bientôt choyé par ses sœurs.

Voir Arjumand devenir mère fut une source de joie inépuisable. Je l'avais abandonnée autrefois, et je m'en serais toujours voulu si cela l'avait assombrie. Je ne l'en aimais que plus, peut-être parce qu'elle avait su me pardonner. En la voyant rire et courir sur le sable avec Gulbadan et Rurayya, je remerciai Allah.

Ladli et Nizam n'avaient aucunement besoin d'enfants. Ils ne se vouaient pas la passion amoureuse que chantent les poètes, mais plutôt l'amour de deux vieux amis. Ladli régentait sa maison en distribuant des ordres à Nizam. Pour une phrase qu'il prononçait, elle lui en assénait dix. À les observer, il me semblait souvent qu'elle s'adressait à elle-même plutôt qu'à lui. Il hochait la tête et riait de temps à autre tandis qu'elle poursuivait ses discours. La vieillesse eut raison des rares inhibitions qui avaient été les siennes. Elle se souciait encore moins des conventions que moi et son langage, toujours haut en couleur, se détériora et devint des plus vulgaires. Nizam, qui avait passé l'essentiel de sa vie dans l'univers feutré du harem, la grondait de temps à autre. Mais, ainsi qu'aurait pu le dire père, comment un aigle peut-il demander à une pie de cesser de jacasser ?

Isa et moi pouvions enfin vivre et agir comme des amants. Nous fûmes surpris et ravis de constater que notre adoration mutuelle grandissait avec le temps. Son irrépressible joie de vivre me purifiait de mes infortunes passées. Naturellement, des souvenirs importuns refaisaient surface, mais, en sa compagnie, je trouvai la force d'accepter qu'ils appartiennent à mon histoire. Même s'ils m'étaient encore douloureux, je compris que je ne devais pas les refouler, mais les accepter, tout simplement. Certes, Khondamir et Aurangzeb m'avaient profondément blessée. Mais que valaient de telles blessures, quelle que soit leur profondeur, comparées au bonheur complet que j'éprouvais en jouant avec mon petit-fils ou en me promenant sur la plage avec Isa ? Vivre aux côtés de ceux que j'aimais était ma victoire, et cette victoire valait toutes les infortunes qui avaient été les miennes.

Gulbadan était âgée de dix ans quand nous décidâmes d'entreprendre la construction d'une mosquée et d'un temple pour notre village. Nous avions aussi bien des amis musulmans qu'hindous, mais ni les uns ni les autres ne possédaient un véritable lieu de culte où formuler leurs prières. Et, pourtant, ils avaient besoin de prier : la mer est un élément impitoyable et nous perdions souvent des hommes suite à des tempêtes.

Nous projetions de construire la mosquée et le temple sur la même petite place. L'une et l'autre seraient de petits bâtiments en grès dépourvus d'ornements. Ceux qui ne partaient pas à la pêche nous aidèrent à en poser les fondations et à en bâtir les murs.

Les temples comme les mosquées ont quelque chose de magique. Leur construction procure un sentiment de paix qui imprègne leurs pierres. Il en va de même pour toute création, à mon avis. J'avais ressenti la même paix lorsque Arjumand était sortie de mon ventre. Et je nageais dans cette félicité sur le chantier du Taj Mahal. Même nos petites chapelles au bord de la mer me firent verser plus d'une larme de joie.

Cette paix provient peut-être de l'assurance que la construction nous survivra sur cette terre. Car, j'ai beau savoir que le paradis m'ouvrira ses portes, il est réconfortant de penser qu'en tant qu'ancienne notable d'Agra, je laisserai une trace de mon passage en ce monde. Mon sang coule dans les veines d'Arjumand et de ses enfants. Et la pierre que j'ai caressée se dressera fièrement vers le ciel, puis sera touchée par des gens qui vivront dans un monde bien différent du mien. Ai-je mérité tous les présents qu'Allah m'a envoyés ? Peut-être, ou peut-être pas. Mais, en laissant des signes de mes efforts, j'ai l'impression d'avoir essayé.

Le temple et la mosquée furent achevés lors de ma cinquante-cinquième année. Notre village célébra l'événement par un après-midi de recueillement. Bien sûr, les musulmans ne prièrent pas dans le temple, et les hindous ne mirent pas les pieds dans la mosquée, mais chacun respectait l'univers de l'autre : nous nous retrouvions sur la place commune aux deux lieux de culte pour en arroser les fleurs ensemble. Tout en nettoyant les pierres sous les rosiers, je pensais à Dara et j'espérais qu'il pouvait nous voir. Personne n'aurait autant apprécié un tel moment.

Cette nuit-là, hindous et musulmans festoyèrent en bonne entente. Assis dans nos bateaux, nous regardâmes les hommes lancer des feux d'artifice qui jaillirent dans le ciel. Les fusées explosaient, jetant leurs lueurs magiques sur les dômes que nous avions façonnés. Nizam, Ladli, Isa et moi partagions la même embarcation. Nous buvions du vin et applaudissions. En écoutant les détonations, je me rappelai ce fameux soir, il y a une éternité, où nous avions célébré l'achèvement du Taj Mahal. Quel incroyable spectacle !

Combien de fois dans une vie, me demandai-je, tout concourt-il à produire des instants si parfaits ? Quatre ou cinq fois peut-être. Dans mon cas, il n'y en avait eu que trois. Le soir au bord du Gange, lorsque Isa et moi avions fait l'amour pour la première fois. La fête donnée en l'honneur du Taj Mahal. Et ces instants que je partageais avec mes amis et mes proches. Ma vie paraissait complète.

« C'est une belle nuit, murmurai-je en trempant la main dans l'eau.

– Ne le sont-elles pas toutes ? » demanda Isa.

J'acquiesçai. « Mais pas autant que celle-ci. »

Une vague heurta notre bateau et projeta des embruns sur nous. Nizam, qui ramait et dirigeait l'embarcation, nous emmena en plus haute mer. « Tu es donc devenu aveugle avec l'âge ? » marmonna Ladli, comme si elle le tenait pour responsable de la houle. Pour toute réponse, il rit doucement et Ladli se tourna vers moi. « C'est un homme bien, mon astucieuse petite amie. Il me laisse parler et obéit comme un chiot.

– Il finira par te surprendre, dis-je, consciente qu'elle l'adorait, je l'ai vu dans le feu de l'action.

– Quelle action ? Il va moins vite qu'une mule, et une mule a l'esprit plus leste que le sien !

– Ne l'écoutez pas, Votre Majesté », dit Nizam.

Mon vieil ami ne continuait à m'appeler ainsi que parce que cela agaçait Ladli. « Elle a un nom, mangeur de bœuf musulman ! rétorqua cette dernière. Est-il trop long pour que le melon qui te sert de cervelle le garde en mémoire ? »

Une autre vague vint à la rencontre de la poupe, or Ladli était assise à l'arrière. Nous savions tous que Nizam avait orienté l'embarcation de manière à ce que sa compagne soit trempée. Et elle l'était en effet ! Comme elle le réprimandait, je me penchai vers Isa. Un sourire s'était dessiné sur son visage, leurs facéties l'amusaient.

« Deux anges au paradis ! » dit-il gaiement.

Une gerbe de trois fusées explosa dans le ciel et je souris à mon tour. « Sommes-nous aussi bien assortis ? »

En guise de réponse, il m'embrassa et je trouvai dans ce baiser celle que j'attendais.

Même le plus immense des figuiers banians ne peut croître éternellement. Il doit mourir pour qu'une jeune pousse puisse sortir de ses entrailles.

Il en alla ainsi pour Ladli. Elle partit nager un beau jour et, quand la mer nous la rendit, elle s'en était allée dans l'autre monde. Suivant la tradition hindoue, nous incinérâmes son corps avant d'en jeter les cendres à la mer. Nous avions tous atteint un bel âge et sa mort ne nous surprit pas. Malgré tout, elle nous manqua terriblement et notre univers nous parut quelque peu dépeuplé par son absence. Nizam devint encore plus silencieux, mais il conservait suffisamment de souvenirs d'elle pour rester en paix avec la vie.

Je me disais souvent que j'aurais dû mourir avant mon amie. Elle avait consenti tant de sacrifices pour moi, elle avait donné tant d'elle-même pour me protéger. Elle aurait dû me survivre, faire rire encore Nizam jusqu'à ce qu'ils soient l'un et l'autre trop vieux pour tenir debout. À bien des égards, Ladli était une véritable sœur pour moi, plus que les membres de ma véritable fratrie. Après sa mort, je me réveillais chaque nuit, m'attendant à entendre sa voix, comme cela m'était arrivé après le départ de mère, et celui de père. Mais je ne l'entendais que dans mes rêves et dans mes souvenirs.

Arjumand et sa famille partirent quelques mois plus tard. Ils allèrent s'installer près d'Agra, dans un village de pêcheurs sur le Yamuna. Ma fille n'avait jamais eu l'intention de partir, mais, après que la mer eut failli lui enlever son mari, elle s'y était résolue. Dans notre village, la plupart des femmes d'un certain âge étaient veuves, et Arjumand ne pouvait envisager de perdre Ibrahim. Malgré la peine que me causa son départ, je l'y encourageai, car je ne souhaitais que son bonheur.

Quand ils furent partis, j'eus l'impression, comme beaucoup de mères, que le temps passait plus vite. Mais j'avais toujours Isa. Et notre amour ne décrut pas avec le temps. Il grandit, bien que vieillir ensemble ne fût pas toujours facile. Il vint un temps où Isa fut incapable de soulever les lourdes pierres avec lesquelles il bâtissait. Il se blessait souvent et je passais de longues soirées à soigner ses doigts ou ses orteils broyés. Il se mit également à oublier des choses. Je dormais plus, marchais moins et allais rarement nager. Mais, malgré nos petites douleurs de vieilles personnes, nous étions heureux. Chacun de nous avait l'autre et, presque tous les jours, cette bénédiction suffisait amplement.

Notre bonheur dura jusqu'à un après-midi ensoleillé. Nous nous tenions sur le rivage quand une douleur effroyable jaillit dans la tête d'Isa. Poussant un cri, il tomba sur le sable. À l'aube suivante, tout son corps, jusqu'à ses mains si extraordinairement douées, était inerte. Il dépérit en trois jours durant lesquels je ne quittai pas son chevet. Pendant la dernière soirée que nous passâmes ensemble, je me glissai à côté de lui dans le lit et l'enlaçai étroitement. Il ne put me rendre mon étreinte, mais ses yeux me disaient son amour et nous versâmes de nombreuses larmes.

Comment dire au revoir à un homme qu'on aime si fort ? Y a-t-il un mot, un regard, ou une caresse susceptibles d'apaiser la douleur que l'on ressent ? J'ai vu tant de choses au cours de ma vie, mais je n'ai lu aucun livre qui m'ait enseigné l'art de la séparation. Je voulais être forte : la dernière chose qu'il devait entendre avant de partir, ce n'étaient pas les pleurnicheries d'une femme. Pourtant, il me fut impossible de contenir le flot de mes émotions.

« Reste, murmurai-je, je t'en prie, reste !

– Tu me rejoindras, chuchota-t-il. Tu as toujours réussi… à me retrouver. »

Sentant la vie s'échapper de son corps, je le serrai encore plus fort, comme si mes mains pouvaient l'empêcher de partir. « Tu veux bien m'emmener avec toi ? » demandai-je ; posant des baisers sur ses larmes, j'en goûtai le sel. « Je t'en prie, je t'en prie, emmène-moi !

– Tu restes avec moi. Tu l'as toujours été. »

Sa voix s'affaiblissait et je me penchai plus près encore. « As-tu froid, mon amour ? Trop chaud ? En quoi puis-je t'aider ?

– Embrasse-moi. »

Je fis ce qu'il me demandait, en regrettant de ne pouvoir revenir trente ans en arrière, de ne pouvoir retrouver notre jeunesse. Je lui caressai les cheveux, qu'il avait tout blancs. « Merci, mon amour, merci de m'avoir procuré un tel sentiment de plénitude.

– Tu t'es faite toute seule.

– Peut-être. Mais, sans toi, il n'y a plus que moi, et, avec toi, il y a nous, murmurai-je, en baignant son menton de larmes. Je te retrouverai, couvert d'éclats de marbre, et je t'aiderai à bâtir des palais au paradis.

– Promis ?

– Promis. Et nous serons à nouveau tous les deux. »

Il posa son regard sur moi. « Je t'aime, mon hirondelle. »

Puis il me quitta.

Il fait nuit quand je termine mon récit. Mes petites-filles pleurent et me posent beaucoup de questions. Elles me demandent ce qu'il advint de Shivaji, qui périt dans un éboulement de terrain à peine deux mois après avoir libéré Isa et Arjumand. Je suppose que notre pacte secret mourut avec lui, même si j'ai un jour entendu des rumeurs au sujet d'assassins qui s'étaient introduits dans le Fort Rouge. Mes petites-filles se demandent également si j'ai peur qu'Aurangzeb me retrouve.

« Deux jours ici, c'est assez, leur dis-je pour toute réponse. Demain, je m'en retournerai au bord de la mer.

– Déjà ? » demande Rurayya, en essuyant ses joues couvertes de larmes. Comme je hoche la tête, elle ajoute : « Pouvons-nous t'accompagner ? La mer manque beaucoup à père. Et toi, tu manques terriblement à mère.

– Alors vous devriez venir avec moi. »

Gulbadan regarde le Fort Rouge. « Mais, Jaha, pourquoi ne vas-tu pas confondre ton frère ?

– Parce que la vengeance n'apporte rien, dis-je. J'ai gagné et il a perdu. Son empire s'effondre, ses sujets le méprisent et son sommeil est hanté par la peur des assassins. Sa haine l'a affaibli tandis que mon amour m'a grandie. »

Elles me posent d'autres questions.

Mais mes pensées sont ailleurs.

Les hindous ont peut-être partiellement raison ; je pense en effet que nous avons plusieurs vies. Mais ces existences ne sont pas distinctes, comme ils le croient : elles ne font qu'un. Mes vies ont été simples. Enfant, j'ai appris. La jeune fille a découvert le monde. Et la femme a saigné et aimé.

À présent que je suis vieille, je contemple l'écheveau d'existences qu'a été ma vie. Elles sont aussi différentes que des variétés de pierre, pourtant, elles sont similaires. En y repensant, je me demande parfois si elles n'ont pas été de simples rêves.

Je souhaite bonne nuit à mes petites-filles pendant que Nizam nous ramène en barque jusqu'au rivage où les attend leur père. Puis, je prends congé de mon ami, mais il me suit tandis que je me dirige à pas lents vers le Taj Mahal. Il est pareil au souvenir que j'en gardais. Dans ses voûtes, je vois la grâce de mère, et le génie d'Isa est partout.

Enfant, j'ai appris que les musulmans ne croient pas que l'âme s'attarde sur cette terre, mais qu'à notre mort, on nous emporte au paradis, où nous nous promenons avec nos amis, nous délectons de nos mets préférés et où notre bonheur n'en finit pas de grandir. Mais aujourd'hui, assise, les mains posées sur le marbre qu'Isa a un jour tenu entre les siennes, je suis intimement persuadée qu'une parcelle de lui fait désormais partie de ce monde. J'ai presque l'impression de sentir sa présence.

Est-ce de l'amour que je ressens ? Ou une communion plus grande que l'amour ? L'amour est une émotion humaine, alors que ce que je ressens dépasse tous les sentiments ici-bas. Cette communion est trop parfaite pour avoir été créée par l'âme humaine. Isa est à mes côtés et, au moment où mon visage se contracte, laissant mes larmes couler, je ne vois que lui. Il rit. Il pleure. Il prend mes mains dans les siennes et nous parlons à voix basse à la lueur des chandelles.

« Comme tu me manques, dis-je aux parois de marbre. Viendras-tu me rendre visite en rêve ? »

Bien que personne ne me réponde, je sais qu'il viendra. Allah a peut-être emporté le corps d'Isa, mais lui n'est pas vraiment parti. Parfois, la nuit, nous nous parlons, du Taj Mahal, de notre enfant. Il m'appelle toujours son hirondelle.

Mes mains caressent à nouveau le marbre et je sens à nouveau la présence d'Isa. Il est ici. Mère est assise à côté de lui, ainsi que Dara et père. Je devine aussi la présence de Ladli. Leur humeur est gaie et ils sont éternellement jeunes. Bientôt, je les rejoindrai.

Nombreux sont ceux qui craignent la mort. Mais pas moi. Car j'ai goûté à cette communion qu'on appelle l'amour. La mort ne peut me la retirer. Ni l'altérer.

Non, j'emporterai mon amour avec moi, où que j'aille.

Et il durera éternellement.

Savez-vous, Shah Jahan, la vie et la jeunesse, les richesses et la gloire,
elles sont toutes emportées par le courant du temps.
Ainsi, vous avez essayé de ne perpétuer que le chagrin de votre cœur.
Laissez la splendeur du diamant, de la perle et du rubis s'évanouir.
Pour ne conserver que cette unique larme, ce Taj Mahal,
étincelant dans toute sa pureté sur la joue du temps.
À jamais et pour toujours.

RABINDRANATH TAGORE

Remerciements

Il y a environ sept ans, alors que nous nous trouvions à l'arrière d'un rickshaw bringuebalant, dans le sud de l'Inde, mon plus jeune frère, Luke, a évoqué l'idée d'un roman basé sur la fondation du Taj Mahal. « Il ne pourrait y avoir de meilleur sujet, m'a-t-il dit, et ça n'a jamais été fait. » Peu de temps après, Luke a été assez bon pour me laisser raconter cette histoire et, les saisons passant, il m'a offert son savoir sur un pays qu'il avait appris à connaître intimement. Sans la générosité de Luke, qui a accepté de partager sa merveilleuse idée, mon roman n'existerait pas. J'espère seulement que mon histoire est digne de sa bienveillance.

Mes autres frères, Tom et Matt, méritent également ma gratitude. J'aurais beau fouiller la terre entière, je ne trouverais pas leur équivalent. Mes parents, Patsy et John, m'ont toujours soutenu, sans rien demander en retour. Ils m'ont fait découvrir les livres, et c'est grâce à leur amour de la lecture que j'ai acquis ce goût pour raconter des histoires. Et l'évolution personnelle qu'expérimente chaque voyageur n'aurait pas été complète sans mon meilleur ami, Carter, qui a traversé trois continents avec moi.

La rédaction de ce roman a été facilitée par l'aide et le soutien de ma famille, de mes amis et collègues. Mary et Doug Barakat, Hiroko Okita, Pete Kotz, Denise McNamee, Bill Day, Laura Love, Tracey Zeeck, Wendy Artman, Bruce McPherson, et mes amis chez GroundFloor Media : je vous suis à tous redevable d'une façon ou d'une autre. J'ai eu beaucoup de chance de vous avoir dans ma vie. J'ai aussi bénéficié de la présence à mes côtés, pendant tout le projet, d'une éditrice fantastique, Kara Cesare. Kara laissera certainement sa marque sur cette industrie ; elle est en tout point extraordinaire.

Enfin, je voudrais remercier ma femme, Allison, qui m'a accompagné à l'intérieur du Taj Mahal, tandis que nous suivions les traces de ceux qui bâtirent le mausolée, il y a trois siècles et demi. Merci, Allison, d'avoir partagé ce moment avec moi. Dès ce jour, tu as cru dans *Sous un ciel de marbre*. C'est long sept ans d'une foi inébranlable en un rêve – même pour une épouse. Et pourtant tu n'as jamais douté. Merci pour ce cadeau, et merci d'être une amie et une mère merveilleuse.

Achevé d'imprimer sur les presses de

BUSSIÈRE

GROUPE CPI

à Saint-Amand-Montrond (Cher)
en mai 2007

Mise en pages Bussière

N° d'impression : 70470-071104/4.
Dépôt légal : juin 2007.

Imprimé en France